한국 근대시와 말·문자·노래의 프랙탈

문자화, 기사법(記寫法),
그리고 조선어구어한글문장체 시가 있었다

한국 근대시와 말·문자·노래의 프랙탈 — 문자화, 기사법, 그리고 조선어구어한글문장체 시가 있었다

초판 인쇄 2022년 7월 1일 **초판 발행** 2022년 7월 15일
글쓴이 조영복 **펴낸이** 박성모 **펴낸곳** 소명출판 **출판등록** 제13-522호
주소 서울시 서초구 사임당로14길 15, 2층
전화 02-585-7840 **팩스** 02-585-7848
전자우편 somyungbooks@daum.net **홈페이지** www.somyong.co.kr

값 65,000원 ⓒ 조영복, 2022
ISBN 979-11-5905-674-1 93810

이 저서는 2014년 정부(교육부)의 재원으로 한국연구재단의 지원을 받아 수행된 연구임
(NRF-2014S1A5B1016729)

한국 근대시와
말·문자·노래의
프랙탈

문자화, 기사법(記寫法),
그리고 조선어구어한글문장체 시가 있었다

Korean Modern Poetry and
the Fractal of Oral Language, Letter, Song

조영복 지음

오직 책 읽고 글 쓰는 삶을 주신 아버지, 어머니를 그리며

노래하는 시 / 노래하지 않는 시,
노래하는 시인 / 노래하지 않는 시인

'전근대시/근대시'의 관념 혹은 구도에 대한 이야기다. 그것은 '전근대/근대'의 자명한 구도만큼이나 강건하고 견고하며 따라서 기존의 입론에 저항할 자유를 상실한 채 망각의 수풀 속에 버려진다. 망각된 것들이 대낮의 지표 위로 떠오르는 경우는 매우 희박한데, 그것이 학문의 대상일 경우 더 더욱 그러하다. 아카데미즘의 이름으로 '진리'가 되는 순간, 그 외의 많은 남겨진 것들은 그 자체로 논의의 활력을 기대하기 힘들다. 그런데 습기와 책벌레의 장서각에 은닉돼 있던 해묵은 자료들이 연구의 지층에 틈입해 지각知覺을 이동시키는 경우가 있다. 불의 고리에 갇혀있던 활화산이 용트림처럼 분출하듯 그렇게 말이다. 이 비유는 너무 과장되었거나 비장한 것인가?

문득 떠오르는 아주 오래된 기억 속의 영화음악, 몽환적으로 아름다운 멜로디의 〈노래하는 여자, 노래하지 않는 여자〉는 아마도 삶의 긍정성과 피동성에 대한 알레고리일 것이다. 어쨌든 이 책을 쓰면서 뜬금없이 떠오른 음악은 전혀 엉뚱한 것에서 흘러나와 내 입술에 닿았다. 적어도 시를 노래한 기억이 우리 세대에게는 없다. 심지어 대학원에서 시공부를 시작한 이후 시란 입술 밖으로 불러내는 것이라고 생각해본 적이 거의 없다. 우리말 음악의 탁월한 '기술자' 정지용의 '목뽑기 풍경'을 숱하게 목격하고서도 말이다. '노래하는 시/노래하지 않는 시', '노래하는 시인/노래하지 않는 시인'은 근대시의 이전/이후를 가르는 기준점으로 작동해 왔다. 이 책은 우리의 기억에 존재하지 않는 근대시의 '노래Song Lines'를 찾는 과정의 기록이다. 그런데 더 중요한 것은 그 출발점이 '조선어구어한글문장체'와 그것의 '쓰기문자화'라는 조건이라는 것이다. 너무나 자명해서 자명성을 상실한, 그래서 숙고하거나 고민할 이유가 그다지 없는 '조선어 구어' 혹은 조선어의 '쓰기'라는 그 조건을 출발점으로 근대시사 전반의 시가로서의 근대시, 노래체, 정형시체의 근대시를 찾는 작업이 시작되었다.

무엇이 근대성인가? 어떤 형식이 '근대시적'인 것인가? 근대의 문이 말 그대로 수동적으로 열리는 순간, 근대시 형식이 자동적으로 즉시로 문학청년들에게 각인되었다는 말인가? 근대시라는 것이 근대의 시작과 함께 동시적으로 초유의 탄생을 선취하기라도 했다는 것인가? 전통양식의 관성을 일순간 벗어던진 채 서구적 입론에 바탕한 문예양식으로, 명확한 형태미학으로 시양식이 고정화되었다는 것인가? 이런 의문들에 대한 대답이 요구되었지만, 육당, 안서, 임화의 질문에서 나는 한 발짝도 더 나아가지 못하고 있었다.

"1930년대 '모더니즘/리얼리즘/현실주의'의 한계", "김기림 모더니즘의 한계" 같은 '한계의 담론'이 유행한 적도 있다. 어떤 양식, 장르, 형식의 완벽무결한 순수성이 존재하는가 혹은 어떤 고유한 사조의 정점頂點이 존재하는가, 혹은 기원/원본의 완결성이 선험적으로 주어져 있는 것인가의 의문이 뒤따랐다. 근원 혹은 기원이 가장 순수하고 완전하다는 생각은 이른바 '후기낭만주의적 환상'이며 가장 완벽한 형식을 설정하고 그것의 결핍이나 한계 혹은 과도기적 양식을 문제삼는 것은 허구에 가깝다. 시공부도 그러하지만, 삶조차 내 의지대로, 내 뜻대로 살아지지 않은 판에 시쓰기가, 글쓰기가 인간의 의도대로 굴러가는 경우는 거의 없다. 양식은 인간의 것이 아니라 양식 그 자체의 것이다.

'문자시poetry as the Letters'가 아니라 낭영적 정형시체, 조선어구어한글문장체의 노래를 근대 시담당층들은 고민했다. 드디어 조선말우리말로 된 순구어적인 시, 조선말을 문자화한 음악적인 시를 말이다. 그리고 한글문장체의 구어시를 근대 인쇄리터러시의 '쓰기'로 구체화 하는 방법'작시법'을 그들은 고안하고자 했던 것이다. 이 논제에 관한 한 무딘 칼을 붙잡고 고민할 이유가 없다. 고르디우스의 매듭을 잘라버릴 칼은 먼 데 있지 않고 가까이 있다는 것인데, 그러니까 조선어 구어의 음악적인 문장체, 그리고 그것을 실재화한 인판의 에크리튀르 곧 근대시의 기사법記寫法이 이 자명한 논제를 해결해 주었다. 상징주의시의 모방/이식론, 정형시−자유시−산문시의 진화론적 구도, 문자시로서의 근대시, 사조론, 문단론 등, 이런 논점들에 대한 문제의식으로 신문, 잡지들을 실증적으로 추적했다. 구체적인 인판印版, 기사법, 개행, 단구법, 문장부호 등의 실재 물리적 자료를 기반으로 근대 시담당층의 조선어 구어 및 한글문장체 의식과 그 '쓰기'의 실재를 확인했다. 근대시는 조선어 구어체의 시를 문자화 하는 것, 즉 조선어구어한글문장체 시의 '쓰기화'이자 우리말 노래체시의 문자화라는 강고한 목적의식으로부터 출발하고 있다. 아무런 것도 지시하지 않고 아무런 것도 표상하지 않는 음악적인 말이 우리 시에 가장 가까이 있고 또 그것이 근대시의 조건이기도 했다. 조선어우리말의 내적 의지 그대로 우리 시사는 행진해 왔다. 프랙탈fractal적인 반복과 원환회귀의 구도를 그리면서 말이다. 이것이 이 책의 결론이다.

이 책을 쓰는 과정에서 말과 문자, 시와 노래, 말과 노래 사이에 존재하는 중간적인 말레치타티보, 스크라이빙scribing, 조선어구어한글문장체, 문자시 등의 개념어들을 술어적으로 정리할 필요성도 생겨났다. 한동안 음악적인 말을 찾아 방학이 되면 떠돌이처럼 음악의 도시들을 헤매었다. 허름한 여관방에서 안서, 육당, 임화 등 근대시인들의 자료를 읽었고, 침묵하는 문자보다는 영구한 생명을 보장하는 음악의 말을 하기 위해 작곡의 무딘 펜을 들었던 니체의 문장들을 베꼈다. '국민스포츠'가 된 슈베르트나 슈만의 '리트집'류의 노래들이 우리 시사에서 발견되기를 갈망했다.

원고를 마무리하는 시간이었던 최근 2년간은 전 세계가 마주한 '코로나Covid-19'로 인해 자료의 최종 확인이나 점검을 하기 어려웠고 그래서 게으름의 자책과 고달픔의 위안을 되풀이했다. 근대 조선어 시가의 범례를 보여줄 전통시가의 원형을 알 수 없음을 고통스럽게 반추하면서 안서는 이를 '콜레라보다 더 무서운 것'이라 썼다. 과장이라 생각되지 않는다. 근대시의 개념과 기원을 둘러싼 혼돈은 육당, 안서의 시대에만 굳이 해당되지 않을 터이다. 양식이란 인간의 의지나 욕망 바깥에 있다. 근대시를 고민하고 조선말 언문쓰기로 근대시사의 문을 열었던 최남선, 이광수, 김억, 주요한, 황석우, 현철, 안확, 박영희, 박용철 등의 초창시대 근대문인들의 공적을 다시 재평가할 충분한 이유와 근거를 갖게 된다. '안서식'의 불안과 비참과 열망과 고충에 한 치라도 가까이 다가갈 수 없다는 자각이 원고를 끝내야 할 시점에야 명징하게 보였다는 것도 고백해야 하리라.

이 책은 2014년 한국연구재단 '우수학자지원사업'에 선정된 이후 7년간의 나의 '읽기'와 '쓰기'의 결과이다. 간간이 썼던 관련된 주제의 논문 일부분도 책의 체재에 맞춰 수록하다 보니, 입론 부분의 글과 개별 주제의 글이 다소 중복된 측면도 있다. 재능부족으로 인한 문제가 더 크지만, 오랜 기간에 걸친 작업인 탓인지, '중언부언重言復言'과 '망언다사妄言多謝'의 흔적이 곳곳에 널부러져 있음을 부정하기 어렵다. 노래는커녕 에피그람도 안되는 격이다. 딱하기 그지 없다. 동료 연구자들의 질정叱正을 바란다.

역설적이게도, '코로나'가 여느 때보다 심각하고 고독한 시간의 경험을 이 시대를 사는 모두에게 평등하게 부여했다. 이런 고독과 적빈赤貧의 환경에서도 고루하기 짝이 없는 연구서를 출간해 준 '소명출판'의 후의에 깊은 감사를 드린다. 난삽하고 어지러운 글들을 정리해주고 혼란스럽게 흩어져 있던 사진자료들을 꼼꼼하게 편집해 준 편집진들께도 고마움을 전한다.

'코로나의 계절'을 벗어나며,

저자

차례

조선어구어한글문장체
시가를 향한 길

나의 시를 넑어주는 이여! 손을 모름직이 그 글자 우에 집허보기를 잇지말아다고 의사가 옳는 이의 손목을 집허보듯이 눈을 감고 가만히 집허보아라.[1]

일 사람이 늙어가도 청춘의 오류로 씌어졌다 할 시이거니 그거야 어디 늙을 수 있으랴.[2]

문득, 전통적 시가양식인 '시조'로부터 우리말의 음향적 향훈을 찾고자 했던 조운의 글은 얼마나 경이로운가. 시의 아름다움은 문자에 있지 않고, 의미에 있지 않고, 말의 음악과 소리의 향훈과 인쇄된 문자미(인쇄리터러쉬, 스크라이빙)의 감촉에서 동시에 바람처럼 일어난다. 시가는 말의 호흡("넑어주는 이여!")이고 호흡은 곧 바람인데, 바람을 맞는 것은 글자를 느끼는 것("글자 우에 집허보기")이며 눈을 감고 그것들을 온몸으로 지각하는 아우라를 읽는 행위("눈을 감고 가만히 집허보아라")이며 이것이 존재를 지각하는 일임을 이토록 분명하고 생생하게 표현하기는 어렵다. 초창시대 시인들이 '언어'라고 지칭했던 것들은 대체로 '구어체(말)'를 지칭한다. 그 때 '말'은 노래로 가는 하나의 다리이자 '노래' 바로 그 자체였다. 노래는 말을 살아있게 한다. 저 먼 대양의 고래는 노래로 말한다. 말은 노래가 되고 노래는 춤이 된다. 저 먼 세렝게티의 호랑이에서부터 먼바다 심해의 프랑크톤에 이르기까지, 전 우주의 온갖 미지의 생명체에 이르기까지, 노래는 존재를 살아있게 하고 자유롭게 한다. '맑은 물에 숨쉬는 물고기같이, 푸른 하늘에 높이 뜬 종달새나, 순풍에 돛달고 달리는 배나, 흰 모래에 반짝

1   조운, 「나의 시를 넑어수는 이여」, 『조선문단』, 1925.6.
2   김영랑, 「문학이 副業이라던 朴龍喆 兄 − 故人新情」, 『民聲』, 1949.10.

이는 햇빛이나, 언덕에 부딪히는 흰 물결이나, 물결에 희롱하는 어린애'
나, 이들이 한 자리에 모일 수 있는 것은 다 노래 때문이다주요한,「노래하고싶
다」. 시인이 이들을 불러 모으는 것이 아니라 노래가 이들을 한 자리에 모
이게 한다. 노래는 그렇게 무심하게 모든 존재를 같은 지위에 있게 하고
모든 존재를 동등하고 자유롭게 한다. 노래는 공동체의 언어이자 공동체
를 구성하는 이른바 '나노nano' 조건과 다를 바 없다. 청각 노스탈지어[3]가
실존의 조건이라는 것인데, 그러니까 노래가 없다면 개별적 인간이든 공
동체적 인간이든 인간은 존재하지 않는 것과 같다.

---

3   조르주 리에베르, 이세진 역, 『니체와 음악』, 북노마드, 2016, 30면.

제1장

말의 노래, 노래의 시

반시대적, 반시적反詩的 고찰

태초에 글이 있었던 것이 아니라 말이 있었다! 성경의 창세기에 나온다는 이 말을 굳이 인용하지 않더라도 말은 우주의 기원을 선언하는 표지이며 그래서 존재의 실재는 말로써 보증된다. 문자 뒤에 말이, 말 뒤에 노래가, 노래 뒤에 춤이 있으며 춤 뒤에 삶이 있다.[1] 수가 우리의 삶을 지배하고 계량이 우리 삶의 수준을 측정하고 통계가 우리의 계급을 가늠하는 시대에 말을 문제삼는 것은 그 자체로써 이미 '반시대적 고찰'의 문을 여는 것이다.

산문이나 담론이 아니라 시라면 어떤가? '시'를 '반산문'의 맥락에서 규정할 때, 이 때 '반'은 '반反'이자 '반半'이다. 시는 그러니까 반은 산문과 동류이며 반은 산문이 아니다. 오히려 산문의 입장에서 "산문은 반은 시이고 반은 시가 아니다"라고 말하는 것이 더 정확할 수 있다. 반증명反證明의 차원에서 그러하다. 산문은 말의 리듬을 공유한다는 차원에서 시와 동질적이지

---

1 하인츠 슐라퍼, 변학수 역, 『니체의 문체』, 책세상, 2013, 84면.

만, 직언직설이라는 점에서, 그러니까 우회와 은유의 담론과는 거리를 둔다는 점에서 담론의 말법과 같은 자리를 차지한다. 산문이든 담론이든 그것의 언어는 반反시적인 것이다. 이 때 산문은 운문의 반대 항으로 존재한다. 산문은 문자화를 통해 그 권위를 온전하게 보존하지만, 운문은 문자화로 오히려 그 본래적인 속성을 잃게 된다. 시가 기원적으로 노래運문이라면 문자화는 노래의 속성을 희미하게 만드는 긴박한 요인으로 작동한다. 이 때 산문과 운문의 거리는 최대한 벌어진다. 문자화의 근대적 정착과정이 오히려 비시적인 것이 된다. '언문일치' 과정은 그래서 시의 영역이 아니라 산문의 영역으로 자리잡는다. 언문일치란 결국 규범적이고 인위적인 상황으로 말을 고정화하는 것이다. 산문을 말할 때 '언어적 미감, 우리말의 생생한 복원' 같은 시가체의 구어적 상황을 가정하지는 않는다. 오히려 시적인 환경, 구어의 우연적이고 일회적인 상황과는 틈을 최대한 벌리면서, 반대로, 이성과 담론의 질서를 강조한다. '언문일치'라는 이 시적 환경과는 모순되는 개념에 앞서 '조선어 구어시의 언어적·음률적 개척'[2] 곧 '조선어구어한글문장체 시가의 정립'이 놓여야 하는 이유이다.

문자시의 고정화는 노래에 대한 망각과 평행적이다. 시적인 것보다는 산문적인 것이, 은유보다는 직설법이, 알레고리보다는 담론이, 침묵보다는 웅변이 지배하는 시대에 대한 저항, 즉 '반시대적 저항'이 이 저서의 맨 앞자락을 차지해야한다. 숫자, 통계, 기술과 화폐경제가 최소한 설교, 교리, 말, 축도, 기도, 법문 등 언어의 낭영적 세계, 시적 언어의 세계를 궁지로 몰아넣었다.

---

2   임화, 「조선신문학사론서설」, 『임화문학예술전집-문학사』, 소명출판, 2009, 412면.

노발리스는 이렇게 말했다고 한다.

> 숫자와 형상이 더이상
>
> 모든 피조물의 본질이 아니라면
>
> 그리고 이들이 노래하고 입맞추는 모습을 보인다면
>
> 학식있는 자들보다 더 많이 안다면
>
> (…중략…)
>
> 그리고 사람들이 민담과 시 속에서
>
> 진정한 세계사를 본다면
>
> 바로 그 어떤 비밀스러운 말 앞에서
>
> 온갖 곡해된 존재들은 사라지고 말 것이다.[3]

통계는 성스러움이나 숭고함과는 결별한다. 시를 말하는 자는 궁색하고 옹색해졌다. 예언이고 잠언이며 지혜의 언어이자 삶의 진리를 우회적으로 언급했던 시는 이제 '시나부랑이'가 되었고 신의 언어를 인간에게 전하는 세 개의 눈혜안을 가진 시인들은 말을 하기보다는 잡지사와 비평가의 숫자 권력과, 계량적 권위에 종속되기 십상이다. 탈마법화라는 이성과 계몽의 테제는 분명 시에서 말을 빼앗아갔으며 마법적인 운율과 리듬을 가진 신비한 노래를 빼앗아갔다. 말을 옹호하는 자들은 타협을 통해 스스로 구제책을 찾아야 했다.[4] '근대시의 미망'은 그렇게 탄생하고 지속되며, 그러니 근대시의 '반성' 또한 이 빼앗긴 시의 말을 찾아오는 데서부터 시

---

3 노발리스, 「Werke」, 하인츠 슐라퍼, 앞의 책에서 재인용, 10면
4 하인츠 슐라퍼, 앞의 책, 11면.

작되지 않으면 안된다.

노래는 한 시대를 아우르는 총체의 말이며 집단의 생명을 보존, 지속시키는 존재의 집이며 그래서 그 집단의 가능성을 현실화하는 권력이자 권위이다. '언어'란 문자로 쓰인 글이기 보다는 발성되는 말노래이기를 바랐던 근대초기의 시인들의 목소리를 기억해야한다. 근대시사를 '노래의 길'로 펼쳐두면 그것이 곧 조선어 구어의 길이자 조선어구어한글문장체 쓰기문자확의 길이며 그것이 바로 고대로부터 현대까지 이어지는 연속적인 우리말 시의 실체이다. 한문에 대비된, 일반 대중이 쓰는 구어를 표기한 것이 '언문諺文'이나[5] 조선어구어한글문장체 시가가 우리 근대시의 본질이다. 그러니 근대시사의 길은 곧 '노래의 길The Song Lines(Bruce Chatwin)'이 아닐 수 없다.

우리 시의 '초창시대'[6]가 지나간 뒤 한 간격을 두고 그 시대를 바라볼 수 있게 된 시점에서 나온 조지훈의 평가가 보다 온당한 관점일 수 있다.

> 신시新詩 발생發生 이후以後 새로운 정형시定型詩를 주장하고 시험한 안서岸曙와 시詩에서 운문韻文과의 결별訣別을 주장한 기림起林이 그 양극兩極에 선다 할 것이다.[7]

안서의 근대시 기획의도는 '자유시'가 아닌 '정형시'이며 그것이 '새로

---

5 안확, 「조선어의 가치」, 『학지광』, 1915.2; 「언문의 연원」, 『시대일보』, 1925.5.12; 「언어와 음악」, 『중외일보』, 1928.4.18~21.
6 '개화기', '근대이행기', '애국계몽기' 등의 다양한 용어로 지칭되고 있으나 김동인, 주요한 등 당대 문인들이 쓴 '용어'인 '초창시대'가 보다 중립적이고 시사적인 용어로 생각된다. 김동인, 「소설학도의 서재에서(6)」, 『매일신보』, 1934.3.23; 주요한, 「노래를 지으시려는 이의게(詩作法)」, 『조선문단』 1, 1924.10; 임화, 「조선신문학사론서설」, 『조선중앙일보』, 1935.10.9~11.13.
7 조지훈, 『詩의 原理』, 신구문화사, 1959, 194면.

운' 것인 이유는 조선어구어한글문장체의 시가양식인 까닭이니, 그것은 전통시가와도 서구 자유시와도 일정한 선을 긋는 양식이었다. 모방, 이식의 문제는 그의 관심이 아니었고 근대시가의 성격을 결정짓는 핵심도 아니었다.

시란 근본적으로 발화되고 연행되는 소리양식이니만큼 본질적으로 '노래'이며 노래이니 일정한 미학적 틀형식, 시체, 판식, 印版(版面)化의 조건이 구비돼야 한다. 시양식이란 근본적으로 노래이자 정형시체이며 그래서 시는 산문과 다른 양식적 틀을 갖는다. 시의 양식이란 운명적으로 엄격한 미학적 양식성에 구속된다.

정형양식이 덜 진화된 것이고 자유시가 문명화된 것이라는 판단은 지극한 오류에 속한다. 한시의 미학적 양식을 흠모하면서 또 한편으로 프랑스 자유시 모델에 다가가려는 안서의 의지는 우리말[8] 시가의 양식적 미학성에 대한 의지와 떼놓고 언급하기 어렵다. 그러니까 우리 근대시의 구도는 조선말, 정형적 양식성정형시체, 언문일치구어체, 개성적 리듬개성적 호흡 등의 개념을 근본적으로 떠받치고 있고, 이 개념들의 문자화된 양식이 바로 우리말조선어 구어 한글문장체 스크라이빙 시체詩體라 할 것이다. 근대 잡지, 신문 지상에 나타난 시가의 양식은 이 개념들의 적극적 반영이 아닐 수 없다. 이 개념들은 강조점이 달라지기는 하지만, 적어도 최남선 이후 춘원, 김억, 요한 등 초창시대 시가담당층들에게는 공통적인 원리로 작동하고 있으며 이 원리가 적극적으로 무너지게 된 계기는 최소한 김기림의 등장

---

8 '국어', '조선어', '한글', '우리말' 등은 특별히 의미 구분을 하지 않고 혼용한다. '쓰기' 이 에크리튀르 개념으로는 '한글(언문)'이, 시가양식성 개념 및 언문일지 개념으로는 '조선어(국어)'가 적합하나 1920년대에는 이들을 혼용했던 것으로 보인다.

이후일 것이다. 조지훈은 바로 그 지점을 지적한 것이다.

이른바 센티멘탈로맨티시즘에 대한 적극적인 저항을 근대시의 목표로 정립한 김기림의 역할은 엄격히 '반反노래주의'라 칭할 만하다. 그러니까 1930년대의 노래에 대립된 이미지, 음악에 대립된 회화, 정서에 대립된 주지가 우리 근대시사에 얼마나 큰 영향력을 발휘하는지를, 그리고 그 전회가 얼마나 큰 댓가를 치르는 것인지는 초창시대 시가양식에 대한 근본원리나 문예담당자들의 근대시가적 이상을 전제할 때 비로소 해명이 가능하다. 그것은 요약적으로는 노래성의 기원에 대한 망각이자 그것의 가속화이다. 역설적으로 일제 말기 노래성의 회복을 우리말 언어감각의 회복으로 이해한 신진시인들은 다시 우리말 시의 '노래'에 접근한다. 이는 1930년대 중반기 이후 근대시사에 대한 전회적 시각을 투영한 것인데, 즉 문자시에 대한 반발, 활자나열과 다를 바 없는 시의 양식상의 결함에 대한 적극적인 비판과 과거의 '노래전통'의 회복을 위한 요청이라 할 것이다.

우리말 잡지가 폐간되고 우리말 시를 더이상 쓸 수 없는 지경에 이르른 그 순간에 김기림조차 시인의 임무를 예언의 말, 곧 시인의 목소리에서 찾고 시의 장래를 집단의 춤에서 발견했다. 말이 파국을 맞는 시점에서 시인은 비로소 섬광처럼 나타났다. 시는 한 천재의 머리 속에서가 아니라 집단의 목소리로, 그들의 엉겨붙은 춤 가운데 불려져야 했다.[9] 김기림은 전환기의 복잡괴기한 운무雲霧 가운데서 시의 영원한 섬광閃光을 보았던 셈이다. 이상이 쓴 '한글문자실험'의 시적 에피그람은 최고의 문화가 시적인 것에 있다는 증언이자 말의 해방을 예언하는 미래의 자화상이다.

9　김기림, 「시의 장래」, 『조선일보』, 1940.8.15.

비극적인 문체는 혼종적인 문체이고 그것의 총화가 시의 말이며 시는 되돌아나가면서 근원으로 되돌아오고자 하는 양식이라는 점에서 궁극적인 것[10]이다. 시양식은 말하고 노래하고 예언함으로써 현재가 아니라 미래를 가리키고 있다. 그러니까 시의 노래는 직선이 아니라 곡선이며 진보의 시간이 아니라 원환의 시간의 궤도에 있다. 시의 말은 인간의 역사와 시간의 질서를 배반하면서 저 스스로 나아가고 되돌아나오는 영원회귀의 무한궤도에서 양식적 힘과 에너지를 얻는다.[11]

노래성의 양식이 저 스스로에 의해 창안되고 변화하고 지속하는 힘을 이 저서는 '노래의 프랙탈'이라 이름 붙이고자 한다. 그것은 일회적이고 우연적이며 직선적인 것이라기보다는 반복적이고 지속적이며 회귀적인 것임을 강조하기 위한 것이다. '노래성'은 과거에 한 때 존재했던 시의 말의 한 전통에 귀속되는 물건이 아니다. 노래는 회귀하는 것이다. 근대시사란 발전적 진보의 궤도 위에 있지 않다. 시가→시, 정형시→자유시→산문시의 길은 미리 예견될 수 없고 예정될 수 없으며 그것은 의도된 대로 계획된 대로 진행하는 인간의지의 결과물일 수 없다. 인간이 설정한 근대시사의 길이란 양식의 진보도 인간정신의 문명화를 반영한 것으로도 볼 수 없다. 오직 말을 발견하면서 말을 실천한 시인들에 의해 근대시는 스스로 자신의 길을 창안하면서 나아간다. 말의 운명이 곧 양식의 숙명이며 그것이 곧 근대시의 길이자 근대시양식의 궤도이며 그것 자체가 근대시사가 아닌가.

따라서 초창시대 '우리말'에 대한 고도의 자의식은 '민족어'에 있다기

---

10 「고트브리트 벤의 편지에서」, 하인츠 슐라퍼, 앞의 책에서 재인용, 14면.
11 조영복, 『시의 황혼─1940년, 누가 시를 보았는가?』, 한국문화사, 2020.

보다는 '조선어구어문장체'임화, '순구체純句體'안서[12]에 있으며 한편으로 그
것은 한문장체 양식에 대한 관성적 인식과 또 그것에 대한 '영향의 불안'
에 날카로운 촉수를 들이밀고 있다. 우리말 구어체 시가의 근대적 양식성
탐구, 미학적 원형의 탐색이 근대시의 생명력의 원천이다. 일본 신체시적
인 것이든, 혹은 일본어 텍스트를 통해 본 서구 자유시적인 것이든 근대적
개인의 자의식이 그것들에 중층적으로 겹쳐있음은 부정하기 어렵다. 그
렇다고 해도 근대시의 길이 전통적인 '노래'의 양식성, 고유한 음악성을
포기한 것이 아니다. 일제 후반기로 갈수록 조선말 시의 '노래' 이념이 작
동하면서 '노래'를 향수하려는 신인들의 전략이 가시화되는데 오장환, 백
석, 장만영 등에 의해 소월이 다시 조명되는 것과 이는 무관하지 않다.

　읽고 노래하고 생각하고 상상하는 것, 그것이 시가 아닌가? 이 모든 양
식적 행위가 어디 인간의 어떤 육체적 기관 한 군데서 나오겠는가? 육체
성이 곧 탈육체성이며 그것이 바로 시의 고유한 감각성, 감수성의 근간 아
닌가. 그러니 곧 디오니소스적인 열정과 광기의 숭배가 '민요' 혹은 노래
양식을 통해 터져나오는 것 아니겠는가. 여기서 시각, 청각, 촉각 등 감각
의 구분, 이미지의 구분은 무의미하게 된다. 경험에 대한 기억이 살아있고
그 기억을 재구성할 상상력이 능동적인 경우, 미학적 경험이 있는 경우일
수록 시를 더 많이 더 깊게 느낄 수 있다. 그러니 시에서 음악을 제거하고
소리를 배제할 이유가 없는 것이다. 왜 우리는 시에서 소리를 뺀 나머지
'문자시'를 근대시라 우기고 있는 것인가? 왜 근대시의 기원이 아니 근대
시 기획이 '노래성'보다는 그것을 빼고 남은 '가사'의미'의 근대성을 찾는

---

12 안서, 「詩歌의 吟味法」, 『조선일보』, 1929.10.18~22.

것에 있다고 믿게 되었던 것인가?

이 저서는 근대시를 '문자시'의 속성으로부터 구분하고 그럼으로써 초창시대 시담론의 구도를 전회하는 데 목표를 둔다. 그럼으로써 근대시사를 재편하고 근대시 논의에서 결락된 문제들을 다시 주목하고 근대시 텍스트를 재해석할 수 있는 가능성을 열어두고자 한다. "가능성을 볼 수 있는 자의 영혼은 그 어떤 부글거리며 끓어오르는 술보다도 더 젊고 불탄다"라는 멋진 말을 남긴 사람은 아마도 키에르케고르일 것이다. 근대시사가 소략한 것이 아니라 '노래'에 대한 무지와 무관심과 냉담이 근대시의 범주를 실재보다 훨씬 협소시켜버린 원인이었음을 문득 깨닫게 된다. 말을 노래하는 시인들은 고대적 전통을 회복하고 시적인 것이 최고의 문화가 되게 함으로써 시의 가능성을 극한까지 끌어올린다. 그래서 노래를, 고대적 시가의 전통을, 회복할 의무가 우리에게는 있다.

제2장

문자의 심급

자명성 위로 떠오르는 것

It is self-evident that nothing concerning art is self-evident anymore.[1]

"문학이란 씌어지기 이전 읽히어지는 것을 목표로 한 한 개의 표현이
다"[2]는 임화의 논제는 청각 속에서 공명하는 우리말의 음악을 상상하게
하지만, 실제 이 논제가 우리를 충동하는 것은 음악의 말을 떠올리기도 전
에 이미 '문자의 권위'에 우리의 이성이 강하게 예속되어 있다는 사실의
확인이다. 문자의 권위는 '말을 필요로 하지 않을 정도로' 지배적인가? 이
저서는 이 의문에서 출발한다. 문자화는 곧 의미화 과정이며 의미를 부여
하는 것 자체는 텍스트의 완전한 독해가 수행된 것을 보증한다. '어떤 텍
스트를 읽었다'는 것이 담론의 세계에서의 권위를 보증하는 것이 된다고
할 때, 그 권위는 담론의 주체에게 나온 것이기보다는 문자로부터 허여된

---

1 T. W. Adorno, *Aesthetic Theory*.
2 임화, 「조선어와 위기하의 조선문학」, 『조선중앙일보』, 1936.3.8~24.

것이다. 문자의 최종심급은 권위의 행사이니,[3] 근대 학문의 권위를 보증한 것은 문자리터러시의 권위가 아닐 수 없다. 적어도 산문 혹은 담론의 세계에서 그것은 논리적 적확성과 이론적 자명성을 동시에 획득한다.

학문연구의 '세대적 기억'이란 경험의 총체성이나 이념적 확신에서 기원한다기보다는 우연적이고 단속적인 하나의 '사건'에서 기인하는데 그것이 바로 '문자성'에 대한 완고한 확신이 아닐 수 없다. 국학자 안확의 "어음語音을 성리聲理로 해解치 안코 문자형文字形을 의하야 해解하며"[4]라는 언급은 초창시대 언어를 이해하는 틀이 '성리聲理'에서 '문자형'으로 이행하고 있음을 반증한다.[5] 한 세기에 걸쳐 근대학문 연구자들에게 이 '문자성'은 확고하게 '진리'를 담보하는 물질적 실체로 자리잡았다. 학문적 경험은 책과 책의 문자성과 문자성에 기반한 텍스트의 고정성과 직접 연계되며, 근대문학의 양식적 규정 역시 이 문자성으로부터 출발한다. 문자의 최종 심급은 문학의 이론화, 과학화이며 그것이 아카데미즘의 궁극적 목표인 진리성을 담보한다[6]는 믿음은 '주체의 문자화littéralisation'를 가속화한다.[7] '문자성'은 자명한 근거와 진리의 확고한 토대로서 그 자체로 장엄하고 숭고한 근대적 에크리튀르의 실재가 아닐 수 없다.

근대시사상 제기되는 학문적 논거도 이 원칙에서 벗어나지 않는다. 시

---

3   장 뤽 낭시·필립 라쿠라바르트, 김석 역, 『문자라는 증서』, 문학과지성사, 2011, 17~34면.
4   안확, 「조선어의 가치」, 『학지광』 4, 1916.
5   1920년대 후반 '시조부흥운동'의 논의 과정에서 안확은 최남선, 조윤제, 이병기 등과는 달리 '음악'으로서의 시조를 분석하고 있다. 배은희, 「자신 안확의 시조론 연구」, 『시조학논총』, 한국시조학회, 2009.1. 근대초기 '시가로서의 시적 이상'을 견지했던 김억의 논의와 연관해서 살펴볼 필요가 있다. '시조시'라는 용어로, 음악으로서의 시조를 문예물로서의 시조와 분리한 것은 1930년대 후반의 일이다.
6   장 뤽 낭시·필립 라쿠라바르트, 앞의 책, 24~25면.
7   위의 책, 38면.

의 향유란 일차적으로 문자 텍스트를 읽고 의미를 해석하고 이를 바탕으로 한 시사적 가치평가에 강조점이 주어진다. '시를 읊는다/노래한다'라는 표현은 수사적이거나 비유적으로 이해된다. 실제 시를 '읊고/낭영하고/노래하던' 전통적 양식 — '시가詩歌'라는 명칭에서 분명하게 드러나 있다 — 에 대한 인식은 우리세대의 기억으로부터 상당히 멀어져 있다. 시의 근대성을 논하는 에피스테메 자체가 이 전통적 '시가'를 거부한다. 마치 '역사의 가속' 패달을 밟고 시간을 이동해온 것처럼 시양식에 대한 인식은 의식의 저 밑자리에서부터 이미 시가성을 부정하는 데 바쳐진다. 시의 노래성을 부정하는 것이 곧 근대시의 출발을 보증하는 것이라는 암묵적 동의가 '시가詩歌의 기억'을 망각의 늪으로 밀어넣어버린다. '시' 곧 '시가'의 등식은 더이상 통용되지 않는다. 시의 노래성 자체는 망각되거나 기껏 복원된다 하더라도 문자의 이면에 잠재된 속성으로 추상화된다. '근대시'는 더이상 노래가 아닌 '그 무엇', '문자시'의 속성을 온전하게 보존하는 양식으로 우리의 기억을 고정시킨다. '자유시' 환각은 곧 문자시의 낭만적 이데아를 통해 배양되고 성숙된다.

과학적 문장과 문학적 문장이 갈라지고, 문학적 문장 가운데서도 산문 문장과 시의 문장은 구분되어야 마땅한 것이며,[8] 거기에 문장상의 말과 담화상의 말이 구분되어야 한다는 시각[9]은 시가를 언급하는 자리에서는 늘 완고하게 고수되는 것이었다. 실제 실행의 차원과는 상관없이 말이다. 말노래을 문자로 옮기는 '쓰기writing'는 '쓰기의 기술composition in writing'과는 다른 것이며, 전자에서 후자로 이행하는 과정은 매우 느리다.[10] 이 말

8　김안서, 「現下 作家와 그 文章」, 『신천지』, 1949.9.
9　코모리 요이치, 정선태 역, 『일본어의 근대』, 소명출판, 2003, 209면.

은 언문일치에서 작시법으로 다시 그것의 이론적 체계화의 진행의 정도는 각각 상이한 과정임을 암시하는데, '말은 문자보다 우선적인 것'이라는 안서의 관점이나 '문자는 말의 그림자에 지나지 않는다'는 만해의 시각은 '쓰기' 그 자체가 근대시가의 현존을 위한 불가피한 조건에서 기원한다는 점을 강조한다. 문학literature이라는 용어는 '쓰기literatura'라는 라틴어의 기원을 가진 것으로 알파벳 문자를 뜻하는 'litera'에서 유래했다는 것인데, 구비문학예술의 전통은 오늘날 우리가 생각하는 문학, 즉 '쓰기'와는 일단 관계가 없다. 따라서 '말'이 우선적인 환경에서 '쓰인 말'은 '찌꺼기'인 것이다.[11] 따라서 시가의 전통에 익숙하게 이어졌던 근대시가의 '문자에크리튀르'를 말 혹은 노래보다 우위에 위치시킬 수는 없다. 근대시의 초창시대부터 이 말 우위성의 시각은 이미 전제된 것이었고 줄곧 준수되고 있었는데, 도대체 무슨 일이 일어났던 것인가. 왜 '시가의 기억'은 근대의 수면 아래로 침잠돼버린 것인가.

'문자시poetry as the Letters'란 '문자적 자질'을 근간으로 존재하는 시로, 그 해석과 평가의 지렛대 역시 '문자성literacy'의 매체적 자질이 중심이 된다.[12] 근대적 읽기란 '묵독적 읽기'라는 점에서 텍스트의 독해 역시 선조적 읽기를 통한 의미의 연쇄를 파악하는 것이 중요한 과제가 된다. '문자시'의 범주에서 시는 더이상 낭영되거나 노래되는 양식은 아니다. '문자시'의 상대적 개념으로 우리는 언뜻 '낭송시'를 떠올릴 수 있지만 그 출발역시 '문자시'에 있다[13]는 점에서 시가의 본질에 육박하는 양식적 성격을

10 월터 J. 옹, 임명진 역, 『구술문화와 문자문화』, 문예출판사, 1995, 45면.
11 위의 책, 20면.
12 조영복, 「'노래'를 기억한 세대의 '朝鮮語詩歌'의 기획─岸曙 金億의 논의를 중심으로」, 『한국현대문학연구』 46, 2015.

고유하게 지닌 것은 아니다. 존재성이 다르다는 뜻이다. '낭송시'는 '문자시'의 상대개념이 아니라 문자시의 하위 범주, 문자시의 수행적 실천변형 혹은 변용에 가깝다. 개화, 계몽의식을 효과적으로 수행하고 또 대중 선동을 위한 전략적 방법으로 선택된 것이 시의 낭송 혹은 낭송시에 대한 지배적인 인상이다. 문자시의 기술매체적 활용, 변용, 변형한 장르로 '라디오시'를 상정할 때, 이 '라디오시' 정도가 청각적 속성이 보존될 수 있는 문자시의 장르적 임계점일 것이다.

'낭송시'와 '시의 낭영성'은 그 출발점에서부터 뚜렷하게 갈라진다. 낭영성은 시가의 본질로 시가양식의 출발은 말의 낭영성에서 비롯하는데 따라서 시가의 중요한 매개감각은 청각이다. '귀의 극장the cinema of the ear'[14] 이 핵심이다. 매개감각이 시각이고 '시네마극장눈의 극장'이 핵심인 주지주의, 이미지즘 시의 존재론과는 본질적으로 다른 차원에 있다 하겠다. 시의 핵심이 '눈으로 읽는 것', '의미를 찾는 것'에 있다면, 1930년대 이미지즘, 주지주의 시는 청각과 관계맺기를 꺼려하며 따라서 청각은 더이상 시의 존립을 가능하게 하는 핵심감각일 수 없다. '시의 낭영'은 근대시의 본류에 속하지 않거나 적어도 향유의 필수적인 과정은 아닌 것이다. 근대시 대부분이 책문자을 통해 독자와 조우하는 것이어서 이 청각을 매개한 시의 향유는 근대시로서는 낯선 방식이다. 적어도 시를 소리의 형태로, 음악으로 이해하는 것은 근대시 연구의 본류가 아니며 시의 음악성이나 음향 문제

---

13 '시를 낭송하다'라는 의미로서가 아니라 시가의 본질적 조건인 '낭영성', '노래성'이 전제된 개념이다. 시의 '낭영성'과 (문자)시를 낭송하면 '낭송시'가 된다는 개념은 본질적으로 다른 것이다.

14 Milton A. Kaplan, "American Speech in the Poetry," *American Speech* Vol.19, No1, Feb, 1944.

도 대체로 내면적 소리, 내면적 음성성으로 그 범주를 좁혀 이해하는 경향이 강한데 이는 궁극적으로 근대시의 속성을 노래로부터 분리하고자 하는 완고한 의식, 문자시의 기억을 고정화하고자 하는 의도에 기인한다.

근대적 시의 존립이 결국 문자리터러시, 인쇄리터러시에 의존하게 될 때, 소리를 문자화하는 것이 필수적 과제가 되고 이것이 바로 시가의 근대적 에크리튀르인 '쓰기'의 핵심이다. 그런데 문제는 이 '소리와 문자가 얽혀있는'[15] 시(가)를 '문자시'의 범주로 환원함으로써 '소리'가 축소되거나 제거된다는 데 있다. 언어한국어의 랑그적 본질로부터 구축된 시작법창법의 이론화와 체계화로부터 '율격론'을 전개하지 못하는 논의의 문제성만큼이나 '불려지지 않게 된 시'에서 운율법을 구하는 것은 억지스럽다. 문자의 논리와 음악소리의 논리는 그 수행성의 방법이나 실제 수행효과의 차원에서 서로 다르다. 문자로 표기된 '모라'를 계량적 박자로 취급하는 '운율론'[16]은 오류일 수 있다. 우리말조선어의 랑그적 실재에서 추출되지 않은 운율론은 성립하기 어렵고 또 추출한다고 해도 그것은 실재가 아니다. 랑그적 실재로부터 규정된 작시법, 창법, 운율론이 존재하는 서구시나 한시를 생각해보면 이는 쉽게 수긍된다.

1930년대에 주도적으로 논의돼 온 근대시의 방향성을 둘러싼 담론 가운데, 근대시와 전근대시의 속성의 차이를 논한 담론에서 '음악성 : 회화성', '청각적 이미지 : 시각적 이미지'의 이항대립은 근대시와 전근대시를 가르는 '총체적인 규준'으로 기능한다. 적어도 '음악성', '노래', '소리'를

---

15 가와다 준조, 이은미 역, 『소리와 의미의 에크리튀르-말, 언어, 글의 삼각측량』, 논형, 2006, 43면.
16 위의 책, 218면.

인정한다해도 그것은 내면적인 것, 상상된 것, 문자적 속성에 기반한 가상적 음성성에 가까운 맥락으로 이해된다. 근대시 연구의 기본 구도도 이 카테고리로부터 벗어나지 않는다. 과연 익히 알고 있었고 믿고 있었던 이것이 진실인가?

논제 1. 문자시의 자명성과 노래의 망각

근대의 문학文藝 개념이 한문학의 담론이나 동양문학의 이론보다는 서양이론으로부터 왔다는 것은 분명한데, 매슈 아놀드의 "문학은 일종의 위대한 언어이다. 그것은 문자로 쓰고 또 서적으로 인쇄된 모든 것을 의미한다"는 정의定義[17]가 정전처럼 받아들여질 때 문학은 이미 '문자' 및 '인쇄' 리터러시의 운명을 벗어나기 어렵고 근대시는 본질적으로 '인쇄리터러시를 통한 문자시'로 대중을 향해 자신의 존재성을 알린다.

근대 문자시의 전통에서 '문자의 고정'이란 소리를 고정하는 것이기보다는 의미를 고정하는 방식이다. 문자가 곧 소리는 아니며, 소리를 문자로 올곧하게 전사할 수도 없다. 단순히 '음운'의 전사轉寫를 말하는 것이 아니다. 문자는 배열되고 정련되지만 소리는 카오스적이고 무질서하다. 거기에 '근대적 독서'라는 새로운 관념이 등장한다. 소리는 잠재화된다. 소리가 묵음처리되니, 산문과 시를 구분할 수 있는 방법은 대체로 개행뿐인데, 문제는 '산문시'의 실존이다. 개행되지 않는다면, 그것이 '산문시'라고 해

---

17 한용운, 「문예소언」, 권영민 편, 『한용운 전집』 6, 태학사, 2011.

도 '산문'과 다를 바 없게 되는데 그럼 산문과 '산문시'를 어떻게 구분할 것인가? '정형시', '자유시', '산문시', 이들의 구분의 문제가 여기서 발생한다. '산문시', '자유시', 그리고 '정형시'의 장르 혼란은 당연한 것이다. 문자로 기록되었으되 본질적으로는 '소리'인 양식이, 문자로 기록되고 의미를 추출하는 양식으로 변화되면서 노래, 문자, 음악 간의 복잡다기한 혼란이 야기된다.

말과 문자, 노래의 상관관계를 다음과 같은 범주로 상정할 수 있다.

① 시(문자) → ② 읽기(묵독) → ③ 읽기(낭송) → ④ 문자성＋음악성(시가) → ⑤ 노래[18]

일반적으로 '근대시'의 범주는 대체로 ②의 단계까지를 포괄하고, 이벤트적인 것문자시를 낭송하는 단계으로 ③의 단계까지 확장된다. ③은 이벤트적 속성에서 비롯된 것이지 시의 본래적 낭영성, 그러니까 시가성을 곧 가리키지는 않는다. 시를 소리내서 읽는 행위에 초점이 가 있는 것으로 '대중 낭송회' 정도가 여기에 속한다. 선시적先詩的인 것이 아니라 후시적後詩的인 것이며, 기원적인 것이 아니라 후차적인 행위라고 하겠다. 그것은 시에는 리듬이 있다는 것만큼이나 자명한 것이어서 새삼 학문적으로 논할 문제는 아니다. 즉 ⑤와 같은, 노래의 완벽한 현현을 전제로 한 고대시가의 생성 방식이나 생성 조건, 전승 형식과는 근본적인 차이가 있다. 이 둘(③과 ⑤)을 매개하는 방식의 하나가 ④인데, 오페라나 판소리에서의 말을 노래

---

18 근대적 개념의 '음악', '노래(성악)'에 국한시키기 보다는 전통 노래체의 시가양식 전반을 포괄한 양식의 노래 수행성을 전제한 개념이다

하는 양식으로 오페라의 '레치타티보recitativo'나 판소리의 '아니리' 정도를 생각하면 쉽다. 문제는 ④는 단순한 서정시가와는 달리, 서사도 있고 행위도 있는 양식 전반을 포괄한다는 점이다. 그러니 시서정시 – 서사(성) – 노래는 서로 얽혀있는 모나드monad들로 시는 서사에 대립되거나 시는 곡조와 분리되지 않는다. 이 세 항의 조합이 곧 시의 양식적 성격을 확정하는 틀, 곧 '트리니티Trinity적 완전성'을 규정하는 요소라 할 수 있다. 이 세 요소 특히 노래(성)을 제거한 채 근대시의 기원을 말할 수는 없는 것이다.

논제 2. 서구 상징주의시의 모방과 자유시라는 환각

뒤에서 보다 상세하게 논의하겠지만, '자유시' 문제의 본질 역시 상징주의 수용이나 모방에 앞서 조선어 자체의 랑그적 특질에 이미 내재돼 있다. 이 문제를 간과하고 자유시 수용 문제를 논하는 것은 실증적으로도 시사적으로도 양식적으로도 오류를 가질 수밖에 없다. '근대성'보다 우선적인 것이 바로 언어문제, 조선어 문제인 것이다. '자유시'에 대한 막연한 환상보다 "우리말 우리글로 쓰는 자유시를 쓰고 싶었다"는 『백조』, 『장미촌』의 시인 박종화의 회고[19]가 보다 현실적이고 실재적이다. '우리말 우리글'이 곧 '조선어구어한글문장체문'인 것은 말할 필요도 없다. 이 조선어구어한글문장체 시는 종래 있던 양식의 것이 아니었다. 임화가 언급했듯, '신시'의 개념이 일본, 중국의 그것과 다른 본질적 이유이다. 언어, 문자를

---

19 박종화, 『역사는 흐르는데 청산은 말이 없네』, 삼경출판사, 1979, 438면.

괄호치고 "한국근대문학을 한다쓰고 읽고 논하다"고 말할 수는 없는 것이다.

주요한은 자신이 각법과 라임이 없는 '자유시'의 형식을 추구하게 된 것이 불가피한 선택이었음을 훗날 회고했는데, 불란서 상징주의시 형식의 차용이 시대적 분위기 때문이기도 했지만 실상은 조선말 원래의 성질상 그러하지 않을 수 없었다고 회고한다. 고래로 우리말 시가는 음절수를 맞춤으로써 각법과 라임을 대신한 정형성을 모색할 수밖에 없었는데, 민요나 시조 등의 조선말 시가는 운다는 법이 없고 다만 글자수로 규율을 맞추는 데서 최선의 시가적 리듬을 형성할 수 있었다. 대부분의 민요가 '팔팔조' 즉 여덟 자씩 한 구가 되는 형식을 취하고 있는 것은 이 때문이며, 이 강박적 규칙성과 단조로움을 넘어서고자 일본시의 7.5조 또는 5.7조를 시험해보게 되었다는 것이다. 어찌되었든 최남선 이후 조선말로 된 새로운 시가의 정형적 규칙성을 모색하는 가운데 '신시운동'이 무르익어갔고 또 그에 걸맞는 시가자료들이 누적되었다. 최남선의 시가형식의 다양한 모색이 글자수의 규칙성과 그것의 다양한 일탈과 변주를 통해 이루어졌다는 이광수의 회고도 이를 뒷받침한다.

다양한 시형식이 동시적으로 모색되었다는 것은 최남선이 펴낸 잡지의 판면에서 확인되거니와, 실제로 『개벽』이나 『조선문단』에 이르기까지도 최남선 시대의 잡지 판면에서 보여주는 정형시체 양식의 다양한 외양과 그 반복적 재현이 확인되고 있다. 적어도 정형시 → 자유시 → 산문시의 진화론적 모델은 근대시사상에서 확인되지 않는다. 뿐만 아니라 자유시 곧 근대시 혹은 신시라는 등식 역시 성립되지 않는다. '자유시'는 근대를 표명하고 근대를 증언하는 근대성의 양식이기보다는 근대시의 모색과정에서 얻어진 양식적 탐구의 결과물일 가능성이 더 크다. 그것은 근대직 이

넘 혹은 근대시 모방의 산물이기보다는 조선말의 랑그적 실재로부터 기인하는 양식상의 결론이거나 인쇄리터러시의 재현적 결론일 가능성이 더 크다는 것이다. 곧 음의 강약이 없고 압운이 결여된 우리말 시가의 시작법의 부재, 교착어인 조선어의 랑그적 특성으로 인한 규칙적이고 강박증적인 글자수 맞춤의 경직성, 그리고 인쇄 독물讀物로서의 시가 텍스트가 운명론적으로 맞게 되는 양식상의 결론 등이 작용한 결과인 것이다.

초창시대 새로운 신시의 모색과정에서 뚜렷한 공적을 보여준 인물이 『오뇌의 무도』, 『기탄잘리』, 『신월』 등의 역시집과 창작시집 『해파리의 노래』를 펴낸 안서라고 주요한은 결론짓는다.[20] 요한은 '노래'의 회귀를 주장하면서 민족적 정조와 사상, 조선말의 미와 힘을 강조한다. 한시나 시조 등의 전통시가의 고투에서 벗어나 조선어 구어의 음악적 해화諧和를 성취하는 길은 새로운 정형의 율격을 구하는 것이었는데 우리말의 구조상 그 정제된 정형양식의 시가작법을 창안하는 것은 불가했으며 더욱이 한 개인이 시작법의 규범적 모델을 창안하는 것 또한 난감한 과제였다. 궁극적으로 우리말 시가의 존재성을 확인할 수 있는 대목은 글자수 맞춤음절운이었고 따라서 신시의 결론은 정형적 글자맞춤을 통해 구현되는 우리말구어문장체 시가일 수밖에 없었다. 구시와는 다른, '새로운 음절운'에 의해 정격화되는 조선말구어한글문장체 시가가 신시의 최종심급이었던 셈이다.

초창시대 넘어 1930년대 중, 후반기에 등단한 장만영은 주요한의 「아침 황포강가에서」를 언급하면서 음악적인 반복이 비로소 시같은 느낌을 주는 것이라 말하고 "시란 이와 같이 음악적인 반복이 있어야 하는가 보다

---

20 주요한, 「노래를 지으시려는 이의게(1)」, 『조선문단』, 1924.10.

하고, 그 때 나는 막연히 생각하였다"고 썼다.[21] 우리말 구어체 문장의 아름다움을 지극히 살려둔 「불노리」에 이어, 「아침 황포강가에서」의 우리말 구어체의 음악적인 반복이 신진시인들에게까지 절대적인 인상으로 자리잡았던 것이다. 모방의 욕망 이전에 언어의 욕망이 있고, 언어의 욕망 이전에 리듬육체의 무의식적 충동이 있다. 그것이 근대시의 출발인 것은 아무리 강조해도 지나치지 않으며, 따라서 마치 우리말 자유시를 향한 도정의 출발점에 서구 상징주의시가 있다는 식의 추론은 진실이 아닐 것이다.

논제 3. '조선말 문자'로 문학하기('쓰기')

근대문학이 조선말문학이라는 것은 너무나 자명해서 자명성을 상실한 논제이다.[22] 우리말 문학이니 당연히 우리말로 하는 것이고 그것은 자명하니 논의의 대상이 될 이유가 없고 연구의 대상으로 삼는 것조차 시시할 정도이다. 과연 그러한가.

초창시대 문단의 중심인물이었던 김기진은 1924년경에 가서도 우리말 문학의 부재를 이렇게 한탄했다.

가나다라를 말하는 사람이 이천만 명이나 넘는데 감히 어찌하면 이 말로 쓰이는 문학이 없을까 보냐. 조선어의 완성은 조선문학의 건설의 선행조건이다.[23]

---

21 장만영전집간행위원회 편, 『장만영 전집』 3, 국학자료원, 2014, 428면.
22 '사명관 문제의 자명성 상실'이라는 주제는 아도르노이 예술자명성 상식의 주제를 변주한 것이다. "It is self-evident that nothing concerning art is self-evident any-more", T.W. 아도르노, 홍승용 역, 『미학이론』, 문학과지성사, 1984, 11면.

임화가 근대문학의 핵심 주제로 조선어민족어, 근대의식, 형식 이 세 가지 카테고리를 상정했을 때 이 중 핵심은 조선어 문제였다. 근대 이전, '조선어문학'이란 존재하지 않았다. 공공대중 독자를 향한 대량출판인쇄 시스템을 기반으로 조선어한글 문자에크리튀르를 실행한 근대문학 제도 자체가 존재하지 않았다는 뜻인데, 조선어 구어로 '쓰기' 혹은 '쓰기의 쓰기'라는 한글에크리튀르 자체가 작동한 적이 없었던 것이다. 일본 근대문학과 다른 경우가 바로 이 점이다. 말하자면 '쓰기' 자체의 규범이나 제도 자체가 존재한 적이 없는데도 근대문학 논의는 이 자명한 연구주제를 생략한 채 곧바로 '쓰기의 쓰기, 혹은 문학의 질적 가치' 문제 곧 문학성, 시성詩性, 기교의 문제로 전화하거나 곧 바로 근대의식, 형식 문제로 이행해 간다. 적어도 임화가 '조선어 구어문장체'를 문제삼은 것은 단순히 언문일치의 형식 문제만은 아니다. 한글에크리튀르성의 기반 문제, 시가의 '쓰기문자화'와 '쓰기의 쓰기작법, 기교'라는 문제를 동시에 문제삼은 것이라 하겠다.

실상 우리말 문학이라는 것은 부재했다. 한 번도 가져본 적이 없던 물건이었다. 내간체가 있었고, 시조가 있었고, 가사가 있었고 또 그 무수한 어떤 시가양식들이 있었음을 부정하는 것이 아니다. 더 좁혀서 말하면 초창시대 문학담당자들에게 조선말국문 문장은 자명한 것이 아니었다. 생각이든 정서든 그것을 한문이 아닌 한글로 표기하는 것은 낯선 것이었는데, 1920년대 중반에도 '조선어 시가'는 부재하거나 번역적 위치에 있다고 인식될 정도였다. 『창조』 창간호에서 「불노리」로 화려하게 등단한 주요한조차 '조선말로 된 노래는 구하기 힘들'다[24]고 하소연했을 정도로 조선

23 김기진, 「조선어의 문학적 가치」, 『매일신보』, 1924.12.7.
24 주요한, 「먼저보고늡으라(詩選後感)」, 『조선문단』, 1924.12.

어 시가란 당대 대중적으로 쉽게 접근할 수 있는 양식은 아니었다. 겨우 2, 3의 시집과 문예잡지가 조선어 시가노래의 '쓰기'의 실례로 존재했지만 그것조차 일정한 양식적 표준 위에 근거한 것이 아니었다.

상촌象村, 신흠의 시집 『해동가요海東歌謠』 서문에 "문득 시장詩章에 형식을 빌고 여기餘機가 있으면 방언方言으로 강腔하여 기기記하기를 언문諺文으로 하노라"를 인용하면서 조윤제는,

> 한시漢詩는 지나支那 피토彼土의 시詩이고 조선朝鮮의 시詩가 아니니까 조선朝鮮
> 사람이 이를 짓자면 암만 하여도 흉중胸中에 일어나는 시흥詩興을 한번 한어漢語
> 로 번역하지 않으면 안 될 것인데, 번역하여 놓고 보면 혈맥血脈에 뛰든 시의 리
> 슴은 전연全然 깨트러지고 말 것이니까 한시漢詩의 형식形式을 빌어 표현表現하여
> 도 여운餘韻이 아즉 남었다는 것인가. 사실한어事實漢語와 조선어朝鮮語와는 그 형
> 태形態와 음운音韻이 전연全然 달라 조선어적감흥朝鮮語的感興은 한문漢文의 표현表現
> 으로 만족滿足할수 없는 것이다.[25]

라고 썼다. 한문, 한자를 뚫고 나오는 이 방언조선어적 감흥이 시여詩餘, 시의 가장 순금부분이자 핵심이라는 것인데, 시의 형식이 아닌 진체眞體에까지 깊이 들어가 시를 짓는 것은 모국어, 조선어를 그 매개로 하지 않으면 안 된다. 한학자의 우월감과 한문장체에 대한 지고한 숭배가 '시여'라는 용어에 내재돼 있다고 조윤제는 비판했지만, 그럼에도 불구하고 한학의 대문호조차 말과 글의 이질성에서 오는 곤란, 언문불일치, 구어와 문장체 간

---

25 조윤제, 「申象村의 「詩餘」에 대하야」, 『문장』, 1939.3.

의 간극과 고민을 모국어적 감각, 조선어 에크리튀르를 통해 다시금 해소하지 않을 수 없었다.

'시여詩餘'란 조윤제에게는 일종의 본체 아닌 나머지, 핵심 아닌 부분, 중심 아닌 주변 등의 술어적 맥락으로 이해되었을지 모르지만 사실 '시여詩餘' 자체가 시의 황금부분이자 시의 진체이지 않을 수 없다. '뉘앙스', '아우라', '말의 침묵' 등으로 지칭되는 시의 기표적 초월, 의미 전달의 기능을 넘어 선 시의 존재론적 조건이 '시여'에 확연하게 드러나 있다. 이는 몸으로 체득된 문자, 일상어, 생어生語, 살아있는말, 구어와 그것의 언어적 기표 곧 문자화의 일치를 떠나 생각할 수 없다. 말하자면, 한문학의 대문호 신흠은 문득 언문불일치의 간극 앞에서 한자말로 시 쓰는 자의 언어적 결핍을 새삼 깨우치게 되었다는 것이다.

한자문학을 번역하기 위한 용도로 쓰이는 조선어, 외국문학서구, 일본 문학을 번역하기 위한 용도로 쓰이는 것을 뜻하는 '조선어의 번역적 위치'[26]가 '조선어 문학'의 부재를 벗어날 수 없게 한다는 주장도 있다. 이는 말을 하는 것과 문학을 하는 것의 차이를 적시하고 있는데, '문학'이 되기 위해서는 말단어정리, 문(장)법 정리, 맞춤법 정리 등 '쓰기'를 위한 원칙이 제시되지 않으면 불가하다는 관점을 바탕에 깐 것이다. 우리말 단어형용사, 명사, 동사도 제대로 알지 못하고 문법도 모르고 거기다 '구조 다른 자모음을 색색으로' 쓰기화하는, 이 규정없이, 원칙없이, 혼란상태에 있는 '조선어 쓰기'의 상황이 우리 근대문학이 맞닥뜨린 실재적 환경이었던 것이다.

한문식자층에게 '국문체', '한글체'는 일상적인 '쓰기'가 아니었음을 확

---

26 박용철·정지용 대담, 「시문학에 대하야」, 『조선일보』, 1938.1.1.

인할 수도 있다. 국문체내간체나 국한문체현토체가 이미 쓰이고 있었지만 그
것은 '문학적 쓰기'의 일반적 형태가 아니었다. 순국문체에 띄어쓰기까지
했던 『독립신문』에 실렸던 글이 이 상황을 짐작하게 한다.

　한문만 늘 써버릇ᄒ고 국문을 폐ᄒᆫ 까ᄃᆰ에 국문만 쓴 글을 조선인민이 도로
혀 잘 알아보지 못ᄒ고 한문을 잘 알아보니 그게 엇지 한심치 아니ᄒ리요 (…중
략…) 국문으로 쓴 편지 ᄒ 장을 보자ᄒ면 한문으로 쓴 것보다 더듸 보고 쏘 그
나마 국문을 자조 아니 쓴ᄂᆫ고로 서툴어서 잘 못 봄이라.[27]

　한문체, 순국문체, 국한문혼용체 등을 같이 실었던 『한성주보』가 결국
순한문체로 돌아간다거나, 『태서문예신보』가 언문체순언문쓰기를 지향하다
결국 국한문혼용체로 귀환하는 것은 그만큼 언문국문쓰기가 당대 식자층
에게는 어려웠던 것임을 증거한다. 조선어구어한글문장체의 '쓰기' 이전
의 단계, 단지 표기 자체를 한글로 '쓰기'하는 문제 자체도 대중적 동의를
얻기 어려웠던 것이다. 대체로 띄어쓰기가 되어있지 않으면 문맥파악이
어려운 탓에 한문교양층에게 국문의 '쓰기'는 물론이고 '읽기'조차 쉽지
않았다.[28] 스스로 한문의 대가이면서 또 국한문혼용체에 깊은 관심을 가
졌던 장지연이 『시사총보時事叢報』의 주필로서 '논설論說'란에서 국한문혼용
체, 순국문체 등의 다양한 문체실험을 한 것은 한글을 '쓰기화'하기 위한
시도였다는 주장도 한글의 '쓰기'가 얼마나 낯설고 곤혹스런 것이었는지
를 밀ᅦ준다.

27　「논설」, 『독립신문』 제1권 1호, 1896.4.7.
28　주승택, 「국한문 교체기의 언어생활과 문학활동」, 『대동한문학』 20, 2004.

『소년』, 『청춘』 시대를 지나 3대 동인지가 출현하는 시점에서도 '한글 언문쓰기'는 여전히 난제였고 일종의 '베껴쓰기' 차원에서 겨우 실천되었다. 글을 쓰는 것이 아니라 '전사轉寫'의 형식이었다는 것이 핵심이다.

사자주의寫字注意. 해자楷字로 정서正書하되 언문諺文을 특特히 주의注意하야 정음 정사正音正寫하시오.[29]

1919년 발행된 『삼광』 창간호는 독자투고를 독려하면서 '주의사항'에 언문으로 정확하고 바르게 쓸 것을 강조했다. 맞춤법이 갖춰지지 않은 상황에서 소리글자인 한글正音의 '쓰기'의 어려움은 말할 것도 없었을 터인데, 초창시대 '쓰기'의 어려움은, '정사正寫'라는 말 그대로, '언문 글자 정확하게 베껴쓰기寫字'의 차원에 있었다.

그런데 한글구어문장체의 '쓰기'라면 문제는 보다 복잡해진다. 장지연의 한글문장이든, 독립신문의 한글문장이든 그것은 구어투의 문장이어서 실제 우리말 구어에 기반한 언문일치체 문장이라 보기 어렵다. 단순히 한글로 표기한다고 해서 언문일치체가 실현되지는 않는다. '쓰기'조차 안되는데 '쓰기의 쓰기'를 논한다는 것은 논점 자체가 성립하기 어렵고 그것이 '시가양식'의 문제라면 더욱 심각한 지경에 이르는데, '신시'란 조선어구어한글문장체의 '쓰기'를 통해 도달하는 양식이기 때문이다. 각운과 리듬은 물론이고 질서있게 글자수를 맞추고 그것을 구, 행 별로 엄격하게 단구, 배단하는 시양식에 있어 '쓰기'의 어려움은 군이 부기할 필요조차 없

---

29 「독자투고」, 『삼광』 창간호, 1919.2.

다. 이 첫 번째 단계의 '쓰기베껴쓰기' 차원을 괄호치고 문예양식으로서의 시성詩性을 논하거나 가치평가를 하는 것, 이른바 '쓰기의 쓰기'를 논하는 것은 불합리하고 실증적인 근거도 희박하다는 뜻이다.

논제 4. '언문일치'의 관점과 시가양식의 조선어구어한글문장체의 쓰기화

임화가 동양삼국의 근대문학을 언급하면서 제기한 것은 명칭 문제와 언어 문제이다.[30] 특히 언어 문제에 대해, "지나支那의 백화운동이 조선신문학의 모어전문母語專門과 비슷하다. 그러나 백화운동은 서구제국의 근대문학사와 같이 문어체로부터 혹은 산문의 운문으로부터의 해방과 비교될 정도의 것이다"라고 선언하고 그것은 우리신문학사가 한문문학으로부터 해방되면서 처음으로 조선어 고유어를 전용專用할 수 있게 된 것과는 분명 차이가 있다고 설명한다. 한국근대문학은 무엇보다 '언어조선어의 전용'이라는 문제와 그것을 통한 '유형적 분립장르정립'에 그 기원을 두어야 한다는 것인데, 이 문제는 중국 근대문학과 한국의 그것과의 질적, 근원적 차이를 가리키고 있는 듯하다. 우리 근대시의 기원을 두고 일본 신체시 이식, 서구 상징주의시 모방 등의 문제로 쉽게 단언하고 또 결론지을 수 없는 이유이다.

핵심은, '근대성'보다 프리오리티하게 존재하는 문제, '언어적 해방'이라는 문제이다. 그것은 '한문맥한자문으로부터의 해방'을 통한 '조선어문한

---

30 임화, 「개설신문학사」, 『임화문학예술전집-문학사』, 소명출판, 2009.

글'의 '쓰기'와, '문어문장'으로부터의 해방을 통한 '조선어 구어의 음률적 개척'이라는 두 과제를 관통하는 것인데, 이른바 '언문일치' 명제는 본질적으로 시의 미학적 양식화 문제와 밀접하게 연결된다. 주요한은 전통 노래양식의 계승을 주장하면서 ① 중국을 완전히 모방한 한시, ② 형식은 다르나 내용은 역시 중국을 모방한 시조, ③ 국민적 정조를 여간 나타낸 민요, 동요를 제시한다. 이 세 양식 가운데 ③의 예술적 가치를 강조하면서 민요 및 동요의 전통양식으로부터 그것의 모범적 선례를 구할 수 있다[31]고 본다. 임화가 말한 '모어 전문'의 두 가지 과제인 한문맥으로부터의 해방과 문어적 문장체로부터의 해방이라는 관점과 동일한 것인데, 주요한은 '우리말 노래 찾기'의 궁극적 목표, 곧 신시운동의 궁극적 목표를 '민족적 정조와 사상을 바로 해석하고 표현하는 것', '조선말의 미와 힘을 새로 찾아내고 지어내는 것'에 두고 후자에서 특히 조선말 시가의 독창성과 예술성을 강조한다. 이는 임화가 문학사가로서 파악한 근대 신시운동의 역사적 과제와 동일하다.

'조선어 구어로 시쓰기'가 조선 근대시 과제의 첫째 조건이 된다. 임화는 근대시의 목표가 '조선어 구어의 언어적·음률적 개척'에 있다고 강조한다. 그런데 이 '조선어'는 더 엄격하게 말하면 구어이자 문화어로서의 조선어가 되지 않으면 안된다. 구어라는 것은 시가의 존재조건인 낭영양식이라는 전제 때문에, 문화어라는 것은 조선어의 시적 미감과 아름다움을 살리는 문예양식상 언어라는 전제 때문에 그러하다. 임화의 말에 말의 문자화, 노래의 문자화, 말의 미학화=문화어, 문학어라는 근대시 양식의 세 가지 존

---

31 주요한, 「노래를 지으시려는 이의게」, 『조선문단』, 1924.10.

재조건이 다 투영되어 있을 뿐 아니라 '쓰기', '쓰기의 쓰기'라는 근대적 에크리튀르의 문제가 동시에 놓여있다. 근대문학시 담당자들의 소명 또한 여기에 맞춰진다. 이 '쓰기의 미학화' 문제가 정지용 시대, 그러니까 모더니즘 문학이 만개하던 1930년대의 특허품은 아니었던 것이다. 이미 1920년대 초기 근대시의 중요한 두 문체의 주인공, 주요한과 안서가 임화의 문제의식과 다르지 않을 그것을 이미 공유하고 있었다.

출발점부터 조선어 시가의 형식을 정립하고자 했단 안서는 차치하고라도, 유례없이 아름다운 조선어 시가의 문체를 일구었던 「불노리」를 부정하고 '노래'로 돌아가는 주요한 역시 제일 중요한 조건을 '조선어로 시쓰기'에 두었다. 요한의 조선어 강조는 거의 모든 논설시비평, 시론에 나타나는 사항인데, 시양식의 핵심을 "시상의 단련과 시어의 선택"[32]에 둘 정도로 '언어적 자질'을 요한은 강조했다. 그가 『조선문단』의 독자투고시 선자選者로 참여하면서 가장 강조한 것이 '조선어 쓰기'에 있다는 것은 확인된다.

　　신진하는 시인 중에 내 조와하는 이가 누구냐고 무르면 나는 주저할 것 업시 로작군과 소월군을 들겟다. (…중략…) 로작군이나 소월군이나 둘이 다 우리말의 아름다움을 아는 이다. 일본식의 한자를 버려노코 시다고 하는 작자들이 만흔 중에 이 두 군은 조선말을 조선말대로 살녀낼 이다. 거긔다 로작군의 센트멘트와 소월군의 민요덕 긔분은 또 다른 데서 엇기 어려운 것이다.[33]

'우리말의 아름다움을 아는 이', '조선말을 조선말대로 살녀 낼', '로작

---

32 주요한, 「詩選後感」, 『조선문단』, 1925.1.
33 송아지, 「문단시평」, 『조선문단』, 1924.10.

군의 센트멘트와 소월군의 민요덕 긔분' 등은 '신시'의 성격을 핵심적으로 요약한 것이다. 조선어 구어에 기반한 센티멘탈리즘서정성과 노래체 시가가 신시의 핵심이라는 것이다. '센티멘트'는 개인적 서정에 기반하지 않으면 성립되기 어렵다는 측면에서 '근대시'의 조건이 아닐 수 없고, 일본식 한자어를 벌여둔 시를 신시라 할 수 없는 것은 서구의 관념을 한자문장체로 변형했다는 점에서 그것이 전통 한문장체와 다를 바 없기 때문이다. 즉 '신시'의 핵심에 우리말의 아름다움을 잘 살려낸, 조선어 구어문장체와 센티멘탈리즘의 서정성이 있고 그것은 노래체의 리듬을 살린 민요시체를 뜻했다. 니체식으로 말하면, 민요는 음악적인 세계의 거울이자 꿈의 현상을 근원적인 멜로디로 표현한 것으로, 그것은 절제와 객관적 순수의 아폴론적인 것이기보다는 도취와 열정과 주관의 디오니소스적인 것이며, 호메로스적이기보다는 아르킬로코스적인 것이다.[34] 민요의 기본시체 곧 4행시체는 열정적 도취와 완전한 해방의 정신을 최소한도로 질서화, 언어화한 가장 완곡한 절제의 표식일지 모른다. 단순, 정형체의 억압은 검약이자 절제의 윤리라는 것이다.

조선어로 된 시(가) 형식, 민중적 형식은 민요를 기반으로 근대적으로 탐구되기에 이른다. 한자문학의 경험에 대한 영향의 불안과, 이 한자문학에 비해 조선어 문학을 제대로 건사해본 적이 없다는 전통의 부재에 대한 결핍의식과, 일본시신체시. 상징시 모방에서 자유로울 수 없다는 부끄러움이 조선의 민요, 동요 같은 메나리노래의 근대적 계승에 대한 신념을 창출했다. 양식에 대한 신념이 민족주의의 이념에 우선하고 있으며 이 신념은 기실

---

34 프리드리히 니체, 이진우 역, 『비극의 탄생, 반시대적 고찰』, 2005, 501면; 오희숙, 『철학 속의 음악』, 심설당, 1980, 153면.

인간의 의지에 속한다기보다 양식의 자율적인 힘과 언어의 내적 주권에서 온다. 양식은 물질성과 구체성에 기반한 것이어서 활성적인 것이고 민족주의 '이념'은 추상적인 만큼 양식의 내적 자율성과 구체성이 진행해가는 방향을 따라잡기 힘들다. '민족주의 신념'이 '조선어로 문학하기'에 우선해 작동한다고 보기는 어렵다는 뜻이다. '상상된 조국'으로서 '조선어＝조선심＝민족주의'의 관념이 일제 말기로 갈수록 강력한 추동력을 얻게 되겠지만 그것이 문학의 쓰기양식으로 곧바로 전환되지 않는 것과 같다.[35] 관념을 저작咀嚼할 수 있으나 양식은 저작만으로 현전하지 않는다.[36] 조선어 시가 양식의 근대적 계승을 중요한 사명으로 인식한 초창시대 문인들에게 '민족주의 신념'이 부재했다고 말할 수는 없지만, 양식은 인간의 역사와 의지와 무관하게 저 스스로 나아가는 자율적 에너지가 있다.[37] 육당의 「해에게서 소년에게」가 '과도기 양식'일 수 없는 이유이다. 초창시대 조선어 시가 양식을 정립하는 힘은 '민족주의 의지'이기 보다는 조선어의 쓰기한글문자화, 조선어 구어문장체 시가의 음악적 실행을 향해 나아가는 조선어 자체의 논리이며 그것이 곧 언어의 자율성이자 양식의 논리이다.

이병기는 '말'과 '문자', 그리고 '글'을 각각 구분하면서 '말'을 '우리사람의 사상, 감정을 소리로 낱아내는 것', '국어國語'를 '자갸의 나라말을 닐컽는 것'이라 규정했다. '국어'에는 표준어, 지방어방언, 고대어古語, 현대어, 술어術語(科語), 숙어熟語, 폐어廢語, 신어남조어(濫造語), 리어俚語, 외래어, 아어雅語, 속어俗語가 있다고 썼다.[38] '문자'란 '말이나 소리를 눈에 보이게 적어내는

35 조영복, 『시의 황혼─1940년, 누가 시를 보았는가』.
36 김윤식, 『임화와 신남철』, 역락, 2011, 73~86면.
37 에드워드 사이드, 장호연 역, 『말년의 양식에 관하여』, 마티, 2012.
38 이병기, 「조선문법강좌」, 『조선문단』, 1927.3.

것'을 이른다고 하고 조선문자나 영문자는 '음표문자音標文字'에 속하면서 가장 발달된 문자라 썼다. 이는, 문자의 형태와 음성이 의미상의 말의 내용과 분리되는 표음 알파벳이 문화들 간의 번역과 등질화를 이끄는 철저한 기술이 됨으로써 세계문화의 중심에 설 수 있다는 논리를 떠받쳐준다.[39]

'글'이란 '사람의 사상, 감정을 문자로 적어낸 것'인데 거기에는 '웅변'이나 '재담才談'도 있고 '가구佳句'나 '명문名文'도 있다. 그런데 이병기는 이렇게 말한다.

> 고대어古代語의 토를 달은 '하거늘', '하나이라', '하도다' 하는 말 따위는 글로 쓰는 말로 알고 현대어現代語의 토를 달은 '하니까', '한다', '합니다', '하는구나' 하는 따위는 글로 쓰는 말이 아닌 줄 알고 심한 이는 한문漢文만을 글로 아는 이까지도 없지 아니하다. 이미 말한 바와 같이 말과 글이 좀 다른 점點이 있어도 대개 말을 곳 글짜로 적은 것이 글인 줄 아는 이는 이러한 오해는 없을 것이다.[40]

'하거늘' 등의 고투 종결체문과 한문체만을 대체로 '글'로 이해하는 당대적 인식에서 '한다', '하는구나' 같은 근대적인 구어종결체문은 '글'로 인식되지 않았음이 확인된다. 1920년대 중반기까지도 근대적 조선어구어한글문장체는 지식담론층에서조차 '문장'으로 인식되지 않았다. 이병기는 덧붙여 일본에서는 현대어식 곧 구어식口語式의 글, 지나에서는 현대어식 곧 백어식白語式의 글이 보통으로 쓰인다고 말한다. 유길준의 '현대어로서 조한식문체朝漢式文體'의 기원을 세종의 한글 창제 이후 쓰인 한자한글혼

---

39 마셜 매클루언, 박정규 역, 『미디어의 이해』, 커뮤니케이션북스, 2001, 140면.
40 이병기, 「조선문법강좌」, 『조선문단』, 1927.3.

용문체에 두고 있다는 것도 흥미로운데, 이른바 근대적 언문일치체로 이해된 '한주국종체'는 실상 전근대적 문체의 지속에 가깝다. 오히려 "이인직의 문체, 「다」짜토를 많이 써 신식문체의 효시가 되었다"는 관점이 조선어 근대문체를 이해하는 데 더 유용할 듯하다. '기미己未 이래로 조선문文의 신문, 잡지 들이 많이 생겨나면서 우리말글이 널리 쓰이게 되고 자리가 잡혔다'고 이병기는 강조한다.

당대초창시대적 지평에서 신문학사를 바라본 임화의 관점을 다시 주목할 필요가 생겨난다. 임화는 '초창시대의 문학일본식', '문학혁명시대의 문학중국식'이라는 명칭을 들어 전자는 구시대를 몽매한 시대로 보면서 서구문학을 중대히 평가한 데 문제성이 있다고 했고, 후자는 구문학을 개혁한 것으로 파악해 새문학의 탄생과 구문학의 몰락을 설정하는 데 있어 서구문학의 역할을 몰각한 주관적 편향의 문제가 있다고 지적한다. 임화가 이 두 개념의 대체어로 설정한 것은 '과도기의 문학', '전형기의 문학'이다. 임화는 언어, 형식, 내용을 신문학의 중요한 세 가지 요건으로 보았거니와 '언문에 의한 새로운 시대정신의 표현'이 과도기문학이든 전全신문학사에 걸친 문학이든 근본이 된다고 했다. 그런데 그 유명한 비유, '낡은 용기에 새 술 담기'라는 형식과 내용의 비유적 논법 때문에 실제 이 양자를 포괄하는 핵심요소 '언문'의 맥락이나 그것의 가치는 그간 그다지 주목되지 않았다. 게다가 '언문조선어으로 문학하기'의 그 피할 수 없는 자명성이 '조선어구어한글문장체 쓰기'의 중요성을 놓친 근본 동인으로 작동한다. 식상한 비유지만, 그것은 공기와도 같은 것이어서 조선어한국어로 조선문학을 하는 것은 이미 '자명성을 상실한 자명성'에 지나지 않는다. '낡은 용기에 새 술 담기'를 위한 전제가 '언문조선어'의 존재인 것은 말할 필요가 없을 정도로 자명하지만 또 그만큼 그렇게 간과되기 십상인 것이다.

　새로운 정신을 담은 낡은 용기를 이야기함에 있어 우리는 그것을 한문 문화
의 유산이 아니라 이조의 언문 문화의 전통을 의미하는 것임을 다시 하나 밝혀
둘 필요가 있다. 한문문화로부터의 해방이 신문학의 형식적 욕망이었음은 증
언한 바와 같거니와 그것은 또한 자연히 재래의 언문문화에 대한 관심으로 전
이하여갔다.[41]

　새 시대의 술을 담기 위한 양식이 곧 바로 생성되지는 않는다. 장르는
관습적인 것이고 그러니 새로운 언문의 문체와 작품의 형식이 생성·정착
되기 위해서는 시간의 유예가 지속적으로 요구된다. '과도기에 있어 이조
시대의 언문문학의 양식적 전통이 상당기간 신문학을 지배한 요인'은 바
로 이 양식적 관성과 우리말 구어 언문문체의 미비에서 왔다. 임화는『독
립신문』등의 언문일치와 문학의 그것을 분리한다. '문장'과 '문학'을 분
리하는 격이다.

　한말의 신문이나 잡지 및 공문서에 사용되던 한문에 토를 단 것 같은 혹은 한
문을 번역한 것같은 언한문혼용체가 현대문장이 한문으로부터 해방되는 제일
보였다면 그 시대의 문학 형식인 정치소설이나 창가, 신소설은 현대문학이 이
조의 언문문학으로부터 탈출하는 제일보였다고 말할 수가 있다.[42]

---

41 임화,『개설신문학사』,『전집』2, 136~137면.
42 위의 책, 217면.

신문학과 이조문학의 접점을 그는 결단코 부정하기 보다는 "그 공적의 불소^{不少}함을 놀라지 않을 수 없다"고 주장하고 이조언문문학에 숨겨진 '생생한 조선어의 보옥'을 주목하고 "그 보옥들을 가지고 새 시대의 문학은 오직 새로운 양식을 구조^{構造}하면 그만이다"라고 장담한다. 그 실례로 임화가 든 것이 소설, 창곡, 가사인데, 여기에는 물론 이들 장르들이 비교적 '평민적 문학'에 속한다는 판단이 개입되었지만, 핵심은 신문학이 '이식문학'이 아니라 '이조언문문학의 일부분이 재생된 데 불과하다'는 그 판단에 있다.

"신문학사는 조선에 있어서의 서구적 문학의 이식으로부터 왔다"라는 문장이 우리를 혼란하게 한 것은 이 '신^新'이라는 단어가 갖는 함의 때문인데, 이를 '구^舊'와의 상대적 개념으로 이해했던 임화에 비해 후대는 대체로 이를 절대적인 개념으로 이해한다. 신문학이 서양근대문학을 모방한 것일 수는 있지만 우리신문학사는 서양근대문학의 '연속적 잇기' 그 자체는 아니며 그 잇기조차 하나의 불확정적인 지점에 놓여있다는 것이 중요하다. 임화는 '신문학사'의 전사^{前史}로 '조선언문문학사'와 '조선한문학사'를 설정하는데, 그 핵심은 '근대'가 아니라 '조선어'라는 이 '골치아픈 물건'인데, 그것조차 단순히 '조선어 고유어'에 한정되는 것은 아니었다.

순예술적으로 언문일치의 조선어로 쓴, 바꾸어말하면 내용, 형식과 함께 서구적 형태를 갖춘 문학이다. (…중략…) 오직 구전의 가요, 전설이 겨우 고유어를 그대로 사용해온 데 불과했다는 것은 신문학의 고유어 전용이 하나의 정신사적 의의를 가짐을 상상시키기에 족하다. (백화운동은 인용^{引用}자) 구어의 문어체로부터의 혹은 산문의 운문으로부터의 해방과 비교될 정도의 것이다. 낡은

자국어로부터의 새자국어의 수립 과정의 일종이다.[43]

　'순예술적인 언문일치의 조선어'로 쓰인 '내용과 형식을 갖춘 서구적 형태를 갖춘 문학'이라는 이념항이란 정녕 골치아픈 물건이기는 하지만 '근대문학'의 이념으로 이것만큼 중요한 항목은 찾기 힘들다. '민족'이라는 관념 때문이 아니라 문학 그 자체의 양식적 요건 때문이다. 이 점에서 시조, 가사, 운문소설, 한시는 조선어구어한글문장체의 문학이 아니므로 근대문학이 될 수 없다. 임화가 특히 '신시'의 기원에 대해 설명한 부분은 좀 더 정밀한 패러프레이즈가 필요할 듯하다. 비평이나 산문 연구의 관점에서는 놓치기 쉬운 대목인데, 시양식 연구에서는 주목해야 할 대목이다.

　신시新詩의 기원을 논하면서 요한은 '육당, 춘원의 작중作中에 이미 신시新詩의 배태胚胎를 보았다'고 밝히고, 유암 김여제의 작품을 기억해야 한다고 쓴다. 육당, 춘원의 신시 정형시체를 일단 통과하고 나면, 특히 신시의 자유시自由詩를 의식적으로 쓴 것은 유암의 것「만만파파식적」이 처음이라는 것이다. "'신체자유시'를 '문단적 현상'으로 타인의 이목耳目을 모으게 된 것은 아무래도 주요한 자신의 「불노리」가 될 것이며, '자유시로 시단을 풍미風靡하는 현상을 인기起한 책임자는『해팔이의 노래』,『오뇌懊惱의 무도舞蹈』,『신월新月』의 작자인 안서로 봐야한다'"고 말한다.

　주요한의 언급은 기억될 만한 몇 가지 문제를 던져준다. 육당과 춘원을 가리켜 '말과 감정을 통일시킨 선구적인 공헌자'[44]로 기록해야 한다는 주장이 무엇보다 흥미를 끈다. 포괄적으로 '언문일치체'의 수립에 그들의

43　위의 책, 16~22면.
44　「평양문인좌담회」,『백광』, 1937.1.

공적을 위치시키는 것은 그다지 효용성이 없다. 말과 감정을 통일시키는 것은 말과 문자를 통일하는 '언문일치'의 개념보다 깊이 숙고할 문제인데, 그것은 담론과 산문의 논리와는 다른 지점에서 시의 '언문일치 과제'가 놓여있다는 점을 말한 것이다. 서정성이 제1의적 조건인 시가에서 말과 감정이 통일된다는 것은 '모국어로 시를 써야한다'는 당위만큼이나 중요하지만 또 한편으로는 그 층위를 뛰어넘는 문제이다. 문학어, 문화어, 상징어, 은유 같은 메타언어의 문제뿐 아니라, 조선어의 랑그적 성격으로부터 기인하는 종결체 문제, 문장체 문제 등의 구문론적인 문제가 말과 감정의 통일에 귀속되기 때문이다.

1920년대 중반까지도 조선문학의 목표가 '언문쓰기'였으며, '새로운 조선문학을 건설하자'는 목표도 여전히 유효했음은 확인된다.

> 소설에 순언문으로만 쓰게 되는 것도 「조선문단朝鮮文壇」의 영향이 만타. 이새 보면 모다 순언문으로만 쓴다. 물론 우리는 우리글로 우리사상을 표현表現하야 할 거시고 우리글을 장려하야겟다. 문사양성文士養成 — 참말 중대重大한 사업事業이다. 만흔 문예文藝에 쯧두고 동경憧憬하는 동모들의 큰 빗이라고 나는 밋는다. 나는 조선문단朝鮮文壇에 실니는 그동안의 글들이 모도가 조선朝鮮서는 첫 시험試驗이라고 생각한다.[45]

'순언문으로 쓰는 것', '우리 사상을 우리글로 표현하는 것'이 '조선서는 첫 시험'일 정도로 한글문장체는 쉽게 도달할 수 없는 '쓰기'였으며 더

---

45 韓哲植, 「朝鮮文壇은」, 『조선문단』, 1925.6.

욱이 음악성과 소리를 재현해야할 시가의 '쓰기'는 '시험試驗의 시험試驗'에 해당했다.

한시나 서양시로는 아무리해도 도달되지 않는, 라깡의 용어를 빌면, 모국어 시쓰기는 상상계의 차원에 있지 상징계의 차원에 있지 않다. 1930년대 중반기 넘어 조선문단의 미래에 대한 낙관론, 비관론이 착종·성성한 가운데 특히 조선 말과 글의 운명이 공동체의 미래를 결정짓는 것으로 인식되기에 이르는데, 문인들의 생계를 직접 좌우하는 원고료 문제나 문학의 질과 연관된 상품성의 문제 등은 그것에 비해 사소한 것으로 치부될 만큼 그 문제는 폭발성을 갖고 있었다.[46] 육당, 춘원 외에 요한, 안서, 파인, 노작, 서해, 팔봉, 민초 등 좌·우 문단의 구분없이 이들 인물들의 문학사적 공적이 새삼 언급된 이유가 조선 말과 글의 운명에 문단의 미래가 걸려있다는 인식 때문이었다.

1923년 안서는 한자말 문제를 지적한다.

지금只今 우리 시단詩壇에는 외국문자外國文字 그대로 쓰는 이가 잇습니다. 아모리 배외열拜外熱이 만키로 「인간人間」, 「미련未練」, 「와권渦卷」, 「동굴洞窟」이라는 일본어를 그대로 조선말로 쓰랴고 할 어리석음이 어대 잇겟습니까, 그런 것은 돌이어 조선어의 고유한 미美와 력力을 허물내이는 것밧게 아모러한 뜻할 무엇이 업는 것입니다. 나는 그러한 이들에게 어찌하야 일본문日本文으로 작품作品을 표현식히지 아니하고 일본어적日本語的 조선어朝鮮語로 작품을 표현합니까, 하여 뭇고 십습니다.[47]

46 「평양문인좌담회」, 『백광』, 1937.1.
47 김억, 「무책임한 비평」, 『개벽』 32, 1923.2.

'인간', '미련', '동굴' 등 현재에는 낯익은 한자어가 초창시대에는 일본 한자어였음이 확인되는데, '일본어를 그대로 조선어로 쓰는 것은 조선어의 고유한 미美와 력力을 허무는 것'이라 안서는 지적한다. 황석우, 남궁벽, 회월 등이 '일본어식 한자어'로 쓴 일종의 상징시들이 '일본어적 조선어로 표현된 작품'이라는 인식이 안서에게는 있다. '조선어 문장'과 '일본어적 조선어로 쓴 문장'과의 분명한 차이를 안서는 지적한 것인데, 이른바 한글 현토 문장체나 일본어 한자어로 표현된 '일본식 문체'는 조선어구어한글문장체가 아닌 것이다. '일본식 한자어'가 '일본어적 조선어'라는 관점은 무척 흥미로운데, 일본식 한자어는 우리말구어한글문장체에 적합하지 않다는 뜻이다.

'언어'와 '문자'를 명백하게 구분해서 쓰기도 하지만 안서가 '언어'라고 쓸 때 그것은 '말구어'을 의미한다. 어떻게 지칭하든 '문자'는 '말'에 종속되며 문자보다 말언어이 우위에 있다는 것이다. "한 사상을 표현하는 문자는 하나밖에 없고 그것이 바로 시의 기교이다"라는 언어절대주의 관념의 저변에는 '쓰기'가 곧 '쓰기의 쓰기'를 구속한다는 인식이 깔려있다. '언어'로 부터 표현기교이 나온다면, 시를 잘 쓰기 위해서는 조선어 이해 및 활용이 핵심이며 조선어의 고유한 미와 힘을 고려할 수 있어야 한다는 것이다.

사상과 언어와 문자의 삼위일치가 곧 시라는 안서의 입장에서는, 안서의 시를 '말만들기의 기교'라고 비판한 월탄의 관점은 수용하기 어렵다. 조선어 구어는 '말만들기' 이전의 모태적인 것이자 근원적인 것이므로 따라서 조선시란 그 근원적인 언어로 자연스런 내적 리듬영혼을 표현한 것이니만큼 '말만들기의 기교'라는 관점 자체가 성립할 수 없다. 일본어어휘, 일본식 한자어나 '일본어적 조선어'를 우리 시가에 사용하는 것은 성립할 수 없는 것이다.

김창술은 「효曉」『조선문단』, 1927.2를 제목으로 삼아 강력하고 유쾌하게 '새벽' 의 상징적 의미를 전달하고 있는데, '새벽'이라는 우리말에 비해 '효曉'가 더 프로시가다운 성격을 지니는지는 단언할 수 없는 것과 마찬가지다.

우리의 감정을 우리의 언어로 자연스런 영혼의 리듬과 분위기를 표현하는 것이 안서의 조선어구어한글문장체 시가의 이상이다. '조선말 고유의 미와 힘을 갖춘 언어문자'는 '조선어구어한글문장체'를 이르는 것이니 일본어식 한자문장체나 한문체로는 근대시의 이상을 실현할 수 없다. "한자漢字라는 상형문자가 조선말의 리듬과 색채와 음감音感을 잡치는 것은 우리 시의 두통 중의 하나다"[48]라는 인식은 안서시대부터 해방공간까지 지속된 문제의식이다. '동굴' 같은 한자어가 이상화의 시에 쓰인 것을 생각하면 안서의 시가 어떻게 회월, 상화 등의 시와 차별되는지를 이해하게 된다. 서구식 관념과 미적 이상을 탐구한 회월의 시의 문제성은 '일본어적 조선어'에 있었다. 안서와 임화가 동렬의 위치에 있는 지점은 바로 조선어 구어의 언어적·음률적 개척이자 그것의 실행이 근대시의 핵심임을 공유하고 있었다는 데 있다.

정지용이 언급한 '조선말을 번역적 위치'에 두는 상황이란 흥미로운데 임화가 우리문학과 중국, 일본 문학의 차이를 지적한 맥락과 다르지 않다.

만날 외국어를 먼저 알고서 그것을 번역하려니까 그렇지 다시 말하면 조선 말을 번역적 위치에서 두니 그렇지. 그럴 리가 있나요. 그리고 또 한가지는 배우지 못한 탓일 것입니다.[49]

---

48 김광균, 「前進과 反省-시와 시형에 대하여」, 『경향신문』, 1947.7.20·8.3.
49 박용철·정지용 대담, 「시문학에 대하야」, 『조선일보』, 1938.1.1.

조선어 시쓰기가 어렵다는 점을 토로하면서 조선어의 표현력, 어휘부족, 형용사 부족 등에 그 이유를 돌리는 경향은 당대에 흔한 것이었는데, 그보다는 조선어의 '쓰기화'의 어려움, 조선어 구어체의 '쓰기'를 훈련할 기회가 없었던 것이 근본 이유임을 정지용은 주장한다. 정지용은 고려가 요나 시조의 전통이 계승되지 못한 것은 불행이기는 하지만 오히려 시를 구상하는 데 자유를 준다고 주장한다. 조선어 자체의 풍부한 성향聲響과 표현력이 조선어의 랑그적 자질 그 자체에 이미 있는 것이니 말의 미묘한 음영과 조직을 통해 신비로운 말의 리듬을 구할 수 있는 시적 운용 능력이 시인에게 요구된다. 조선말 쓰기의 훈련 부족과 그것을 기교적으로, 수사적으로 운용할 언어적 재능의 미성숙 때문에 조선어 시쓰기가 어렵다는 것이다. 그것의 선행적 조건이 맞춤법, 표기법 등 '쓰기화'의 약속을 정하는 것, 즉 맞춤법 규범을 제정하는 것임은 말할 것도 없다.

1920년대 중반기 문단침체의 원인 중 하나는 민중들의 문예에 대한 몰이해와 문맹이었고 본질적으로는 조선어한글문장체로 된 문예물의 부족이 주원인이었다. 문학애호가들의 독물이 일본어책이었다는 사실에서 '일문책자日文冊子에서 우리글 책자冊子로 흥미를 옮겨주는 것'이 절실하게 요구되기도 한다.[50] 이는 주요한이 한자문으로부터 조선어문으로, 한문시가에서 조선어시가로 노래의 근본을 전환해야 한다는 의식과 동일한 인식론적 지평에 있다.[51] 경제는 궁핍해졌고 문학의 가치평가를 주도할 평자들은 거의 존재하지 않았으며 1920년대 초기 주요한 등이 보여주던 시의 빛나는 지평마서 사라져버렸다. 1920년대 중반기 '프로 : 부르 논쟁'이 끝을

---

50 「설문-문단침체의 원인과 그 대책」, 『조선문단』, 1927.1.
51 주요한, 「노래를 지으시려는 이의게(1)」, 『조선문단』, 1924.10.

보지 못하고 흐지부지된 상황에서 문인들은, 주요한의 조선어구어한글문
장체의 그 아름답고도 몽환적인 「불노리」의 세계를 기억했다.

　그런데 정작 주요한은 이렇게 말한다.

　　　조선의 문예운동은 아직 선구시대先驅時代에 있다고 생각한다. 선구자先驅者라
　　고 하면 현재 문단에서 활동하는 제씨諸氏를 다 가르켜 선구자라 할 것이다.[52]

　'우리 모두가 선구자'라 규정될 때, 이 말의 내포적 맥락을 눈여겨볼 필
요가 있다. 모두가 선구자라면 모두가 조선문학의 미답지에서 조선문학
을 새롭게 개척하고자 했다는 맥락을 갖는다. 왜 그러한가. 누구도 조선문
학의 첫 번째 조건인 '조선어 문학', 더 나아가서는 '조선어구어한글문장
체 문학'의 '쓰기'를 경험한 적이 없었다는 것이다. '쓰기'writing, script는
의식적인 것이자 인공적인 것이라는 점에서 '말하기'와 구분되며, '말하
기'를 '쓰기'로 치환하는 과정은 정연하고 엄격한 규칙과 질서에 의해 지
배된다는 점에서 기술적인 차원에 속한다.[53] 한국 근대시는 '언어의 해방'
을 통한 조선어 언문일치체言文一致體의 '쓰기writing'라는 과제와 '쓰기'의 미
학적 양식성의 완성'쓰기의쓰기(writing of writing)'이라는 과제를 동시에 수행하
는 방향으로 전개될 수밖에 없다. 세분하자면 ① 말을 글자로 전사轉寫하는
단계 즉 문자글자의 전환한자→한글으로 '쓰기' 단계, ② 한자문장체文脈로부
터 한글문장체문맥로의 '쓰기' 단계, ③ 어투와 문체의 구어체적 전환, 조
선어 구어문장체 수립, ④ 구어체 쓰기의 미학적 전환미학적 양식화 등 최소한

---

52 주요한, 「신문예운동의 선구자」, 『삼천리』 2, 1929.9.
53 월터 J. 옹, 앞의 책, 128~129면.

4단계가 혼재돼 있었다. 포괄적인 맥락에서 언문일치체의 '쓰기'는 ①과 ②에 결부되지만, 시양식의 그것은 그보다는 ③과 ④의 조건에 결부된다는 점이 중요하다.

말하자면 '언문일치 문장'의 ①, ②, ③의 단계를 거의 동시에 달성해야 하는 과제가 '우리모두의 선구자들'에게 주어지게 된 것이다. '언문일치문장'의 '쓰기'란 그만큼 낯설고 생소한 것이었다. 심지어 일제 말기에 가서도 이태준은 '야심찬 문예가가 되기 위해서는 되도록 빨리 언문일치문장을 우수한 성적으로 졸업해야 한다'고 충고했을 정도인데, 그의 주장은 ①, ②, ③의 단계로부터 ④의 단계로 넘어감으로써 문학적, 문화적 문장으로 나아가는 문학가의 '쓰기'를 강조한 것이지만, '언문일치문장' 자체도 문예가들에게 쉽게 얻어지는 물건일 수는 없었다.

논제 5. 시양식에 대한 진화론적 관점의 문제

'자유'란 절대적 가치를 갖는 정언명제인가? 정형시 → 자유시 → 산문시의 진화론적 궤도를 설정해 두고 거기에 '자유'라는 명칭 및 개념에 대한 환상, 문자시적 문학성에 대한 환상을 착종·결합한 것은 아닌가가 본 논의의 핵심이다. 시가나 노래의 '문자화 과정'에서 시행이나 음절수의 고정은 양식의 정형성을 표식하는데 그것은 박자의 고정과 반복을 통한 리듬의 정형성, 규칙성을 기표화한다. 그것은 문자가 아니라 소리, 의미가 아니라 음악리듬이 핵심이며 형태적 정형은 박자의 반복과 리듬의 생성, 즉 음악성을 기표화한 것이다. 어떤 유형소리, 운율, 장, 단음절 등이 고정되면 그것을 되풀이반복함으로써 노래는 무한히 지속된다. 민요양식은 유사하면서도 다양한 곡조와 음률이 존재하는 양식인데, 가사의 치환을 통해 민요는 지속적으로 반복된다. 숱한 노래말을 가진 〈정선아리랑〉을 생각해보면 그 점이 확연한데, 그것은 현대에 이르러서도 끊임없이 반복적인 곡조로 재생산되고 있다. 안서가 '민요시民謠詩는 문자를 좀 다슬이면 용이容易히 될 듯'한 양식이라 평가[54]한 데서 민요의 반복성과 형식적 단순성을 추론할 수 있는데, 정형성이 곧 억압의 지표는 아니며 덜 진화된 양식의 징표일 수도 없다.

정형시와 자유시의 관계를 '진화'나 '진보'로 규정하는 것은 허구임을 보르헤스는 증언한다.[55] '자유시'를 '자유'에 대한 낭만적 환상과 연관시키는 관습적 인식의 결과이기도 하며, 구속으로부터 해방에 이르는 문명사적인 테제를 양식론적인 것으로 환원시켜버린 탓이기도 하다는 것이다. 양식 그 자체로 본다면, '자유시'의 모범적 선례를 남긴 휘트먼이나 칼 센드버그의 경우가 아니라면 자유시가 더 어렵다고 생각할 수 있으며, 또 그 반대인 경우도 상정할 수 있다. 처음 시쓰기를 시작할 때는 대부분 정형시보다 자유시가 더 쉽다고 인식하는 경향이 있지만 또 반대로, 시조나 한시 같은 고도의 미학성을 가진 정형시체 양식은 오랜 수련과정이 필요할 정도로 고도의 기술적 난숙성을 요구한다.

이른바 '신체시'는 전통적 율격인 3.4, 4.4에서 일본서구 신체시형인 7.5로의 변형에 근거하고 있다고 알려져 있고, 이는 정형률에서 자유율로의 진전과정에서의 '과도기적 형식'임을 증거한 것이라 평가되는데, 이 구도

---

54 金岸曙, 「序文代身에」, 『일허진 眞珠』, 평문관, 1924.
55 호르헤 보르헤스, 박거용 역, 『보르헤스, 문학을 말하다』, 르네상스, 2003, 146면.

자체가 '양식의 진화'라는 관점으로부터 비롯된 것일 수 있다. '정형시'에서 '자유시' 혹은 더 나아가 '산문시'로의 진전이라는 관점 자체가 일종의 허구에 가깝다. 김억의 시론을 검토하는 과정에서 그가 모색했던 것이 시가양식이며, 우리말의 음악성_{음조미} 구축이며, 한시의 미학에 대응되는 조선어 시형_{정형적 형식미}의 추구였다는 것이 확인되는데, 이는 근대시사의 진화론적 관점 및 양식론에 대한 반증적 실례라 할 것이다. 정형시 → 과도기시 → 자유시의 진화론적 관점, '산문시'의 양식 및 장르 규정의 모호성, 운율_{음보율} 논의의 혼란, '자유시'의 본질 논란, '언문일치' 개념의 모호성 등의 문제는 해명되지 않거나 해명불가한 상태에 있다. 우리 근대시가 프랑스 자유시형을 번역·모방하는 과정에서 형성된 것이며, 신체시는 그 과정의 과도기적 산물이자 혼동스런 양식이라는, 오래된 근대시의 주제들이 안서를 매개로 반복·재생산되고 있음은 의아하기 그지없다.

흥미로운 논거가 있다. 시가나 노래 양식들은 문자라는 외형적 형태의 고정성보다는 소리, 운율 등의 음성적 자질에서 양식적 본질을 찾아야 한다는 논의에 귀를 기울일 이유가 있다. 어느 민족에게서나 시(가)나 노래는 정형성과 즉흥성, 집합적으로 계승된 형식과 개인의 자유로운 표현 사이의 길항 관계에서 계승되어 왔다.[56] 음절수나 시행 등의 정형성은 시가양식의 고유성을 특성화하거니와, 문제는 그것이 실제 수행되는 '소리', '음악'과 반드시 일치하지는 않는다는 것이다. 즉 낭영자_{창자}는 그것이 5음절이든 7음절이든 소리를 길게 혹은 짧게 조정함으로써 소리의 정형성을 고정시킨다. 그러니까 문자로 환원된 정형성이 소리의 실재가 반영된 것

---

56 가와다 준조, 『소리와 의미의 에크리튀르 ─ 말, 언어, 문자의 삼각측량』, 177~188면.

은 아니며 소리의 질서 그 자체도 아닌 것이다.

시조나 한시의 정형성은 고도의 미학적 산물이다. 정형시＝전근대적 시체이자 덜 문명화된 것이라는 관점 자체의 오류가 양식적 진화라는 신화적 관념을 강화한다. 정형률의 해체는 시의 문자화 과정, 곧 시의 문자화의 숙명적 결과이지 그것 자체가 근대시의 목표는 아니었다. 즉 자유시가 근대시의 이상적 양식으로 설정된 것은 아닐 것이다. 정형시체는 전근대적 양식이 아니며, 스스로의 몸형태을 벗어던지면서 자유시체를 향해 전진하는 양식도 아니다. ‘근대성’과 ‘자유’의 결합은 ‘자유시’를 이해하는데 일종의 낭만적 환상으로 개입해 정형시체는 퇴행적인 양식이며 ‘자유시체’는 근대적이며 더 문명화된 양식이라는 관념을 강화하는 기제로 작동했고 그것은 서구 상징시 수용사와 결합돼 더욱 공고한 이념이 된다. 산문시가 가장 진화된 양식이라는 설정 자체가 모순이 아닐 수 없다. 실증적으로도 양식적으로도 그러하다. 근대 조선어구어한글문장체 시의 출발이 유암의 산문시에 있다는 실증적인 사실은 정형시체→자유시체→산문시체의 진화론적 관점은 그 자체로 모순임을 증거한다.

현재적 지평으로 환원된 ‘문학성’과 당위적 명제로서의 ‘근대성’의 가치가 초창시대 문학의 기원을 설명해 줄 수도 없다. 실제적 양식론의 차원에서 그것들이 논의되고 해명되어야 할 이유이다. 신체시, 신시, 민요시, 상징시, 산문시, 단곡, 극시, 창가, 산문체시 같은 초창시대 문예담당자들이 실제로 부여했던 장르 및 호칭 등을 통해 장르론/양식론의 실체를 확인할 수 있다. 신문, 잡지에 활자화문자화돼 존재하는 실재의 시가들, 기록물들, 활자화된 형태와 양식들만이 편견없이 초창시대 시가의 실재를 설명해 준다. ‘단곡’은 긴 호흡의 산문체시자유체시에 대항하는 양식의 별칭이기도 하다. 현재의 정립된 '장르론/양식론'의 관점에 근거해 초창시대 시가 장르들을 온전하게 설명하기는 어렵다. 『소년한반도』, 『소년』, 『청춘』, 『태서문예신보』, 『학지광』, 『창조』, 『영대』, 『백조』 등에 나타난 시 혹은 시 양식의 문예물을 전반적으로 검토하면 이 점은 다소 확연해지는데, 예컨대, 김동인은 몰나르의 '희곡'을 '대화'라 기재했다. 장르 의식을 당대 잡지의 판면에서 드러나는 형태와 부기된 명칭 간의 관계를 통해 조명할 필요성이 제기되는 것이다. '신체시'를 '과도기시'로 평가, 해석하는 것 만큼이나 안서나 육당이 정형시체로 복귀한 것을 두고 '퇴행', '근대성의 실패' 등으로 문학사적 가치평가를 하는 것은 말 그대로 '의도적 오류'일 수 있다. 정형시체를 통해 우리말의 구어체적 음악성을 완성하고자 한 박용철의 의도를 간과한 채 '시문학파'의 시를 '자유시'라 의도적으로 규정하는 것의 문제성도 지적할 수 있다. "1920년대의 감상적 낭만주의시나 민요시 또는 KAPF의 경향시가 모두 자유시의 특성에 대한 자각을 보여주지 못했던 데 반해, 『시문학』에 실린 김영랑, 정지용, 박용철 등의 작품에서는 내용과 형식의 유기적 조화에 의한 자유시가 씌어지고 있음을 확인할 수 있다"는 식의 평가는 선뜻 동의하기 어렵다. '자유시를 지향하지 않는 것이 목적이었음에도 자유시가 되지 못한다'는 논리적 오류는 두고라도 '내용과 형식의 유기적 조화' 같은 말의 추상성이 '자유시에 대한 낭만적 환상'을 반복한다는 점을 지적하고자 한다.

　신체시든 신시든 자유시든 그 양식적 지향이 자유시체에 있었다고 보기는 어렵다. 새로운 율격의 시가 필요했던 것은 조선어 구어의 음악적 해회諧和를 성취하기 위한 것이었는데, 한시나 시조의 고투에서 벗어나기 위해서는 새로운 정형의 율격이 필요했다. 우리말구어한글문장체의 시를 창안하기 위해 글자수를 맞추는 고투를 감행한 육당의 노력새로운 음절운-안자산이 결국 실패로 돌아갔다고 해도 중요한 가치를 갖는 이유이다. 엄격한 글자맞춤을 통해 근대 조선어구어한글문장체 시가형식을 탐구한 것이 육당의 공적이다. 이 같은 육당의 의도, 공적을 망각하면 무엇이 남는가. 그 자리를 채우는 것은 트리비얼하고 스노비즘적인 서양시, 일본시 모방이라는 담론의 형해形骸이다. 텅빈 공허 혹은 무에 이르는 근대시사의 기원을 반복하는 것이 무슨 의미가 있겠는가.

제1부

노래체 양식의 판과
개념들의 장

별의 전설 - 노래하는 시(인)들의 시대

안 보아도 사방四方에선 쑥니풀같은 것이 오손도손 오손도손 생겨나고 있는
것이었다. 그건 오히려 확실한 발음發音이었다. (…중략…) 깨끗히 두 눈이 먼
장님이었다. 소녀少女야 네 발음發音이 아름다웠다.[1]

생명싹이 우리말의 발음과 날카롭게 연결되는 감각을 서정주는 '쑥니풀
같은 것이 생겨나는 것의 확실한 발음發音'이라 읊었다. 우리말 구어체 시
는 분명 생명의 씨앗을 품고 미래의 시간을 이끌어내는 '발음의 목소리'
로 탄생한다. 이 경지는 지극히 경이롭고 충분히 아름답다. 땅이 품은 생
명의 씨앗이 대기세상와 만나 이루어내는 이 확실한 조화와 융합의 우주는
자·모음의 완벽한 조합으로 음절이 되는 한글의 물리적 특성과 소녀의
아름다운 목소리로 울려나오는 '발음'의 이미지로 날카롭게 유비되어 있
다. '발음'의 세계는 눈을 감아야 들리는 음성이자 미래의 목소리가 아닐
수 없는데 이는 그 자체로 말의 무한한 생명력을 예증한 것이다.

동서양 공히 시인은 하늘의 성좌에 비유되었는데, 그것은 '폭풍이 우주
를 휩쓸고 눈보라가 온 하늘을 덮는 밤'[2]과 같은 전란의 와중에서 예술
(가)의 정신을 잃지 않고 때가 오기를 기다리는 자들이 시인이기 때문이
다. 바디우는 '망각되고 폐기된 성좌'리는 비유로 이 '시적인 것'이라는
맥락을 철학과의 관계에서 해석하고 있는데, 고유의 규범과 계산된 상황

---

1   서정주, 「살구꽃 필 때」, 『문장』, 1941.4.
2   장만영, 「별의 전설」, 『전집』 3, 410면.

에서 우리 자신을 자신의 바깥으로 내 던지게 하는 우연적이고 비결정적인 힘이라고 기술한다. 확립된 의미 작용을 강제하고 진리의 확증 자체를 포착하고자 하는 철학의 언어와는 달리, 시의 언어는 불투명한 언어로 의미의 공백을 감수하면서 또 다른 곳에 다른 하나의 진리가 존재하고 있음을 말해주기 위해, 리듬과 이미지 속에 제시된 감각적 현존의 진리를 구하기 위해 바쳐진다.[3] '시인추방설'로 요약되는 플라톤의 '시와의 거리두기'는 시적 언어의 위세에 대한 상처이자 시에 의해 조건지위지는 철학의 운명에 대한 불안이 아닐 수 없다. 시가 철학을 대신하거나 철학을 시에 근접시키고자 했던 하이데거의 논점으로 '시인들의 시대'를 굳이 요약할 이유는 없는 듯하다. 시의 성좌는 언제나 하늘에 떠 있었으며, 시만이 그 특수한 형식으로 절대적인 것신적인 형식에 근접할 수 있었다. 언어의 모호성, 이미지, 은유 등은 진리참에 도달하는 가장 신성한 시의 말이다. 자기 바깥에서, 장소 바깥에서, 모든 장소를 벗어나면서 현실로 환원되지 않는 그래서 현존의 영원성을 갖는 것, 그것이 시적 언어이다.[4] 시의 순수성이 이 현실로부터 벗어남으로써 비로소 포착된다면, 일제 말기 시의 권위와 존엄은 이로써 가능했음을 기억한다. 윤동주의 '별'과 '바람'과 '하늘'이, 김기림의 '무덤'과 '못'과 '청동그릇'이, 박두진의 '산'과 '태양'이, 정지용의 '꽃'과 '사슴'이, 이용악의 '꽃씨'와 '비늘'이, 서정주의 '물결'과 '단도'가 다 시의 숭고한 노래를 들려준다. 이 노래는 우리에게 내밀한 별의 통지, 별의 속삭임을 알려주고 있는 것은 아닌가. 그 노래는 프랙탈적인 시의 기원을 설명해 주고 있는 것은 아닌가.

---

3 알랭 바디우, 이종영 역,『조건들』, 새물결, 2006, 126~139면.
4 위의 책, 129면.

제1장

근대시 양식의 원형과 시의 주권

1. 전통 시가양식으로부터 원형 구構하기

근대시사에 대한 관점의 혼돈 혹은 편견은 어디서부터 왔는가. 이 문제의식을 보다 실증적인 자료로부터 구할 생각이다. 안서의 입장으로 되돌아가기로 한다.

1925년 땀이 비오듯 흐르는 무더위 속에서 붉게 달아오른 얼굴을 훔치면서도 안서가 포기할 수 없었던 것은 "도대체 조선의 시형은 무엇인가? 어디서부터 왔는가? 그 시격詩格은 무엇인가"라는 질문이었다. 참고할 서적이 없었고 가르쳐주는 이도 없었다. 「황조가」라든가 을지문덕이 읊었다는 한시를 떠올릴 수 있지만 그것은 '중국 시가'의 범주에 들기도 하고 또 그 문자를 빈 것이기에 '조선사람의 손으로 되야 조선사람의 사상과 감정을 조선식으로 표현한 것'의 기원으로 설정할 수는 없었다. 「서동요」 같은 향가가 있으나 그것은 이두나 향찰 등의 문자로 기록한 것이기에 원래 우리의 구어, 산밀이 그대로 전해진 것이 아니며 그러니 원시의 형식적 특성을 알기 어렵다는 것이 문제였다. 시란 의미를 파악하는 것에 앞서 말의 노래와 형식의 규범이 주는 아름다움을 물리칠 수 없는 양식인 것이다.

우리말을 우리문자로 기록한 '기원'의 부재 때문에 우리 시의 원래적 말과 형식적 규범을 확신할 수 없는 것에 대한 고민과 안타까움은 안서만의 것은 아니었다. '신시를 말하기 위해서는' 시형 문제를 제기할 수밖에 없고 그것은 우선적으로 우리말의 랑그적 특성이 규명된 다음에야 가능한 일이었다.

> 신시新詩를 말하려 하니 복잡한 시형詩型 문제問題가 또 다시 머리를 쳐들고 나오나 성음학상聲音學上으로 고찰考察한 우리시詩의 운율론韻律論은 후일後日을 기약期約하고 다만 여기서는 위선爲先 그 조자調子만를 보자는 것입니다.[1]

성음학적인 운율론, 그러니까 작법과 창법이 우선 규정되어야 할 문제인 것이다. 그것은 언제나 '내일을 기약하는 것'으로밖에 말할 수 없었는데, 안서가 우리 시의 작법을 탐구하다 결국 내일을 기약할 수밖에 없다고 결론지은 것과 다르지 않다. 가능한 것이 '조자調子'를 보는 것, 가시적으로 물리적으로 확인되는 글자수에 기반한 '조자'의 문제이니 '7.5조', '3.4조' 같은 논의가 가능했던 이유이다. '시조時調'로부터 우리 시가의 한 원형을 찾고자 했지만 그것은 구투적인 문체인 한시의 모방형으로 인식된 까닭에 신시가 참조할 만한 모범이 되지는 못했다. 시조양식은 '3장 48자'의 동일한 외형과 동일한 외형률에 제한된다는 인식이 없었던 것은 아니지만, 시조란 종장 첫 3자만 엄격히 지키면 되었기에 압운과 억양을 지켜야하는 서양시에 비해 자유로운 양식으로 이해되기도 했다.

1　이은상, 「詩의 定義的 理論」, 『동아일보』, 1926.6.8.

안서가 신시의 원형을 서구 상징시로부터 구했을 뿐 아니라 모방자로 인식돼 왔지만 이는 진실이라 보기 어렵다. 오히려 안서는 우리말 시에 서양시나 한시처럼 억지로 압운을 하는 것은 효과도 의미도 없는 것이라고 생각했다. 형식미학없는 조선시의 상황이란, 그의 비유를 빈다면, '코레라보다 더 무섭은 흑사병적 위험黑死病的 危險'[2]을 감수해야 하는 것인지 모른다. 안서가 "아직도 완전한 시형과 표현형식이 발견되지 못하야 어떤 이는 서양의 또 어떤 이는 일본의 그것을 그대로 채용하야 조선어의 성질과 조선사람의 사상과 감정을 가장 근대적 또는 현대적으로 표현할 수 있는 통일된 시형은 (아직은) 없"다고 한탄조로 말할 때 그 핵심은 '조선어 시가 형식의 부재'이다. '조선어의 성질'에 적합하고 그것을 근대적, 현대적으로 표현할 수 있는 시형의 부재에 있다'는 것이 핵심인데, '조선어의 성질'은 랑그적 차원이고 그것을 기반으로 규범적 형식이 창안되고 그것에 따라 시가 창작되는 것이 신시이자 조선어구어한글문장체 시가가 가야할 길이다. 이와 같은 논점을 간과하고 근대시의 기원을 말할 수 없다. 시형의 확립은 곧 작법의 확립이 아닐 수 없고 그 핵심에 '조선어로 쓰기한글문자화'가 있다. '조선어'라는 조건을 괄호치고 '서양시형의 모방, 일본시형의 채용' 등을 논한다는 것은 공허하기 그지없다.

동양삼국의 근대문학의 명칭을 문제삼은 임화의 혜안은 이식, 모방을 원조로 치부하는 것이 그 자체로 자긍일 수 없고 오히려 '개량진보改良進步'가 자긍의 원천일 수 있다[3]는 담론과 평행하다. '이식, 모방'이란 말이 자국의 선동을 배제한 측면이 있다면 '개량진보'라는 개념은 서양시, 일본시

---

2   김억, 「무책임한 비평」, 『개벽』 32, 1923.2.
3   「元朝조하하는 조선사람」, 『개벽』 2, 1920.12.

가 근대시의 원형原型일 수 없다는 논리뿐 아니라 서양일본문학을 완전히 배제하지는 않았다는 측면에서 오히려 적합하다는 것이다. 그것은 중국에서 쓰는 '문학혁명'이란 말보다 온건하면서도 논리적이고 또 실제적이다.

"동양의 근대문학사는 서구문학의 수입과 이식의 역사다"임화, 『개설신문학사』라는 문장에 주목하다 보면 근대문학연구는 '이식'의 굴레로부터 벗어나기보다는 근대성의 탐색을 주류화하는 방향으로 나아가게 된다. 이 경우 전통양식의 승계 혹은 단절이라는 모순을 어떻게 해소할 것인가에 대한 깊은 인식론적인 고충이 따른다. 한국 근대시의 기원을 '전근대적 노래성시가성'의 탈출과 '자유시 양식의 수용'에 두는 논점은 오랫동안 정론이 되었다. 하지만 양식은 관성적이고 관습적인 경향이 있으며 그것은 사회의 급격한 일상의 변혁과 평행하게 전진하지 않는다. 서양문물이 수입되는 것과 동시에 시가양식에 대한 인식이 정형시체로부터 자유시체로 전화되고 동시에 당대 사람들에게 그 양식적 전환이 인지되거나 각인되지는 않는다. 전통적인 양식에 익숙한 사람에게 새로운 시대가 열렸다고 해서 그 장르적 인식이 혁명하듯 개변되지 않는다. 전통시가에서 곧 바로 근대시로 시(가) 양식의 인식론적 전환이 일어나지 않는다는 뜻이다.

'이식문학사'를 넘어서는 것은 근대(성) 그 자체에 대한 저항이 아니라 전통양식의 근대적 전회라는 관점에서 가능하다. 초창시대 시가담당자들의 관심은 '근대성서구적 모방'에 대한 강박이 아니었다. 서구적인 것서구화을 등기화하는 데 굳이 문학이 소용될 이유는 없고, '새롭은 시가'를 창안하겠다는 욕망 자체는 근대적인 것의 모방을 넘어 서 있었다. 이것이 우리 근대시가 서구와 더 나아가 중국과 일본의 그것과 다른 점이다. 전통 시가 양식에 대한 무지는 곧 전승된 시가양식이 부재한다는 것에 대한 절망감과 교환되었는데, '새롭은 시가'를 창안하겠다는 의욕을 꺾은 것은 '모형 혹은 '모범'의 부재였고 그것을 안서는 '코레라보다 더 무섭고 흑사병보다 더 위험한 것'이라 비유했던 것이다.

문자로 기록되기 이전의 문학, 고대시가 혹은 '구비문학 시대'의 전통 시가는 이두, 구결의 문자로 기록된 '불완전한' 노래이다. 그것의 원형을 실재 그대로 온전하게 복원하기란 거의 불가능하다. 문자가 부재했기 때문에 '언문일치체'의 시가를 온전하게 복원하는 것은 불가하고 따라서 고대시가의 원형은 주로 그 노래의 배경이 되는 고사나 일화 등을 중심으로 그 원래의 내용을 추론하는 '읽기'를 통해 재구된다. 「처용가」의 원래 노래가 무엇인가에 대한 논란의 근본적인 문제는 언문일치체의 우리말화된 문자화기록물가 부재한 데 따른 것이다. 이 문제는 궁극적으로 우리말구어 한글문장체 시가의 형식적 원천이 무엇인가에 대한 질문으로 이어지는데, 형식양식을 둘러싼 가장 긴요하고 긴박한 논의가 바로 향가형식의 '3구6명'을 둘러싼 쟁점들이다. 안서가 우리말 시가의 기원을 논하면서 전통시가의 형식을 알 수 없다는 점이 페스트보다, 콜레라보다 더 두렵다고 쓴 이유를 짐작할 수 있다. 그것은 역설적으로 근대시의 기원을 두고 임화가 왜 그토록 '조선어 구어체시가의 언어적·음률적 계승'이라는 테제에 매달렸던가도 짐작할 수 있게 한다. 이 문제는 우리 근대시가의 기원을 추적하는 데 있어 핵심적인 문제인 것이다.

노래란 입 밖으로 나오는 순간 한 줌 먼지처럼 저 허공으로 흩어져가는 것이어서 '문자적 텍스트'와는 근본적으로 다른 존재론적 특성을 갖는다. 그러니까 '노래'란 기억에 의해 전승되고 리듬을 익힌 몸이 각인하는 양식이라 볼 수도 있는데 이성이나 논리로 추론되고 이해되는 문자적 양식과는 별개로 존재한다는 뜻이기도 하다. 문자적 시의 존재방식과는 다른 존재성이 시가양식에는 존재한다는 것인데, 그것은 초분절적인 언어, 리듬으로 구현되는 언어, 즉 '구두발성적 텍스트'로서의 실재성이 우선시되는 양식, 이른바 '마이너스 에크리튀르'의 존재성이 우세하다는 뜻이다.[4] 근대 초창시대 이른바 '시문체時文體' 시의 유행시대流行時代'로 되돌아가도 '소리의 에크리튀르'의 실재성이 '문자성'보다 우위를 점유했던 사정은 달라지지 않는다.

'전통양식'의 단절적 계승의 문제는 근대문학의 '명칭' 문제와도 밀접한 연관이 있다. 임화는 '문학혁명의 문학중국'에도 '초창시대의 문학일본'에도 몰입되지 않았음을 앞에서 언급했다. 임화의 해결책은 '과도기', '전형기'라는 명칭을 쓰는 것이었다. 임화가 우리 근대문학을 일본과 중국의 그것과는 다르게 '과도기'라 규정한 것을 두고 이를 양식적 중간단계, 진화론적 관점에서의 중간단계, 즉 '과도기적 시형식'이라 해석한 것은 문제가 있다. '과도기'는 인간의 시간일 수는 있으나 양식의 시간일 수는 없다. 인간의 역사를 양식의 역사로 환원할 수 없는 것은 인간의 시간에 따라 양식이 순응하면서 끌려가지는 않기 때문이다. 예컨대, '글쓰기'가 나의 정열과, 의지와, 의욕대로 나아가지 않는 것과 유사한 것이다.

임화의 '과도기'란 시대적 개념에 근접하는 것이며 양식의 개념으로 확정하기 어렵다. 정형시에서 자유시로 넘어가는 단계에서의 중간 단계, 곧 과도기적으로 불안한 양식, 결핍된 양식이라는 맥락으로 이해하는 것은 부적절하다. 따라서 시형(정형시체-신체시체-자유시체)이나 율조(정형률-

---

4 가와다 준조, 앞의 책, 171면.

시문체율-자유율)의 문제로 환원될 수 없다는 것이다. '과도기적 양식'이 성립된다는 것은, 양식상 '완전한고정된 형태'가 존재하고 개별 양식들, 개인적 창작물들은 그 약속된 '꼭지점'에 도달하기 위해 일관되고 통일되게 나아간다는 뜻과 다르지 않다. 혁신과 창안으로부터 예술의 자율성, 창조성이 존재한다는 것은 그 관점에서는 모순이 아닐 수 없다. 그러니까 근대시가 자유시로, 산문시로 이상적으로 나아가야 하고 따라서 그것에 미치지 못하는 것들은 불완전하고 미완된, 결핍된 것이라 평가, 해석하는 것은 예술의 존재론, 양식의 존재론 차원에서도 설명되지 않는다. '신체시'를 '과도기형식'이라 규정, 평가하는 것의 문제성은 정지용의 논의에서 추론해 볼 수 있다.

대체로 동경 문단에는 신체시의 시기가 있고, 그다음에 자유시가 생겨서 나중에는 민중시의 무엇이니 하는 일종의 혼돈시대를 나타내었지마는 우리는 신체시의 시대가 없었습니다. 있다면 육당六堂이 시를 쓰는 시기랄까. 하여간 우리는 신체시의 시대를 겪지 못했으므로 조선서는 시詩로 들어가는 것이 너무 빨랐고 또한 시가 서는 것이 너무 일찍이었습니다. 그러나 우리 시가 일찍이 섰으면서도 본질적으로 우수한 점이 있는데 그것은 우리말이 우수하다는 것인데, (…중략…) 외국에 비하면 우리도 고대가요나 시조가 있다고 하더라도 그것이 줄기차게 전통이 되지를 못한 것은 사실이지요.[5]

신체시의 시기, 사유시의 시기가 있을 수 있지만 신체시 자체가 자유시

5   박용철·정지용 대담, 「시문학에 대하야」, 『조선일보』, 1938.1.1.

의 결핍된 양식, 과도기적인 양식은 아니다. 육당의 시도가 있긴 했으나 우리에게 신체시의 역사는 없었다는 것이 정지용의 판단인데, 우리말 시의 근대성이 일본형 신체시에 있지 않았다는 것이다. 고대가요나 시조의 전통에 이어지는, 우리말 시가의 연속적 전통을 확인하기 어렵다는 점이 문제의 핵심이다. 시로 들어가는 것이 너무 빨랐고 또 서는 것도 빨랐던 것은 우리말의 우수성 때문인데, 정지용은 근대성의 핵심을 우리말의 우수성에서 찾고자 했고 또 그 우수한 말의 시적 실현을 정지용 스스로가 이미 입증하고 있었다. "장래 우리 시가 원칙적으로 정형시의 길을 걸을 것입니까? 비정형시의 길을 걸을 것입니까?"라 묻는 박용철에게 정지용은 "원칙적으로 비정형이 원래 원형이니까"라 대답한다. '원칙적 비정형'이란 자연스런 말의 리듬과 내적 호흡을 지닌 조선어의 구어적 상황을 가리키고 있다.

우리말 시의 '원형'은 기원상 '태초의 시'를 의미하기보다는 우리말의 랑그적 특성에 따라 규범화된 우리말 시의 정형적, 규범적 질서를 뜻한다. 육당이 시도한 '신체시'의 고충은 우리말 구조 자체가 음절수의 강박적 규칙이나 질서에 위배되기 때문에 생겨난 것으로 우리말구어한글문장체의 음악적 질서를 구현하는 것이 근대시(가)의 보다 본질적인 과제였다. 안서의 정형시체이든, 요한의 산문체시든 우리말 구어체시는 궁극적으로 음악을 지향한다. 음악적 리듬을 갖는다. 이 지향성은 '정형시체로부터 자유시로'라는 선언적 구호가 내포한 관습적 사고와는 거리가 있다. 문제는 양식적 미학화의 출발점인 시작법, 규범의 확보이다. 정형시체 작법의 완성, 이것이 안서의 고민이었으니, 안서의 근대시의 기획이 자유시나 자유시체에서 더 나아가 산문시체로 가는 진화론적 관점에 서 있지 않았던 것은 자명하다.

자유시체라는 것이 그토록 자명하다면 1930년대 후기 들어 새삼 자유
시체를 비판하면서 우리 시의 장래를 질문할 이유가 없었다. 정형시체라
는 것의 실험이 이미 시효를 잃고 초창시대의 임무를 끝냈다면, 1930년대
들어 왜 굳이 정형시체의 노래를 다시 소환해야 했는지 설명하기 어렵다.

2. 정형시체와 전통 시가양식의 계승

"음악으로부터의 독립성이 강화될수록 시가의 형식이 보다 근대적이
된다. 정형성은 근대성의 미달이자 실패를 뜻하며 정형성을 견지한다는
것은 자유시로 나아가기 위한 과도기적인 것이거나 퇴행을 의미한다." 이
같은 평가는 말 그대로 '정언명제'로 각인된 것들이다. '노래하는 시/노래
하지 않는 시', '낭송/묵독', '노래로 말하는 시가/문자로 읽히는 시문자
시', '전근대시/근대시' 등으로 범주화된 시의 이원적 개념들은 근대시 연
구자로서는 더이상 고민하고 숙고할 사항이 아니다. 전통과 근대, 노래와
시를 분리하는 구도에서 한국 근대시는 전통의 계승이나 변용에 있다기
보다는 그것과는 완전히 다른 문자종이 되며, 그래서 근대시는 근대의 미
망 아래 전통시가와는 분리되고 계보학적으로 전근대적인 것들과는 결별
한다. '시가'의 전통이 살아있는 초창시대 시가양식들이 '과도기적 양식'
으로 지칭된 것은 '근대'와 '완전성'의 공모적 결합에 근거한 혐의가 짙다.
근대시의 '완전성'과 대비된, '결함과 부족'이 이 '과도기'란 개념의 함의
가 아닐 것인가. 근대시가 '歌노래'로부터 떨어져나간 양식이라는 인식은
근대시사에 있어 '자동화된 인식'으로 공고화되었다.

여기에는 근대시와 전근대시를 음악성과 회화성, 청각적인 것과 시각적인 것으로 치환함으로써 근대시와 전근대시의 전선을 명확하게 긋고자 했던 김기림의 시론과, 해방 이후 김기림의 시사적 견해 및 신비평 이론을 바탕으로 공고화된 국문학계 아카데미즘이 일정한 공헌을 했음은 부정하기 어렵다. 음악성; 회화성의 대립에서 김기림의 회화성 강조가 압도적으로 근대시의 근본적 전략으로 작동되는 순간, '음악성노래성'은 배제되고 부정된다. 근대시의 이념은 '반反 노래성'의 테제 위에 정립된다. 김억이 근대시사에서 부정적으로 평가된 것도 이와 무관하지 않다. 그는 고작 프랑스 자유시운동의 수입자이자 모방자의 자격으로 근대시사에 등재된다. 에스페란토어에 대한 김억의 관심을 과도하게 강조한 이유도 유사한 맥락에 있다. 그것은 근대시의 범주뿐 아니라 근대시 연구의 해석학적 지평을 축소시켜왔다. 그보다 더 핵심적인 문제는 근대시 '기원'의 단초를 왜곡한다는 것이다.

또 하나의 문제는, 이미 우리 시대에 자명한 것으로 고정된, 문자시 체계에 기반한 장르 이해의 관점이다. '가歌'의 양식과 그것의 가시적 정형성은 근본적으로 '근대성의 미달형식'이자 '자유시의 결여형식'으로 인지된다. 근대시의 정점에 '근대성'과 '자유시(체)'가 함께 놓여있는 탓이다. 초창시대 시가에 대해 '음악 논리에의 종속, 노래체의 멍에, 노래체에의 함몰' 같은 평가가 가능했던 이유이다. '노래성'을 '근대성의 미달'로 보는 관점은 장르의식에 그대로 전이된다. '자유시 완성-완전한 근대성의 도달', '포에지가 결여된 산문시', '노래와의 미분화 상태 극복', '시詩와 가歌를 구분못하는 미숙한 장르인식', '시의 독자성을 깨닫는 성숙한 장르인식' 등의 해석, 평가가 장르 인식의 층위에 있다.

그런데 근대시 전공자들이 '노래로부터의 분리'를 강화하는 입장에서 근대시의 논점을 전개해나가는 반면, 전통시가 연구자들은 오히려 이 둘의 접점에 민요, 시조, 속요, 언문풍월 등의 전통시가형을 위치시키고자 한다[6]는 점에서 이 두 연구경향 사이에는 흥미로운 '차이'가 있다. 전통시가 연구자들은 초창시대 대다수의 '시가'의 실재를 확인하면서도 '노래로부터의 탈피'라는 관점으로 오히려 전통시가들의 시가성을 배제하고 그럼으로써 근대시 연구자의 관점으로 논점을 환원시키는 경향이 있다. 초창시대 시가의 '가歌'의 지배적 편향성을 계몽, 선동, 격동 같은 계몽적 주제의식과 연관시키거나 근대 장르론적 관점으로 해명하고자 하는 근대시 연구자들의 근본적인 의도는 '노래성'을 일시적인 것이거나 우연적인 것으로 놓는 데 있다. 이는 '노래성'을 근대 시가양식의 구도 안에 온전하게 위치시키는 의도와는 거리가 있다.[7]

　전통적으로 노래성낭영체이 본질이었던 시가양식이 '개화'와 맞물려 갑자기 노래곡조의 외관을 벗고 문자시적 속성, 묵독적 읽기의 에크리튀르로 인지되는 것은 불가하다. '노래성'을 완전히 탈각한 '문자시'로서의 에크리튀르를 실천하는 것은 더 더욱 불가능하다. '말하기'와 '쓰기', '쓰기'와 '양식화문학적 쓰기'는 완전히 다른 차원에 있다. 초창시대 매체들이 인지한 시양식은 문자시의 속성을 띤 것이 아니라 노래성을 견지한 것이다. 1920년대까지도 인쇄매체들에 한시, 가사, 창가, 속요, (잡가풍)민요, 언문풍월

6　임주탁, 「한국 근대시의 형성과정 연구」, 『한국문화』 32, 서울대 규장각 한국학연구원, 2003; 조해숙, 「근대전환기 국문시가의 징르적 변화과 근대성 − 〈초당문답가〉를 중심으로」, 『고전문학과 교육』 8, 한국고전문학교육학회, 2004.
7　'신흥장르'라는 개념은 김영철, 「초창시대 시가의 장르적 성격」, 『한국현대문학연구』 1집, 한국현대문학회, 1991.

같은 전통 시가양식들이 '시(시가)'의 지위를 유지한 채 지속적으로 게재된다. 한문맥의 영향아래 있었던 엘리트 층 역시 여전히 『대동시선』 등의 한시문집 편찬에 공을 들였으며 한시를 모방한 언문풍월이 유행하고 있었다. 시양식의 중심을 차지한 것은 여전히 한시였고 국자칠음시, 언문풍월 등은 한시를 학습, 모방하는 과정에서 생성된 양식이다. 더불어서 잡가 풍의 민요체험이 조선어 시가체험의 한 경향을 차지하기도 한다.[8] 초창시대 문학담당층이 생각한 새로운 시란 시가양식에 근거한 것이었으며 이 '시가' 개념은 전통적으로 내려오던 민요, 동요, 잡가, 한시, 시조 등의 시가양식에 이어져 있었다.

그렇다면 신시란 전통 시가양식과는 어떤 차이가 있으며 왜 그것과 달라져야했는가? 그 핵심에 '조선어 구어(체)'가 있다. 조선어 시가의 형식 실험은 조선어 구어의 자연스런 음악성을 모색하는 과정에서 대두된 것이다. 새로운 시(시가)란 한자어(문)를 '타자'로 한 조선어(문) 의식, 전통 민요, 속요, 요를 '타자'로 한 조선어 구어문장체시의 새로운 음악리듬의식에서 기획된 것이었다. '새로운 근대시'의 핵심은 노래의 의장을 벗는 것이 아니라 '노래'를 계승하는 데 있고, 그 엄격한 미학적 형식과 격조있는 리듬을 가진 조선어 구어체 시의 정전을 모색하는 데 있었다. 근대시의 형식적 미학의 타자는 시조와 한시에 있었고 이념적으로는 민요와 동요에 있었다. 전자는 엄격한 형식미의 이상에서, 후자는 조선어 구어체의 이상에서 비롯된다. 국어국문운동의 거대한 흐름과 찬송가 번역 과정에서 새롭게 발견한 조선어 구어 리듬, 일본으로부터 들여온 신체시형식들, 서구

8　임주탁, 앞의 글; 김영철, 『한국근대시론고』, 형설출판사, 1988.

상징주의시 번역 과정에서 얻게 된 미묘한 말의 음악성 같은 요인들이 서로 밀어내고 또 섞여들면서 조선어구어한글문장체 시가의 가능성이 크게 확대되었다.

임화가 가사나 창곡을 문제삼은 것은 가사는 일종의 민요형식과 근사하다는 측면에서, 창곡은 4.4의 정형적 율격형식을 갖는다는 측면 때문이었다. 특히, 창곡은 그 기원을 고래의 시가적 전통에 소급할 수밖에 없다는 역사적 사실이 고려되었다. 임화는 심지어 '신시' 곧 '자유시'는 여전히 노래로 불려지거나 '불려질 가능성'을 가진 시가양식의 전통을 버리지 않은 양식이라 정의하는데 임화가 그것을 '미래적 가능성'이라 요약한 것은 신시에 근대적 의미의 음악곡이 부수되는 것이 현실적으로 어려운 까닭에 있었다.

임화의 글을 다시 세밀하게 읽어본다.

조선의 신시 — 임화는 이를 '자유시'라고 쓴다(인용자) — 는 조선시가의 전통적 형식이었던 4,4조에다 신사상을 담는 데서부터 시작하였다. (…중략…) 근대의 자유시가 발흥하기 전에 시가라는 것은 거개가 모두 곡-음악-을 떠나서 자립할 수 없는 것이라 조선의 시가라고 할 것 같으면 신시를 빼놓으면 모두 그러할 것이다. 향가가 그러하고, 고려가요가 그러하고, 이조의 가사가 그러하고, 시조가 그러하며 이조 말기에 와서는 우리가 전주토판全州土版 『춘향전』이니 『심청전』 등에서 보듯이 산문소설까지 노래하는 소설인 즉 가극歌劇 혹은 창곡唱曲으로 되어 있었다. 이것은 모두 시가 자율성을 획득하지 못한 문학의 상태였다. 즉 그것은 음악의 도움없이 존립할 수 없었다. 그런 만큼 시는 언어의 운율만으로 형성되어있지 못하고 자연 음악—곡—에 구속을 받고 그것에 맞는 형식, 예를 들어 말하면 음악에 맞는 언어적 운율인 운문의 형식을 가지고 있었다. (…중략…)조선의 신시란 소설, 그타他와 마찬가지로 생탄生誕 즉시로 운문과의 투쟁에 출발하느니보다 낡은 운문에다 새로운 정신을 불어넣는 일로부터, 바꾸어 말하여 낡은 형식을 차용하는 데서 출발하였다. 이것은 창가의 내용인 신시대의 정신이 아직 자유율을 획득할 만큼 성숙하지 못한 때문이기도 하다.[9]

시가 음악에 종속된 것이 아니라 오히려 그 반대임은 음악사가들이 지적해 왔다. 임화의 논의는 '신시'가 '(낡은)운문 : (신)운문'의 관계에서 성립된다는 의식을 깔고 있다는 점에서 흥미롭다. 「춘향전」, 「심청전」조차 '가극' 혹은 '창곡'인 노래하는 양식이라면 조선의 전통 시가양식은 기본적으로 목소리 양식이자 운문의 연행양식의 특성을 갖는다. 시는 기본적으로 '음악에 맞는 언어적 운율'인 '운문의 형식'을 가지고 있다는 것이다. 그러니까 신시의 기원은 '운문과의 투쟁' — 이는 '자유시'라는 절대적 이념화로 인해 강화된 것인데 — 에서 출발하는 것이 아니라 기존 운문형식, 낡은 운문형식을 차용하는 데 있었다. 기존 창가형식그릇에 신시대의 정신을 담든, 그 형식그릇을 다소 변형하든 간에 기본적으로 신시의 이념은 운문양식의 계승이자 그것의 지속에 다름 아니었다. 이는 육당의 신체시에만 해당되는 것은 아니었고 안서를 비롯 그 이후 신시담당자들의 신시 이념에 그대로 대응되는 것이었다. 그들의 '근대시'의 이념에 정형시체 양식은 부정되는 것이 아니라 정립되고 확립되어야 할 조선어 시의 미학적양식으로 자리잡고 있었다.

---

9   임화, 「개설신문학사」, 『전집』 2, 156~157면.

'창가'가 기존 운율에 신사상신내용을 불어넣는 데서 출발했다는 임화의 지적은, 신시의 출발이 전통양식을 부정하는 것이 아니라 전통적인 '노래양식'을 계승하는 가운데 이루어진 것임을 강조한 것이다. 『독립신문』의 「동심가」나 「신문가」는 대체로 3(4).4의 기존 음수율에 근거해 쓰였는데, 당대 구어체가 아닌 구투를 습용하고 있다는 데서 조선어구어한글문장체 시가라고 보기 어렵다. 핵심은, 여전히 '곡'을 전제로 쓰여진 것, 노래될 가능성을 언제나 잠재하고 있다는 점이다. 임화가 창가를 '구舊가사가 서양음곡에다가 신사조를 담아가지고 변형된 것'이자 '노래되지 아니한 양식'이라 정의한 것의 핵심은 '노래체'라는 것이며 일정한 음수율을 갖는 '운문'이라는 점이다. 임화가 '자유율'이라 한 것은 기존 3.4의 음수율로부터 보다 구어체적인 문장의 음악리듬으로 변화된 것을 가리키고 있다. 전통적인 엄격한 음수율로부터의 해방이 '자유율'의 시초인데, 이는 서양 자유시 형성과정과 다르지 않다. 우리가 생각하는 정형시-자유시-산문시의 장르종 개념을 구획하고 특정하는 기준이 아니라 일정한 정형양식의 형식상의 변화를 전제하고 쓴 개념인 것이다. 이는 안서의 시각과도 그다지 다르지 않다. 찬송가나 학교교가가 이 자유율을 획득하는 데 크게 기여했다는 지적은 더이상 거론할 필요가 없을 것이다.

임화는 김인식의 양악 이입시기를 회고하는 글인 '우리가 보표譜表를 처음 구경하게 되고 또한 5음계만 있던 조선가요에서 눈을 떠서 7음계가 있는 악리적인 서양음악을 지금 앉아서 회상하여 볼 때'를 인용하면서 서양 음악이 구가사 급 곡을 해체시키는 데 얼마나 이의적利義的이고 강력했는지를 상상할 수가 있다고 썼다. 김인식 작곡의 〈학도가〉는 기존 4.4조의 음수율을 해체한, 한시나 구가사에 비해 혁신적인 형식의 노래였다. 전통적으로 가사나 한시를 창작했던 계층들이 이 새로운 음수율에 맞춰 창가를 짓게 되었던 것이다.

신시는 그러니까 기존의 가사, 한시 창작자들과 한문교양계층들의 손에 의해 주로 창작되었던 것인데, 그들이 '신시'창작에 있어 '조선어' 및 '한글문장체'에 주목한 것은 경이로운 것이다.

① 한문 교양과 한시 창작의 경험을 살려 기존 음수율에 우리말 문장을 이입. 동심가 등

② 조선어 구어한글문장법에 맞는 새로운 음수율을 개척하면서 기존 창가개변. 학도가, 최남선 창가 등.

③ 한자 교양을 바탕으로 (일본식)한자어를 우리말로 풀이하는 식의 구투의 신시 창작. 즉 한자를 우리말로 번역해 새로운 한글 문장으로 고쳐쓰지만 여전히 구투를 벗어나지 못한 문장체 시들. 『청년』지, 『장미촌』지의 시들, 황석우, 남궁벽의 시들. 한문장체의 영향력을 벗어나지 못한 측면이 있다.

④ 자각적으로 한글구어체 문장을 쓴 안서, 주요한, 김여제의 조선어구어한글문장체 시들. 이들은 조선어구어체문장의 핵심을 파고들었다. 구어체란 일종의 노래체이니 이 양식은 한문장체의 시들과는 차원이 다르다.

⑤ 안서의 '노래지향성'과는 그 목적지향성이 다른 한글문장체 시들. 회월의 은유 및 미적 관념을 담은 시들, 백조파의 시들.

한문식자층이 주도한 '신시' 개념은 전통 시가양식의 형식 미학에 근거해 있고 그것은 '노래체시'와 '정형체시' 양식의 근본 관념에 이어져 있다. 신시 창작층 자체가 한문맥의 전통 위에 있다는 것은, 양식의 관성과 창작

의 관습이 역사의 격변기와 평행하게 가지 않는다는 관점을 재확인해 준다. 양식의 시간과 인간의 시간은 상이하다는 뜻이다. 무엇이 신시적인 것인가? 라는 질문의 핵심은 '조선어 구어문장체_{음악성}'와 그것의 '쓰기_{한글문자화, 문장체화}'에 있으며 이것이 바로 근대 시가양식의 '언문일치'의 고유성인 것이다.

흥미로운 것은, 음수율에 맞춰진 창가(①, ②)가 관념적 신시(③)보다 구어체적인 리듬을 견지하면서 조선어구어한글문장체에 더욱 접근해 있다는 점이다. 구어말를 음수에 맞추려 하니 두 가지 문제가 발생했다. 하나는 접사, 조사 때문에 글자수를 맞추기 쉽지 않은 교착어인 우리말의 특성, 다른 하나는 외국문물이 수용되면서 외래어를 기존 음수율에 맞추고자 할 때 나타나는 음절수 과잉, 잉여의 문제. 앞의 것은 랑그적 차원이고 뒤의 것은 파롤적 차원인데 이 두 문제가 기존 구투적 정형률을 해체시키는 중요한 동인이 된다._{육당의 「조선유람가」 참조} ⑤는 이른바 '백조의 상징주의시류'를 가리킨다. 이상화의 「나의 침실로」나 「빼앗긴 들에도 봄은 오는가」가 시사적 의의를 갖는 것은 그것이 조선어구어한글문장체 시의 성과를 집약하면서도 시의 핵심인 '은유'를 내포하기 때문이며 그와 더불어 경향성을 견지하면서 '의미_{목적의식}'를 분명하게 표명하고 있기 때문이다. 임화가 안서와 백조파를 평가하는 이유가 여기에 있다. '신시'의 중심이 계몽, 자각 등의 근대성의 성과나 자유시의 목표를 달성하는 데 있기 보다는 조선어구어한글문장체의 혁신에 있음을 재확인하게 된다.

3. 문자화 – 근대 인쇄리터러시와 시의 스크라이빙Scribing

근대시는 기본적으로 인쇄리터러시의 인식에 깊이 간여된다. 신문, 잡지 등의 미디어 리터러시의 인식과 보급이 근대시의 성립과 대중화에 결정적인 영향력을 발휘한다. 근대문학은 근대 연활자의 인쇄문화의 산물로서 활자print literacy가 매개한 '필사문화scribal culture'에 기반하고 있다.[10] 무엇보다 근대시(가)라는 양식, 조선어 구어체 시가라는 양식은 전적으로 활자를 통해, 인쇄 판면의 인쇄리터러쉬를 통해, 이해되고 수용된다. 실제 "활자活字 속에 폭탄爆彈을 묻어라"라는 슬로건이 대두할 지경이었는데 이때 '활자'란 '문자화', '쓰기화'의 강력한 힘을 표상한다. 주먹이 아니라면 곤봉이나 철봉으로라도 힘을 갖는 것이 옳고 '활자의 폭탄'은 그것과는 다른 정신의 힘을 갖게 한다는 것이다. 활자화된 시는 정서를 동動하게 함으로써 그 어떤 장르도 가질 수 없는 힘과 생명력을 갖는다는 인식[11]은 한 개인의 것만은 아니었다.

> 정서情緒가 살아야 문자文字가 살고 문자가 살아야 시詩가 살아서 만심萬心을 동動케하는 힘이 잇슬 것임니다 그럼으로 힘이 업다면 시詩가 죽엇고 문자文字가 죽엇고 정서情緒가 죽는 것이라고 볼 수밧게 업는 것은 맛당한 논리論理일 것 갓슴니다.[12]

---

10 월터 J. 옹, 『구술문화와 문자문화』, 146면. 인쇄된 문자(활자)의 '새김(판식, 판면화)'을 통해 근대시가가 인지된다는 차원에서 'scribal cuiture'라는 용어를 그대로 썼다. '스크라이빙(scribing)'은 이 행위 및 쓰기(écriture)를 포괄적으로 지칭하는 개념으로 쓴다.
11 이은상, 「시의 정의적 이론(4)」, 『동아일보』, 1926.6.11.
12 위의 글.

생생한 정서를 문자의 힘으로 살림으로써 시를 살리는 것이 근대시의 숙명이라면, 이 문자화 방법이 곧 근대시의 정수라 할 것이다. 머리 속에 존재하는 것은 시가 아닌 것이다. 시는 언제나 문자의 힘을 빌려 비로소 존재하는 것이다. 하이데거의 언어존재론과 다를 바 없다. 초창시대 '신시'의 존재는 기억머릿속이나 집단의식 속에 놓여있지 않은 전혀 새로운 물건이었던 것인데 그것의 시초는 '활자인쇄된' 문자를 통해 대중에게 각인되었다. 언어의 번역 과정과 다르지 않은, 다층적인 번역과정을 거쳐 탄생된 것이다.[13] 말노래→ 인쇄활자화, 문자화→ 낭영소리화, 발성화이라는 낯설고도 다중적인 번역 단계를 거쳐 탄생한 것이 신시였다. 따라서 근대시의 문호를 열었다고 평가되는 최남선, 이광수를 거쳐 프랑스 상징주의시를 모방해 근대시를 모색했다고 평가되는 김억에 이르기까지 이들이 남긴 시의 에크리튀르, 시의 활판인쇄면을 살펴보는 것이 근대시의 기원을 탐색하는 데 보다 실재적이고 실증적인 참조가 된다. 잡지, 신문 매체들을 중심으로 이들이 남긴 시론, 시평 그리고 실제 활자화된 시의 형태와 배열을 실증적으로 검토할 필요성이 요구되는 것이다.

말을 문자화하는 것, 즉 조선말을 조선문자화하는 것은 한글화를 포함한 언문일치 과제의 전면화를 의미한다. 우리말 시가의 문자화조선어 구어시가의 한글문장체화 시도는 경험해보지 않은 미지의 것이었으니, 문자화의 고민은 그만큼 절실했고 또 그만큼 혼돈스런 것이었다. 문자화란 다른 한편으로는 인쇄화, 인쇄에크리튀르의 실현을 의미했는데 따라서 인쇄리터러시의 이해없이 근대시는 존립할 수 없었다. 최남선이 왜 인쇄기부터 들여왔는지,

---

13 코모리 요이치, 『일본어의 근대』, 57~58면.

인쇄소부터 마련해야했는지는 자명하다. 활자를 지면에 늘어두는 산문형식의 글과는 달리 시는 노래의 양식임을 물리적으로 분명하게 각인시켜야 할 의무가 주어졌다. 시가의 문자화란 시가의 양식적 특성을 판면에 고스란히 노출시키는 문제와 밀접하게 닿아있다. 근대 시가양식의 제반 논의들은 인쇄리터러시 문제에 종속되어 있다고 해도 과장이 아니다. 인쇄리터러시, 활자에크리튀르를 건너뛰고 근대시양식론을 해명할 수는 없다.

문제는 리듬, 박자를 문자화, 표식화하는 과정에서의 방법론이다. 전통노래양식은 곡명과 창법을 적시함으로써 시는 곧 노래라는 점을 역설적으로 반증한다. 근대시가는 문자화를 피할 수 없고 문자화는 곧 노래양식의 인쇄화를 뜻한다. 그런데 인쇄는 활자의 무조건적인 나열을 허락하지 않는다. 판형에 따라 글자를 배치하고 구를 표식하고 띄어쓰기나 문장부호를 찍는 등의 판면의 고정화를 준수해야 하는데, 그것은 시가라는 양식적 특성을 판면에 고스란히 담아내는 작업을 의미한다. 전통 필사본 양식, 목판본 양식과는 다른 신식연활자본의 인쇄물로 존립하는 것이 근대시양식이라면 인쇄리터러시의 조건은 시가의 양식성을 강제하는 원리이기도 한 것이다.

활자에크리튀르의 시각성과 문자시가 결합되는 단계에서 정형체 시가의 문제가 예민하게 드러나는데, 초창시대를 거치면서 시의 시각적 고정회문자화가 강화되고 문자적 규범과 표기의 통일성이 요구되면서 시의 '정형성'은 더욱 문자적이고 시각적인 측면을 뜻하는 것으로 인식된다. 음악성 및 소리성의 표식이 시각적이고 공간적인 활자문자규범으로 전환되는 순간, '정형성'의 물리적 표식은 억압적인 것으로, 시인의 자유로운 시상의 전개를 방해하는 것으로 인식된다. 여기에 더해 세로쓰기종서체의 에크리튀르가 가로쓰기횡서체로 변형되는 순간의 텍스트성이 이 공간적 정형성에 대한 강박을 강화시키는 요인으로 작용한다. 세로쓰기의 텍스트성이 노래의 정형성, 고정성을 표상하는 층위라면 그것이 가로쓰기로 재식자, 재편집되면서 텍스트의 정형성은 지극히 음절수의 규칙성과 양을 가시화하는 표식으로 전환된다. 이에 따라 정형시→ 자유시로의 전개와 전근대성→ 근대성과 등치시키는 논리는 더욱 정당화되었을 것이다.

초창시대 시가양식을 독해하기 위해 적어도 두 가지 조건이 선행되어야 한다. 첫째, 시가양식의 종서규범 자체를 이해하는 것. 둘째, 한시나 시조의 지면 배치 양식을 신시체의 양식과 비교, 대조하는 것. 실증적인 차원에서 시가양식 고유의 인쇄리터러시의 당대적 규범뿐 아니라 그 규범의 혼돈과 혼식을 확인할 필요가 있다.

4. 스크라이빙 차원의 중층적 매트릭스

시의 물리적 형태만큼 그것이 시가양식임을 분명하게 확증해주는 것은 없다. 『프린스턴 시학사전』은 시 표식의 징표를 "언어가 산술적으로 리듬화되어야 한다는 것"[14]을 들고 있을 정도인데, 이 때 '리듬'은 '미터운율로 일반화되고 페이지에서 별개의 선으로 재현'됨으로써 가시화된다. 일단 형태상으로 '시적인 것' 그러니까 스크라이빙 차원에서 규범적 형식을 갖추는 것이 시가양식을 보증하는 것인데, 이는 시가 본질적으로 노래였던 사

---

14 *The Princeton Encyclopedia of Poetry and Poetics*, fourth edition, Princeton : Princeton Univ. Press, 2012, pp.376~377.

실에도 부합한다. 자유시의 효시 혹은 우리 근대시의 기원으로 평가되었던 서구의 상징주의, 낭만주의 시들의 원형조차 각운과 행을 일정하게 맞춘 정형체시이며 스크라이빙 차원에서도 이들은 정형체 양식임을 스스로 증거한다.

구어체 시가의 기원을 추출하기는 어렵지만 조선어 시가의 '노래체 양식'으로서의 흔적은『악학궤범』,『시용향악보』등의 악집樂集에 남겨져 있다. 노래의 문자화란 결국 '보법譜法'의 기록이라 할 것인데, 장, 절로 구성된 노래의 음고音高, 시가時價, 주법奏法, 선율旋律 등을 문자화배열하기 위해서는 일정한 패턴과 규칙에 따라 행과 구의 단위를 분할할 수밖에 없고 일정한 표식부호로 그것을 고정화시켜야 한다. '정간보井間譜', '대강보大綱譜', '간격보間隔譜' 등을 비롯 전통음악의 다양한 기보법[15]에서 곡조나 율조를 떼내고 가사만 추출해보면 현재의 노래시가양식과 다르지 않음이 확인된다.

스크라이빙 차원에서 시양식을 요약, 정리하면 다음과 같다. 가로항을 '문장체의 정도', 세로항을 '노래성의 정도'로 잡고, 그 정도에 따라 근대시의 중층적인 매트릭스를 설정할 수 있다.

가로항 : 문장체의 정도
① 조선어 구어체의 비/불비
② 한자문장체의 한글 토(한주국종체) 정도
③ 한자문장체
④ 중간체

---

15 김용운,『국악개론』, 음악세계, 2018, 334~362면.

세로항 : 음악성의 정도

① 강박적 음절운

② 자연스러운 리듬화(정형체와 느슨한 정형체(비정형체)

③ 비정형체 이념성

④ 한글문자위주의 고정성

이 조건들의 중층적 결합에 따라 근대시가의 양식적 성격이 규명된다 할 것이다. 따라서 근대적 관념계몽, 자아의식, 개성 등의 주제론적 측면은 여기서 다루지 않을 것이다. 위의 매트릭스를 참조로 하여 다음과 같이 정리할 수 있다.

① 조선어 구어체의 음절수 규칙에 맞게 쓴 조선어(한글) 정형시체(강박음절음악성) – 최남선의 엄격한 음절 규칙의 창가

② 조선어구어체문장법에 맞춘 정형시체 음악성 – 안서시체, 소월 민요시

③ 조선어 구어체적인 문장법에 맞춘 비정형체 관념시 – 회월식 은유시체

④ 조선어 구어체적인 문장법과 자연스런 구어적 리듬성에 맞춘 시체 – 요한 「불노리」, 상화의 시

⑤ 한자문장체의 관념적 근대성을 포회한 (일본)한자문식 단형시체 – 신시이나 구어체 신시라 보기 어려움 – 이효석 신시, 남궁벽 신시

⑥ 한자문장체의 비정형시체, 관념적 시 – 1920년대 관념시, 김광섭 등의 1930년대 시, 일본어 한자 관련시들

⑦ 조선어 구어문장체 시이자 한글시체 – 한자어 희박, 자유시체, 한글문자체

⑧ 한글 문자 고정 – 윤곤강 등 한글표기 위주의 시들

임화는 궁극적으로 ② 안서의 음악과 ③ 회월의 관념산문의식이 조화롭게 결합된 우리말 구어체 시의 완성이 상화에게 있다고 보고 이를 '조선어 구어의 언어적·음률적 완성'이라 요약한 바 있다. 이 관점에서 우리 근대 시가는 '폐허파와 창조파'의 시에 '백조파'의 시가 결합된 것이라 할 수 있다. 흥미로운 결론이 아닐 수 없다. 엄격히 말하면 ⑤, ⑥은 우리말 구어 한글문장체와는 거리가 있고 오히려 '한자부회'에 가깝거나 한자어를 우리말 구조에 맞춘 번역체에 가깝다. 안서가 말한 '일본식 한자문장체 시'라고 볼 수 있다. ①~④는 초창시대 우리말 구어체 시의 문장법상의 수련 과정에 있던 시체라고 볼 것인데, 이 중 ③을 제외하면 대개가 우리말 구어체 음악성의 실현을 중요한 목표로 둔 양식이다. 자연스러운 우리말 리듬을 살린 문장법의 시체를 실현한 것은 ④이며 ②는 의식적으로 정형시체를 목표로 시도된 것이다. 그러니까 ④는 자유시체로 접근해 가는 양식이며 ②는 전통 시가양식의 정형적 시체를 계승하고 있다. 근대시의 이상적 모델을 설정하는 입장에서 ②의 정형시체의 규범성을 확보하기 위해서는 작시법이나 미학적 양식화를 고민하지 않을 수 없게 된다. 안서가 후일 격조시로 돌아가거나 육당이 시조에 몰입거나 용아가 시조나 단곡에 몰입한 계기가 여기에 있다. 시가형식의 엄격성과 그것의 귀결인 절대적 형식미학을 참작하지 않는다면 궁극적으로 시는 시 고유의 양식적 독립성과 자율성을 확보하기 어려우며 또 산문에 대응할 수도 없다는 인식에서 비롯된 양식이다.

어찌되었든 ②와 ③이 근대 시양식의 탐구과정에서, 임화식으로는, 변증법적으로 지양돼 상화의 경향시에 이른다는 것은 그래서 흥미롭다. 일제 말기 신진시인들이 새삼 요한의 「불노리」와 「아침 황포강가에서」를

<표 1> 조선어 문장체와 음악성의 관계

	조선어구어한글문장체	한자문 단형체	한자문 서술체 (일본 번역체)	한글·한자 중간체
강박음절 정형체	① 최남선 창가체			
정형체 음악	② 안서의 시, 소월 민요시 「낭인의 봄」			
비정형체 음악	④ 요한 「불노리」, 상화 「빼앗긴 들에도…」			상화 「나의 침실로」
(비)정형체 관념한자어		⑤ 이효석, 남궁벽 '신시'	⑥ 1920년대 관념시들, 1930년대 김광섭 등의 시	③ 회월 「월광으로 짠 병실」, 황석우 「夕陽은 꺼지다」
자유시체, 산문시체 (30년대 이후)	⑦ 정지용 「이른봄 아침」, 「나비」			
한글문자체	⑧ 윤곤강 「마을」			

동시에 우리말 시의 기원으로 설정하는 것은 한글 문자를 의도적으로 기표화하고 한자보다는 한글 표기를 의식적으로 선호하는 것과 깊은 관계가 있다. 우리말 시의 음악성 확보 문제, 활자나열식의 시쓰기 관습, 의식 없고 형식미 고려없는 시쓰기의 문제 등은 1920년대초와 1930년대 말기 각각 대두되는데 그것들은 서로 엇갈리면서 겹친다. 시가양식의 프랙탈적인 회귀와 반복이 있는 셈이다. ⑧의 윤곤강의 한글로 시쓰기가 흥미로운 이유이다.

5. 근대시 텍스트의 실재實在

이 같은 기본적인 이해를 바탕으로, '실재'의 텍스트를 통해 한국 근대시가 '언어적 해방'과 '조선어 구어체 시의 양식적 완성'이라는 이념을 어떤 방식으로 실행해 나가는지를 보기로 한다.

앞의 〈표 1〉에서 분류한 시텍스트의 실제 판면을 확인해 보기로 한다. 문자, 문장, 개행改行, 단구斷句 등의 물리적 차원, 인쇄리터러시 차원에 있어 각 텍스트들이 갖는 고유성뿐 아니라 다른 텍스트들과의 '차이'를 주목할 수 있다.

① 한시漢詩 왕유王維의 「도원행桃源行」 ② 한자위주漢字爲主의 논설문論說文 ③ 음절

〈사진 ①~③〉 ① 漢詩 王維, 「桃源行」 ② 漢字爲主 論說文 ③ 音節數를 맞춘 崔南善의 翻譯詩(歌)

수음절수音節數를 맞춘 최남선崔南善의 번역시翻譯詩(기가歌) ④ 주요한朱耀翰의 자유시自由詩 「불노리」 ⑤ 소월素月의 (민요民謠)시詩 「낭인浪人의 봄」 ⑥ 박영희朴英熙의 「병실 월광月光으로짠 병실病室」 ⑦ 정지용鄭芝溶의 ⑦ 「이른봄아침」, ⑦˝ 「나비」 ⑧ 윤 곤강尹崑崗의 「마을」, ⑧˝ 백석白石의 「흰 바람벽이 있어」

①~③은 잡지 『소년』에 실린 텍스트들이다. 펼쳐진 지면에 한시漢詩, 한 문과 한글이 혼용된 산문, 그리고 최남선이 번역한 외국시가 함께 실려있 다. ① 왕유王維의 「도원행桃源行」은 한시 작법에 따른 것일 터이니 일정한 맞춤 규칙, 배단법, 단구법이 준수되었다. ② 산문 '꽃에 대한 풍습(風習)'을 설명한 글 은 『독립신문』에서 시도했던, 한자에 한글 토를 단 정도의 문장보다 훨씬 더 우리말 문장 구조에 근접해 있다. ③ Charles Mackay의 "The Miller of the Dee"는 7.5의 글자수 맞춤규칙 이 엄격하게 지켜진 번역시인데 글자수 를 맞추다보니 한국어 문장 구조에 맞지 않은 부분이 눈에 띈다. '종달새도이樂 을'는 '樂'이 아니라 '즐거움'이라고 써 야 우리말 구어체 문장법에 맞고, '어진 님군헬이가'는 '이'와 '가' 조사가 겹쳐 있으므로 우리말 문장법에 맞지 않으나 음절수 규칙을 적용한 데 따른 것이다. 지고至高한 음악성에의 열망이 번역시에 도 그대로 드러난다.

④는 주요한의 「불노리」 1919로, 지금

〈사진 ④〉 주요한, 「불노리」

〈사진 ⑤〉 김소월, 「낭인의 봄」

읽어보아도 어색하거나 낯설지 않고 또 문체 자체가 구투적이거나 고답적이지 않다. 집단으로부터 소외된 개인의 고독과 내면의 불타오르는 욕망의 분출과 억압을 조선어의 자연스러운 리듬을 살린 문장으로 그려낸 시다. 1930년대 후반기에 등단한 시인들의 청소년기의 시에 대한 감수성을 충동시킨 시이자 모범적인 조선어 구어체 문장의 시로 그들에게 각인되었다.

⑤는 한국 근대시사상 가장 중요한 시인으로 평가되는 김소월金素月의 시 「낭인浪人의 봄」이다. 김소월1902~1934을 발굴한 인물은 안서岸曙 김억金億으로 그는 『태서문예신보』를 간행하고 한글로 된 문장, 한글로 된 시를 쓰는 것이 조선문예의 발전에 있어 필수적인 것이라 보았다. 안서는 주로 3.4.4조나 7.5조의 민요시체, 동요체를 기반으로 조선어 구어체 시의 시가성을 추구하고자 했는데 한시 전통의 양식적 규범을 익숙하게 인지했음에도 그는 프랑스 베를렌P. Verlaine 풍의 개인서정의 울음이 곧 서정시의 내용이 되는 시를 조선어 시의 양식적 모범으로 생각했다. 베를렌의 「가을의 노래Chanson d'automn」가 단순간결한 4행시체 양식임은 말할 것도 없다. 그러니까 그는 엄격한 정형시체의 전통 가운데 서서 조선어 구어체 문장으로 개인의 내밀한 서정을 담아내는 노래를 기획했고 그것을 근대시로 생각했던 것같다. 이 같은 이념에 맞는 가장

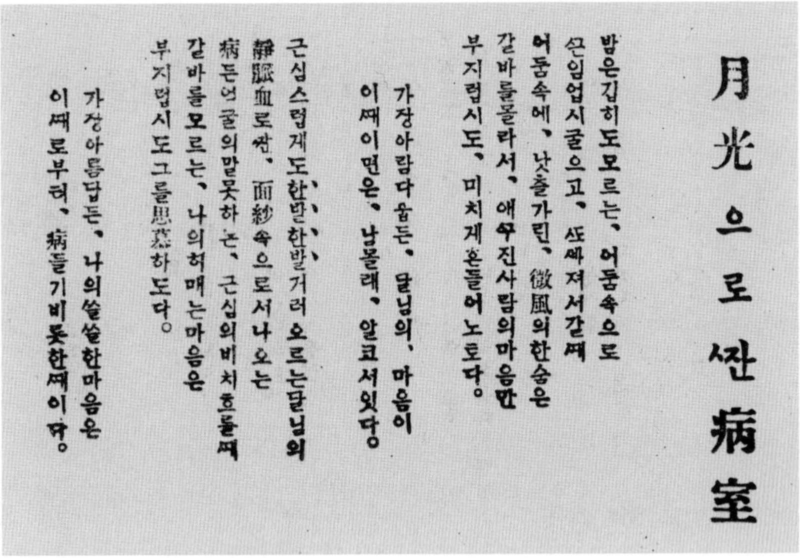

月光으로 ᄶᅡᆫ 病室

밤은깁히도모르는、어둠속으로
ᄭᅳᆫ입업시굴으고、ᄯᅩᄭᅢ져서갈ᄯᅢ
어둠속에、낫출가린、微風의한숨은
갈바를몰라서、애쓰진사람의마음만
부지럽시도、미치게흔들어노토다。

가장아람다읍든、달님의、마음이
이ᄯᅢ이면은、남몰래、알코서잇다。

근심스럽게도한발、한발、거러오르는달님의
靜脈血로ᄶᅡᆫ、面紗속으로서나오는
病든얼굴의말못하는、근심의비치흐를ᄯᅢ
갈바를모르는、나의허매는마음은
부지럽시도그를思慕하도다。

가장아름답든、나의쓸쓸한마음은
이ᄯᅢ로부터、病들기비롯한ᄯᅢ이다。

〈사진 ⑥〉 박영희, 「월광으로 짠 병실」

적확한 시가 김소월의 것이었는데, 한국 근대시의 정점에 소월의 「진달래꽃」1925이 있다는 것은 우연이 아니다. 3.4(7)의 글자수와 4행의 행수를 맞추고 '민요시'의 형식적 특성을 견지하면서도 조선어 문장의 구어체적 감각을 잘 살려 쓴 것이 김소월의 시적 재능이다.

⑥은 박영희朴英熙의 「월광月光으로 짠 병실病室」1923인데, 박영희는 근대시의 개념을 절대적 미의 창조, 절대적 미의 관념을 드러내는 은유의 언어에 두었다. 그러니까 그는 시양식의 특성을 '은유'라는 시적인 말의 문법에서 이해하고 이 은유의 말법이 절대적 미의 관념을 현시하는 데서 드러난다는 점을 이해했던 인물이다. 거기에는 보들레르C. Bauderlaire 등의 프랑스 상징주의 영향도 없지 않았다. 박영희는 '은유'의 詩學을 이해했던 인물인데 이 시가 여전히 일정한 정형시체의 판면을 고수하고 있다는 점은 흥미로운 것이다.

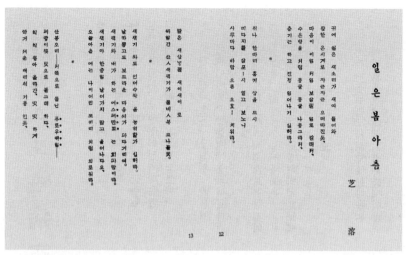

〈사진 ⑦′〉 정지용, 「이른 봄 아침」

　⑦은 날카로운 조선어 감각으로 냉담하고 건조하게 시의 언어들을 보살폈던 정지용의 ⑦′「이른봄아침」과 ⑦″「나비」1941이다. 정지용은 그가 시를 쓰기 시작한 초기부터 감정의 절제와 언어의 연마를 통해 시에 다가갔는데, 그의 관심은 시의 음악을 만드는 데 있었고 그러다보니 과장된 감정도 언어의 잉여적인 거추장스러움도 그는 허락할 수 없었다. 그가 강조한 '신경감각묘사'란 언어적·감정적 잉여분들을 다 털어내고 도달한 극단적인 절제와 말의 침묵 속에서 가능한 것인데 '열熱없이'라는 부사어에 그가 지고하게 견지한 그의 시관이 투영되어 있다. 표음문자인 한글의 특성과 교착어인 한국어의 특장을 시양식이 어떻게 수용할 수 있는지를 그는 고민했다. 「한글맞춤법 규정」1933이 나오기 이전에 발표된 ⑦′에는 조사를 체언으로부터 '띄어쓰기'하고 있는데 이는 한글맞춤법과는 맞지 않고 관행적인 조선어 읽기의 습관과도 어긋난다. 이것과, ⑦″의 두 칸 띄어쓰기는 아마도 박자와 리듬 즉 시의 음악성을 살리기 위한 조처措處로 보이

며 이를 통한 사유와 성찰의 시간적 이행을 위한 전략으로 보인다.

⑧′는 윤곤강尹崑崗의 「마을」1940이며 ⑧″는 백석白石의 「흰 바람벽이 있어」1941이다. 윤곤강 시는 이른바 '자유시'이며, 백석 시는 '산문시화'된 양식이다. 제목에 한자어가 없는 것도 흥미롭지만 윤곤강의 시에는 '황혼', '목화', '은하', '북' 등을 한자로 표기하던 관행에서 벗어나 한글로 표기한 것이 눈에 띈다.

시기지 않은 일이 서둘러 하고싶기에
暖爐에 싱싱한 물푸메

갈어 지피고 體皮 호호 닦어 끼우어 싶지 위기니 불꽃이 새

톡 돋는다 미미 떼고 걸고보니 칼렌다 이들날 날자가 미러 붐

다 이제 차츰 밟고 넘을 다람쥐 둥글기 갈이 구브레 번어나갈

蓮峯 山脈길 우에 아슬한 가을 하늘이여 秒針 소리 유달리 뚝

딱 거리는 薄葉 벗은 山莊 밤 窓유리 까지에 구름이 드뉘니

후 두 두 落水 짓는 소리 크기 손바닥만한 어인 나븨가 따

나
븨

〈사진 ⑦″〉 정지용, 「나비」

1930년대 중, 후반에 등장한 백석, 윤곤강 등 신진시인들은 조선어 구어체 시의 음악적 미감을 살리는 데 집중하는데, 그들은 정지용의 시를 오마주hommage하면서 근대 초기의 시인 소월을 소환한다. 근대의 황혼이 저물어 가는 시점에서 '일본어'가 곧 '국어'가 되는 시대의 언어적 제약 아래 조선어 문장과 한글의 정체성을 고민했던 신진시인들에게 시적 언어의 전범典範으로 각인된 것이 가까이는 정지용, 멀리는 김소월과 주요한이었다. 이들 선배시인들은 조선어 구어체 문장의 '쓰기'를 선례적으로 보여준 시인들이며, 김소월은 정형시체로, 주요한은 자유시체산문시체로 이미 초창기에 그 모범적 유형을 완성할 수 있었고 그것들을 종합적으로 구현한 것이 정지용으로 이해된 것이다.

⑧″ 「흰 바람벽이 있어」는 시간과 공간의 상상력이 개입되면서 벽 위

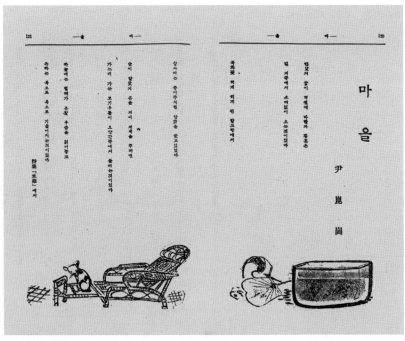

〈사진 ⑧′〉 윤곤강, 「마을」

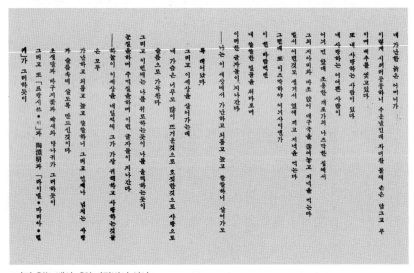

〈사진 ⑧″〉 백석, 「흰 바람벽이 있어」

로 지나가는 '그림자 글자'를 통해 과거의 기억이 소환되고 그 소환된 기억이 벽면의 스크린을 통해 상영되는 특이한 매체적 전환을 그려낸 시다. 글자들의 이동극장移動劇場, 글자들의 '시네마천국'을 향한 황홀한 상상이 현실의 비극성을 뚫고 '나'의 존엄尊嚴을 숭고하게 증거한다. '매체변환적媒體變換的 상상력想像力'이라 이름 붙일 만하다. '나'의 모든 과거와 기억이 스크린 구실을 하는 이 '흰 바람벽' 위에 있으니 마치 인생의 환등기幻燈機가 벽을 타고 시간을 건너오고 있는 듯하다. '흰 바람벽'은 그러니까 '나'의 모든 인생 다큐멘터리를 상영上映하는 인생극장인 것이다. 시의 영상언어화映像言語化 그러니까 평면을 입체적으로 상상할 수 있을 정도로 조선어 문장의 운용능력이 깊어진 것이고 그러니 시적 깊이 역시 확장될 수밖에 없다. ⑧'에서 보듯 한자어가 점차 사라지고 또 한자 표기가 사라지는 것도 주목할 부분이다.

'어떤 점까지는 한자가 필요하나' 과용하지 않고, '한자어를 조선어로 대신 표현'하는 시인의 역량을 안서는 주목한다. 그는 윤곤강의 「마을」에 대해 '한폭의 풍경화다. 실감 그대로의 순박을 담아놓은 것'이라 평가하는데, 그 '풍경화'의 조건이 '묘사'라면 이는 '관념'을 진술하는 데 유효했던 박영희 식의 한자(어)가 차츰 소멸하는 과정에 대응된다. 시상詩想, 이미지을 실감있게 묘사하기 위해서 그리고 시의 음조미音調美를 살리기 위해서는 한자어를 최대한 배제하고 '가장 쉬운 조선어로 가장 아름답게 표현하는' 것이 가장 합당한 방식이라는 인식이 생겨난 것이다. 이것이 '조선어 구어체시口語體詩(詩歌)의 언문일치'임은 말할 것도 없다. 문자말, 어휘의 선택과 문자에 대한 감각이 시인에게 요구된다. 안서의 시가작법이란 '문자'를 고도로 상징화하고 음악화하는 '노래'의 작법이다. 1930년대 시인들의 시적 소명이란 전통적 시가양식을 계승하면서 한편으로는 조선어 구어체 문장의 유려한 표현을 탐색하는 데 있었다. 이를 임화는 '조선어 구어체 문장의 음악적 완성'이라 지칭했다. 그러니까 근대시사상 가장 중요한 항은 '근대성'도, '시민근대의식'도 아닌 '조선어(구어체)'의 '쓰기'였던 것이며, 이 '조선어' 문제를 떠난 근대시의 존립은 상상하기 어렵다. '근대성', '근대의식' 등의 주제들은 후차적인 문제이며, 조선어구어한글문장체의 '쓰기'라는 전제조건 없이 '근대시'라는 항은 성립 불가한 것이다.

제2장

노래와 말의 프랙탈적 관계

장고를 쳐 흥을 돋우며 소리를 질러 명창을 뽐낸다. 웬만한 사랑간이면 반백
노인들은 모여앉아 풍월 시조 풍류가 벌어지는 것을 보면 우리고장은 모두들
태고인적 사람들만 사는가보다. 다듬이 잘된 모시 두루마기를 입고 걸음걸이
도 태고인적 난간에 비껴 앉아 글을 읊는 광경은 이 고장 5월 풍경의 가장 높은
장면일 것이다.[1]

음악은 시간의 지나감이며, 목소리는 사유의 현전이다.[2]

1. '말의 음악'을 향한 시가양식의 최종심급

노래, 절대적인 말

모든 시대와 예술을 관통하는 언어, 그것은 무엇인가? 그 절대적 언어

---

1   김영랑, 「杜鵑과 종다리」, 김학동 편, 『김영랑』, 문학세계사, 2000, 110~111면.
2   알랭 바디우, 정태순 역, 『비미학』, 이학사, 2010, 63면.

를 찾는 작업은 궁극적으로 노래음악[3]의 '말'을 조명하는 작업이 된다. 그것이 민족지적民族智的인 것이든 보편지적普遍智的인 것이든, 노래의 말은 모든 시대를 관통한다. '예악禮樂'의 전통은 음악에서 '예'의 근원이 '음악'에 있음을 증언한다.

육당은 음악의 발달사로 인류를 분류하면 주로 악기를 사용하는 종족과 자기 성대聲帶를 이용하는 성악적 종족으로 나뉘는데, 전자가 손으로 소리하는 데 반해 후자는 청으로 소리한다고 할 수 있으며 우리 민족은 후자에 속한 '성악聲樂적 인종'이라 주장한다. '성악적 인종'은 자기의 성대를 악기로 하여 의사와 성조를 동일한 기관으로써 표백表白하기를 주로 하는 민족인종을 가리키는 개념으로 두 부류를 산정할 수 있다. 인도인은 철학적, 사변적, 변증명辨證明적 인종으로 산문적 경향이 있으며, 유태인은 종교적, 낙천적, 찬송적인 인종으로 시적 경향성이 있다. 전자는 '가만히 생각하게 하는 시'를 후자는 '소리질러 부르는 시'를 주로 만드는데, 전자가 회화적繪畵的, 상설적像設的이어서 그 민족국민의 경향이 대체로 산문적이라면, 후자는 음악적, 규창적唑唱的이어서 그 민족은 대체로 시나 송가에 능하다는 것이다. 물론 우리 조선인은 후자에 속한다. 더욱이 "우리 조선인은 장단으로 노래를 하는 종인種人이 아니라 실로 노래를 장단치는 종인이었다"[4]고 육당은 덧붙인다. "노는 입에 염불"만 하는 것이 아니라 '공수', '푸념', '사설', '말명'[5]하는 것이 다 능한 우리 민족은 말을 노래하고 시를 소리질러 하는 '성악적 인간'이자 노래를 장단치는 종인의 경지에 가 있다는 것이다. "조선은

---

3 근대적 장르 분화 관점에 입각한 '음악'보다 포괄적인 개념의 '음악'이며, '노래'와 유사한 개념으로 쓴다.

4 최남선, 「時調胎盤으로의 朝鮮民性과 民俗」, 『조선문단』 17, 1921.6.

5 위의 글.

노래하는 민족이었고 그의 말은 곧 성악이자 노래이다"가 육당 담론의 핵심 주제이다.

시를 소리질러 말하고 노래를 장단치는 '성악적 인종'에게 시가 곧 노래가 아닐 수 없음은 자명한데, 그렇다면 음악을 뺀, 그러니까 노래성을 배제한 양식으로서의 초창시대 시가양식을 규정하는 것은 생각하기 어렵다.

문자로 고정된 시, '의미의 시'에 근대시를 한정하는 것은 시를 담론화[6]함으로써 시 고유의 본래적이고 자연스러운 형태를 '뿌리뽑'는 것과 같다. 개념으로서, 의미의 반영체로서 존재하는 시는, 이미지로서 명시되고자 하고 운율리듬의 숙명적인 담지체로서 존재하고자 하는 시의 본질론에서 서서히 멀어진다. 노래운율를 뺀 시라면, 그것이 산문과 다를 이유를, 시의 존재론적 이유를 설명하기 어렵다. 의미와 개념을 중시하는 시 독법은 시사의 영역을 '허울뿐인 객관성'[7]의 영역으로 제한한다. 주제의미보다 앞서 있는 것, 그것을 '말의 영역'이라 포괄적으로 지시할 때 거기에는 리듬, 이미지, 음향, 아우라 등 시적 언어의 고유한 속성뿐 아니라 말의 이면에 존재하는 침묵의 표지, 언어의 여백까지 포함된다.

시어의 음향을 찾는 작업과 말의 소리를 찾는 작업과 음의 색채를 찾는 작업은 서로 관통한다. 레비스트로스는 랭보의 시에서 음향과 시각적 이미지의 교착과 충돌을 찾아내고, 색과 소리의 혼합을 모색한다. 말에서 음향은 분리되지 않고 잠재돼 있다. 그것을 밖으로 불러내는 것이 바로 낭영적 읽기이다. 낭영의 말은 강박적 리듬과 자연스런 곡조를 지칭할 뿐 아니

6　파스는 논증이 중심인 '담론'과, 사유의 행진에 비유되는 '산문'과, 언어의 가장 자연스러운 형태인 '시'를 구분한다, 옥타비오 파스, 김홍근 역, 『활과 리라』, 솔, 1998, 51면.
7　T.W. 아도르노, 『신음악의 철학』, 세창출판사, 2012, 223면.

라 그것이 떨어져 나간 뒤 어슴프레하게 남은 음향의 이미지까지 포함한다. 그것이 시를 살리고 말을 살린다. 이런 낭영의 흔적들이 근대시사의 곳곳에 존재하고 있거니와 단지 우리가 의도적으로, 관행적으로 그것을 배제하고 있었을 뿐이다. 이상도 정지용도 백석도 김영랑도 시를 '말'한다. 이 때 '말한다'는 것은 '쓴다'는 것을 의미하기보다는 '노래한다'를 가리킨다. 이상은 이를 '발성'이라 부르고 김기림은 이를 '청각적 이미지'라 지칭한다. 정지용을 일컬어 '언어 감각의 탁월성'을 논할 때 이는 읽지 않고, 낭영하지 않고, 시어를 발음하지 않고는, 현존불가하며 현전되지도 않는다. 시를 '문자시'의 범주로 환원하는 순간 시의 낭영의 기억은 망각되고 음악은 말의 '의미' 너머로 사라진다.

율격 혹은 리듬은 문자 뒤에 오는 것인가. 시의 음악을 시의 의미에 구속할 수 있는가. 노래로부터 분리된 근대시는 문자시로 고정되는데, 그렇다면 문자시에서 '노래성'을 확인하는 방법은 무엇인가. 이런 문제들을 우리는 주목한다. 운율법은 말의 고저와 강약을 규정하는 시의 형식성, 미학성과 연관된다. 문자시에서 운율법은 실현될 이유가 굳이 없다. 평측, 각운을 규정하고 있는 한시나 서구시는 운율을 논할 수 있으나 운율을 갖지 않은 한국어 시에서 운율법은 성립하기 어렵다. 작시법이 불가한 이유도 이것이다. 조사와 접사가 발달한 까닭에 한국어로는 각운을 맞추기 어렵다. 각 행의 종결어는 '-다' 혹은 '-네'로 끝날 확률이 높고 그렇다면 각운을 굳이 설정할 이유가 없다. 이른바 '도치문장(전도문장: 현철)'도 생각할 수 있지만 그것조차 '-을(-를)', '-은(-는)', '-에' 등의 조사가 각운의 기능에 값할 가능성이 크다. "그녀는 학교에 간다" 혹은 "그녀는 학교에 가네" 등의 종결체로, 아니면, "학교에 가네, 그녀는" 식의 조사로 각운을 맞추는 식이다. 단어의 음운을 통일시켜 각운을 삼는 작시법은 생각하기 어려운 것이다. 'lons'–'violons', 'l'automne'–'monotone', 'coeur'–'langueur' Chanson d'automne와 같이, 각운을 고정시키는 프랑스 시의 작시법 같은 것은 거의 불가하다. 우리말 운각법은 결국 음절운을 고정하는 데 대부분 할애된다. 어떤 특정한 형식에 대한 요구는 '율격'을 고정시키려는 의도와 관계가 있다. 고정시켜 두지 않은 읽기란 한갓 개인적 경험이나 감각에 의존할 가능성이 크다. 그래서 시작법 혹은 가창법이 필요한 것이다. 말에 악센트와 장단을 부여하고 운을 맞추는 고정적인 방식이 요구되는 것이다. 안서의 시작법론은 이 같은 필요성에 의해 쓰인 것이다.

시작법이 존재하지 않으면 '자유시'가 되고 그것은 시의 낭영적 성격을 점차 무화시킨다. 시가 양식적·미학적 산물이 아니라 개인적 경험의 '중구난방'이 될 가능성이 커진다. 투르바투르는 구비문학적 상황에서 기억을 통한 양식의 전승자이니 그 기억들은 소멸되지 않는다. 시작법이란 투르바투르적 역할을 대신하기 위해서 최소한 필요한 것인데, 근대 들어 선대로부터 계승된 한시와 시조 양식의 작법과 서구 시양식으로부터 습득된 이론 등이 조선말구어한글문장체 시가양식의 작·창법의 이론적 모색을 압박하게 된다.

안서는 구체적으로 자신의 기억에 존재하는 두 가지 노래를 떠올린다. "좁고 까다로워서 새로운 사상과 감정을 담을 수 없"[8]을 뿐 아니라 구투적이며 고래의 창곡에 그 음악적 기원을 두고 있어 현재에는 맞지 않는 시조. 다른 하나는 중국식 한자발음에 맞춘 탓에 조선말의 발음과 음조에 맞

---

8 안서, 「〈조선시형에 관하여〉를 듯고서」, 『조선일보』, 1928.10.18~21·23~24.

지 않아 결국 문자적 감상물이 되고 그 탓에 청각의 양식으로 더이상 존재하지 않는 한시.

한시의 압운과 평측법은 중국 발음에 근거한 것이어서 조선어와의 음조의 차이가 발생할 수밖에 없다. 보다 중요한 것은 평측과 압운에 대한 지식이 주로 규장奎章과 자전字典, 문자 지식에 바탕을 둔 것이어서 시각의 감상은 되어도 청각의 감상은 될 수 없다는 데 있다.[9] 특히 한시는 조선사람에게는 자연스러운 내부 생명의 표현이 될 수도 없고, 음악적 미를 발휘할 수도 없다. 따라서 안서가 조선어 구어를 표현 수단으로 하는 근대시가를 탐색한 이유는 자명해진다. 음조미는 낭영을 전제로 함으로써 구현된다. 그래서 "조선사람에게 한시 낭독은 생명이 없는 일이며 가치도 없고 의미도 없는 것"이 된다. 중국인이든, 한국인이든, 같은 문자로 한시를 쓴다 해도 그것의 발음은 다르기 때문에, 즉 구어적으로 차이가 날 수밖에 없기 때문에 따라서 시의 낭독에서 중국인의 음조미와 한국인의 그것은 서로 다르다는 것이다. 시가 문자의 상태로 독해되는 한, 즉 문자지식의 산물인 경우는 그다지 문제가 없으나 낭영의 존재로서 한시는 중국(인)의 그것과 한국(인)의 그것 사이의 실재적 간극은 메우기 어렵다. 시가 '낭독의 산물'이라는 핵심적 요건 때문이다.

> **시의 낭독**은 그 시의 내용과 곱은 리듬으로 생기는 음악적 美音에서 비로소 의미와 생명과 가치의 무조건한 황홀을 늣기게 되는 것입니다. (…중략…) 서로 문자의 발음이 다르기 때문에 조선 사람은 보아서 아름다운 시라도 중국 사람이

---

9   안서, 「誤謬의 戱劇 − [漢詩에 대하여]의 필자에게」, 『동아일보』, 1925.2.23.

그것을 낭독할 때에 **음조의** 미를 보장할 수가 있겠는지 의문이기 때문입니다.[10]

　시의 핵심은 구어적인 데 있으며 그것은 시가 음조미, 음악성, 노래성
의 양식임을 증언한다. 이것이 시와 산문의 결정적 차이이다. 한시 형식의
압운법, 평측법이란 낭영을 전제한 것이며 성조에 맞추어 읽지 않고는 한
시의 진정한 묘미를 느끼기 힘들다.[11] 한시 구성법에 따라 잘 창작된 한시
라 하더라도 실제 조선어로 낭영되었을 때 그 생생한 음조미를 발휘하기
는 어렵다. 중국과 조선의 한자음이 각기 다르다는 자명한 사실을 망각해
서는 안된다고 안서는 본다. 안서에게 시는 시각을 위한 양식문자시이기보
다는 청각을 위한 양식으로 인지된다. '시가詩歌는 읽는 데'나 '매절每節을
두 호흡呼吸으로 읽는 것이', '시를 읽을 때에 구句를 뗀 것은 쉬어서 읽어주
기' 등에서 확인되듯, '시가 음미법'[12]이 안서의 중요 탐구 영역이다. '읽
기'란 시각적 읽기, 묵독의 읽기가 아닌 낭영을 전제한 읽기, 노래로서의
읽기이다. 그 규칙성의 근원이 '호흡률'이었다. 그가 목소리의 발성 문제,
낭영 문제, 시가의 음조미音響를 강조한 이유는 시가 낭영의 산물이라는 것
을 전제하지 않으면 설명하기 어렵다.
　그러니까 근대시가의 작시법의 필요성에 대한 자각은 한시나 시조, 그
리고 서구시로 부터 왔으나, 그것을 뛰어넘어 조선말 시가작법을 창안하
는 것이 안서 관심의 핵심이었다. 작법은 창작법이자 낭영법의 원형이기
때문이다. 안서가 '자유시는 과도기'라 규정할 수 있었던 이유 역시 시작

---

10 위의 글.
11 성기옥, 『한시 작법과 중국어 낭송』, 한국학술정보, 2015.
12 안서, 「詩歌의 吟味法」.

법이 완성되면 이 과제가 저절로 해소될 것이라 믿은 때문이다. '자유시'
는 작법이 확정되기 이전까지의 규범화되지 않은 시가양식인 것이다. 시
작법의 핵심이 말과 성운의 배치 및 배열 곧 운각법에 있음은 말할 것도
없다. 그것의 문자화가 바로 '배단법'이다. 한시로부터 떠나기 위해 고안
된 조선말 시의 운율론을 한시의 작법이나 한시의 율격론으로 역산하는
것은 그래서 그 자체로 모순이 되는 것이다. 조선어구어한글문장체 시가
의 운율론을 설정하면서 한시(론)나 서양시(자유시론)에서 그것의 논리적
입론을 구할 수는 없는 것이다. 다시 말하거니와 근대시는 자연스런 '조선
어구어한글문장체 시'라는 근본적인 문제, 언어테제로 되돌아와야 한다.

양주동은 '운율론'이 '조선시가의 형식론적 시론'임을 전제하면서 이것
이 시가詩歌에 뜻을 둔 이들에게 중요한 '작시상作詩上 지침指針'이 될 것이라
주장한다.[13] '운율론이 완성되기 전까지 조선시의 창작은 누구의 것이든
한낱 미정고未定稿에 지나지 않는다'는 것이다. 안서가 말한 '과도기적 자유
시'라는 개념과 다르지 않다. 백악산인白岳山人이 이를 받아 '운율론 문제가
해결되지 못하고 한갓 글자나열에 지나지 않는 것을 시詩라 부를 수는
없다'[14]고 한 것은 '자유시'의 관념에 이미 '조선어시가형식론'에 대한 자
각이 근본적으로 내재된 것임을 증거한다. 문단침체의 원인이 이 같은 양
식론에 대한 몰이해로부터 비롯되었다고 보는 것인데, 이것은 한편으로
조선어 구어의 문제가 시가양식론 문제와 잘 결합되지 못한 채 지체된 사
실과 연관돼 있다. 이 관점은 매우 중요하다. 조선의 민족급 사회, 민족심
급사회심民族心及社會心을 문학에 반영하는 문제뿐 아니라 조선의 고유한 특

---

13 양주동, 「正誤二三」, 『조선문단』, 1925.10.
14 백악산인, 「文壇否定과 文學構成」, 『조선문단』, 1927.1.

성들의 묘사나 특수한 표현을 잘 구현하지 못하는 이유가 '말'의 문제 때문이라는 것이다. '말'은 매우 포괄적으로 쓰이고 있지만, 특히 '문학어'의 문제로 쓰인 대목은 조선어 구어의 개념으로 전화된 것이다. 운율론, 형태론의 미비 역시 궁극적으로 '말'의 문제를 조선문단이 해결하지 못한 데 근본적인 원인이 있다고 본다. 핵심은 말의 발견과 창조, 그리고 일상어와의 일치이다.

「말」은 그 나라 문학확립 여하를 결정하는 한 표준標準이되야 문학상 작품에 사용되는 그 나라 국어國語가 일상생활에 쓰는 「말」과 접근하고 일치하여야되거니와 조선문학은 학대虐待바든 조선의 말을 문학어文學語로 유감遺憾업시 미묘味妙하게 쓰도록 어느정도까지 말을 발견하고 창조해낼 사명이 잇다. 이 사명使命을 다한 후에는 그 발견하고 창조해내인 말을 일상어와 접근일치하게 할 말의 대對한 이중사명二重使命이잇다.[15]

조선문학은 '학대받던 조선의 말을 문학어로 미묘하게 쓰도록 말을 발견하고 창조하는 데' 그 임무가 부여된다. 조선문학의 기저에 조선말 언문일치가 중요하게 놓여있다. 문학을 확립하는 것은 말을 표준화하는 것이고 그 말은 발견이자 창조에 다름 아니며 따라서 그 표준화된 말을 일상어와 접근시키는 것이 문학의 제일 중요한 사명이다. '언문일치'란 단순히 구어와 문자의 일치를 뜻하는 것이 아니라 일상에서 쓰이는 말을 표준화하는 것이고 그것은 궁극적으로는 '맞춤법表記法으로 말을 고정화하는 단계

---

15 위의 글.

베를렌 「가을의 노래」의 철음분석 비교.
김기진(좌), 양주동(우).『조선문단』, 1925.10.

로 나아간다. '새형태와 새내용으로 발생온양發生醞釀'의 과정을 거쳐온 근대문학의 시간이 10년 내인 시점에서 무엇보다 중요한 문제는 형태론의 해결, 특수한 표현으로서의 내용과 말을 발견하는 것인데 그것은 어휘의 빈곤을 해소하고 일상어와 문학어를 서로 접근 혹은 일치시키는 것과 긴밀하게 연결된다. '문학을 예술적 수준으로' 끌어올리는 문학수성의 원리는 결국 이 같이 다층적인 맥락의 언문일치의 과제를 해결하는 것이다. '문단부정론文壇否定論'이 대두

한 것은 이 형태 문제의 해결과 우리말 문학의 질적 가치를 높이는 것의 위급성에 대응된다. 양식에 관한 것이든 운율론에 의한 것이든 '말'을 어떻게 쓸 것인가, 어떤 말을 쓸 것인가는 문학의 근본적인 문제이다. 이를 놓치고 이른바 '언문일치'를 논할 수는 없다. 임화가 '언문일치 문제'를 조선어 구어의 문제로 보고 특히 시가의 사명을 '조선어 구어의 언어적·음률적 개척'이라 지칭한 것은 바로 이 점을 명확히 하고자 한 의도이다.

근대문학의 핵심이 '새형태와 새내용의 말을 발견하는 과정'이라는 인식은 중요하다. 형태론이 확립되지 않으면 시가양식으로서의 존립성을 확보하기 어려운데, 형태론의 중추는 시가의 형식적 미학성을 담지하는 '운율론'이다. 조선어 시가 운율론을 구축하는 것은 잠재적으로는 한시漢

詩, 시조時調 등에 대응되는 조선어 시가의 존재론적 지위를 확고하게 정립하는 것이며, 표면적으로는 베를렌의 「가을의 노래」 등과 필적하는 운율 발음(發音), 철음(綴音)을 조선시에서 구하는 것이기도 했다. 양주동은 김기진이 분석한 「가을의 노래」의 불어 발음과 철음수를 문제삼고 있는데 이는 이 시의 정확한 발음이 곧 정확한 박자와 리듬을 구성하는 핵심이 되기 때문이다. '발음과 철음수를 모르고 불시佛詩의 작시법vercification을 말하는 것은 우습다'는 것이다. '운율론'이란 철음수를 확정하고 그에 따라 낭영을 하기 위한 최소한의 형식론적 작시법·창법인 것이니 그것은 실제적이며 구체적인 연행의 양식론적 요건이 된다.

이 논의에서 흥미로운 점은 '자유시 운동이 이미지즘에서 온 것'이라는 지적인데[16] 이미지즘이 일종의 모더니즘론의 일부로 이해되는 것과는 다른 관점이다. 이는 실제 우리 시사의 전개방식에서도 확인되는 바 우리 근대시사에서 혼돈되고 착종된 사실들이 어디서부터 기인하는지를 질문하게 한다. 사조중심, 문단중심, 10년 단위의 문학사 배치 등 시사적 관성에서 기인한 혼돈과 착종은 '자유시' 문제, 이미지즘 문제에서도 그대로 드러난다. 양주동은 유명한 논제, '이미지스트의 선언서'를 제시한다.

① 일상용어를 쓸 것
② 신기운을 표현하기 위한 신선율新旋律을 만들 것
③ 영상影像을 표현할 것-개개의 사물을 적확히 표시하며 몽매蒙昧한 개괄적 概括的 언사言辭를 쓰지 아니함

---

16 양주동, 「正誤二三」.

'Imagism'이란 '표현형식에 관한 자유시 운동'이며 미국 시인 휫트먼과 불란서의 자유시 운동의 영향 밑에서 자유시를 완성하고자 일어난 운동이 이미지즘사상주의(寫像主義), 표상주의(表象主義)이라는 것이다. 이쯤에서 '자유시'의 맥락이 안서의 그것과 분명하게 갈라지는 지점이 확인된다. 안서의 그것과는 달리, 양주동의 '자유시'는 '이미지즘시'이다. 이미지즘시는 시의 음악성은 배제되고 대신 회화성이 주도적인 목표가 되며 따라서 말의 음악성에 대한 도취는 '부정의 덕목'이 된다. 양주동의 '자유시' 이상이 현재 통용되는 '자유시'의 개념에 가깝고 또 김기림의 근대시의 목표에 접근돼 있다. 그러니 이 '반시가주의 – 이미지즘'에 바탕한 '자유시' 개념을 근거로 안서의 '자유시'를 해석, 설명하는 것은 정합성이 부족하다.

'문자'가 '의미'에 집중한다면, '음악'은 '리듬'에 집중하고 전자가 시각적인 것이라면 후자는 청각적인 것이며 전자가 이성에 호소한다면 후자는 심장에 호소한다. 앞의 것을 아폴론적인 것, 뒤의 것을 디오니소스적인 것이라 이름붙일 수 있다. 이 둘의 존재양식의 근본적인 차이가 극렬하게 부딪힌 지점이 이 음악적인 것이 문자적인 것으로 전환되는 시점인데, 근대시의 문제란 이 문제를 조명하지 않고서는 성립하기 힘들다. 양식상으로 노래와 문자가 부딪히는 시점은 시의 향유 주체와 방법이 전환되는 시기이기도 하다. 근대출판물의 생산, 제작, 유통이 본격화되면서 시사의 향유층이 특권층에서 일반대중으로 전환되고 시의 집단적 팽창화가 이루어진다. 대중과의 소통양식의 규율에 대한 고민이 시작되는 시기이기도 하다. 이 과정에서 말의 문자화, 노래의 고정화, 문자화의 규범화 등의 문제가 제기되었던 것이다.

육당은 조선어 구어를 신시의 핵심으로 이해했지만 '고정된 음절수'로 율격을 정립함으로써 그의 신시는 자연스런 말의 리듬으로부터 멀어진다. '고정된 율격'에 대한 이상은 이른바 '리듬'에 대한 강박증적 시각을 반영한 것이다. 일정한 음의 반복과 화성의 조화로 일정한 '리듬'을 이끌어내는 음악마저 전문적인 훈련이나 교육을 받지 않는 청자에게는 단지 소음이 될 뿐이다라는 주장[17]은 율격의 고정성에 대한 강박을 강화한다. 작법 없는 시 그것만큼 창법없는 시는 '소음'이 될 뿐이다. 요한의 '원숭이 모방설'을 뛰어넘을 수 있었던 안서의 자부심의 근거는 '조선어'에 대한 성찰이었다.[18] 주요한이 내건 '조선어 불가능성'을 뒤집는 김억의 무기란 개인적 회감을 자연스런 조선말일상어, 구어로 표현하는 것, 암시적이고 음악적으로 표현하는 데 있었다. '음악성'이란 추상적인 표현의 개념이 아니라 실제 낭영할 때의 음향의 효과였다. 그래서 안서에게 읽는 것은 곧 듣는 것이 된다. 시가에 남겨진 '문자시'로서의 흔적은 그것이 책잡지이라는 텍스트에 활자로 고정될 때, 고정되는 그 순간에 찾아질 뿐이다. '근대시사'의 오독은 이 '찰나성'을 '영원성'으로 착각한 그 순간에 현실화되었으며 이후 '문자시'는 항구적인 것으로 인지된다. 문자의 고정은 현전의 불가피한 수단일 수 있지만 그 본질은 '의미'가 아니고 '음악노래'이라는 데 있다.

시는 음악이자 리듬이며 이 영토는 산문양식이 도달할 수 없는 경역이다. 근대시의 기원을 탐색하면서 한순간도 잊지 말아야 할 전제이다. 시의 본질이 문자성보다는 음악성노래, 구어적 말에 있다면, 시는 쓰여진 텍스트 그 자체로 침묵한 채 존재하려 하기보다는 노래 혹은 연행되는 노래에 접근하려는 '향向노래성'이 강한 양식이다. 정적인 양식이 아니라 동적인 양식

---

17 로널드 보그, 사공일 역, 『들뢰즈의 음악, 회화 그리고 일반예술』, 동문선, 2006, 29~30면.
18 김안서, 「〈조선시형에 관하야〉를 듯고서」, 『조선일보』, 1928.10.18~10.24.

이며 살아 움직이는 양식이다. 호흡의 지속이 말이고 노래이니 생명의 양식인 것이다. 이것이 '말의 노래'라는 프랙탈적 층위의 생태학이다. 이 프랙탈을 지속시키는 것은 말의 '리듬'이다. 시를 산문이나 담론으로부터 분리하고 시의 속성을 고유화하는 것은 '리듬'이며 이는 시의 운동성과 생명성을 표상하고 지속시킨다.

리듬은 몸의 기억이며 그것의 반복적 발현이 시가양식의 리듬이라면 그것은 공연을 통해 구체화 된다. 곧 목소리로 수행되고 이를 통해 그 존재론적 위상을 부여받는다. 근대가 시작되는 어떤 지점에서 "이것이 '근대적 리듬'이니 여기에 맞춰 근대적인 방식으로 리듬에 반응해야한다"고 몸이 인지하지는 않는다. 근대시의 기원을 '개화기' 혹은 '근대계몽기'의 역사적 진행과정에 대입할 수 없는 이유이다. 양식의 관성은 몸으로 기억하는 말의 관습이다. 근대시가의 기획은 말하자면 조선어 구어체의 리듬을 양식화하는 과정 그 자체에 있다 할 것이다. 시조가 근대시로 막바로 직행할 수 없었던 이유이며 임화가 창가나 가사에서 근대시의 기원을 찾고자 한 이유가 바로 이것이다.

'한문세대'들이 학습했던 한시형식에도, 고투의 시조형식에도 우리말 구어체 시가는 맞지 않았다. 우리말 구어체란 고어 문어투와는 완전히 다른 것이며, 한문장체와 한글문장체의 랑그 체계는 근본적으로 다른 차원에 있다. 5언, 7언 등 글자수로 우리말의 구어적 음악을 현동할 수는 없었다. 최남선의 고민은 고스란히 『청춘』, 『소년』에 흔적으로 남아있다. 정형시 탈피-자유시 정착이 근대시의 중요한 목표가 아니었다는 뜻이다. 우리말 시가형식의 정착, 그것은 시가의 언문일치체이자 정형시체의 양식적 정착을 뜻한다. 김억의 근대시가의 모험은 최남선의 고민에서 한발 더 나아간 것이다. 정형시체에 근대적 개념의 개인자아의 내면을 미학적으로 구현하는 방식이었다. 3.4, 4.4의 리듬에 맞춰진 말의 리듬은 전통적으로 지속된 것이고, 최남선이 일본에서 도입한 7.5의 리듬은 전통적인 리듬감에 익숙한 몸이 다시 새로운 리듬에 반응하면서 발현된 것이다. 새로웠을 것이다. 새로운 리듬이 주는 신선함과 생경함은 낯설음을 주지만 그것이 익숙해지면서 새로운 시의 활력이 된다. 익숙한 리듬은 몸을 안정시키지만 새로운 리듬은 몸의 생생한 생기를 고취한다.

노래의 기원과 그 회복

근대시가의 이상은 육당과 안서, 초창시대 문학담당자들만의 것이었던가? 시가의 모험은 그들만의 리그로 끝나버린 것인가? 그렇지 않다. 최남선, 김억에서부터 정지용, 김영랑, 백석, 이상에 이르기까지 심지어 김수영에 이르기까지 일여적一如的인 것으로 관통되는 계보학적 선상에 그것이 놓여있다. 그것은 회복할 기원[19]이자 구출할 망각이다. 그들의 시도는 그 자체로 한국근대시사를 재편하는 특이한 '경우'로서 그것은 과거의 전통과 이어지면서 한편으로는 그 전통으로부터 벗어나는 하나의 거대한 기획이 된다.[20] 전통의 계승과 전통으로부터의 회피, 둘 다를 매개하는 항은 바로 '노래성'이자 구어한글문장체 조선어 시가의 양식적 정착이다. 실천적인 맥락에서든 이념적인 맥락에서든 근대시사는 조선말의 음악성의 구현, 조선말 구어의 언문일치체조선어구어한글문장체와 연결되어 있다. 어떤 음

---

19 러시아, 영국 등에서 레닌주의 등으로부터 탈피하면서 각 민족 문학의 기원을 본질적인 것에서 찾는 작업과 연관된다. 「「최근의 외국문단」 좌담회」, 『삼천리』 54, 1934.9.

20 구성되고 기획된 것이라는 점에서 '경우'로 해석한다. 니체의 '바그너의 경우'에서 따왔다. 알랭 바디우, 김성호 역, 『바그너는 위험한가』, 북인더갭, 2012, 112면.

악인가? 그것은 목소리화소리의물질화를 지향하면서 말의 규칙적 질서에 따른 읽기의 가능성을 내재한 음악이다. '말'은 씌어진 문자이기보다는 살아있는, 현동화하는 언어를 지칭한다. 말을 어떻게 읽을 것인가, 말로 어떻게 소통할 것인가? 말을 어떻게 외화시킬 것인가 그리고 그 말을 문자로 어떻게 배열, 정제하면서 질서화 할 것인가? 그러니까 '음악'은 말을 가시적으로 조직하고 현동화하는 방식, 즉 문자화하는 방식까지 간여돼 있다. '말의 프랙탈적 층위'는 일회적이고 우연적인 것이 아니라 반복과 그 반복의 지속이라는 개념항을 포괄한다. '노래의 반복'이란 좀 거창하게 말한다면 인류사적인 기원을 갖는 문제이다.

크게 시를 발성의 말의 층위, 문자의 말의 층위, 그리고 그 두 개의 층위가 결합된 층위, 이 세 층위로 나눈다면 다음과 같은 개념적 설정이 가능하다.

① 발성의 말-노래의 층위, 노래와 말의 중간적 층위, 말의 층위, 그리고 침묵의 층위

② 문자의 말-말의 고정화, 곧 말이 문자로 전사轉寫된 층위. 표기법맞춤법과 인쇄에크리튀르

③ 발성의 말과 문자성의 결합-조선어 구어체의 자연스러운 리듬과 그 리듬의 양식적 정착

①은 예컨대 '판소리'에서 '노래의 층위-사랑가/중간적 층위-사설/말의 층위-아니리'의 연행적 질서를 확인할 수 있고, ②는 호흡법의 정착을 위한 고민들, 문자화의 방법, 마침표, 컴마 등의 부호, 띄어쓰기 등의

표기, 표식법 문제와 문체, 양식, 작시법 문제의 고정화 등을 생각할 수 있다. 인쇄에크리튀르 전반의 문제이다. ③의 노래의 문자화는 최소한 말의 의미를 고정화하면서 최대한의 말의 음악 및 음향을 살리는 방식의 문자화를 뜻한다. 산문양식의 전략과는 달리, 의미는 최소화하고 음악은 최대화하는 것이 시가양식이다. 안서의 용어대로 한다면 '음조미를 살린 호흡'이 될 것이며 안확의 용어로 한다면 '성리聲理'에 따른 '음성성의 고정화' 정도가 될 것이다. ①의 층위와 ②의 층위의 관계성을 한시나 시조 등에서 이미 인지하고 학습한 최남선, 이광수, 김억 등 한문교양에 익숙했던 근대시 기획자들에게 그것들이 새삼 새로운 문제의식으로 다가오게 된 계기는 '조선어구어한글문장체 시가'의 '쓰기'가 핵심으로 떠오른 탓이다. 그 문제의식이 ③을 담보한다. 한자문이 아니라 조선어구어한글문장체가 '쓰기'의 주체인데, 그것은 조선어 언문일치체의 음악이어야 하며 그것은 다시 근대적 한글문장의 음악으로 전사轉寫하는 문제로 귀결된다. 이것은 유례없는 것이었다. 조선어 구어체로 시가를 만드는 것, 조선어 노래를 한글로 전사쓰기 에크리튀르하는 것이 핵심문제였다. 문자화'쓰기법'와 문자의 음악화'쓰기의 쓰기화'가 핵심이며 임화의 '조선어 구어의 언어적·음률적 모색'이라는 개념화도 여기에 근거한다. 말의 연행성은 시가 원래 음악과 분리되지 않은 기원적인 것인데, 이 같은 전통이 우리 근대문학의 시작점에서 배제되지 않았다. 민족주의, 조선주의, 문학주의, 미학주의, 형식주의 등은 '조선어구어한글문장체 시가양식의 정립'이라는 이 절대적인 목표에는 미치지 못한다 하겠다.

위에서 설정한 말의 층위 ①에서 문자의 층위 ②로 이행해 가는 과정에서 ㉠ 언어민족주의의 발흥과 그에 따라 언어에 대한 과학적 학리적 연구의 필요성, 초국가적 언어주의 등이 대두되고, 특히 ⓛ 음악을 중심에 둔 절대적 순수예술에 대한 지향성이 생겨나며, ⓒ 생명주의, 고전부흥 등의 사상적 선회가 이루어진다. ㉠에서는 에스페란토 공용어 주장, 조선어 문법 논의 등을, ⓛ에서는 음향, 음조미, 조선어의 음악성, 운율법, 작시법 등을, ⓒ에서는 세대론, 조선심론, 조선주의 등의 논쟁적 과제가 다양하게 대두된다. 이념적 문제, 문단적 문제, 사조적 문제 등 기존 논의들조차 말과 문자를 중심에 둔 양식론의 관점에서 충분히 설명할 수 있다는 점을 강조하고자 한다.

2. '예술 · 음악'의 신개념의 수용과 '넷지넓이'로서의 조선어 음악의 극치론

음악극치론

노래성, 시가성의 양식으로서 근대시 양식론을 논하기 위해 음악과 시의 관계에 대한 다양한 이론적 논의를 검토하고자 한다. 이 장에서는 주로 서구적 예술개념이 수용되면서 음악언어의 본질적 특성과 시가의 낭영적 전통이 어떻게 결합되는가를 확인하고, 음악언어와 시언어의 본질적인 대화적 관계를 확인하게 될 것이다.

서구적 의미의 '문학literature'을 수용하면서 근대문학의 정석을 다지고자 했던 1920년대 문학담당자들에게 서양의 '예술' 개념과 그 미학적 관념이 수용되는데 그 담론의 중심에 '음악'이 있었다. 이 때 '음악'은, 현재의 장르 관념과는 달리, 분화된 예술 장르의 하나로 인식된 것이기보다는

'문학'과 마찬가지로 포괄적인 의미의 '예술'이라는 맥락으로 수용된 것인데, 이 '예술'이라는 관념의 정점에 '음악극치론'이 존재했다. '음악극치론'은 모든 예술의 정점에 '음악'이 있다는 관념이 내재된 것으로 절대와 숭고와 동경의 이상적이고 근본적인 예술절대주의 정신의 원형적 토대로 작동한다.

『신청년』에는 음악적 이상에 대한 암시적이면서 내밀한 고백이 드러나 있는데, '음악'이란 근대적 공간 개념과 시간 개념이 미묘하게 결합된 예술절대주의의 다른 이름이다.

> 예술藝術의 세계世界는 즉即 넷직넓이의 세계世界이다 셋직넓이까지는 전全혀 현실생활現實生活 동물動物의 생활生活이나 넷직넓이에 드러서는 갑자기 예술세계藝術世界가 열닌다 음악극치론音樂極致論은 영국비평가英國批評家 오-러페-터 주장主張ㅎ야 음악音樂을 예술藝術의 극치極致라한다 그런디 이 넷직넓이로붓허 싱각ㅎ면 쏙 그럿타 왜 그러냐 ㅎ면 음악音樂은 셋직넓이를 전全혀 탈각脫却ㅎ야 넷직이샨의 것이다 음악音樂에는 폭幅이나 장長이나 후厚가 업다 다만 시간時間의 경과經過가 잇을 쑨이다 즉即 여기서 [리듬]만능론萬能論이 나온다 무론 [리듬]이라 ㅎ는 시간時間의 경과감經過感을 주지 안는 것을 예술안이다.[21]

'넷직넓이'란 점, 선, 면을 뛰어넘어 존재하는 '4차원the fourth dimension'을 뜻한다. 언어와 공간의 제약을 받지 않고 단지 시간의 경과이행만이 존재하는 음악의 세계는 동물에게는 있지않고 인간에게만 허여된 것인데,

---

21 「文藝上의 [넷직넓이]」, 『신청년』 6, 1921.7.15.

그것은 따라서 4차원적 세계의 정점에 존재하고 있다. 리듬은 시간의 경과이니 시간과 시간 사이의 다리 같은 것, 그러니까 '이행'의 개념과 결합된다. '이행'이란 박자와 리듬과 선율을 다 같이 포괄하는 것인데, 속박을 벗고 자유를 향해 무한히 나아가는 초월적 정신주의가 '이행'이라는 음악의 개념을 떠받친다. 시간의 경과이행가 없다면 리듬이 존재할 수 없으므로 음악은 이행의 시간을 체화하는 시간의식이기도 한 것이다. 음악이 절대적인 최고의 예술이 되는 순간 그것의 전제조건인 리듬 역시 최고의 것 '리듬만능론'으로 지위를 부여받는다. '리듬만능론'이 바로 그것이다.

'시간의 경과감이행'을 속성으로 하는 리듬은 '반복'을 전제로 하는데, 이것은 기본적으로 자연으로부터 온 것들의 심상을 재현한 것이다. 생명 있는 것들과 생명을 지속하는 것들의 근원적 속성이 리듬 곧, 지속과 반복이다. 반복의 실천과 지속의 이행이 생명있는 것들의 궁극적 전략이다. 이행이 있기에 지속이 있고 지속이 있기에 생명이 있다. 생명의 순환과 반복이 리듬의 본질이다. 이것을 '프랙탈적 구도'의 영원회귀라 요약할 수 있다. 프랙탈의 원형을 가장 잘 보존하고 있는 것이 음악이니, 시가 노래를 지향하는 양식이라는 점에서 이 노래의 프랙탈은 시양식에 있어 영속적이고 근원적이며 핵심적 개념이 된다.

'리듬'은 굳이 장르로서의 '음악'에 한정되는 속성은 아니다. 조각을 관조하면서 인간은 그 폭과 장단을 확인하는 것이 아니라 거기서 '리듬'을 느낀다.[22] 이 때 '리듬'은 예술을 통해 도달하는 어떤 정신적인 깊이와 영적인 신비 같은 정신주의적인 가치를 뜻한다. 모든 예술은 음악을 지향한

---

22 호토 편, 김미애 역, 『헤겔의 음악미학』, 느낌이있는책, 2014, 153~175면.

다는 이 '음악극치론'의 계보는 그리스시대의 역사가 투키티데스로부터 로망롤랑에 이르기까지 이어진다. 1920년 전후 근대 출판문예운동이 문학청년들의 가슴에 불을 붙인 이후 이 테제는 1930년대 정지용이나 이상의 시선에까지 포착된다. 이 테제는 근대문학의 좌표이자 문학절대주의의 '영도'이기도 한 것인데, '문자시'에 대한 고착된 관념이 이를 가로막고 있었을 뿐이다.

'넷지넓이'에 이르기 위해 무엇을 해야하는가. 근대문학 담당자들은 이 테제를 실천하기 위한 전략을 수립한다. 그것은 '셋째넓이까지를 다 버리지 않으면 안된다'는 것이다. 이는 곧 '현실세계를 벗어나야 한다'는 뜻인데 이를 위해 '죽음의식'을 향해 나아가지 않으면 안된다. 현실적으로 죽지 않으면서 죽는 방법은 무엇인가? 그것은 '은유'로 '죽음'을 대체하는 것이며 '관념'으로 '현실'을 초극하는 것이며 '이미지'로 '죽음'을 대속하는 것이다. 회월, 상화, 월탄 등의 시에서 충만하게 드러나는 이국적이고 인공적인 이미지와 관념성은 이로써 그 정당성을 확증하게 된다.

'영원한 예술'이라는 초창시대 미적 관념론의 초점은 '피가 도는 유령'으로서 예술가는 시간과 공간을 가로지르는 절대적 존재라는 개념과 맞물린다. 삶과 죽음, 여기와 저기를 무한히 자유롭게 오가는 무한자유의 영혼을 가진 예술가는 그래서 '죽지않고 산채로 유령이 되는 자'이다. 예술의 영원성, 예술가 불멸성의 신화, 예술절대주의의 관념성의 핵심에 음악극치론이 자리하고 있으며, 이 때, '음악'은 근대장르론의 관점으로 호명된 것이 아니라 근대예술론의 총체로서 그 지위가 부여된 개념인 것이다.

순간주의, '예술가-순간의 인간'론

말이든 문자든 이를 총칭해 '언어'라 지칭할 때 언어의 불완전성에 대한 자각은 소월의 '시의 혼'에 대한 언급, 만해의 '말의 그림자'에 대한 언급에서 이미 확인되고 있으며 이는 동서고금의 '언어의 침묵'이라는 시학적 명제를 관통한다. 가장 좋은 시는 침묵하는 것이며 시인은 언어의 피안에서 말해야 한다는 점에서 시의 언어는 계시의 언어이자 견자의 언어가 되며 이 점에서 시는 종교적 차원으로 끌어올려진다. '와선臥禪'과 '망각忘却'과 '구원'이 궁극적으로 합치되는 김수영의 시학이[23] 설명되는 까닭이 이것이다. 글쓰기가 공론화되면서 제기된 '국문론'의 문제는 상형문자인 한자와 발음문자인 한글의 '문자적 차이'에서 시작해 궁극적으로 문자에 대한 말언어의 우위성과 조선어 구어한글한글문장체 쓰기의 양식화 문제에크리튀르의 문제로 진전되는데, 한자문장체와 한글문장체의 결정적인 차이는 바로 '소리'[24]에 있다는 인식이 그 기저에 있다. 음을 문자로 정확하게 전사할 수 없다는 고충은 특히 발음이 말의 음악성을 크게 좌우하는 조선어 시가양식에서 더 본질적인 문제로 떠오른다.

근대시의 최고 기획자였던 안서는 이미 「시형의 음률과 호흡」에서 문자에 대한 말의 상대적 우위를 염두에 두고 말의 문자화 문제를 제기한다. 즉 근대시의 속성상 문자시의 양식적 한계를 관통할 수 없다면 이를 어떻게 해소할 것인가를 고민한다. 근대시가의 출발이 '말의 문자화'에 있다면 말의 성리聲理 곧 음악성의 가치를 어떻게 문자로 구현해내는가 하는 것

---

23 김수영, 「와선」, 『김수영 전집』 2, 민음사, 2018, 223~224면.

24 김병문, 「근대계몽기 '국문론'과 새로운 주체 형성의 문제에 대하여」, 한국어문교육연구회 창립 50주년 기념 제221회 전국학술대회발표문, 2019.5.22.

이 그의 고민이다. 문자 이면에 존재하는 음향, 색채 등의 음악적인 것의 아우라가 '의미'에 집중하는 문자로 인해 소실되거나 망각되는 것을 우려하지 않을 수 없었을 것이다. '의미'를 넘어 '노래'에 접근하는 시가의 이상과 그것을 문자로밖에 표현할 수 없는 모순적 상황에 대한 고민이라 할 것이다. 그에게 '상징주의시', '자유시'는 근대시가를 향해 가는 하나의 '다리'일 뿐이었는데 그것은 근대시의 궁극적 이상의 모델도, 영향의 기원도, 모방의 근거도 아니었고 '음악'의 신비와 음조미의 아우라를 우리말 시가로 양식화 하는 것이 그의 최종 관심이었다. 미묘하고 신비한 조선어의 음향을 포착하는 것이 그의 근대시의 이상이었고 이는 '음악극치론'의 시학적 관점과 직접 연결되는 것이었다. 조선어 언문일치의 시가체, 조선어구어한글문장체 시가의 형식적 미학, 특히 정형시체의 작시법의 정립이 그의 기획의 정점에 있었다. '노래' 혹은 '음악'을 빼고 안서의 근대시론을 이해하는 것은 불가하다.

안서는 시를 꽃에 비유하기도 하는데, 이는 미묘하고 신비한 말의 암시와 말의 분위기, 이른바 말의 음향을 강조한 것에 아날로지 된다. "꽃은 쎄러저도 남은 향香내는 있다"[25]는 문장은 시가양식에 대한 그의 기본적인 시각을 투영하고 있다. 문자책는 죽은 꽃에 지나지 않는다는 옹의 견해를 참조한다면, 꽃은 사라져도 그 향기는 영원하다는 이 '노래불멸성주의'는 향이 있는 말인 시가를 향해 있다. 이는 안서가 『영대』 1호에 번역해서 실은 '보.케엘'의 「음악音樂과 색채色彩와 방향芳香의 기억記憶」의 시상과 흡사하다. "지나간 날을 다시 한번 보랴거든, / 꼿을 싸거라 내에게 방향芳香이 잇

25 안서, 「세계의 詩庫」, 『영대』 1, 1924.8.

으매 / 음악音樂의 기억을 아직도 나에게 잇서, 기이奇異한 조율調律의 선동旋動은"라는 대목은 정확하게 '음악극치론'의 핵심사상을 관통하는데 음악의 리듬과 선율은 무한반복적이고 영원불멸하다는 것이다. 지나간 날을 기억하려면 꽃을 따 그 영원한 방향을 간직해야 한다는 것, 그것은 음악의 기이한신비한 선율과 방불한 것이어서 그 파동이 무한하다는 것, 이것이 시가의 본질이자 시가양식의 생명력, 영원성이다. 노래의 무한불멸성 가운데 조선어구어한글문장체 시가의 본질이 놓여있다. 그것은 결코 끝나지 않은 노래의 무한 생명력과 가능성을 담지한 것이다.

3. 음악언어와 시언어의 본질적인 대화적 관계

이론적 문제

문자적인 것과 음악적인 것을 비교하자면, 논리, 추론 : 감각, 공명 등의 개념어로 각각을 받을 수 있고 앞의 것을 아폴론적인 것, 뒤의 것을 디오니소스적인 것이라 범주화 할 수 있다. 감각으로 말하자면 앞의 것을 시각적인 것, 뒤의 것을 청각적인 것이라 지칭한다. 니체는 음악적인 읽기를 강조하면서 읽는 것은 곧 듣는 것이며, 듣는다는 것은 이미 판단하지 않고 자유롭게 사유하게 한다는 점에서 추론보다 공명이 우위라고 말한다.[26]

교양인이 된다는 것은 "음악으로 말한다"는 것이다. 음악을 '보이지 않는 세계의 언어'이자 '세상의 숨겨진 힘과 직접 소통하게 해주는 마법같

---

26 조르주 리에베르, 이세진 역, 『니체와 음악』, 북노마드, 2016, 20면.

은 것'이라 헤르더가 요약한 것은, 논리적으로는 완전히 설명되지 않지만 무엇인가 신비적이고 순수한 생성, 생명의 리듬 같은 것들이 음악에 내재돼 있다는 관념과 연결된다. 음악과 시를 경계선상에 놓고 둘을 비교하는 작업은 서양철학사에서 오랜 전통을 이어왔다. 플라톤은 곡조와 리듬이 말을 따라가야 한다고 했고, 루소는 음악과 언어가 처음에는 하나였다고 생각했으며, 시보다 음악을 우선시했던 니체는 문장을 쓴 뒤 자신이 쓴 문장을 큰소리로 낭독했는데, 그것은 문장 말미의 리듬, 강세, 성조, 운율 진행을 느끼는 것과 동시에 그 문장이 정확 명쾌하게 표현되었는지를 확인하는 용도였다.[27] 노발리스는 글은 곡을 쓰듯이 써야한다는 언급도 한다. 유명한 논저, 『의지와 표상으로서의 세계』에서 쇼펜하우어는 '의지'를 익시온의 수레바퀴에 매달려 여러 갈래로 혼란스럽게 뻗어나가면서 개별적인 인간의 충동이라 개념화한다. 이 혼동스럽고 불완전한 인간의 욕망을 숭고하게 비약시키는 세 종류의 사유가 있다. 그 중 하나가 음악이다. 나머지 두 개, '연민의 철학'이나 '생의지의 완전한 소멸로 귀착되는 금욕주의'[28]는 기독교 형이상학이 지배하는 서구적 사유의 핵심인 바, 이 저서에서 논할 바는 아니다. 생명과 욕망과 시간과 지속의 영원회귀의 관념 가운데 '음악'이 자리하고 있음을 주목해야 할 것이다.

'노래' 곧 리듬에 대한 인간의 욕구는 본성적이고 근원적인데, 인간이 자연의 '노래'를 모방하고자 한 흔적은 다양하게 나타난다. 나이팅게일처럼 노래하기, 새의 울음소리를 시인의 언어로 대체하거나 모방하기, '울음-노래'로 말을 은유하기 같은 것이 그것이다. 시를 음악과 연관시켜 이

---

27 위의 책, 27·53면.
28 위의 책, 61면.

해하는 것은 시의 양식적 본능이라 할 만한 것인데 이는 동, 서양 공히 오래된 전통에 속한다. 케고르는 『이것이냐 저것이냐』에서 "시는 궁극적으로 음악이 된다"는 시가적 이상을 드러내고 있다. 이 때 '음악'은 장르상의 '음악'이기보다는 '구문말 속에서 들리는 음악적인 것'의 개념에 가깝다. 시가의 노래성, 리듬, 음악적 연행성 등의 개념과 유사하다. 음악이 없다면 시는 없다.

> 산문이란 음악과는 가장 거리가 먼 언어 형식이라는 것을 인정하더라도, 나는 멋들어진 낭독 속에서 낭랑하게 들리는 구문 속에서 음악적인 것을 느낀다. 이 음악적인 것은 각양각색의 단계를 통하여 시적인 형식에서, 시구의 구성에서, 리듬에서 더욱 강하게 자신을 드러내서, 이윽고는 음악적인 것이 하도 강하게 발전하여 언어는 사라지고 일체가 음악이 되고 만다. 이것이야말로 시인들이 이를테면 이념을 단념하고, 그들에게서 이념이 사라지고 일체가 음악으로 끝난다고 하는 사실을 제시하기 위하여 사용하고 애용하는 표현이다.[29]

말은 음악에서 시작해 음악에서 끝난다. 모든 시의 말은 음악으로 영원 회귀한다. 말의 궁극적 상태는 음악이고 그것은 상징주의자들의 이상이기도 했음은 여기서 더 언급할 필요가 없으리라. 시와 음악의 결합은 아주 오래된 연원을 가진 것이어서 리듬적인 움직임, 음의 강약 자체가 상징성을 띠는 것으로 인식될 정도였다. 음 그 자체는 의미를 갖거나 상징성을 갖지는 않으며, 음악 혹은 선율 그 자체는 인간의 내면적 감정을 즉자적으

---

29 키에르케고르, 임춘갑 역, 『이것이냐 저것이냐』, 치우, 2012, 109~110면.

로 물리적으로 드러내기 어렵다. 아무것도 알려주지 않는, 드러내지 않는 음 그 자체의 추상성 때문에 역설적으로 지성은 이 '음악'에 의미심장함, 의지 등을 부여한다. 형식적이고 추상적인 것으로 인식되는 신음악조차 음악을 의미의 담지자로 정초하고자 한다.[30] 음악이 최고의 예술인 것은 음악 기호의 추상성 때문이기도 하지만, 역설적으로 그 추상성이 음악의 '의미'를 초월적인 수준으로 격상시키기도 한다는 데 기인한다.

말이 음악인 점에서 모든 읽기는 '음악적인 읽기'가 되어야 한다.[31] '음악적인 읽기'란 개념은 메타포이자 동시에 통념적인 방식과는 다르게 현실을 이해할 수 있는 수단이라는 뜻을 내포한다. 니체는 눈으로만 읽는 독일식 책의 스타일을 싫어했고 그래서 그는 종지부호 하나조차 허투루 찍는 법 없이 글을 썼다. 음향은 소리에서 춤은 리듬에서 나오고, 추론보다는 공명이, 순수한 인식보다는 심미적 본능이 이 음악적 읽기로부터 가능해진다. 그렇지 않다면, 어떻게 한 인간이 내지르는 노래에, 뿜어져 나오는 소리에 함께 공명하면서 영혼의 노래를 같이 부를 수 있겠는가. 청각의 소통은 '나'와 타자, '나'와 '그대'가 같이 부르는 합창과 같은 것이다. 청각만큼 소통적인 감각은 없다.

음악을 시말. 언어와 비교하는 작업은 철학사에서 오랫동안 공구된 것인데, 이는 시가양식의 기원과 본질을 이해하는 데도 도움을 준다. 그렇다면, 음악이 시말보다 우선한 것인가? 대체로 서양음악사는 이를 부정하는데, 우리의 경우도 다르지 않았던 것 같다. 말씨이 먼저 있었지 음악이 먼저 있지 않았다. 시에서 음악이 떨어져나와 그 자체로 독립된 장르가 되는

---

30 T. W. 아도르노, 『신음악의 철학』, 196~197면.
31 조르주 리에베르, 앞의 책, 17~19면.

기악곡이 얼마나 후세적인 것인가를 이해하면 그 연유를 충분히 설명할 수 있다.

레비스트로스는 음악과 말에 내재한 언어적 측면을 조명, 비교 한다. 음악 언어를 분절 언어와 가깝다고 본 것은 음소나 분절된 음이나 그 속에는 실재의 의미가 존재하지 않기 때문인데, 하지만 음악 언어와 분절 언어 이 양자의 차이도 분명 존재한다. 음악 언어는, 말의 단어에 있는 중간 분절 층위가 없다는 점에서 분절 언어와는 거리가 있다. 이 논제의 핵심은, 어떤 예술 장르든 불문하고 '의미'라는 물건이 그 양식적 실존에 개입한다는 것이다. 음소를 구분하고 음을 분절할 때 '의미'가 생성되는가 그렇지 않은가가 기본 요건이 된다. '소리기표'에 '의미기의'가 긴장되게 그러니까 일대 일로 결합된다는 관념은 환각에 불과하다. 일반언어학이론이 이미 그것을 증명한 바 있지만, 그럼에도 인간은 그 환상을 쉽게 버리지 않는다.

말과 음악, 이 둘의 교집합적 영역 혹은 중간단계를 설정할 수 있는데, 이를 '의미와 소리의 혼합성'이라고도 한다. 모든 예술에 존재하는 '의미의 혼합성'에 대한 지고한 의문은, 음악 언어와 시의 언어, 노래와 말 사이의 관계에 대한 관심으로 사유를 이끌고 간다. 대표적인 장르가 '오페라'이다. 레비스트로스는 결정적인 방점을 찍는다. "오페라는 음악가와 시인 간의 긴밀한 공조 체제를 필요로 한다." 음악과 언어 사이에 파인 골은 그다지 깊지 않다는 것이다. 그는 수사적으로 이를 "오페라는 두 번 분만되고 싶어한다"라고 쓴다. 어떻게? 한번은 음악으로, 다른 한번은 시로 말이다. 음악적인 양상의 존재성과 말의 양상의 존재성이 서로 겹치거나 혼합되어 있는 단계가 '오페라 양식'에 존재하는 것이다. 오페라의 이상은 그러니까 음악과 시, 노래와 말을 동시에 보여주고 또 이 둘을 결합하는 데 있다. 이는 단지 오페라의 장르적 이상만은 아니고 어떤 양식사에서든 음악과 말의 결합을 통해, 그 둘의 혼합 가운데 존재하는 장르가 있다는 것이다.

레비스트로스는 음악의 민족주의적 특성을 언어 및 예술에 연관시켜 이해하고자 한 샤비뇽의 논의를 끌고 오면서 음악, 미술, 시, 언어 간의 관계를 조명한다. 샤비뇽을 괴롭힌 것은 '정신의 판사'와 '귀의 재판정' 사이에는 분명 '차이간극'가 있고 그 사이에 중간적인 것(말)이 놓여있다는 인식이었다.[32] 말의 예술과 소리의 예술, 정신의 영역과 열정의 영역, 아폴론적인 것과 디오니소스적인 것 사이에, 즉 근대적 개념으로는 시와 노래음악 사이에 '레치타티보recitativo'같은 양식이 존재하는 것이다. 샤비뇽의 논의는 정신적, 철학적 깊이를 가늠하는 지표인 언어와, 귀ear의 재판정에 귀속되는 소리의 간극이 경우에 따라 좁혀지고 혹은 멀어지는 사실에 대한 심각한 질문을 내포한 것이었다. 말과 소리, 시와 음악 사이에 놓은 이 같은 간극은 사람들이 믿는 것만큼 건널 수 없는 것은 아니며 그래서 레비스트로스는 특별히 바로 이 양자의 사이에 놓은 회색의 존재, '레치타티보'를 심각하게 사유할 필요가 있다고 썼다.

레치타티보 혹은 중간적인 말의 황홀경

오페라에서 말과 노래의 중간항, 중간화된 말의 양식을 '레치타티보 recitativo'라 한다. 레비스트로스가 '레치타티보'를 '양서류우리는 이를 '박쥐'라고 지칭한다-인용자 같은 괴물'로 지칭한 데[33]서 알 수 있듯, 이는 반은 노래이고 반은 말인 양식을 뜻한다. 오페라에서 아리아와 주로 대비되는 것으로

---

32 레비스트로스, 고봉만 외역, 『보다 듣다 읽다』, 이매진, 2005, 128~129면.
33 위의 책, 129면.

'말을 노래처럼' 부르는 양식이다. '노래'도 아니고 '말(일상 대화)'도 아닌 존재이다. 오페라에서 일상 대화를 '노래'처럼 부르는 형식이 '레치타티보'인 것이다. 말과 노래 사이에 있는 '이 중간적인' 말은 이성적인 것과 심미적인 것 사이에 있고 논리적인 것과 화성악적인 것 사이에 있고 곡조 없는 것과 곡조있는 것 사이에 있고 단독적인 것과 소통적인 것 중간에 있다고 요약할 수 있다. 이 중간적인 말이 지향하는 것은 일종의 공연성이다. 독백의 말이기보다는 대화적인 말, 서정의 말이기보다는 서사의 말을 지향하는 말의 전략이 레치타티보 양식에는 있다.

선율적인 형태의 노래인 아리아와, 말하기 사이의, 이 중간적인 말은 전통적 시가양식인 '가곡'이나 판소리 사설에서도 확인된다. 가곡의 선율은 단순하며 가곡 자체가 특정한 언어적인 의미에 집중하는 양식은 아니다. 가곡의 선율은 단순하지만 그 안에서 분위기, 정서, 표상들을 창자의 능력을 통해 다양하게 표현할 수 있기 때문이다.[34] 가곡창은 선율의 화려함이나 다채로움보다는 말의 악센트와 강약을 통해 정보와 분위기를 전달한다는 점에서 레치타티보의 기능을 보다 쉽게 수용하는 장르로 판단된다.

레치타티보는 자연적인 언어의 억양을 거의 그대로 살려 낭영조로 노래한다는 점에서 낭영체 시가의 음악성에 접근하고 박자, 리듬, 선율의 진행과 같은 음악적인 규범은 느슨하다는 점에서 창자의 역할이 중시되는 시가의 수행적 성격에 근접한다. 음악적인 완성도를 중요시하는 선율이 있는 노래인 아리아에 비해 레치타티보는 언어 자체의 특수성에 맞추어 말의 높고 낮음, 강음과 약음 등을 고려하면서 음을 진행시킬 수 있다. 내

---

34 위의 책, 162면.

면에 잠긴 미세한 느낌에서부터 극한적인 감정, 고양된 감정에 이르기까지의 다양한 감정을 실감나게 묘사할 때도, 깊은 사색의 상태로부터 어떤 긴급한 상황에 이르기까지 사건을 생생하게 전달할 때도 사용된다. 레치타티보는 드라마틱한 노래로부터 다양한 뉘앙스를 전달하는 데에도 유용하게 쓰이며, 번득거리는 재치와 그것의 날카로운 변화까지도 포용하고 짧게 끊어가는 발화, 격한 말의 발화도 가능하며, 혼자 말하거나 대화하거나 함께 말하는 등의 모든 방식의 대화와 표현이 레치타티보의 형식으로 수행된다.[35] 레치타티보는 어조와 느낌과 감정과 상황을 함께 실은 수행성의 말이자 살아있는 구어체의 말인 것이다.

의미를 전달하고 어조를 살리는 등의 언어적인 진행과 함께 고양된 느낌을 새롭게 그 언어에 덧붙이기 위해 감정이 강하게 들어간 곳에 악센트를 붙이는 것[36]이 레치타티보의 실제 연행이다. 말을 연행하는 것이라고 요약할 수 있겠다. 아담과 이브의 대화가 노래하듯 말하는 레치타티보 형식으로 이루어졌으리라는 설명은 단지 호사가적인 발상에서 비롯된 것은 아닐 것이다.[37] 하이네는 "아담과 이브가 아다지오로 사랑의 언어를 고백했다면, 욕설은 대사를 뇌까리는 레치타티보로 주고 받았을 것이다"라고 다소 유머스럽게 말한다. 새의 지저귐에서 사랑의 언어를 속삭이던 연인의 노래를 언뜻 떠올린 「황조가」에서도 이 리듬있고 악센트있는 노래풍의 말, '레치타티보의 존재를 이미 눈치챌 수 있다. 돼지의 꿀꿀거림이나 개의 멍멍하는 울음소리는 동물이 말을 배우기 직전의 의사소통 방법인

---

35 위의 책, 165면.
36 위의 책, 152~166면.
37 크리스티안 레만, 김희상 역, 『음악의 탄생』, 마고북스, 2012, 15~20면.

데 이것도 일종의 레치타티보라 볼 수 있다.

레치타티보는 아리아와의 대립적 관계 속에서 그 역할이 표준화되었다. 레치타티보는 최소한의 통주저음 반주가 있는 전적으로 관례적인 패턴을 따르는 것으로 극적활동과 플롯은 레치타티보에서 설명되고 수행된다. 아리아가 감정적 주석을 보태는 휴지점이자 주체적 자세의 음악적 표현이며 희망, 두려움, 절망, 등의 정서를 나타낼 수 있는 표지점이 되는 것과 비교된다 하겠다.[38] (인간의) 목소리는 아리아에서 배타적인 지위를 부여받았는데 레치타티보에서 그것은 최소한의 틀로만 유지된다. 지젝은 이렇게 설명한다.

아리아는 의미 너머의 목소리를, 내용 너머에 있는 매혹의 대상을 제시할 수 있었다. 아리아는 기표 너머의 향유를, 무의미한 대상에 대한 직접적인 매혹됨을 겨냥할 수 있었다.[39]

문자의 의미 너머에 있는 말의 아우라, 음조미, 음향, 분위기, 무의미한 대상에 대한 무의미한 매혹 등의 시적 관념이 '아리아'의 관념을 이끌고 온다. 안서의 음악성에 대한 도취, 김영랑의 봄날의 대기에 실려온 남도 연인의 목소리의 매혹, 김춘수의 「처용단장」 연작에서 보여준 무의미적 반복의 음악이 '아리아의 목소리' '너머'라는 지젝의 시각에 밀착돼 있다. 말이 음악을, 시가 리듬을 지향하는 이유를 짐작할 수 있겠다.

그런데 모차르트는 아리아 및 레치타티보의 한계를 앙상블을 통해 해

---

38 지젝&돌라르, 이성민 역, 『오페라의 두 번째 죽음』, 민음사, 2010, 44~45면.
39 위의 책, 45면.

결했다고 한다. 이중창, 삼중창 같은 합창 형식을 갖되 등장인물들 모두 자신의 개별성, 자기만의 모티프적 정체성을 가지고 자신의 음률과 선율을 유지하는 방식을 창안했다는 것이다. 〈피가로의 결혼〉 3막에 나오는 육중창sestet, 〈이 포옹 속에서 엄마를 알아보네〉는 모차르트가 애정을 가졌던 곡으로 알려져 있는데, 모차르트 이후 레치타티보와 아리아는 앙상블을 위한 길을 내주고 자신들은 서서히 퇴락하게 된다. 음악적 형식은 극적 플롯의 논리로부터 나와 동시에 그것을 스스로 체현한다.[40] 주로 행동을 전달하고 플롯을 유지하는 기능을 하던 레치타티보와 감정을 표현하는 수단이었던 아리아는 서서히 효력을 상실하게 되는 것이다. 앙상블은 바그너 오페라에 오면 주체인물의 극적 가능성을 창조하는 역할로 그 지위를 극대화한다.[41] 레치타티보의 쇠퇴는 말과 음악과의 접점의 영토를 상실하는 것과 대응된다. 노래는 가사의 의미를 표현해야한다는 임무를 띠면서 음악으로부터 멀어지며 그 음악과의 접점인 영토를 잃게 된다.[42]

레치타티보를 구현하는 데 있어 한 음절 당 한 개의 음표를 붙임으로써 가사를 명료하게 전달하는 'syllabic 모델'과, 한 음절 당 여러개의 음표를 대응시켜 성악 음악을 화려하게 장식하는 장점이 있지만 대사 전달에 무리가 오는 'melismatic 모델' 간의 갈등도 있다. 후자의 경우, 고조된 레치타티보는 선율적 아름다움을 강하게 띠고 그래서 감각적 아름다움이 극대화 될 수는 있지만 그것이 인물들의 대화나 관객에 전달하는 말의 내용을 방해하게 된다. 레치타티보의 리듬은 대사 고유의 패턴을 따르는 것이 합

---

40 위의 책, 67면.
41 알랭 바디우, 『바그너는 위험한가』, 133~135면.
42 스트라빈스키, 이세진 역, 『음악의 시학』, 민음사, 2015, 54면.

당하다는 것이다.

글룩의 오페라 〈오르페오와 유리디체〉의 실제 공연에서는 종교음악의 잔재가 남아있어서인지 멜로디에 가사를 입한 듯한 느낌의 '레치타티보'가 수행되는데 간혹 낭만주의 음악의 선율이 레치타티보를 압도하는 경향이 있다. 반면, 바그너의 오페라 〈니벨룽겐의 반지〉는 문학적 서사가 기반이 되고 연극적인 상황이 분명하게 노출되는 탓에 극중 인물의 대사는 주로 레치타티보의 방식으로 수행된다. 바그너 오페라에서 레치타티보는 서사의 흐름을 감당하면서 그것의 철학적 문학적 깊이를 구현하고 극중 인물의 대사와 감정의 전달을 위해 수행된다는 점에서 멜로디보다는 대사를 분명하게 전달할 수 있는 '실라빅 모델'이 선호되는 것이라 평가할 수 있을 것이다.

반면, 〈오르페오와 유리디체〉는 오페라 마니아보다는 대중적 애호가들을 위해 기획된 것처럼 보이기도 하는데, 오히려 현대극화함으로써 다소 속화된 느낌도 없지 않다. 낭만주의적 관점의 신화에 기반한 스토리가 현대화되다보니 풍속과 서사가 어긋나고 이에 따라 희극적 상황이 연출되기도 하는 것이다. 서사의 기반은 낭만주의인데, 배경과 인물을 현대화 하려다보니 기묘한 내용으로 속화되고 서사적 분위기와 등장인물의 배경, 말이 상호 모순, 충돌되는 것이다. 고전비극에 기반한 서사와 풍속과 배경을 현대식으로 조응시키는 고딕식 연출이 필요한 것이다. 바그너의 악극에 비해 극적 상황이나 인물이 중시되지 않으므로 레치타티보가 우세하게 수행되지는 않으며 오히려 음악이 중시되는 경향이 강한데, 특히 마지막 코러스의 기능이 강화돼 있는 것이 주목된다. 이는 신성한 아름다움에 대한 찬양, 인간을 포기하고 예술을 신격화하는 이 오페라의 주제를 반향한 것이다. 지젝은 오페라의 마지막 코러스는 신의 은총을, 자비를 찬양하는 기능에 주로 바쳐진다고 해석한 바 있다.[43]

신의 자비와 신에 대한 찬양은 비극적 국면을 행복한 결말로 만드는 계기가 되는데, 원래 비극성을 품고있던 '오르페오' 서사는 변형을 거듭하면서 행복한 결말로 마무리된다. 몬테베르디로부터 모차르트에 이르기까지 '리에토 피네일종의 해피엔딩'의 지고한 지배가 가능해진 것이다. 비극적 결말을 이끄는 오페라가 좋은 오페라로 인지되는 것은 19세기 이후이다. 음악이 비탄에 빠진 인간을 구원하고 신의 자비를 징표한다는 이상은 더이상 실현되지 않았는데, 더욱 소리의 강도가 커지고 '거인같은 비례'로 음악이 길어져도 그것을 실행할 수는 없었다. 음악의 지위 상실과 더불어 실질적으로 지위를 잃게 된 것이 레치타티보라는 것이다.

그런데 서양에서든 동양에서든, 플롯을 가진 종합극 양식의 장르들은 대체로 이 중간적인 '말'의 양식을 포함하고 있는데, 판소리나 서사무가도 오페라와 마찬가지로 레치타티보격인 낭영체의 말을 통해 서사적 상황을 관객에게 전달한다. 이것은 일상적인 말이 아니라 연행하는 말이며 말의 연행양식임을 표상한다.

군이 판소리 창자가 상황을 설명하거나 평가창자의 개입하는 대목을 제외하면, 등장인물들의 말은 대체로 리듬과 박자를 거느린 '노래풍'으로 연행된다. '판소리'의 중요 구성 요소인 창, 아니리, 중간 삽입곡단가이 다 '노래(풍)'이다. 잘 알려진대로, 〈춘향가〉에서 대중들에게 가장 각광받는 장면의 하나는 이몽룡과 성춘향이 서로 사랑을 확인하는 대목이다. 유명한

---

43 지젝&돌라르, 앞의 책, 41면.

곡 〈사랑가〉가 중간에 삽입되고 이 노래 전, 후로 창자의 창과 아니리가 연행된다. 〈사랑가〉야 그 자체로 '노래'이니 새삼 언급할 필요는 없고 '창'은 느린 진양조에서부터 빠른 순서로 '중모리', '자진모리', '휘모리' 그리고 드물게 '엇모리', '엇중모리' 등의 박자로 연행된다. 이들은 빠르고 느린 박자의 '노래'로서 여기서 '말'의 연행성이 확인된다. '아니리'는 서술체의 사설이지만 장단의 박자 개념은 살아있다. 창자는 연행 습관에 따라 구절 구절을 박자에 맞게 연행한다. 기본적으로 사설이라고 해서 운문이 아닌 것이 아니다. 전통적으로 산문체도 낭영을 전제로 구술된 양식이니 그것은 가시적으로 리듬을 갖는다.

'중간적인 말'은 연행하는 말임을 자기 스스로 증명하는 양식의 그것이다. 오페라를 조선에 소개하던 윤복진이 '레치타티보'를 설명하면서 이를 번역하기 어렵다고 본 이유가 바로 변화무쌍한 산문체 말의 리듬을 고정된 선율에 의거한 역사譯辭, 번역의 말로 전환할 수 없다는 데 있었고 그것은 악센트, 피치pitch, 리듬 등을 완전히 무시한 채 시가를 노랫말로 삼아 노래를 작곡할 수 없다는 원리에 유비되었다.[44]

아도르노는 모든 음악은 레치타티보 양식stile recitativo으로부터 나왔으며 그것은 기원적으로 말하기를 모방한 것이라고 말한다.[45] 태초에 말이 있었던 것이다. 시의 말이 본질적으로 '노래'였다는 것과, 아도르노의 이 담론을 혼동해서는 안된다. 음악이 언어말로부터 기원했고 또 그것으로부터의 해방을 꿈꾸었다는 점을 확인하는 것은 어렵지 않다. 현대음악의 선

---

44 윤복진, 「오페라에 關한 斷片的 考察─라뽀엠(La Boheme)을 보고서」, 『조선일보』, 1934.7.8~7.14.
45 아도르노, 『신음악의 철학』, 183면.

구자로 신고전주의 음악을 이끌었던 스트라빈스키는 현대음악의 궁극적 목표를 언어로부터의 해방으로 여겼는데, 이는 역설적으로 음악노래이 얼마나 언어의미에 종속되었는지를 증명하는 것이기도 하다. 노래가 먼저냐 말이 먼저냐의 논란은 결국 말의 최종적 승리로 귀결되고 그것은 장르적 관점에서의 기원조상을 가리는 최종전투에서 시의 승리를 확정한다. 따라서 '노래곡조로부터의 해방'이라는 전제로부터 근대시 기원을 설정하는 관점은 실재상으로도 합리적이지 않다. 근대적 장르 분화의 과정에서 시와 노래, 문학과 음악이 각기 독립적인 장르로 발전한 것일 수는 있어도 근대시가 노래로부터의 해방으로부터 기원한다고 말할 수는 없다.

말의 모방에서 레치타티보가 또 이 레치타치보로부터 음악이 시작된다는 관점은, 한편으로, 음악이 의미와 표현의 수단으로 오랫동안 기능해왔다는 것을 의미하기도 한다. '의미의 해방'이란 일상적 언어 체계로부터의 해방이자, 문자의 구속으로부터, 말의 지시적 기능으로부터의 해방을 뜻한다. 스트라빈스키, 쇤베르크로부터 비롯되는 '신음악'은, 음악이 말의 모방이자 의미와 표현의 기제이기를 중지하는 것을 목표로 하는데 따라서 '신음악'은 절대음악을 지향하게 된다. 스트라빈스키로부터 발원해 쇤베르크, 힌데미트 등으로 이어지는 '의미의 파괴'는 실제로 '의미'와 '표현'의 분열로 나타난다. 여기서 의미와 의도의 주체로 여겨졌던 인간, 곧 표현의 담지자인 인간 주체성의 영역이 부정되며 이 의미와 주체성을 넘어 선 곳에 음악의 해방이 자리하게 된다. 의미와 표현 등의 인간의 언어가 부정된다면 음악은 결국 몸짓기호과 같은 상태에 도달하게 되는데, 이 영역에서 음악의 원전은 울음의 원전과 농일한 것이 된다. 김춘수가 도달한 해체된 음절, 원시적 목소리, 울음, 원시적 생명력인 리듬을 떠올려

보면 신음악의 철학과 무의미시의 관점이 평행하다는 결론에 이른다.

궁극적으로 울음은 갈등 및 모순을 해소하는 몸짓이며 음악 역시 해방의 몸짓이다. 인간은 자신의 내부에 가로막혀 있던 것들을 울음을 통해 해소하고 음악으로 변환해 자신의 내부에 흐르게 한다. '울음' 없이 세상에 편입될 수 없듯, '울음'은 존재증명이자 생명의 증거이다.[46] 인간의 호흡이 리듬이며 호흡이 생명을 살리고 유지한다는 점에서 리듬을 본질로 하는 음악을 생명과 동일시하거나 생명으로 치환하는 것은 자연스럽다. 아도르노는 파우스트의 "눈물이 흐르네, 대지가 다시 나를 맞아주네"라는 구절을 예로 들면서, 인간은 울면서 노래하면서 소외된 현실 안으로 들어간다고 말한다. 소외된 것들의 끌어안음 혹은 소외된 존재로서의 개별적 자아를 세계 속으로 통합함으로써 자아와 세계가 일치된다는 것이다. 노래는 그러한 세계에 대한 이해와 수용 및 자기인식과 연관된다는 뜻이리라. 스스로에게서 나와 세계로 나아가는 힘이 노래에는 있다. 노래를 회복한다는 것은 어쩐지 묵독적 읽기로서의 근대적 읽기에 강박된 문자시의 운명과는 어긋나는 전략처럼 보인다. 레치타티보로 말하든, 노래로 말하든, 말을 노래하는 것은 생명을 말하는 것이고 생명의 지속을 증명하는 것이다.

리듬 혹은 박자

조선어 구어와 리듬의 관계가 낭영체 시가의 본질을 잘 설명해준다. 시의 노래는 속박이 아닌 해방이자 생명을 지향한다. 시의 음악을 가능하게 하는 것은 박자, 리듬, 절주이다. 정형시체를 강박, 속박, 전근대성으로 환원하는

---

46 키에르케고어, 앞의 책, 43면.

논법의 문제성을 지적하고자 한다. '리듬', '육체', '호흡', '개성', '생명'이 안서의 초기 시평에서 중요하게 다루어지고 있다는 점은 경이롭다.

노래하듯이 자연스럽게 읽히는 것, 우리말 구어의 낭영성은 근대시의 근원적 본질이다. 자연스럽게 노래하듯이 낭영하는 것이 시읽기의 본질이라면 호흡의 반복과 그 연속인 리듬과 자연스런 낭영적 읽기 사이에는 근친성이 있다. 시읽기낭영성는 '육체성'과 공모한다. 이 때 '육체성'은 근대적 개념의 몸의 물질성을 굳이 의미하지 않는다. 롱기누스C. Longinos 이래, 파운드E. Pound조차 '리듬'을 전일적 육체성과 연계해 설명하는데 이는 '리듬'의 물질성소리성, 박자의 구체성뿐 아니라 반복과 지속을 통해 도달하는 정신의 고양, 비약 같은 비물질성의 차원, 정신성의 차원을 고려한 개념이다.[47] 문자를 읽는 것과, 시를 낭영하는 것 즉 노래하는 것은 다른 종류의 언어 활동인 것이다.

르페브르는 '리듬'을 '몸의 변화'라 요약했다.[48] 우리의 귀는 선형적인 반복을 포함한 모든 종류의 반복에 리듬을 부여하려는 경향이 있다. 리듬이 존재하려면 인지가능한 방식으로 반복되는 긴 시간과 짧은 시간들, 휴지, 침묵, 공백, 반복, 간격의 규칙성, 운동 속의 강박과 약박이 있어야 한다. 기계적이지 않은 운동만이 리듬을 지닐 수 있다는 르페브르의 지적[49]은 리듬이 단순히 강박적 반복으로부터 기인하지 않는다는 점을 말한 것이다. 옥타비오 파스 역시 강박적 기계적 박자와 리듬을 구분하며,[50] 전설적 지휘자 카를로스 클라이버 역시 박자와 리듬의 차이를 설명하면서 '리

---

47 장 뤽 낭시, 김예령 역,『숭고에 대하여』, 문학과지성사, 2005, 37~38면.
48 앙리 르페브르, 정기현 역,『리듬 분석』, 갈무리, 2013, 78면.
49 위의 책, 211면.
50 옥타비오 파스,『활과 리라』, 88~91면.

듬'은 박자 그것이 아니라 박자와 박자 '사이'에 있는 것[51]이라 설명하기도 한다. 안확이 단순히 글자수로써 정형체 시조의 음악을 만드는 방법을 부정하고 음흙의 계기적 결합을 통해 각 장의 음악을 통일시키는 '구박口拍'을 강조한 것[52]도 '강박적 율격'보다 '리듬'의 가치를 우선한 데서 가능했을 것이다.

'박자'와 '리듬'의 차이를 좀 더 세심하게 지적할 수도 있다. '박자'는 메트로놈적인 것으로 '시간에 맞게 맞추다'라는 의미를 갖는다. 반면 '리듬'은 '사이에서' 일어나는 것이라 말할 수 있다. '리듬을 타다'는 자랑스럽게 말할 수 있지만, '박자에 맞추다'는 굳이 자랑할 만한 것이 아니다. '박자는 죽은 것이고 리듬은 살아있는 것'이라는 말이 박자와 리듬의 차이를 명료하게 보여준다. 리듬은 그 자체로도 박자를 살아날 수 있게 한다.[53] 그러니까 박자는 엄격하게 자수를 맞춘 것이고, 리듬은 음조를 구현하는 것이다. 기계적인 자수 맞춤에 비해 보다 자유롭고 자연스러운 우리말 구사는 리듬을 살아있게 한다. 그것은 시인 내면의 호흡과도 일치하는 것이다. 음조미란 그런 측면에서 충분히 진중하고 밀도있게 조직된 말의 효과를 뜻한다고 할 수 있다. 시적인 말이란 박자 맞춤도 아니고 산문적 서술도 아닌 말과 말 사이에서 일어나는 음악적 리듬과 서정적인 말의 아우라에서 고유하게 생성된다.

몸이 어떤 선율 혹은 소리의 반복에 반응하는 순간 리듬이 쉽게 포착되기는 하지만 리듬 자체를 만들어내는 것은 어렵다는 주장도 있다. 리듬은

---

51 찰스 바버, 『지휘자가 사랑한 지휘자 카를로스 클라이버』, 포노, 2014, 526면.
52 안확, 「時調의 旋律과 語套」, 『조선일보』, 1931.5.8~10.
53 찰스 바버, 앞의 책, 525~526면.

실체도, 물질도, 사물도 아니며 실체적인 것과 관계적인 것의 대립을 넘어서는 상위의 일반성을 가리키는 개념, 즉 에너지라는 것이다.[54] 시를 읽을 때 느끼는, 어떤 시간의 흐름 속에서 누구나 느끼는 지속성을 리듬이라고 할 때, 반복을 지속시키기 위해서는 지속적인 말의 에너지를 공급해야 한다는 점에서 리듬을 만들어내는 것은 쉽지 않다.

반복은 생명의 지속을 암시한다. 현재적인 것이기보다는 미래적인 것이다. 시가양식이 미래적인 것이자 태고적인 것이며 따라서 원환적인 것이라는 양식적 개념이 설명가능한 이유이다. 바디우A. Badiou는, '리듬'이란 원기둥 안에서 자신들의 박탈자를 찾는 분주한 몸들이 진을 빼는 것과 같은 것이고 이에 따라 부드러운 리듬과 풍자적 리듬의 차이가 생긴다는 설명을 붙이고 있다.[55] 분주한 어떤 움직임이 만드는 에너지의 힘과 그 에너지의 피로로 인한 움직임의 지체 같은 것들이 '풍자적 리듬과 부드러운 리듬'이라는 개념에 숨어있다. 어떤 느리고 빠른, 질주하다 지체하는 춤의 이미지로 변전되는 이미지가 이 말에 숨어있다.

음악이 최고의 예술이자 극한의 형이상학이라면 이를 몸짓으로 풀어낸 것이 춤이다. 긴장과 이완이 반복되고, 질주와 지체가 반복되는 이 춤의 무한 변용이 리듬인 것이다. 반복되는 것은 일회적인 것이 아님을 증명하는데 그것은 생명의 영원성이라는 관념과 결탁된다. 일종의 영원회귀의 운명감을 우리는 몸의 '리듬'에서 무의식적으로 인지하게 되는 것이다. 리듬은 몸과 자연, 그리고 생리적이고 심리적인 삶에 긴밀히 연결되어 있다.[56] 그것은 카타르시스를 수용함으로써 실재적 삶을 정화한다. 터키의

---

54 앙리 브베브르, 『리듬분석』, 188면.
55 알랭 바디우, 서용순 외역, 『베케트에 대하여』, 민음사, 2013, 157~164면.

세마sema 춤이 그러한 무한반복의 생명의식을 표현한 것처럼 보인다. 리듬은 일상성의 비참, 결핍, 장애를 보상한다. 재즈, 민요, 노동요, 무가의 위무적 효과를 생각해보면 이는 수긍된다.

리듬은 사회적 시간에 대한 분석을 가능하게 한다. 지연과 진척, 외형상 풍부한 과거 유산의 재등장反復, 갑작스럽게 새로운 내용을 도입하고 때로는 사회의 형태를 변형시키는 혁명들, 이 같은 역사적 시간들은 감속과 과속, 전진과 후퇴, 예측과 회고를 반복한다. 우리의 일상적 삶에서 객관적 변화가 가능하려면, 동시대에 하나의 리듬을 새겨넣어야 한다.[57] 하나의 양식에는 한 사회의 객관적 상황이 새겨진 그러한 리듬의 양태가 발현되어 있을지도 모르는 것이다. 르페브르의 의견을 수용한다면, 찬송가가 널리 수용되고 근대적 창가가 불려지는 시대가 그러한 사회적 리듬을 하나의 양식으로 정격화한 것일 수 있다.

르페브르의 '리듬' 개념은, 절대적인 명제의 개념으로 환원하는 것이 아니라 다른 어떤 대립雙들과의 관계를 통해 설명된다. 반복과 차이, 기계적인 것과 유기적인 것, 발견과 창조, 순환적인 것과 선형적인 것, 연속적인 것과 불연속적인 것, 양적인 것과 질적인 것 등과의 관계에서 발생한다. 한 개인이 느끼는 리듬 역시 상대적이며 개인적이다. 각자 자신에게 고유한 리듬이 있다. 각자의 심장 박동이나 호흡 등 자신의 리듬을 기준으로 특정한 리듬을 선호할 수 있다. 음악성의 복원은 감수성 및 감각적인 것의 복원을 의미한다. 자신의 리듬을 기준으로 삼으면서 자신을 움직이는 바로 그 리듬, 몸을 연구하는 것이다.[58]

---

56 앙리 르페브르, 『리듬분석』, 189면.
57 위의 책, 78면.

'리듬'에 대한 다기한 논점에서 핵심적인 두 가지 개념을 추출할 수 있다. 하나는 규칙을 통한 미학적 엄격성의 구현 및 정형적 양식화의 근거. 다른 하나는 리듬을 통해 도달하는 말의 신비한 아우라 혹은 말의 여백에서 오는 미묘한 암시 및 정신적 고양상태의 확보. 예술은 일종의 규칙 및 미학적 구속을 통해 재현된다. 구속은 곧 양식을 낳는다.[59] 안서는 시가양식 정립을 위한 리듬찾기의 소명으로 우리말 격조시를 창안하는데 이는 그가 얼마나 조선어 구어의 정형시체양식에 강박되어 있었는지를 보여준다. 음악은 소리의 물질성을 통해 '정신화'에 이른다. 시인은 리듬음악 안에서 느낌서정, 영감을 심상으로 표현하고 심상 자체는 또 운율에 복종함으로써 그것을 번역할(양식화하고 규칙화 할) 언어를 발견한다. '활자나열'이 시가 되지 않는 이유이다.

눈앞의 심상들을 보면서 그 감정적 등가물에 해당하는 느낌을 경험하고 그것을 운율화하는 자가 시인이다. 운율의 규칙적인 운동이 없다면, 그 상들이 그처럼 강력하게 떠오르지는 않을 것이다. 그러니까 리듬은 일상적 삶에 구속된 우리의 시선을 그로부터 벗어나게 함으로써 영혼 전체를 움직이게 한다. 그것이 말의 미묘한 느낌 곧 암시이다. 리듬은 이미지를 만들고 미묘한 의미를 생성해내면서 영혼을 움직인다. 이 리듬은 굳이 말에만, 시에만, 음악에만 있는 것이 아니다. 회화에도 건축에도 있고 당연히 그것은 자연의 프랙탈적 반복과 지속으로부터 왔다. 예컨대 건축적 대칭은 율동적 유사성을 느끼게 하는데, 놀랍게도 고정되고 고착된 건축물의 그 대칭적 균형감은 영원한 반복을 느끼게 한다. 그것은 되돌아오면서

---

58 위의 책, 30~71면.
59 위의 책, 186면.

반복되고 되돌아오면서 새로운 의미를 생산하는 리듬의 영원회귀적 반복과 유사하다.[60]

『영대』창간호에서 김유방金惟邦은 '리듬'이라는 술어를 빌어 연구한 것은 오직 실재實在와 표현表現밖에 없으니 '의미'나 '해석'이 갖는 유동성과 불완전성에는 관심이 없다고 말했다. '어떠한 의미 아래서' 그러니까 해석하고 인식되는 그런 '문자'와는 다른 종류의 것이 '령대'라 부르는 이 명명 안에 있다고 했다. '령대'라고 부를 때의 '리듬'과 '무드' 그것 자체가 곧 실재이자 표현이라는 것이다.

> 우리는 결코 엇더한 의미意味아래서, 즉 말하자면 해석解釋하야만 아르볼 김혼 문자文字로서 명명命名한 바가 아니다. 오직 「영대靈臺」라는 글자의 체재體裁와 ─?는, 「령대」라고 부르는 리듬과 쏘한 「신령령」자字, 「집대」자字가 합슴한 그무드가 우리로서 「령대靈臺」라고 명명命名하게 만드러슬샏이다. 즉, 말하자면 오직 실재實在와 표현表現밧게는 싼 의미意味가 업다는것이다.[61]

'문자'는 확실한 의미의 경계선을 갖는 실체이며 문자를 해석함으로써 명백한 의미를 포착할 수 있다고 생각할 수 있으나 그것은 어쩌면 허망하기 그지없는 것이기도 하다. '문자'와는 달리, 리듬은 말의 음조나 분위기 무드의 신비한 속성과 연관되어 있다. '령대'라고 부르는 리듬과 '「신령령」자字, 「집대」자字가 합슴한 문자의 조합으로 일어나는 분위기'가 곧 '령대靈臺'의 본질이고 그것만이 실재이고 표현이다. 문자 자체 혹은 의미의 문제

---

60 앙리 베르크손, 최화 역, 『의식에 직접 주어진 것들에 대한 시론』, 아카넷, 2001, 34~35면.
61 김유방, 「片想」, 『영대』 1, 1924.8.

가 아니라 문자의 조합으로 인한 말의 리듬이 문제이고, 문자의 조합을 통한 말의 아우라가 핵심인 것이다. 그러니까 초창시대 시가담당자들의 목적의식은, 상대적일 수는 있지만, 리듬, 암시, 음악에 있지 의미, 문자, 체제 등의 '문자지식'이나 '민족(주의)', '자유시' 등의 이념항에 선제적으로 구속되어 있었다고 보기 어렵다.

시노래가 문자화되는 단계에서, 우리가 보는 것은 공간적인 규칙성과 물리적인 판식이다. 그것은 판면과 시 형태를 통해 각인된다. 시양식에서 음악성이 현재화되는 순간은 그 시를 영詠하거나 혹은 창唱하는 순간인데, 이는 당대에서는 현실적인 것이자 직접적인 것이었다. 그러니까 현재 우리가 향유하는 시의 독법과는 다른 것, 즉, 르페브르 식으로 말하자면, '로고제닉'이기보다는 '파토제닉'의 효과에 가깝다.[62] 이를 다시 니체식으로 말하면, 이성적 언어행위 혹은 아폴론적 사고보다는 감성적 미적 향유, 디오니소스적 축제의 행위에 가깝다. 묵독의 결과로 생성되는 의미의 확보이기보다는 몸으로 감수하는 리듬 체현에 가까운 것이며, 그것이 곧 시가의 음악적 효과라 할 것이다.

음악성이란 소리의 고저, 강약, 배음여운, 음향[63]에 의해 생성되는데, 아쉽게도 우리말에는 이것들이 거의 소실되어 있고 현재는 음의 장단이 남아 있다. 그러나 장단은 동음어의 뜻을 파악하는 데는 기여할 수 있으나 그 자체가 낭영의 실제 음가는 아니다. 창자의 호흡에 따른 리듬의 법칙과 단어 그 자체의 길이장단는 등가적이지 않다. 문자적 재현이 리듬의 실재와 등가적인 관계를 맺지 않는다는 것은 강조될 필요가 있다.

---

62 앙리 르페브르, 앞의 책, 30면.
63 위의 책, 178면.

시에서의 리듬 개념을 일련의 대립쌍들의 규칙을 통해 조명한 르페브르의 논의에 근거해 기계적인 것과 유기적인 것의 대립을 최남선과 김억의 그것으로 대체할 수 있다. 기계적인 반복은 차이를 만들어내지만 순환적이고 유기적인 차이를 만들어내지 않으면 그것은 선형적인 반복에 그치고 지루하고 따분하기 십상이다. 정서적인 공감과 풍부한 음악성 그것을 우리는 리듬의 질적 변화라고 부를 수 있는데, 그것을 얻기 어렵다는 것이다.[64] 이 관점에서 최남선이 보여주는 기계적 규칙성과 강박적 형태는 우리말 구어의 자연스런 흐름을 담보하지 못했다. 몇 가지 이유가 있지만 서양문물의 유입에 따른 언어번역어의 과잉, 정보의 과잉을 기존의 정형체 시가양식으로는 담아내지 못한 것도 주요한 원인이다. 『청춘』 1호의 「세계일주가」를 보면 확연해지는데,[65] 7.5의 음수율에 맞춰진 정형시체 시가의 난제는 다른 것보다 음수율의 고정과 배치 문제였다. '운데르. 덴. 린덴'으로 7을 맞추고, '쩌이취디경'으로 5를 맞추는 식 혹은 '치야공원公園쎄스맑' '동상銅像을차져' 식으로 7.5의 구를 분구하는 식인데, 대구를 통해 장을 구성하는 한시체로는 더이상 신시를 지속할 수는 없었던 것이다. "더욱더부러운 것이 / 이틈에사는 // 그만흔인물人物들에 / 노는이업슴 //" 같은 방식은 '원앙쌍대'의 단구·배단법을 실재화하는 시가양식의 전통과는 확연히 다르다.

외국 인명, 지명 등 외국어 표기를 조선어 표기로 전환하면서 음절수를 고정시키는 데 곤란을 겪지 않을 수 없었고 그러다보니 구와 장의 정련성이 왜곡되거나 소실되고 배단법이 무너지게 된 것이다. 이에 비해 '쩌이

---

64 위의 책, 63~78면.
65 최남선, 「世界一周歌」, 『청춘』 1호 부록, 1914.10.

취디경'의 표기를 어떻게 할 것인가 등의 (외래어)표기법의 문제나, 낯선 외국문물과 지식을 어떻게 대중에게 소통시키는가 하는 문제는 후차적인 것이다. '각주달기' 식의 백과사전적 정보를 기입함으로써 후자는 해소될 수 있었고 전자는 1930년대 맞춤법통일안으로 보다 그 정제의 가능성이 열리게 되지만 음절운을 맞춤으로써 우리말구어한글문장체 시가를 지속시키는 문제는 난관에 부딪히게 되었다. 정보와 언어의 과잉으로 인해 글자수 맞춤이 가능하지 않은 현상을 육당은 목격하지 않을 수 없었을 것이다. 한시나 일본시서양시와는 다른, 조선어구어한글문장체 시가의 길이 달리 있었던 것인데 육당이 조선어시가의 형식을 다양하게 실험한 이유가 짐작된다 할 것이다. 안서, 요한 등은 강박적 정형시체의 길과는 다른 조선어구어한글문장체 시의 길을 개척하게 되는데, 그 모범이 김여제의 「만만파파식적」이었다.

음악성음성성을 지고하게 고수하는 시양식의 '리듬'은 문자로는 즉자적으로 실현되지 않는다. 잠재적으로 음악성이 존재할 수는 있다. 문자에서 음악성을 추출해 내려고 하니 내재성, 잠재성을 강조할 수밖에 없고 그러다보니 '내재율'이라는 다소 허구적인 개념이 창안된다. 물론 이 용어는 '정형률음절운'과 상대적으로 대비되는 관점에서의 '자유로운 운율'에 가깝고 그래서 '자연율'이라 지칭되기도 했다. 추상적인 이론적 구성물로서의 '운율' 개념이기보다는 구어체적인 자연스런 음조미를 생성해내는 운율이라는 의미가 있었다. 자연스런 음률자유율을 양식상 고정하고자 했던 관점으로부터 온 것이니, '정형시-정형률', '자유시-내재율'의 등식으로 설명되는 현재적 개념과는 그 입론부터가 달랐다.

이렇게 정리할 수 있다.

① 인위율(작곡률)-작곡을 통한 리듬 구성

② 정형률-기계적 글자수 맞춤에 의한 율격

③ 내재율(자연율)-기계적인 강박성의 리듬이 아닌 자연스런 조선어구어 한글문장체 문장을 내려 읽을 때 발산되는 리듬, 想과 調의 조화를 통한 시가양식의 낭영체 리듬

④ 산문의 리듬-'모든 문장에는 리듬이 있다'는 차원의 일반적, 포괄적 차원의 리듬

음악성, 리듬, 운율은 본질적으로 발성, 구술, 낭영 차원에서 수행된다. 그것들은 궁극적으로 소리를 내는 것, 박자에 맞게 읊는 것, 웅얼거리는 것, 즉 전통적인 시가양식의 수행적 전략에 따른다. 문자시에서 배치의 효과는 회화적이고 조형적인 형식미에 견주어 설명되는데 초창시대 그것은 근본적으로는 시가양식의 음악의 문자화, 고정화, 판면화하는 전략이었다. 시가 문자로 현전하기 위한 인쇄에크리튀르의 전략이었던 것이다.

4. 청각적인 것의 우위성과 시가양식의 소통 전략

말의 소리를 탐구한다면 그것은 문자의 읽기reading를 수행하는 '시각'으로부터, 낭영되는 말의 소리를 듣는 감각인 '청각'으로 그 관심을 전회시켜야 한다. 시가가 기대는 감각은 청각이다. 청각과 시가의 연계성에 대해 말하고자 한다.

인간이 말을 배우기 이전 노래를 했다는 하인리히 하이네의 발언은 '호

모 무지쿠스Homo musicus, 음악하는 인간'로서의 인간의 본성을 헤아린 것이다. 음악을 듣고 강렬한 감정을 드러낸다거나 눈물을 흘리는 것은 일종의 생리적 쾌감에 대한 반응이며 자기 보상체계에 따른 자연스런 대응이다. 리듬을 탄다거나 운율에 몸을 맡긴다는가 하는 음악적 행위뿐 아니라 음들의 질서를 만들어내고 이해하고 평가하는 것 역시 인간의 음악적 본성을 발현하는 행위라 할 수 있다. 다윈의 '종의 선택'의 학설을 인간이 가진 음악의 본성에 적용할 수 있다는데, 노래로 상대방을 유혹하고 선택하는 원리는 「황조가」에서도 나타난다.

'말하듯 노래하기/노래하듯 말하기'는 '목소리'를 통해 운율과 리듬을 만들어내는 행위로 본성적이고 본질적인 것이다. 인간이 자기 몸을 활용해 음악적 행위를 할 때 최고의 몸악기는 목소리이다. 시인의 언어를 새의 울음소리로 대체하거나 등가적으로 설명하는 방식은 태고적부터 존재했을 것이다. 동서양을 막론하고 종달새, 나이팅게일, 뻐꾸기 등의 새의 울음을 '노래'로, 시인을 '노래하는 새'로 비유하는 예는 쉽게 찾을 수 있다. '고운 소리로 우는 명금류鳴禽類'를 뜻하는 학명 'Oscines'는 '노래하다'라는 뜻의 라틴어 '카네레canere'에서 왔다고 한다. '카나리아 같은 소리', '꾀꼬리 같은 음색' 같은 표현에서 인간의 목소리를 새의 울음에 비유하는 관성적 인식을 확인할 수 있다.

정지용의 시론 「시詩와 발표」는 "꾀꼬리 종달새는 노상 우는 것이 아니고 우는 달보다 울지 않는 달수가 더 길다"라는 첫문장으로 시작한다. 음악으로 말하는 자들은 다 교양있는 자들이니 명금 또한 다를 바 없다. 사철 지저귀는 가마귀, 참새가 아니라 한 철 울고난 뒤는 니치 휴식하는 녕금들의 노래를 아는 자만이 청각의 선민으로서의 자격이 있다.

봄, 여름, 한철을 울고 내쳐 휴식하는 이 교양한 鳴禽들의 동면도 아닌 계절의 함묵에 견디는 표정이 어떠한가 보고싶기도 하다. 사철 지저귀는 가마귀 참새를 위하여 분연히 편을 드는 장쾌한 대중시인이 나서고 보면 **청각의 선민들은** 꾀꼬리 종다리 편이 아니 될 수도 없으니 호사스런 귀를 타고 난 것도 무슨 잘못이나 아닐까 모르겠다.[66]

시인의 자기 절제와 검약의 중요성을 지속적으로 강조해 온 정지용에게 '산문시대'에 맞설 수 있고, 감정의 과잉과 대중적 인기로부터 벗어날 수 있는 시의 무기란 한층 고고하게 시인의 자세를 견지하는 자기의지 같은 것이었다. 시인의 고고는 '종다리', '꾀꼬리' 등의 새를 비유하는 구절 가운데 이미 암시되어 있다. 고고한 '노래'의 본질은 사시사철 쉽게 노래하는 가마귀, 참새의 노래에서 찾을 수 있는 것이 아니다. 꾀꼬리의 지저귐은 저 아지랑이 건너, 저 하늘 건너 아득한 곳에서 들린다. 보이지 않으나 분명 존재하는 그런 '함묵'의 것이니 묵시론적 암시와 숭고의 노래가 바로 시다. 최고의 노래를 부르는 시인이 되기 위해 시인은 휴식 기간을 거쳐야 한다. 정지용은 고인古人의 책을 심독心讀하고 새로운 지식에 접촉하고 모어와 외어外語 공부에 힘을 쏟는 것도 좋으나 가장 좋은 것은 자연 속에서 자연의 운율과 리듬을 배우는 것이라고 썼다.

그보다 더 좋은 것을 얻을 수 있는 것은 바다와 구름의 동기動機를 살핀다든지 절정에 올라 고산高山식물이 어떠한 몸짓과 호흡을 가지는 것을 본다든지 들에

---

66 정지용, 「시와 발표」, 김학동 편, 『정지용 전집』 2(산문), 민음사, 1995, 247면.

나려가 일초일엽一草一葉이, 벌레 울음과 물소리가, 진실히도 **시적 운율에서 떠는 것을 나도 따라 같이 떨 수 있는 시간**을 가질 수 있음이다. 시인이 더욱이 이 시간에서 인간에 집착하지 않을 수 없다.[67]

'바다와 구름의 동기動機', '고산식물의 몸짓과 호흡', '일초일엽一草一葉'의, '벌레울음과 물소리'에 이미 움직임과 약동, 리듬의 신비와 생명의 노래가 요약돼 있다. 리듬은 호흡이자 울음이며 생명이다. 자연 속에서 자연이 시적 운율을 떠는 것을 나도 같이 따라하면서 리듬과 호흡을 그들로부터 배우는 것을 정지용은 시인의 자격을 얻는 최고의 숙련으로 꼽았다. 리듬은 인간이 자연의 리듬에 가까이 가는 데서 획득되는 것이다. 리듬에 반응하는 것은 쉽지만 리듬을 만드는 것은 그만큼 어려운 일이다. 시인의 최고 이상은 최대한 자연의 음악에 가깝게 저 스스로 노래하면서 자신의 고유한 리듬을 만드는 데 있다. 자연의 노래의 최고 정점에 새의 노래가 있고 새의 울음을 모방한 시인의 시가 있다. 새의 노래울음을 모방해 들뢰즈가 '리토르넬로'라고 이름붙인 맥락과 유사하다.

새의 지저귐을 노래의 기원으로 본 것은 말러, 메시앙, 들뢰즈 등의 음악가·이론가들이다. 당당한 자유를 뽐내는 새의 노래 같은 멜로디와 리듬을 인간의 음악에서 찾기는 힘들다고 선언한 메시앙의 경우에서 보듯, 음악 이론가들은 새의 울음소리를 노래의 최고 단계로 이해한다.[68] 단지 노래의 박자를 계량적으로 맞추는 것이 아니라 인간의 몸의 호흡에 가장 가까이 근접시키는 것이 좋은 노래이자 자연의 노래이며 이것이 '인간'의 본성을 더 잘 이해

---

67 위의 글, 249면.
68 크리스티안 레만, 『음악의 탄생』, 31면.

하는 것이다. 자연의 노래에 가깝게 다가감으로써 시인은 보다 근원적인 인간의 문제에 더욱 심취하게 되고 그럼으로써 생명의 검시(檢屍)로서 자신의 본래의 위치를 찾게 된다는 것이다. 이 대목에서 우리는 정지용뿐 아니라 상징주의시에서 생의 내밀하고 신비한 영역을 포착한 김억을 동시에 만나게 된다. 안서의 '노래'에 대한 이상은 1930년대 정지용에 이르기까지 그 명맥을 이어가고 있음이 확인된다. 근대주의자이자 회화주의자이며 반노래주의자인 김기림이 정지용 시에서 음악을 발견하고 회화와 음악을 '근대시의 두 유형'으로 인정하지 않을 수 없게 만든 것이 '노래'의 힘이다.

'청각'을 둘러싼 논의는 궁극적으로 청각이 왜 최고의 감각인가에 대한 질문으로 이어진다. 니체의 아름다운 문장을 기억한다. 니체의 청각에 대한 찬사는 '최고의 예술'로 평가했던 그리스 비극에서의 '합창'이 갖는 의례적 상징성과 그것의 강력한 에너지로부터 기원한 것인지 모른다.

그 소리는 귀 뒤에 다른 귀를 갖고 있는 자를 어찌나 황홀하게 하는지—내 앞에서는 계속해서 조용히 있고 싶어하는 것도 소리를 내지 않고는 못배긴다.[69]

소리는 '나'로부터 나와 '나'의 외부와 연결된다. 소리는 나의 것이자 타인의 것이다. 묵독적 읽기가 고독한 주체의 내면적 성찰이 가능한 단독적 행위라면, 낭영적 읽기는 나의 내면이나 시선에 머무르지 않고 외부로 나아간다. 감각 가운데 나와 외부를 연결하는 감각은 이 청각뿐인데, 청각만큼 상호소통적인 감각이 없고 그러니 청각은 최고의 감각이라는 것이다.

---

69 프리드리히 니체, 백승영 역, 『바그너의 경우, 우상의 황혼』(니체전집 15), 책세상, 2002, 74면.

나에게로 향하는 소리는 내면의 성찰에 이르고 외부로 향하는 소리는 타인의 귀로 들어간다. 그 소리를 우리는 공유하는 것이다. 보는 것과 만지는 것을 포함한 대부분의 감각은 단독적인 것이다. 그래서 모든 예술의 이상은 음악音樂적인 것을 지향한다. 투키티데스로부터 로망롤랑에 이르기까지, 오비디우스로부터 말라르메에 이르기까지, 그리스 비극으로부터 니체의 경구에 이르기까지, 사이렌으로부터 오르페우스를 거쳐 BTS에 이르기까지 그 말들은 음악을 지향한다.

나와 외부를 연결하는 언어적 커뮤니케이션을 우리는 '소통'이라 부른다. 소통은 지나치게 정치적인 의미를 내재한 개념이 돼버려서 원래 문예학적인 범주에서 이해되는 맥락을 소실한 감이 없지 않다. 문학에서 언어는 출발이자 종착점인데, 이 과정에서 소통의 내용인 '메시지'는 중요한 사항이다. 이 때 '메시지'라는 뜻은 단순히 지시하고 논증하는 정론적 담론의 '내용'을 말하는 것이 아니며, 표면적으로 드러나는 '내용'만을 가리키는 것도 아니다. 시의 메시지는 '은유의 말'과 같은 선상에 있다.

절대적인 시의 말인 '은유'와 청각이 맺는 관계를 생각해본다. 은유는 정론적 말하기, 직설적 말하기가 아니라 돌려서 말하기 혹은 반대로 말하기 혹은 겹쳐서 말하기 등을 일컫는다. 그것은 단어 혹은 어휘 차원에서 작동하는 것은 아닌데, 즉 시의 전체적인 문맥 가운데서 은유의 말법을 이해하는 것이 필요하다는 뜻이다. 이 때 시인작가의 목소리도 그 문맥의 의미를 결정하는 데 크게 작용한다. 어조는 단순히 '분위기'를 말하는 것이 아니다. 문자表기에도 이 목소리는 남겨진다. 구두법을 활용할 수도 있다. 이상李箱이 문자를 통해 남긴 복소리성을 기억하면 쉽게 납득된다. 쉼표, 마침표 같은 문장부호, 사투리, 구어적 영탄어, 부적절할 것 같은 받침 표시 같은 것들을 이상은 즐겨썼다. '그렇나'의 경우처럼, 'ㅎ'을 받침으로 남겨놓기도 했는데 '그러나'와 '그렇나' 사이의 음소적 변별성을 고려한 표기가 아닌가 생각되기도 한다.

어조나 은유적 문맥을 계량적으로 측정하는 것은 불가능하다. 언어는 조직하고 배열하고 표기하는 과정에서 고유한 언어적 자질이 생성된다. 우리는 이를 리듬이라 부르기도 하고 아우라라 부를 수도 있고 여운이라 부를 수도 있다. 이 논법이 모호하다고 불평할 수도 있는데 이 모호함이 곧 시다. '언어의 신비한 심연'이라는 어려운 말도 할 수 있다. '주술적이다', '마법적이다', 이렇게 말하는 경우도 있다. 이 개념은 서사양식을 지칭할 때도 쓰이는데 '마술적 리얼리즘', '초현실주의 양식', '환상양식' 등이 그것이다. 생각해보면 삶은 모호함 투성이다. 어찌보면 명확하다고 할 만한 것이 하나도, 한 순간도 존재하지 않는 듯하다. "한 순간도 사랑하는 사람의 진심을 알기 어렵다. 지금 내가 어떤 생각을 하고 있는지 나 스스로도 잘 모를 때가 많다. 내 생은 이미 결정됐다. 하지만 신이 아닌 나는 앞으로 내게 어떤 일이 벌어질지 모른다." 이렇게 말하는 운명론자들의 삶 역시 모호성과 불확실성으로 가득 차 있다.

시 언어는 모호성이 핵심이고 리듬은 목소리를 싣고 음성을 실어 그 모호성을 실어 나른다. 리듬은 음수율, 음절수의 계량적인 측정의 결과물이기 보다는 일정한 말의 규칙성이 담보하는 생명의 신비한 심연을 가리킨다. 호흡의 잔향이며 이미지다. 이미지는 마음 속에 그림을 그리는 데서 오는 것이기보다는 몸의 전체 감각을 작동시키면 시킬수록 풍족하게 향유되는 그런 것이다. 시가 낭영적 양식인 이유이고 이것이 산문양식과 다른 이유이다. 시는 묵독을 통해서가 아니라 입술 밖으로 그 소리를 소환함으로써 현전하며 자기에게서 나온 소리를 자기 스스로 느껴봄으로써 진정으로 체감되는 양식이다. 그 때 정서적 감응이 온다. 그럴수록 더 이미지가 선명하게 그려진다. 공감각이 아니고서는 그 전체적인 말의 맥락, 그러니까 은유의 문법을 알기 어렵다. 단어의 뜻을 이해한다고 시가 이해되는 것이 아니다.

세 단계를 설정해 왼쪽에 논리가, 오른쪽에 심연의 미가 있다고 하자. 논리와 심미적 아름다움을 말하기 위해, 그러니까 니체식으로 말하면 아폴론적인 것과 디오니소스적인 것을 말하기 위해 다음과 같은 세 축을 설정한다.

담론——산문——시

(논증적)담론－산문－시가 있다고 할 때, 이들 사이에 레테의 강이 있는 것이 아니라 서로 섞이고 밀려드는 '혼재의 삼각주'가 있을 뿐이다. 이들 양식 간에 말의 밀도의 차이를 설정할 수 있다. 가장 왼쪽은 선명하고 논리적인 의미의 층위이며 점차 오른쪽으로 밀려가면서 말의 은유적 맥락이 풍부해진다. 좌편에 이성적이고 논리적인 분석이 자리한다면 우편으로 갈수록 상상력이 작동한다. 공감각적으로 그림이미지을 그려봐야 그 의미풍경가 더 잘 다가온다. 자신의 목소리로 그 말을 노래해봐야 그 이미지가 자신의 육체에 가까이 다가선다. 상상력이란 무에서 태어나는 것이 아니다. 전혀 알지못하는 미지의 것보다 알고 있던 어떤 것의 잔존 효과가 상상력에는 너 깊이 작용한다. 경험이 중요하다는 것이다. 사원과학사였던 바슐라르는 이를 '시(학)의 과학'이라 했다. 과학으로서의 연금술물질의

화학적 변환의 영향이 없지 않지만 바슐라르가 말한 경험은 실정적實定的인 것이기보다는 미학적인 것이다. 바슐라르의 '몽상夢想, la rêverie'이란 실정으로서의 경험을 뛰어넘는 그런 것, 물질은 물질 바로 그것이기보다는 이미지로 표상된 것이다. 표상된 기호 너머에 있는 말의 심연이다.

주문처럼 시를 읊을 때, 시인의 목소리를 흉내낼 때, 시인이 구성해 둔 풍경을 상상할 때, 시가 다가온다. 말과 말 사이, 단어와 단어 사이, 음절과 음절 사이 말의 미묘한 뉘앙스를 읊을 때 생성되는 어떤 이미지, 그것들이 신비하게 인간을 에워싼다. 미학적 경험은 재구성된 기억이다. 좋은 시는 그러니까 시인의 몫이기보다는 독자의 몫이기도 한 것이다. 미학적 경험을 나누기 어려운 단어, 문장, 풍경, 사상을 서술해놓고 시라고 하면서 독자들의 공감을 요구한다면 독자가 그것을 감당하기는 어렵지 않은가? 독자에게 나머지 몫을 남겨두는 것도 시인의 능력인 것이다. 말의 아우라를 살리는 것, 이것이 시이자 시의 노래이며 노래의 영원성이다. 그것을 실현하는 감각은 청각이다.

제3장
소리 혹은 노래의 무한선율과 낭영의 공동체

1. '소리'와 '문자', '노래'와 '시' 사이

노래 혹은 소리의 발견

초창시대 문학담당자들의 '소리노래'와 '문자글'에 대한 관념이 무엇이었던가를 실증적으로 확인할 필요가 있다. 근대와 계몽의 횃불을 높이 들었던 육당은 '우리에게 필요한 것이 소리이자 리듬이며 심장'이라 설파하는데, 그것은 '리듬'이라는 말씨의 근대적 개념, 근대적 관점을 이해하는 것과 연결된다.

소리! 소리! 우리는 참소리에 주리는도다. (…중략…) 외배란 쇠북이 우리내 사이에 있게 되도다. 그에게 갖은 소리를 지닌 줄이 있으며, 갖은 가락을 감춘 고동이 있어, 고르는 대로 트는 대로 듣고 싶은 소리가 샘솟듯 나오며 알고싶은 가락을 실 낡을 듯 갖게 되도다. 그의 덕에 아프면 앓는 소리, 즐거우면 웃는 소리, 갑갑한 때 부르짖음, 시원한 때 지저거림, 떠들기 속살거리기를 마음대로 할 수 있게 되도다.[1]

소리가 먼저 있는 것이지 글문자이 먼저 있는 것이 아니다. '참소리'란 '앓는 소리, 웃는 소리, 부르짖음, 떠들기, 속살거리기' 같은 실제 발화되는 조선말, 산뜻말이다. 의성어, 의태어의 풍부한 유량을 가진 우리말의 언문일치가 이것이다. 근대문학은 우리의 육성, 그러니까 '참소리'를 진정하게 담아낼 수 있을 때 가능해진다. 박달의 글월이 새 빛을 내기 위해서는 가슴 속의 불길이 목구멍을 타고 소리로 울려야 하는 것인데 그것이 한번 울기 시작하면 그칠 줄 모르니 이 소리에 불려 일어나고 이 울림에 깨우쳐 움직거릴 구멍이 누리에 가득하다. 책문학이란 '이 땅 이 사람의 소리가 늘고 붙고 가다듬어진' 것이니, 춘원의 「무정」은 '동트는 기별을 울리는 첫 소리'이자 '소리 이후'의 것이다. 문학은 문자로 고정된 것, 곧 인쇄된 말인데, 문학이란 생생하게 터져나오는 육성살아있는 소리을 가다듬고 정렬한 것이니 '산말'이 아니라면 그 문자화는 죽은 것이나 다름없다. 구어체말은 그러니까 리듬있는 말, 호흡있는 말, 산말이 아닐 수 없다.

춘원은 '소리'가 어떻게 문학의 장에 틈입하는지를 말한다. '소리'는 구어체적이며 음성적인 것이니, 그것은 궁극적으로 '시가'와 분리될 수 없다. 춘원은 단적으로 '노래'란 '시가'를 병칭하는 우리말[2]이라 규정한다. 춘원은 구약에서부터 에머슨의 시에 이르기까지 시의 전통은 노래하고 낭영하는 양식으로 계승되었다고 본다. 구약의 「예레미아 애가哀歌」를 인용하면서 문학(시)이란 소리없이 혼자 우는 것과 '아아!' 혹은 더 길게 소리내어 한탄하는 자들의 노래로 생겨난 것이라 설명한다. 워즈워드의 「수선화」를 인용하면서 '시인노래짓는사람은 자기의 말로 생각하고 낭송朗誦하다

---

1 고려대 아시아문제연구소 편, 「無情 序文」, 『육당 최남선 전집』 9, 동방문화사, 2008, 587면.
2 춘원, 「문학강화 (3)」, 『조선문단』, 1924.12.

그의 노래를 종이에 적어두면 다른 사람들이 그것을 읽고 또는 그것을 읽는 소리를 듣는다'고 주석을 부쳐두는데, '말하기律기, 노래하기', '문자화하기', '(독자의)읽기'가 이 한 문장에 다 요약돼 있다. '문자지文字智'를 통한 시읽기는 적어도 '문자화하기'와 '읽기' 이전의 시의 시원적 단계인 '말하기律기, 노래하기'가 망각된 것이다. 에머슨의 '시인은 만인의 대언인代言人'이라는 구절을 인용하면서 춘원은 이 '언'의 '말하다'는 '노래하다/낭송하다'를 뜻한다고 썼다.[3]

육당, 춘원에 이어 시가의 '노래'를 주목한 이들은, 근대시사에 본격적으로 '시인'의 이름으로 등장하는 인물, 곧 안서와 요한이다. 이들의 근대시사에서의 역할은, 말 그대로, 아무리 강조해도 지나치지 않을 정도로 근대시의 원형을 탐구하고 조선어구어한글문장체 시가의 원형을 탐색하는 데 힘을 쏟은 데 있다.

초창시대부터 해방기에 이르기까지 줄곧 언문의 '쓰기'와 구어체 시가 양식 찾기에 골몰했던 안서는 해방후에도 그 문제의식을 버리지 않는다. 그러나 안서는 다른 문인들과는 좀 다르게 말했다.

언어言語, 언어言語!

간략하기 그지없으나 모든 감격과 환희가 '언어言語'라는 단어에 요약돼 있다. 의미와 음향의 혼연일치된 조화에서 사상과 감정이 여실한 생명으로 활약하는 이 상황에서, 그 어떤 누구도 언어우리말를 찾은 감격을 "감탄

---

3   춘원, 「문학강화 (4)」, 『조선문단』, 1925.1.

없이는 대할 수 없"다고 썼다.[4] 언어는 결코 사상전달의 부호만은 아니고 거기에 생명과 정신이 있으니 그것을 살아있는 부호살말로 표현할 의무가 쓰는 자들에게는 요구된다는 것이다.[5]

근대시를 개척했던 안서가 가장 공을 들인 것은 우리말 시가를 한글문장체로 기록하는 것이었고, 그의 언어관은 그의 시작 초창시대부터 해방 이후까지 일관된 것이었다. '생명의 호흡', '생명의 개성', '생명의 리듬'이라는 문맥은 조선어구어한글문장체 시가를 향한 그의 일관된 관념, 신념을 잘 보여준다. '언어語語, 언어語語'에서 보듯, 두 음절짜리 문자를 쉼표로 분구하는 방식으로 한 행을 구성하는 그의 언어적 감각이란, 인쇄리터러시를 통해 발현되는 근대시의 조건에 그가 얼마나 민감했는지를 말하는 것과 상동적이다. 안서는 우리말의 향響이 좋은 것은 '듣기'에 구수하고 우리말 표현에도 적합하다고 강조하는데, '미묘한 음악성'. '해조', '음향'에 대한 강력한 그의 몰입은 지고한 시가적 이상에 대한 몰두와 상관적이다.

어향, 음향의 신비로운 분위기를 상징주의시의 미묘한 음악성에 등치한 안서의 입장은 한 때 썼던 '석천石泉'이란 호를 버리고 '안서岸曙'로 개명한 것에서도 드러난다.

새벽 안개 자욱한 바다까의 정취情趣가 무한無限히 마음에 쓰을니는 까닭이외다 즉即 나의 심경心境의 진실眞實한 표현表現이엇지요, 그 심경心境은 오늘에 이르기까지 변變하지 안습니다. 새벽바다까이니 파도소리가 들닌다 하여도 우렁차게 탕−탕 친다기보다 가비엽게 아름답게 치는 것이 연상聯想되는 터임니다[6]

---

4 김안서, 「국어정화단상」, 『대조』 1, 1946.1.
5 위의 글.

우리말 구어의 음악성이 파도가 '탕탕치는 것'보다는 '가볍게 아름답게 치는 데'서 생성된다는 관점은 '소리'와 '음향'을 초점에 둔 것이다. '의미'는 후차적인 문제다. 그러니 그에게 '표현'이란 '쓰기'의 법칙에 따른 것이 아니라 '듣기'의 법칙에 따른 것이며, 그것은 문자 이전, 말의 성음적 효과 및 소리에 민감한 자들의 언어를 대변한다.

주요한이 그의 주요 활동무대를 서울에서 상해임시정부로 옮긴 것과 그가 '(자유)시'에서 '노래'로 귀환하는 과정의 상관성은 조금 더 상세한 논의가 필요하다. 『조선문단』 창간호의 「노래를 지으시려는 이의게」가 중요한 이유는 '민족주의적 관점'의 회복이라는 측면보다는 「불노리」의 세계로부터 민요, 동요 등의 '요謠의 세계'로 귀환한 것에 놓여있다. 주요한은 '노래'가 무엇인가에 대한 관점을 시로 요약한 바 있는데 일종의 '메타시' 「노래여」에서 이렇게 말했다.

노래여
노래여 나의 노래여 떠나오라—
까닭업는 한숨과 알튼 소리에서
서투른 흉내 식은 눈물 검은 두루막이를
학질갓치 버서버리고 나아오라
노래여 나의 노래여 무서워 말라
슬기잇는 장인은 연장을 쓸줄아나니
오직 물의 흐름가치 꽃의 향긔가치

---

6 김억, 「雅號의 由來」, 『삼천리』, 1929.12.

목소리를 노하주라 그리고 즐기라—그 자유를

노래여 나의 노래여 너는 버슨발로
나는 새와 기는 즘생가치 드을로 산으로
시내에 쉬고 길가의 곳에 북그러운 사랑을 보내며
쏘 녀름밤 황홀한 쑴에 취하야 헤매여라

노래여 그째에 너는 춤추면서
내사람의 쑴속에 드러가 소리하며
퍼지며 도다나며 피며 자라며 열며
천년의 줄을 쓰드며 전에업든 등을 불켜리라

그럴째에 나는 왕이다 나의 오관은
수은 가치 쌔르며 어린 즘생가치 귀밝은
갓난 아기다 물고기다 별이다
만인의 눈을 한데로뭅는 새벽별이다

노래여 노래여
새차림을 차리라
새날이 오느니
새 벼치 비치느니

—「노래여」, 『조선문단』, 1926.3

'노래'란 생명을 약속하는 증명서이자 미래를 견인하는 예언서이다. '노래'란 '목소리를 자유롭게 놓아주는 것'이자 '즐기는 것'이니 물과 같이 자유롭고 식물과 같이 생명을 갖는다. "퍼지며 도다나며 피며 자라며 열며/천년의 줄을 쓰드며 전에업든 등을 불켜리라"고 요한은 읊었다. '노래'는 '갓난아기, 물고기, 별'과 같은 신생의 생명체들과 상징적으로 교환되었고 '노래'는 영원한 생명력을 갖는 것이기에 단지 오늘을 사는 데 필요하기보다는 '천년' 뒤의 세상을 예견할 수 있어야 한다는 것이다. '새차림, 새날, 새빛'을 오직 '노래'만이 구할 수 있다고 요한은 믿었을 것이다. '노래'는 그에게 계시이자 구원처럼 다가간다.

> 지나간 육칠 년─나의 소년시대와 청년시대의 결경─이야말로 밋지 못할 시절이러라 나는 얼마나 변하고 나의 주위도 얼마나 박귀엇나 그동안에 절믄 가슴에 엇지 탄식이 업스랴 엇지 노래가 업스랴 내 손으로 적어둔 것이 1920년 녀름으로 1923년 봄까지만도 수백 데목인지라[7]

'강호에 떠단니는 몸이 장차 엇지될지모르니' '새날 새빛이 비칠' 그날을 위해 '노래'가 필요했고, 특별히 버리기 아까운 것들과 상실될 위험이 있는 것들을 골랐다고 요한은 밝혔다. 『아름다운 새벽』에 미처 다 싣지 못한 것들을 그는 '노래'라는 제목 아래 실었던 것이다. 주요한에게 '불노리의 세계'란 한갓 환각같은 것이었는지 모른다. '창조파'들이 「불노리」창조, 1919.2가 보여준 극적인 지점, 우리말구어한글문장체 시의 놀라운 감성

---

7 주요한, 「노래여」, 『조선문단』, 1926.3.

과 이미지를 찬탄하고 있을 때 주요한은 '다른 길'을 모색하고 있었던 것이다. 『창조』에서의 놀라운 성과를 뒤로 하고 1920년 여름부터 1923년 봄까지 그는 '내 손으로 적어둔 것이 수백 데목'이라 할 만큼 격정적으로 시노래를 썼다. 그의 '노래'는 '젊은 가슴이 내지르는 탄식의 절경'을 이루었다. 요한은 육당이 말한 '소리'와 '노래'의 개념을 문득 우연하게도 공유하고 공감하고 있었던 것이다.

서원曙園은 과학적으로 '소리'의 현전을 말하고 있는데, '나'를 고독으로부터 끌어내고 나를 위무하고 나를 행복하게 하는 것은 너의 말, 너의 성대에서 울리는 '소리'라는 것이다. 음악은 결코 존재를 혼자있게 하는 법이 없다는 니체의 말이 반향되고 있는 듯하다. 디오니소스적 충동, 함께하는 춤의 축제에 '나'가 초대된다. '너의 소리가 나의 고막을 울릴 때 나는 무상의 쾌락과 행복을 느낀다.' 침묵하는 '문자'에 비해 '소리'는 현전함으로써 쾌락과 행복을 준다는 맥락과 다르지 않다. 그런데 그것이 근대물리학, 근대과학의 지식과 연계되어 있다는 것이 흥미롭다.

> 네연軟한 성대聲帶에서 진동振動되는미음美音이
> 너의묘妙한입으로 내고막鼓膜을울일째에
> 나는이를무상無上의 쾌락快樂으로알앗고
> 최고最高의행복幸福으로안다
>
> ─曙園生, 「사랑하는너」, 『신청년』, 1920.8

'소리音'는 원래 신비스럽고 밀교적인 특성을 갖지만 근대적 의학지식이나 생물학 지식으로 이를 설명할 수 있게 되었다. "성대에서 진동되는 음이 너의 입을 통해 발성될 때 그 소리가 나의 고막을 울리는 것이 너의 목소리다"는 '소리'에 대한 생물학적, 해부학적, 물리학적 지식이 이 시의 주된 내용이다. 너의 목소리가 나를 즐겁게 하고 나를 행복하게 한다는 것인데, 소리청각적인 매체의 소통적이고 상호교환적인 특장을 과학적인 입론으로 설명한 것이다.

우리말문자에 대한 근대적 입론을 준비하던 주시경1876~1914, 안확1886~1946 등의 청년시절이 근대문단의 초창시대에 걸쳐있다는 것도 흥미롭다. '성리聲理'에서 '문자형'으로 이행되고 있는 언어 현실에 대한 안타까움이 안확의 "어음語音을 성리聲理로 해解치 안코 문자형文字形을 의하야 해解하며"[8]라는 언급에서 감지된다. 조선말 시가 '성음적 존재'에서 '문자적 존재'로 이행해가는 단계에서 '성음적 원리음악성'를 상실하는 과정을 안타깝게 바라본 안확은 '언문과 악보지樂譜字'와의 관계를 해명하면서 조선말 시가의 노래성을 강조한다. '소리'를 과학으로 증명할 수 있는 시대에 소리를 잃어가는 시는 불행이 아닐 수 없고 우리 시의 '소리'를 망각하는 것은 우리 시사의 중요한 일부를 삭제하는 위험과 마주쳐야 한다. 안확의 '소리'에 대한 몰입은 조선어 문학의 정착에 있어 조선어한글 문자에 대한 대중적 이해를 확장할 필요가 있다는 판단과 연관된 듯하다.

'시조'의 재발견

안확은, 언문과 악보지樂譜字와의 관계를 설명하면서 "구강은 천지조화를 포함한 우주로 알며 동시에 구강은 악기樂器로 이해했다"고 강조하고

---

8   안확, 「조선어의 가치」, 『학지광』 4, 1915.2.

"초성자는 음악상 본체가 되는 5음을 본本으로 하여 된 것"[9]이라 주장한다. 송나라 때 유행하던 악보자는 반궁체악서泮宮體樂書에 주자朱子의 설을 인용한 것인데 그것은 정표히 언문자양과 흡사하다는 것이다.[10] 언문자의 성음적·악리적 가치를 안확은 '악보자'를 통해 설명함으로써 '언문자'의 노래성이 의미성보다 핵심적인 가치임을 강조한다.

소리나 청각적 매체에 대한 탐구는 근본적으로 '한문문학'에 대비되는 조선어 문학의 근원과 본질을 고구하기 위해 조선말 자체의 구조와, 한글의 문자적 성격을 이해하기 위한 것이었다. 안확의 시조양식론의 핵심은 '조선주의'의 이념항에 있다기보다는 조선어의 본질을 규명함으로써 시조의 양식적 성격을 정립하는 데 있었다. 근대 들어 노래곡조가 떨어져나가는 단계에서 양식의 변이를 보여주는 대표적인 장르가 '시조'인데, 당대 '시조논쟁'은 곧 '시가양식론'이었다. '시조'는 논자에 따라 '시가詩歌'와 '가시歌詩'라는 개념으로 각기 인용되었는데, 도남은 '시가'를, 안확은 '가시'라는 용어를 선호했던 것같다. 도남의 '시가'라는 개념은 '시가 곧 노래'임을 뜻하는 바 '시가양식'으로서의 시조의 본질을 고구하는 것에 가깝다면 안확의 '가시'라는 용어는 시의 '노래'의 속성을 함축한 개념에 가깝다. 요약하면, '시가'는 '양식'을 규정하는 용어로 '시 자체가 노래'라는 의미가 내재된 것이며, '가시'는 '노래인 시' 곧 시의 속성이 투영된 개념이다.

문자텍스트의 고정성, 불변성을 아카데미즘의 핵심으로 인지한 조윤제

---

9 안확, 「언문의 연원」, 『시대일보』, 1925.5.12.
10 안확, 「언문의 기원과 기가치」, 『조선』, 1931.1; 안병희, 「안확의 생애와 한글연구」, 『어문연구』 31-1, 2003; 정승철 외, 『안확의 국어연구』, 박이정, 2015, 323~324면.

는 '시조'를 문학연구의 대상으로 고정시키기 위해 말사과 곡조노래로 이분하고 '음악상의 곡조'로서의 시조와 '문학상의 시형'으로서 사말로 각각 구분한다. 곡조 중심의 가곡집 편재를 우려하면서 '내용에 보다도 곡조에 치중'하게 되면 '문학적 의식이 희생되'는 것이어서 위험하다고 주장하는 데 그 배경에는 문학연구자로서의 '말사' 중심의 시조연구에 대한 의지가 깔려있다.[11] 문자적인 것이 텍스트의 완전성과 고정성을 담보하는 데 반해 창자唱者에 따른 텍스트의 가변성은 문학 텍스트의 '정전' 기능원전확정을 훼손한다는 점을 도남은 지적한다. 다만, 소리곡조의 차이는 그다지 문제가 되지 않고 의미의 변개가 없는 한 '문자상의 변형'은 가능하다고 본다. 곡조의 차이에 따른 분류보다는 주제별, 내용별 분류가 문학적 텍스트를 고정시키는 중요한 요건이라 본 것이다. 시조를 문학상의 '시형'으로 고정시키고 문학상의 장르로 시조를 제한하면서 시조는 더욱 음악노래으로부터 분리되며 이에 따라 고전시가뿐 아니라 근대의 시가양식 전반에 걸쳐 '시詩(사詞)'와 '가歌'는 분리되기에 이른다.[12] 도남의 문학사연구가 아카데미즘 전반에 끼쳤던 영향력을 고려한다면, '사'의 '노래'로부터의 분리라는 테제가 가진 파급력은 더이상 논급할 필요가 없을 것이다.

안확의 '가시'라는 용어에는 우리말 혹은 한글문자의 성음의 가치는 구어체 시양식의 핵심이라는 인식이 깔려있다. 1930년대 '시조담론'을 두고 안확은 '문학사의 개념'의 부족과 '현대과학의 안목에 기댄 논점'의 문제점을 지적한다.[13] '현대과학의 안목'이란 근대장르론의 관점과 근대양

---

11 조윤제, 「역대 가집 편찬 의식에 대하여」, 『진단학보』 3, 1935.
12 류준필, 「형성기 국문학연구의 전개양상과 특성 — 趙潤濟·金台俊·李秉岐를 중심으로」, 서울대 박사논문, 1998.
13 안확, 「朝鮮歌詩의 條理」, 『동아일보』, 1930.4.16.

식론을 지칭한 것으로도 볼 수 있는데, 이것이 '노래' 양식으로서의 시조에 대한 이해의 부족과 문학사적 이해에 대한 안목의 결여를 낳는 동인이 된다는 것이다. 최남선이 『가곡선歌曲選』이나 『시조유취』를 편찬하면서 기존의 가집에서 일부 내용을 누락시키거나 편재를 변경한 점을 안확은 비판한다.[14] 기존 가집에서 곡조별로 분류된 것을 최남선이 제재별, 주제별 분류로 변경한 것은 일종의 근대적 문예학의 관점이 적용된 것이니 부적절하다는 논리이다. 곡조 중심의 분류가 '노래'에 강조점이 주어진 것이라면, 주제별, 제재별 분류는 시의 내용의미에 강조점이 주어진 것이다. '소리'를 '문자'로 고정시키는 것이나 노래를 사시로 한정하는 것이나 다 원래적 텍스트의 본질, 노래양식의 본질을 회피한 것이니, 그러한 분류법 자체가 이미 부적절하다는 뜻이다.

'문자'는 물질이지만 실체가 아니다.[15] 이 말은 문자에 부여된 권력적 속성을 비판한 것인데, 주체독자가 문자에 예속되는 상황이나 독자가 선행적 의미화 과정에 종속되는 상황을 비판하기 위해 주로 인용된다. 글을 읽는 순간부터 이미 글문자의 예속으로부터 탈피하기는 어렵다. 구체적인 담론의 상황에서 주체는 언어의 구조적 체계에 예속될 뿐 아니라 언어의 현실적 상황에 이미 예속되어 있다. 담론에 종속된다는 것은 의미에, 이데올로기에, 문자적 속성에 예속된다는 뜻이다. 문자시의 경우에도 독자는 '문자적 예속상황'을 벗어나기 어렵다. 문자적인 상황에서 '의미'가 우선시되는 상황이란 시양식 자체의 논리나, 시의 고유한 속성에 접근할 수 있는

---

14 배은희, 앞의 글; 신경숙, 「19세기 서울 우대의 가곡집, 『가곡원류』」, 『고전문학연구』 35, 한국고전문학회, 2009.
15 장 뤽 낭시·필립 라쿠라바르트, 『문자라는 증서』, 2011, 41~42면.

가능성이 제한된다는의미이기도 하다.

안확은 실제로 곡조명을 붙인 시조창이 가능한 창작 시조를 남겨두었는데, 그것은 음악을 배제한 '문학'으로서의 시조를 탐구한 도남, 가람 등의 관점과는 다른 관점으로 시조를 탐구한 이력과 무관하지 않다. 음악과 말이 조화, 합치되지 않으면 시조는 존재하지 않는 것과 같다. 『시조시학』 조광사, 1940은 시조창의 효력이 더이상 지속되기 어려워진 상황에서 문자적 텍스트 곧 문예물로서의 시조시를 정리한 텍스트라 할 것이다. '시조'에 관한 양 관점의 차이는 성음의 양식으로서의 시와 문자적 양식으로서의 시의 차이 그 이상을 보여준다. 후자는 시대가 더이상 노래하는 시사가를 필요로 하지 않았을 정도로 시가 문자시 양식의 단계에 접어들었음을 증거하고 있다.[16]

근대장르론의 관점에서 '음악'은 근본적으로 말언어과 다른 것이며 음악은 말언어과의 투쟁을 통해 자율성을 획득해 왔다. 음악은 말, 목소리, 운율의 후면에서 인간의 목소리를 보조하는 수단으로부터 순수한 음악적 장르들이 출현해 음악이 점차 자율성을 확보하는 단계로 이행한다.[17] 음악이 자율성을 얻기 이전까지 인간의 소리시가, 노래는 음악보다 우선적인 것이었다. 음악이 인간의 목소리를 보조하는 수단에서 탈피해 음악적 자율성을 얻게 되기까지는 더 많은 시간이 필요했던 것이다. 음악과 문학시의 장르적 경계를 분명하게 획정짓고 그 '차이'를 바탕으로 실증적 논고와 계보학적 해석이 가해지는 것인데, 이 관점에 따른다면, 소리를 매개하는 청각예술인 음악과 문자를 매개하는 시각예술인 시문예학는 근대장르 개념

---

16 배은희, 앞의 글.
17 앙리 르페브르, 『리듬분석』, 182~183면.

상으로는 근본적으로 다른 층위의 예술이다. 음악과 문학의 '차이'는 두고라도, 음악 그 자체 내의 성악노래과 악기 연주음악 역시 본질적으로는 분명한 '차이'가 있다. 근대적 장르론, 양식론, 매체론에 가려진 채 시가양식의 전통은 길을 잃었던 것이다.

시가는 인간의 목소리로부터 발원하는 목소리의 음악이다. 신에게든, 자연에게든, 공동체에게든 상관없이 인간은 목소리를 통해 자신의 이야기를 타자에게 전할 수 있었다. 분명하고 통사론적인 완벽한 문장으로써든, 리듬을 가진 흥얼거림으로써든, 주술적 주문으로써든 간에 그 말은 곧 노래였다.

우리말의 성음적 가치를 지적하면서 안확은 우리 민족은 원래 '성악적聲樂的의 민족民族'이라 규정한다. 안확의 선구적인 입장은 그가 가창을 전제한 가곡집의 중요성을 간파했다거나 음악으로서의 시조양식의 본질을 고구하고자 했다는 데 있는 것만은 아니다.

> 가시歌詩가 채를 잡으며 음악音樂으로 말하야도 조선인朝鮮人은 본판 악기적樂器的의 민족民族이 아니오 성악적聲樂的의 민족民族이라 자래악기自來樂器라고는 신라시新羅時에 조금 잇섯스나 그것이 진작 산망散亡하고 그 후금일後今日까지에 행行하는 음악音樂은 모다 기歌를 위주爲主한 성악聲樂이오 악기樂器를 연주演奏함은 악기자신樂器自身의 특성特性을 조차 작곡作曲된 것이 아니다. 기歌의 음역音域을 보조補助하기 위爲하여 수부물隨附物로 사용使用한 것이다.[18]

---

18 안확, 「朝鮮歌詩의 條理」, 『동아일보』, 1930.4.16.

노래성악, 연주 등의 퍼포먼스 행위를 통칭해 '음악'이라 규정하는데 안확은 이 중 '성악적인 것'과 '악기적인 것'을 구분한다. 우리 민족의 음악은 본래적으로 '성악'에 있다는 것이니, 시가의 전통이 몸의 악기를 빌어 유구하게 계승돼온 것은 필연적이다. 그것은 인간의 의지이기보다는 원래적으로 몸의 악기를 빌어 타고난 시의 운명이다. '성악적聲樂的'이라는 단어에 몸의 호흡과 그것의 내재적, 외화적 반영체인 리듬이 집약돼 있고 그것은 양식의 시간적 이행인 시가양식의 기원과 지속을 표명한다. 안확이 '언문구어적 쓰기'을 최고의 가치로 규정한 것이나 시가양식의 음악을 고수하고자 한 것은 그가 말에서 생명의 구체성, 곧 '민족'이라는 몸의 가치를 찾는 것과 무관하지 않은데, 그것은 한편으로는, '한글문자언문'의 본질을 '성음문자적 특성'에서 확인하고 그 '특성'을 가장 잘 살리는 근대시의 길이 '노래체'에 있음을 발견하는 과정이기도 했다.

2. '노래'로부터 신시를 구構하기

일본어의 음성중심주의를 강조하고 고대로부터 일본어의 구어적 모어를 발굴했던 노리나가는 음성보편주의를 민족어 네이션 성립의 주요 관문으로 인식하고 있었다. 구송에 의해 전승되는 '고유일본어와 일본정신'이라는 '노리나가적 환상'은 음성중심주의를 기초로 하고 있는데, '구어'는 따라서 국학 및 네이션 성립의 기초단위가 된다.[19] 고대 문자의 기록에

---

19 코모리 요이치, 『일본어의 근대』, 15~23면.

서 망각된 구송과 노래를 되살리고 그로부터 일본정신을 발견하려는 시도는 말과 뜻과 일의 일치를 통해 '기원'을 회복한다는 점에서 단순한 '언문일치'의 이념보다 복잡하고 다층적이다.

'노래'는 무엇보다 일정한 형식, 특이한 규율을 필요로 하는데, 따라서 운각, 리듬 등의 형식은 무시한 채 내용의미을 중심으로 '시가'의 본질을 규명할 수 없다. 구어의 말을 표기하는 문자의 부재는 형식의 부재를 견뎌야했고 우리의 고대 노래들은 주로 내용중심으로, 이야기의 단편으로 남았다. 문자의 부재는 소리노래성과 노래의 실체를 확인하는 데 곤란을 겪게 했으며 따라서 전통 시가양식으로부터 '기원'을 고구하는 것 자체가 어려워졌다. 기록된 향가, 고려가요 등에서 확인할 수 있는 것은 대체로 내용의미이 중심이며 산말의 형식은 아니다.

초창시대 문학담당자들이 한문 리터러시를 기반으로 성장한 세대임에도 불구하고 조선어 구어의 노래를 찾고자 했던 것은 당대의 지고한 '공동체주의'가 있음을 지적하지 않을 수 없다. 한일합방과 일제 식민지로 이어지는 당대적 현실에서 노래는 신성한 조선 고유의 소리를 전승하는 것이었다.[20] 이 고유성의 환상은 곧 민족공동체라는 환상의 내부이자 그것을 정신적으로 계승하는 것이었다. 하지만 그들이 조선어 시가의 원형을 구비전승의 형태로부터 찾고자 했을 때 그 실체는 확인하기 어려웠다. 콜레라보다, 흑사병보다 그들을 두렵게 한 것이 '원형'을 찾을 수 없다는 것이었다. 시조나 한시의 영향으로부터 그들이 자유롭지 못했던 것은 시가의 모형이 거기에 있었기 때문이지 본질적으로 그들이 추구한 조선어 시가의 원형이

---

20 김안서, 「작시법」, 『조선문단』 12, 1925.10.

거기에 있기 때문이 아니었다.

시의 '음악성'에서 '음악'이란 근대적 장르 개념의 '음악'을 뜻하는 것이 아니라 실제 발화되고 연행되며 낭영되는 양식으로서의 개념이다. 문자 텍스트를 묵독할 때 잠재적이면서 추상적으로 소환되는 심정적인 리듬이 아닌, 조선말을 리드미컬하게 말할 때의 그것, 구어체 조선말을 음승하게 소리내서 읽을 때 일어나는 음성적 효과, 음조미를 뜻한다. 그것이 자유로운 음악적인 리듬이든 격조적인 강박적 리듬이든 상관없이 이 물리적 실재가 '음악(성)'의 개념에 가깝다. 서양예술의 한 장르로서의 '음악'이란 관념은 1930년대의 조선에서도 낯선 것이었는데, 잡지 『(프롤레타리아) 음악과 시』는 제호로 '음악'이라는 용어를 쓰면서도 '재래在來에 있어 우리에게 음악이란 것이 존재하지 않았'기에 기존의 부르조아적 형식을 벗어나는 것은 고사하고 역사적인 '프롤레타리아 형식'을 찾기가 더 고충스럽다고 주장한다.[21] 1930년대까지 '음악'은 근대적 장르개념이기보다는 음악성, 노래성을 실현하는 양식적인 개념으로 쓰였던 것 같다.

초창시대 시가담당자들은 시인으로서 보다는 근대 시가양식의 창안자로서 존재했는데 한편으로는 전통적인 시들한시, 시조과 다른 한편으로는 일본 및 서양 근대시들과의 차별성을 확보하면서 '신시'의 운명을 개척해나가야 했다. 그들은 한국근대문학사에 등장하자마자 신인이자 기성세대였으며 굳이 비유가 아니더라도 '글자 한 자 한 자에 문학인의 생애가 묻혀있고 글 한 구 한 편에 작자의 생명이 깃든', 바로 그러한 '문학의 파종자播種者'로서의 운명을 벗어날 수 없었다.[22] '신(체)시' 개념의 뿌리에 '파

---

21 『음악과 시』 창간호, 1930.8.
22 김영랑, 「신인에 대하여」, 김학동 편, 『김영랑』, 문학세계사, 2000, 156면.

종자', '선구자'의 이념이 동시에 자리하고 있다.

'시', '시가', '사조詞藻', '창가', '새롭은 시', '구가류口歌類', '신체시' 등은 공히 시(가) 혹은 '신시新詩'를 지칭하는 이칭어들이다. 시와 시가는 1930년 대까지도 분명하게 구분되지 않고 쓰였는데, 현재의 '시가정형시체, 노래'와 '시자유시'를 구분하는 인식론적 기반이나 '전근대적/근대적' 양식 개념과 는 거리가 있었다. '시기詩歌'는 '노래'를 가리키고 이는 주요한이 처음 '용 례를 열었다'고 인지되기도 했는데,[23] 흥미롭게도 김동인은 주요한이 '노 래'로 복귀하면서 파기한 '자유시체'의 종결형 '하엿다'를 '순진한 구어 체'라 지칭하고 요한이 이 "시체를 버린 것은 장쾌한 용기였다"고 평가했 다. '고상한 감정의 문자화'인 시에 '하엿다'의 하류어下流語를 쓰는 것은 무 지無智였다[24]는 것이다. '-노라' 종결체가 '노래체'의 문장체이고 '-다' 종 결체가 산문체와 다를 바 없는 '자유시체'에 합당한 종결체이니 동인은 요한이 '-다체'를 포기하고 '노래체'의 시에 접근한 점을 높이 평가했다. 시는 산문보다 고상한 문자화의 '쓰기'일 뿐 아니라 본원적으로 '노래'를 지향하는 양식인 것이다.

시가 하루아침에 근대적인 개념의 시로 전환되어서 인식되지 않듯, '신 시'가 곧 '노래곡조'를 삭제한 문자리터러시의 개념으로 이해될 수는 없었 다. '갑오경장', '신미양요'로 조선이 근대의 문을 개방했다고 해서, '시가 양식'에 대한 관념이 바로 서양의 근대적 장르 개념으로 개변되지는 않으 며 따라서 시가 노래성을 배제하고 문자성으로 전환되지는 않는다. 초창 시대 '신시'는 여전히 '시가양식'으로 인지되고 실행되었는데, 시는 곧 노

---

23 이광수, 「문학강화(3)」, 『조선문단』, 1924.12.
24 김동인, 「文壇回顧」, 『매일신보』, 1931.8.23~9.2.

래이니 낭영성, 음악성이 '문자회쓰기'에 있어 핵심이었다.

육당의 「붕鵬」은, 시辭와 곡이 함께 실려있는데 목차에 '시詩'라 명기되었고 본문에 김인식金仁湜의 곡악보과 함께 실렸다.[25] 7.5조의 엄격한 정형체이니 그 자체로 시가이자 노래양식임이 확인된다. 시와 시가, 시와 노래를 의식적으로 구분하지 않았음이 '시'라는 표기명칭가 확인해준다. 그러니까 '시'라는 표기는 여전히 '문자적인 것'이기보다는 '음악적인 것'을 지향하고 있다. 『소년』, 『청춘』을 통해 '신시'의 가시적 실체를 증명하고자 했던 최남선의 '신시'를 향한 고투를 문자주의적 시각에서 해명하는 것은 모순인 것이다. 최남선은 시를 노래와 분리하지 않았고 '창가' 역시 '신시'의 범주에 있었다. '노래'와 분리된 문자적 존재가 아닌 구어체 조선말을 운율音節운에 맞추어 한글문장체로 표기한 것을 '신시'라 이해했다. '신시' 관념의 근저에 조선어 구어의 '노래'가 있었다는 점을 망각해서는 안된다.

3. 신시의 조건 – 조선어구어한글문장체의 낭영성

말의 배열과 운율

실제 조선어구어한글문장체 시의 '노래성', '낭영성' 문제를 제기한 텍스트를 실증적으로 검토할 차례다. 양주동, 김기진, 이은상 등 1920년대 시단에 참여했던 시인들에게서 일관되게 제기되는데, 그것이 시가 더이

---

25 『청춘』 6, 1914.1.

상 낭영되지 않고 문자화탈정형시화되는 상황에서 촉발된 문제라는 점이 더욱 흥미롭다. '낭창하는 자유시 주문'이라는 주장에 덧붙여 낭영이 가능해지기 위해서는 정형률에 의거하지 않으면 안된다고 그들은 공히 주장한다. '정형률'을 확인할 수 있는 것은 시체의 판면화인데 그것은 주로 배단법을 통해 가시화된다. 이은상은 "시詩는 특히 '소리의 결합結合을 가지고오는 말의 배열配列'이란 방면을 더 중重히 녁이기 때문에 이 운율韻律이란 것을 통通하게 되는 것"이라 주장했다.[26] '운율이 없으면 절대 시가 안 된다'는 시양식에 대한 강력한 언술이 이은상의 언급에 내재돼 있는데, '말의 배열'이 곧 시의 '운율'이자 노래의 표식인 것이다.

"창할 수 없다면 시가 아니니 조선의 자유시는 시가 아니다"라는 인식은 1920년대 후반기까지도 공고했던 인식 같은데, 그 근간에는 여전히 시조양식이 존재하고 있다.[27] '자유시'에서 시가의 규범적인 '운율'을 찾고자 했던 시도가 결국 성공하지 못하게 되면서 자유시가 '음악'을 포기하고 문자시화 되어가는 과정이 잘 드러난 관점이다. 규칙이 반듯한 7.5조, 4.4조뿐 아니라 5.5, 4.5, 4.7, 7.4, 9.7조 등에도 '운율'이 있으니 일정한 음향을 가진 언어로써 부자연하지 않은 호흡으로 낭창할 수 있는 자유시라면 충분히 음악적 효과를 기대할 수 있다는 것이다. 이 관점이 흥미로운 것은 초창시대 '자유시'의 이념이 현재의 그것처럼 말 그대로의 '자유'로운 문자시의 개념이 아니라 기성의 시가보다, 기존의 시가보다 정형적 규칙성이 완화된 시가를 가리킨다는 점이다.

26 이은상, 「시의 정의적 이론」, 『동아일보』, 1926.6.12.
27 김기진, 「문예시사감(1)」, 『동아일보』, 1928.10.28. 안서 · 요한 논쟁이 문예가협회 강연회로 인해 촉발되었음을 확인할 수 있다.

김기진은 관념과 오성에 의한 의미의 탐구로 나아가는 자유시의 진전을 일면 인정하면서도 또 강박적인 리듬의 기교로부터 벗어나는 음악적 효과를 가진 신시를 여전히 고수하고 있다. 이는 양주동이 자유시 형식의 제한 필요성을 언급한[28]것과 동일한 궤도에 있는 것처럼 보인다. 조벽암이 안서의 말을 빗대어 "자유시형은 과도기라고 하였으니 나는 무슨 소리인지 모르겠다"라 쓴 것[29]도 안서의 '노래'로서의 자유시와 '자유로운 문자시'의 간극 즉 '자유시' 개념의 혼돈과 착종에서 기인한다. '자유시'란 현재의 장르 개념과는 상당히 다르게 인식되었다. 적어도 시란 낭영성을 전제한 것이고 이 낭영성을 충족시키기 위해서는 어떤 식으로든 일정한 음악적 효과의 틀을 벗어나기 어렵다. '창唱하는 자유시'란 발화되는 자유시이자 낭영성이 전제된 시니, 관념성과 사변성이 주된 상징주의시의 서술성, 문자성과는 그 층위가 다른 것이다. 이미 1920년대의 상징주의시의 유행이 문자시의 가속화를 진행시켰고, 이를 불안하게 지켜본 시가담당자들의 우려가 '창唱하는 자유시' 주문으로 이어졌음이 확인된다.

근대시는 굳이 시의 음악성을 포기할 만큼 이른바 '자유시'를 향한 맹목적 애정을 가질 이유가 없었다. 『태서문예신보』를 발간하면서 우리문학예술의 미래를 '언문시'에서 찾았던 안서는 춘원 시조의 뛰어난 노래성이 춘원의 신시에 계승되었음을 지적하면서 "선생의 시가는 놀낼만치 애송치 아니하고는 견디지 못할 것이 많다"고 썼다.[30] '언어구사의 묘, 표현의 간결, 음조의 미려한 것'의 마력이 춘원의 시를 애송하지 않을 수 없게

---

28 양주동, 「병인문단개관 : 평단, 시단, 소설단의 조감도─조선문학 완성이 우리의 목표」, 『동광』 9, 1927.1.
29 조벽암, 「김안서 씨의 정형시론에 대하야」, 『조선일보』, 1933.1.12~15.
30 안서, 「춘원선생의 시가」, 『삼천리』 61, 1935.4.

만든다. 조선말구어한글문장체 시가의 음악성을 최고의 가치로 여긴 '신시'의 관점이 이 간단한 언급에 잠재되어 있다.

안서를 상징시 소개와 상징시의 애호자 및 모방자로 이해하고 있지만 그러한 평가는 단선적이다. 그의 관심은 시의 '상징' 그 자체에 있지 않았다. 안서의 용어대로 하면, '상징을 위한 상징시'에 그는 별 기대가 없었다. 이는 박영희의 전략과 거의 정반대이다. 안서 스스로 황석우의 시를 자신이 발간한 『태서문예신보』에 싣기도 했고, 『폐허』에 황석우와 함께 동인으로 참여하면서 황석우의 시를 그 잡지에 게재하기도 했지만 안서는 이렇게 말했다.

소위 「상징시」라는 이름을 가지고 개벽과 태서문예신보에 발표되었든 것도 여금如今으론 오랜 옛날 일로 각금 가노라면 재송再誦할 만한 시가도 가끔 잇섯스나 대개는 소위 「상징을 위한 상징시」 아모러한 의미를 가지지 못한 것이 만핫스니 다시 다언多言할 것이 업습니다.[31]

'상징시'와 '소위所謂 시기詩歌'는 안서의 궁극적 관심이 아니었다. '상징시'는 서구의 미적 관념을 진술하기위해 주력하다보니 우리말구어체의 노래를 양식화하는 데 기여하지 못하고 특히 황석우의 시는 우리말 문장법에 맞지 않은 일본어식 한자문장체에 근접한 측면이 있다. 일본으로부터 들여온 상징의 관념을 위한 시, '상징을 위한 상징시'에 가깝다는 것이다. '소위 시가'는 '어린아희들 사방치기와 가치 짤막짤막하게 글구句를

---

31 안서, 「작시법(5)」, 『조선문단』 11, 1925.8.

찍어서 행수行數만 버려노흔 것'이어서 이것과 '시가'는 본질적으로 다르다. 어떻게 다른가? '신시'란 말의 신비한 상징성이 우리말 구어체의 음악에 실려 뚜렷하고 또 자연스럽게 드러나야 한다. 안서에게 진정한 '상징시'는 '상징, 조선어 구어, 신비, 음악'의 이 네 요소가 뚜렷하게 드러난 후에 성립되는 양식이다. '어의語義, 어향語響, 어미語美'를 시의 세 가지 핵심요소라 보는 안서의 시각에서 '어의'는 의미, '어향'은 음악성, '어미'는 문자성스크립트, 개행, 여백 등의 활자화의 美인데, 이 중 '어향'이 가장 중요한 것임을 강조한 안서의 시각은 우리말구어한글문장체 시의 음악성, 낭영성을 확보하는 것에 집중된다. 굳이 문자시로 정향되는 순간에도 시는 언제나 문자적인 것과 음악적인 것 사이에서 아슬아슬하게 '노래'로의 존재성을 포기하지 않는다.

'김기림의 후예' 김광균이 「김기림론」을 펼치면서 '산문은 눈으로 읽을 것, 시는 귀로 들을 것'[32]이라고 양식과 감각의 관계를 언급한 대목도 기억할 일이다. 김수영은 우리말 시의 '읽는 시'로서의 핸디캡을 ① 음률 문제 ② 한자혼용 문제 ③ 현대시 고유의 난해성 문제 ④ 활자 위주의 시각본위에 있다고 보고 낭독 레코드를 통해서라도 '읽는 시'의 대중적 확산이 필요하다고 주장했다.[33] ①은 조선어의 랑그적 특성에 기인하는 근본적인 문제이며, ②는 우리말 구어문장체에 대한 기본적인 시적 소양과 연관되고 ③은 쉽고 간결하고 단순하며 음악적인 긴장을 유지하고자 하는 정형체시나 낭영시가 갖는 필수적이고 존재론적인 차원과는 대척되는 지점에 있는 것이며 ④는 1930년대 주지주의, 이미지즘 시의 확산과 '문자

---

32 김광균, 「김기림론―현대시의 황혼」, 『김광균 문학전집』, 소명출판, 2014, 338면.
33 김수영, 「朗讀盤의 성패」, 이영준 편, 『김수영 전집』 2(산문), 민음사, 2018, 662면.

시'로서의 시양식이 공고해진 시사적 전개와 정확하게 일치한다. 시가성과 노래성이 소멸되는 것은 생생한 조선어 구어의 음악성이 소멸되는 길인데, 여기에 일정한 역할을 한 것이 탈로맨티시즘과 탈음악성을 전제로 출발한 이미지즘시와 주지주의시의 거대한 물결이다. 김기림으로부터 촉발된 문자시의 가속화가 자유시화를 촉진시켰으며, 그런 까닭에 김수영이 이 글을 쓴 1960년대[1967.9]에 이르러 시의 낭영성, 음악성은 쉽게 회복할 수 있는 상황이 아니었던 것이다.

'노래' 혹은 말의 음악성을 전제한 시사詩의 계보를 근대시사에서 확인해보면 그것은 직선적인 진화가 아니라 원환적이면서 프랙탈적인 것임을 이미 설명한 바 있다. '노래' 혹은 '요謠'에 속하는 것이 민요시, 동요시 등이다. 민요체 노래의 문자화 단계에서의 기원을 정초하는 작업의 선두에 놓일 인물은 소월이다. 이때 '선두'란 물리적인 시간의 연대기에서의 '시작'을 의미하는 것이 아니라 일종의 본질적 근원을 의미한다. '노래시', '시가' 곧, '요시謠詩'는 김소월로부터 정지용, 박목월을 거쳐 김수영에게까지 전승되고 김소월을 기억하는 시인들의 잠재의식 가운데 깊이 뿌리박혀 있다. "조선말에 참맛을 아럿고 조선시에 리즘을 아럿다 그럼으로 그소월의 시는 음악 그것이요 형形은 맑고 상想은 깨끗하였다"는 관점[34]이 1930년대 중반기 이후 등단한 백석,[35] 오장환,[36] 장만영,[37] 김광균[38] 등에 의해 지속되며 1960년대 김수영[39] 등에까지 이어진다. 안서가 소월의 문학을 처음

---

34 中波, 「최근조선시단의 片想」, 『조선문단』, 1935.4.
35 백석, 「소월과 조선생」, 『조선일보』, 1939.5.1.
36 오장환, 「조선시에 있어서의 상징」, 『신천지』, 1947.1; 「소월시의 특성」, 『조선춘추』, 1947.12.
37 장만영, 「내가 좋아한 시인군」, 『전집』 3, 431~436면.
38 김광균, 「가을에 생각나는 사람, 김소월」, 『민성』, 1947.10.20.

돌보았다면, 오장환은 망각되었던 소월을 발굴해 1930년대 문단에 이어 주는 역할을 했다.[40]

신진시인들은 우리말의 음악성을 요구하고 나섰고, 그들은 우리 시의 전통을 '소월적인 것'에 두었다. '상징주의시 기원'과는 다른 관점이다. 김소월이 진정하게 우리 근대시의 문을 열었고, 또 그 김소월이 1930년대 후반기 신진시인들에게 근대시의 원형이자 배워야할 모형으로 이해된 것은 근대시사를 규정하는 데 있어 무엇보다 강조될 지점이다. 근대시의 기원과 우리말 시가의 모형을 김소월에게서 찾고 있다는 것은 김소월 시가 갖는 지적이면서도 미학적인 구조에 대한 매혹이 없지 않지만 본질적으로 소월 시의 음악성이 그 구조와 밀도있게 접착돼 있기 때문이다. 김소월의 시는 잘 읽히지만 논리적으로는 읽히지 않는다. '역설적 불균형성'이라 김윤식 교수는 지적하는데 그것은 논리적 구조와 음악적 안정감이 서로 모순된다는 뜻이며 '논리적으로는 어려운데 음성적으로는 쉽게 읽히고 암송된다'는 의미이다. 이 때 '쉽다'는 뜻은 우리말 음성구조에 잘 맞아 '물과 같이 자연스럽게 흘러간다', 즉 '잘 낭영된다'는 뜻을 함축한다.

대중적으로 잘 알려진 「진달래꽃」은 현재에도 시의 아날로그적 감수성을 몸에 익힌 독자들의 사랑을 받고 있지만, 사실 이 시의 논리적 구조를 이해하기는 쉽지 않다. 님이 떠나가는데 왜 죽어도 눈물 흘릴 수 없는가에 대한 논리정연한 설명을 하기는 어렵다. '한恨'이라는 술어를 대체할 수는 있지만 그 '한'의 구조를 다시 논리적으로 연역해야 하는 수고로움에서 벗어나기 어려운 것이다.

---

39 김수영, 「예술작품에서의 한국인의 애수」, 『전집』 2, 433면.
40 김광균, 「가을에 생각나는 사람」.

「먼후일後日」도 마찬가지다.

　　먼훗날 당신이 차즈시면
　　그 째에 내말이 『니젓노라』

　　당신이 속으로나무리면
　　『뭇쳑그리다가 니젓노라』

　　그래도 당신이 나무리면
　　『밋기지안어서 니젓노라』

　　오늘도어제도 안이닛고
　　먼훗날 그째에 『니젓노라』

—「먼後日」, 『진달내쏫』, 매문사, 1925

　　4행 민요시¹연 2행 단위의 정련된 형식을 가지고 있어 형식적으로 완미하고 안정된 구조를 갖는 시다. 그러나 논리적으로는 난해하다. 한 연에서 다음 연으로 이행해 나가는 과정에서 문장은 유사하게 반복되지만 이것이 단순히 기계적으로 되풀이되는 것은 아니고 서정적으로 깊어지면서 반복된다. 반복하니 음악성이 살아나는데, 논리상으로는 난해해진다. 1930년대 후반기 시인들에게 '왜 김소월인가?' 묻는 것은 '왜 음악성인가'를 묻는 것과 등가적이다. 지적인 구조를 포기하지 않은 우리말 구어의 음악성을 가진 시가 이상적인 근대시라면 규칙적인 배단, 단구를 통하지 않고서도 충분히 우리말 시의 낭영성·음악성을 확보할 수 있다는 인식이 1930년대의 시인들에게 생겨났다. 우리말 구어의 음악성을 담보할 수 있는 것은 강박적일 정도의 규칙성은 아니며 그렇다고 불규칙한 문자배열의 '활자나열의 시체'는 더더욱 아닌 것이다. 장만영이 서정주나 박두진의 시에서 우리말 구어의 음악성과 운율감을 찾은 것이나, 안서가 오장환의 시에서 단호하리만큼 강력한 종결부호를 탐구한 것 등은 우리말 구어체 시의 음악성에 대한 치밀한 탐구와 무관하지 않다.

초창시대와 1930년대를 잇기

1930년대 시인들과 1920년대 시인들, 구세대와 신세대를 매개한 이는, 소월의 시재詩才를 일찍이 알아보고 그를 키워낸 안서이다. 안서는 소월뿐 아니라 장만영 등의 1930년대 이른바 '모더니즘계' 시인들을 발굴했다. 당시 독자 투고란을 적극적으로 개척했던 『동광』지 시 편집인의 역할을 하면서 안서는 1930년대 신진시인들이 등단하는 데 상당한 조력자가 되었다. 『동광』지를 편집하면서 안서는 투고 시의 첨삭과 투고된 작품을 선별하는 작업을 동시에 하게 되는데, 그것은 실상 '동광'의 이름을 빌어서 하는 일종의 개인사업이었다. 안서의 이 사업에서 중요한 대목은 안서와 그 이후 세대들을 잇는 일종의 매개항을 '노래시가'에 두었다는 것이다. 적어도 1930년대까지 춘원, 요한, 소월, 동환, 노산이라는 항과 지용, 기림, 영랑, 곤강, 석정, 만영, 천명 등의 항은 우리 시사의 한 계보선상에 있었던 것이다. '우리말 구어체 시의 음악'이라는 조건으로 말이다. 박용철이 안서를 가리켜, '무상無常의 동일율同一律을 쉬임없이 울리고 있다'고 전제하고 "신시新詩 십년十年의 고절苦節을 혼자 등에 지고 다닌다"라고 평가한 것[41]이 근대시사상의 그의 역할과 위치, 그리고 홀로 고독하게 고투했던 우리 근대시 개척의 사정을 잘 보여준다 하겠다.

1930년대 이미지즘의 한 경지를 개척했던 시인으로 시사의 한 자락을 차지하고 있는 장만영이 가슴에 품었던 것은 서구 이미지즘시의 토양이 아니라 춘원과 요한과 동환의 시의 리드미컬한 음악이었다. 장만영에게 시의 '음악적인 반복'은 시창작의 고유한 법칙으로 이해되기 보다는 우리말 그 자체의 생리적인 조건과 연관되었다. 시의 음악을 가능하게 하는 조건은 우리말 구어체의 음악성에 직접 연관된다. 일상대화의 어법, 대중의 산말은 장식적인 말, 고답적이고 구투적인 말법과 대비되었고, 새로운 조선어 표현법의 구사가 1930년대 시단의 핵심과제로 떠올랐다. 신진시인들에게 '조선어의 새로운 표현 방식'은 의지이자 의무였고 그 최대치가 정지용, 김기림 등이었다. 지용은 색채를 다루는 화가의 수법으로 조선어를 구사한다는 점에서, 기림은 메카닉한 카메라의 수법으로[42] 조선어 구어체를 구사한다는 점에서 문학청년들의 모범이 되었다. 구인회의 힘과 영향력도 이 조선말 구어체의 자연스런 구사와 연관되어 있을 것이다.

잡지 『시문학』, 『조선지광』 등의 역할은 무엇보다 정지용, 김영랑 등의 시를 통해 1930년대 조선어의 새로운 가능성을 적극적으로 보여주었다는 데서 찾아야 한다. 시 지망생들에게 정지용의 시는 모든 면에서 새로웠고 모든 면에서 현대의 호흡과 맥박을 담지한 것이었다. '현대의 호흡과 맥박'이라는 개념은 정지용의 시에서 보다 구체적이고 실천적인 모습으로 나타나게 되는데, 그것이 바로 일상대화의 어법을 그대로 작품에 가져

---

41 박용철, 「辛未詩壇의 回顧와 批判」, 『박용철 전집』 2, 현대사, 1982, 80면.
42 장만영, 「내가 시를 쓰기 시작하던 때」, 『전집』 3, 458면.

다 씀으로써 산말의 새로운 리듬을 창조한 것이다. 구어가 없다면 자연스런 리듬은 없다. 정지용은 등단 이후 꾸준히 일상어, 대중적인 조선어, 자연스런 조선어 구어체로 우리말의 리듬, 우리말의 음악을 창조해 냈다.[43] 조선어 감각이 1930년대 이른바 모더니즘의 감각성의 최고봉 아니었던가. 정지용의 등장으로 외교적인 언어, 고답적인 언어, 부자연스런 리듬으로부터 우리 시는 비로소 해방되었다. 정지용 스스로 우리말 시의 노래성, 즉 '요謠'의 계보에 대해 밝힌 바 있다.

> 북에 소월이 있었거니 남에 박목월이가 날만하다. ─툭툭 불거지는 삭주朔州 구성조龜城調는 지금 읽어도 좋더니… 민요풍에서 시에 진전하기까지 목월의 고심이 더 크다. 소월이 천재적이요 독창적이였던 것이 신경神經감각묘사까지 미치기에는 너무도 〈민요〉에 시종하고 말았더니 목월이 요적謠的 데쌍 연습에서 시까지의 콤포지슌에는 요謠가 머뭇거리고 있다. 요적謠的 수사修辭를 다분히 정리하고 나면 목월의 시가 바로 조선시다.[44]

지용은, 소월, 요한의 시가 '요적 수사'로부터 진전되지 못한 것은 '신경감각묘사'까지 이르지 못한 데 있다고 본다. '요적인 것'으로부터 시적인 '콤포지슌'으로의 진전이 필요하다. 이것이 조선시다. 그러니까 최남선의 일본창가의 7.5조 모방체는 조선시체가 아니며("六堂이 시작하였던 詩歌 유사의 구절이란 실상은 일본의 7.5조 신체시의 糟粕이었던 것이다"),[45] 그렇다

---

43 장만영, 『전집』 3, 447면.
44 정지용, 「시문학에 대하야」, 『문장』, 1940.9.
45 정지용, 「『葡萄』에 대하여」, 김학동 편, 『전집』 2, 308면.

고 소월의 민요체시 역시 '요적인 것'에서 더 나아가지 못한다. 이것의 완성은 요적 수사나 풍이 아니라 요적인 것에서부터 신경감각묘사까지 이르는 일련의 '콤포지슌'의 문제다. 언어적 이행이 놓인 것인데, 이는 옹의 2단계 시작법'쓰기의 쓰기'과 유사한 지평을 가리키고 있다. 소월 시는 우리말 리듬을 살린 구어체 시를 쓰는 것'쓰기'에서 그것을 시적인 언어행위로 콤포지슌하는 것'쓰기의 쓰기'으로 나아가지 못했다고 지용은 강조한다.

1930년 김기림이 줄곧 주창했던 '회화주의시'의 압력은 노래 의식이 점차 희박해지면서 문자시로 정착해 들어가는 계기가 된다. 그렇다고 음악이 사라진 것이 아니다. 정지용의 언어감각이란 구어체 우리말의 살아 있는 음악성이 전제되지 않고는 성립되기 어렵다. 묵독의 시는 잠재된 음악성과 리듬을 보유하고 있기는 하지만 목소리를 통해 말이 재현되지 않는다면 그것의 존재성을 드러내기 어렵다. 회화주의시는 '묘사'를 얻었지만 우리말의 음악성을 제거했다. 말 대신 이미지, 감정 대신 지적 통제가 우선되는 이미지즘시는 소리의 침묵을 댓가로 지적인 사유를 통해 시 이해의 어떤 궁극적 지점에 다가간다. 일종의 철학적 훈련의 방법과 유사한 점이 있는 것이다. 김기림이 왜 그렇게 반감정, 반노래를 주창했는지 짐작가는 대목이다. 김기림이 선호했던 정지용은 역설적이게도 이미지즘적이면서 또 동시에 우리말의 음악성을 살린 시를 썼고, 이 덕분에 김기림은 정지용 시의 음악성을 결국 인정하지 않을 수 없게 된다. 정지용의 글은 바로 이 잃어버린 '요노래'의 가능성을 목월이라는 신진시인에게서 다시 회복하고자 하는 의도와 무관하지 않다.

신시의 조건은 조선어구어한글문장체의 음악성, 낭영성을 확보하는 것이다. 앞에서 제시한33면, 말이 '음악성'이 실현되는 정도 혹은 층위를 다시 확인하기로 한다.

  ① 시(문자) → ② 읽기(묵독) → ③ 읽기(낭송) → ④ 문자성＋음악성(시가)
  → ⑤ 노래

  ①은 문자로 현전하는 시의 단계이며, ②는 묵독의 근대적 읽기로 실현
되는 시의 단계인데, 그러니까 ①, ②는 음악성, 낭영성이 직접적으로 실현
되지는 않는다. ③은 문자시를 낭송하는 경우에 음악성이 실현되기는 하
지만 본질적으로 문자시의 속성을 가진 것이니만큼 초창시대 시가의 존재
성과는 차별된다. ④는 노래와 문자시의 중간인데 바로 낭영성과 음악성
을 함께 견지하는 양식이다. 이 양식은 위로는 노래(⑤)에 다가가고 아래로
는 문자시(③)에 다가간다. ⑤는 초창시대 조선어구어한글문장체 시가의
음악성의 실현태이자 노래의 양식적 존재성이다. ①은 ②로 혹은 ③으로
실행되지만 근본적으로 문자의 존재성을 고정한다. 그러나 초창시대 시가
는 ④→⑤의 계기적 반복을 통해 궁극적으로는 근대시의 문자시적 속성
을 지양하면서 ⑤로 근원회귀하는 양식적 존재성을 갖는다.
  ④와 ⑤의 근대시사상 최고 결정물結晶物은 정지용의 시다. 정지용은 그
러니까 ④의 가장 완벽한 형태, 즉 문자시로서 노래양식의 완전성을 지향
한다. 완벽한 우리말 구어체로 또 노래화가 가능한 그런 언어를 구사하고
있다. 굳이 정형시체를 고수하지 않고도 우리말 구어체 시의 음악성을 실
현하고 있다. 흥미롭게도 정지용의 시가 '곡음악'을 붙이기 가장 좋다는 근
내작곡가들의 회고는 실제 징지용 시의 음익직 성격, 구이체적 성음의 조
건을 흥미롭게 반추하고 있다. 채동선, 김순애 등이 곡을 부친 「고향」,

「또 다시 다른 태양」, 「다른 하늘」 등을 생각해보면 그러하다. '신시'의 궁극적 목표는 조선어구어한글문장체의 음악성을 실현하는 것이었으며 그것의 형식적 실체는 자유시체라기 보다는 정형시체였다.

4. 낭영성, 연행성, 수행성의 공동체

노래는 사랑, 비탄, 고통, 기쁨 등 인간의 본원적인 감정을 드러내는 행위일 수 있지만 그 본원적인 감정 너머의 영혼의 어떤 움직임을 표명하는 실체이기도 하다. 시가 '내면적인 의미, 함축적인 의미를 담은 양식'이라 할 때, 이 규정은 추상적이고 모호하다. 이것이 '내면의 의미'라는 술어를 혼란하게 만든 요인이다. "노래는 인간 내면의 의미를 전달한다"는 맥락에서 '의미'는 말의 '의미(메시지)'가 아닌 '말할 수 없으나 혹은 말로는 다 말할 수 없는 공감되는 정서' 혹은 '비언어적 말'을 가리킨다. 이 '내면(성)'이라는 덕목의 추상성 혹은 오해로 인해 '노래시가의 연행성', '노래하기의 집단성' 같은 덕목들이 간과돼 왔을 것이다.

김홍도와 강세황, 심사정, 최북 등 당대 조선의 최고 화가들이 각각 협업해 그린 〈균와아집도筠窩雅集圖〉는 문학과 음악과 풍류가 한 곳에서 만나 최고의 지적 경지를 이루는 풍경을 보여준다. 그들에게 문학은 지적 놀이인데, 그런데 그 놀이는 혼자 하는 독무가 아닌 군집무다. 이것이 양식의 수행성, 연행성이다. '歌謠' 곧 '노래'의 어원 '놀'은 '놀이', '연극', '祭祀추모 및 기원'(감정의) 말' 등의 의미를 복합적으로 함축하는 것으로, 놀다, 연극하다, 이르다, 사랑하다, 演藝하다 등의 동사로 이 '놀-'을 대체할 수

있다고 육당은 설명한다.[46] '노래'의 본
질은 연행성이며 시가 낭영되는 순간은
참여한 모든 존재가 다 함께 놀이하고
즐기는 축제의 장으로 진입했음을 고지
하는 것과 같다. 독물화讀物化 함으로써
말의 '의미'에 집중하는 '문자시'의 층
위와는 본질적으로 다르다. 낭영은 함
께 축제를 즐기는 행위이며 말을 다중
화하는 수행의 전략이다.

시의 연행이 가능한 것은 시가가 본
질적으로 담지하는 '리듬'의 존재 때문
이다. 리듬을 존재의 시간화와 공간화
라 지칭한 것은 옥타피오 파스이다.[47]
리듬은 인간이 시간적 존재임을 증언하
는 표지인데, 인간은 리듬에 자신을 기
대지만, 리듬은 스스로를 이미지로 드
러낸다. 시를 낭영하는 순간 리듬은 이

〈그림 1〉 강세황, 김홍도, 심사정, 최북,
〈균와아집도(筠窩雅集圖)〉, 18세기 ⓒ국립중앙박물관

미지가 되어 인간에게 되돌아온다. 리듬은 강박이 아니라 창조적 반복이며
이미지는 설명되기를 거부하는 의미들의 다발이니, 낭영은 리듬과 이미지
를 다함께 느낄 수 있도록 '참여의 문'을 열어주는 축제적 행위이다. 시 낭
영은 그러니까 축제이자 교감의 행위인 것이다.

---

46 「朝鮮文學槪說」, 『육당 최남선 전집』 9, 447~469면.
47 옥타비오 파스, 『활과 리라』, 153면.

리듬의 체험은 원초적인 순간을 체험하는 것이며 따라서 그것은 신성한 행위가 된다. 시의 궁극적 수행성은 리듬을 통한 원초적인 신성함을 교감, 공감하는 데 있으니 시는 종교와 닮았다. 시는 낭영을 통해 타인과 공감할 수 있고 그것은 성찬식에서의 예수의 몸을 신도들과 나누어 먹는 행위에 비견된다. 옥타비오 파스는 시의 신성함은 시가 '저 너머'에 있는 것들에 대한 동경으로부터 기원한다고 말한다. 인간은 지적인 것의 추구에 머물지 않고 그것 저 너머에 존재하는 것에 대해 무한한 향수를 느낀다. 시적인 체험은 부재하는 것들에 대한 동경이자 그 부재에 대한 향수의 편린이다. 낭영은 이 향수를 다수화하고 군집화하는 연행의 행위인 것이다.

정형체시를 낭영할 때 느끼는 기쁨은 일종의 몸의 반응, 그러니까 생리적 현상인데, 리듬은 우리의 머리보다 심장에, 근육과 호흡에 먼저 관계한다. 일본의 라이산요의 시란 조잡하고 유치하며, 의미를 따져보면 강담투, 나니와부시浪花節 투의 느낌이 난다고 한다. 그런데 그것을 읊는 것은 마치 체조처럼 육신을 건강하게 하는 행위가 된다. '시음詩吟'이란 체조와 같은 것'이어서 심신의 안정과 건강 유지에 도움이 된다[48]는 것이다. 그러니까 몸에 밴 소리는 근대적인 의식근대성, 근대주의과는 별개이다. 사이토마레시는 "강담투 곧 나니와부시투이기 때문에" "그 시를 배운지 30년이나 흘렀어도 입에서 문득 흘러나와버리는 것"이라 말한 바 있다. 이상李箱이 나니와부시를 읊조린 것은 본능적인 낭영성에의 도취이다. 훈독의 리듬은 일상적인 말의 리듬과는 다르다.[49] 리듬은 의미에 앞서고 이는 시만이 가진 고유성이다.

---

48 사이토 마레시, 황호덕 외역, 『근대어의 탄생과 한문』, 현실문화, 2010, 99면.
49 위의 책, 101면.

리듬은 기계적 강박에 구속된다고 보기는 어렵다. 낭영은 고립된 발성 행위는 아니며 단순한 의미의 실현을 위해 구강 근육을 이용하는 행위도 아니다. 그것들을 넘어서서 생명의 리듬에 참여하는 것이다. 시를 낭영하는 일은 우리들의 몸을 자연의 보편적 흐름에 맞춰 춤추는 것과 다르지 않다. '시대의 리듬'이란 각 사회나 생활의 리듬에서터 역사적 사건까지를 아우르는 것인데, 행동과 사고와 사회생활의 리듬은 대부분 언어의 리듬에 의해 결정된다. 1차 세계대전을 통해 기계의 빠른 속도를 경험한 시대는 속사포 같은 언어를 쏟아냈다고 한다. 이는 양식의 리듬이 단순히 개인적인 차원뿐아니라 그 시대와 세대, 공동체의 언어에 기초한다[50]는 점을 말한 것이고 이는 리듬을 통해 군집무에 다함께 참여할 수 있는 근거가 되기도 한다.

낭영은 소리, 리듬, 운율 같은 질료들에 보다 깊숙이 개입하는 과정인데, 이들 질료들은 언어의 '의미'로 곧장 넘어가지 않으며 물질 그 자체로 끝나지 않고 관객의 지각의 변화를 일으키는 데 고유한 영향력을 행사한다.[51] 즉 낭영은 문자기호의 일방적이고 직접적인 '기표-기의'의 상태를 물질성과 육체성과 기호의 관계로 되돌려놓음으로써 읽는 주체와 읽히는 대상 간의 관계를 변화시킨다. 따라서 시를 소리로, 운율로, 리듬으로 물질화하는 것은 행위의 육체성과 물질성이 기호성을 압도하는 전략이기도 하다.[52] 리듬은 몸의 기억이자 그것의 망각이며, 반복이자 그 반복의 소멸이다. 리듬은 의식이나 두뇌가 추론하는 것이기보다는 몸이 기억하는 것

---

50 옥타비오 파스, 「시와 호흡」, 『활과 리라』, 384~385면.
51 에리카 피셔-리히테, 김정숙 역, 『수행성의 미학』, 문학과지성사, 2017, 29면.
52 위의 책, 28~34면.

이자 심장이 반응하는 것이다. 정형시의 율격이 이미 씨앗실장의 형태로 일반 문장 속에 잠복해 있다고 수사적으로 말해지는 이유이다.

시간의 규칙적 질서를 몸이 기억하는 것이 리듬이라면, 시간의 규칙적 질서를 물리적으로 시각적으로 가시화하는 것은 일종의 스크라이빙 차원의 인쇄리터러시이다. 노래시가는 스크라이빙을 통해 말의 반복과 지속을 가시화하는데, 정형시체의 정체성은 말의 규칙적 질서를 가시화 함으로써 확인되고 증명된다. 자유시체와는 달리, 정형시체의 스크라이빙의 양태, 배단법, 문자기사법이 중요한 이유이다.

연행자는 시를 낭영하지만 전통적으로 그것은 리듬의 규칙성을 몸으로 기억한 자의 연행 행위이다. 연행자가 기계적으로 어떤 리듬을 반복하고자 하는 욕구가 음보맞춤율절은으로 나타나는데, 이 때 글자수는 노래의 표식이자 연행을 가능하게 하는 표식이다. '3음보, 4음보'의 리듬은, 현재는 띄어쓰기의 물리적 표식을 통해 그것이 규정되지만, 이 문자적 규범이 존재하지 않던 시대에는 순전히 연행자의 감각과 기억으로 재현된다. 그것을 규칙적으로 읽어내는 것은 연행자의 권리이지 문자의 권위가 아니다. 연행자가 스스로 체득해서 그것을 연행한다는 것이 중요하다. 그렇다면 규칙성의 기준은 무엇인가? 그것은 집단 기억의 무게, 집단 리듬의식의 관성에서 비롯된다고 보는 것이 합리적인데, 연행자의 리듬의 기억은 그의 개인의 개성적인 것이기보다는 집단적 기억에 의해 전승된 것이다. 그렇다면 리듬은 개인 몸이 기억하는 규칙이기보다는 집단 몸이 기억하는 규칙이며 그래서 낭영의 소리는 집단 음성의 구현체가 아닐 수 없다. '노래'를 공동체의 언어라고 말하는 이유이다. 자유시가 개인의 개성적 호흡과 생명률이라 말한 안서의 시각은 집단적 몸의 기억으로 구현된 리듬이 개인으로, 보다 자유로운 개인의 호흡률로 전이되는 시대의 인식적 산물이다. 그것이 달성되었는가의 판단은 유보하고라도 말이다.

그러니 낭영성oral-ness은 작시composition뿐 아니라 공연performance의 과정으로 확장된다. 낭영성과 공연성수행성은 동시적이자 등가적인 관계에 있다. 일반적으로 오페라나 오라트리오oratrio 등의 장르에 말의 구술문화적 전통이 살아있다는 것은 의문의 여지가 없지만, 현재에도 충분히 문자문학과 함께 구비문학적 전통이 동시적으로 존재한다고 말할 수 있다. 이때 반드시 청중이라는 대상을 상정하지는 않는데, 그것은 노래를 듣는 미지의 목동을 향한 것일 수도 있고, 그 시를 읊는 동안의 시의 소리음성를 전제하고 있다는 의미이기도 하다.[53]

시가는 근본적으로 공연성을 갖는다. 최남선이나 안서의 시가 자체가 연행을 위한 것이라고 말할 수 있다. 시가 음악이자 노래시가의 전통을 계승하고 있다면, 그 노래의 연행은 근대시의 소비, 향유에 있어 필수적이다. 시란 혼자 묵독하는 장르이기 보다는 같이 모여서 즐기는 집단적 연행 장르임은 신시의 단계에서도 소멸되지 않는다. 한 편의 시를 차례로 돌아가면서 낭영할 때 '지금 여기Here & Now'에서 서로 영향을 끼치며 상호작용하는 '공동주체'의 집단성이 생겨나는데 이 경우 시의 감흥 역시 달라진다. 초창시대 인쇄리터러시로 시가 대중화되고 매체가 다수화되는 것과 동시에 '신시낭독회'가 대중을 향해 개최되었다는 사실은 시의 수행성이 계층적으로도, 문화적으로도, 사회적으로도 민주화, 대중화의 성격을 띠게 되었다는 사실을 확인해준다.

---

53 Ruth Finnegan, "How oral is oral literature?", *Bulletin of the School of Oriental and African Studies*, Vol.37(1), 1974, p.63.

수행의 공동체주의와 리듬을 연결해 설명할 수도 있다. 시간의 변화에 따른 리듬의 간극이 생겨나고 그에 따라 감흥의 차이가 생긴다면, 시간이 흐른다는 사실을 지각하는 과정이 곧 연행의 시간이 된다.[54] 같이 참여하는 것 자체가 리듬의 간극과 감흥의 간극을 연행하는 것이자 체험하는 것이 된다. 시간의 지속이 리듬이고 그것이 곧 생명이니, 청각적 감각에 기반한 시의 낭영과 청취는 그것 자체가 집단의 생명을 지속하는 계기로 작동한다.

수행성을 분명하게 실천하는 양식은 의심할 것도 없이 연극이다. '신시'의 문을 열었고 신시 창작자이기도 했던 현철은 '연극' 장르에 뛰어들어 이 '수행성' 문제를 제기하면서 두 가지 종류의 각본에 대해 설명한다.

> 한 가지는 무대를 연상하는 각본脚本 (…중략…) 무대의 형편과 배우의 과백科白을 연상하고 읽는 각본脚本 (…중략…) 과 또 한 가지는 문장을 연락聯絡하는 각본脚本 (…중략…) 읽기에만 자미滋味스럽게 저작한 각본입니다. 그 가치를 말하면 물론 무대를 연상하는 각본이 참 각본입니다. 그러나 무대를 연상하는 각본은 무대의 지식과 무대의 경험이 업는 이는 좀 자미滋味 업슬 뿐만 아니라 딸아서 읽기가 문구상文句上 연락聯絡이 빈 구석이 잇는 것 갓기도 합니다. 그러치마는무대를 연상치 아니한 각본은 각본적 가치도 적을 뿐만 아니라 소설과 가튼 각본입니다. 즉 소설적 각본이지 무대적 각본은 아닙니다. 진정한 걸작의 각본은 무대를 떠나서 그 힘이 적고 무대는 각본을 떠나서 그 생명이 업습니다. 아즉도 무대를 구경하지 못한 조선 독자는 이 말이 막연할 줄 압니다. 우리는 2천 만민

---

54 에리카 피셔-리히테, 『수행성의 미학』, 34~35면.

중의 문화를 위하야 하루라도 급히 우리 조선에서 무대가 실현되도록 노력하지 아니하면 아니될 줄 압니다.[55]

　무대용 각본과 단순히 문학적 독물로서의 각본은 다르고, 전자는 '문구 상文句上 련락聯絡이빈구석이잇'기는 하지만 공연을 전제로 한 것이기에 무대상에서 충분히 '문맥적 결여상태'를 해소할 수 있다. '무대를 연상치 아니한 각본은 각본적 가치도 적을 뿐만 아니라 소설과 가튼 각본'이라 수행적인 역할을 할 수 없다. 차라리 소설을 읽는 것이 낫다는 것이다. 문자적인 것과 수행적인 것은 다르다는 인식이 분명하게 깔려있는 논지이다.

　'조선에서 처음으로 창작시극을 시도한'[56] 박종화의 의도는 그가 일찍부터 시인이었던 만큼 그가 쓴 '상징주의시'의 범주 너머에서 말을 현동화하는, 즉 말의 수행성을 실현하고자 하는 의욕으로 부터 왔을 것이다. 그의 수행성 전략은 '시극론3부 참조'에서 확인될 것이다.

5. 낭영의 축제와 시인들의 목뽑기

시낭송회의 계보

　시가는 궁극적으로 문자로써가 아니라 발성목소리으로써 존재하고자 한다. 〈균와아집도〉에서 보여주는 것과 같은 연행의 공동체 혹은 연행의 집단성이 그럼 근대시단에서 소멸되었는가? 시가의 낭영적 전통, 시창의 전

55 현철, 「脚本隔夜」, 『개벽』 9, 1921.3.
56 윤병로, 『박종화의 삶과 문학』, 서울신문사, 1993, 73면.

통이 근대시단에서는 망각되었는가? 결론적으로, 결코 그렇지 않다. 그 전통은 근대 문자시가 가속화하는 단계에서도 꾸준히 지속되었는데, 그 흔적이 문헌자료에 남겨져 있다. 황석우, 박영희, 변영로 등 1920년대 초기 근대시 장르를 개척했던 문인들 대부분이 시낭송회에 참여한 경험을 회고하는데, 그것은 전통시가의 집단연행의 전통을 계승한 것일 뿐 아니라 문자에크리튀르 시대에도 여전히 낭영양식으로서의 시의 존재성이 살아있었음이 확인된다. 차이가 있다면 '집단주체'의 경험이 대중화, 다수화되었다는 점이다.

박태원은 "시 한편 외이지도 안코 엇더케 살어오긴하엿누?" 스스로에게 놀라면서 "나의 경모敬慕하는 시인의 한 사람은 삼석승오랑三石勝五郎이고 그의 시편은 '진眞'과 '열熱'을 아로새긴 「생명의 시」에 틀림없다"고 단언한다.[57] 노래하는 것, 시를 낭영하는 것은 '생명의 일'이자 생명을 되살리는 일이다.

시를 낭영하는 풍경, 그러니까 시가양식이 갖는 본질적인 존재성이 근대시사의 장에서 실연되는 풍경을 확인하기로 한다.

1920년 3월 종로 기독청년회관YMCA에서 삼광사와 중앙시단사가 주최하는 시낭송회가 열리는데, 참가한 인물은 남궁벽, 이일, 이종숙, 김인식, 변영로, 홍영후, 황석우 등 젊은 문학청년들이며 이 연행의 축제는 관중들로부터 큰 호응을 얻는다.[58] 『폐허』, 『장미촌』 등의 (시)잡지 동인들이 주도한 시낭송회는 전통적인 집단연행양식을 계승하면서 또 근대시의 대중적 계몽의 역할을 동시에 수행하는 전략이기도 했다. 당시 시낭송회는 일

---

57 박태원, 「病床雜說」, 『조선문단』, 1927.3.
58 김학동, 『황석우 평전』, 서강대 출판부, 2016, 389면.

회적이고 우연적인 이벤트의 산물이 아니었다는 뜻이다. 1921년『장미촌』창간호 발간 직후, 황석우, 변영로, 노자영, 박종화, 박영희, 정태신, 이훈, 이홍, 신태악, 오상순 등으로 구성된『장미촌』동인들이 1921년 5월 하순 종로 기독청년회관에서 개최한 시낭송회 참여 기록도 확인된다.[59] 문자에크리튀르로 존재하는 근대시가의 특성상 청각을 통한 집단적 연행은 어쩌면 대중계몽을 위해서도 필연적으로 완수해야할 시인들의 임무였는지 모른다.

> 아직도 시라면 한시의 절구와 사율四律만을 시라 하고, 자유시 같은 것은 일반 인사들의 안중에 없었던 때였다. 더구나 한시의 영시詠詩도 아니고 신시라는 것을 종로 기독청년회관 문 앞에 광고판을 세워놓았더니 호기심을 가지고 젊은 청년과 여학생이며 노인들이 강당으로 모여들었다.[60]

한시의 절구나 율시에 대비된 '자유시', 한시의 영시詠詩에 대비된 '신시'라는 개념에서 '자유시', '신시'가 조선어 구어문장체 시이자 한글문장체의 시임을 확인하게 되거니와, 긴 문장체로 된 상징시조차 '문자적 현존'이 아닌 낭영을 매개한 대화적 관계를 통해 그 다기한 시가의 수행성을 확장하고 있음을 확인하게 된다. '얌전하게 첫 번째로 나가 시를 읊었던'[61] 시인은 박영희였는데, 박영희 역시 이 당시를 회고하는 글에서 '시낭송회'의 가치를 '시의 음악성'이 갖는 소통성, 대화성 등 청각적 커뮤니

---

59 위의 책, 392면.
60 박종화,『역사는 흐르는데 청산은 말이 없네』, 삼경출판사, 1979, 414면.
61 위의 책, 414면.

케이션 문제와 연관해서 설명하고 있다. 시의 낭영성音樂性이 주는 집단향유의 감흥이 조선어 구어 한글 문자로 된 근대시를 개척하고자 했던 박영희를 사로잡았다.

『장미촌薔薇村』을 창간하자 곧 조선서는 처음이라고 할만한『독시회讀詩會』를 개최하였었다. 내 시를 잡지에만 썼을 때에는 다른 사람이 내 시를 읽는지 만이읽는지 모르니까 (…중략…) 여러 사람 앞에서 시를 읽을 때 즉 여러 사람이 내 시를 듣는 줄을 인식할 때에 재현의즐거움과 한가지로 마음에 사모치는 비애가 그 반면反面에서 일어났다.[62]

시가 신문, 잡지에 실리는 과정에서 시인과 독자 사이의, 음성과 문자 사이의 환경적, 매체적 단절이 일어나는 시기의 경계선적 상황이 잘 드러나 있는데 이 풍경이 당대 시인의 목소리로 회고되었다는 점에서 의미가 있는 고백이다. 처녀작「죽竹의 비곡悲曲」을 쓸 당시를 회상하면서 박영희는 시가 잡지, 신문 등 인쇄매체로 소통, 유통되는 과정에서 작가의 목소리가 거세될 뿐 아니라 독자도 작가의 생생한 음성을 듣지 못하게 되는 상황을 지적한다. 문자에크리튀르적 존재로 현전하는 시가의 환경을 '자기 자신 재현만을 목적으로 하는 것'이기에 '아모 가치도 없어 보인다'고 단언한다. 이 고백에 담긴 주제는 매우 흥미로운데, 낭영성과 집단성, 문자와 개인의 관계성을 은연 중에 함축하고 있고, 청각매체가 갖는 집단성과 공유의 커뮤니케이션 전략이 대중계몽에 끼치는 영향력을 암시하고 있는

---

62 朴英熙,「再現의 喜悅과 反省의 悲哀」,『조선문단』, 1925.3.

것이다. 문자에 비해 말소리은 정세도가 낮은 이른바 '쿨미디어'이니 대중성과 확장성이 크고 더 즉흥적이며 강력하다.[63] 근대시예술를 대중 계몽하는 입장에서 인쇄리터러시에 기댄 개인적 성찰보다는 대중연행을 통한 공감적 확산이 더 긴요하고 필요했을 것이다.

박영희는, '청각'의 가치를 '못에 반사되는 나무'라는 이미지를 빌어와 설명한다. '못물'의 반사경거울 이미지에서 박영희는 '자기재현'의 반성적 즐거움을 읽어내는 놀라운 해석력을 보여주지만 그럼에도 시란 타인과의 공감을 통한 향유라는 점을 강조한다. '독시회讀詩會'의 '독讀'은 '묵독'의 의미이기보다는 타인을 위한 읽기, 타인을 통한 듣기라는 시의 청각적 수행성을 의미한다.

> 육상에 있는 수림樹林이 지중池中에 반사할 때에 우리는 육상에 있는 그 본물本物보다도 더한 흥미를 가주고 물 속에 빗치는 나무를 들여다보는 것이나 쪽같은 흥미이였다.

나의 몸에서 나와 타인이 몸으로, 그리고 다시 나의 몸으로 들어오는 것이 '청각적 읽기'의 가치라면 그것은 '함몰'하는 것이 아니라 '반사'하는 것이다. '못에 비친 나무'의 그림자 이미지, 반성적반사된 이미지를 빌어, 타인을 향한 공감과 타자로부터 온 반성의 비애를 박영희는 흥미롭게 관찰한다. '반사'의 이미지는 시가 '의미'로부터 빠져나와('전체에 통일된 아모 것도 업스면서') 단지 '어감語感(音調)'과 '정조情調'와의 조화로 깊은 감동을 주

---

63 마셜 매클루언, 『미디어의 이해』, 25면.

는 시가양식임을 증거하기 위해 차용된다.[64] '물 우에 비친 달'과 같이 '의미'라는 것은 잡을 수가 없는 물건이며 시가는 그 '의미' 대신 '암시된 의미' 즉 음악적 정조를 통한 생명력, 그러니까 리듬을 느끼는 것을 궁극적 가치로 삼는 양식이라는 것이다. 육상의 나무 그것을 본물건, 본의미라 한다면 시의 언어는 표면의 의미에 반사된 언어, 암시적인 언어이며 그것은 '의미'의 언어에 버금갈 정도의 흥미를 주는 것이다. '반사된 그림자'로서의 시의 언어가 곧 음조미의 그것인데 그것은 말의 표면에서 스스로 잦아들면서 신비하고 숭고한 목소리의 아우라를 반향한다. 청각문화가 섬세하고 심미적이며 관여적인 것과 시[65]의 타자를 향한 낭영성의 가치는 상관적이다. 그것이 박영희가 요약한 '반사'이다. 그러니 그 누가 시의 말을 읊지 않을 수 있겠는가?

이육사가 자작시 「청포도」와 「광야」를 낭송할 때면, 격렬한 언조言調가 그의 평상시의 과묵을 한꺼번에 날려버릴 정도였다.[66] 낭송이 시인의 열정을, 말의 생기를 되살려내었던 것이다. 김광균은 '우리 시에 음악을 집어넣은 최초의 사람'으로 장서언을 지목[67]한 바 있는데, 김기림이 장서언의 「고화병古花瓶」을 지용의 「귀로歸路」와 대비해 이미지즘과 회화성에 어필한다고 말한 것[68]과는 다소 차이가 있는 시각이다. 김기림의 관점에서는 이미지즘, 말의 조소성을 강조하기 위해 장서언의 시를 정지용의 그것과 비교한 맥락이 없지 않지만, 본질적으로 1930년대 등단한 시인들의

---

64 안서, 「語感과 詩歌」, 『조선일보』, 1930.1.1~2.
65 마셜 매클루언, 앞의 책, 99면.
66 김광균, 「가을에 생각나는 사람 ─ 문학사의 큰 별 소월과 육사」, 『전집』, 500면.
67 김광균, 「장서언 시집 발문」, 『전집』, 550면.
68 김기림, 「현대시의 발전」, 『조선일보』, 1934.7.12~7.22.

시는 지고하게 우리말 구어체 음악성을 살려내고 그럼으로써 시를 말의 음악이 되게 했다.

정지용의 '목뽑기'

시 낭영에 일가견을 가진 인물로는 정지용이 그 선두에 있다. 이는 정지용의 시가 낭영성이나 음악성에 가장 밀도있게 접착되어 있는 점과 무관하지 않고 그래서 곡조를 붙이기 좋은 시로 정지용의 시만큼 좋은 것이 없다는 채선엽의 평가를 반향한다. 정지용 스스로 시든 산문이든 '낭독'이 어문교육에서 매우 중요한 사항인 점을 지적하고 "그 효과는 그 나라 국민으로 하여금 우수한 국어의 구사자가 되게 하는 것이요, 그 나라 국어를 국제적으로 품위를 높이는 것"이라 강조하기도 했다.[69] 박용철은 정지용의 「지는 해」, 「압천鴨川」, 「말1」을 인용한 뒤 '이러한 낭영조朗詠調의 방만정책放漫政策'[70]이 소월과 요한과 안서의 시 이후 조선시의 새로운 한 획을 긋는 시사적 공적임을 강조한다. 울지않고 침묵하면서도 날카롭고 긴장되게 조이는 말의 촉수로 불꽃을 일으키는 그러한 격동이 정지용의 시에 있다면, 그것은 소월로 대표되는 '울음'의 시대와 정지용의 시대를 가르는 분기점이다. 그렇게 조선말의 낭영성은 소월의 시대를 넘어서 정지용의 시대로 행진해 들어간다.

'우리말 시의 감각성의 최고봉'을 정지용이 이루었다고 말할 때, 그것은 물리적이고 실재적인 구체성을 가리켜야 하는데 그 구체성이란 바로 정지용 시의 음악성과 낭영성이 주는 리얼리티에 다름 아니다. 그것이 바로 '감

---

69 정지용, 「부산(5) – 남해오월점철」, 권영민 편, 『정지용 전집(3)』, 521면.
70 박용철, 「병자시단의 일년성과」, 『전집』 2, 103면.

각성'이다. 문자시로 재현되는 한에서 우리말 감각의 최고치를 실감하기는 쉽지 않다. 우리말의 음악성은 목소리로 발현될 때, 소리로 재현될 때 궁극적인 최고치에 도달한다. 그것이 우리말의 랑그적 실재이다. 박용철이 정지용에 대해 "분방奔放하고 감람甘藍 포기포기 솟아오르듯 무성茂盛한 언어言語의 구사驅使로부터 눌언訥言을 신조信條로 삼은 듯 새로운 치밀도緻密度의 개척開拓과 예각적銳角的인 파악把握을 위한 노력勞力이 이르고 있다"라고 언급한 것에서 무성한 우리말의 숲에서 눌언을 통해 우리말의 음악적 가능성을 최대치로 끌어올린 정지용의 공헌이 확인된다.[71] '눌언'을 통해 '달변'에 이르는 길이 정지용의 특장이라면 말의 절약과 암시를 근본으로 삼는 시양식의 언어에 가장 가까이 있는 시인이 정지용이라는 뜻이기도 하다.

우리말 시의 '감각'이란 시의 말이고 그 말의 리듬이며 리듬 그 자체가 만들어내는 말의 이미지이다. 정지용 스스로 말의 발성적 전달자가 되기를 포기하지 않는다. 정지용은 장소와 때를 가리지 않고 시낭영을 위한 돗자리를 폈다. 이 풍경에 대한 기록을 찾기란 어렵지 않다.

우리들은 정종을 한 컵씩 마시고 집으로 돌아오다가 지용의 고집으로 자기 집에 들러 자기의 시창詩唱을 듣고 가라고 해 붙들려갔다. 그는 마루에 돗자리를 깔고 조그마한 체격에 어디서 그런 우렁찬 소리가 나오는지 낭랑하게 그가 늘 자랑하던 '카페 프란스'를 불렀다. (…중략…) 이렇게 끝맺고, 웬일인지 지용은 눈물을 글썽거렸다.[72]

71 박용철, 「병자시단의 일년성과」, 『전집』 2, 103면.
72 조용만, 『울밑에 핀 봉선화야 ─ 남기고 싶은 이야기』, 범양사 출판부, 1985, 168~169면

지용의 시낭송은 천하일품이었다. 작은 체구에서 어디서 그런 우렁찬 소리가 나오는지 술좌석에서 흥이 나면 똑바로 정좌해 가지고 목청을 뽑아갔다. 흔히 〈가모가와〉를 많이 읊었는데, 일본말로 읊어가는 것이 더 좋았다.[73]

정지용은 우리 시인으로 처음 일본말 시를 써 일본 잡지에 발표했고 또 일본 시단에 초대되었는데, 기다하라의 『근대풍경』에 초대되어 갔을 때도 「가모가와鴨川」를 읊어 박수를 받았다고 한다. 주로 「가모가와」와 「카페 프란스」가 정지용의 중요 레퍼토리였다.

『시문학』지 3호에 「선물」을 발표한 것이 인연이 되어 정지용의 낭송회에 참여한 장만영의 회고도 조용만의 그것과 차이가 없다.

낙원동 시문학사(용아의 집)를 찾아가 막 인사를 끝내고 앉았노라니, 검은 명주 두루마기가 지용이었고, 양복 청년이 화가 이순석이었다. 이하윤도 거기에서 처음 만나 알게 되었다. 이윽고 술자리가 벌어져 거나하게 되자, 지용은 자작시를 비롯하여 영랑, 편석촌, 나의 시를 서슴없이 유창한 솜씨로 외어내리는 게 마치 구슬을 굴리는 것이었고, 순석은 '파리'에 가겠다고 연거푸 술잔을 기울였다.[74]

이른바 '시문학파' 시의 낭영성은 정형적 율격의 조화와 우리말구어체의 아름다움에서 왔을 것이다. 박용철이 영향받은 것으로 알려진 예이츠

---

73 조용만, 「이상 시대 젊은 예술가들의 초상」, 김주현 편, 『그리운 그 이름, 이상』, 지식산업사, 2004, 290~291면.
74 장만영, 『전집』 3, 526면.

시가 정돈된 율격의 시라는 것을 기억하면 이들이 근대시의 모범으로 생각한 것은 이른바 현재적 관점의 '자유시'라기보다는 자연스런 우리말 율격을 살린 것, 즉 우리말구어정형체 시였던 것이다. 우리말 시에 리듬을 붙여 낭영할 수 있었던 것은 물흐르듯 흐르는 우리말구어체 시의 음악성에 있었고, 이 음악성이 또 낭영의 전통을 계승할 수 있었던 계기가 되었다. 박용철이 김영랑을 두고 "의식적으로 언어의 화사華奢를 버리고 시에 형태를 부여함보다 떠오르는 향기와 같은 자연스러운 호흡呼吸을 살리여 한다"고 평가했을 때 이 '향기와 같은 자연스러운 호흡'은 정형체 시의 리듬에서 오는 자연스런 음악성을 뜻한다. '음향音響, 훈향薰香' 등의 용어를 썼던 안서의 이념이 여기에 겹쳐진다. 박용철은 『영랑시집永郞詩集』을 가리켜 "좁은 의미의 서정주의抒情主義의 한 극치極致를 발견"했다고 썼다.[75] '좁고 극단적인 위치에 있는 서정주의'가 바로 엄격한 질서와 배치가 구축되는 정형시체 양식이 주는 음악성과 단순한 서정을 뜻한다.

신석정의 회고는 장만영과 함께 자리한 날의 동일한 경험의 기억을 되살린 것으로 보인다.

며칠 뒤 나는 견지동 시문학사를 찾아갔다. 주인 박용철 씨를 만나 한참 이야기하는 판에 얼굴이 검은데다가 검정 명주 두루마기를 입은 시골양반 타입의 한 사람과 양복입은 사람이 뒤따라 들어왔다. 바로 이 시골양반이 정지용씨였고 한분은 이순석이라는 화가였다. 이윽고 그 자리에 술이 웬만치 된 후 이순석이라는 화가는 연거퍼 파리로 가야겠다고 말하며 자리가 한창 흥겨워졌을 즈

---

75 박용철, 『전집』 2, 107~108면.

음 지용씨는 시낭송을 시작하였다. 그것이 처음으로 들은 씨氏의 시낭송이다. 처음에 읊은 시가 향수였으나 그때 나는 어떻게 기뻤던지 모른다. 뒤이어 씨는 내 시원고를 들더니 조금도 서슴치 않고 읊어가는 게 마치 부진장강요요래不盡長江遙遙來의 그것이었다. 시에 능한 지용씨를 발견한 것은 일찍이 '조선지광'에 서였거니와 시낭송에 또한 능한 지용씨를 발견한 것은 처음이었다. 나는 그날 밤의 씨의 그 허식없는 인상을 영원히 잊을 날이 없을 것이다.[76]

정지용은 「향수」를 읊은 다음 신석정의 시를 읊었다는 것인데 신석정은 처음으로 지용의 살아있는 말의 음악을 듣게 되었던 것이다. 잡지나 신문 지면을 통해 익히 보여주었던 지용의 '문자시'의 인상과는 다른, '시낭송에 능한' 창자唱者 정지용이 내뿜는 살아있는 말의 에너지가 후배 문인의 인상을 강력하게 지배했음이 확인된다.

정지용의 조선어구어한글문장체의 새로운 감각과 말법이 후배 시인들에게 얼마나 강력한 인상을 남겼는지는 굳이 신석정에게서만 확인되는 것은 아니다. 1930년대 등장하는 후배 시인들의 시 교과서는 「바다」, 「석류」, 「무어래요?」, 「내맘에 맞는 이」 등 지용의 시들인데, 이 시들은 문자적인 것이기보다는 구술적인 것구어체말을 문자에크리튀르로 전환한 것에 가깝다. 예컨대, 「바다」에서 감탄사를 짧게 반복하는 양태를 문자화한 것은 형태시적인 것이기도 하지만 발성의 양태를, 즉 음성을 문자화한 것이라 볼 수 있다. 대화적 상황이 제시된 시들은 그 자체로 음성적이다.「내맘에 맞는 이」, 「무어래요?」

76 신석정, 「내가 본 정지용」, 『풍림』 5, 1937.4.

자작자송自作自誦의 모범적 인간 모델이 정지용이라면, 지용의 시는 동료 및 후배 문인들에게 '낭영하는 시'의 좋은 모델이 되었다. 박용철의 '낭영 조의 방만, 눌언을 신조로 삼은 시'[77]라는 평가에서 '낭영조의 방만'은 우리말 음악의 팽창하고 확장하는 에너지를 가리킨다. 방사선적으로 확장하는 구어적인 말, 음악성이 강한 산말의 무한에너지가 거기에 있다. 반면, '눌언'이란 절제와 절약이니 정지용의 건조주의적 언어관이 투영된 대목이다. '적은 문자'로 가장 강력하고 크게 확산하는 것이 음악성이 강한 정지용의 시라는 것이다. 점차 잊혀지고 또는 사라져 가던 우리말 시의 시가성, 우리말 구어체 시의 음악성을 신진시인들이 정지용 시에서 확인했던 것이다. 회월의 상징주의적 사변이 카프의 사변으로 옮겨지면서 점차 '의미'에 강조점이 주어지고 계몽성이 강화되면서 우리말의 음악적 가치는 소멸되기 시작한다. 김기림의 주지주의, 이미지의 강조가 이 '의미의 시'로서의 문자시 전통을 확장시키고 있었다. 1930년대 중반기 이후 등장한 신진시인들이 정지용 시에서 우리말 시의 음악적 팽창과 에너지를 확인하고 이 잊혀진, 망각된 우리말 구어체 시의 음악성을 소환했던 것이다. 일제 말기 한 좌담에서 정지용은 양주동이 자신의 『백록담』과 파인의 『정원집情怨集』을 당시의 괄목할 만한 시집으로 평가하자 "시인은 모두 명창名唱으로 취급하는군!"이라는 촌평을 덧붙이는데, 이는 두 시집의 시들이 보여주는 '낭음적 요소'의 특징들을 당대 문인들이 포착한 것을 우회적으로 빗댄 것이다.[78]

정지용은 본인 스스로도 "개골산皆骨山 눈을 밟으며 옭아온 시를 풍을 쳐

---

77 박용철, 「병자시단의 일년 성과」, 『동아일보』, 1936.12.
78 「신춘좌담회 – 문학의 제문제」, 『문장』, 1940.1.

가며 낭음朗吟해 들리면 자기가 한 노릇인 양으로 좋아하던 것이었다"[79]고 썼다. '시란 문장文章 이상의 어떤 것'이라는 정지용의 언급[80]은 시가 소설이나 담론과는 다른 요소, 특히 시의 '음악성'과 직접 연결된다. 음악가 채선엽이 정지용의 시가 '음악의 성격화'에 뛰어나다고 지적하면서 노래부르기 좋고 노래의 가사로서 적격한 우리말의 구사를 보여주고 있다고 평가한 것과 상통한다. "특히 받침에 묘한 음악을 갖는 것이 많아서 음을 성격화하는 데 퍽 효과적"이라는 것이다. 말을 음악적으로 표현하는 것이 노래의 근본 목적이라면 말을 이해하지 못한 채 그 노래를 즐기기는 어렵다. 채선엽은 조선말이 노래부르기에 얼마나 좋은지를 정지용의 시에서 처음으로 알았다고 고백하면서, '청중과 함께 이해할 수 있는 노래'의 제일 조건으로 '가사歌詞'의 문제를 지적했다. 조선의 시인들이 좋은 가사를 많이 짓고 조선의 작곡가들이 그 가사들을 많이 곡보화曲譜化시켜놔야 한다는 것이다.[81] 정지용의 시가 갖는 우리말 구어체의 음악적 성격을 음악가 채선엽이 지극히 명료하게 정리해 두었다. 작곡가 채동선이 정지용의 「다른 하늘」, 「또 하나 다른 태양」 등에 곡을 부친 것은 그것이 종교시라는 점이 작용하고 있기도 하지만 정지용 시의 음악적 특성이 크게 작용한 탓이라 생각된다. 정지용-채동선 콤비는 하이네-슈만독일, 보들레르-뒤파르끄프랑스의 관계에 견줄 수 있다고 박용구는 후일 평가했다.[82]

---

79 정지용, 「날은 풀리며 벗은 앓으며」, 권영민 편, 『전집』 2, 39면.
80 정지용, 「詩選後에서」, 『문장』 3, 1939.4.
81 蔡善葉, 「조선시와 성악」, 『문장』, 1939.4.
82 박용구, 『20세기 예술의 세계』, 지식산업사, 2001, 118면.

정지용의 시와 '귀의 시네마'

우리말 시는 '글자의 시네마', 그러니까 이미지즘의 캔버스위에서 보다는 소리의 축제장인 귀의 극장에서 황홀하게 공연되고 있었음을 기억해야 한다.[83] 청각의 언어가 들려주는 이 열린 결말, 이 소통의 축제를 수행했던 것은 우리말 구어체 시였다. 박용철이 당대의 걸출한 시집『정지용 시집』시문학사, 1935을 출간하자 이양하는 이렇게 썼다.

> 「바다1」에 담긴 "모음의 음악"과 「귀로」에 담긴 "자음의 교향악"을 들어보라. 조선말이 정지용의 손에 붙잡히면 불란서말 같이 아름답고 어느 나라에 못지않게 아름다운 음향과 너그러운 여운을 가진 것이 되어 나타난다.[84]

'모음의 음악', '자음의 교향악'이란 랭보의 시구들, 「모음들Voylles」이나 「일루미나시옹Illuminations」을 연상시키는데, 랭보가 도전적으로 시도한 색깔과 소리, 시각과 청각의 연결관계는 특히 모음의 소리를 각종 색감과 대립, 등치시키는 전략에서 질서화된다. 불란서말의 음악과 같은 아름다운 음향의 시어가 정지용의 손에서 탄생하는 장면은 여타 시인들로부터는 쉽게 얻을 수 없는 것이다. 실제 「바다1」의 경쾌하게 비상하는 느낌을 주는 '아'와 '오' 음의 대립적 변주는 낭영시時 목소리를 마음껏 날리는 듯한 기분을 줄 것이고, 「귀로」의 'ㅍ', 'ㅂ', 'ㄱ', 'ㅅ'의 자음은 무겁고 적막하고 답답한 느낌을 주면서 '불안하게 동요하는 상장喪章'의 비애를 한층 더 깊고 진하게 끌고간다. 이 시를 문자시로 '보지' 않고 낭영시로

---

83 조용만,「이상시대 젊은 예술가들의 초상」.
84 이양하,「바라든 지용시집」,『조선일보』, 1935.12.8.

'낭영'할 때 풍겨나는 그 무겁고 진중한 아우라는 이들 탁하게 가라앉은 자음들의 대립적 변주가 주는 소리의 인상들 때문일 것이다. '받침으로 말의 음악성을 잘 살린 시'라는 채선엽의 평가와 다르지 않다.

이태준이 읽은 「바다」의 경험은 어떤가?

어느 자리에서 시인 정지용은 말하기를 바다도 조선말 '바다'가 제일이라 하였다. '우미'니 '씨-'니 보다는 '바다'가 훨씬 큰 것, 넓은 것을 가리치는 맛이 나는데, 그 까닭은 '바'나 '다'가 모다 경탄음인 '아'이기 때문, 즉 '아아'이기 때문이라 하엿다. 동감이다. '우미'라거나 '씨-'라면 바다 전체보다 바다에서 뜬 섬 하나나 배 하나를 가리치는 말쯤밖에 안들리나 '바다'라면 바다 전체뿐 아니라 바다를 덮은 하늘까지라도 총칭하는 말같이 크고 둥글고 넓게 울리는 소리다. 바다여. 너를 가장 훌륭한 소리로 부를 줄 아는 우리에게 마땅이 예禮가 있으라.[85]

'크고 둥글고 넓게 울리는' '아'음의 특성을 '바다'의 이미지와 연관해서 이해한 이태준의 우리말 감각이 그의 소설 문체의 유려함과 무관치 않을 것이다. '사물을 소리로 부를 줄 아는' '예의'가 이들 시인들, 문인들에게 있었다. 그러니 이들 문인들에게로 와서 우리말 구어체 문장이 얼마나 황홀하게 질적으로 완숙해졌는지 달리 언급할 필요가 없을 것이다.

김환태는 만주에 들렀다가 대련의 바다를 보고 감흥에 겨워 정지용의 「바다」를 외웠다. 특히 "바다는 뿔뿔이 달아날려고 했다", "고래가 이제 횡단한 뒤 해협이 천막처럼 펄럭이오", "미역잎새 향기한 바위틈에 진달

---

85 이태준, 「바다」, 『무서록』, 서음출판사, 1988, 163면.

래꽃 별조개 햇살 쪼이고" "외로운 마음이 하루 종일 두고 바다를 불러", "어덴지 홀로 떨어진 이름모를 서러움이 하나", "바둑돌은 내 손아귀에 만져지는 것이 퍽은 좋은가 보아", "바둑돌의 마음과 이내 심사는 아무도 모를지라도" 등의 구절을 들고는 이런 시구들이 두서없이 입술을 새어나왔다고 썼다.[86]

바다는 뿔뿔이
달어날랴고 했다.

— 「바다」, 『시원』, 1935.12

고래가 이제 횡단 한 뒤
해협이 천막처럼 퍼덕이오.
(…중략…)
미억닢새 향기한 바위틈에
진달네꽃빗 조개가 해ㅅ살 쪼이고,

— 「바다」, 『시문학』 2, 1930.5

외로운 마음이 한종일 두고
바다 를 불러—

— 「바다」, 『조선지광』, 1927.2

---

86 김환태, 「大連星浦」, 권영민 편, 『김환태 전집』, 문학사상사, 2009, 388면.

어덴지 홀로 썰어진 이름도모를 스러움이 하나.

— 「바다」, 『조선지광』, 1927.2

바둑 돌 은

내 손아귀 에 만져지는 것이,

퍽은 조혼 가 보아.

(…중략…)

바둑 돌 의 마음 과

이 내 심사 는,

아아무 도 몰으지라 요.

— 「바다」, 『조선지광』, 1927.3

　「바다」라는 제명으로 여러 편의 시를 쓴 정지용의 이른바 조선어 감각
이란 이 수다한 '바다' 전편에 화려하게 펼쳐져 있는 '이지와 정서와 감각
의 신비한 결합'에서 확인된다. 이태준이 말한 그대로, "'우미'라거나 '씨
-'라면 바다 전체보다 바다에서 뜬 섬 하나 혹은 배 하나를 가리키는 말쯤
밖에 안들리나 '바다'라면 바다 전체뿐 아니라 바다를 덮은 하늘까지라도
총칭하는 말같이 크고 둥글고 넓게 울리는 소리" 때문에 지용이 '바다' 제
명의 시를 여러 편 썼을지도 모른다. '바다' 앞에서 '바다'를 바라보는 자
들에게, 정지용의 '바다'가 실재하는 '바다'보다 먼저 더 리얼하고 감각적
인 '바다'를 불러오고 있다. 이 기이한 '소리'의 풍경이 김환태의 글에 선
명하게 드러난다. 이 구체적이고 생생한 '바다'의 감각이야말로 살아있는
말의 전설, 발성하는 시의 고유함이 아닐 수 없다.

반센티멘탈리즘, 반음악주의를 근대시의 기치로 내건 김기림은 문득 정지용의 「귀로歸路」를 꺼내들고는 '아름다운 작시술의 음악성'이라 평가한다.

포도鋪道로 나리는 밤안개에
엇개가 저윽이 무거웁다.

이마에 촉觸하는 쌍그란 계절季節의 입술
거리에 등燈불이 함폭! 눈물 겹구나.

제비도 가고 장미薔薇도 숨고
마음은 안으로 상장喪章을 차다.

거름은 절노 듸딜데 듸디는 삼십三十六적 분별分別
영탄詠嘆도 아닌 불길不吉한 그림자가 길게 누이다.

밤이면 으레 홀노 도라오는
붉은 술도 불으지안는 적막寂寞한 습관習慣이여!

— 「歸路」, 『카톨릭청년』, 1933.10

김기림은 「귀로」가 "우리말의 장단과 억양이 동시에 있어 우리말의 풍부한 가능성을 증거한다"고 평가한다. 지용의 시는 '시각보다는 청각에 어필한다'는 것이다. 「귀로」에서, 이양하가 말한 '아름다운 작시술의 음악성'과 김기림이 말한 '시인의 주밀한 작시술적인 독특한 말의 음향'이 동시에 느껴지는가?

정지용의 '영탄의 리리시즘'은 시인 자신의 내부를 향하고 있기에 그는 결코 눈물로 독자에게 호소하고자 하지 않는다. '서러울 리 없는 눈물'을 소녀처럼 짓는 정지용은 자신은 직접 울지 않으면서 독자를 울린다. 대신 정지용이 선택한 것이 말의 선택 및 이미지의 '음영陰影'으로 영탄의 리리시즘을 대신하는 방식인데, '포도鋪道', '저윽이'의 자음에서 오는 무거움, '촉하는', '쌍그란'의 자음에서 오는 '차가움', '누이다'가 주는 긴 시간의 이행감, '적막寂寞', '상장喪章'이 주는 어두움, 고독감 같은 것들을 정지용은 예민하게 고려한다. 정지용이 얼마나 진지하게 우리말의 음향과 그 음악적 여운아우라을 취사선택하고자 했던가를 증거한다 할 것이다. 거기다 '함폭!'의 이미지와 음향은 등불이 오롯하고 적막하게 홀로 거리에 푹 잠겨 있는 모습을 시각적으로뿐 아니라 청각적으로 재현한 것인데 시인의 영탄감이 시각적으로, 촉각적으로, 음악적으로 동시에 그러니까 교향악적으로 반향하는 대목이다. 거기서 '느낌표(!)'는 음성부호의 구실을 효과적으로 수행하고 있다. 정지용은 말의 음악으로 죽은 문자를 살려내고 있다. 이것이 조선어 구어의 '산말'이다.

조선어의 '고저장단'의 억양법을 미래 세대의 시인들에게서 기대하면서 김기림은 '정지용의 시는 과거의 시의 전통에 가장 가까운 것이면서 또 높이 평가할 수밖에 없는 것'임을 고백한다.[87] 과거 시의 음악성, 감상주의를 철저하게 배제하고자 했던 김기림의 관점은 당대 최고의 시인 정

---

[87] 김기림, 「현대시의 발전」, 『조선일보』, 1934.7.12~7.22.

지용에 오면 이렇게 무너진다. 음악이 아니라면, 낭영되는 시의 언어가 아니라면 이 말의 낭음적 요소, 각각의 억양, 장단, 고저는 어떻게 획득될 수 있다는 말인가.

김환태는 정지용의 시를 들어 '어운語韻'에 대해 말했다.

> 이마에 觸하는 쌍그런 계절의 입술「귀로」
>
> 美한 풍경을 이룰 수 없도다「갈릴레이 바다」

'촉觸하는', '미美한' 같은 낯선 형용사는 '문자를 희롱하려는' 의도를 담은 시어가 아니다. '촉하는'은 이마에 쌍그랗게 닿는 냉기의 감각을 그대로 음으로 번역해 놓으려는 시도이며, '아름다운 풍경'보다도 '미美한 풍경'을 쓴 것은 보드라운 어운語韻을 만들려는 의도와 연관된다.[88] 그러니까 '어운'은 전적으로 발성상태의 말의 여운이니, 정지용은 실제 발화시時의 소리의 음가와 음향을 고려한 상태로 우리말 시를 썼다는 것이다. '감정과 감각과 이지의 신비한 결합'이 정지용 시의 특장이다.

이헌구는, 정지용에 대한 김환태의 경도는 대단했다고 회고하면서 김환태의 정지용의 평가는 1930년대 한국시의 방향을 뚜렷이 제시한 것[89]이라 평가한다. 정지용 시의 언어의 감각성과 생동하는 뉘앙스음향에서 시가의 영원한 생명을 김환태는 탐색할 수 있었다. 음악 없이 시는 영원한 생명을 지속할 수 없다. 말이 말의미을 넘는 순간에야 말은 순간을 넘고 현재를 넘어 생명을 지속할 수 있다.

---

88 김환태, 「정지용론」, 『전집』, 130면.
89 이헌구, 「문학의 眞髓에 徹한 일생」, 『김환태 전집』, 418면.

김기림은 이렇게 말한다.

　그(정지용)는 신라 다락같은 말을 몰아서 주위의 뭇 황량에 경멸한 시선을
던지면서 새로운 시의 지평선으로 향해서 황야를 돌진했던 것이다. 1933년까
지도 사람들의 무딘 귀는 그들에게 익숙지 않은 이 말발굽 소리를 깨닫지는 못
했다.[90]

　정지용 시의 아름다움은 추상적 차원의 '우리말 감각'에 있지 않다. 우
리말 구어체 시의 음악성이 그토록 완미하게 그토록 간결하게 그토록 건
조하게 드러난 경우는 정지용 이전에는 존재하지 않았다. 시의 3요소를
의미語義, 조형성語形, 음악성語音이라 할 때, 정지용은 이 세 요소를 거의 완
벽하게 구어체 우리말로 조소했던 것이다. 그러니 정지용 시만큼 낭영의
마력을 발산하는 시는 없다고 해도 틀린 평가가 아니다.

　정지용은 이 지성을 가장 고도로 갖추고 있는 시인이다. 그리하여 그는 결코
감정을 그대로 토로하는 일이 없이, 그것이 질서와 조화를 얻을 때까지 억제하
고 기다린다. 그리고 감정의 한오라기도, 감각의 한조각도 총체적 통일과 효과
를 생각하지 않고는 덧붙이지도 깎지도 않는 것은 물론, 가장 미미한 음향 하나
도 딴 그것과의 조화를, 그리고 내포하는 의미와의 향응을 고려함 없이는 그의
시 속에서의 호흡을 허락하지 않는다.[91]

90　김기림, 「정지용 시집을 읽고」, 『조광』, 1936.1.
91　김환태, 「정지용론」, 『전집』, 129면.

정지용은 완벽한 삼위일체의 시의 건축을 보여준 것인데, 이 완벽한 건축이야말로 말이 말을 몰고가는 시 언어, 호흡하는 시의 비밀이 아닐 수 없다. '어느 마을에서는 홍역이 척촉躑躅처럼 난만하다「홍역」'에서 보듯, '새카만 석탄 속에서 붉게 피어나오는 불, 유리도 빛나지 않고 깜깜한 12월 밤', 이런 것들의 상조相照에서 나오는 큰 효과를 계량한 까닭에 정지용의 시는 아름답다는 것이다.[92] 가장 완벽한 호흡은 가장 완벽한 몸의 리듬을 타는 것, 곧 시의 낭영성을 뜻하고 그것은 시의 음악성을 구현한다. 그러기에 정지용 시는 당대 동료들의 애송시 최고의 레퍼토리가 된다.

"이 잡지雜誌에는 조선말로 쓰인 글을 실른다"는 너무나 자명한 모토로 '조선말'의 시대적 열기를 강력하게 내뿜으며 등장하는『시문학詩文學』에서 박용철은 정지용의 「오월소식五月消息」을 가리켜 "이것은 강화도江華島로 선생先生노릇간 사랑하는 누의를 불러서 지은 시詩이니 비록 그대의 절박切迫한 감정感情과 부합符合하지는 못할지언정 곳곳이 그럴듯할것이니 외여보오, 게으른 나도 이렇게외여 쓸만큼외이는 시詩요"[93]라 말했다. 그는 정지용의 '자연동요풍自然童謠風'의 「지는해」와, 「압천鴨川」, 「말1」 등의 시의 '낭영조朗詠調'가 '방만정책放漫政策에 가까울 만큼 분방奔放하다'[94]고 평가한 바 있다.

정지용 시에 대한 예찬자로 이상을 생략한 채 더 나아갈 수는 없다. 이상은 「나의 애송시」 설문에서 "지용의 「말」의 '검정콩 푸렁콩을 주마'는 대문이 저에게는 한량없이 매력있는 발성이다"라고 언급한 바 있고, 「아름다운 조선말」에서 '내가 가장 아름답게 생각하는 다섯가지와 자랑하고

---

92 김환태, 「정지용론」,『전집』, 129면.

93 박용철, 「정희보오」,『전집』2, 273면.

94 박용철, 「丙子詩壇의 一年成果」,『전집』2, 99~109면.

싶은 점'을 열거하면서 정지용의 '검정콩 푸렁콩을 주마'를 다시 인용하고 있다. 정지용의 시의 낭음적 요소와 낭영적 자질을 이상은 정지용 시의 핵심으로 본 것이다. 이상은, 이 설문에서 '아름답게 생각하는 우리말 다섯가지'에 다음 네 가지를 덧붙인다. '나가네', '댕구알', '엉-야', '참참' 같은 구술적 방언이 그것이다. '나가네'는 표표한 여객의 이미지를 실어 나르는 '회심의 음향'이며, '댕구알'의 해학적인 여운은 깜쪽스럽고 무미한 어감의 '누깔사탕'에 비해 구수한 멋을 풍긴다. 서도 젊은 여인네가 지르는 '엉-야'하는 콧소리는 눈이 스르르 감길 듯이 매혹적이다. 이상 스스로 자주 쓰는 '참참' 소리는 이상 자신으로서는 '참 아름다운 화술'이라는 것이다.[95]

이상이 지적한 이 '발성'에 우리는 주목해야 한다. 적어도 시양식에서 음성은 발성을 통해 재연되고 시가 설령 문자시로 현존한다해도 청각적인 것으로부터 발원하는 미학성을 글자의 형태로, 시각적인 것으로 축소해[96] 버릴 수는 없다. 시인은 본질적으로 노래하는 자이며, 읊는자, 구송자, 연행자, 수행자이다. 시인의 감각은 '글솜씨'보다는 '말솜씨'에 있다. 그것이 '발성', 곧 '입술 밖으로 새어나오는 말의 주술성', 구술성이다. 이상은 누구보다 말의 발성話術의 대가였던 것이다.

이상이 얼마나 발성된 말의 음악에 몰두했는지는 몇몇의 회고글이 확인해준다.

95 조영복, 『넘다 보다 듣다 읽다-1930년대 문학의 '경계넘기'와 '개방성'의 시학』, 서울대 출판문화원, 2014.
96 마셜 매클루언, 『미디어의 이해』, 183면.

"아, 네에, 네, 네, 네······ 아, 저런 저런 이라니······, 준데(좋은 데),주쿤, 괜찮아, 준데, 괜찮아, 준데, 괜찮아······"이런 되풀이 되풀이가 우리가 거기 아마 두세 시간쯤 앉아있는 동안 그가 우리한테 보낸 말의 전부이긴 했지만 이렇게 짤막짤막 되풀이하고 있는 그의 눈, 그의 음성에는 본심의 찬성이거나 칭찬이거나 감복이 아니라, 우리를 어느 골수에선지 되게는 딱하게 여기고 동정하고 있는 듯한 그런 작정이 느껴졌다. (···중략···) 오장환이 (···중략···) 자작시 뭉치를 꺼내들고 낭독해가고 있는 사이 (···중략···) 그(이상)는 장고의 장단 같은 것을 빈틈없이 이어서 그 틈틈이 끼웠는데[97]

본심을 숨기는 전략적 방편으로 이상은 어눌하게 췌사를 반복할 뿐이고 눈치없는 오장환이 자작시를 이상 앞에서 낭송하자 이상이 그런 오장환을 딱하다는 듯 들여다보는 풍경이 인상적이다. 이상이 달변가라는 점이야 익히 알려진 것인데, 그가 이 '발성된 말'에 지극히 흥미를 느꼈던 것은 그의 타령조의 '노래'에 대한 취향에서도 확인된다.

그가 그림을 선전鮮展에 입사할 만큼 잘 그렸던 것은 그의 이력을 아는 이는 대개 알고 있는 일이지만, 그는 노래도 상당하게 잘 불렀다. 더구나 그의 창부타령은 내가 지금까지 들어온 이 나라 사람들의 모든 창부타령 가운데서도 아주 인상적이었던 것의 하나로 아직 기억에 선연하다. 특히 그가 창부타령의 가사들 속에서도 술집을 돌며 즐겨 노래하는 구절은 저 "노세, 젊어서 놀아, 늙어지며는 못 노나니, 화무십일홍이요 달도 차며는 기우나니─"그거였는데, 이

---

97 서정주, 「이상의 일」, 『그리운 그 이름, 이상』, 144~145면.

건 당시의 이 노래의 명창이었던 백운선의 '레코드'판 그것보다도 내겐 더 인상적으로 기억되어 있다.

그는 이건 또 언제 어디서 배웠는지, 젓가락으로 선술집 술 목판에 곧잘 장단을 치며 그 창부타령을 광대 못지 않게 정성껏 뽑아넘기고는 한잔 또 꿀꺽 삼키고 무에 그리 우스운지 항용 낄낄낄낄 하는 호탕한 소년 같은 웃음소리를 바로 그 뒤에 끼었는데, 그 웃음소리에 또 단호한 인력이 있어서[98]

젊은 문청이 남긴 이상에 대한 위의 회고는 매우 인상적이다. 특히 이상이 일본 판소리 풍의 나니와부시를 노래하는 장면에서 그러한데, 이상의 차례가 되자 그는 느닷없이 일본 나니와부시를 걸걸한 쉰소리를 만들어 부르는 데는 모두 요절복통을 했다[99]는 것이다. '낭곡浪曲, 나니와부시'이란 일본 메이지시대 후기부터 쇼와시대 중기까지 한 세기를 풍미한 이야기와 노래, 연극과 대사가 있는 공연예술이다. 사미센 반주에 맞춰 노래하는 후시와 연기를 하는 탄카로 나뉘어지는데, 서사적 상황이나 등장인물의 심정을 노래로 연행하는 후시는 아리아에 가깝고, 등장인물간의 대화나 상황을 연기하는 탄카 부분은 연극형식에 가깝다는 점에서 일종의 오페라 양식에 비견될 수 있을 듯하다. 즉흥적으로 응응거리며 노래하는 '부시마와시'를 잘하기 위해서는 상당한 수련과 창의적 연구가 필요한 것으로 알려져 있으며, '나니와부시'에서 중요한 것은 소리, 후시, 탄카의 순順이다. '나니와부시를 읽는다'란 표현이 있듯 대본은 있으나 악보는 존재하지 않고 낭곡사창자와 곡사사미센 반주자의 호흡 여부가 나니와부시 연행에

---

98 위의 책, 144~145면.
99 이진순, 「동경시절의 이상」, 『그리운 그 이름, 이상』, 159면.

있어 매우 중요한 요소이다. '나니와부시'의 실연實演을 뜻하는 동사에는 '우나루웅웅거림, 루말하다, 독모읽다, 우나우노래하다, 구연스루구연하다' 등이 있다고 한다.[100]

나니와부시의 즉흥성은 일본 특유의 음악적 리듬법으로 보이는 '마間'에 대한 개념과도 관계를 갖는다.[101] '마'란 '박자', '리듬', '리듬감', '휴박', '정지부분' 등의 다의적인 의미를 가지고 있어 서양에서의 메트로놈적, 기계적, 계량적인 박자 개념과는 층위를 달리한다. 리듬에 대한 감수성을 비롯 '마'로 표현되지 않는 '내적인 체험'까지를 포괄하는 것으로, 박자와 박자 사이의 휴지에서 느끼는 어떤 공백間, 그 휴지에서 느낄 수 있는 시간의 흐름, 박자의 신축 같은 것들까지 포함하는 개념이니 서양의 '박자', '리듬'의 개념에 비해 보다 정신적인 차원에 있거나 선禪적이고 종교적인 개념에 가깝다. 나니와부시가 실연實演되는 과정에서 쓰이는 어구인 '마에 맞다', '마가 틀리다', '마가 미치다', '마가 어렵다'는 박자와 리듬과 패러프레이즈 사이의 관계를 잘 보여주는데, 박자와 리듬의 즉흥성과 창자의 창의성이 핵심이라는 점이 이 어구들에 그대로 반영되어 있다.

7.5를 만드는 각 음절은 각 악장에서 차이를 가지는데, 어떤 음장의 조합으로 패러프레이즈가 형성되는가 하는 것은 낭곡의 스타일이나 낭곡사의 스타일에 따라 다르고 거기다 같은 낭곡을 같은 낭곡자가 시연한다 하더라도 시연 때마다 그 악장의 패러프레이즈는 달라진다. 음가가 동일하다고 해서 그래서 제자가 동일하게 그것을 발어發語해도 스승으로부터 '마

---

100 「나니와부시」, 일본 위키백과.
101 北川純子, "日本音樂における「間」概念の檢討－浪曲三味線の現場から", 大阪教育大學 概要 第1 部門 第59卷 第1号. 이하 '나니와부시'와 관련된 내용은 이 논문에 따른 것임.

가 틀리다'라는 지적을 받게된다고 한다. 음가의 기본과 그것을 발어발성할 때의 음가 사이에는 차이가 있다는 것이다. 음악의 실현, 음악성의 재현이 얼마나 중요한가를 잘 보여준다. 따라서 동일한 박자의 '마'일지라도 시연할 때마다 그 자질이 달라진다는 점에서 음악성의 개념은 문자적 자질이 아니라 발화적, 낭영적 자질에 근간을 두고 있다 하겠다.

이상의 화술

이상의 목소리는 그의 화술이자 말의 전략이다. 다음 인용문에서 보듯, 막걸리 그만 마시고 구도에 열중하라는 문종혁의 말을 이상은 단번에 진압함으로써 문종혁의 말에 복수한다. 이상은 '패자敗者의 손길'을 내밀고 있으나 그 손에 거두어 가는 것은 '패자霸者의 왕관'이다.

> 혁! 내가 안보이나! 패배한 내 이 슬픈 모습이 안 보이나? 나만이 이 구질구질한 건축기사들 속에서 고사리처럼 끼워서 질식해 죽어 가는구나! 혁! 내가 안보이나? 피곤한 자는 쓰러지는구나! 나는 부처님의 옷자락을 잡고 슬피 울고 있다.[102]

이상의 '말울음'에 구원의 탄원이 있다. 말울음은 신에게, 절대자에게, 타인의 귀에 닿음으로써 구원을 싹틔운다. 이상은 절대자(부처)에게 탄원을 구하면서도 인간을 설득하는 기묘한 화술의 구사자가 아닐 수 없다. 이상은 '구원자'를 '구원을 받는 자'로 구원의 '주-객'체를 전도시켜버린다. 이

---

[102] 문종혁, 「심심산천에 묻어주오」, 『그리운 그 이름, 이상』, 104면.

순간 타인문종혁은 어쩌면 구원자의 위치에서 구원을 당하는 자가 되고 그러니 언뜻 고분고분할 밖에 수가 없게 될 것이다. 문종혁은 이 저항불가능한 상황을 가리켜 '겨드랑이를 간질이는 것같은 상의 화술'[103]이라 썼다. 슬픔, 울음, 애처로움, 탄원을 강력한 말의 에너지로 전환하는 이상의 독특한 화술 앞에서 문종혁은 번번이 무너졌을 것이다. 이상에게 설득당했던 것이다. 자랑이라고는 모르고 늘 못났다는 이야기, 슬픈 이야기만 하는데도[104] 이상은 말의 전투에서 승리한다. 그의 독특한 화술과 목소리 때문이다.

김기림이 "감정의 선동으로 해서 이루어지는 '리듬'의 변화에 전혀 의지하는, 재래의 작시법은 돌보지도 않고, 의미의 질량의 어떤 조화있는 배정에 의하여 구성하는 새로운 화술을 스스로 생각해 내었던 것"이라 이상을 평가한 것은 이상의 문자실험이 곧 그의 새로운 화술의 전략이었음을 말한 것이다. '걸작'을 '궐작'으로 발음하는[105] 이 도도하고도 희극적이며 기묘하고도 웅장한 그의 화술에는 여전히 요설과 파라독스와 반어로 가득한 이상의 구어말법의 전략이 숨겨져 있다. 이 '말법'이란 문법이 아니고 글법이 아니다. 말 그대로 목소리성이고 화법이다. 이상의 말은 구어체 말의 화려한 재연이자 발성의 문법이며 목소리의 음악이다. 그러니 이상의 기운, 어조, 발성, 화술의 문법은 '의미코드'가 아닌 '음성지원코드'이며, 그의 말의 전략을 문자에크리튀르로부터 구해내지 않고서는 '농담'에 가려진 '진담'에 접근하기 어렵다. 이상은 문자와 문장부호 등 '쓰기'의 에크리튀르 한 가운데 그의 음성성, 어조, 목소리의 고저와 장단의 버라이

---

103 위의 글.
104 위의 글, 123면.
105 윤태영, 「자신을 건담가(健談家)라던 이상」, 『그리운 그 이름, 이상』, 52면.

어티한 장관을 남겨놓았다. 그는 문자로써 말하고자 했다.

박태원은 다방에서 정지용의 시 「가모가와鴨川」를 읊는 여자에게서 하웅(이상을 모델로 한 인물로 알려져 있다)의 마음이 열리는 한 장면을 포착하고 있다.

여자가 외운 한 편의 시 ─ 지용의 「가모가와」를 읊은 여자의 고운 목소리 ─ 그것이 하웅의 마음을 사로잡았다.[106]

정지용의 시 「가모가와」를 읊는 여자의 목소리에서 하웅은 잠자고 있던 연애의 욕망을 문득 되살려낸다. 마치 죽음을 깨우는 브륀힐데의 목소리, 트리스탄의 주검을 일으켜세우는 이졸데의 목소리, 오르페오를 이끄는 명부의 유리디체의 목소리처럼 여자의 목소리는 새로운 연애에 대한 하웅의 욕망을 움직인다. 비탄과 호소의 말이 구원의 실마리가 되듯, 그렇게 시의 말이, 정지용 시의 음악이 하웅의 귀에 다가가던 것이다. 말하자면 이상은 '귀의 극장'의 사도였던 것이다.

해방 후 시낭송회가 열렸다. '조선문학가동맹朝鮮文學家同盟 시부詩部'와 '시인詩人의 집'이 주최한 '시의 밤' 행사종로 Y.M.C.A 회관, 1946년 4월 20일, 하오 6시 30분는 단순한 시낭송회가 아니라 시인들의 시에 작곡가들이 곡을 부쳐 성악가들이 노래를 한 문자 그대로의 음악회이기도 했다. 우리말 시가 이제 음악과 낭영의 축제의 장으로 다시 진입해 들어온 것일까. 정지용이 '사회'를 봤는데, 이는 시인으로서의 그의 위치를 확인해주는 것이기도 하겠지만,

---

106 구보, 「애욕」, 『그리운 그 이름, 이상』, 224면.

근본적으로 우리말 시의 발성적 재현의 핵심을 건드리고 시의 낭영적 전통의 회복을 주도하는 위치에 정지용이 자리하고 있음을 의미한다고 볼 수도 있다.

이건우李建雨, 김성태金聖泰 등의 작곡가가 참여했고, 당시 이름 높았던 성악가 김자경金慈璟이 독창을, 이화합창단이 합창을 했다. 헤르만 헤세의 시를 김광균이 번역하고 여기에 이건우가 곡을 부친 것도 눈에 띄고 음악가 박용구, 배우 한은진 등이 시낭독에 참여한 것도 흥미롭다. 작고한 시인들의 시들도 빠지지 않았는데, 박용철의 「떠나가는 배」, 이상화의 「빼앗긴 들에도 봄은 오는가」를 박용구가, 이장희의 「봄은 고양이로소이다」, 김소월의 「초혼」을 한은진이, 이육사의 「광야」, 한용운의 「알수없어요」를 남궁요설南宮堯卨이 낭독했다고 기록돼 있다. 정자용은 「육체」를, 이흡은 「뒤 딸으리라」, 김용호는 「미움을 먼저 알았느니라」, 박세영은 「끝여라 요녀妖女의 소리」, 조허림趙虛林은 「팔월십오일八月十五日」, 김상원은 「봄은 왔건만」, 조벽암은 「가사家史」, 오장환은 「어머니 서울에 오시다」, 이용악은 「항구에서」, 설정식은 「영혼靈魂」을 각각 읊었다. 행사 마지막에는 김기림의 강연 「자유와 시인」이 있었다. 외국시가 낭송된 것도 흥미로운데 중국 장혜민張惠民이 「궁사宮詞」, 미국 스미스 중위가 "To an Old Korean Archway"를 직접 낭송한 것작시자 낭송으로 기록되어있지만 그 시 텍스트는 실려있지 않다. 이 텍스트의 제명이 '낭독시집朗讀詩集'인 것도 흥미롭다.

지금까지 우리말 감각을 가장 완벽하게 구현한 시인 정지용과 그의 낭영적 시 가치의 애호와 정지용의 시를 둘러싸고 행해진 발성의 축제들을 확인했다. 문자의 기록으로 남겨진 '발성'의 말들을 문자텍스트인 책에서 완벽하게 일궈낼 수는 없고, 더욱이 소리로 되살려낼 도리는 더 더욱 없다.

다만, 이 문자의 기록만으로도 우리말의 음악적 특성을 이해하고 시의 낭영적 전통을 계승하고 우리말 시의 자연스런 구어체 음악의 미학성을 살리고자 몰두한 시인들의 고투를 확인하게 된다. 시가적 전통과 우리말의 음악적 가치를 재현하는 1930년대 시인들에게서 시는 여전히 시가의 전통 아래 있음을 확인하게 된다. 시는 문자로 된 노래이며, 의미독해를 위한 시각적 대상이기보다는 청각적 리듬의 담지체로 여전히 살고 있었다.

6. 시가양식론과 노래의 증언

초창시대 근대시 양식에 대한 이해의 정도는 어떠했을까. 현재적 학술 담론의 대상으로서 혹은 문예양식으로서 이 문제를 규명하기 위한 질문이 아니다. 당대적 관점에서 당대에 떠올려진 의문의 소용돌이 가운데 이 질문에 대한 답을 찾기로 한다.

근대시新詩가 유입되던 바로 그 초창시대뿐 아니라, 이와 동일하게, 시의 고유한 특성인 시가성, 음악성, 낭영성이 점차 망각되는 시점에서 양식론 문제가 제기된다는 것이 흥미롭다. 전자의 맥락에서는 근대시에 대한 인식을 공유하고 이해의 폭을 넓히기 위해서 또 '근대시'라는 물건의 고유성을 계몽하는 차원에서 제기된 것이라면 후자의 맥락에서는 시詩의 본질이 소멸되는 상황에서 그것을 어떻게 원래의 것으로 회복할 것인가의 문제의식에서 제기된다. 앞의 것은, 옹Ong의 말을 빌면, '작법'의 차원에 있는 것이고 후자는 '작법의 작법' 차원에 더 깊이 간여된 것이다. 전자든 후자든 이 질문은 곧 이어 시양식에 대한 다기한 질문을 연속적으로 파생시키는

데, 그것은 '조선어구어한글문장체' 시가양식의 탐구로부터 떠올려진다.

시가양식의 규범부재와 역설적 대중화

"시는 쉬운 물건이다. 그러니 누구나 다 창작할 수 있다." 초창시대 이 명제는 참이었을까? '시'에 대한 근본인식, 개념이 없어도 누구나 다 시인이 될 수 있었을까.

> 조선에서가치 문사되기 쉬운 나라는 업다. 비평안업는 신문잡지경영자들의 손으로 일편의 「소설이라는 것」 「시라는 것」이 활자로 박어나오면 그는 벌서 소설가가 되고 시인이 된다. 아마 그들은 소설이 무엇인지 시가 무엇인지 어렴풋한 개념도 업슬 것이다.[107]

'시양식' 그것은 신시양식인데, 이에 대한 인식이 초창시대부터 존재했다고 보기 어렵다. "조선문단에는 시 쓰는 사람이 너무 많다"[108]는 지적은 당대 잡지에서 흔히 목격되는 진술이다. 근본적으로 한시는 사대부계층, 한시교양에 능한 계층의 산물이지만, '신시'는 기본적으로 '언문'을 쓸 수 있는 자에게 열려있는 양식이다. 신시의 조건이 언문장체 운용능력에 있다는 역설적 진단인 것이다. '언문쓰기' 자체가 모든 '쓰기'의 주체들에게 열려있는가의 문제인데 그것은 언문으로 (신)시쓰기가 용이한가 하는 문제와 연쇄적으로 연결된다.

유학생들의 잡지 『학지광』의 지면뿐 아니라 『조선문단』의 독자투고란

---

107 장백산인, 「文壇漫話」, 『조선문단』 2, 1924.11.30.
108 황석우, 「최근의 시단」, 『개벽』 5호, 1921.11.

에는 전통적인 시가양식뿐 아니라 당대에 인식된 근대 시양식들이 혼효되어 실려있다. 시가양식에 대한 전통적 인식에 기반하면서도 '조선어 구어'를 매개로 한 한글문장체 시가에 대한 근본적인 욕구가 있었다. 그러나 언문으로 신시를 쓰는 '쓰기'의 능력이 식자층에게 열려있었던 것은 아니다. 말을 안다는 것과 그것을 문자화'쓰기'한다는 것은 근본적으로 다른 행위이며 더욱이 작법을 알지 못한 채 시로 '쓰기'하기란 용이하지가 않았다.

'시란 무엇인가'에 대한 사회적 합의가 있다면, 함축, 간결, 리듬, 운韻 같은 것인데, 이를 고정화, 규범화하는 '작법'이 없는 상황에서 시는 역설적으로 누구나 접근 가능한 양식이 된다. 이른바 '줄떼여 쓰는 물건'[109]이 신시다. '양시조, 언문풍월, 도막도막 잘 터놓은 신시가 앵도장사에 지나지 않는 것'[110]이라는 비판은 1930년대까지 지속적으로 이어지는데 신시에 대한 이해없이 서구의 것을 그대로 '받아다 파는' 행위에 대한 비판뿐 아니라 시와 산문의 차이가 오직 '개행'이라는 지면상의 가시적 차이를 통해 인지되었던 상황을 지적한 것이다. 구어한글문장체든, 한글현토문장체든 일단 한글로 '쓰기'와 개행이 된 것이면 신시의 자격을 갖춘 것이라는 인식이 있었다.

'상볼리즘의 유산이 행을 떼고 연을 나누는 것'[111]에 있다는 김광균의 시각도 흥미로운데, 김광균의 관점은 두 지표를 가리킨다. 한편으로는 안서가 상징주의시를 통해 근대시의 형태적 안정화작법와 전통시가의 음악적 유산조선어 구어의 특장을 동시에 확보하고자 한 맥락을 설명해 줄 뿐 아니

---

109 주요한, 「推敲라는 것(시선후감)」, 『조선문단』, 1926.3.
110 홍사용, 「조선은 메나리나라」, 『홍사용 전집』, 뿌리와날개, 2000, 321면.
111 임화·김광균 대담, 「시단의 현상과 희망」, 『조선일보』, 1940.1.13~17.

라, 다른 한편으로는 조선어구어한글문장체 시의 작법이 부재한 상황에서 대중들에게 오직 '행을 떼고 연을 나누는 것'으로밖에는 시가 인지될 수 없었던 초창시대 시의 양식적 통념을 설명해준다. 시가의 형식적 규범작법 부재는 시가양식 고유의 존재성뿐 아니라 그 미학적 가치를 설명하기 어렵게 되고 따라서 가장 엄격한 형식적 미학적 규범을 근거로 존재하는 시는, 역설적으로, 누구에게나 다 가능한 양식이 된다. 이 점이 조선어 시가가 대중화될 수 있었고 시에 대한 대중적 관심이 증폭되었던 아이러니한 이유이기도 하다. 일제 말기 '무슨 기대를 가지는지는 몰라도 시마다 모두 좋은 좌석을 차지'할 수 있었던[112] 이유가 꼭 문학성의 정점을 시가 견지한 이유만은 아닌 것이다. 초창시대 '신시' 개념이 정립되지 않은 상황에서 누구나 다 접근가능한 '개행된 언문시'는 누구에게나 열려있는 신시의 포용성을 증거하게 된다.

'작법 부재'의 상황에서 시가 대중화된 사실은 안서의 회고에 나타나있다. '장마 뒤에 개고리새끼 뒤끓듯' 새로운 시가에 대한 대중적 관심이 일기는 했지만, 형식같은 것은 둘째로 치더라도 '시답은 맛이 없다'는 점이 우선적으로 지적되었다. "시가를 시가답게 감상할 안식眼識잇는 선자와 평자가 업섯든 것"과 "시가라는 것이 엇더한 것은 모르고 어린 아희들의 사방치기와 갓치 잘막잘막하게 글구句를 찍어서 행수行數만 버려 노흐면 시가인줄 아는" 것이 한심하다고 쓴 뒤, "아직도 완전한 시형과 표현형식이 발견되지 못하야 어떤 이는 서양의 또 어떤 이는 일본의 그것을 그대로 채용하야 조선어의 성질과 조선사람의 사상과 감정을 가장 근대적 또는 현

---

112 김광섭, 「시단월평－5월 시단소감」, 『인문평론』, 1940.6.

대적으로 표현할 수 있는 통일된 시형은 (아직은)없"다고 한탄조로 말했다. "우리의 새롭은 시가는 아직도 피안彼岸에 잇서 목하의 것은 그 준비準備에 지나지 안이한 감感이 없지 않다"는 것이다. 이 같은 문제의식은 바로 조선어의 특성에 적합하면서 그것을 근대적, 현대적으로 표현할 수 있는 시가양식의 부재에 대한 진단으로 이어진다.

안서의 이 관점은 정확하게 근대시의 기원과 위치를 설명하고 있다. 이를 놓치고 서양시형의 모방, 상징주의시의 모방, 일본시형의 채용 등의 논의는 그 자체로 공허하다. 이식, 모방을 기원으로 치부하는 것이 그 자체로 자궁일 수 없는 그것만큼 오히려 '개량진보改良進步'가 자궁의 원천일 수 있다.[113] 중국과 일본의 근대문학의 관점과 명칭 문제를 제기하면서 조선의 근대문학의 그것을 구하고자 한 임화의 논점과 안서의 그것이 다르지 않다 하겠다. 언어의 랑그적 특성을 근간으로 기능하는 문학, 특히 시양식에서 근대문학(시)의 기원은 그것이 토대로 하고 있는 '조선어 구어의 성질'을 벗어날 수 없다. 조선어 구어에 기반한 시형의 확립은 곧 작법의 확립이 아닐 수 없다. 한시든, 시조든, 서양시든 그것이 기반한 언어의 성질로부터 작법이 실현되며 그 작법은 시로서의 고유한 형식미로 양식화된다. 시형이 단순히 모방으로 해결될 수 있다면 신시의 시형詩型 문제로 골머리를 썩힐 이유가 없다.

"신시新詩를 말하려하니 복잡한 시형詩型 문제問題가 또 다시 머리를 쳐들고 나"온다고 고충을 토로한 이은상은 시에 없어서는 안 될 개념이 '운율적韻律的이라는 말'이라 강조한다.[114]

---

113 「元朝조하하는 조선사람」, 『개벽』, 1920.12, 1921.11.
114 이은상, 「詩의 定義的 理論」, 『동아일보』, 1926.6.8.

운율적韻律的이란 말은 내재율內在律을 의미意味함이안이요 외형률을 주안主眼으로 하고 하는 말입니다. 이러하고보니 조선시朝鮮詩의 운율론韻律論이 시급時急한 문제問題이라고 생각합니다. 차차次次이 운율론韻律論이 어데로부터이던지 나올 것은 분명하거니와 아직은 운율론韻律論의 구체안具體案이 나오지 안헛슴니다마는 위선운율적爲先韻律的이란 말만 가지고 이약이해보려 합니다.[115]

'운율론'이 '내재율'이 아닌 '외형률'을 핵심으로 하고 있다는 점이 중요하다. 더욱이 '운율론' 아닌 '운율적'이란 용어를 쓸 수밖에 없는 사정이 이은상의 글에 명료하게 드러나있는데, 조선어로 된 근대시가를 처음 출발시키는 문인들에게는 조선어의 랑그적 성질을 기반으로 정립된 운율론의 부재는 곧 작시법의 부재 더 나아가 시형식론의 부재를 의미했다. 운율은 있으되 그것을 설명할 길 없는 것운율론의 부재이 고충을 안겨주었고 그것이 '운율적이다'라는 포괄적인 개념을 들여온 이유가 된다. 시가양식 일반론으로 자명성의 자명성을 넘어갈 수밖에 없는 논리를 만든 것이다. '운율적이라는 말이 외형률의 문제'임을 지적한 이은상의 논리에서 운율론 문제가 시가양식의 리듬문제이자 정형시체의 형식 문제임은 충분히 확인된다. 우리말의 성음적 질서에 따른 보편지普遍智 없이 빠롤적 구체성의 영역정형시체의 운율론을 규정하기란 애초에 불가한 것이었다. 안서도, 요한도, 또 이은상도 언제나 '유예된 운율론'의 기대를 내장한 채 시가운율론의 '원칙', '자명성의 자명성'만을 말할 수 있었다.

'시는 운율적이지 않으면 안 되며시는 운율적 표현' '조선시의 운율은 영시와

---

115 이은상, 「詩의 定義的 理論」, 『동아일보』, 1926.6.12.

다르고 한시와도 다르다'라는 기본적인 전제 하에 조선어구어한글문장체 시가 운율론을 마련하고자 했지만, 조선시의 운율론은 결코 해명되지 않았다. 운율론의 불비不備 때문에, 그에 따른 개념들, 조선시를 설명할 수 있는 개념들에 대한 입론 역시 마련되지 않았다. 따라서 '운율', '구조', '해조', '내재율', '사조', '음향', '가조' 등등의 '노래'를 표식하는 관련 용어들이 나타나지만 명료하게 이 용어들을 설명하는 용례 또한 찾기 어렵다.

> 지금只今은 운율韻律만을 가지고 설명說明하는 기회機會가 못되기 때문에 장황張皇한 말을 하지 안커니와 대체大體로 운율韻律이란 엇더한 것이냐고 하면서 이운율韻律(동률動律)을 복잡複雜하게 운율론韻律論에 내포內包되는바 선율旋律이니 미운尾韻이니 두운頭韻이니 기타其他 무슨 반복자反復者이니 어세語勢니 행行이니 장단長短이니 음각音脚이니 율격律格이니 양음陽陰이니 철음綴音이니 하는 것을 세세細細히 생각치안코 "자연적박조自然的拍調"라는 의미意味에서만 해석解釋해 보아도 넉넉히 알게될 줄 밋습니다.[116]

말하자면 '조선시'의 고유한 운율론을 설명할 수 있는 그 어떤 술어적 입론이 없었던 탓에 '자연적박조'라는 개념으로 범박하게 지칭해보는 것만이 조선어 시가의 '운율론'을 말할 수 있는 방법이었다. 안서, 임화가 말한 '자연스러운 음조미', '구어적 음률'이라는 말과 노산이 말한 '자연적 박조'라는 말은 유사한 맥락을 품고 있다. 운율, 동률, 선율, 율격, 반복자는 시간의 반복과 지속을 통한 말의 리듬을, 미운, 두운, 각운, 어세, 장단,

---

116 이은상, 「詩의 定義的 理論」, 『동아일보』, 1926.6.8.

음양, 철음은 말의 규칙적인 배치와 대립, 그리고 말의 질서를, 행은 그 운율의 문자적 기사화를 각각 개념화한 것인데, 조선어의 랑그적 실체를 규명하는 것도, 그것의 시가적 적용도 쉽지 않았다.

시조는 현대 조선의 사상과 감정을 그대로 표현하지 못한 것이니[117] 아무리 조선어로 쓰였다고 하나 근대시의 자격을 줄 수 없다. 안서도, 임화도 '조선어 구어문장체'를 강조한 것은 이 때문이다. 주요한의 「불노리」는 '조선사람의 사상과 감정을 신시답게 표현한 새로운 시이자 새로운 시가형식의 새롭은 세례洗禮를 받은' 신시의 모범적 예가 된다. 조선어 구어문장체의 리듬과 말이 살아있기 때문이다. 이 시양식론 문제가 일제 말기까지 지속적으로 진행된다는 것은 조선어 한글문장체의 근대시란 것이얼마나 고단한 물건인지를 새삼 확인해준다. 그것은 시가 산문과는 다른언어적, 형식적 미학의 산물임을 증거하는 것인데, 초기에는 시가형식론,작법론의 부재로 인한 고충'쓰기'으로 나타나지만 1930년대 들어서서는그것을 포함해 기교와 표현의 문제'쓰기의 쓰기'로 고도화된다는 것이 초창시대와의 공유점이자 또 차이점이기도 하다.

무엇이든지 생각나는대로 한줄 한줄 띄여 적어 노혼 것이 태반이다. (…중략…) 그 일 점의 훌륭한 생각이 발휘하고 정련되고 음악화하야 큰힘과 미를 보이기까지 (…중략…) 시상과 시어의 단순화가 필요하다.[118]

언문諺文에 한자를 섞어 그적거리는 것이 유일의 장기가 되는 문단인[119]

---

117 안서, 「작시법(5)」, 『조선문단』 11, 1925.8.
118 選者, 「단순화라는 것」, 『조선문단』 1, 1924.10.

『조선문단』 독자시란의 선자選者의 인식과 정지용의 인식을 비교하면 흥미로운 점이 발견되는데, 『문장』에서 신진시인의 등단제도인 '시추천'을 담당하던 정지용은 1930년대에 이르러서도 문청들의 시가양식에 대한 인식이 크게 나아지지 않은 점을 지적하고 있다. "생각나는대로 한줄 한줄 띄여 적어 노흔 것"과 "언문諺文에 한자를 섞어 그적거리는 것"은 차이가 없다. 실제 일제 말기 『문장』, 『조광』 등에 실린 기성시인들의 시의 상황도 그다지 다르지 않다. 1930년대 가서도 한문장체의 시, 일본식 한자어와 우리말을 섞어둔 듯한 시는 사라지지 않았는데, 그것은 초창시대 문단에서의 조선어구어한글문장체 시의 '쓰기'가 1930년대 들어서서도 그다지 나아지지 않은 채 관성적으로 답습되고 있었음을 뜻한다. 조선어 구어한글문장체의 시를 쓴다는 것은 쉽지 않은 길이었다.

정지용 스스로는, 그의 시에서 증명하고 있고 또 그의 평론에서 확인시켜주고 있지만, 고도의 절제와 예지력을 갖지 않고서는 시의 궁극적 이상에 다가가기 힘들다고 보았다. 시를 애호하는 것과 좋은 시를 쓰는 것은 완전히 다른 문제이다. 시가 대중화될 수는 있지만 시의 궁극적 이상형태에 도달하는 것은 쉽지 않은 길이고 그것은 시의 대중화와는 반대의 길이 될지도 모른다. 대중적으로 선호하는 시와, 이른바 '좋은 시'는 다른 차원에 있다. 그것이 시의 역설이다. 모든 사람이 시를 쓸 수는 있으나 그 모두가 다 시인이 될 수 있는 것은 아니다. 시가 대중화하면 할수록 시의 본질에는 다가가기 힘들고, 대중적인 시일수록 시 본연의 이상에 근접하기는 힘들다. 대중들로서는 처음 조선어 구어 시가, 한글문장체 시가를 접하면

---

119 정지용, 「詩選後」, 『문장』, 1939.10.

서 '개행'의 여부로 시를 산문과는 다른 양식이라 인지하기 십상인 것이다. 개행은 배단, 단구법의 문자적 실현인데, 작시법이 부재한 상황에서 그것은 형식미도, 양식미도 담보할 수 없고 산문양식과 시양식을 구분하는 단순한 시각적, 물리적 표식에 지나지 않게 된다.

임화의 「시단의 신세대」『조선일보』, 1939.8.18~26를 비판하면서 김종한은 「시문학의 신세대」『문장』, 1939.10의 한 장을 시의 고유성과 독자성을 구할 수 있는 양식론적 특장을 규명하는 것에 바친다. 임화가 일종의 세대론에 갇혀 있다면, 김종한은 그것을 '시의 양식론'으로 응수한다.

> 한사람의 바레리를 낳기 때문에 서양시사西洋詩史는 보들레-르나 랭보-를 거쳐 호-마-에까지 시단적詩壇的 전통의 근거를 가지고 있는 것입니다. 물론 신세대의 시인들은 시조나 정형시를 새삼스럽게 모방할 필요는 없는 것이지만, 다만 그러한 전통에서 출발하야 「조선말 시詩」에 대한 본질적인 비판을 가지지못하고서는 예술적인 참의 신시대의 시는 창작할 수가 없다는 것입니다.

시문학의 '신세대'는 경향파냐, 장식파냐, 기교파냐 하는 '시단'의 층위로 가늠되지 않는다는 것, 양식론에 대한 근본적인 인식이 요구된다는 것인데 그것은 특히 '조선말 시'에 대한 본질적인 비판없이 성립되지 않는다는 것이 김종한 논의의 핵심이다. '언어 자체의 기계성'이란 시의 음악성, 회화성 등 시적 언어가 갖는 본질적인 특성뿐 아니라 시가양식의 정형적 규범을 운용할 수 있는 능력의 근간을 지칭한 것인데, '조선말 시'에 대한 근본적인 이해 없이는, 그러니까 언어의 '기계성'을 정복하지 못한다면 신세대 시인으로서의 자격을 얻지 못할 것이다. 시는 내용이 형태에 내속內屬히는 것이므로 언어 자체의 미를 떠나서는 어떤 내용사상, 사상도 공허한 개념에 지나지 않고, 그 '언어', 즉 조선어를 '기계적'이리만큼 운용할 능력이 없다면 '예술적인 참의 신세대시'는 창작할 수 없다. '참의 신세대 시인'은 '조선말 시'에 대한 감각과, 전통 시가양식에 대한 비판적 계승의 태도가 요구된다. 시가양식의 엄격한 규범성을 구하기 위해 시조, 한시의 전통에 기댈 수는 있지만 그것은 구투적이거나 한문장체에 귀속되는 것이니만큼 그것을 그대로 모방해서는 안된다. 언어 뒤에 의미주제가 따라오는 것이지 그 반대일 수는 없고 따라서 언어조선말와 양식에 대한 근본적인 이해가 있는 자에게 시인의 자격이 주어진다. 「줄을 끊어 쓴 산문」을 오히려 시에 가깝다고 인지하는 상황이라면, 무엇으로 시로서의 독자성과 자율성을 주장할 수 있는가를 김종한은 질문한다.[120]

조선말 시의 대중적 관심이 회자되기 시작하는 시점에서 시는 누구나 쓸 수 있는 '줄떼는 물건', '행만 배열하면 되는 물건'으로 인식되니, 새삼 시란 무엇인가에 대한 양식론적 규정의 필요성이 꾸준히 제기되었고 그것은 '쓰기의 쓰기'로 문제의식이 전환되는 1930년대 들어서서도 사그러지지 않았다. 조선말 시란 생각만큼 쉽게 쓸 수 있는 물건이 아니었다.

시와 운문, 운문과 산문의 차이에 대한 시각

시와 산문의 양식론적 차이 및 시양식의 고유성에 대한 의문이 시란 무엇인가에 대한 논의를 촉발시켰는데, 거기에는 '조선말'의 언어적, 문자적 운용능력의 문제도 있었지만 한편으로는 근대 양식, 근대 장르 개념이

---

120 김종한, 「시문학의 正道」, 『문장』, 1939.10.

수용되면서 그것과 전통 시가양식, 장르의 '차이'에서 오는 혼란, 혼돈도 간과할 수 없었다. 신문, 잡지 등 매체의 목차상에 나타난 장르 표기나 명칭이 그 혼돈을 확인해준다. 그나마 사회적 합의가 이루어진 것은 창작과 담론의 구분, 순극작과 이론學術研究의 구분 정도이다. 창작적인 글과 이론적인 글을 구분하는 관점은 현재도 유효하게 작동되지만 초창시대에도 그것은 유효했을 것이다. '시가연구詩歌研究는 순극작純劇作이 안이란 것을 말하고'[121] 같은 기록이 확인된다. 1930년대 중반기까지 창작과 이론, 번역글과 창작글, '문예적인 글창작'과 그 이외의 담론의 구분점이 나타난다. 시양식은 노래, 시, 시가, 가歌 등의 명칭으로 불려졌는데, 이는 창작물문예물 가운데 소설隨想, 산문과는 다른 장르로서 시가 이해되었다는 의미이며, 한편으로는 산문시, 시화詩話, 시극詩劇 등과 구분되어 인식되었음을 의미한다. 이 상황은 분명 현대의 근대적 장르/양식 개념과는 차이가 있으므로 보다 실증적으로 이 문제에 접근할 필요가 있다.

혼한 오류의 하나는 "시는 운문韻文이고 소설은 산문散文이다"라는 테제이다. '운문'이란 '운'을 기반으로 한다는 전제가 필요한데, '운'이란 두운, 각운, 음절운 등을 지칭하는 용어로 이것은 말의 일정한 규칙성, 말의 질서를 징표한다. '산문'이란 '운'이 존재하지 않는, 즉 운문의 대응양식으로서 '비운문' 곧 '산문'인 것이다. 전통적으로 시는 곧 시가이니 그 자체로 운문이며 그러니 시는 일정한 말의 규칙과 질서가 요구될 뿐 아니라 엄격한 미학적 형식이 요구된다. 근대 들어 시 곧 운문, 소설 곧 산문이라는 등식은 깨어졌으며 '운'을 기준으로 양식, 장르를 나누는 근거는 불명확

---

121 牛耳洞人, 『詩歌研究』 광고, 『조선문단』, 1935.2.

하고 또 산만해졌다. 현재 우리가 쓰고 있는 '자유시'란 운문이 아니니 '시는 운문이고 소설은 산문이다'라는 구분은 더이상 통용되기 어렵다. 현재 시는 '시'이지 '운문'이라 통칭할 수는 없다. 초창시대의 우리말 시가의 '운'은 결국 글자운, 음절운으로만 지탱되었고 그것은 실재하는 시가 판면의 스크라이빙이 증거한다. '운'을 말하기 위해서는 결국 '정형시체'양식을 고려할 수밖에 없는 것이다.

'운문'의 특징은 엄격한 질서 아래 말이 배열되는 것이니 그 질서를 따라가다 보면 이윽고 '리듬'에 가 닿는다. 그런데 이 '리듬'의 개념은 보다 구체적으로 지적될 필요가 있다. 일반적이고 추상적인 개념으로 '리듬'을 시에 귀속시킬 수는 없다. 모든 구어적 말은 리듬을 가지고 있으며 양식상으로 산문 역시 리듬의 담지체가 아닐 수 없다. 따라서 언어로 된 양식은 '리듬'을 가지고 있다거나 리듬은 언어에 필수적으로 따라붙는 물건이라는 투의 추상적이고 일반적인 맥락에서 쓰이는 '리듬'이나 혹은 잠재화된 말의 음악성을 '리듬'이라는 말로 포괄해서는 안된다. 여기서 말하는 '리듬'은 '구어체' 말의 질서, 말의 발화적 차원의 음악성, 정형시적 리듬 같은 구체적이고 물질적인 차원의 '리듬'을 말하는 것이니 이 때 '리듬'은 시가에 필수적으로 부속되거나 시가를 이끌고 가는 핵심적 자질이라 할 것이다.

운문과 산문을 개념적으로 구분짓는 옥타비오 파스Octavio Paz의 논의를 정리해 본다.[122] 아래 내용은 그의 논의를 요약한 것이다.

우리는 시와 산문 혹은 담론을 구별하는 척도의 하나로 '리듬의 여부'를 든다. 그러나 '리듬'은 우리의 논의에 그다지 도움이 되지 않는다. 리듬

---

[122] 옥타비오 파스, 『활과 리라』, 86면.

은 모든 언어적 형태에 자발적으로 주어지는 것이다. 그러나 전제가 필요하다. 시는 리듬없이는 가능하지 않고 리듬만으로는 산문이 될 수 없다는 사실이 그것이다. 리듬은 시의 필수 요건이지만 산문의 필수요건은 아닌 것이다. 정녕 문제는 담론의 법칙에 시의 리듬을 묶어둠으로써 언어시적 언어, 문학의 언어를 소멸시키고 사유를 멈추게 하려는 욕구이다. 파스는 이 같은 경향을 '이성의 폭력'이라 규정한다. 모든 말들은 시詩로 되돌아가려는 경향이 있는데, 사유들도 마찬가지로 이미지로 명시되고 운율의 흐름에 몸을 맡기면서 시로 되돌아가려 한다. 시는 진보나 진화를 무시하며, 시의 기원과 종말은 언어의 기원이나 종말과 평행하다. 언어가 곧 시며 시가 곧 언어라는 뜻과 다르지 않다. 태초에 언어가 있었으니 그것은 시가 있었다는 뜻이며, 아담과 이브가 종래 레치타티보로 말했을 것이라는 추정은 신의 언어가 곧 시의 언어였다는 뜻을 포함한다.

원래 비판과 분석의 도구인 산문은 점진적인 성숙을 요구하는 것이며 일상어를 길들이고자 하는 일련의 기나긴 노력 뒤에 생겨나는 것이다. 모든 언어는 시적인 것으로 회귀하려 한다는 파스의 이 말은 산문어를 언어의 기본적인 조건으로 삼고자 하는 편견이나 시 해석을 산문의 논리로 환원하고자 하는 욕구를 무너뜨린다. '시가 먼저 발견하고 소설이 그 뒤에 이것을 따라간다'는 임화의 견해[123]도 기실 원형언어로서의 시와 후차적으로 시대를 따라가는 산문언어의 차이 위에 구축된 것이다. 일상어·산문어는 그만큼 정칙과 안정을 요구하는 까닭에 일탈이나 위반을 허용하지 않는 편이다. 대상사물의 새로운 발견과 명명에 의해 유지되는 시적인 언

---

123 임화, 「시단의 신세대」, 『조선일보』, 1939.8.18~26.

어의 속성과 이것은 얼마나 다른가. 산문의 진척도는 사유가 말을 정복한 정도에 의해 가늠된다. 언어의 자연스런 경향에 대항한 영원한 싸움을 통해 산문의 언어는 성장한다고 파스가 말한 것은 산문의 언어는 논리와 사유를 드러내기 위해 보다 인공적으로 조작된 언어라는 점을 강조하기 위해서일 것이다. 리듬의 언어이자 리듬의 결합체인 시적인 언어가 리듬과 구어적 자연스러움을 지닌 것과 대응된다 하겠다. 산문의 가장 완벽한 형태는 담론과 예증인데, 거기서 리듬과 리듬의 끊임없는 왕복은 사유의 행진에 자리를 양보한다.[124]

옥타비오 파스의 논의를 도식화하면 다음과 같다.

시	산문	담론/예증
시원적 형태	←------------------→	현대적 형태
구형	←------------------→	직선
닫힘	←------------------→	열림
교감	←------------------→	이성
아날로지	←------------------→	삼단논법
이미지의 흐름	←------------------→	인공적 조작
춤	←------------------→	행진

산문언어의 기원이 시의 언어에 있다는 것은 산문작가가 언어의 흐름에 몸을 맡길 때마다 산문의 철칙인 합리주의적 사유의 법칙을 위반하고 시의 울림과 교감의 분위기에 진입하려 하는 데서 분명하게 드러난다.[125] 산문조차 끊임없이 시에 되돌아가려한다는 뜻이다. 리듬은 그러니까 언어의 숙명이다. 라틴어에서 유래한 운문Vers이라는 단어가 '전환과 회귀'라

---

124 옥타비오 파스, 「운문과 산문」, 『활과 리라』, 86~92면.
125 위의 책, 88면.

는 뜻을 품고 있다면, 산문Prosa은 '똑바로 진행하는'이란 뜻을 품고 있다고 한다.[126] 파스가 시를 춤에, 산문을 행진에 비유한 것과 유사하다. 산문조차 앞으로 나가는 것을 지양하면서 반복을 꿈꿀 때도 있는데, 유사한 음운의 단어를 겹치게 함으로써 반복의 효과를 내기도 한다.

엄격하게 장단격과 강약격의 규칙을 고수했던 서양시에서조차 운율도식을 균일 정확하게 적용하는 것은 불가하지만 운문율과 산문율로 구분할 수 있는 근거는 있다고 한다. 볼프강 카이저는 호이슬러A.Heusler가 산문 복합문 니체의 『즐거운 지식』의 2행과 괴테의 『성담聖譚』에 나오는 시구 2행을 비교하면서 썼던 문장을 인용한다.

〈양자의 차이〉는 확연하다. 산문의 흐름은 불규칙적이고 무질서한 결과로 되어 있는데 반해서 운문의 흐름에서 우리는 질서와 균형을 느낄 수 있다. 그런데 이런 운문율에서 〈경쾌한 음절과 둔중한 음절의 규칙적인 교체〉라고 하는 낡은 상투어로 우리가 현혹당하지 않기 위하여 우리는 고의로 변화가 심하고 불규칙적인 흐름을 가진 시구를 선택한 것이다. (…중략…) 산문에 있어서는 액센트가 제대로 놓여있고 제대로 강하게 발음되는 것인지, 아니면 액센트를 두는 방식이 각양각색인가 하는 점이 애매하지만 시구의 경우에는 이러한 애매함은 있을 수 없다. (…중략…) 어쨌든 양자의 결정적 상위相違는 시구詩句에는 질서라는 것을 느낄 수 있는데 산문에는 그런 것이 전혀 결여되어 있다는 점이다. 더욱 세심하게 귀를 기울여 들으면 이러한 질서는 필시의 격양格揚의 시간 간격에서 그 간격의 규칙성과 관계가 있음을 인정하게 될 것이다.[127]

---

126 하인츠 슐라퍼, 『니체의 문체』, 66면.
127 볼프강 카이저, 김윤섭 역, 『언어예술작품론』, 시인사, 1988, 379~380면.

자유시산문시는 악센트나 억양, 운의 엄격성이 배제되고 시구의 질서를 정형화하기 힘든데 그럼에도 시양식은 의식적으로라도 반복과 재귀를 통해 리듬의 귀환을 독려한다. 호이슬러의 '시간 간격'이라는 말에서 리듬을 숙명으로 삼는 시양식의 본질이 고구되는데 '리듬은 비슷한 간격의 시간과 그 시간의 반복에 의해 구성된다'는 것이 핵심이다. 양립할 수 있는 말들의 규칙들, 질서들에 근거한 일상적인 통사구조를 활용하는 산문언어에 비해 시는 그것을 위반함으로써 시구의 울림을 짜는 데 두려움이 없다.[128] 운문은 산문에 비해 월등하게 리듬의 규칙성을 갖춘 것이고 '시는 리듬을 갖는다'는 말은 이 관점에서 타당한 논법이다. 산문도 산문율을 갖지만 시에서와 같은 엄격한 질서는 결여되어 있으며 더욱 중요한 것은 그 말의 질서가 '더욱 세심하게 귀를 기울여 들'을 때 '필시의 격양格揚의 시간 간격에서 그 간격의 규칙성과 관계가 있'다는 것이다. '산문도 리듬을 갖는다'와 같은 일반적인 논법의 '리듬'이 아니라 '귀로 들을 때 느껴지는 격양格揚의 낙차'에 따라 생성되는 리듬으로써만이 운문과 산문을 구분할 수 있다. 시간의 간격을 통해 운율은 감지될 수 있으니, 청각이 개입되지 않은 '리듬'이란 허구적인 것에 가깝다.

리듬이 소통적이고 공동체적인 것은 그것이 가장 소통적인 감각인 '청각'을 매개로 수용된다는 점 때문이기도 하지만 그 보다는 '호흡'과 관련되기 때문이라고 파스는 읽는다.

정형시를 읽을 때 느끼는 기쁨은 생리적 현상에서 기인하는 것, 즉 근육과 호

---

128 폴 발레리, 김진하 역, 『말라르메를 말하다』, 문학과지성사, 2007, 191면.

흡에 관련된다. 리듬은 기계적 강박이 아니다. 고립된 소리나 단순한 의미의 실현체 혹은 단순한 구강 근육을 이용하는 행위가 아니라 그것들을 넘어서서 생명의 리듬에 참여하는 것이다. 시를 낭송하는 일은 우리들의 몸과 자연의 보편적 흐름에 맞춰 춤추는 것이다. 일상어의 리듬이란 거리에서 들을 수 있는 일상 대화의 음악적 리듬이다. 정형시의 율격은 이미 씨앗의 형태로 일반 문장 속에 잠복해 있다. '시대의 리듬'이란 각 사회나 생활의 리듬에서부터 역사적 사건까지를 아우르는 것이다.[129]

호흡은 발성의 행위이자 타인과의 교감을 가리키는데, 이 호흡을 공감하고 공유하기 위해 시는 낭영되어야 하며 그 때 최대의, 최고의 '시적 황홀'이 발현된다. '정형시'의 리듬이 주는 것은 단순히 기계적이고 강박적인 율격의 느낌이 아니라 몸의 자연스런 호흡이자 그것의 심혼적 반응이며 리듬을 탄다는 것은 우리의 몸과 마음이 자연스런 내적 호흡, 생명의 리듬에 참여하는 것과 동의어가 된다. 리듬을 실재화하는 것은 시의 낭영이며 그것에 비견되는 것은 거리에서 듣는 일상어의 리듬이다. 산말, 일상어, 레치타티보적인 음조의 말이 다 말을 살아있게 하고 말의 생명력을 보전하는 데 기여한다. 시대의 '리듬감각'이란 일상생활의 속도감이자 그 세대의 감각이니 그자체로 공동체적인 것이다. 노리나가의 구송되는 말의 감각이 파스가 말한 이 논점과 유사하다 할 것이다.

---

129 옥타비오 파스, 「시와 호흡」, 『활과 리라』, 384~385면.

현철의 관점

현철은 '운문'의 기준을 '가조歌調', '형식적 긴장', '보통문장普通文章의 전도顚倒'에 두었는데[130] 무엇보다 시의 운문다운 특징은 '가조'에 있다고 강조한다. '형식적 긴장'이나 '문장의 전도'가 산문어와는 다른 시언어의 특징 곧 통사론적인 전도나 배치의 질서 등에 따른 언어의 절약, 함축 등을 뜻한다면, '가조'란 이에 기반해 생성되는 시의 리듬, 음악성 등을 의미한다. '음악'이 없다면 시는 없다는 것이니, 초창시대 시양식에 대한 근본 시각은 시의 노래성, 시가성에서 결코 벗어나지 않았다. '문장의 전도'가 필요했던 것 역시 조선말 시의 '운문'의 양식적 조건인 음절운을 맞추기 위해 의식적으로, 의도적으로 전도하지 않으면 안되었던 상황과도 무관하지 않다.

최남선이 7.5를 맞추기 위해 "한낮에들이대네 / 쎄를린도성都城,「세계일주가」, 청춘 1호" 같이 배구하는 식이다. 우리말 문장법으로 보면 오히려 '한낮에쎄를린도성에 들이대네'가 맞다. 박용철이 일본 신체시 7.5조와 조선의 그것이 차이가 있을 수밖에 없음을 강조한 것이 보다 정확한 지적이다. 『시문학』지 편집을 했던 박용철은 문청들이 보내오는 시들 중 7.5조 시체를 두고, "칠오조七五調에 가서는 수자數字마치느라고 아니해도 할말을 작고 느려서 골치아퍼. 『일본동요집日本童謠集』에서 사이조야소西條八十 기타其他의 칠오칠七五七을 읽어보면 칠오七五줄을 모르고 자연스럽게 읽을 만한데 우리 칠오七五는 어찌그리 잡어느린게 빌까 맨드는 사람의 솜씨의 부족인가 우리말은 바침이드러가니까 같은 음절音節數라도 time이 기러서그럴까"[131]

130 현철,「비평을 알고 비평을 하라」,『개벽』6, 1920.12.
131 박용철,「영랑에게 보내 서신」,『전집』2, 315면.

라고 썼다. 일본 신체시의 7.5조는 자연스러운데 그것을 모방하는 순간 우리말의 구조에 맞지 않은 음조가 된다는 것이다.

'운'에 대한 문제의식은 한시작법에 대한 전통적 인식에서 비롯된 것도 있지만 서양문예이론이 수용되면서 조선어구어한글문장체 시의 창작에서 조선어의 언어적 자질이 핵심적 요소로 떠오른 것과 무관하지 않다. 박영희가 번역한 골함 B. 만슨의 「문체文體와 형식形式의 요소」에서 시는 물론이거니와 산문에서조차 말의 어떤 형식적 질서나 요건이 중요하다고 강조한다.

> 산문散文은 육음절각六音節脚에 적합適合할 수가 있고, 또 시詩에서는 생각할 수 없는 장절음절裝節音節도 산문散文에서는 상상想像할 수 있다. 그러나 이러한 소소小小한 구별區別은 대개 산문散文에서 생긴 구별區別이다. 오음절각五音節脚, 일반一般으로는 [이오니아]조調(단단장격短短長格)라고 이름하는 것은 한 가지 최고最高 산문散文의 조화調和에 중요重要한 것이다. 또는 시작가詩作家들이 그 효용效用을 의심疑心하는 삼음절격三音節格 암피뿌락조調(약강약격弱强弱格)은 산문散文에서 그의 적수敵手에게는 매우 유용有用한 운각韻脚이다. 다른 삼음절격三音節格 모로사스삼음절격調(장장장격長長長格)의 시詩에서는 불가능不可能한 것이나 간혹間或 산문散文의 운각韻脚이 될 때도 있다. 다른 구별區別로서는 일음절각一音節脚이 영시英詩보다도 그 산문散文에서 거진 압도적壓倒的으로 쓰위지는 것이다.[132]

서양에서 음의 조화와 배열을 위한 일정한 규칙들을 규정한 것이 '조'

---

[132] 골함 B.만슨, 박영희 역, 「문체와 형식의 요소」, 『학등』, 1934.11~12.

이자 '운각'인데, 일반적으로 슬픈 감정을 유발하는 '리디아조', '술자리에 어울리는 이오니아조' 같은 구분이 플라톤에서부터 있어왔다고 한다. 이 두 조를 가르는 기준은 내용意味보다 형식상의 규정에 근거해 있었다. 안서가 글자운에 따른 각 조의 차이를 설명하면서, '7.5조'는 "조금 늘인 맛이 있어 4.5조의 경쾌에 대對한 그윽한 설음이라는 것보다도 가이없는 듯한 생각을 준다"고 언급한 맥락과 유사하다. 글자운을 통해 격조의 차이, 어조의 차이, 음조미의 차이를 생성할 수 있다는 것이다.[133] 조선말 시에서 운을 설명할 수 있는 길은 글자운밖에 없다는 현실적 조건을 고려한 시각이다. "구태여 정형定型하고 형식形式을 꿈여둘 필요가 없는 상 십다"고 곧 바로 그 원칙을 수정할 수밖에 없었을 정도로 글자운을 통한 시작법의 원리는 불안한 것이었지만 말이다.

시와 소설의 차이에 대한 인식은 적어도 '운문'과 '산문'의 자격요건을 분명하게 갈라볼 수 있는 형식적 표지에 근거했는데 운문시을 인증하는 대표적인 표식이 개행이며, 개행을 통해 가시화되는 시구의 일정한 전개와 반복, 연의 질서, 휴지와 반복을 통한 리듬 발현 등 구체적으로 운문을 뒷받침하는 형식적인 요건을 통해 시를 산문으로부터 분리할 수 있었다. 이것이 단순히 '읽는 것意味의 문자성'의 지표가 아니라 '읊는 것朗詠性, 노래성'의 표지임은 달리 언급할 필요가 없다.

형식形式으로 문학文學을 분류分類하면 산문문학散文文學, 운문문학韻文文學에 대분大分함을 득得하고 갱更히 산문문학散文文學을 논문論文, 소설小說 극극劇 급及 산문시散文

133 김안서, 「〈조선시형에 관하야〉를 듯고서」, 『조선일보』, 1928.10.18~21·23~24.

詩로분分할지요 운문문학韻文文學은시詩라 우又 차此를갱更히소분小分할수는유有하나 차此에략略하며또번거煩擧할필요必要도무無하다.

　운문문학이 시인 것은 동요할 수 없는 명백한 사실이지만 산문시는 시가 아니고 따라서 그것은 운문문학에 속해있지 않다. '운문문학에 속해있지 않으면 시가 아니다'라는 논점이 더 명확하게 산문문학과 운문문학을 가르는 기준을 설명할 근거를 준다. 시란 정형시체 양식인 것이다. 초창시대 잡지에서 에세이류의 문학적 글들이 '산문시'로 표기된 이유는 그것이 '운문'이 아니고 또 정형시체가 아니기 때문이다. 어떤 일정한 반복과 규칙에 의거하지 않는 문학적인 글(창작)을 '산문시'로 통칭하기도 했던 것이다. 이 관점에서 '산문시'의 범주는 포괄적으로는 소설은 아닌, '비운문'의 문학적인 글들을 총칭하는 것이 된다. 따라서 '산문'은 읽는 것이고 시는 '읊는 것' 즉 시는 리듬을 발현하면서 낭영하는 것이다.

　산문散文을 「읽는 것」이라 하면 시詩는 「읊는 것」이라 할지니 그 내용內容으로 관觀하건대 산문散文은 인생人生의 일방향一方向 혹或은 작자作者의 상상내想像內의 세계世界를 여실如實하게 묘출描出하여 일체一切의 판단判斷, 즉 미美 · 추醜, 쾌快 · 불쾌不快의 판단判斷을 일一히 독자讀者의 의사意思에 임任하는 것이로되 시詩는 작자作者가 인생人生의 일방면一方面 우又는 자기自己의 상상내想像內의 세계중世界中에 최最히 흥미興味 유有한 자者를 선출選出하여 음률音律 좋은 언어言語로 차此를 묘출描出하여 독자讀者로 하여금 자차영탄咨嗟詠嘆케 하는 것이요 형식形式으로 논론하건대 일一, 운韻을 압押할 것 이二, 평측平仄을 배열排列할 것이니 차此는 실實로 시인詩人이 감感을 최最히 유력有力하게 독자讀者에게 전전傳하기 위爲하여 언어言語에

자연自然한 곡조曲調가 생生하게 하려는 방편方便이라.[134]

"산문散文을 「읽는 것」이라 하면 시詩는 「읊는 것」이라 할지니"라는 문장은 '산문은 읽을 것, 시는 들을 것'[135]이라는 김광균의 언급과 명확히 겹쳐진다. 시든 산문이든 '상상세계'를 묘출하는 것이라는 점에서는 동일하나 시는 '음률 좋은 언어로 묘출하는 것'이라는 점에서 산문과 다르다고 춘원은 설명한다. 특별히 '독자로 하여금 자차영탄'케 하는 것이며 형식적으로는 압운하고 평측을 배열함으로써 '언어에 자연한 곡조가 생'하게 하는 것이다. 여기에 '시가'의 형식적 요건과 향유의 요건이 다 들어있다. 시는, 묵독의 묘미에 그 향유의 극치가 있는 산문과 달리 '영詠'하면서 독자 스스로 감동하는 양식이며, 형식적으로는 압운으로 리듬이 형성됨으로써 자연스런 곡조가 생기는 양식이다. '운문'이 '산문'과 다른 점이 '영'하는 것이니 시에서의 '문자성'은 '의미'의 문자성이기보다는 배단을 통해 리듬을 발하고 그것으로 낭영의 규칙을 가시화하는 표식의 기호에 더욱 가깝다.

안서가 피력한 '운문과 산문'은 '새롭은 시가'를 탐색하는 과정에서 언급된 것이다. 안서는 어떤 나라의 시가를 물론하고 시가의 중심은 운문이라고 본다. 근대로 올수록 운문적인 양식들조차 산문으로 모여들어 그러니까 극, 서사시 등이 산문화 됨으로써 '운문양식'에서 떨어져 나가게 되고 따라서 '시대적 구분'에서 생기는 구시형과 신시형이란 차별이 생기게 되었다는 것이다. 구시형에 현재의 산문양식도 포함돼 있었는데 그것은

---

134 이광수 「文學이란何오」, 『매일신보』, 1916.11.10~23; 『이광수 선집』 1, 김중당, 1962, 513~514면.
135 김광균, 『전집』, 336면.

운을 통해 정형적 규칙을 드러내었기 때문이다. 산문양식은 근대 들어 운문에서 떨어져 나가 산문화되었고 결국 운문으로 남은 것은 시인데 따라서 신시형은 기본적으로 운문의 정형체양식인 것이다. 명백하게 '운문'이었던 것조차 '산문'이 되기도 하고 시대에 따라 시형 자체가 변이되기도 하는데, 예컨대 운문이었던 극이 현대 이르러 산문이 되는 경우가 좋은 예가 된다. 안서는 운문에 고대적 양식들, 일정한 운과 리듬을 갖춘 양식들, 낭영양식들을 포괄적으로 집어 넣었다.

근래 들어 '신시'만이 오직 '운문'의 양식적 성격들을 고수하고 있다고 안서는 본다. 시가의 기원은 음악과 같이 인생과 자연의 발성을 모방한 것이자 그것의 점진적 변화이며, 고전주의에 반항한 로만주의, 또 그것에 반항한 자연주의, 또 그것의 반항인 신로만주의는 시가의 일흥일망—興—亡의 변형적 반복과 다르지 않다. '자유시'란 '구속된 운문'이 '자유로운 운문'으로 해방된 것이니 '자유시'는 고전적인 의미의 운문장르에 속하지 않는다. 이 같은 안서의 시각은 그가 '자유시'를 '산문시'와 동의어로 개념화하는 것과 동일하다. 그런 점에서 '내재율'은 낭영하지 않으면 발현되지 않고 단지 연역적으로 추상화된 채 존재한다. 시에 곡을 붙이는 것이나 정형시를 낭영하는 것이나 본질적으로는 구어의 자연스런 호흡을 살린다는 점에서, 자연적으로 내재된 음악성을 구현한다는 점에서, 그것들은 동일한 연행행위인데, 춘원은 '곡을 붙이는 것'은 언어에 인위적 운율을 붙이는 행위라는 점에서 낭영의 행위보다 조작적인 것이고 정교한 것이라 생각했을 것이다.

춘원은, 희곡과 소설이 서사시가의 영역을 잠식하게 되자 순정한 서정시만이 운문의 영토에 남겨졌다고 본다. 따라서 알렉산더 폽의 '인생론'

에서와 같은 이지의 철리哲理나 밀턴의 '서사시'와 같은 긴 서사는 점차 운문 영토에서 사라지게 되며 근대시가는 그 사라진 것들의 영토에 남겨진 유일한 운문문학으로서의 운명을 담지하게 된다는 것이다. 순간순간의 감정을 표현하는 단형시형, 소넷 등의 짧은 시형식이 시가로서의 소명을 얻게 된 것은 시가 더이상 서사의 영역을 감당할 필요가 소멸한 때문이고 서정시가의 '개인적, 개성적'인 측면이 강조된 것은 '개인의 내부생명이 제한된' 구시가의 구속에서 해방되고자 한 근대적 의욕 때문이다. 이것이 근대시가의 핵심이자 조선말 시가의 궁극적 목표이다. 조선어구어한글문장체 시가, 순구체 시의 운명이 이것이다. '개인의 감각과 정서에게 새로운 해방과 가치있는 자유를 위하야 용감하게 싸운 가장 존경받을 만한 희생된 선구자'로 상징시가 평가될 수 있는 이유도 동일하다.[136]

상징(주의)시와 리듬

안서의 상징주의시 번역은 주로 '남유럽 시가'를 중심으로 이루어졌는데 그것이 고운 '운문'의 특징을 띠고 있다는 점이 고려되었다.

> 역자譯者는 조선유일朝鮮唯一되는 남南유럽 시가소개자詩歌紹介者로 오래동안 고혼 운문韻文을 우리에게 제공提供ㅎ여왓다.[137]

남유럽식 상징주의시는 개성적 호흡과 운율을 담지하면서도 '운문'으로서의 고운 노래성을 제공한다. 조선말 음악으로 유려하게 옮겨 둔 안서

---

136 김안서, 「작시법」, 『조선문단』 12, 1925.10.
137 신간소개 광고, 『창조』 9, 1921.5.

의 번역적 재능은 그의 조선말 감각, 조선말 순구체 시가의 양식론적 이해와 무관하지 않다. 단형체로 노래할 수 있는 서정시가가 근대 시가양식이 '운문'으로서의 양식적 가능성을 실현할 수 있는 최후의 것일지도 모른다. 안서는 '순구체 우리말 시가'의 조와 호흡법리듬과 배단법을 실험하게 되었던 것이고 그것은 그의 번역시의 선택조건에도 적용되었다. 춘원이 파악한 근대시의 운명 역시 서사이야기를 주요 요건으로 하는 산문체에 굳이 있지 않으며 '노래운문'를 떠난 것도 아니다. 구형의 시로부터 벗어나면서 우리말 순구체 신시의 운명은 이렇게 규정되기에 이른다. 신시는 운문이자 노래체 정형양식에 그 근거를 가지게 된다.

서사시는 소설에 그 소명을 넘겨주었고 극시는 희곡에 장면행위을 넘겨주면서 스스로 산문화된다. 그것들로부터 분리된 '새롭은 시가'는 이들과는 다른 양태로 존재할 것인데, '단형체'의 '노래'이되 근대적일 것, '이야기'를 구비할 필요는 없지만 개인적, 개성적 영감을 담아낼 것 등이 핵심이다. 전자는 '노래'의 지속이며, 후자는 '자유시'이자 '산문시'로서의 새로운 양식의 발견이다. 그러니 '새롭은 시가'란 궁극적으로 ① 형태상으로도 새롭고, ② 표현방식은유도 새로우며, ③ 내용상으로도 새로운 것이어야 한다. 핵심에 '구어체 조선말'이 있고 그것의 문자화, 한글문장체화가 있다. 한마디로 '조건어구어한글문장체 시가'가 '신시'의 핵심이다. 굳이 각각의 요건에 각각의 시인시적 스타일을 대응하자면, ①에 노래체안서, 소월, ②에 은유적 말법의 회월, ③에 주요한을 들 수 있다. 이 세 유형의 시인들 모두 개성적이고 주관적인 호흡내부생명, 리듬이 살아있는 조선어구어한글문장체 시를 썼음이 확인된다. 즉, 안서, 소월의 단형체시들, '은유'의 미의식이 특출하게 발현된 회월의 시들, 보다 자유로운 서정과 개성적으로 산문화된 요한의 시들을 떠올리는 것으로 '새롭은 시가'의 근대적 실험과 실천은 충분히 달성되었다고 하겠다. ③의 주목할 만한 시편이 「불노리」인 것은 말할 필요가 없다. '동지同誌, 『創造』에 발표된 주요한 군의 「불노리」라는 산문시散文詩와 다른 시가詩歌 갓흔 것은 가장 아름다운 시가인 동시에 새롭은 시가의 시형詩形이며 표현형식의 새롭은 세례洗禮를 밧는 것'임이 이로써 입증된다.[138]

시와 산문을 개념적으로 구별하는 기준을 소리발성의 유무에 둘 때, 양주동은 시의 개념을 말의 성음sound으로서의 조건과 그 형식적 요건인 규칙적 배열에서 찾았다.

> 시poetry란 것은 성음聲音(sound)에 의한 일정한 규율하에서 말word이 조열組列되었다는 점으로부터 산문과 상이하다는 것입니다.[139]

시는 성음에 의한 일정한 규율 하에서 말이 조직되는 양식인데, 영시英詩는 악센트 있는 철음綴音을 발음하는 데 필요한 강음強音이 마치 사람의 맥박과 같이 규칙적으로 반복되는 규약이 있는 양식이라 평가한다. 악센트 있는 것과 없는 것의 연쇄적 음조로 인해 나타나는 음의 파동을 보통 리듬이라 하는데 이것이 시와 산문의 차이를 가져온다는 것이다. 운, 각운 등은 리듬에 비해서는 시를 구성하는 근본적 요소는 아니다. 산문도 리듬을 가지나 시는 시상이나 의미보다는 리듬에 의한 성음의 조열組列로 구성된 것이라는 점에서 산문과 근본적 차이를 갖는다. 외국어 시에서 그 의미는

---

138 김안서, 「작시법(5)」, 『조선문단』 10, 1925.8.
139 양주동, 「시와 산문」, 『조선문단』, 1927.1.

알지못한다 하더라도 그 리듬만으로 미를 경험할 수 있다는 것이다. 그렇다고 해도 '리듬'이 시와 산문의 차이를 규정짓는 잣대는 될 수 없다. 고래의 대문장가의 시는 규칙적인 리듬이 있고, 일반적인 산문에서도 리듬은 충분히 감지된다.

양주동은 광의의 시poetry와 협의의 시verse를 나누고 후자를 엄정한 음률적 규약을 밟는 시로 규정한다. 어떤 일정한 규율 아래 지어진 시, 이른바 '협의의 시'의 개념에서 보면, 음률적 규약이 없고 음조가 조잡한 文藻를 시문와 혼동할 수는 없다. 리듬이 규약과 규칙에 따른 것이라면 자유시산문시는 이 협의의 '리듬'을 갖지는 못한다. 양주동이 '산문은 교화, 시는 쾌감'이라 단적으로 규정할 때, '쾌감'은 리듬이자 운율이며 몸의 호흡이다. 리듬은 박자나 강박이기보다는 몸을 움직이게 하는 파동이자 호흡이니 궁극적으로 '춤'에 다가간다. '리듬론'이 언어 신비주의에 접근할 때 그것은 종교적 엄숙주의나 경건주의와 평행선을 이룬다. '춤'이란 리듬의 가시적 물질적 형태이다. 터키의 신비주의자 루미의 시와 명상춤 '세마'가 서로 연결되어 있음이 이로써 설명된다. 리듬은 호흡의 물질적 자극이다. 시는 산문과 같은 '기술'이어서는 안되고, 간결하고 음조音調가 좋고 '신경적인 것'이라야 하는데 그 기본 전제는 '성음聲音'으로서의 시다. '리듬'이란 잠재적인 것이 아니고 보다 구체적인 성음소리을 통해 구현된다는 것이니, 낭영성에 기반하지 않은 시의 리듬은 잠재적으로 추상적 관념으로 존재할 뿐이다. 그만큼 성음의 기본 조건인, 시의 정형적 규칙성은 중요하다 하겠다.

현철은 시를 '정감情感의 흥분으로 율격을 기진 운문'으로 정의하면서 보다 구체적으로 '운문과 가조歌調, 운문과 형식의 긴장, 운문과 보통문장의 전도'이 세 가지를 들었다. '문자화한 노래, 형식적 엄격성 그리고 언어의 함축 혹은 은유적 말법'이라 현철의 용어를 치환해서 다시 쓸 수도 있다. 시양식의 특징으로 내용면에서는 '정세情勢'를, 외형면에서는 '율어'를 필요조건으로 지적하고 율어가 없는 것을 현철은 산문이라 규정한다.[140] '분노', '홍소'같은 것을 '정情'이라 규정하는데, 현철의 '시'에 대한 정의가 흥미롭게도 '와쓰와쓰워즈워드'의 낭만주의시론을 번역한 것이라는 점은 흥미롭다.[141] '정세'가 표현되기 위해서는 리듬과 율격의 힘율어을 빌어야 한다. '정情'에 형식의 미를 입힌 것이 율격리듬, 節奏이라면 이것을 문자화한 것이 '운문韻文'이다. 현철은 '정세에는 이미 리즘節奏이 있고 형태상形態上으로 율격을 가진 것운문'이니 산문시는 외형상 율격을 벗어났다 뿐이지 산문시도 시라고 본다. 안서에 비해 시를 보는 관점이 더 포괄적이고 관용적이라 하겠다.

흥미롭게도 현철은 '장시'와 '산문시'의 차이를 지적한다. 순간의 충동을 율격으로 표현한 것이 시라면 본질적으로 시는 짧고 긴장된 형식을 견지하지 않을 수 없다고 본다. 그런데 장시는 정세를 표현하기는 하나 형식의 긴장이 없이 '기구식 공명'으로 길어진 경우이다. '기구식 공명'이란 필연적인 늘임이기보다는 형식의 긴장없이 늘어진 경우를 뜻하는 듯하다. 정세의 표현이란 순간적 충동이므로 그것이 지속될 수 없으나 그것을 긴장감 없이 늘일 수는 있다는 것이다. 현철의 구분에 따른다면, '절주가 포함된 정세'를 가진 산문시는 시에 속하고, 그것은 낭영성이 소멸되지 않은 운문양식이지만, '장시'는 절주와 정세가 없이 늘어진 것이니 운문시에

---

140 현철, 「비평을 알고 비평을 하라」, 『개벽』 6, 1920.12.
141 위의 글.

속하지 않고 오히려 서사에 접근한다. 그것은 독물로서의 시의 길을 재촉하는데, 현철은 이미 '문자시'의 운명을 예감했던 것처럼 보인다.

이미지즘의 회화시와 초현실주의식 형태시가 분분하게 맹위를 떨치던 1930년대를 넘어, 서사시의 시대가 열리던 해방공간에서조차 우리말 시의 음악은 소멸되지 않았고 시인들의 관심 또한 그 문제에 열려있었다. "시열의 나열로 음악적 효과를 내던" 초창시대 시가의 엄격한 배단의 규칙과 질서가 주는 음악, "시어 하나, 시구 한 줄이 그대로 독립하여 광채를 발하던" 지용의 정밀한 언어의 세공기술이 들어간 음악과는 다른 관점의 음악이 모색된다. '시열의 나열개행'이 아니라 시행의 구성 자체의 효과가, 단음이 아닌 복음의 효과가, 피리나 단소의 독주가 아닌 교향악의 음악적 효과를 주는 시형식의 탄생이 기도되고 있었다.[142] 우리말 시의 음악은 근대시사 통틀어 망각될 수 없는 시의 존재조건이었던 것이다.

7. '노래체 양식'을 표식하는 용어 및 개념들

초창시대 조선어구어한글문장체 시가양식이 어떻게 이해되고 수용되었는지를 '노래시가'와 관련된 용어나 개념들을 통해 실증적으로 추적하기로 한다.

---

142 김광균, 『전집』, 376~378면. 단선율과 교향악(複音)에 대해서는, 김광균, 「전진과 반성─시와 시형에 대하여」, 『전집』, 412면.

시가

'시가詩歌'란 "곡조로부터 '(문자)'를 분리하지 못한 채 음악에 여전히 고착된 전근대적인 양식"을 가리키는 것이라는 인식이 있거니와 초창시대에도 동일하게 그 관점이 존재했는지 그 실상을 확인하고자 한다. '한글로 기록된 운문 작품'을 지칭하는 개념은 아니며 '고전문학 텍스트'에 한정해서 이 명칭이 사용된 것도 아니다. 대중매체와, 학문적 용도 혹은 연구자들 사이에서 쓰이는 용도를 구분하기 위해 쓰인 개념[143]이라 보기도 어렵다. 초창시대 '시'는 곧 '운문'이며 그러니까 '시'는 곧 '시가'였음을 앞에서 이미 확인했다. 시가 낭영적 양식임이 자명했던 시기에는 인식론적으로 '시'와 '시가'는 구분되지 않았다. 적어도 김기림이 등장하기 전까지 그러하다. 김기림은 '의도'상 시와 시가를 구분하는데, 이는 회화적이고 주지적인 차원에서 시를 이해하고자 했던 전략 때문이다. '구분'이 가상적으로 행해진다고 보는 편이 차라리 합리적일 터인데, 시와 시가를 분명 구분하고자 하는 의도 자체가 시를 노래로부터 분리시키는 동인으로 작용했다는 뜻이다.

대체로 아카데미즘의 영역에 근대적 문예양식 개념이 도입되면서 '시'와 '시가'의 개념 차이가 본격적으로 부각된 듯하다. 이후 '시가' : '시'는 곧 '전근대' ; '근대'의 대립쌍으로 교환된다. 여기에는 근대적 장르론에 대한 인식이 크게 작용하고 있다. '가론歌論'과 '시론詩論'의 분리와 전자로부터 후자로의 이행을 '음악 방면의 논의'로부터 '문학 방면의 논의'로의 이행으로 보고 이를 근대시론으로의 전환으로 이해하는 것이나, '시가'를

---

143 배은희, 「1930년대 시조담론 고찰—안확과 조윤제의 시가(詩歌) 인식을 중심으로」, 『시조학논총』 38, 2013.1.

'노래가사'와 동일시하면서 '노래'로부터 분리된 '말詞'만을 '시'로 한정하는 것 등도 본질적으로는 시양식에 대한 근대 장르론의 관점이 작용한 탓이다.

전통적인 '노래'양식을 근대적 장르 개념으로 분류하는 순간 '가론/시론', '운문/산문/시가/시', '구비시/기록시', '노래가사/시가/시', '근대이전/근대이후', '고전작품/근대작품' 등의 대립에 의한 개념의 모순과 착종은 피할 수 없게 된다. '시조'라는 용어에서 이것이 '곡노래'임을 지칭한다는 점을 지적하면서도 굳이 '가사'만을 '시조'로 한정하고자 하는 태도는 시를 문자시로 환원하고자 하는 의욕과 다르지 않다. 반대로 '조調'는 '곡낭영'을 통해 현전하니 굳이 '시조'에서 '내용의미'만을 떼내는 것은 '전체'와 '부분'을 떼놓고 '부분'을 '전체'에 환원하는 논리적 오류에서 벗어날 수 없다. 적어도 '문자'는 말의 그림자에 지나지 않는다는 인식이 공유되었던 초창시대 시의 인식을 고려해도 詞를 떼놓을 수는 없고 또 말을 매개로 하는 노래양식이 '말'을 떠나서 온전히 현전하기는 불가하다.

'순수시의 온상'으로 알려진 '시문학파'가 '시가'를 고수한 것은 적어도 그들의 시적 오성에 합당치 않은 듯보이지만 그것은 진실이 아니다. 우리말 시의 조건과 그 음악성에 민감하게 반응하고 또 그것의 결정체로 4행시의 '순시형純詩形'이자 '미시형美詩形'을 지목했던 박용철의 의도는 단형체시를 우리말 구어체 시의 음악적 발현에 있어 가장 합목적적인 것으로 본데서 기인한다. 박용철은『시문학』을 '시가전문잡지詩歌專門雜誌'라 규정했는데[144] 그가 쓴 '시가'라는 용어는 김기림이 '시'라는 용어를 분명하게

---

144 '자매지 시문학' 광고,『문예월간』창간호, 1936.11.

강조한 것과 분명한 차이를 드러내면서 '정형시체이자 노래성을 띤 양식'
이라는 개념을 떠받친다. '외여지기'의 조선말을 그가 얼마나 강조했는가
는 굳이 부연할 필요가 없다.

1935년경 『조선문단』의 '현상문예모집규정'을 보면 '시가'에 '신시, 시
조詩調, 유행가, 동요, 민요' 등이 포함돼 있다. 이 중 '유행가, 민요'는 '레코
드에 취입함'이라 부기되었다.[145] 『조선문단』 뒷면에 실린 '우이동인牛耳洞人'
의 저서 『시가연구詩歌研究』北星堂 서점 발행. 1935의 광고는 "동경에서 다년간 시
가를 연구하고 귀선歸鮮한" 저자의 "노력의 결정판"이라는 문구를 적시했
는데, 이 저서는 '시가'에 '신시, 민요, 동요'를 두루 포함하고 있다.[146] 조
선에서 발간되는 각 신문에 매월 2천여 편의 시가 투고되는 상황에서 '시
란 무엇인지 알지 못하고 긴 글줄을 짧게 쓴 것이 시詩인줄 알고 투고하는
독자들을 위해 마련된 일종의 시작법詩作法'이다.[147] 개행 문제가 명확하게
정리되지 않은 것은 여전히 시가의 규칙적 율법이 마련되지 않은 상황과
밀접하게 연결되어 있지만 1930년대 들어서서도 '근대시'의 관념이 '시
가'를 배제한 채 성숙했던 것은 아니라는 뜻이다. 1920년대 중반기 '노래
를 지으려는 이'들을 위한 계몽적 담론에서 주요한의 '조선어 노래시가' 개
념이 출발하고 있지만 그 담론은 1930년대 중반기에도 여전히 유효했다.
'잊혀져가는 민요'에 대한 관심도 '시가'를 지속시키고자 한 의욕에 다름
아니다. 안서, 요한, 소월의 민요체 시가를 주목하면서 박태원은 민요양식
이 한시나 시조詩調의 간결과 정취를 본받아야 한다고 썼을 정도이다.[148]

---

145 『조선문단』, 1935.4.
146 이하인은 『조선문단』을 속간하면서 자신의 저서 『옛날의 노래』, 『나의 노래』 두
   저서의 독자를 '約束 二大出版募集'이라는 명칭으로 모집하고 있다.
147 『조선문단』, 1935.2.

박용철은『문학文學』창간호 광고에 "조선문인시가작품중朝鮮文人詩歌作品中에 패왕覇王인 노산시조집鷺山時調集"을 전면에 내세울 정도로 '시조'에 관심을 기울이기도 했는데,[149] 김영랑의 반대에도 불구하고 그는 시조나 한시를 직접 창작하기도 했으며 또 정인보를 영입하고 시조란을 고정시켜 두기도 했고 '시조연구호'를 특집호로 낼 의지를 가지고 있었다.[150] '시가'라는 용어는 1930년대까지 우리말의 음악성에 민감하게 반응했던 시인들에 의해 지속적으로 쓰이고 있음이 확인된다. 근대시는 문자로 기록되는 것이니 어떻게 문자로 노래성을 기록할 것인가의 문제는 문자적 리터러시 문제, 스크라이빙 차원의 표식 문제 등과 밀접하게 연결된다.

'시'가 '노래양식'임을 증언하고 표식하는 용어도 다양하게 등장하고 있다. 시제목에 이미 시가의 낭영성의 맥락이 내재된 경우도 있다. 이동원의「춘야곡春夜曲」『조선문단』, 1925.5, 송순익의「우음偶吟」『조선문단』, 1925.6, 안서의「설야독음雪夜獨吟」,「애별哀別 — 당시체唐詩體를 본떠서」『조선문단』, 1927.3 같은 경우이다. 시조나 절구체 시가 독자시란에 실리기도 했는데, '스탄자 부족', '문자의 선택의 필요성' 등이 언급되었다. 정형적인 리듬의 규칙성을 구태적으로 반복한 '판에박은' 형식이 오히려 문제되었다.[151]

구조句調, 사조詞藻, 해조諧調

조선어 시가의 리듬은 음절운글자수에 기초한 것이며 이는 박자의 양적 측면이 아니라 정조의 측면을 가리키고 따라서 '구조句調'란 글자의 배치단구

---

148 박태원,「詩文雜感」,『조선문단』, 1927.1.
149『문학』창간호, 1934.1.
150「社告」,『문예월간』창간호, 20면.
151 選者,「選後感」,『조선문단』, 1927.6.

에 따라 형성되는 정조와 리듬 및 운율과의 관계가 내포된 개념이다. 사조詞藻, 해조諧調 등의 용어와 개념상 유사한 측면이 있고 또 유사하게 쓰인다.

최남선은 「세계일주가世界一周歌」『청춘』1호에서 구어句語와 구조句調라는 개념을 사용한다. '구어'란 의미를 갖는 하나의 단어와 유사한 개념인데, 이 구어적句語的 말의 질서와 조화를 통해 발현된 율조, 정조 등이 '구조'라는 개념인 듯하다. '구'란 전통적으로 낭영의 기본단위이자 의미파악을 위한 분절단위인데, 특별한 운각이나 악센트가 없는 우리말 구어체 시에서는 이 구어句語를 기반으로 음절운이 생겨난다. 정형시체에 외래어, 외국어가 쓰일 경우, 그 음절단위는 우리말의 그것과 달라 글자수를 맞추어야 할 때 지극히 곤란한 문제에 부닥친다. 낯선 구어句語, 번역어, 번역어의 음절수로 인한 구조句調의 성립 여부가 정형시체의 율격과 음악을 살리는 데 있어 관건이 된다.

본문중난해本文中難解할 듯한 구어句語는 거의 주해註解를 기加하얏스나 맥락상脈絡上 편의便宜와 인쇄상印刷上 사세事勢를 의依하야 체재體裁와 상략詳略이 제일齊一치 못함 〇지명인명地名人名의 칭호稱號는 힘써 본국음本國音을 용용하얏스나 고정考定치 못한 자者는 아즉 혹영음혹나전음或英音或羅甸音을 취取하고 쏘한 他日訂正을 期함 〇本篇의 歷路는 實地에 一依하얏스나 同國或異國의 不得不歷往할 處를 迂廻할 時에는 間或自然치 못한 路次가 업지 아니함〇아모리 耳舌에 慣熟치 못한 人地名이 잇다 하야도 句調가 이러틋 平順치 못하고 文章이 이러틋 快暢치 못함은 實로 不才의 致라 愧汗이 曷如하리오다만 難澁聱牙한 處에는 斟酌하야 보시기를 統希함 〇原作에는 篇末에 周遊餘咸을 長述하얏스나 아즉 割愛함[152]

육당의 「세계일주가」. 7.5의 음절수에 맞추기 위한 쉼표, 음절
의 자리바꿈 등을 활용했다. 외국 인명, 지명 등의 이입으로 인한
음절 과잉을 처리하기 위한 고민이 엿보인다.

출판 인쇄인이자 잡지 발행인으
로서 육당의 고심이 "맥락상脈絡上
편의便宜와 인쇄상印刷上 사세事勢를 의
依하야 체재體裁와 상략詳略이 제일齊一
치 못함"이라는 구절에 투영되어
있다. 기본적인 인쇄리터러시의 체
재와 환경을 충분히 인식하고 있던
육당으로서는 외국 인명, 지명, 사
물명 등을 시가詩歌의 체재에 맞게
조정, 배열하기가 쉽지 않음을 자각
하고 있다. 인명, 지명 등을 '본국
음'에 가깝게 표기하려 했으나 그
것이 쉽지 않았음은 '구조의 평이
치 못함'과 '문장의 쾌창치 못함'에
서 확인할 수 있다. '모쓰크○바',

'야쓰야나폴리야나', '쎄오틀대제' 같은 고유명사를 '본국음'에 적합하게
표기하면서 음절수를 맞추는 것이 핵심과제였다. '7.5'음절에 맞게 정확
하게, 규칙적으로 배열하는 것이 문제였다. 말하자면 인쇄리터러시의 문
제가 발생한 것이다. 인명·지명을 음수에 맞춰 우리말로 문장화하려니
구조句調도 문장도 다 엉크러졌다. '쎄를린대학교황大學校況 / 저러하고야'라
든가 '운데르, 덴, 린덴 / 윌헤름저자', '풋담대궐들어가 / 프레드릭왕' 같

---

152 「세계일주가」(편집자 주), 『청춘』 1, 1914, 37면.

은 전도된 문장구성을 감수해야 했다. '황況'이 어구 뒤에 위치한 점은 우리말 구어체 문장의 용례라고 보기 어렵다. 독일어 '운데르덴린덴'을 7음절운에 맞추기 위해 쉼표를 사용했는데, 두 개의 휴지休표가 한 음절을 대신할 수 있도록 휴지의 시간리듬을 어떻게 등분해야하는가 하는 박자 강박이 그대로 노출돼 있다. 또 '포츠담 궁전'을 글자수에 맞추기 위해 '폿담 대궐'이라 썼을 때, '궁전'과 '대궐' 사이의 문화적 차이 및 의미상의 전이를 감수해야하는 상황도 '구조'와 '문장'의 문제에 그대로 노출된다. 문장의 전도와 도치, 주어의 자리바꿈 같은 것들이 행위서술어의 주체를 파악할 수 없게 하는 문제도 있다. 외국의 인명, 지명을 특정한 음절운에 맞춰 우리말 문장 구조에 삽입하기란 쉽지 않았다. 즉 '구조'가 맞지 않은 것이다.

'구조句調'란 우리말 낭영체 리듬, 구어체 리듬의 음조였고 그것은 모국어로 말하는 자에게는 너무나 익숙하고 자연스런 것이었다. 쉼표나 띄어쓰기 없어도 가능한, 자연스럽게 결절되고 분절되는 우리말 구어체 정형시의 리듬은 외국어 인명, 지명이 감당할 수는 없었다. '에쓰트엔드, 시틔, / 이스트엔드 // 이도성都城주장되는 / 세큰시가市街니 //'에서 '에쓰트엔드', '시틔', '이스트엔드'는 각각 다른 공간을 일컫는다. 필자는 주해에 이렇게 서술해 두었는데, '[세큰 시가市街] 「웨쓰트엔드」는 영화와권세를 집중한 곳이니 재화財貨의 소비처라 할 것이오 「시티」는 실업實業의 중심지 재화의 생산처이오 「이쓰트엔드」는 빈민촌의 별명이 되다싶이 하얏스나 쏘론돈에 매우 주요한 부분이다○' 7음절로 구성된 구절을 보통 '3, 4'로 마디를 끊어읽는 관습에서 '에쓰트엔드, 시틔'는 영어를 알지 않고서는 '5, 2'로 분절하기는 힘들고 어쩌면 관습대로 '에쓰트엔, 드시틔'라고 읽을 가능성이 더 크다. 이 구절에서 '에쓰트엔드'와 '시틔' 사이에 있는 쉼표(,)

는 낭영성보다는 분절의 혼돈을 막기위한 장치이다. '의미'가 분절돼야 '낭영'의 혼돈이 없는 것이니, 이미 시의 문자화 단계, 특히 근대 문물이 유입돼 우리말 구어 문장에 습합되는 단계에서 불가피하게 글자수의 규칙성보다는 의미의 적확성이 더 핵심적인 요소가 됨을 인정할 수밖에 없었다. 근대문물이 유입되는 과정에서 근대문물이 시의 소재나 주제의 핵심으로 떠오르는 것은 자명한데, 그것보다 근본적인 것은 형식의 팽창, 정형률의 변화와 가속화가 아닐 수 없었다. 외래어의 유입이 가져온 구어, 구조의 변화, 그러니까 정형시체의 양식적 변화를 피할 수 없었다. 구어와 구조의 필연적인 변화는 조선어구어한글문장체 시의 숙명과도 같았다. 말하자면 자유시로의 전환 자체는 육당, 안서, 요한 등의 의지라기 보다는 조선어구어한글문장체 시가의 필연성이자 양식의 질서에 따른 것이다.

이광수는 '조調'를 가장 기본이 되는 평조平調와 그것의 변형격인 변조變調, 그리고 외형적 틀이 무너진 난조亂調로 구분하는데, 이 조는 기본적으로 노래의 악조명에서 온 것이다. '조'는 음의 조직이나 구조 등의 개념으로 쓰이기도 하고 곡의 분위기나 느낌을 가리킬 때 쓰이는 용어이기도 한데,[153] 작법, 창법이 등기되지 않는다면 시가에서는 주로 독송할 때의 분위기, 말의 어조나 셈, 여림을 조정하는 낭영의 기법을 의미한다고 하겠다. 온화하고 화창하면서 평화로운 감정에 기반한 평조와 슬프고 처량한 곡조인 계면조로 흔히 구분된다.[154] 일반적으로 '문자시'의 내용적 요소와는 다른 음악적 요소가 '조'인데, 춘원은 이것이 노래어음 자체에 내재된 것이라 보고 내재율로 지칭하고 작곡에서의 인위율도 기본적으로는 이

---

153 김영운, 『국악개론』, 53면.
154 『국악사전』 참조.

어음적 요소인 내재율에 기반한다고 보았다.[155] '내재율', '자연율' 같은 '율'의 개념은 박자에서의 양의 측면보다는 일종의 정조를 뜻한다는 점에서 박자와 박자 사이에 있는 것으로서의 '리듬'에 가까운 개념이다.

춘원은 민요를 설명하는 과정에서 '조'를 '리듬'으로 규정한 바 있다. 리듬은 감정정서의 흐름, 즉 정조이며 우리말 시가의 리듬은, 소리의 높낮이에 따라 형성되는 한시의 그것과는 다르게, 음절수에 기초한다고 보았다. 조선어 시가의 리듬을 형성하는 것은 소리의 높낮이가 아니라 음절수 글자운, 음절운라고 본 것이다. 우리말 시가의 리듬을 형성하는 것이 글자운이라면 그 기본은 4.4조이며 이 조에 기반한 것이 평조이다. 4.4조, 평조의 변격형인 변조, 그리고 보다 복잡한 난조가 우리 시가의 조이자 리듬인 것이다. 4.4를 기본으로 하되 4는 2와 3 등과 호환되고 5 역시 2.3이나 1.4와 호환되니 이것이 변조이다. 감정의 격함과 어지러움을 나타낼 때 이 변조가 쓰인다.[156] 평조든 변조든 음절수뿐만 아니라 행의 대비적 규칙성을 고수한다는 점에서 '조'는 정형적인 시가양식의 틀에서 규정되는 용어이다. 평조, 계면조 등을 지칭하는 악조의 개념에 문자적인 것을 대응 시킨 것이 '구조'이자 '글자운'인 것이다.

3.4조, 4.4조, 7.5조, 6.4조 등의 명칭은 음절수에 기초한 것이다. 최남선이 실험적으로 이 땅에 수용했다는 7.5조는 신체시의 리듬으로 알려져 있다. 7.5나 6.4는 (3.4.2.3).(3.3.2.2) 등과 호환되는데, 이는 형태상의 차원, 물리적인 형식의 차원에서 전통적인 우리말 시가의 글자운과는 다르다. 적어도 '음보'가 2배 이상 늘어난 것이기 때문이다. 그렇다고는 해

---

155 춘원, 「시조」, 『전집』 16, 166면.
156 춘원, 「민요소고」, 『전집』 16, 89~90면.

도 그 규칙성은 전통 민요의 정조로부터 벗어났다고 보기는 어렵다. 그것은 평조의 변격형태, 7(3(4).4(3)).5(2.3)로 존재할 수 있다. 실제 이 조리듬는 작시법이 없는 상황에서 실제 물리적인 차원스크라이빙에서 구분되고 확인되는 에크리튀르의 조건이자 요소에 가깝다.

이 리듬조, 구조에 대한 보다 근본적인 질문은 근대시의 율조리듬의 본질은 어디에 있는가 하는 점에 있다. 근대시의 출발을 새삼 문제삼게 되는 것이다. 춘원이 굳이 이를 감정의 흐름 그러니까 비조, 낙조, 격조 등의 용어를 쓰고 있다는 데 주목하기로 한다. '7.5조의 노래'가 '조선 신체시'와 동격의 것[157]으로 지칭되었다면, 그 리듬이란 감정의 흐름이나 격조, 음조의 차이를 표현하고 적시하는, 다소 암시적 기능과 연관된다는 점을 주목해야 한다. 그리고 이를 받아 안서가 4.4조와 7.5조의 차이를 역시 감정의 폭과 깊이에 따른 차이로 이해하고 있다는 점을 기억해야 한다.

안서는 '시적 요소에 따라 음절수를 정한다'고 요약한다. 음절수는 시형을 결정하는데, 그것은 형태론적인 필연성이기보다는 시적 요소 곧 감정의 내용에 보다 긴밀하게 얽혀있다. 두 단으로 할 것인가, 한 단으로 할 것인가의 배단법조차 그것은 감정과 격조의 질과 깊이를 위한 것이다. 음조미는 감정의 흐름이 잘 살려진 언어적 효과에 가깝다. 어떤 감정의 흐름을 담아낼 것인가를 고려하면서 언어와 시형과 배단을 선택한다는 것인데 이는 묵독의 효과를 위한 것이 아니라 독송의 용이성이나 낭영의 효과에 관련된다. 음절수가 많을수록 읊기에 시간의 여유가 있으며, 두 구를 한 호흡에 읊는 것보다는 두 호흡에 읊는 것이 시의 내용과 음조미를 엿보

---

157 이광수, 「민요소고」, 『전집』 16, 85면.

기에 좋다. 시형은 글자수에 따른 호흡의 단위를 가시화하면서 독송時 어조, 격조, 분위기가 잘 전달될 수 있도록, 음조미를 최대한 실현하기 위한 최선의 선택지가 된다. 그러니까 '조'는 기계적 강박의 리듬이 아니라 분위기, 어조, 암시 등과 직접 연관된다.

안서의 시가적 목표란 그래서 시의 '내용 혹은 음조미가 시형의 그것과 잘 조화되는 것'에 있다. 4.4조4.5 혹은 5.4조는 경쾌한 맛이 나고, 7.5조 (3.4.2.3(3.2))는 조금 늘인 맛이 있는데, 경쾌한 4.4조에 비해 그윽한 설음이 있다. 9.7또는 7.9의 경우, 9는 5와 4로, 7은 3과 4로 나눌 수 있고 5는 2와 3으로, 4는 2와 2로 다시 나눌 수 있다. 9.7조의 시는 지나간 일을 추억하는 듯한 느낌을 준다. 안서에게는 음조미와 음절수를 조화시켜 우리말 시가의 시형을 확립하는 것이 중요하기는 했지만, 각운은 조선어의 성질상 필요하지 않다고 보았다.[158] 주로 접사의 활용 및 종결체를 통해 문장이 종결되는 조선어 문장에서 실상 발레리의 멋진 각운을 단 문장같은 것들은 형성되기 어렵다. 대체로 동일한 종결어미를 반복하는 낮은 수준의 각운시나 일종의 '말놀이 노래' 같은 각운을 패러디한 형태의 시를 쓰기 쉬울 것이다.[159] 실제 소월의 시들조차 '-나', '-요', '-며', '-아(-어)', '-을(-를)', '-까' 등으로 각운을 맞추는 정도였다.[160]

음절수에 기반한 '구조句調'는 정형시체의 형식적 팽창을 위한 핵심일 뿐 아니라, 정형률의 해체와 그 가속화의 근본 계기가 된다는 점에서 중요하다. 『세계일주가』, 「조선유람가」의 예에서 확인했듯, 서양문물의 유입

---

158 안서, 「〈조선시형에 관하야〉를 듯고서」, 『조선일보』, 1928.10.18~21 · 23~24.
159 가와다 준조, 『소리와 의미의 에크리튀르—말, 언어, 글의 삼각측량』, 44면.
160 『조선문단』, 1926.6.

이 조선어 시가의 형식적 해체를 가속한다는 점은 흥미롭다. 그릇형식에 비해 그것을 채우는 기표의 크기가 광대해서 생겨난 문제라고 할 수 있다. 엄격하게 규율화된 구조로는 서양문물근대의 기호를 감당할 수 없게 된 것이다. 다른 한편으로는, 조선어의 랑그적, 문법적 특성과 밀접하게 연결된다는 것인데, 조선어구어한글문장체 시는 글자운글자수으로써 정형시체 양식을 감당할 수 없게 된다. 접사와 조사가 발달한 우리말의 랑그적 특성이 가조의 시체를 해체하면서 점차 자유시체로 전환하는 동력을 스스로 만들어가게 되는 것이다.

석경石耕은 월탄의 「향원香怨」『삼천리』, 1940.6을 두고 '화려한 사조詞藻를 보여주는 시인'[161]이라 월탄을 평가하고 있다. 서정과 애상을 우리말 감각으로 잘 살렸다는 뜻인데, '사조'는 현철이 말한 '정情'과 '율어'라는 개념과 유사하게 쓰이고 있다.

> 광한루廣寒樓 붉은 기둥엔 보이얀 꿈이 흐르고
> 오작교烏鵲橋 감도는 물은 다수어라 봄을 뱉다.
> 잔디풀 좌르륵 만간萬間드리 청靑담뇨다
> 실실이 드리운 연두軟頭빛 버들은
> 아믈아믈 수집은 푸른 안개라.
> 홀제 돌아보니 꾀꼬리 소리
> 짐짓 봄시름에 잠기웠구려.
> 언제 돌아오리 어느 때나 돌아오리

---

161 夕耕, 「시의 목적, 7월 시단평」, 『인문평론』, 1940.8.

가신 님 다시 어느 때나 도스시리

오리정五里亭 이별할 때 넌짓이 주신 면경面鏡

빛이 나니 눈물 방울 서리운 붉은 내 눈 뿐이다.

청사靑紗초롱 흔들거려 찾아오던 그 밤이야,

태사신 끄는 소리 으젓하던 그 밤이야,

우렁찬 목소리 믿음직한 밝으신 눈,

님의 도포道袍자락에 스쳐, 스르렁 거리던 검은고

그저 그 곳에 섰다,

허전하고야 잠 못 이루오

잠 못 이루어 꿈도 못 꾸오,

아사사, 꽃 날리는 바람 소리만 들어도 님이 곧 오시는 양 하구료.

— 「香怨 1」, 삼천리, 1940.6

이미 정형시체의 리듬을 탈피한 시다. 기계적 음절운, 글자수의 규칙성은 사라지고 오히려 정서, 내용, 분위기를 살린 우리말 문장체의 시다.

운문과 해조를 연결한 이원조는 '해조란 것이 원래 음악적인 것'이며, 그러니 '해조는 운문의 길이며 그것이 더 많이 시의 길이다'라는 명제를 제시한다.[162] 시의 고향은 언제나 해조와 음악이 있는 운문의 세계라는 것이다. 감정을 잃고 노래를 잃고 스케치풍으로 떨어지는 이미지의 시나 현대의 지식을 장전한 주지적인 시를 비판하기 위한 용도로 언급한 것이지만, 1930년대 중반 이후 시가 다시 노래를 지향해야 한다는 자각은 비평

---

162 이원조, 「시의 고향—편석촌에게 부치는 단언」, 『문장』, 1941.4; 김학동, 『김기림 평전』, 새문사, 2015, 312~313면.

가, 시인 혹은 기성시인, 신진시인 할 것없이 거의 모든 시인들에게 당위적인 명제로 자리잡았다. '조'가 기본적으로 정서, 분위기, 음악의 아우라 같은 개념으로 출발해 거의 유사한 용어로 구조, 해조, 사조 등이 쓰였는데, 처음은 글자수에 기반한 개념으로 인식되다 차츰 조선어 구어문장체의 자연스런 리듬으로부터 인지되는 말의 음조미, 말의 음악성이라는 개념으로 전환된다.

압운押韻

안서는 「시형, 언어, 압운」이라는 제목의 시론을 발표하기도 했는데,[163] 실제 안서는 압운에 맞는 시를 쓰기도 했다. 실제 '압운'의 시임을 괄호 안에 병기해 둔, 「금金장이」, 「어처구니의 노래」, 「목판木板의 노래」『별건곤』 35, 1930.12, 「해안海岸」『삼천리』 11, 1930.10 등에서 확인된다. '압운'은 실제 수행성, 연행성을 전제한 것이기에 '문자시'를 전제하면 실현에 제한이 있을 수밖에 없다. 시가양식의 성격을 보다 공고하게 하고 투명하게 보여주는 표식이자 작시법, 창법의 핵심이 압운이다.

어처구니의 노래
어처구니 싱겁다 쇳돌 깨무네
말을 말게 제 신세身勢 하도 어굴해
와작어작 쇳돌을 모다 부스며
풀 길 업는 심사를 녹이노나이

---

163 김안서, 「시형, 언어, 압운」, 『매일신보』, 1930.7.31~8.10.

스탬프의 노래

무심無心타 「스탬프」는 밤낮 춤일세

뒷집 형兄 압집 동생同生 민망하고나

모도 다 죽노라네 쓸인 세卋 품에

못 끈나니 이 목슴 엉덩춤일세

목판木板의 노래

어처구니 쉿돌을 화에 삼키고

엉덩춤을 스탬프 추며 놀아도

모도다 제 신수身數라 낸들 엇저오

金이나마 맘대로 잡아두겟소

— 『별건곤』 35호, 1930.12

　「어처구니의 노래」에서는 1, 2행의 '-네', '-해'의 압운이, 「스탬프의 노래」에서는 1, 3, 4행의 '-세', '-에', '-세'의 압운이 확인되며, 「목판의 노래」에서는 '-오'로 전 행을 압운했음이 확인된다. 안서는 압운을 다양하게 활용함으로써 순구체시의 음악을 정형화하고 작법화하는 데 공을 들인다.

해안海岸

一

어세밤은 원산元山을 모나뛰말아

설은 경景 그러놋코 나온 이들아,

오늘이라 장전長箭선 모래를 안고

찰래~네노래 맘씨곱구나.

二

구적물에 개고리 혼자들안자

으앙으앙 제노래 흥興이 놉흘제,

하늘이라 밝은 별 貴해함인지

흙물에 어려들며 직혀를주네.

三

매암이 매암매암 울부짓는양

쓰르람이 쓰르람 소사나는 흥,

격格이로세 모도다 듯기 죠혼양

그대여, 노래하라 뒤끌는 심정心情.

四

외롭다 버드나무 강江까에나서

물우에다 그림자 어리고섯네,

갈바람은 우수수 몸을 휘들제

님조차 진단말가 갈길이 어데.

—In 22 an, Auguslo. 1930

—『삼천리』 11, 1930.10

「해안」은 자음과 모음을 활용해 다양하게 압운한 효과를 낳고 있다. 적어도 1930년대까지도 안서는 완고하게 압운 형식을 실험하고 있었던 것 같다.

7.5조의 음절운을 분명하게 지키면서 4행 1연의 4행시체 형식을 엄격하고 정밀하게 기사한 소월의 시 「그사람에게」는 불란서시에서 보이는 부드럽고 신비스런 압운의 음조를 보여준다. 육당의 7.5조 시들의 강박적 글자운의 리듬과도 다르고 안서의 기계적인 압운의 리듬과도 다른 조선어 구어의 자연스런운 리듬과 해조가 읽힌다. 육당, 안서의 시와는 조선어 구어의 결이 다르다고 할 것이다.

「불탄자리」, 「오일五日밤산보散步」, 「비소리」『조선문단』, 1925.10은 모두 4행 1연의

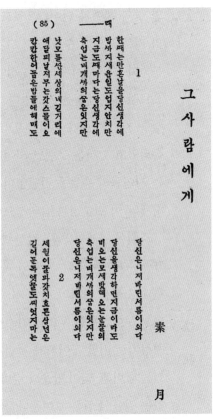

소월, 「그사람에게」(『조선문단』, 1925.7)는 12(7.5)의 글자수를 엄격히 기사하고 있다. 띄어쓰기나 쉼표로 단구하지 않았다.

시들인데 개행의 원칙이나 글자수나 배단법이 다 제각각이다. 굳이 글자수를 맞추거나 압운을 고집하는 강박적 의식없이 조선어 구어의 자연스런 리듬과 한글문장체의 아름다움을 그대로 견지한다. 단, 앞의 선배시인들의 시양식과 비교할 때 변함이 없는 것은 4행 1연의 원칙이다. 이 원칙은 이른바 '민족문학파'의 고유성, 특성을 시시하는 깃이 이니라 정형시체의 고유한 양식성을 가리킨다. 민요에서 굳이 의미를 찾을 필요가 없고

몇 줄의 시행과 단어만으로도 거의 자동적으로 얽혀드는 집약과 결정화의 기분을 느낄 수 있으며 그것만으로도 민요 혹은 4행시체의 가치는 충분하다.[164] 4행시체는 단순성에서 우러나는 음조미를 담지한 음악의 양식으로서의 존재성을 가리킨다. 그것이 영랑과 용아가 4행시체 시가형식의 곁을 지킨 이유가 된다. 1920년대의 정형시체의 양식이 1930년대도 지속되었고 그것은 조선말 외여지기, 조선어 구어의 말을 음악화하고자 하는 시인들의 충동을 간단없이 흔들게 된다. 우리말 시의 황금부분이 4행시체의 이 단순성과 음악성으로로터 기인하기 때문이다.

소월이 안서의 「삼수갑산三水甲山」에 부친 시는 「차안서선생삼수갑산운次岸曙先生三水甲山韻」인데, 안서의 운을 차운한 것이다. 안서의 시는 단순, 간결한데 소월은 안서의 시에 비해 보다 자유로운 정형시체 형식을 견지하고 있고 구어체적인 우리말 감수성을 잘 살려내고 있다. '압운'의 엄격한 규칙성이 우리말 구어체가 누릴 수 있는 말의 자유로움을 구속하는 경향이 있는데 비해, 굳이 압운의 강박성을 갖지 않더라도 압운의 묘미를 살릴 수 있는 길을 소월은 보여준다. 소월의 가치는 단순히 '민족적 한'의 표출이라든가 역설의 미학을 정련하게 제시한다든가 등의 서정 혹은 내용의미에 있다기 보다는 자연스런 우리말 구어 정형시체의 선구자적 개척에 있다할 것이다. 압운을 정련한 시조차 음악을 포기하지 않았던 것이다.

내재율內在律

춘원의 '내재율' 또는 '자연율'은, 작곡할 때 인위적으로 박자 혹은 리듬

---

164 아놀드 하우저, 백낙청·염무웅 역, 『문학과 예술의 사회사─현대편』, 창비, 1985, 198~199면.

을 구성하는 율격인 '인위율'과는 구분된다. "어음 자신에 내재한 율로 비장과 화창和暢이 드러난다는 맥락"은 이 율이 단순히 엄격하게 계량적인 박자의 개념보다는 어조, 정서 등과 연관되어 있음을 확인하게 되는데, 그럼에도 작곡할 때 인위율人爲律은 이 내재율자연율을 기초로 한다.[165] 안서가 말한 어조, 음조미를 결정짓는 요소와 가까우니 '격'과 '조'를 비교하면 '율'은 상대적으로 '조'에 가깝다. 시조가 비록 문학으로 읽힌다 하더라도 음악적 구성요소가 사라지는 것은 아니며 '어음 자신에 내재한 율로 비장悲壯과 화창和暢 등의 상상想, 정서을 드러낸다'는 사실에서 '내재율'은 언어 자체가 갖는 '음악성'과 '상상想, 내용'과의 조화 가운데 우러나는 분위기, 정서 등을 포괄한다. 그러니까 춘원의 '내재율'이란 개념은, 정형시＝정형률외형률과 자유시＝내재율의 이분적 대립으로 이해되는 것과는 다른 개념이다.

시조 같은 정형시체든 「불노리」 등의 자유시체든 구어적 말이 가지고 있는 본질적인 음악의 지향, 곧 리듬이 내재율이다. 이것은 낭영성이 전제된 개념이다. 시조를 읽을 때, 장章, 구句, 어語, 음音에 내재된 특별한 고저, 장단의 음악적 특성을 내용인 상상想에 비추어 시조양식의 음악성을 조화롭게 드러내는 것이 핵심인데, 슬프거나 기쁘거나 화창하거나 비장하거나 등등의 정조를 낮거나 높거나 강하거나 약하게 내려읽음으로써 언어의 음악적 효과를 최대한 발휘할 수 있어야 한다. 시조가 문자로 표현된다고 하더라도 그 낭영적 요소는 존속하고 있고 그것은 시조를 '내려읽을 때'낭영할 때 현전한다. '내재율'은 이 '내려읽는 속성'을 고려하지 않으면, 즉 음악성이 외화外化되지 않으면, 연행을 통해 물리적으로 소리화하지 않으면,

---

165 춘원, 「시조」, 『전집』 16, 167~168면.

현전하지 않는다고 말할 수 있다. '내재율'은 상의 이미지에 조화된 음의 실현을 전제로 한 시가의 속성이며 '내재율'이 실재하는 순간은 음성으로 구현되는 바로 그 순간이다.

안서는 "자유시自由詩의 특색特色은 모든 형식形式을 깨트리고, 시인자신詩人自身의 내재율內在律을 중요시重要視하는데 잇습니다"라고 썼다.[166] 안서에게 '내재율'은, 비정형체시자유시체의 잠재된 '음악성'을 지칭하는 개념과는 차이가 있다.[167] 시인이 개성적으로 언어를 배치하고 리듬을 생성해냄으로써 생기는 운율이자 자연스런 조선어구어한글문장체 시의 음악성이 실현된 리듬으로서의 가치를 갖는 개념인 것이다. 적어도 육당과 안서의 '내재율' 개념은 현재 '자유시-내재율', '정형시-외형(제)률'의 이항대립항으로 굳어진 것과는 분명 차이가 있다.

김광섭에게 '내재율'이라는 용어는 기계적인 글자수에 구속되지 않으면서도 시를 정격화, 율격화하는 리듬 개념으로 이해되었다는 점에서 육당, 안서의 그것에 이어진다. 기계적 형식을 깨트렸음에도 정격화된 자연스런 리듬이 있다는 것이다. 김광섭은 서정주의 「밤이 깊으면」을 들어 '부유하는 글자수가 거의 없'어 새 운율의 힘으로 시의 새로움을 획득하고 있다고 썼다.

> 그 생각을 안타까이 끊고저 하는 심경이 새 운율의 힘으로 내재율이 되고 또 인상화되야 향토가 도시에 나온 슬픔이 새로운 사회시적 형성을 하고 있다. 당연히 새시인의 시같고 또 부유한 글자의 수가 거진 없다.[168]

---

166 金岸曙, 「序文代身에」, 『일허진 眞珠』, 평문관, 1924.
167 문자가 지시하는 소리는 상상 속에 있다. 월터 J. 옹, 앞의 책, 195면.

자유시−내재율, 정형시−외재율이란 공식과는 차이가 있다. 문자를 어떻게 배열하고 개행하든 간에 본질적으로 조선어 구어 문장체의 말의 질서와 음악이 있다는 것이다. '부유한 글자의 수가 없'고 기존의 방식과는 달리 물리적 스크라이빙 형태의 말의 질서를 가시화 하지 않아도 규칙적인 말의 질서와 리듬이 존재한다는 것인데 김광섭은 그것을 '새 운율의 힘으로 내재율이 된다'고 표현했다. 적어도 정형시체다운 판식의 효과 없이도 내재율은 충분히 확보될 수 있다는 것이다. 이 관점이 매우 중요한데, 글자수 배치, 개행 같은 스크라이빙 차원의 엄격한 배열의 질서를 가시화 하지 않더라도 시의 음악성이 실현되는 방식을 김광섭은 포착하고 있다. 정형시체의 물리적, 가시적 현전을 통해 시가를 문자화하는 방식의 변화가 이 대목에 중요하게 깔려있다. '내재율'이 추상적·이론적 구성물이 아니라 정격화 되고 질서화 된 개성적 리듬이며 다만 그것을 정형체로 문자화 하지 않은 것이 서정주의 개성적 리듬의식인 것이다. 강박증적인 규칙적 '쓰기'가 되어있지 않다해도 그것이 정형시체의 운율이 존재하지 않음을 의미하지는 않는다. '새 운율의 힘으로 내재율이 되고'라는 문맥은 스크라이빙의 차원, '문자화'하는 방식의 새로운 층위를 가리키고 있는데 어떤 경우든 '율'은 '낭영'의 차원을 떠나면 인식되기 어렵다.

이를 전제하고 서정주의 「밤이 깊으면」을 읽어보기로 한다.

밤이 깊으면 숙아 너를 생각한다. 달래마늘같이 쬐그만 숙아
너의 전신을,

---

168 김광섭, 「시단월평」, 『인문평론』, 1940.6.

낭자언저리, 눈언저리, 코언저리, 허리언저리,

키와 머리털과 모가지의 기력시를

그속에서 울려나오는 서러운 음성을

서러운서러운 옛날말로 우름우는 한 마리의 버꾹이새.

그곤은 바윗속에, 황토밭우에,

고이는 우물물과 낡은시계ㅅ소리 시계의바늘소리

허무러진 돌무덱이우에 어머니의 시체우에 부어오른 네 눈망울우에

빠알안 노을을 남기우며 해는 날마닥 떳다가는 떨어지고

오직 한결 어둠만이 적시우는 너의 오장육부, 그러헌 너의 공복.

뒤안 숲밭의 솔나무가지를,

거기 감기는 누우런 새끼줄을,

엉기는 먹구름을, 먹구름먹구름속에서 내이름ㅅ자 부르는 소리를,

꽃의 이름처럼 연겊어 연겊어서 부르는 소리를,

혹은 그러한 너의 절명絶命을,

혹은,

혹은,

혹은,

여자야 너또한 쪼껴가는 사람의 딸, 껌정거북표의 고무신짝 끄을고

그 다 찢어진 고무신짝을 질질질질 끄을고

억새풀닢 욱어진 준령을 넘어가면

하눌밑에 길은 어데로나 있느니라,

그 많은 삼등객차의 보행객의 화륜선의 모이는 곳

목포나 군산등지. 아무데거나

그런데 있는 골목, 골목의 수효를,

크다란 건물과 적은 인가人家를, 불켰다불끄는 모든 인가를,

주식취인소를, 공사립금융조합, 성결교당을, 미사의 종소리를,

밀매음굴을,

모여드는 사람들, 사람들을, 사람들을,

결국은 너의 자살 우에서―――

철근콩크리트의 철근콩크리트의 그 무수헌 산판알과 나사못과

치차를 단 철근 콩크리트의 밑바닥에서

혹은 어느 인사소개소의 어스컹컴함 방구석에서

속옷까지, 깨끗이 그 치마뒤에 있는 속옷까지 베껴야만하는 그러한 순서.

깜한 네 열 개의 손톱으로 쥐어뜯며 쥐어뜯며

그래도 끝끝내는 끌려가야만하는 그러헌 너의 순서를.

숙아!

이 밤속에 밤의 바람벽의 또밤속에서

한 마리의 산 귀똘이와 같이 가느다란 육성으로 나를 부르는 것

충청도에서, 전라도에서, 비나리는 항구의 어느 내외주점에서,

사실은 내 척수신경의 한가운대에서,

썻허연 두줄의 잇발을 내여노코 나를 부르는 것,

숲은 인류의 전신의 소리로서 나를 부르는 것.
한 개의 종소리와 같이 전선과 같이 끊임없이 부르는 것.

뿌렉, 뿔류의 바닷물과 같이, 오히려 찬란헌 만세소리와 같이
피와 같이,
피와 같이,

내 칼 끝에 적시여 오는 것.

숙아, 네 생각을 인제는 끊고
시퍼런 단도의 날을 닦는다.

— 「밤이 깊으면」, 『인문평론』, 1940.5

가시적으로는 일정한 규칙성을 찾기 어렵지만 낭영의 순간에 모든 말이 리드미컬한 행진을 시작한다. 숱한 쉼표와, 명사형 혹은 체언으로 끝나는 시행의 종결부가 산문화되는 길을 막는다. 쉼표나 말줄임표 같은 '읽기'의 기호법이 결정적으로 낭영의 발화법을 지시하고, 행 끝의 명사형 혹은 체언은 말이 완결되지 않고 차행의 말로 이어져갈 것임을 예고한다. 호흡은 그래서 가파르다. 각 행의 규칙성이 가시적으로는 보이지 않으나 낭영하는 순간 리듬은 일정한 규칙성을 갖게 된다. '혹은'이라든가, '-같이' 등을 통해 말의 반복이 가능하고 이로써 역동적 리듬이 발현된다. 동일한 어구의 반복을 통해 생성되는 리듬의 효과와는 다른, 우리말구어한 글문장체의 역동성이 살아난다. 관습적으로 내재돼 있던 우리말 구어체

시의 낭영의 기억이 이 시의 낭영적 읽기의 독법을 만들고 그것으로부터 앞으로 더 나아가게 한다. 3음보의 전통적인 율격의 우리말 구조, 발화법이 여기에 개입한다. 그러니까, '주제를 고수하면 언어는 따라온다Rem tene, verba sequentur'의 서사산문양식의 문장법쓰기이 아니라 '언어를 고수하면 주제는 따라온다verba tene, res sequenter'[169]의 시양식의 독법읽기이 이 시의 율격을 이해하는 핵심이다. '내재율 : 외형률'은 정반대의 율격이 아니며 '정형시'와 '자유시'를 구분하는 규준으로 보기도 어렵다. 가시적으로 드러나지 않으나 개인의 개성적 호흡이 낭영의 순간에 발휘되는 율격이 내재율이며, 그 내재율조차 구체적으로 자연스러운 우리말 구어체 리듬의 기반 위에 있다. 말이 말을 밀고 나가는 에너지가 조선어 구어의 리듬이자 율격이다. 말 그 자체에 내재된 율격이란 바로 조선어 구어의 자연스런 흐름이자 시인의 개성적 리듬을 기반으로 형성된 호흡이다. 단순히 문자적 존재로 만족하는 시양식으로는 내재율은 그 자체로 모순이다.

이 내재율을 받드는 중요한 표식의 하나는 쉼표(,)이다. '쉼표'는 단지 쉬기 위한 표식이라고 보기 어렵다. 휴지이되 질주하라는 표식이다. '휴지'는 그러니까 리듬의 이행다리 구실을 하는 것으로 호흡의 결절 단위이며 호흡하면서 사유하기 위한 이행 단위이다. 쉼표에서 창자唱者는 호흡을 들이키면서 이미지를 사유하고 맥락을 사유하며 인간을 사유한다. 단어시어의 '의미'를 추적하는 것은 시읽기의 선결조건은 아니다. 질주하는 리듬을 따라 말이 따라가고 호흡은 가파른데, 그 때 쉼표는 결절된 호흡 너머로 잠시 사유할 것을, 리듬을 따라 달리던 질주를 멈추고 사유할 것을 지

---

169 움베르토 에코, 박혜원 역, 『젊은 소설가의 고백』, 레드박스, 2011, 28면.

시한다. 낭영의 순간에도 우리는 시를, 말을 사유하고 있는 것이다. 그러니까 시의 음악성을 단지 발화의 순간에 발산되는 율격으로, 호흡의 충동으로, 물질화의 차원으로 이해해서는 안된다. 소리의 물질성을 과소평가하는 관습적 시 읽기의미로서의 시읽기의 문제만큼이나 또 그렇다고 해서 소리가 단지 리듬이나 물적 차원의 파동으로 이해돼서도 안된다. 음악성은 리듬이자 호흡이며 사유이다. '내재율'의 맥락에 이미 사유와 호흡과 구어의 말이 숨쉬고 있다.

절주, 리듬, 메나리

현철은 리듬을 '정情의 율격'이라 하고 이를 문자로 표현한 것을 '운문시'이라 보았다. 그는 "시가 정의 언어라면 율어의 형식이 인위적인 것이 아니라 내면의 필연성에 의해 생기는 것"이라 했다. 정이 극렬하면 리씀節奏이 있는 형식으로 표현되는데, 분노, 흥소, 희열 같은 인간의 감정을 어떤 규칙과 질서에 따라 형식화한 것, 즉 정의 율격을 문자로 표현한 것이 운문이라는 것이다. 이 율격의 문자화 형태는 민족나라별로 차이가 있다고 하고, 황진이의 시조 「어져 내일이야」를 시작으로 각 나라별 시를 예로 든 뒤 현철은 다음과 같은 설명을 남겼다.

조선시는 노래를 부를 만한 조율調律을 표준한 것이요 일본시는 자수 즉 음조音調를 가진 형식이 긴장한 것이요 한시는 보통 문장에다 경도傾倒된 것이요 영시는 운각의 즉 데이, 쓰레이, 차일드, 와일드 등을 말한 것이다.[170]

---

170 현철, 「비평을 알고 비평을 하라」, 『개벽』, 1920.12.

음절수에 기반한 일본시나 각운이 필수적인 영시에 대비된, 조선시의 특성은 분명하게 감지되었던 사항이다. 현철은 우리말 시가의 운문적 특징을 '노래를 부를 만한 조율調律을 표준한 것'에 두었는데, 조율을 표준한 조선시란 이광수의 정조론에서 언급한 것과 다르지 않다. '-할 만한'이란 이 어구만으로도 이미 우리말 시가의 작법론의 부재, 모호하고 불명료한 채 존재했던 조선시의 운명을 짐작할 수 있다. 서양시나 일본시의 운율론을 기반으로 우리말 시가의 그것을 고찰한다는 것은 정합성이 적고 우리말 자체의 '노래부를 만한 특성'을 작시법으로 고정하지 않는 이상 그 비교조차 가능하지 않다. 육당 이래 조선시의 작법에 대한 논의가 수다했고 그 핵심에 '운율론'이 있었으나 그것에 대한 명쾌한 결론을 이끌어내지 못한 이유일 것이다. 따라서 현철은 '근자 신체시는 서양시의 모방'이라는 전제를 이끌어올 수밖에 없었다. 현철의 논의는 부정확하기는 하지만, '이쿠다조코生田長江'가 말한 '시의 특색'에 대한 정의에 기반된 것이다.

『개벽』 1920년 11월호 황석우 글의 말미에 현철은 '이쿠다조코'의 '사전적인 글'을 번역, 편집해 실었는데, 황석우는 현철이 자신의 글 '꽁무니'에 이 글을 편집한 것에 대한 불쾌감을 드러내면서 '이쿠다조코'의 시에 대한 정의의 부정확성에 대해서 비판한다.

시詩라고 하는 것은 무엇인가.

시詩라고 하는 것은 운문韻文을 가르쳐 말한 것이니 그 특색特色은 노래로 부를 만한 음조音調를 가신 짓과 또又 형식形式이 긴장緊張한 것과 보통普通의 문장文章과 비교比較하여 전도顛倒되어 잇는 것이니 이상삼종以上三鐘의 성질性質 중中 어쩌한 것이던지 일종一種만 구유具有한 것이면 시詩라고 할 수 잇는 것이다. 가사歌詞와 시조^{時調}는 조선^{朝鮮} 고래^{古來}의 시詩요 근자^{近者} 신체시^{新體詩}는 서양시^{西洋詩}를 모 방^{模倣}한 것이요 한시^{漢詩}는 지나^{支那}의 시詩이다.[171]

현철의 주장에 대해 황석우는 "일본 명치 초창기에 일어난 신체시에 대한 정의로는 모르겠으나, 최근 일본시단이나 우리들이 쓰는 시는 독립한 시다. (…중략…) 시형과 시는 다르다"[172]는 입장을 피력한다. 시형은 공유되는 것이고, 그것은 노래부를 만한 성격, 정형시체로서의 특성이 공유된다는 뜻이며 보다 핵심적인 것은 조선어 시가의 리듬은 조선어 구어의 본질적 성격에서 발원한다는 점이다. '국민적 시가운동'을 황석우는 글의 말미에서 언급하는데, 그것은 황석우가 사회운동가로서 조선근대문예운동에 앞장 선 경력과도 무관하지 않을 것이다. 황석우가 언급한 '시형과 시가 다른' 이유는 바로 조선어 특유의 랑그적 특성, 그리고 조선어 시가의 구어적 리듬과 관련된다. 문자상, 즉 '쓰기' 상으로 시형은 유사하나 문자를 통해 발현되는 '노래성', '노래부를 만한 성질'은 언어의 성질에 따라 다르다는 것이다. 조선어 구어를 매개로 한 '노래성'의 발현이 근대적 시가의 실재이자 본질이며 그것은 조선어구어한글문장체 시가의 '리듬'을 고구함으로써 그 실체가 온전히 드러난다.

'가사^{歌詞}와 시조^{時調}는 조선고래^{朝鮮古來}의 시詩요 근자신체시^{近者新體詩}는 서양시^{西洋詩}를 모방^{模倣}한 것이요 한시^{漢詩}는 지나^{支那}의 시'인 까닭에 조선의 신시는 조선어구어한글문장체 시가의 조건에 맞아야 한다는 현철의 관점은 우리말 시의 리듬의식과 무관하지 않다.

---

171 『개벽』, 1920.11.
172 황석우, 「犧牲花와 新詩를 읽고」, 『개벽』, 1920.12.

이광수의 우리 민족에게 특별히 맞는 '리즘리틈'의 개념도 동일하다.

> 우리는 우리 민요 속에서 우리 민족에게 특별히 맛는 리즘을 발견하는 동시에 우리 민족의 감정의 하르는 모양(이것이 소리로 나타나면 리즘이다)과 생각이 움지기는 방법을 볼수가잇다. 새로운 문학을 지으려하는 우리는 우리의 민요와 전설니야기에서 이것을 찾는것이절대로 필요하다. 대개 우리 죠선사람의 정조(감정이 흐르는 방법을 정조라고 이름짓자)와 사고방법에 합치하지 아니하는 시가는 즉 문학은 우리들에게 마질수업는 때문이니 오늘날 신문학이 내용은 훨신 우수하면서도 항상 민요와 전설니야기와 니야기책에게 눌리는 것이 이 때문이다. (…중략…) 그 리즘이 느리고 질겁고 한가한 것이 넷날 우리 조상의 생활의 특색을 보는 것갓다.[173]

'리즘'이 감정, 생각을 다 포괄해 '소리'로 나타낸 것이라는 춘원의 주장은 '정의 율격'이라 칭한 현철의 그것과 다르지 않다. 따라서 우리의 감정을 우리의 소리말로 나타낸 것이 우리의 리듬이자 신문학신시이니 그것은 일본 신체시와 서양시와도 본질적으로 다를 수밖에 없다. 시와 시형은 다르고, 시형이 같아도 소리는 다르니, 즉, 신체시나 서양시와 우리 시의 시형은 유사해도 그 소리는 다르니, 조선어구어한글문장체 시는 신체시나 서양시의 모방으로 완성될 수 없다는 것이다. 이 논법이 가능한 이유가 시를 문자의 차원문자적 존재의 시이 아니라 소리의 차원낭영의 차원에서 개념화하기 때문이다.

---

173 이광수, 「민요소고」, 『조선문단』, 1924.12.

감정의 소리화정의 율격가 곧 '리듬'이니, 우리에게 맞지 않은 리즘으로 문학을 하는 신문학이 '민요와 전설' 등의 옛날 우리정서에 맞는 문학에 눌리는 것은 자명하다고 춘원은 분석한다. 우리말 소리, 조선어구어한글문장체의 소리리듬에 맞는 문학의 필요성과 그것의 기원을 민요이야기로 소급하는 담론은 그것이 '국민시가운동'의 '운동'의 이념으로서보다는 조선어구어한글문장체 시가의 형식작시법을 찾고자 하는 의도와 긴밀하게 연결된다. 조선어가 핵심이다. '소리리듬'의 문제이자 그 소리를 문자로 고정하는 문제가 시가양식 담론의 핵심 논제가 아닐 수 없고, 그것은 이념, 계몽의 차원보다는 언어 및 양식의 차원에 우선적으로 조건지워진다. 악센트, 고저, 운각을 통해 '리듬'의 규칙성을 담보하는 시작법이 존재하지 않거나 이것을 규정할 수 없다면, '노래'의 기원인 옛 '민요', '동요'로 되돌아가서 그것으로부터 '리듬'을 추출해 근대적 시가, 조선어 구어문장체 시가에 접목하는 방법이 있고 그에 따라 시가를 문자화율격화하는 방법이 신시 작법의 핵심이 될 수 있다는 것이다.

조선말 구어체 시의 리듬이 무엇인가에 대한 논의는 초창시대 시가형식을 규정하고자 한 시인들에게 큰 골칫거리였다. 춘원, 안서, 요한이 다 전통 민요를 참조해 이 규준을 찾고자 했다. "새로운 문학을 지으려하는 우리는 우리의 민요와 전설니야기에서 이것을 찾는 것이 절대로 필요하다"는 주장이 나온 이유이다. '느리고 즐겁고 한가한' 것을 민요의 리듬이라 규정했는데, 이 같은 리듬이 무엇인지는 확인하기 어려우나 분명 근대 들어 이 '느리고 즐겁고 한가한' 민요의 리듬은 더이상 유효하지 않았다. 리듬이 사회시적 형성의 조건이라는 장만영의 시각을 참조할 수 있겠다. 유효하지 않으므로 새로운 리듬론, 절주론이 탐구되기 시작한 것이다.

'태초에 운율이 있었느니라'를 한스 비유로의 말이라 소개하면서 시와 음악의 관계성을 분명하게 규정하고 출발한 잡지 『음악과 시』1930.8는 '운율'을 '음을 흐르게 하는 힘 또는 그 흐름'이라 지칭하고, 음악이 탄생하는 근본 원인은 '운율'에 의해 팽창되는 마음의 흐름에 있지 작곡법이나 이론악리에 있지 않다고 단언한다. 그 흐름을 공간적으로 응결한 것이 악보며 악보를 통해 객관적인 형식을 논할 수 있다는 것이다.[174] '마음의 흐름'심율, 심류 등의 용어는 당대 흔히 쓰이던 것처럼 보이는데, 그것은 음악이 시간적인 예술이면서 추상적인 기표로밖에 물질화 할 수 없는 음악 고유의 특성을 내포한 맥락을 띤다. '전조轉調'를 설명하면서도 이 '흐름'이라는 용어는 포기되지 않는다. "본류本流가 필연의 경로를 밟아 지류입支流入하는 상태"를 말한다는 것이다. '전조'가 필요한 이유 역시 "동일한 조지調子로써 쓰여진 가곡歌曲은 단조單調의 폐를 불면不免하"기 때문이라는데, '조자'가 '가락', '음의 분위기'를 뜻한다고 하면 이 '조자'란 말에 이미 '운율의 흐름'이라는 맥락이 포함되어 있다. 본류, 전조, 평조, 난조, 변조 등이 일종의 운율, 리듬의 개념을 안고 있다고 하겠다. 그러니까 '박자'와 같은 수적, 양적 개념이 아닌, 박자와 박자 사이의 흐름을 통해 지각되는 '리듬'의 개념은 초창시대부터 존재했다. '리듬'은 곧 '운율'이고 그것은 '정의율격'이자 '마음의 흐름'이 소리화된 것이다. '운율의 흐름'은 '멜로디', '선율', '분위기', '가락' 등의 용어를 통해 그 의미가 확인된다. 이 개념들은 서로 분리되지 않은 채 모호하게 섞여 이해되었는데 그렇다고 그것을 평가절하할 이유는 없다. 근대적 개념으로 본다면, 그 용어들은 음악의 시

---

174 「작곡법」, 『음악과 시』, 1930.8.

간성을 지시하면서 또 한편으로는 음이 공간적으로 팽창되는 청각적 환경의 상황을 동시에 포괄하는 것처럼 보인다. 음악이 추상적이기는 하지만 물리적이고 동시에 신비적인 것임을 초창시대 '리듬'의 개념이 확증하는 격이다.

'리듬'을 '육체성'의 개념으로 읽어낸 이는 안서이다. 안서는 적어도 이 호흡으로서의 시, 육체성의 시를 음악적인 신비音조. 음향와 연관해서 이해했던 인물이다. 그의 초창기 시론 「시형의 음률音律과 호흡呼吸」은 '리듬'을 '호흡'과 '충동'의 개념으로 이해하고 따라서 시에서는 문자의 '의미'보다 몸이 느끼는 찰나적 충동리듬이 중요하다고 강조한 수준높은 평문이다. 육체의 리듬이 호흡이고 호흡은 시의 음률을 형성하는 것이기에 시의 리듬은 수나 양의 문제가 아니다. 조선말 시의 호흡과 충동을 음악화한 것이 리듬이고 그것을 문자화한 것이 시형인데, 시를 이해하는 독자도, 시다운 시를 짓는 이도 거의 없는 상황에서 조선말로 된 시가의 '일반적 음률' 곧 새로운 '시풍詩風'이 정해지기 전까지 '리듬론', '작시론', '시형태론'은 유보될 수밖에 없다는 것이다.[175]

안서는 '리듬'을 '복잡을 단순케하는 것'이라 정의하고 '평측' 같은 운법을 고수하거나 '음수'를 지킨다고 해서 아름다운 리듬을 자아낼 수 있는 것은 아니라고 본다. 안서와 육당과의 근본적인 차이가 이 대목에서 읽힌다.

인생의 감정이 언어에 표현되야 언어로 생기는 여러 가지 변화와 그것을 조화하는 형식이 리듬입니다. 음수音數니 평측平仄이니 하는 것이 반듯이 아름답은

---

175 김안서, 「시형의 음률과 호흡」, 『태서문예신보』, 1919.1.13.

「리듬」을 짜아내는 것이 아니고 감정感情을 생명 삼는 시가의 「리듬」은 감정感情 그 자신 속에 임의 「리듬」이 내재內在된 것이라 하지 아니할 수가 업습니다. 이 것은 감동感動을 밧으면 감동感動된 감정感情에는 엇떤 파동波動이 잇서 파동波動된 바 모든 감정感情의 현상現象 — 깃븜이나 설음이니 하는 곳에는 반듯이 감정感情으로 생기는 고유한 곡조曲調가 잇습니다. 다시 말하면 「리듬」이란 그 속에 살아 활약活躍하는 것으로 설은노래에는 설은 리듬이 잇고 깃븐 노래에는 깃븐 리듬이 잇는 것임니다.[176]

'감정 그 자신속에 이미 리듬이 내재된 것'이라는 구절은 '언어 그 자체에 이미 음악이 있다'는 춘원의 말을 관통하고 있다. 감정의 파동이 곧 리듬이라면 기쁠 때와 슬플 때는 그 파동이 다를 것이며, 감정의 파동을 언어로 표상해 형태로 나타내면 그것이 율격이다. 사람마다 얼굴이 다른 것과 마찬가지로 감동된 감정의 현상이 다른 것이며, 같은 시상詩想을 두고 각각의 시인이 노래할 때 각 시인의 리듬이 다른 것은 '감동된 감정의 음악적 현상'이 다르기 때문이다. '개성적 율격'이란 맥락과 유사하다. 그럼에도 시가양식은 '일반적 율격'을 설정하는 것작시법이 필요한데, 그것이 정해지기 전까지는 각자 주관에 맡길 수밖에 없다.

한시와 서양시의 리듬과 그것의 문자화인 형식인 작법, 운각법은 조선말 시가에는 맞지 않다. 각 민족나라의 리듬이나 형식은 그 나라의 언어의 성질에 따라 그렇게 된 것이기 때문에 다른 민족, 다른 언어로 그와 같은 동일한 시작법이나 규약을 따르는 것은 불가할 뿐 아니라 어리석은 일이

---

176 김안서, 「작시법(5)」, 『조선문단』 11, 1925.8.

라 안서는 단언한다. 현철, 황석우의 주장과 다르지 않다. 한시형이나 서양시형 둘 다 우리말 소리나 문장법에는 맞지 않으므로 그것으로는 우리말에 내재된 새로운 리듬을 구하기 어렵고 시인의 북받쳐오르는 감정이 내재된 '리듬'을 그대로 표백할 수 없다는 것이다. 시조는 우리말 시가이기는 하지만 그것이 고래의 구속된 시형과 리듬에 묶여있으므로 마찬가지로 우리말 구어체 시가의 새로운 형식에 적합하지 않다. 안서의 '새롭은 시가'의 개념에 '새롭은 리듬'의 개념이 내재돼 있는데, 그렇다고 새 리듬이 기계적, 강박적 음절수에 기초한 것은 아니다.

안서는 육당의 「한양가」, 「경부철도가」를 '새로운 시신시'라기보다는 '창가唱歌'라는 말 외에는 할 말이 없다고 단언한다. 이지적理智的 철리哲理나 교훈, 주의, 주장 등의 사변은 개성적 감정을 자유롭게 발산하는 '순정純情한 시가詩歌'의 본질을 저해하는 것으로 보고 사상, 주장을 실은 육당의 시들을 '시가의 탈을 쓴 것'이라 비판한다. 육당의 산문시가 오히려 이 같은 '주장, 주의, 사상의 경향이 적다'고 평가하면서 '산문시 비슷한' 「녀름구름」과 「태백太白을 써남」을 지목하는데, 「태백太白을 써남」에 대해서는 '넘치는 듯한 감정에 바이로니즘적 정열을 보인 것'이라 평가한다. 말하자면 '창가'가 강박적 박자에 구속되어 진정한 우리말 구어의 리듬을 살리지 못한 점에서 '새롭은 시가'일 수 없고, 오히려 육당의 산문시는 우리말 구어의 자연스런 리듬을 살림으로써 내면의 감정을 음악적으로 잘 표현한 시가일 수 있다는 것이다.

「녀름구름」은 '산문적 표현형식으로 우리말 문자'에 가까운 시체를 보여주지만 그것은 「불노리」만큼의 은유적이면서 개성적인 언어의 음악리듬, 호흡을 보여주지는 못한다. 조선말에 맞는 리듬, 곧 구어체 리듬을 잘 살린 문장이 아닌, 음수의 규칙에 여전히 구속되어 있었기 때문이다. 구어체문이 되기 위해서는 기존의 음절수의 강박적 규칙성에서 탈피할 수밖에 없고 그것은 은유와 개성적 리듬을 갖춘 새로운 표현형식의 탐구를 통해 달성된다. 우리말 구어체 문장의 리듬은 기본적으로 엄격한 음절수 규칙으로는 감당할 수 없고. 그러니 서양시나 한시를 모방한다고 해서 '새롭은 시가'의 리듬을 창안할 수는 없다. 근대적 시형이나 표현방식이 '외부'로부터 이식 모방될 수는 없다는 것이다. "시형은 모방할 수 있으나 시는 모방할 수 없다"는 황석우의 주장이 연상되는데, 조선어 구어로 된 근대시의 창안에 있어 서양의 근대시체를 모방할 수 있으나, 즉, 조선어 구어문장체로 된 근대 '정형시체'를 창안하는 데 있어 서양시 혹은 한시 등의 '시형'이 모델이 될 수는 있지만, 그렇다고 해도 '시'는 모방할 수는 없다. 이 때 '시'란 조선말 호흡에 맞는 리듬을 갖춘 새로운 양식의 시를 뜻한다. '모방'이되 '이식'일 수 없고 '창안'이되 '원조'[177]일 수는 없었던 것이다. 시형으로는 서양시에, 호흡으로는 '전통시가'에 그 원조의 자리를 물려줄 수는 있으나 그것마저 '조선어 구어'에 습합되는 순간 원본성을 잃게 되는 것이다. '시형은 모방 하되 리듬은 모방할 수 없다'는 것, 각 민족의 고유한 '리듬'이 있기 때문인데, 이 '리듬론'이란 조선어 구어 자체의 성격에서 추출되어야만 한다. 다소 추상적으로 말한다 해도, 동일한 '감정'이라도 그것을 소리화발성화하는 단계감정의 율격화에서는 다른 형식으로 발현될 수밖에 없다는 것이다. "각 민족마다 호흡과 그 호흡의 문자화가 다르다"라는 안서와 황석우의 시각에서 '민족'의 항을 대체하는 것은 '조선어 구어'이자 그 리듬일 수밖에 없다.

---

177 황석우의 「희생화와 신시를 읽고」의 후면에 「元朝조하하는朝鮮사람」이 실려있다. 『개벽』, 1920.12.

「나는 왕이로소이다」와 같은 산문시체의 상징주의시를 썼던 홍사용은 조선말 시의 전통을 '메나리조'로부터 찾으면서 말과 노래와 시의 관계를 서술한다. 메나리는 말도, 글도, 시도 아닌 '가락'이라는 것, 그것은 사람 사이의 소통, 인간과 환경 사이의 관계를 담고 있다는 것, 그것은 메나리가 락 자신의 모든 것을 한 데 얽어둔 창조된 세계라는 것이다. 일종의 '리듬론'인데 이것이 '양식을 통한 새로운 세계의 창안'이라는 문제로 확장된 것이 흥미롭다.

> 메나리는 글이 아니라 말도 아니요 또 시도 아니다. 이 백성이 생기고 이 나라가 이룩될 때에 메나리도 저절로 따라 생긴 것이니, 그저 그 백성이 저절로 그럭저럭 속깊이 간직해가던 거룩한 넋일 뿐이다. (…중략…) 사람과 사람, 사람과 환경은 서로서로 어느 사이인지도 모르게 낯익고 속깊은 수작을 주고받고 하나니, 그 수작이 저절로 메나리라는 가락으로 되어버린다. 사람들의 고운 상상심과 극적 본능은 저의 환경을 모두 얽어넣어 저의 한 세계를 만들어 놓는다.[178]

홍사용의 이 글은 근대적 문예양식을 설명하는 틀로는 다가가기 어렵다. 문예학적 해석을 들이대는 것은 부조리하다는 뜻이다. 한 가지 가능한 방법이 있다면 '말언어'에 대한 것이다. 언어양식에는 말하기, 쓰기, 또 일정한 형식적 틀에 맞추어 쓰는 시가도 있다. '메나리'는 문자학적인 세계에 속한 것이 아니고 인간민족이 생길 때 저절로 생겨난 것이니 자연스럽게 그 세계의 사람들을 소통시키는 기호이기도 하다. 일종의 '넋두리' 형

---

178 홍사용, 「조선은 메나리나라」, 『전집』, 317면.

식의 가락음률이자 형식리듬이 '메나리'라는 것이다. 말도 아니고 글도 아니고 그렇다고 시도 아닌 것들, 그것은 양식이나 장르를 넘어서 가는 것이다. '가락'은 오히려 어떤 혼의 움직임, 리듬, 마음의 흐름에 가깝다. 마치 리듬을 가진 말인 서양의 레치타티보와 유사한데, 일종의 넋두리, 곡조를 띤 말, 가락이 붙은 말이 '메나리'이고 그것은 레치타티보의 형식을 반향한다. 홍사용은, 구체적으로는, '허튼 주정, 잠꼬대, 푸념, 에누다리, 잔사설' 등과 장르연행방식별로는 판소리 사설, 염불, 회심곡, 타령, 거리, 굿 등이 모두 '조선 백성의 운율적 생활 역사'를 담고 있는 '메나리'라 지칭하고 메나리의 역사는 영원에서 영원으로 이어진다고 강조한다.

'메나리'는 하나의 창안된 세계이자 비규격화된 '리듬'이라 할 수 있다. 양식이 세계를 창안한다. 곡조로 만들어진 세계, 그것은 백성이 생기고 나라가 형성될 때부터 있었다. 거기에 환경과 사람 사이의 관계를 얽는 것이 중요한데 일정한 틀이 거기에 달라붙게 된다. 그 틀 가운데 하나는 일정한 음수율이다. 4.4조, 3.4조를 기반한 음수율이 떠올려진다. 그 틀에 맞추어 부르는 각자 자신의 이야기가 메나리며, 그것이 조선 민요의 기원이라는 것이다. 곡조에 맞춰 자신의 환경과 역사, 나와 타인 간의 인간의 이야기를 담아내는 것이 조선의 메나리다. '정선아리랑' 곡조에 기반한 이본의 가사들이 숱하게 존재한다는 사실은 실증적으로 매나리론, 조선말 시가의 '리듬론'을 뒷받침하고 있다.

메나리가 말의 가락이자 노래의 틀이라면, '틀'이란 고정된 것이니 영속적이며 그만큼 그 틀에 맞춰 가사를 무한히 투입하게 되면 그 노래는 끊어지지 않고 영속한 채 기억된다. 하나의 가락과 틀이 창안되고 영속되면 메나리의 역사가 되고, 그것을 읊조리는 것은 운율적 생활이자 운율적 역사가 된다. 노래는 곧 그 말을 쓰는 집단의 노래이자 그 노래를 하는 집단의 말을 영속시킨다. 정형틀이라는 것이 결핍이나 부정의 요인이 될 수 없다. 정형체시가 전근대적인 것인가? 엄격한 형식미에서 고도의 미학적 기품과 정신성을 탐구해낸 시조나 한시가 봉건시대 문학의 선례인 것은 분명하나 그 엄격한 외형적 틀이 진화론적 아랫단계라고 보는 것은 불합리하다. 정형시를 짓는 것이 쉽고 자유시를 짓는 것이 어렵다는 것은 근본적인 오류이다. 민요에 비해, 양시조, 언문풍월, 도막도막 잘 터놓은 신시가 앵도장사에 지나지 않는 것[179]은 이것들의 형식적 기품의 결여, 미학성 부족에 기인한다. 정형성은 기품이자 미학인 것이다. "시조時調가 시지, 요세 시체時體시가 시냐하고 통탄"[180]한 것은 정형시체의 완고한 미의식이 표명된 것이자 동시에 조선어 구어 정형시체 양식의 미완을 지적한 것일 수 있다.

> 시조詩調를 재래在來에는 시조時調라고 쓴 사람이 만타. 어너「시」 자字가 올헌지는 고전학자古典學者들 사이에 무슨 의견意見이 잇슬 듯하나, 나는 시자詩字가 올흔 듯하기에 시조詩調라고 쓰고저 한다. 시조詩調는 혹시가惑詩歌, 혹가곡惑歌曲이라고도 하며, 국가國歌라고도 불을 수 잇는 것이다. 시조詩調는 시詩인 동시同時에 가歌이며, 곡曲이 잇스며, 조調에 가 잇는 것이다. 반다시 가歌이며 곡曲이 잇는 점點에 금일今日의 신시新詩와 상이相異가 잇는 것이다.[181]

  '시조時調'에서 '시조詩調'로의 인식의 전이가 '시詩' 양식에 대한 근대적

---

179 위의 책, 321면.
180 김광균, 「시의 정신—회고와 전망을 대신하여」, 『전집』, 429면.
181 손진태, 「詩調와 詩調에 표현된 조선사람」, 『신민』 15, 1926.7.

에피스테메의 수용으로부터 비롯된 것임을 확인하게 되거니와, 시조詩調와 신시를 가르는 규준점이 '가歌'와 '곡曲'의 유무라는 것이 핵심이다. 육당이 시체의 다양한 실험을 통해 입증했고 임화가 '곡에 부쳐질' 미래적 가능성만을 인정했던 '가'와 '곡'의 존재는 점차 그것이 '사辭'와 분리될 수밖에 없는 필연적인 진실과 마주하게 되는데, 그렇다고 해서 조선 재래의 노래의 기원이 부정되지는 않는다.

조선 재래의 고유한 곡조로 부르는 것을 '노래'라 하였고, 지나시支那詩의 곡조로서―혹은 지나시의 곡조를 모방한 곡조로서 부르는 것을 특히 '시조時調'라고 하지 아니하였나 하는 의문이 생긴다. 만일 그렇다면, 시조時調가 아니오 시조詩調라고 쓰는 것이 옳을 것이다. 그리고 '노래'에 속할 바 모든 시조詩調는 삼국사내三國史內의 소위 향가와 동일한 원류에 속할 것이라고 나는 생각한다.[182]

전통적으로 계승된 시가들이 동일한 곡조를 가진다는 점에서 그것은 기원적으로 하나의 통일된 모형模型을 갖는다. 하지만 그것을 확인할 길은 없다. 향가 이래 시조 및 근대 민요에 이르기까지 모든 시는 '노래'이다. 문자가 부재했기 때문에 '조調'만이 전승돼 왔다는 것이다. 그러니 '시조詩調'라 쓰는 것이 옳다는 것이다. 안서가 우리말 시의 모형, 기원의 부재를 통탄할 수밖에 없었던 사정이 손진태의 글에서도 유사하게 반복되고 있다.

근대 들어 새롭게 고민해야 할 과제가 시노래의 문자화다. 그러니까 근대의 양식 문제는 결국 문자화의 문제인 것이다. 개인 창작물로서, 이를

---

182 위의 책.

인쇄리터러시를 통해 문자화하는 조건이 메나리 양식의 근대적 존재조건이 된다. 메나리의 근대성은 한글로 표기문자화되고 리듬으로 각인되는 메나리의 문자적 스크라이빙, 문자화가 가능한 음악적 조건에서 온다.

8. 장르 및 양식을 설명하는 용어 및 개념들

신체시

"신체시는 근대시의 과도기 형태다"로부터 "신체시는 일본 신체시 혹은 서구시의 모방이다"까지 '신체시' 개념을 둘러싼 다양한 규정과 논리가 작동돼 왔다. "신체시는 한쪽으로는 극단적 자유시체로 나아가는 길을, 또 한편으로는 극단적 정형시체로 나아가는 길에 제동을 걸었다"는 주장은 실상 '과도기 형식'으로서의 신체시가 '파탄'의 길로 진입한 것, 곧 신체시 장르를 부정하기 위한 논리적 기제가 되기도 한다. '신체시'가 근대시를 향한 도정에서 탈피해야할 '과도적 장르'로 규정된다면 신체시는 그 존재 자체가 부정성의 범주에서 벗어날 수 없는 운명을 지닌다. 신체시를 둘러싼 논점들은 수정되고 재수정되기도 했지만 여전히 오류가 많다.

'신체시' 문제의 당대 고심이 조선어 구어시의 '기원의 부재'로부터 비롯된다는 것이 오히려 '신체시' 논쟁을 이해하는 핵심이다. '신체시'라는 용어를 직접 언급하고 있는 당대 문학담당자들의 시각을 직접 확인하고 그 논점을 추적하기로 한다.

최남선이 발간한 잡지 『소년』에 실린 「신체시 모집 요강」[183]은 다음과 같다.

어수語數와 구수句數와 제목題目은 수의隨意

아못조록 순국어純國語로 하고 어의語義가 통通키 어려운 것은 한자漢字로 방부傍付함도 무방無妨하고 편중篇中의 조사措辭와 구상構想에다 광명光明, 순결純潔, 강건剛健의 분자分子를 포함包含함을 요要하고

기교技巧의 점點은 별別노 취取치 아니함.

'어수음절수'와 '구수' 자체를 명시한다는 것 자체가 일종의 정형시체의 규칙성을 전제한다는 뜻이니, '수의隨意'가 '자유시' 맥락의 '마음대로', '자유롭게'라는 의미가 아니라 어떤 어수와 구수의 정형성을 정할 것인지를 '수의로 정할 수 있다'는 맥락으로 이해해야 할 듯하다. 정형시체가 신체시의 조건이다. 현재 쓰이는 '자유시'의 개념과는 분명한 차이를 갖는다. 무엇보다 '순국어'가 필요조건이라는 점이 핵심인데, 이는 조선어國語 구어체 한글 문장화를 의미한다. 그러니까 한글로만 표기한다든가, 한자어를 쓰지 않는다든가 하는 문제는 핵심이 아니다. 당대 한문맥의 글쓰기 관습에서 한자표기를 하지 않거나 한자어(휘)를 사용하지 않는다는 것은 거의 불가능했고 실제 일본에서 수입해 들어온 근대문화적 용어, 개념 자체가 (일본식) 한자어휘일 수밖에 없으므로 '순국어'라는 의미를 '문자선택'의 조건으로 이해하기는 어렵다. 오히려 자연스런 구어한글문장체에 가까운 개념이다.

한글문장체는 한문장체보다 실제 쓰기도 읽기도 용이하지 않았음이 확인되는데, 따라서 한글문장체를 이념적으로, 계몽적으로 문자화한다고 해

---

183 『소년』 3, 1909.1

도 그것을 독해하기 용이하도록 여러 장치가 고안된다. 실제 최남선이 남겨둔 신체시에서도 이는 확인된다. ① 한자어휘는 한자표기를 하되 한자 옆에 한글표기를 병기하는 방식『조선유람가』, ② 고유어를 한글로 표기하되 의미가 생소하거나 낯설 때는 각주를 다는 방식「물네방아」, ③ 한글어휘 옆에 한자를 다는 방식 등의 부가적 절차가 필요했던 것이다. ②, ③의 경우는 '어의語義가 통通키 어려운 것은 한자漢字로 방부傍付함도 무방無妨' 즉 '한글표기 시時 의미가 불통할 때는 한자를 부기하는 것이 허용된다'는 조건에 해당되지만 한글-한자의 혼효적 상황은 1920년대 초기 『폐허』, 『창조』 등에까지 지속되었고, 1920년대 중반기 이후 『조선문단』 등에서도 이 부가적 표기가 실행되고 있음을 확인할 수 있다. 이를 일본식 '루비' 리터러시로 해석하는 경우도 있지만, 한적漢籍에서도 각주 기능의 문자 부기가 허용되었으므로 동양이든 서양이든 주 문자와 부기하는 문자를 병기하는 전통은 오랫동안 지속돼 왔다. 핵심은 초창시대 인쇄리터러시체계에서 이 부기문자의 역할의 변모 혹은 확충인데 조선어 구어의 문자화의 곤란을 해소하는 데 이 부기문자의 중요한 역할이 있었다. 황석우는 '여울'이라는 우리말에 한자를 부기했는데, 부기된 한자 '외渦'가 의미하는 것이 '여울'이든 '소용돌이'든[184] 그 말의 의미 자체가 낯선 것이기보다는 그것이 문자화기호화되었을 때, 즉 인쇄리터러시로 발현된 씨니피앙의 낯설음, 기호의 낯설음이 핵심이다. 의미가 아닌 기호의 낯설음으로부터 오는 불통성, 의미와 기호 간의 소원화, 인지부조화가 바로 이 부기문자에 있었다. 이 문제는 보다 심층적인 고찰을 요하므로 다른 장에서 논의될 것이다.

---

184 김용직, 『한국근대시사』(상), 학연사, 1986, 172면. '여울'과 '소용돌이(渦)'의 '차이'를 지적하고 있다.

따라서 '신체시 모집요강'의 '순국어'라는 맥락은 한(자)문장 : 한글문장, 한문체 : 조선어 구어문장체의 대립쌍에서 후자에 강조점이 있는 개념으로 이해되어야 할 것이다. 그러니까 한자 : 한글의 문자 선택 혹은 대립보다는 조선어 구어의 한글 문장화에서 보다 핵심적인 역할을 찾아야 할 것이다.

'순국어'의 중요성은 아무리 강조해도 지나치지 않은데 이미 '신체시'의 조건 자체가 문자표기의 언문일치한글표기를 바탕으로 조선어 구어의 문장화를 전제한 것이라는 점에서 그러하다. '신체시' 응모의 조건 중 세 번째 줄의 내용상의 조건은 익히 알려진 대로 '개화', '근대'의 계몽주의적 관점을 적시한 것이므로 여기서 더이상 논할 바는 아니다. '근대성'의 핵심 주제들이기 때문이다. 4째 줄의 항목은 육당 시대만 해도 조선어로 시를 쓴다는 것 자체가 중요한 항목이지 거기에 '기교'문제를 논할 바가 못되었다. 정형시체의 '쓰기작법'의 문제이지 기교 곧 '쓰기의 쓰기작법의 작법'는 핵심문제가 아니었다.[185]

신체시와 자유시의 관계

현철의 '신체시는 자유시'라는 주장과 황석우의 '시형과 시는 다르다'라는 주장으로부터 이 문제를 점검하기로 한다. 황석우는 '신체시'가 서양시형을 모방한 것이라 해도 독창적인 것이라 주장하는데, 그 주장이 가능한 이유가 '언어적 조건', 조선어라는 언어의 고유성 때문이라는 것은 이미 언급했다.

---

185 이광수, 「육당 최남선론」, 『조선문단』, 1923.3.

① 신체시新體詩는 서시西詩의 모방模倣한 것이라는 말에는 자못 분개憤慨를 이기지 못하는 바이다 만일萬一 이것이 피彼 일본日本 명치明治 초기初期 시단詩壇에 일어난 ② 신체시新體詩에 대對한 정의定義다 할진대 그는 모르겟다 최근最近의 일본시단日本詩壇이나 또는 우리들이 쓰는 시詩는(시형詩形은 비록 서시형西詩形을 모방模倣하엿다 하더래도) 곳 일본인日本人이 창조創造한 시詩, 또는 우리가 창조創造한 독립獨立한 시詩일다. 시형詩形과 시詩는 달다 시詩를 덥퍼노코 서양시西洋詩의 모방模倣이라 하는 것은 적어도 일민족一民族의 그 국민시가운동國民詩歌運動에 흥興하는 이 우에 더 넘는 심甚한 큰 모욕侮辱은 엄는 줄 안다.[186]

①과 ②의 '신체시'라는 말의 내포적 맥락은 다소 상이하다. ①은 양식 개념시형에 가깝고 ②는 장르 개념에 가깝다. '일본 혹은 조선의 신체시가 서양시와 형식적인 측면에서는 유사하나 신체시 그 자체로는 독창적인 것'이라는 황석우의 관점에서 전자의 '신체시'가 ①에, 후자의 '신체시'는 ②에 속한다. 황석우의 이 논점이 가능한 것은, 시의 조건을 민족의 언어에 두고 있기 때문인데 조선어의 독립성이 곧 신체시의 고유한 독립성이다. 시형은 모방을 한다해도 고유한 언어로 그 시형을 모방해 새로 쓰는 신체시는 조선어적 특수성에 기반한 독립적인 실재가 된다. 각각의 언어의 고유한 특성이 고유한 시형식을 창안한다. 4행시체는 어느 지역, 어느 언어권에서나 공통적으로 존재하는 시형이지만 그것이 발현되는 형식은 각각의 언어의 고유한 특성에 기댄다. 이것이 '시형과 시는 다르다'라는 명제의 구체적 진술이다.

---

186 황석우, 「犧牲花와 新詩를 읽고」, 『개벽』, 1920.12.

황석우가 말한 '신체시'는 서양시형을 모방한 근대적 신체형식의 시라는 양식개념신체시=신시의 맥락에 가깝고, 현철의 '신체시는 곧 자유시'라는 주장은 기존의 정형시체의 시형과는 다른 새로운 양식의 시라는 장르개념에 근거한다. 황석우에 비해 현철이 보다 좁은 의미의 개념으로 '신체시'라는 말을 쓰고 있는 듯하다.

현철의 '신체시는 자유시'라는 정의를 좀 더 고찰하기로 한다. 일본의 재래 화가和歌를 신식으로 체體한 시詩라는 맥락에서 자유시나 신체시는 같은 의미라고 그는 강조한다.[187] '자유시는 서양시를 표준한 것'이므로 '자유시'는 주로 내용과 형식을 아우르는 포괄적인 개념으로 쓰이는 용어임에 비해 '신체시'는 자수字數나 배구俳句 상에서 구체의 형식과 대립시켜 부르는 형식상의 개념에 가깝다. 화가和歌의 재래의 시형인 5.7.5 → 신식新式 형태인 10.7 혹은 5.7.5 / 7.7 → 31자로 배구俳句를 취하는 시가가 신체시인 것이다.[188] 간단하게 대립시켜 본다면 자유시는 포괄적인 맥락에서, 신체시는 특히 형식적인 차이를 강조할 때 쓰인다는 것이다.

우리는 모든 우리의 고래古來 시형詩形 압헤 장차신시將且新詩라고 하는 새로운 시형詩形이 사용使用되게 된다면 먼저 그 구형舊形과 어써한 관계關係가 잇스며 어써한 이해장단利害長短이 잇는지 이것을 먼저 간명簡明히 하여야겟다. 그러함으로 이 논의論議 중中에는 자연自然히 신시형新詩形이라고 하는 일종一種 시형詩形과 구시형즉통상시형舊詩形卽通常詩形이라고 하는 구별區別이 생길 것은 면免치 못할 것이다.[189]

---

187 현철, 「所謂新詩形과 朦朧體」, 『새벽』, 1921.2.
188 위의 글.
189 현철, 위의 글.

신시형과 구시형, 일종시형과 통상시형의 대립이 현철의 논점에서 확인된다. 조선에서 '시'라고 지칭하면 그것은 한시漢詩, 시조, 가사를 가리켜 왔는데, 즉 '통상시형', 일반시형이란 이 '구시형'을 가리킨다. 그러니까 당시 통상적으로 '시'라고 했을 때 그 개념은 구시형에 기반했던 것임이 확인되고 대중적인 이해에 기반해 있던 것은 '신시형'이 아니라 '구시형' 이었으며 구시체가 일반적인 것으로 인지되었다는 것이다. '신시新詩', '국시國詩'는 이 '고래적인' 구형舊形의 시와 대립된 상대적인 개념의 시로 '일종시형─種詩形' 즉 '일종의 새로운 시형'이니 그만큼 일반적이지도 대중적 이지도 않았고 오히려 구시체에 비해 특수한 시체로 인식되었다. "구율격舊律格보다는 다른 율어내律語內에서 싸로이 한 격格을 창시創始하랴고 하는 것, 재래在來의 구체舊體 아닌 율어법律語法 즉 신형식新形式을 취한 시詩"가 신시형新詩形이니 신형식이든 구형식이든 다 한가지로 "시라고 하는 것이 다 가티 율격상律格上 율어律語로 조성組成된 것"일 따름이라는 것이다.

현철의 '신체시 곧 자유시' 논의는 핵심적 논점 그자체 보다는 오히려 황석우와의 스캔들 수준으로 평가절하된 바 없지 않은데, 실제 현철과 황석우의 '신체시' 논쟁은 초창시대 신(체)시 논의의 본질이 어디에 있었는가를 보여준다. 서구의 자유시든, 일본의 신체시든 그 개념은 이전의 율격체형 시들, 노래체 시들과의 대립적 맥락에서 쓰이고 있다. 서구에서의 '압운율격체押韻律格體', 일본의 '자수시형字數詩形시체'는 '율어'로 조성되는 양식인 것이다.

우리 조선朝鮮에는 고래古來의 시형詩形이 어쩌한 것인지 우리의 조선祖先의 시상詩想은 무엇인지 우리 시詩 의 형식形式은 그 특점特點과 결점缺點이 어대잇는지 우리 시詩에 유래由來하는 국민國民의 민족성民族性은 어떠한 점點에서 잠潛(?)임任하얏는지 우리의 말에는 어떠한 구?조構?造로 시상시형詩想詩形을 표현表現하얏는지 이러한 우리의 장소長所와 단처短處에는 일호반점一毫半點의 이해理解가업시 (…중략…) 그대로 맹종盲從하자는 것은 넘우도 가엽슨 것이다. 이러한 폐단弊端은 황군黃君과가튼 시인詩人들이 재래在來의 조선시朝鮮詩에 대對한 소양素養이 공허空虛한데다 저작咀嚼도업고 이해理解도업시 급작急作히 외국시外國詩가 조타는――[190]

황석우와의 논점 자체의 '차이'가 잘 포착되지는 않는다. 고래의 시형, 전통의 시상, 시형식, 구조 등에 대한 정보의 부족이 신시 창안에 무엇보다 걸림돌이 되었을 것이다. 국민시가, 민족혼, 인류혼, 랭귀지, 자유시, 상징주의 같은 단어의 유행과 이것을 시 담론의 주된 언어로 삼은 시인들의 비자각적 행태를 현철은 비판한다. 육당으로부터 현철, 황석우, 안서에 이르기까지 초창시대 신시론의 과제는 '기원'의 부재에 있었다. 국민시가를 창설하든 신시를 창안하든 간에 먼저 우리의 고시古詩를 연구하고 조선문, 조선어를 신고新古 물론하고 잘 알아야 한다는 것이 현철의 관점이다.

자유시든, 신체시든 이들은 고래의 율격시, 율어시로부터 출발하되 그 율격이 다소 자유로워진 시라 현철은 이해하고 있다. 그러니까 '신체시는 자유시'라는 명제의 '자유시'라는 관념 자체가 '탈율격', '탈정형시체'에 기반하지 않았다. 현재 '자유시' 개념과 초창시대 문인들의 그것은 동일한 출발점에 있지 않다. 궁극적으로 '시詩는 외형상 운문韻文이라야 한다'가 초창시대 시양식의 핵심 명제이다. 신시의 조건은 정형시체라는 것이다. 동,

---

190 현철. 위의 글.

서양을 막론하고 고래로 '시詩'는 운각韻脚 아니면 억양抑揚, 아니면 자수字數, 아니면 가조歌調가 필수적이고 서양의 운각시, 한시漢詩, 일본의 자수시字數詩, 우리의 시조時調는 그러한 핵심적 요소를 구체화한 장르라는 것이다. 그래도 우리의 시조가 그 중 형식적으로 여유가 있는 양식이라 현철은 본다. 글자수에 제한이 있다해도 그것은 강박증적인 것이기보다는 유동적으로 적용되는 것인데, 그 유동성은 우리말의 특징에서 비롯된다. 조사와 접사가 발달한 우리말을 문자로 옮길 때, 엄격한 글자수에 구속되면 음악적으로도 의미상으로도 조화를 얻지 못한다. 자유시는 강요된 엄격한 율격보다는 내부생명의 자유로운 발로로부터 감흥을 얻고자 하는 욕구로부터 비롯하는 양식인데, '담는 물건에 따라 자유로워지는' 이 양식을 일본에서 수입해 '신체시'라 불렀다는 것이다.

'자유로운 내부 생명의 발로'라는 전제를 '형식적인 무한 자유로움'으로 치환해버린 데서 '자유시' 개념의 오류가 발생했을 것이다. 요약하면 '자유시'는 자유로워진 형식의 시체가 아니라 상대적으로 자유로워진 것이고 내용상으로는 개인적 서정을 개개인의 호흡률로 문자화한 것으로서의 '개인'의 부면이 강조된 개념이다. 그것은 우리말 구어의 자연스러움을 전제하지 않고는 성립되기 어렵다.

'신체시'와 '신시'가 등가적 개념임을 언급한 주요한의 기록에서 '신체시' 개념의 술어적 맥락뿐 아니라 '신체시'와 '자유시' 개념의 관계적 맥락도 확인할 수 있다. 『조선문단』 창간호에서 주요한은 '신체시'를 '신시'의 개념으로 사용한다.

「조선문단」이 우리 문예계의 적막을 께트리고 문단에 신생명을 개척하기위하야 출세하게되엇습니다. 그가운데 특별히 신테시를 위하야 한란을 베풀게 된 것은 크게 의미잇는 일인줄 압니다. (…중략…) 새로운 풍물이 수입되며 문 테가 한문의 전제에서 버서나는 동시에(아직까지 그 전제를 아조 벗지는 못하 엿스나) 지금 우리가 토론하려는 신테시가 생겨낫습니다. 그 신테시를 가르켜 서 이 아래부터는 간단히 신시라 하겟습니다.[191]

신체시 곧 신시이고 그것은 새로운 풍물이 수입되는 것과 동시에 한문의 문체로부터 탈피하는 것을 전제로 한 다. '신체시' 성립의 한 축을 담당한 것이 서구 상징시 혹은 일본 신체시의 모방이나 이식이며 고래로부터 인지 되어온 시가적 전통─주요한은 한문 체로부터의 탈피를 한 축으로 잡고 있 는데─의 개선이 그 나머지 한 축을 담당하고 있는 것이다. 주요한은 '신 시'의 기원을 「찬미가」로 보는데, 신시 의 기원이 조선어구어한글문장체 시 가, 노래체 시가에 있다는 뜻이다. 신 시는 우리말구어한글문장체, 노래체 시가인 것이다. 갑오경장 이후 다양하

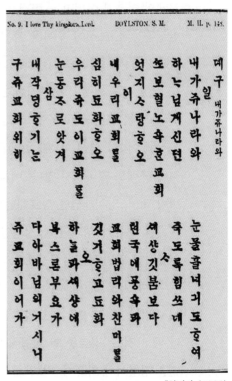

「찬미가」(1896)
4행시체의 형식과 유사한 기사법을 보여준다.

---

191 주요한, 「노래를 지으시려는 이의게」, 『조선문단』, 1924.10.

게 변주된 창가, 7.5조 신체시 등이 「찬미가」의 뒤를 잇게 되는데, 여전히 한문장체를 벗지못했거나 구투적인 한글문장체 시들이 '신시'로 불려지기는 했지만 신시신체시는 조선어구어한글문장체 시가라는 것이 핵심이다. 교훈성, 웅장한 군가적 가락, 종교적, 애국적 색채 자체는 신시 조건에 위배되지는 않는다. 이것이 독창적이냐 예술적이냐 하는 문제는 별개의 문제이다. 한시, 시조, 민요와 '판이하게 다른' 신시의 조건에서 핵심은 정형시체의 여부가 아니라— 이것은 너무나 자명한 문제일 따름이며— 산말, 한글문장체, 조선어 구어라 하겠다. 신체시는 근본적으로 조선어구어한글문장체 시가형식을 지향하는 것이었고 그것은 일본 신체시는 말할 것도 없고 서구 자유시와 본질적으로 차이를 노정할 수밖에 없었다.

'신시'를 규정하는 제 일의적 조건은 '언어'이며 특히 '조선어구어한글문장체'이다. '신시'의 제1조건이 조선어구어한글문장체라는 것은 아무리 강조해도 지나치지 않다. 이를 서구 자유시의 모방이식 문제로 환원해버린 데서, 양식개념을 장르개념으로 치환한 데서, '신시신체시'에 대한 인식론적 오류가 생겨난다. 정형양식으로서의 존재성을 견지하면서 보다 근대적인 말법과 한글문장체 쓰기법으로 전환해나가는 것이 '신시'인 것이다. 예컨대 「해에게서 소년에게」를 일정한 틀, 이른바 '연단위의 정형성'이라는 틀을 가진 '과도기시'로서 '신체시'의 대표적인 텍스트라 규정할 때 그것은 '장르종'의 개념에 기반한 것이다. 이는 '과도기 형식'의 개념을 정형시와 자유시 '사이'에 '끼인' 형식이라는 규정에 둠으로써 가능했다.[192] 정작 당대 '신시신체시'는 '구시(가)'와 대립되는 개념으로서의 그

---

192 조동일,『한국문학통사』4, 지식산업사, 1986, 405면; 김학동,『개화기 시가연구』, 2009, 192면.

'차이'를 전제로 성립되는 개념이며, 따라서 '과도기적 성격-예술성에 미지치 못한 계몽성, 자유시체에 미치지 못하는 준정형성의 시체'로 규정하는 것은 당대적 관점에서도 부합하지 않고 실재상에서도 진실이 아니다.

"조선문단이 신체시를 위하여 한 란을 베풀게 되었다"라는 주요한의 언급에 비추어 『조선문단』의 시란에 실린 시들은 '신체시'로 인식된 것임을 확인하게 되는데, 실제 주요한의 시 「가신누님」, 「북그러움」, 「꽃밧」, 「반디불」 등의 형식 조건은 정형체이자 민요체이며 자유시체이다. '쓰기'의 형식적 조건뿐 아니라 문장체 자체에서 그러하다. '신체시는 자유시'라는 문맥 역시 이로써 이해되는데, 한편으로는 재래적 강박적 율격을 벗고 조선어 구어문장체의 리듬을 살린 것이니 자유로운 문장체가 아닐 수 없고, 한문체로부터 벗어나니 자연스럽게 한글문장체, 조선어언문일치체말의 문자화가 아닐 수 없다. 정형체냐 비정형체냐의 구분, 즉 「불노리」와 「가신누님」의 '차이'는 이후의 문제일 따름인데, 주요한 스스로 이것을 구분하는 디테일한 기준점을 제시한 것은 「불노리」의 시점 보다 후대의 일이다.

후속으로 간행된 『조선문단』의 '시란'에 실린 시들, 역시 '신체시는 곧 자유시'의 명제가 성립된다. '조선어 구어체', '한글 중심 표기'가 그 논점의 핵심인데 이는 『조선문단』이 창간호부터 내세운 독자투고란의 시들이 한글문장체보다는 한자관념어가 섞인 한문장체인 것과 비견된다.[193] 독자투고란에 실린 시들은 '시조'와 '신시'가 혼합되어 있는데, 입선시 「늣김」에 대해 '시조'라는 명칭을 목차에 부기해 두었다. '구체시'인 시조를 '신시'와 구분할 필요성에 의한 것으로 판단된다. 요약하자면, '신체시'가

---

193 『조선문단』 1, 1924.10.

'자유시'인 조건은, ① 조선어 구어체의 말, ② 한글문자화한글문장체의 두 조건이 충족되어야 한다. 적어도 최남선 시대에는 신체시는 궁극적으로는 '신체시 모집 요건'의 '광명光明, 순결純潔, 강건剛健의 분자分子를 포함包含함을 요要하고'에서 보듯, 근대적 계몽과 교화를 필요조건으로 했지만 두 전제조건(①, ②)이 망실된 것은 아니다. 웅장한 군가적 가락, 교훈적, 종교적, 애국적 색채 등은 최남선의 시를 주요한의 시와의 차이를 확인하는 지표이기는 하지만, 그렇다고 최남선의 시가 신시가 아닌 것도 아니다. 안서와 회월의 '신시'의 차이 역시 후차적 문제이다. 핵심이 조선어 구어문장체와 한글문장체의 '쓰기'에 있다는 것은 자명하다.

최남선의 일련의 신(체)시는 유암, 김억, 주요한의 그것과는 차이가 있다. 개성적 운율의 시 혹은 개인 내면의 신비한 음향음악을 리듬화한 것으로서 신시를 개념화한 유암, 김억, 요한 등과, 육당의 차이는 자연스런 리듬과 강박적기계적 리듬의 차이 그것이기도 하다. 계몽적인가 서정적인가를 기준으로 신체시와 자유시, 과도기시와 진짜 신시를 가를 수는 없다. 육당은 '기교技巧의 점點은 별別노 취取치 아니함'이라 못박았는데, 결국 조선어 구어문장체 시의 질적 차이, 밀도의 차이는 존재할 수 있겠지만 육당은 그 점은 일단 고려하지 않겠노라 선언한 셈이다. 육당의 신념이 일단은 조선어구어한글문장체 시의 '쓰기'를 굳히는 것에 있다면, '기교'를 논할 단계는 다음 단계, '쓰기의 쓰기'의 과제이고 그러니 보다 세련된 노래, 보다 구어체적인 우리말 표현의 리듬을 가진 노래는 그로서는 후일의 과제로 남겨둘 수밖에 없었다. 김억, 요한의 시들이 최남선의 것들에 비해 예술적, 독창적인 이유가 조선어구어한글문장체의 '노래성음악성'의 차이, 즉 우리말의 자연스런 아름다움의 배치와 질서에 있다는 것이 더 정확한 지적이라 하겠다. 주요한의 정형체시들을 두고 포경抱耿, 김찬영이 '독창적 개성을 가진 서정시'[194]라 평가한 것이 이 관점을 떠받쳐 준다.

'신체시'의 관점이 ① '모방이식', ② '민족주의', ③ '과도기'라는 개념항에 근거하고 있다는 논점은 고찰할 문제이다. ① '이식'은 현재로는 부정적 의미의 '모방'으로 환원된 것인데, 안서는 이를 굳이 부정적으로 쓰지 않았다. 신체시가 서양 '시형'의 모방인가 서양 '시'의 모방인가의 논란에서 '조선어'라는 개념항을 들고 온 황석우의 논리가 중요했던 것은 이 때문이다. '시형'을 모방할 수는 있어도 '시'를 모방할 수는 없다. 언어의 독특한 자질랑그적 차원 및 그것의 '쓰기'의 조건파롤적 차원이 '시형'은 동일할지라도 각 민족의 '시'의 차이를 만든다. '모방'을 중심에 두게 되면 '글자수 맞춤' 등의 형식적 차원의 유사성 여부를 문제삼게 되는데, 시의 양식적 요건 자체가 민족적인 것, 지역적인 것을 넘어 보편적인 질서에 속한 것이기도 하다. 따라서 시의 형식을 모방의 문제로 따질 수는 없으며 설령 유사한 형식을 가진 시체라 하더라도 각 지역 혹은 민족의 언어의 랑그적 성질 때문에 '원시'의 규범대로 실행될 수는 없다. 4행시체는 우리 민요체뿐 아니라 서구시나 한시의 기본 형식이다. 4행의 단형시체에 대한 완고한 욕망은 인류보편적인 것이다.

핵심은 언어적 특성인 것이다. 조선어의 특질이 서구어나 일본어, 심지어 한자중국어와 다르다는 인식은 상당히 자각적이었고 논리적인 것이었다. 최남선의 시가 김억보다 전근대적 잔재를 더 가지고 있다거나, '모방'의 정도가 너 심각하다거나 하는 것은 오류이다. 최남선이든 김억이든 그 바

---

194 抱耿, 「꽃피려홀째」, 『창조』 9, 1921.5.

탕에는 조선어 구어문장체와 그것의 한글문자화가 놓여있고, 동시에 단지 그들의 '차이'란 '시가노래성'의 차이에 있다. '노래'에 대한 인식의 '차이'가 본질적이라는 것이다. 음절수의 강박적 준수에 중심이 있는가 혹은 보다 자연스런 조선어 구어체 음악의 실현에 중심이 있는가의 차이 말이다. '노래'의 차이는 곧 '리듬음악성'의 차이이며 이것이 조선어구어한글문장체 시가의 양식적 성격을 결정짓는다.

②의 '민족주의' 문제. 육당의 시는 근대적 시가 아닌 과도기적인 '신체시'이고 안서의 것은 그보다 진화된 시신시, 근대시, 자유시라는 개념으로부터 이 관점이 출발한다. 육당으로부터 안서에 이르기까지의 시사를 '모방'으로부터 '자율성'에 이르는 과정으로 규정하고 이를 마치 민족주의 신념이 강화되는 것과 같은 과정으로 이해하는 식이다. 육당이든 안서든 그들의 목표는 조선어구어한글문장체 시양식을 창안하는 데 있었고, '민족주의'는 그 원인이라기보다는 결론에 가깝다. 근대시의 방향성에 있어 '조선어구어한글문장체 시'라는 양식적 목표보다 민족주의 이념이 앞서있다고 보기는 어렵고 적어도 그것들은 평행하거나 '양식'이 오히려 '이념'을 선도하면서 그것을 견인해 간다. 양식은 인간의 질서와 인간의 논리에 따라 진보적으로 진행되지 않는다. 양식의 질서는 원환적이며 프랙탈적이다.

③ '과도기 시'는 양식상의 진화를 인정하는 한에서 가능한 개념이다. '전근대시 – 과도기시 – 근대시'라는 틀은 진화론적이다. '양식상의 진화'라는 관점이 가능한지 의문이 아닐 수 없고, 인간의 진보와 양식의 진보가 평행한가에 대한 질문도 동시에 제기될 수밖에 없다. 일단 이 '진보 및 진화'에 관한 질문은 차치하고라도, 당대에 통용된 '과도기'는 '과도기의 사회',[195] '과도시대의 문단'[196] 등에서 보듯 '혼란기', '전형기' 등의 맥락으

로 주로 이해된 듯하다. '과도기적 시대'는 가능한 술어이나 양식이 과도기적일 수 있는가라는 문제는 다른 층위에 있다. 이는 양식이 어떤 완전성이라는 이념을 향해 끊임없이 진보, 진화해 간다는 관점을 내포한 것인데, 어떤 양식이 더 진화되고 좋은 것인가? 양식도 최고의 완성태를 지향해간다는 것은 낭만적 상상의 산물이며[197] 그러한 논점 자체는 양식의 시간을 인간의 시간으로 환원한 것에 지나지 않는다.[198] 양식을 '수'나 '양' 혹은 '크기' 등의 인위적 계측, 계량 차원으로 환원해서는 안된다. 박영희의 '계단'은 근대의 지속과 결절을 뜻하는 것으로 그것이 근대의 미완, 근대의 완성이라는 개념을 견안하지 않는 것과 같다. 문학의 '초창시대'라는 개념이 가능한 것은 근대 조선어구어한글문장체 시가시대의 초창기, 개척기라는 맥락을 갖는다.

'신체시新詩'는 '구(체)시'와 대립되면서 또 '자유시'이다. 물론 안서가 '정형체시'와 대립적 개념으로 쓰는 "자유시는 곧 산문시"라고 말할 때 '자유시'는 양식개념으로 쓰인 것으로 '자유시' 개념 자체도 계보학적으로 분석할 필요는 있다.

1900년대로부터 1920년대, 1930년대 등 근대시사 전반에 걸쳐 확인되는 '신시' 곧 '자유시'를 실증적 차원에서 살펴보고자 한다.

『청년』에 실린 이효석의 '신시新詩' 「인생人生의 행로行路」는 전형적인 4행 1연의 4연짜리 시다.

---

195 황석우, 「최근의 시단」, 『개벽』, 1920.11.
196 현철, 「비평을 알고 비평을 하라」, 『개벽』, 1920.12.
197 아도르노, 『미학이론』, 13면.
198 에드워드 사이드, 『말년의 양식에 관하여』.

갈길은 멀고도험嶮하고

방향方向업시 방황彷徨하여라

아ー 영원永遠히반복反復되는

인생人生의행로行路

—「人生의 行路」,『靑年』, 1923.8

1, 2행과 3, 4행이 대구로 엄격하게 맞서있지 않고 특별히 3행과 4행을 분리함으로써 4행 1연의 구조를 갖추었다. 글자운음절수에 따른 엄격한 정형시체를 벗어나기는 했지만 연단위의 정형성은 여전히 고수되고 있다. 한자표기와 '-여라' 등의 구어문투가 조선어구어한글문장체 신시의 성격을 약화시킨다. 한자문장체와는 구분되지만 한시 번역투의 한글문장체 때문에 아직 조선어구어한글문장체의 신시의 자격을 얻는 데는 미흡하다.

1930년대 한시를 시조체로 번역해'한시역주' 한글문장체화한 예를 보기로 한다. 이효석의 '신시'보다 오히려 조선어 구어문장체에 가깝지만 한문장체의 대구식 배열과 한자어로 인해 구투를 벗어나지는 못했다.

중천中天의 달빛은 호심湖心으로 녹아흐르고

향수鄕愁는 이슬나리듯 온몸을 적시네

어린물새 선잠깨여 얼굴에 쏭누더라

—「西湖月夜」,『삼천리』, 1931.6

시조의 3장 6구 형식을 빈 것이다. 심훈이 자신의 '제2의 고향'이라는 '항주杭州'를 기행하고 쓴 글에 인용된 것인데, 이백의 시를 번역하면서도 독자적으로 그것을 한글시로 개변한 것처럼 보인다. 굳이 분류하자면, 이효석의 것은 일본식 한자문장체에 가깝고 심훈의 것은 전통적인 한자문을 번역했지만 보다 우리말 구어 문장에 가깝다. 하지만 한시를 번역한 탓에 관성적인 대구와 한자어는 피해갈 수 없었을 것이다.

심훈은 한시 번역체의 이 시를 두고 '시조詩調'의 형식을 빈 것'이라 밝혔다. '시조時調'가 아닌 시조詩調'라고 쓴 것이 흥미로운데 그 비밀은 이 시의 한글문장체에 있는 듯하다. 안서 단형시의 조선어구어한글문장체에 접근해 있는데 이러한 '시조詩調'는 '신시'의 노래조이다. 그것은 한시와도 다르고 시조時調와도 다른, '새로운 조調의 노래新調'였다. '조'란 '리듬'에 가까운 개념인데, 우리말 구어한글문장체의 리듬은 시조나 가사 등의 구시체의 리듬과는 다른, 자연스러우면서도 새로운 구어적인 말의 감각이 잘 살아있다. '시조時調'에서 '시조詩調'로의 전환은, 전통 노래체의 변용으로부터 신시의 한 축이 생성되었고 그것이 조선어구어한글문장체의 새로운 리듬을 통해 계승되고 있음을 증언한다.

『학지광』3호1914.4.2에 실린 몇 몇 시들을 확인해 보기로 한다. 양구생兩球生의 「구곡신조舊曲新調」는 제목 없이 '시조詩調 – 평조平調', '육자가六字歌', '흥타령興打令'의 세 편으로 구성돼 있다. '시조詩調'는 3장 6구 형식의 시이다. '육자가六字歌'의 표기를 주목할 수 있는데, 구시조의 음절수 맞춤에 비해 음절수를 늘인 것이어서 정형성이 누그러졌다. '육자六字'의 '자字'가 음절을 뜻하는 것이 아니라 시조의 '3장 6구'에서의 '구句'와 동일한 맥락을 갖는 듯 보인다. 향가 '3구 6명'과 마찬가지로, '구', '명', '자'의 용어는 구분되거나 서로 대립되는 용어가 아니라 혼효돼 사용되었다. '3장 6구', '3자 6자', '3구 6구' 등의 용어는 동일하게 인식되었을 것이다. 말과 말,

단어와 단어, 사물과 사물 등의 관계상의 이항대립적 '차이'를 기반으로 성립되는 근대 학문의 관점이 아니라 동일성에 의해 사물이 인지되는 전통 인식론적 관점에서 이 용어들이 이해되어야 할 것이다. 일단 '구곡신조'라는 명칭이 주목된다. '구곡'이란 구곡조인 '평조'에 맞춰 노래되는 시가라는 뜻인데, '신조'란 구시조의 그것에 대비된 '새로운 조'이니 만큼 우리말 구어문장체로 된 말의 리듬을 뜻한다. 구 사이에 두점標을, 연 마지막에 구점을 찍은 것은 전통적인 구두점 표기방식과 다르지 않다.

같은 지면에 실린, 2구 1행의 연속체인 「가는시간」은 정형체시이며 그에 반해 '산문시'라 표기된 몽몽역夢夢譯의 번역시들은 초창시대 '산문시'의 양식적 특성을 확인할 수 있다는 점에서 주목된다. '산문시'는 일정한 글자맞춤의 정형체시들과는 다른 형식의 짧은 산문체시로, 이 형식은 정형체로부터 자유로운 시 곧 '산문시는 신시이자 자유시'의 형식과는 다르다. 그러니까 정형체 시든, 산문체 시든 혹은 짧은 산문단상이든, 보다 자연스러운 우리말 구어문장체의 '조'를 지향한다는 점에서 보다 자유로워진 리듬을 구사하는 것은 동일하며, '산문시'로 동일하게 표기되었다고 해서 '산문단상'과 '자유시는 산문시'의 '산문시'는 구분된다 하겠다. 따라서 '산문시'는 자연스럽게 '한글' 중심의, 한글문장체의 '쓰기'를 지향할 수밖에 없었던 양식이다. 시의 내용근대적 관념, 사상, 계몽을 중심으로 '근대시' 혹은 '자유시'의 실체를 온전하게 규명하기는 어렵고 그것으로 '자유시'의 양식적 실체를 설명하기는 어렵다. "신시는 자유시"의 명제를 충족하는 것은 양식의 문제이자 언어의 문제이다.

소곡, 서정소곡, 단곡, 단편시斷片詩

'소곡'이란 명칭 자체에서 이미 '시'는 곧 '노래'임이 드러난다. 말 그대로 '노래'이니 노래의 전통을 잇고 또 노래성을 지향한다. 간결한 시, 짧은 시라기보다는 차라리 짧은 노래, 간결한 노래를 가리킨다고 보는 것이 온당하다. '단곡', '편단시' 등의 용어와 개념상 동일하다. '소곡'은 '요노래'의 전통을 계승한 것으로 대체로 4행시체의 형식을 갖는데, 이를 무한반복하면 연장체 노래가 되므로 분량의 길고 짧음 자체는 이 양식의 고유성을 설명하는 데 크게 기여하지 못한다. 전통 민요의 형식은 주로 4행시체 혹은 그 연장체다. 단형체 노래는 정형적 율격글자수, 구절수를 기반으로 그것을 반복함으로써 이루어지는데, 따라서 하나의 단위를 연단위로 끊든, 구행 단위로 끊든 양식상으로는 차이가 없다. 1연을 4행으로 분연한 민요체의 시들은 반복의 한 단위를 4행으로 한 것이며 이 때도 한 행을 두 구로 끊어 쓰거나 붙여 써도 큰 차이는 없다. 어디를 기준으로 반복되는가, 즉 반복의 단위가 대구의 기준이 된다. '단곡'의 기본 단위가 구가 되든 행이 되든 규칙성이 핵심이고 이것을 반복하면 연곡다연체 시이 되는 것이다.

초창시대 '단곡' 형식은 흔히 목격되거니와, 1930년대 단곡 양식의 예를 보기로 한다. 『삼천리』는 '점점 사라져가는 우리의 녯날 아름답든 노래와 춤을 겨우 지탱해가는 남도기생, 서도기생들'의 현황을 소개하면서 '단곡' 일절을 소개했는데, 이러하다.

> 남문을열고 바라를치니
> 계명산천이 화다닥밝어온다
> 이헤 에헤 에헤야 에헤로다[199]

1, 2행을 각각 두 구로 개행해서 판식한다면 이 시는 4행시체의 시가 된다. 3행은 후렴구니 고민할 필요가 없다. 1,2행의 틀에 '사詞'를 교체해 부른다면 그것은 무한반복의 노래가 된다. 그것을 '쓰기'화 하면 장시처럼 보이지만 기본적으로 4행시체의 단순, 간결한 구조를 가진 단형시, 단곡의 연장체일 뿐이다. 그러니까 단곡의 기원은 서정양식의 고유성으로부터 발원하고 있고 그것은 동, 서양을 막론하고 전 지역에 걸쳐 산포돼 있는 민요체 양식을 그 기원으로 한다. 핵심은 노래체라는 것이다.

  전통적으로 계승돼 온 민요시에서 더 나아가면 김소월의 『금金잔듸』 연작『개벽』, 1922.1과 마주하게 된다. '금金잔듸'에는 '소곡小曲'이라 표기되어 있고 그 아래 「金잔듸」, 「꿈」, 「첫치마」, 「엄마야 누나야」, 「달마지」, 「개암이」, 「제비」, 「수아樹芽」, 「부헝새」, 「황촉黃燭불」 등의 '소곡'이 실렸다. 이들 시는 띄어쓰기 및 구두점 표기를 통해 한 구 행를 만드는 전통 노래체 '쓰기'를 지향한다. 띄어쓰기 및 구점(.), 두점(,) 등의 단위표식 부호가 엄격하게 지켜지지는 않았지만 잠재적으로 그것을 인지한 상태에서 판식되어 있다.

  「금잔듸」는 '잔디, / 잔디, / 금잔듸.'

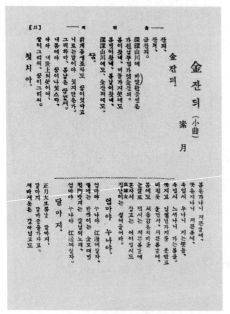

한 행을 두 구로 나누거나 '6(7)'의 음절을 3.4(3)로 분구하는 등 다양하게 기사하고 있다. 정형체시도 인판의 기사화에 따라 자유시체의 외형을 띤다.

  199 「춤잘추는 西道妓生 소리잘하는 南道妓生」, 『삼천리』, 1931.9.

에서보듯 '잔디'와 잔디 사이에 두점휴표을 찍고 개행을 했는데, 잔디잔디 금잔듸'의 2구를 1행으로 배치하는 것의 변형이다. 뒷 구절에서 보듯, 두 구를 한 행으로 하는 시행들과 동일한 단구전략이다. 한 연이 끝나는 곳에 마침표 형식의 구점을 찍었는데, 전체적으로는 2구 1행, 3행 1연의 단곡 형식에 가깝다.

포경은 벌꽃의 시 「그봄을바라」를 '단편시斷片詩'라 언급한다.[200] 단편시 짧은 시의 연시체聯詩體 형식인데, 5행1연, 총 3연의 연시로 일정한 틀이 반복 되는 정형체시다. 각 연의 마지막 부분은 "아아, ─ 을(를)바라 / 그대와함 께가볼거나……"로 거의 동일한 후렴구를 갖는다.

'소곡'과 '단순성'은 상관적이자 상호 연결성을 가진 개념으로, 『조선 문단』에서 독자시를 공모하면서 '선자選者'는 「단순화라는 것」에 대한 개 념적 설명을 실어두었다.[201] 시가 산문과 다른 점이 '단순성'에 있다는 것 인데 단순해지기 위해서는 '시상과 시어의 단련'이 필수적이고 이는 하나 의 생각을 발효하고 정련하고 또 그것을 음악화하는 시간의 필요성 때문 이다. 그러니까 숙고과 숙고를 거듭하는 시인의 자질 문제와 무관하지 않 다. '단순화'는 가장 깊은 것이자 성실한 것이고 그러니 그것은 '유치화幼稚 化'와는 애초부터 다른 것이다. 1930년대 정지용이 한철 절정에서야 우는 '꾀꼬리'의 비유로 시인의 자질을 문제삼았던 것과 다르지 않고 박용철과 김영랑이 4행시체를 '정금미옥(체)精金美玉(體)'이라 평가하고 『시문학』 등의 잡지에서 이를 구현하려 한 것과 연결된다. 소곡, 단곡 등 노래체 양식의 중심에 '우리말 구어의 외여시기' 즉 우리말 노래체 시양식의 호흡이 흐

---

200 抱耿, 「꽃피려홀째─創造八號를 닑고」, 『창조』 9, 1921.5.
201 選者, 「單純化라는 것」, 『조선문단』 1, 1924.10.

르고 있음은 의문의 여지가 없다. 가장 단순한 시체인 4행시체가 말로써 음악적인 깊이를 가장 잘 구현할 수 있는 노래체가 된다는 헤겔의 이상이 이로써 설명된다.

안서는 '민요시'를 설명하면서 '단순성'이 '순실純實'과 '음조미의 무드'를 발현하는 핵심으로 파악한다. 안서는 초애草涯 장만영의 시를 '순실'과 정직의 시로 평가하는데 「귀로歸路」나 「양羊」에서 보는 것처럼 그것들은 대체로 4행 연시들이거나 정형체시이다. 물론 안서의 평가에는 장만영의 우리말 구어체 문장의 유용한 구사가 그 저변에 깔려있다.

알아볼 수 없는 글자字를 써놓고 시가詩歌라고 하면서 시집詩集을 내었다 한다 면 시단詩壇 사람들은 자기自己가 무식無識한데 빠질가싶어서 무어라고 칭찬을 하면서 「신인新人」이 낫다고 할 것이니 도대체都大體 이 알 수 없는 글자字들을 느려놓고서 이것을 시詩 라고 하는 「차라타노」짜라처럼 그 사상을 물을 것은 없습니다.[202]

'난해시'가 일종의 글자나열 때문이라는 점이 흥미로운데, 단순히 어렵게 쓴 탓이 아니라 우리말 구사의 결함 때문이며 그것이 양식의 문제임을 안서의 주장에서 확인할 수 있다. 우리말 구어의 자연스런 구사로부터 자연스런 음조와 리듬이 나온다. 그것이 한글문장체로 단박에 재연된 것이 '신시'인 것이니, 신시란 궁극적으로 무엇보다 조선어구어한글문장체에 기반한 것이어야 한다. '근대적 관념글자을 나열한다고 해서' 신시가 되지

---

202 김안서, 「記憶에 남은 弟子의 面影」, 『조광』, 1939.10·11.

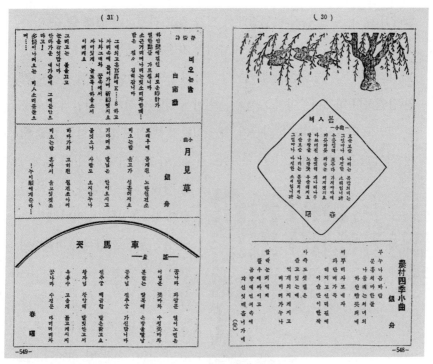

『신흥영화』(창간호, 1932.6). '소곡'으로 표기된 시들은 대체로 엄격한 글자수 맞춤을 보여준다.

는 않는다. 4행시체가 오직 전통 민요체의 계승이거나 답습일 리 없으니 우리말 구사가 능한 시인들에게 이 단순시체를 발휘할 수 있는 자격이 주어지는 것이다. 아무리 난해한 '상징주의시'라 해도 '몽롱한 의미'는 찾을 수 있으되, 도무지 글자만 나열된 '작난'과 도넘은 '독선적獨善的 죄악罪惡'의 사징만이 확인될 뿐이라는 것이다. 장만영의 우리말구어한글문장체의 정형체시는 '단순하나 순실한 미'가 있다고 안서는 평가한다. '단순성'이 '노래성'에서 오기는 하지만 그것이 부정적인 것은 아니며 따라서 정형성을 갖춘 노래체 시가 '자유시'보다 덜 진화했거나 열등한 것이 아니다.

『조선문단』등에 실린 신인들의 시, 독자응모란의 입선시들은 대체로

소곡이 많다. 일단 독자의 입장에서 시는 짧고 간결하니 쉽게 쓸 수 있는 장르라 생각될 것이다. '단순성'이 음악적 자질을 내재한 시가양식의 특성을 가리키기보다는 대중들에게는 시 창작의 용이성으로 인식된 것은 어쩌면 당연하다 하겠다. "아마 그들은 소설이 무엇인지 시가 무엇인지 어렴풋한 개념도 업슬 것이다"[203]라든가 "무엇이든지 생각나는대로 한줄 한줄 띄여 적어 노흔 것이 태반이다"[204] 같은 지적들이 초창시대 시 장르 인식의 한 징표이다. '시상과 시어의 단순화'가 '용이함'이 아니라 사유의 정련을 통한 양식의 미학화와 말의 음악성 실현을 위한 것임은 아무리 강조해도 지나치지 않다. '단순한 것의 아름다움'을 추구한 양식이 '소곡'인 것이다. '일점의 훌륭한 생각이 발휘하고 정련되고 음악화하야 큰힘과 미를 보이기까지' 시는 단순화되지 않으면 안 된다는 지적도 있다. '소곡'은 말의 절약과 검약을 통한 개성적 신비화를 추구하는 상징주의시의 이상에도 부합하고 전통적으로 계승돼온 4행짜리 민

「백정의 아들」 중 '청년'이 부르는 '노래'의 인판.

203 장백산인, 「文壇漫話」, 『조선문단』 2, 1924.11.30.
204 選者, 「단순화라는 것」, 『조선문단』 1, 1924.10.

요체시의 형식과도 상통한다. 단순하면서도 형식적 미학을 집약한 양식에 대한 안서의 시가적 이상의 한 측면도 바로 이 단곡에 있었다.

1920년대에 이어 1930년대에도 '단곡소곡'의 선호는 사라지지 않았다. 다양한 노래소곡들이 실린 『신흥영화』의 판면을 확인해 보기로 한다.

'소곡'으로 표기된 것들은 엄격한 글자수를 지키고 있는 데 반해 '서정시'로 표기된 「비오는 밤」만이 정형체에서 벗어나 있다. 그 뒤편에 실려 있는 마황촌馬篁村의 장편소설 「백정의 아들」에 나오는 '청년'이 부르는 노래 역시 정확한 음수율을 가진 양식으로 기사화 했다.

오장환은 정지용의 '단형체시' 「소곡」을 들어 '투명한 유리같은 세계'라고 규정했는데, 단순하다는 점에서 '시학생의 에튀드'일 수 있지만 실은 완전성의 절대주의를 구현한다고 보았다. 단순성은 양식의 절대성에 대한 동경으로부터 온다. 그것은 탈속적이면서 또 동시에 초월적인 것이다. "속세에 발목잡힌 자의 '시릴 만큼 맑게 닦여진 완전한 형식주의자의 세계'인가"[205]라는 물음에 이미 단형시체의 절대주의 형식미학이 잘 드러나 있다. 오장환이 인용한 정지용의 시구절은 다음과 같다.

들새도 날러와
애닲다 눈물짓는 아츰엔,

(…중략…)

---

205 오장환, 「지용사(師)의 백록담」, 김재용 편, 『오장환 전집』, 실천문학사, 2002, 491면.

아깝고야, 아그 자그

한창인 이 봄ㅅ밤을,

초ㅅ불 켜들고 밝히소.

아니 붉고 어찌료.

—「소곡」, 『백록담』, 문장사, 1941

　2행 1연 단위의 반복 형식을 갖추었다는 점에서 초창시대 '단곡'과 다르지 않다. 굳이 개행하지 않고 2행 단위로 규칙성을 가시화하지 않는다면 '자유시'와 다르지 않은 양식이 될 것이다. 초창시대 '신시는 곧 자유시'의 조건이 적용된다고 해도 어색하지 않은데, 엄격한 글자수 맞춤의 정형시체 탈피, 자연스런 구어체 리듬, 한글문장체의 조건이 정지용 시에 그대로 적용되어 있다. 대구 형식을 보다 엄격히 지키는 '노래체' 단곡에 비해 대구가 완화되거나 거의 자유시체화 되어 있다. 그러니까 '단곡', '소곡'은 구시체적인 것이 아니고 신시의 초기 단계의 시체도 아니며 미성숙의, 미완성의 시체라고 평가할 수도 없다. 이 점에서 안서와 정지용은 연결되며 장만영과 오장환도 같은 자리에 있다. 노래, 단곡, 시가체 시는 일제시대 내내 지속되고 있었다. 김기림이 노래를 거부하다 문득 정지용의 「귀로」를 만나 그것을 수용하는 과정도 동일하게 해석될 수 있다.

서정시가 및 소곡, 단곡의 노랫말

　안서는 서정시가와 서사시가를 나누면서 소설과 희곡이 서사의 영역을 잠식함으로써 순전히 감정 표현하는 서정시가만이 서정시로 남게 되었음을 주장하는데, '소곡'은 일종의 짧막한 서정시라는 점에서 '서정단곡'이며 따라서 근대의 문예양식에서 벗어난다고 말할 수는 없다. 순간순간의 감정을 표하는 서정시는 짧을수록 좋다는 시각에서 단시형, 즉 소넷 형식이 채용되기도 한다.[206]

짧은 서정시 곧 서정단곡의 단순성, 노랫말의 성격에 대해서는 서양의 문예양식사가들이 일찍이 언급한 바 있다. "감정이 풍부하게 들어있는 작은 시들이 노랫말로 좋다. 단순하고 단어수가 적고 감정이 깊으며 어떤 정취가 마음을 꿰뚫는 듯하면서 영혼이 풍부하게 표현되거나 경쾌하고 유머가 있는 서정시는 작곡에 적합하다"[207]는 것이다. '단곡'으로 표기된 짧은 시들은 낭영성을 잘 살릴 수 있다. 그런데 앞서 언급했듯, 단곡들이 인간의 소박한 감성을 표출하기 위한 용도는 아니니, 소월시의 소박성은 가장된 소박성이라 할 만하다. '작은시'의 노랫말은 단순하지만 그 단순성은 영혼의 심부를 꿰뚫고 심연에서 움직인다. 원초적이며 순수하고 근본적인 정서들을 함축한 소월시는 마치 슈베르트, 슈만, 브람스 등의 독일 낭만가곡풍의 노랫말詞의 소박성에 대응된다. 근대 들어 설정된 '민요조서정시'는 이 단곡풍의 민요조가 순수서정성을 만나 이루어낸 새로운 노랫말로서의 가능성에 기반한다. 근대인의 감정에 스며든 이 '영혼을 꿰뚫는 듯한 서정성'이 소월시의 노랫말로서의 가치를 새삼 가리키고 있다. 음악평론가 박용구가 정지용-채동선의 관계를 하이네-슈만의 관계에 유비시킨 것도 유사한 이유일 것이다.

김영랑의 시 가운데 특히 4행체시를 기목해 박용철과 정지용이 동일하

---

206 안서, 「작시법」, 『조선문단』 12, 1925.10.
207 호토 편, 『헤겔의 음악미학』, 177면.

게 '순조純調'의 궁극성을 지닌 것으로 평가한 바 있다. 박용철은 "영랑의 시를 만나시려거든『시문학지詩文學誌』를 들추십시오. 그의 사행곡四行曲은 천하일품"이라 썼다.[208] 정지용은 김영랑의 「4행소곡」을 인용하고 영랑의 시는 '단조單調'가 아닌 '순조純調'라 규정했다. '단순성'으로부터 오는 절대적 형식미의 감각이 정지용이 '천래天來의 미음美音', '최후일선에서 생동하는 음향', '소리의 생명'이라 언급한 구절에 표명되어 있다.

> 눈물의 기록이라고 남의 비판이야 아니 받을 수 있나? 영랑의 시는 단조하다고 일르는 이도 있다. 단조가 아니라 순조純調다. 복잡을 통과하여 나온 정금미옥精金美玉의 순수純粹이다. 밤새도록 팔이 붓도록 연습하는 본의는 어디 있을 것인가? 빠이올린 줄의 한가닥에 나려와 우는 천래天來의 미음美音, 최후일선에서 생동하는 음향, 악보를 모방하므로 그치어 쓰겠는가. 악보가 다시 번역할 수 없는 '소리의 생명'을 잡아내는 데 있지 아니한가?[209]

영랑의 질서정연한 시, 「4행소곡」은 '백조의 노래'이며, '미묘한 음영과 신비한 음향을 흘리고 지나간 뒤의 인간적인 불가사의의 눈물겨운 결정체'가 아닐 수 없다. 초창시대 '음악극치론'과 안서의 '미묘한 음향'과 지용의 '연금술의 순수'는 정확하게 겹쳐진다. '순지식주지주의'으로 시를 이해하는 당대의 경향 너머 우리말 시의 순수성이란 시의 음악이자 말의 음향이며 생명의 지속성에 근거를 둔다. 본원적인 말의 음악성에서 출발해 인간적 감격 내지 정신적 고양의 계단으로 비약하는 데서 시인의 생리

---

208 박용철, 「辛未詩壇의 回顧와 批判」, 『전집』 2, 79면.
209 정지용, 「영랑과 그의 시」, 김학동 편, 『정지용 전집』 2(산문), 258면.

는 고덕高德하게 빛난다. '시작詩作이 언어 문자의 구성이라기보다 성정의 참담한 연금술이자 생명의 치열한 조각'인 이유이다. 『시문학』을 가운데 둔 박용철과 정지용의 해후는 '조선말의 우수성'과 '순수한 감정상태'에서 출발하는 '생래적인 시'의 공유의식으로 가능해진 것이다.[210] 노래의 시는 '악보가 다시 번역할 수 없는' 궁극적 말의 상태를 담지해 낸다는 점에서 종교적인 경건성을 갖는다.

우리 시가의 율격론이 음악을 전제하지 않고 문자화된 형태만으로는 성립되기 어렵다는 점을 처음 제기한 것은 정병욱인데,[211] 정병욱의 '음악'이라는 개념을 '낭독을 전제로 한 것'과 구별하고자 한 김흥규의 관점은[212] 지나치게 엄격해서 오히려 근대시 양식논의를 축소시키는 감이 없지 않다. 시조론, 민요론이 꾸준히 제시되었던 것은 시조가 우리말 시가라는 조건 외에 엄격한 형식적 미학을 구축한 장르라는 점이 크게 작용했고, 시조에서 점차 민요로 그 관심이 옮겨진 것은 언문일치의 근대적 양식조건이 민요체에서 이미 실현되고 있었기 때문이다. 소월시의 가장된 소박성을 이해한다면, 영랑시의 순도 높은 서정성도 이해되고 지용의 '복잡을 통과해 나온 정금미옥精金美玉의 순수純粹'라는 절대적인 미학도 수용된다. 이는, '토어土語로 기재되어 지방성을 지니는' '가요歌謠', '민요'의 '謠의 세계'는 굳이 "필수공작적必需工作的 책무가 아니라도 그 자체로 지극한 미의식이 담겨있다"는 관점에 이어진다.[213]

---

210 박용철·정지용 대담, 「시문학에 대하야」, 『조선일보』, 1938.1.1.
211 정병욱, 「고시가 운율론 서설」, 『한국고전시가론』, 신구문화사, 1977.
212 음절수로 율격론을 논할 때의 문제는 기준율의 비규칙성과 비실현성인데, 이는 일본시가의 율격이론으로부터 도래한 것을 원용함으로써 생긴 착오이다. 1950년대 이후 제기된 '복합율격론'은 영시이론으로부터 온 것이다. 김흥규, 「한국 詩歌 律格 이론 I - 이론적 기반의 모색」, 『민족문화연구』 13, 고려대 민족문화연구원, 1978.

초창시대 '창조파'의 시들은 길이가 퍽 길었는데 이후 짧은 시를 쓴 것은 중요한 변화라는 지적도 있다. 짧은 민요풍의 정형시를 창조파가 내세운 것[214]은 의도적인 것이자 민족주의적 이념에 따른 것이었다는 것이다. 하지만 이 '의도'보다 긴급한 것은 양식 그 자체의 긴급한 필요성이다. 근대시의 출발 자체가 '노래'로부터 발원한 데 따른 것이기도 하지만 정형시체의 단곡형식은, 민요체, 동요체 시들이 보여준 바 그대로, 우리말구어 한글문장체의 자연스런 리듬을 살리는 데 적합한 시체였던 것이다.

노래와 시의 장르적 관점 및 분화

『음악과 시』의 표지화 및 컷은 향파 이주홍이 그렸는데 횃불을 들고 있는 남성의 팔과, 연기가 올라가고 있는 공장의 굴뚝을 주요 모티프로 삼았다. 잡지의 제명에 걸맞게 '곡보曲譜', '악론樂論' 등과 '시', '민요', '시편', '요극謠劇', '동요童謠' 등의 장르, 그리고 '작곡법', '악보닑는 법' 등으로 구성되었다. 목차란에는 시양식을 '시詩'와 '시편詩篇'으로 구분해 실었는데, 이 두 항목 간 형식이나 경향상 특별한 차이가 있지는 않은 듯하고, 다만 '시편'의 말미에 "주장이 다른 작품은 아니 싣기로 하엿다"는 '사고社告'가 눈에 띈다. 경향이나 이념 상 차이가 있는 시들은 싣지않겠다는 뜻으로 읽히는데, 이 관점에서는 '음악'의 제명은 음악 일반을 가리키는 명칭이기보다는 경향적인 '노래'에 접근하는 개념인 듯하다.

'민요'란도 '민요'와 '곡보'를 구분해 실었는데, '곡보'는 '민요'와 문자적 형식으로는 유사하나 악보와 함께 실려있는 텍스트를 가리킨다. '곡'을

---

213 梁明, 「문학상으로 본 民謠 童謠와 그 採集」, 『조선문단』, 1925.9.
214 김윤식, 『김동인 연구』, 민음사, 1987, 140면.

배제하면 민요체의 시가와 다를 바 없다. '민요' 양식의 경우, 전통 민요든, 근대 들어 창작된 민요든, 문자리터러시상으로 이 둘은 명확하게 구분되지 않는다. 다만 안서의 관점대로, '단순성과 원시적 휴매니티를 벗어나 시인 자신의 내재율과 문자를 좀 다스린 것'이 이론상 전통민요로부터 벗어난 근대민요의 특징이 될 것이다. 엄격한 정형성과 단순성을 벗어난 근대 민요체 시가 보다 중층적으로 개인의 서정을 드러내고 보다 자연스런 우리말 구어체 음악성을 구현하는 것은 당연하다 하겠다. 근대 들어 음악은 실제 '곡보악보'가 존재하지 않으면 '음악'으로 인지되지 않으며 '악보'를 통해 리듬과 멜로디의 실재가 확인된다. '민요'는, '사詞'의 측면에서는, 정형적 리듬을 갖춘 근대시가와 구별하기 힘들다.

'시가노래체'로서의 시양식에 대한 인식은 1940년대까지 지속된다. 『태양』현상모집 공고에는 '논문, 소설, 시가'로 장르구분이 되어있고 '시가'에 '시, 시조, 가요'가 명시돼 있는데, 노래성을 가진 양식뿐 아니라 '자유체시' 역시 '시가'에 속한다. 『태양』 2호1940.2에 실린 장만영의 「춘야春夜」, 신석정의 「꽃상여가는길」은 자유시체인데도 불구하고 '시가'로 표기돼 있다. 시양식에 대한 인식은 본질적으로도 전통적으로 '시가성'에 있었음이 확인된다. '시'와 '시가'의 구분불가능성, 구분무위성을 징표할 뿐 아니라 이 시기까지도 시는 '시가' 개념의 오랜 전통에 구속돼 있음을 상기시킨다. 예술의 근대적 분화가 일어나면서 '음악'이 '문학'과 양식상·학문체계상 분명하게 구분되는 시점에서 노래성을 본질적으로 견지하는 시를 음악과 어떻게 구분하고 또 그 노래성을 문자적 '쓰기'로 어떻게 전환시키는가의 고충 역시 지속되고 있었다.

'민요'가 부상하는 계기는 조선주의 가치의 발견, 민족주의 정서의 발현과 같은 이념적 산물이기도 하지만 그보다는 일종의 '양식적 가치'의 발견으로부터 비롯된다. 민요를 잡가의 전통에 이어진 장르로 보는 관점은 '민요'가 '악樂'에 비해 하위레벨의 것[215]이라는 인식과 무관하지 않지만, '민요'가 '한시'와 마찬가지로 문자리터러시 차원에서는 정형시체의 '노래양식'이라는 점은 의심의 여지가 없다. 오히려 한글문자리터러시에 적합하다는 점에서는 '한자(어)'가 감당하지 못하는 우리말 구어의 감각성을 살릴 수 있다. 민요, 타령, 잡가는 전통적으로 우리말 구어 노래체 양식이다.

전통시가인 민요, 타령 잡가에 대한 시각을 보여주는 기록들은 다음과 같다.

이광수가 「가신 누님」『조선문단』창간호과 김억의 『금모래』를 두고 '우리 시가의 새로운 방향'[216]이라 언급한 것이 눈에 띈다. 안서 또한 노래로 돌아온 주요한의 「남국의 눈」『조선문단』, 1925.3을 평가하면서 "이렇게 곱은 문자, 더구나 곱고도 산 문자文字로 리듬과 내용에 여운을 만히 떠돌게 하야 보드랍은 느낌을 주는 시인"이라 요한을 평가하고 "요한씨氏가 우리 시단에 자랑거리일 것을 의심치 않습니다"고 썼다.[217]

민요를 '타령'의 개념으로 읽은 파인은 '타령'의 시대적 가치를 강조하면서 '타령'이 많은 사람의 부름을 받고 새로운 시대적 가치를 얻게 되었다고 평가한다.

모든 노래속에 조선사람의 가슴을 제법 올케 울려 놋는 것이 보잘 것 업는 것

---

215 '음악'은 근대들어 '樂적인 것'을 총칭한 개념이다. 전지영, 「근대의 코드, 번역의 함정」, 『한국음악사학보』 51, 2013.
216 이광수, 「민요소고」, 『조선문단』 3, 1924.12.
217 안서, 「3월 시평」, 『조선문단』 7, 1925.4.

가치 흘너 다니는 이 타령들이 중요한 것이다, (…중략…) 이 노래 속에 시대를 관류貫流하는 무슨 생명生命이 잇는 것이 아니면 아닐될 것이다.[218]

민요의 효용가치를 새롭게 발견하려는 욕구는 「아리랑」에 대한 조명이 새롭게 일어나는 계기가 된다. '고개넘어가는 님은 다시 돌아오지 못하는 님'이니 그 님을 원망하면서 부르는 「아리랑」이 슬픔과 절망에 갇힌 이 땅의 사람들의 대표적인 정서가 될 수 있음은 당연한데, 그러니 「아리랑」이 '반대물反對物로의 전화轉化'를 통해 새로운 시대적 가치를 담보할 수 있다는 것이다. 「아리랑」 '노래의 갑'을 새로 발견할 의무가 생겨난 것이다. 이 때 '갑'은 일종의 '의장옷', 즉 '틀' 혹은 규범적 '양식'을 의미하는데, '날버리고 가는님은 / 십리도 못가서 발병난다'라는 기존의 노래가사가 '풍년이온다 풍년이온다 / 이강산 삼천리에 풍년이온다'의 '전화轉化'를 통해 새로운 '노래의 갑'을 두르게 된 것이다. 「아리랑」의 앞 두 구는 동일하나 뒤의 두 구는 새시대의 정서를 담아 새로운 조를 만들고 있다. '아리랑 노래'의 새로운 '갑(옷)'을 두르는 것은 민요 혹은 타령의 시대적 효용가치를 발견하는 일과 동시적인 것이다. 파인은 "새시대의 고수鼓手가 나서서 이 노래에 조흔 가치와 곡조를 너허 부르게 되는 데서 우리는 『아리랑』의 효용가치效用價値를 부정하지 못하리라"[219]고 썼다. 안서의 용어로 '갑'은 문자를 다슬이고 개인서정의 아름다운 리듬을 확보할 수 있는 시양식의 규범이니, 이것은 전통 민요체의 '노래'가 근대적 민요체로의 전회轉回를 가능하게 하는 양식적 규범이기도 한 것이다.

---

218 巴人, 「민요 감상」, 『삼천리』, 1930.1.
219 「아리랑 노래는 누가 지엇나?」, 『삼천리』, 1931.2.

신시는 자유시, 자유시는 정형체시

자유시가 좀 더 자유로워진 시양식이라는 개념인지, 정형시체가 아닌 비정형시체로서의 형식 개념인지는 논자에 따라 다르다. 그것은 '자유'라는 용어의 술어적 맥락 때문이고 한편으로는 그 개념의 당대적 맥락과 그것을 독해하는 현재의 지평 사이의 거리 때문이기도 하다.

'단곡'에 비춰진, 상대적인 개념으로서의 '자유시'의 개념을 확인하기로 한다.

> 순실한 심플리시티가 떠도는 고운 시라고 하고 싶습니다. 단순성의 그윽한 속에, 또는 문자를 음조고르게 여기저기 배열한 속에 한없는 다사롭고도 아릿한 무드가 숨어있는 것이 민요시입니다.[220]

안서는 시가의 종류를 언급하면서, '민요시'와 '자유시'가 같은 점이 있긴 하지만 그것들은 실제로 서로 대단히 다른 종류의 시라 언급한다. 그런데 '자유시'의 자유시다운 점과 '민요시'의 민요시다운 점은 서로 차이난다고 설명하면서도 근본적으로는 민요시가 곧 자유시인 점을 망각할 수는 없다고 최종 판단한다. 이 같은 인식의 저변에는 자유시든 민요시든 노래로서의, 그러니까 노래양식으로서의 구어체 리듬이 이 두 양식에 근본적으로 존재한다는 논리가 잠재되어 있다.[221]

> 민요시民謠詩와 자유시自由詩와 갓튼 점點이 잇게 보입니다만은 그실實은 그러

---

220 안서, 「序文代身에」, 『일허진 眞珠』, 평문관, 1924.
221 안서, 「작시법(4)」, 『조선문단』 10, 1925.7.

치 아니하다 대단히 다릇습니다. 자유시自由詩의 특색特色은 모든 형식形式을 깨트리고, 시인자신詩人自身의 내재율內在律을 중요시重要視하는데 잇습니다. 민요시民謠詩는 그럿치 아니하고, 종래從來의 전통적시형傳統的詩形(형식상조건形式上條件)을 밟는 것입니다. 이 시형詩形을 밟지 아니하면 민요시民謠詩는 민요시民謠詩답은 점點이 업는 듯합니다. 우습은 생각갓습니다 만은 민요시民謠詩는 문자를 좀 다슬이면 용이容易히 될 듯합니다. 한데 민요시民謠詩의 특색特色은 단순單純한 원시적原始的휴맨니틔를 거즛 업시 표백表白하는 것이 아닌가 합니다. 모론근대母論近代의 인심人心에는 단순성單純性이 적을 듯 합니다. ᄶ랑쓰의 민요 시인 폴 오르의 시詩갓튼 것은(나는 민요시民謠詩라고합니다) 근대화近代化된 민요시民謠詩인 동시同時에 자유시自由詩입니다.[222]

재래의 민요시가 '전통적 시형'과 '단순한 원시적 휴머니티서정성'를 갖는다는 점에서 '자유시'와 차이가 있지만 그 형식상, 서정상의 단순성을 벗어나면 '자유시'로 나아가게 된다. '근대화近代化된 민요시民謠詩'는 동시同時에 '자유시自由詩'가 된다는 것이다. 김억이 프랑스 상징주의시인 폴 포르 Paul Fort를 민요시인으로 파악하는 대목을 더 읽어보기로 한다. 안서는 "이상異常하게도 종래從來의 알넥산드리안 시형詩形을 가지고 곱은 시"를 쓰는 폴 포르와 소월의 시가 유사하다는 점을 지적하면서 「금잔듸」, 「진달내꼿」 등을 이 "순실純實한 심플리시티가 써도는 곱은 시詩"라고 평가한다. '민요시 창작이 그 이론보다 앞서는 것'이라는 평가는 소월시 등의 민요체 시가 전통 노래체 시가양식을 계승한 것임을 증거하는 맥락이지만, 다

---

222 金岸曙, 「序文代身에」, 『일허진 眞珠』, 평문관, 1924.

른 한편으로는 조선어구어한글문장체 시의 이론적·논리적 입론의 미비를 지적한 것이다.

'민요시'가 단순한 음조와 언어적 배열에 숨은 신비로운 무드를 자아내는 시체라면 그것은 '시인자신詩人自身의 내재율內在律'을 드러내는 자유시와 근본적으로 다르지 않으며, '민요시'가 문자를 좀 다슬이면 곧 기계적 반복의 정형률을 벗어나 구어체 말의 리듬을 살린다면 자유시에 도달할 수 있다는 뜻이기도 하다. 따라서 민요시는 곧 자유시가 되는데, 이는 초창시대 신시는 자유시라는 맥락과 다르지 않다. 근대시사의 진화론적인 관점, '자유시'가 정형성을 해체함으로써 도달할 수 있는 장르라는 관점과는 분명 차이가 있다.

박종화의 "우리말 우리글로 쓰는 자유시를 쓰고 싶었다"는 회고[223]가

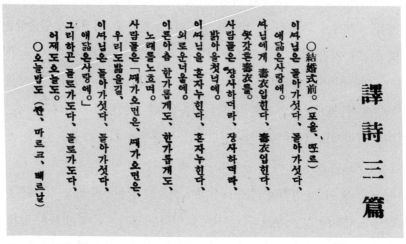

안서가 '고운 문자'를 가진 시로 평가한 폴 포르의 시. 안서가 정형체시의 형태로 번역, 배치했다.
『창조』 6, 1920.5.

---

223 박종화, 『역사는 흐르는데 청산은 말이 없네』, 438면.

주목되는 것은, 그가 신체시를 자유시라 규정하고 그 원류를 향가, 고려가요, 이조 가곡, 시조 및 구한말의 4.4조 시체에서 찾고 있다는 데 있다. 「아양구첩峨洋九疊」, 「일필만롱一筆漫弄」 등을 인용하면서 그는 이 시체를 자유시형이라 규정하고 이는 육당의 창가체시보다 훨씬 이전에 출현한 것으로 최고의 '신체시'인 「해에게서 소년에게」의 원류가 된다고 본다. 그는 『백조』, 『장미촌』 등에 실린 상징시를 '자유시'라 언급한다. 그러니까 박종화가 규정한 '신체시'의 계보는 우리 전통시가─구한말 4.4조 시체─최남선 신체시─『백조』 등의 상징시 등으로 이어지는 것인데, 이들 양식의 공통성은 우리말 구어 문장체의 시이며 따라서 정형시체냐 비정형시체냐의 문제는 핵심이 아니다. 「해에게서 소년에게」는 전통시가─신체시─자유시의 진화론상의 단계에 있는 과도기 시체가 아니라 우리말구어한글문장체 시양식의 계보선상에서 설명되는 '자유시체' 시이자 전통적인 노래체 시가의 맥을 잇고 있는 정형시체로서의 자격을 갖는다. 「아양구첩」에 비해 「해에게서 소년에게」는 현재 구어적 우리말 감각에도 장애없이 이어질 정도이다.

'자유시'에 대한 혼동 및 오류는 '자유'라는 술어 자체의 혼돈뿐 아니라 '자유'와 '자유시체'의 맥락을 뒤섞어 놓은 데서 비롯한다. 전자는 말 그대로 '(어떤) 구속으로부터 자유로운free from something, someone'이라는 맥락과 실존적인 개념이 섞여있는 것인데 전자의 '자유'의 개념을 양식 개념으로 환원함으로써 '비싱형, 탈정형 시체'로서의 '자유'시는 절대적인 가치 개념으로 오인된다.

산문散文이 명석明晳하게 설명하는 것으로 산문작자散文作者의 표현表現의 사명使

命이다 되는 것에 반反하야 이 시詩는 인성人性의 비오秘奧한 곳으로부터 본연적本
然的으로 끌혀오르는 내적동률內的動律을 자유自由로히 섬교纖巧하게 미묘微妙한 어
김語感을 통通하야 운율적韻律的으로 표현表現한 것이라 봅니다.[224]

　인간의 비오秘奧한 내면에서 끓어오르는 내적 율동 자체는 구속되지 않
고 자유롭게 흘러나오는 신비한 힘을 가진 것인데, 그것을 정형시체로 드
러내는가, 비정형적인 형태자유시체로 문자화하는가 하는 것은 다른 차원의
문제이다. '운율적으로 표현하는 것', 곧 문자화하는 방식의 문제는 시 이
후의 문제이며 시는 본연적으로 자유로운 내면의 박동, 율동으로부터 솟
아나는 리듬에 기댄다. 본연적으로 인간은 규칙적인 심장박동의 흐름을
보존하려는 관성을 지니며 이것은 정형시체가 양식상으로 시의 기원일
뿐 아니라 그것이 오랫동안 지속돼 온 이유이기도 하다. 그러니 '자유(시)'
라는 개념은 선시적인 것이자 실존적인 의미를 내포한 개념이고, 장르적
분화로 생겨난 '자유시'는 기존의 엄격한 정형시체의 어떤 규칙으로부터
탈피한 것이지 그 자체로 규칙을 갖지 않거나 정형적 리듬을 배제한 시가
아니다. '산문'과 '시'가 분리되는 지점은 '설명적 표현'과 '운율적인 표
현', 이 양자의 사이에 있다. '자유시'는 시의 본연이자 선시적인 차원의
개념이니 '외형적 형태'를 통해 후차적으로 그 지위가 보존되는 협소한
개념의 장르개념에 한정될 수 없다.
　'자유시'의 개념은 초창시대에도 통일되고 일관되게 정립되지 않았음
은 확인된다. ① 우리말 구어체시, ② '보다 자유로워진' 정형체시, ③ '정

---

224 이은상, 「시의 정의적 이론」, 『동아일보』, 1926.6.12.

형체시'가 아닌 시비정형체시, ④ 산문체시라는 맥락을 포괄한다. 앞에서 설명한 것을 대비해보자면, ①, ②는 "신(체)시는 곧 자유시"라는 맥락에 해당하며, ③은 현재 인식하고 있는 '자유시'의 개념과 유사하다. 그리고 ④는 안서 등이 주장한 '자유시는 곧 산문시'의 맥락을 띠는데, 당대 인쇄리터러시의 차원에서 '비정형체 시'를 가리킬 뿐 아니라, '산문'과 동일한 에크리튀르로 가시화되는 감상적인 글, 문학적인 단편斷片 등을 두루 포괄한다. 투르게네프 산문시가 그 예다. 논설 에세이나 비평은 그 길이가 짧더라도 '산문시'로 지칭되지 않았다. 대체로 초창시대 신시는 '자유시'라는 기표는 ④를 지칭하지 않는다면, 대체로 ①, ②의 범주에 속했고 부분적으로 ③을 가리키기도 했는데 그러니 '자유시'는 곧 정형체시이기도 하고 우리말 구어체 리듬에 적합한 신시임을 확인하게 된다. 따라서 ③의 개념으로 한정시켜 초창시대 '자유시'의 개념을 환원해서는 안된다.

임화는 "조선의 신시 — 엄밀히 말하여 자유시 — 는 조선시가의 전통적 형식이었던 4.4조에다 신사상을 담는 데서부터 시작하였다"고 썼다. 박종화의 언급과 다르지 않다. '신시' 곧 '자유시'인데, 4.4조의 낡은 운문형식을 차용하는 데서부터 신시가 시작되었다는 것이다. 향가, 고려가요, 가사, 시조 등 운문형식의 시는 그 자체로 곡音악을 떠나서는 존재할 수 없는 양식이며, 신시와 전통 운문체 시들의 '차이'는 '곡'의 유무의 문제일 뿐이라는 것이다.

조선의 신시는 소설, 그타他와 마찬가지로 생탄生誕즉시로 운문과의 투쟁에서 줄밀하느니보다 낡은 운문에다 새로운 정신을 불어넣는 일로부터, 바꿔어말하여 낡은 형식을 차용하는 데서 출발하였다.[225]

'낡은 형식을 차용하는' 데서부터 신시가 출발한다는 관점이나 새로운 갑옷을 입은 '민요시'라는 관점에서 당대 인식된 근대 시가양식에 대한 관점이 추론된다. 신시는 곧 자유시이며 동시에 신시는 여전히 운문양식의 시다. 임화가 근대문학사를 서술하면서 제시한 이 첫 번째 논제를 망각해서는 안 된다. 그러니까 '자유시'는 운문양식의 시이자 전래의 시형식을 차용한 것이다. '자유시' 개념을 현재의 그것과 유사한 개념으로써가 아니라 당대적 의미로 이해할 이유가 생긴 셈이며, 무엇보다 '신체시는 과도기 양식'이라는 관념을 임화의 논지에 개입시켜서는 곤란하다. 낡은 정형체 양식이 사라지는 바로 그 지점에서 '자유시' 양식이 태동한다는 논리는, 임화의 이 명제로부터 이미 논박당하고 있는 것이다. 신시는 출발부터 '자유시'의 이념을 포회한 채 전통적인 형식운문체, 정형체의 전회를 목표로 했다. '신시는 곧 자유시'이며 그것은 '노래체'를 포회한다는 전제가 무엇보다 먼저 상정돼야 한다.

1920년대 들어 '현재 통용되는 자유시는 시가 아니다'는 논제가 제기되는데, '활자작난의 시', '마음대로 개행하는 시'의 관습이 생겨난 데 대한 불만을 표출한 논리이다. '활자작난', '마음대로 개행'은 규칙성도, 미학성도, 양식성도 사라진, 이른바 '자유롭게 쓰는 시'의 관습을 만든 것인데, '창할 수 없는 자유시'가 대표적인 것이다. 즉 현재 우리가 쓰고 있는 문자시로서의 '자유시'에 가깝다. '문자를 늘여둔 것'으로서의 '자유시'는 '노래'가 될 수 없고 그러니 시가 아니다. 문자나열의 시가 조선어구어한 글문장체 양식의 신시가 되기에 부족하다는 것은 말할 필요도 없다.

---

225 임화, 「개설신문학사」, 『전집』 2, 156~157면.

조선에 있어서 재래의 자유시라는 것은 시가 아니라는 말을 번번이 여러 사람에게(시인 이외의 사람으로부터) 들어온 말이다. 그들이 소위 자유시를 시가 아니라고 하는 이유는 자유시는 창唱할 수가 없다는 것이다. 다시 말하면 음악적이 아니라는 것이다.[226]

'창할 수 없는 시는 시가 아니다'라는 공고화된 인식은 노래로서의 시가양식에 대한 인식의 공고성을 말해주는데 그러니 '마음대로 쓴 시'로 보이는 '자유시'는 '음악적'이 아니다. '시는 창할 수 있어야 한다'는 시양식의 인식은 오래 지속돼 온 관성적인 것이다. '활자를 가지고 노는 행위', '마음가는 대로 개행해 산문과 구분하는 행위'로의 결과물인 자유시의 존재감이란 대중들에게 얼마나 낯설고 생소하며 그래서 당혹스러웠을 것인지 짐작할 수 있을 정도이다. 임화가 '자유시는 노래이자 운문형식'이라 규정한 인식론적 바탕도 전통적인 시양식의 연장선상에서 이해된다. 서구 자유시운동의 선구인 상징주의시 역시 정형률을 완전히 해체한 것이 아닌데, 그러니까 '자유시'는 '보다 자유로워진 (정형체)시'이지 정형률을 벗어나거나 '노래양식'으로서의 본질을 배제한 것이 아니었다. '산문시로서의 산문단상'을 굳이 지칭하지 않는다면, '자유시'는 정형체시를 포함해 주로 조선어구어한글문장체 신시를 포괄한 개념으로 이해되었다.

'소위 자유시'의 문제란 심지어 1930년대까지도 명확하게 정리되지 않았다. 안서의 말에 부쳐, '자유시형은 과도기라고 하였으니 나는 무슨 소리인지 모르겠다'[227]는 조벽암의 말은 안서가 말한 '자유시'개념과 조벽

---

226 김기진, 「文藝時事感」, 『동아일보』, 1928.10.27~31.
227 조벽암, 「김안서 씨의 정형시론에 대하야」, 『조선일보』, 1933.1.12~15.

암의 그것이 같은 대상을 두고 한 말이 아니라는 점을 확인해 준다. 안서는 줄곧 전통적으로 엄격한 형식적 규율이 있는 시체와는 다른 율격의 자유시체 형식을 창안하고자 했으나 결론적으로 그 목표를 이루지 못했다. 악센트, 운각 등이 존재하지 않는 우리말의 랑그적 특성상 시작법을 규정할 수 없었고, 따라서 개인의 주관이 담긴 개성적 호흡과 리듬을 문자화할 수 있는 '자유시'의 작법 또한 마련하지 못했다. 안서는 줄곧 자유시의 작법을 유예할 수 있을 뿐이었는데, 자유시 작법이 명확해질 때까지는 자유시의 형식작법에 대한 책임은 각자 알아서 질 수밖에 없다는 것이다. '과도기'란 규율이 마련되기 전까지 각자 주관적으로 해결할 수밖에 없는 자유시체의 유예된 상황을 가리킨다. 일제시대 내내 '작법의 유예' 상태로 자유시 창작은 지속될 수밖에 없었다.

KAPF의 목적의식기로 이행하는 과정은 시의 '목적의식성(경향성)'이 강화되는 것과 평행하다. 김기진은 '신시'가 시가의 핵심인 '음악성'을 소실하면서 점차 '의미'의 단계로 진입해가는 한 과정을 설명한다. 김기진의 음악의 역사와 시의 음악적 가치에 대한 진술은 흥미로운데, 그것은 '루멜렌'의 '현대음악에 대한 관점'을 빌어온 것이다. 김기진은 루멜렌이 말한 음악과 시의 관계를 시가 본질적으로 갖는 '음악적인 성격'과 혼동함으로써 논점을 잃어버린다. 김기진의 논의는 '자유시형'의 프롤레타리아트의 유산을 계승하는 목적에 맞춰져 있는데, "음악적 형식을 잃어버리더라도 인간의 오성시의 의미에 호소하는 시의 가치는 중시된다"는 결론에 이른다. 음악성의 극한적 발현을 '동물적인 언어', '추상적인 형식', '생물의 원시어' 라는 부정적인 개념으로 대체함으로써 '음악성'은 이제 평가절하되기에 이른다. '성음라우트'과 '음향톤'이 발현될 때 오성의 언어는 침묵하고 만다는 것이다. 김기진은 이렇게 결론짓는다.

현대의 자유시가 시적 목적(오성에의 호소)에 치중하는 것인 이상 음악적 특질로부터 멀어지는 것은 당연한 일이다. 그러므로 자유시가 갖는 음악적 요소라는 것은 시적 목적으로 주로한 고려에 지나지 않는다. (…중략…) 적당한 음향을 가진 언어(조선어라고 음향이 없지는 않다)로써 부자연하지 않은 호흡으로 낭창朗唱할 수 있는 것이면 자유시로서의 그보다 더이상의 기교가 불필요하다고 할 것이다.[228]

자유시가 오성에 호소하기를 목적하면서 음악적 특질로부터 멀어지는 것은 당연하다는 맥락인데, 조선어 시가가 어떻게 점차 가락과 리듬을 잃고 구어 자체가 갖는 최소한의 음악성만을 유지하는지를 짐작할 수 있다. '낭창할 수 없는 것은 시가 아니다'에서 '부자연스럽지 않은 호흡으로 낭창할 수 있다면 그것이 자유시로서의 최대한의 기교라 볼 수 있다'로 옮겨가는 논점은 '시가'에서 '시'로, '노래'에서 '문자시'로 나아가는 과정과 동일하다. 모든 언어에는 음악이 있다라는 언어 일반의 랑그적 특성을 말하는 것이 아니라 의식적이고 자각적이며 기술적이고 형식적인 차원에서의 '음악성音調美'은 더이상 시의 핵심적인 요소가 되지 않는다.

김기진은 여기서 중요한 언급을 한다. "조선 자유시의 음악적 효과는 시조의 형식에만 있는 것이 물론 아니다." 또 규칙이 반듯한 이른바 격조형식7.5, 4.4 등에만 음악적 효과가 있는 것도 아니라는 것인데, 말하자면

---

228 김기진, 「문예시사감」, 『동아일보』, 1928 10.27~31.

'카프시'에도 리듬은 자연적으로 있다는 것이다. '부자연하지 않은 호흡으로 낭창하는 것'은 조선어구어한글문장체 텍스트의 본질적인 특성이거니와 이 말은 모든 조선어 구어문장체 텍스트에는 리듬이 있다는 말과 동일하므로 새삼 '리듬'을 언급할 이유가 희박해진다. 이 같은 김기진의 '자유시'는 '우리말 구어체로 쓰여진 비정형체 시'를 포괄하는 개념으로, 현재의 '자유시'와 유사하다. 김기진의 위의 논점을 안확의 다음 논점과 비교하면 그 맥락이 분명하게 확인된다.

> 시조시의 부정형不定形을 잘못 쓰다가는 본색本色을 잃고 자유시自由詩가 될 것이니 이를 주의하여야 될 것이다. 불규칙, 부정형은 시인의 자유와 천재에 맡길 것이다.[229]

부정형, 불규칙의 시는 천재에게 맡겨질 만한 정도의 시적 능력을 필요로 한다. 안서가 정작 '자유롭고 개성적인 호흡'을 말하면서도 그 형식은 각자 개인에게 맡길 수밖에 없다고 했던 맥락을 떠올리게 하는데, 결코 자유시 작법이 마련되지 않았던 것에서 확인되듯 불규칙, 부정형의 자유시란 천재가 아니면 불가한 양식이 아닐 수 없다. '정형'의 미학적 엄격성이 얼마나 지극하게 중요하면서 필수적인 규범인지, 그 규범적 시학을 마련하는 것이 얼마나 지난한지를 역설적으로 확인할 수 있는 대목이다. 단순히 개행하거나 활자작난으로는 시가는 커녕 자유시도 되지 않는다. '자유시에도 상당相當한 법칙이 있다'는 말은, 안서가 '자유시'란 그 시형이 정착

---

229 安自山, 「時調詩와 西洋詩」, 『문장』, 1940.1.

되기 전까지의 '과도기형식'이라 칭한 것과 유사한 맥락이다. 말을 배열하고 조직화하는 작법은 시양식의 근본이다.

자유시체와 4행시체

시가란 문자적 독물이기 전에 음악이 되어야 하며, 음악이 되기 위해서는 표현 자체가 자유롭고 맥락이 자연스러워야 한다. 따라서 '자유시'란 곧 조선어구어한글문장체 시의 표현의 문제가 된다. 이 점에서 박용철이 감상주의를 공격하는 당대의 시단에 대항해 감정의 해방, 개성의 옹호를 주장하면서 우리말 시의 '자유롭고 자연스러운 표현'을 강조하고 '노래'의 귀환을 요청한 대목이 주목된다. "세계적인 범위와 삼사천년의 역사를 가진 민요를 비롯하야 문자로 전해오는 시 전부를 통해서, 그 가장 예술적인 것은, 눈물과 맥을 통하지 아니한 것이 없다"는 것[230]인데, '감정을 죽이는 것보다 대담하게 감정을 발표할 권리와 감정해방을 위해 필요한 것'이 '의미'이기보다는 '음악'이라는 것이다. 노래는 감정을 해소하고 원한을 승화한다. '음향에 귀가 어둡다'고 했던 박용철의 일종의 콤플렉스가 '넉넉히 시구의 음향적 연락連絡'에 통달함으로써 해소된다[231]는 대목은 '노래(체)의 시가 해방이자 자유'라는 인식과 맞닿아 있다.

안확은 물론이거니와, 박용철이나 김영랑이 인식했던 '자유시'는 일정한 어떤 형식을 가진 양식이라는 점에서는 안서의 관점과 다르지 않다. "내 자유시의 이상으로 한 시는 한 시형을 가질 뿐이라는 엄연한 제약을 세우고 안 씌어진 시형을 이루기 전의 시, 오직 꿈인양 서리는 시를 꾸는"

---

230 박용철, 「女流詩壇總評」, 『전집』 2, 127~130면.
231 김영랑, 「박용철과 나」, 김학동 편, 『김영랑』, 126면.

것[232]은 박용철뿐 아니라 영랑, 안확에게도 해당된다. 그들은 '자유시'를 일정한 형식의 틀로 아우르기 위한 시작법을 꿈꾸었지만 그것을 구체화할 수는 없었다. 자유시의 작법도, 그 작법에 따른 시를 쓸 수는 없어도, '자유시'의 관념은 여전히 시의 절대적 경지를 꿈꾸는 시인들의 이상을 달구고 있다. 그것은 시양식 자체가 노래를 떠나지 않는 것, '의미를 밝힐 수 없는 시의 한 줄이 우리의 귀를 떠나지 아니하는 음악될 수가 있는 것'[233]이라는 신념으로 설명된다.

'자유'라는 맥락은 '꾸밈없는 감정의 직접적 발로'와 연관되는데 오히려 '민요'의 서정과 음악성에서 그것이 찾아진다고 이해되기도 한다. "우리의 처지를 살피고 주위를 둘러볼 때 눈물을 공격할 아무런 이유도 없다"고 주장하면서 박용철은 '자기의 감정을 그냥 드러내놓'는 것을 충실한 신조로 삼는 '자유시'의 신봉자에게서는 '고귀한 감정, 세밀한 감각'을 기대할 수 없다고 썼다.[234] '자유시'가 곧 '자유로운 감정의 발로'를 가능하게 하는 것은 아니며 오히려 세밀하고 절제된 형식의 단형체시에서 박용철은 고귀하고 세밀하며 절제된 감정의 '자유로운 발로'를 보았다. 박용철의 절제된 말에 대한 종교적인 신념이 『시문학』, 『문학』, 『문예월간』의 단명을 재촉한 원인이 되었다는 동료들의 회고가 있거니와, '감정의 발로'와 그것의 '절제된 표현'의 양식이 박용철에게는 단형시체, 정형시체에 대한 선호와 연관되었고 그의 '자유'라는 문맥 또한 그 범주 내에 있다. 김영랑의 반대에도 불구하고 박용철이 시조에 대한 관심을 갖고 수주의 시조 「고은산길」,

---

232 위의 책, 127면.
233 박용철, 「여류시단총평」, 『전집』 2, 123면.
234 박용철, 「辛未詩壇의 回顧와 批判」, 『전집』 2, 76~77면.

자작 시조 「우리의 젓어머니」를 『시문학』1930.5에, 자작시조 '시조 5수'를 『문예월간』1932.1에 실었던 이유를 짐작할 수 있다. 일정한 행수를 가진 시의 다연체적 시형을 박용철이 선호했던 것은 이른바 '반경향'이라는 맥락의 '순수시'라는 개념으로 설명되지 않는다. '순수시' 이상이 상징주의자들의 '자유시' 이념에 근거해 있기도 하지만 그 순수성은 4행시체와 같은 단순하고 순미한 양식에서 극적으로 발현된다. 박용철은 '일단一段 삼행三行'을 규칙적으로 반복하는 시들, 예컨대 '삼행시三行詩'라는 타이틀 아래 시조와 동요를 함께 묶어두었고, 행수를 '석그러서' 3행을 5행으로 변형해 판식해 두기도 했지만 기본적으로 단형체시에서 극도의 순수한 미감을 맛보았다. 세밀하고 절제된 감정의 '자유로운' 발로가 거기 있었다.

> 달도 조맘때가 맛치이뻐
> 반이조곰 덜되어 초일햇날
> 열 살먹은 우리처럼 이쁘겠지
>
> 별도 조만한게 사랑읍지
> 너무 많이나면 눈이 아릿아릿해
> 은하수가 안보여 서운하달까
>
> 솜것을벗고 겹옷을 입으면
> 기쁠듯한요새는
> 양지짝이 퍽도좋아
> 마른 잔디밭을 오비넌

포릇 포릇한 놈들이 내밀고나오지

—「하날을 바랫고」, 『전집』 2

3행으로 된 1, 2단과 5행으로 된 3단이 '석그러져' 있는데, 5행으로 된
3단을 독립한 시편으로 만들어야할지 박용철은 고민한다. "한번 죽써버
리면 더 정제된 형形으로 쌓기 위해서 노력한 근거根據가 없어지는 것"이 고
민이라는 것이다.[235] 감정의 무한대로 발산하는 것이 아닌 정제되고 절약
된 시정신을 통해 이루어지는 시의 순금미학을 박용철은 고민한다. 절제
함으로써 숭고하고 축약함으로써 강력해진다. 단형시체 혹은 정형시체가
쉽고 간단하고 질적 수준이 낮은 시체가 아님은 김영랑, 박용철 등의 기록
에서 확인된다.

자유시체와 정형시체에 대한 편견이 우리근대시사의 실재를 왜곡하고
있는지도 모른다. '글씨를 한줄만 써도 좀 힘들여쓰면 처음과 나중이 체
가 달라지는' 상황에서 '결벽潔癖이랄만치' 정형시체를 고수하는 것이란
무엇인가. 시조에서 동요민요로, 정형시체에서 자유시체로 넘어가는 과정
은 모방이나 이식의 의욕은 아니며, 그렇다고 비의지적인 것도 아니다. 그
것은 시인의 의지이기보다는 양식의 것이다. 우리말의 구어적 자연스러
움이 가진 진지眞摯가 곧 말의 의지와 생명력이며 그것은 시인의 의지를 뚫
고 나간다. 이 '한번 죽 써버리'는 구어체 말의 자유의지는 정형시체를 향
한 시인의 의지를 한 순간에 관통해버린다. 정형시체 : 자유시체에 대한
이론적 논쟁 자체를 무의미하게 만든다.

---

[235] 박용철, 『전집』 2, 316~317면.

박용철이 모어, 국어, 생명, 진지眞智 등의 개념어로 조선말을 언급한 것[236]과 또 "음치音痴였다고 고백했으나 실은 그의 시가 특히 음률에는 가까운 멜로디였던 것"은 궤를 같이 한다. 박용철의 시는 물론이거니와 그의 출판사업 자체가 "우리말이 앗아지려던 때 전쟁은 크게 발전하겠지만 민족과 언어가 같이 멸망한 역사를 어디 보았던가"[237]라는 신념에 이미 내재돼 있었다. 그의 반감정주의와 말의 절제에 대한 지극한 순결주의는 시잡지 발간의 주요 목적이지만 그것은 한편으로 비장한 언어민족주의의 단면을 갖는 것도 사실이다. "우리가 이런 시를 추구하는 것은 흰거품 몰려와 부딪히는 바희 우의 고성古城에 서 있는 감感"과 같다고 하고 "우리는 조용히 거러 이나라를 찾어볼가합니다"[238]라고 썼을 정도다. 김수영에게서 극찬을 받은 「빛나는 자취」의 흔적이 '소년의 말'이라 부제를 붙인 「우리의 젓어머니」에 깊이 잠재되어 있거니와, 정형시체 및 단형시체에 대한 선호가 오히려 의지적이고 인식론적인 것이며 박용철 스스로 이 정형양식을 통해 순연한 말의 황금질서를 탐구하려는 정신의 의지를 다독였던 것이다.

용아는 영랑과 마찬가지로 한시도 읽었고쓰고, 영랑은 반대했지만 박용철 스스로 시조'詩調形'라는 용어를 쓰기도 했다. 편집상 채자採字과정의 오류일 수 있다고 해도 '시조詩調'라는 용어를 쓰고 있다는 것이 흥미로운데, 그 용어는 재래 시가의 근대적 양식화 과정에서 드물지 않게 쓰였다. 이 같은 조선어구어한글문장체 시를 둘러싼 그들 시력의 내막[239]을 문단조직론이나 사조론이 배재할 수는 없다.

---

236 박용철, 『전집』 2, 264면.
237 김영랑, 「문학이 부업이라던 박용철 형-故人新情」, 김학동 편, 『김영랑』, 140면
238 박용철, 「후기」, 『전집』 2, 220면.
239 박용철, 「永郎에게의片紙」, 『전집』 2, 307면.

비교적 근대시문단에 가깝게 접해있던 조지훈은 "우리의 정형시에는 우리 국어의 성질상 서양 또는 중국의 시와 같이 엄격한 율격은 본래부터 없"었다고 회고한다. '자유시'를 그는 '시인의 심서心緖'에 따라 세 층위로 나누는데,

① 정형시적 율격 내지 요적謠的 율격 - 소월, 영랑의 초기시, 민요시인, 소곡시인
② ①보다 좀 자유로운 율격 - 수주, 지용의 초기시
③ ②보다 좀 더 자유로운, 산문시에 가까운 시 - 만해, 상화의 초기시[240]

조지훈의 '자유시' 개념은 초창시대의 '자유시'에 대한 실증적 이해로부터 출발하고 있고 따라서 세 가지 층위의 개념 역시 초창시대 시인들이 논의한 '자유시' 개념과 크게 다르지 않다. 현재의 '정형시 - 자유시 - 산문시'의 층위가 조지훈의 분류와 상동성을 갖기는 하지만, 조지훈은 '신시는 자유시'의 개념으로부터 출발하고 또 '정도'의 문제에 따라 그것들을 각각 구분한다. ①을 '정형시'라 규정하지 않은 것은 주목할 만하다. ③을 개행한다면 ②가 되고, 감상적인 산문이나 단편조차 ③의 개념으로 범칭할 수 있다. 게다가 이 세 차원을 시간적인 순서에 따른 진화과정으로 특화하지는 않는다. '시인의 심서에 따른 정도'의 문제에서 '정도'라는 것은 심의적 개념의 '리듬'과 마찬가지로 양적으로 환원되는 것은 아니다. '정도'의 문제는 인간시인의 층위가 아니라 언어의 층위, 정형성의 층위에 따라 구분될 수 있을 따름이다.

---

240 조지훈, 『詩의 原理』, 신구문화사, 1959, 193~194면.

산문시, 신산문시

초창시대부터 '정형시', '자유시', '산문시'의 개념 자체가 혼동되어 쓰이다 보니 '정형시' – '자유시' – '산문시'의 관계 역시 모호하고 '자유시'와 '산문시' 간의 양식적 논쟁이 다기하게 제기된다. 자유시와 산문시의 경계뿐 아니라 자유시/산문시/시적 산문/산문시체(형)의 경계도 분명치 않다. 다양하고 풍부한 서구의 장르론/양식론으로 무장한 연구에서조차 분명한 길이 제시돼 있지는 않다. 그것은 장르/양식론 자체가 복잡하고

모호한 데다 개별 시 텍스트를 장르/양식 내의 어떤 틀로 환원할 수 없는 사정과 연계되어 있다. 더욱이 '새로운 시가의 형식과 표현 형식의 새룹은 세례洗禮'[241]를 여전히 고구하던 근대문학 초창시대의 사정을 감안하면 당대 다양한 형식의 시들을 어떤 일정한 틀로 귀속시키기는 어렵다. 결국 '산문시' 이론은 『프린스턴 시학사전』의 테두리를 맴돌고 있는 형국이다.

실증적으로 당대 문학 담당자들의 목소리를 확인할 필요성이 제기되는데 이는 근대시(신시) 발생론, 형태론, 양식론, 장르론의 모순성과 모호성을 해명

정확하게 4.3.5로 배구한 육당의 「한양가」. 글자수 맞춤을 위한 '문장의 전도'가 특징적이다.

---

241 김안서, 「각시법」 5, 『조선문단』 11, 1925.8.

하는 과제와 긴밀하게 연결된다.

현재 시점에서 '산문시'로 '판단되는' 텍스트가 아닌, 실제 당대에서 '산문시'라 명기된 텍스트를 구체적으로 확인하고자 한다. 소설가 최학송은 자신의 처녀작을 언급하는 과정에서 "이광수 선생의 소개로 산문시 3편을 학지광에 실은 것이 나의 작作을 활자에 올린 처음이다"라고 언급하고 있는데,[242] 그 세 편은 「우후정원雨後庭園에월광月光」, 「추교秋郊의모색暮色」, 「반도청년半島靑年에게」『학지광』 15, 1918.3이다. 본문에는 장르명기가 돼 있지 않으나 이들 시편은 당시 '산문시'로 명기된 시들과 거의 유사한 산문글의 형태를 취하고 있다. 최학송은 이후『북선일일신보』에 게재된 「자신自信」이 나남 음악대회에서 보표譜表가 부쳐져 이정숙에 의해 읊어졌다는 것도 밝히고 있다.

창간호부터 문청들에게 '독자시단'을 제공한『조선문단』은 시양식에 대한 이해와 인식 부족을 누누이 지적하면서 시양식의 대중적 이해와 확산을 도모하고 있다. 응모자 정태연鄭泰淵의 시를 평가하면서 '선자選者'는 "산문시에도 그 속에 관류하는 통합력統合力 있는 리듬이 있음"을 강조한다. 정태연은 독자투고란에 몇 편의 시를 발표했는데, 「아아 나의 애인愛人이어」, 「추억」『조선문단』, 1924.12, 「설취雪吹」『조선문단』, 1925.2 등은 정형체시임이 확인된다. 특히 「아아 나의 애인이어」는 긴 서술체 시임에도 불구하고 일정한 틀을 가진 시다. '선자'는 "휫트맨의 산문시散文詩의 잡연雜然한 듯한 율律도 기실其實은 단單히 잡연한 것이 아니라 그 속에 관류貫流하는 통합력統合力이 잇슴을"[243] 인식해야 한다고 썼는데, '생각나는 대로' 서술하는 것이 산문시가

---

242 최학송 「그리운어린때」, 『조선문단』, 1925.3.
243 選者, 「단순화라는 것」, 『조선문단』 창간호, 1924.10.

김석조, 「영생탑」(『조선문단』, 1925.1). 지면의 조건에 따른 단구, 개행의 '쓰기'가 확인된다.

아니며, 시에 관통하는 통합력 있는 운율을 갖지 못한다면 오히려 단순화하고 집약하는 것이 더 필요하다는 뜻이다. 통합력있는 '운율'은 구어의 리듬을 전제한 것이다. 정지용이 번역한 휘트먼의 산문시 「수전水戰이야기」, 「청년靑年과 노년老年」 등[244]은 조선어구어한글문장체 시로서의 품격과 산문시 양식의 고유성을 정지용의 우리말 감각으로 잘 살린 것이라 평가할 수 있다. '통합력있는 운율'을 갖춘 '산문시' 개념에서 '율의 통합'을 가능하게 하는 핵심은 조선어 구어문장체의 리듬이 아닐 수 없고 정지용에 이르러 '통합력있는 운율'의 개념에 합치되는 산문시의 존재가 확인된다 하겠다.

『조선문단』 독자투고란의 '산문시'로 명기된 것들은 이른바 개행과 단구를 하지 않은 줄글 형태의 시다. 김석조金錫祚의 「영생탑」은 '산문시'로 명기되어 있으나 지면의 제약 때문인지, 한 문장 단위로 단락을 지어둔 형식

---

[244] 『해외서정시집』, 1938.6.

의 판면을 보여준다. 같은 호에는 이은상의 「영토행^{營土行}」이 실려있는데, 문학적인 단편^{斷片}이다. 단문, 단상 형식의 문예물을 '산문시'로 규정한 당대의 장르표기 원칙과 다르지 않다. 손진태의 「생의철학」『금성』 3호, 1924.5 같은 철학적 담론도 일종의 '산문시'로 표기되었다. '산문시'란 페이소스적인 수필에세이 장르를 포함한 광범위한 산문체 양식들을 두루 포괄하던 개념이었다. 사회과학적 논단이나 시론 같은 경우가 아니라면 짧은 '문학적인 글'까지 '산문시'로 인식했음을 확인할 수 있다. 이 같은 이해가 정착된 배경에는 투르게네프의 '산문시' 수용이 크게 작용했을 것이다.

안서의 산문시

번역자이자 시인이며 시론가이기도 했던 안서는 스스로 '산문시'라는 용어를 가장 빈번하게 남긴 초창시대 문인일 것이다. 그의 언명에서 '산문시'에 대한 당대적 시각을 확인할 수 있으며 그 명칭에 내포된 개념적 맥락과 그것의 근대시사적 가치를 확인할 수 있다.

안서의 '산문시' 개념을 확인할 수 있는 텍스트는 다음과 같다.

> 안드레 네모그에프스키, 「사랑」 ― 이식된 산문시
> 김여제 「만만파파식적」 ― 새롭은 시가의 첫명편
> 소월 최승구의 산문시
> 안서 자신의 이식품과 창작시 ― 감상할 가치가 없는 것
> 주요한의 「불노리」 ― 새롭은 형식과 표현의 산문시

안서는 「작시법」에서 '산문시^{散文詩}' 개념을 다양하게 서술하고 있는데, '가

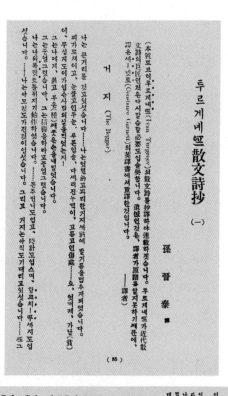

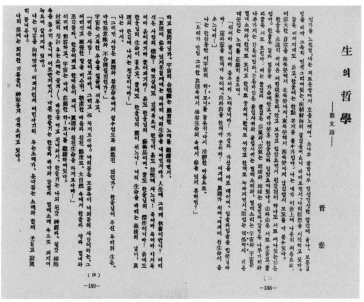

손진태 번역의 산문시들. 문학적·철학적 단상도 '산문시'의 범주에 속해있음이 확인된다. 『금성』 3, 1924.5

장 완미한 새롭은 시가의 형식과 새롭은 표현형식'을 보여준 시가로 「불노리」를 지적하면서 그것을 '산문시'라고 지칭한다. 「불노리」가 안서에게는 '산문시'로 이해되었던 것인데, 「불노리」는 '자유시는 곧 산문시'라는 규정의 적절한 근거를 보여주는 시라 할 수 있다.

시기詩歌답은 새롭은 시기詩歌를 차즈랴고 하면 동경東京에서 발행發行된 동인잡지同人雜誌 「창조創造」밧게 업습니다. 동지同誌에 발표된 주요한군朱耀翰君의 「불노리」라는 산문시散文詩와 다른 시기詩歌 갓튼 것은 가장 아름다운 시기詩歌인 동시同時에 새롭은 시기詩歌의 시형詩形이며 표현형식表現形式의 새롭은 세례洗禮를 밧는 것이라 할 수가 잇습니다.[245]

『창조』에는 「불노리」 외에도 요한의 「새벽꿈」, 「하이얀 안개」, 「선물」 등의 시가 같이 실려있는데 이 시들을 '새로운 시가의 시형이며 새로운 표현형식의 세례를 받은 것'이라 안서는 평가한다. '자유시는 산문시'의 유형에 해당되는 시들로 자연스런 우리말 구어 문장체가 능숙하게 구사된 시편이다. 주요한은 '산문시'의 시대를 뒤로하고 후일 「노래를 지으시려는 이의게」를 시작으로 '정형시체'로 선회한 바 있다. 그러니까 '정형체시'와 구분되는 장르로 '산문시'가 놓여있는 셈인데, 산문시든 정형체시든 조선어구어한글문장체가 주요한 시의 핵심에 놓여있음이 확인된다. 주요한의 구어체적 '새로운 에크리튀르 감각' 대해서는 1930년대 말기에 등단한 장만영 등의 찬사가 있거니와, 주요한의 시는 굳이 안서뿐 아니라

---

245 안서, 『작시법(5)』, 『조선문단』 11, 1925.8.

그 이후 세대들에게도 모범적인 에크리튀르로 인식된다. 산문시든 정형시든 간에 주요한의 시는 우리말구어한글문장체 시의 살아있는 징표와 같았기 때문이다.

물론 '새롭은 시'의 기원이 육당에게 있고 그래서 「한양가」, 「경부철도가」로 '새롭은 시가'의 기원을 소급해야 하기는 하지만 육당의 시들은 '창가'라는 말 외에 더 말할 필요가 없다고 안서는 쓴다. 「한양가」와 같은 엄격한 정형체의 시에서 글자수를 맞추기 위해서는 구어체 리듬을 일정부분 희생하지 않을 수 없다. 7(3.4).5의 '5'에 해당하는 구절을 '장충단壯忠壇저집', '목숨보기를', '장壯한그분네'로 구성했는데, 엄격하게 글자수를 맞추고 있지만 우리말 통사구조로는 어색하며 따라서 리듬이 부자연스럽다. 「한양가」, 「경부철도가」, 「세계일주가」를 광고하면서 '소년구가서류少年口歌書類'라 서술한 것을 보면 '창가'는 '구가口歌'류이자 '시상時常 영기詠歌'하는 양식이다. "청신淸新한 조調와 강건剛健한 사辭로써 가송歌頌이 유有한 것으로 '시상時常 영기詠歌할 호서好書'"[246]라는 당대의 광고가 창가는 신시이되 영가하는 양식임을 입증한다. 교훈적이고 계몽적인 '사詞'이니 '강건한 조'가 필수적이었을 터이다. 이에 반해 「불노리」는 형태상으로도 새롭고 표현형식은유도 새롭다. 정형시체가 아닌 비정형체시로 개성적이고 주관적인 호흡내부생명. 리듬이 표현된 산문시자유시가 「불노리」이다. 안서는 운문의 리듬이 '입체적, 구체적'이라면, 산문의 리듬은 '평면적'인 것에서 차이가 있다고 보았다.[247] '낭영'하니 입체적이고 구체적인데, 그러나 '산문체'는 평면적인 문체가 되는 것이다. 현재적 관점에서의 '평면적', '입체적'이란

---

246 『소년』 광고, 2년 1권, 1909.1.
247 안서, 「作詩法(二), 『조선문단』, 1925.5.

「녀름의 자연」(창가)과 「녀름ㅅ구름」(산문시)의 인판상의 차이(『소년』 3-7, 1910.7)

맥락과는 오히려 상반된다고 하겠다.

안서는 '산문시'라는 표標만 안 붙어 있을망정 홍명희가 융희 4년1910년 8월『소년』지상에 폴란드의 문사이자 애국열사인 네모그에프스키의 「사랑」을 '이식발표중역'한 것이 산문시로서는 그 당시의 첫 번째 것임을 밝히고 있다.[248] '이식'이란 말이 눈에 띄는데, '원문은 어떠한 것인지 모르지만은 일역된 것으로 보아'라는 문맥으로 보면 '이식'은 '번역 혹은 중역한 것'이라는 의미를 포함한다. 그것은 가치평가의 맥락이기보다는 "서울서 주간週間으로 발행發行된 『태서문예신보泰西文藝新報』에 내 자신自身의 이식품移植品과 창작시가創作詩歌가 발표發表되엿스나"[249]에서 보듯 이식 : 창작의 이항대립항의 구도 내에서 인식되는 개념이다. '창작품'과 대응되는 것으로서의 '번역작품'의 맥락이 강하다. "산문시라는 용어가 처음 나타난 것"이 안서의 이 글이라는 평가도 있다. 안서는 '표는 안붙어 있으나'라고 했지만 목차에는 '역시譯詩'로, 본문에서는 편집자주 격의 소개글에 "이 산문시散文詩는……"이라고 장르 명칭이 분명하게 표식돼 있다. 이 표기는 실제 당대의 단상이나 단형체 산문 문예물을 '산문시'로 표기하던 관행에 어긋나지 않는다.

안서의 역시집 『신월新月』『신월新月』을 광고하고 있는 『영대』 지면에는 "'산문시집散文詩集' 경이驚異와 몽환夢幻으로 가득찬 어린아희의 세계를 노래한 것"[250]이라는 언급이 보이고, 전영택이 안델센의 동시를 번역한 「달이 말하기를」[251]은 줄글 형태의 산문체인데, 여기에 '산문시'라 명기돼 있다.

---

248 안서, 「作詩法(五)」, 『조선문단』 11, 1925.8.
249 안서, 「作詩法(五)」, 『조선문단』 11, 1925.8.
250 『영대』 3, 1924.10.
251 『영대』 2, 1924.9; 『영대』 4, 1924.12.

'산문시'는 비정형체시, 조선어 구어문장체 단편斷片 문예물 등을 가리키는 명칭이기도 했던 것이다.

홍명희가 번역한 네모그에프스키의 「사랑」을 안서가 자신의 글에 전재全載한 글과 실제 원문 지면을 각각 확인하기로 한다.

깁히 고요한 언제든 지닛지 못할 써절은 노래와 갓치 언린째는 지내갓네, 지금只今 와서 그 곡조曲調를 잡으랴 하야도 잡을 길이 바이엄네, 다만 그 심만은 이 생애生涯 한 모롱이에 서서 째째로 그 곡조曲調가 쓴혓다 나졋다 할 쑨일세 이것을 듯고 정情에 못 녁여 소래 지르기를 멧 번 하엿노? 어린 째야말노 나의 행복幸福이 한 몸이 되얏섯네 내가 몸이면 행복幸福은 그 몸살니는 영혼靈魂이얏서라.안서, 轉載本

깁히 고요한 언제든지 잇지 못할 져른 노래갓치 어린째는 지나갓네, 지금와서 그 곡됴를 잡을랴 하야도 잡을 길이 바히업네, 다만 근심 만혼 이 생애生涯 한 모롱이에서 째째로 그 곡조曲調가 쓴첫다 낫다 할 쑨일세. 이것을 듯고 정에 못 녁여 소래 질으기를 멧 번 하얏나뇨? 어린째야말노 나의 행복이 한몸이 되얏섯네. 내가 몸이면 행복幸福은 그 몸 살니난 영혼靈魂이얏세라.실제 『소년』지 수록 원문

인용 끝에 안서는 흥미로운 평가를 덧붙이고 있는데, "토吐 가튼 것이 맘에 맛지 안이한 것이 잇슴니다 만은 이만한 이식利植된 산문시散文詩는 그 때로 보면 다시 업슬 것입니다"라고 평가한다.[252] '-하엿노': '-하얏나뇨', '-이얏서라': '-이얏세라'의 차이가 우선 눈에 띄는데, 홍명희의 '토'

---

252 안서, 「작시법(5)」, 『조선문단』 11, 1925.8.

는 안서의 그것에 비해 구투적이다. 어쨌든, 엄격하게 음절수를 맞추거나 개행을 하지 않은 우리말구어한글문장체 시를 안서는 '산문시'라 인식한 것이다.

안서는 소월 최승구의 산문시에서 새로운 맛을 볼 수 있었다고 평가했으며 『청춘』 등에 발표된 육당의 「녀름ㅅ구름」, 「태백太白을 떠남」, 「꽃두고」, 「봄, 여름, 가을, 겨울」[253] 등을 '산문시'라 규정하면서 '읽을 만한 가치가 있다'고 평가했다. 「녀름ㅅ구름」은 목차에 '시'로 표기되었는데 이와 비교해 「녀름의 자연」소년, 1910.7이 '창가唱歌'로 표기된 것을 주목할 필요가 있다. 「녀름ㅅ구름」은 줄글 형태의 문예물이지만, 「녀름의 자연」은 2구 1행 형식의 일정한 개행과 단구를 한 정형체시임이 확인된다. 1행을 두 구로 분할하면서 엄격하게 글자수를 맞춘 「한양가」에 비해 앞 구의 글자수는 8(7)로 맞추었다. '시', '산문시'를 굳이 명기하지 않더라도 우리말구어한글문장체의 문학적인 단상 역시 '산문시'임은 「녀름ㅅ구름」이 확인하고 있다.

'산문시'로 명기된 산문시는 『학지광』에서부터 이미 나타난다. 안서는 『학지광』 5호1915.5.2에 「밤과 나」, 「나의 적은새야」, 「야반夜半」 등 세 편을 발표했는데, 특히 「밤과 나」는 제목 옆에 괄호를 하고 그것이 '산문시'임을 명기해두었다. 같이 실린 「야반夜半」은 2구 1행, 1연 2행(4행)의 정형체를 취하고 있는 데 반해 「밤과 나」 및 「나의 적은새야」는 구와 행이 분절되지 않은 산문체의 글이다. 그 뒤편에 실려있는 소성小星의 「비오는저녁」, 유암流暗의 「산녀山女」, W.C의 「적막寂寞」, 우몽愚夢의 「못생긴 소견所見」

---

253 위의 글.

역시 같은 규준을 적용해본다면 '산문시'다. 정형시체의 시를 먼저 싣고 그 뒤로 '산문시'들을 편집한 것으로 보인다.

김억이 번역한 '(이식한) 산문시'로는 『태서문예신보』 4호1918. 10.26에 실린 투르게네프의 「명일? 명일」, 「무엇을 내가 생각하겠나?」인데, 소개 글에서 이 글을 '산문시'라 지칭하고 있다. '예술의 묘치와 인상의 월등함'을 당할 사람이 없다는 투르게네프의 1882년작으로 "만년의 근심과 아직 스러지지 않은 청춘의 생각 사이에 싸아내인 아름다운 철학, 오심奧深한 사상의 결정"이라는 소개가 붙어있다. 원시를 번역하는 과정에서 안서가 정형체시와 산문시를 구분하지 못했을 것 같지는 않다. 산문시임에도 가시적으로 정형체로 보이는 것은 신문 지면의 제약과 연관이 있다. 『태서문예신보』 4호, 5호에 실린 일련의 '산문시'들을 두고 "3년전에 이미 산문시의 형식을 정확히 이해하고 그것을 실제의 창작으로 입증한 김억이 왜 3년 후에 행과 연을 분리한 시를 두고 산문시라는 이름을 붙였을까 하는 의문이 생겨난다"고 언급한 경우도 있으나 이는 신문매체의 특성, 그러니까 인쇄리터러시의 이해가 결여되었거나 그것을 고려하지 않은 해석이다. 즉 지면상의 제약으로 인해 실제는 이어진 문장이나 가시적으로 개행 혹은 단구한 듯한 외형을 보이는 것이다.

백대진의 「뉘웃츰」1918.9은 글자수와 구수 및 행수의 규칙성이 없다. 6단 신문 지면의 제약상 쉼표를 단위로 개행한 경향성을 보인다. 개행의 여부가 자유시와 산문시를 나누는 기준이 될 수는 없다. 근대 출판 인쇄물의 특성상 배단 및 개행에 일정한 제약이 있을 수밖에 없는데 지면의 제약상 행해진 개행과 단구는 정형시체의 그것과 구분되어야 한다. 3호의 '동서시문집' 시리즈로 실린 Kamini Roy 여사1864~1933의 「연애의 부르지즘」의 형

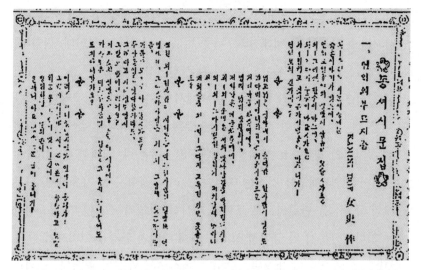

Kamini Roy의 「연애의 부르지즘」, 『태서문예신보』 3. 정형체와 산문시체(자유시체) 간의 번역과정의 혼돈이 엿보이는 인판이다.

식과도 「뉘웃츰」의 형식은 다르다. 「뉘웃츰」에 비해 「연애의 부르지즘」은 정형시체적 특성이 강하다. 원저자가 벵갈어로 시를 썼으니 이것은 아마 중역 텍스트일 듯한데, 번역과정에서 행과 구를 맞추기 어려워졌고 따라서 산문시처럼 보이지만 실제는 정형시체일 가능성이 있다. 5호의 '해몽생'의 「외-외 이다지도?」는 '동서명문집' 타이틀 아래 실렸는데, 일정한 규칙성을 가진 4행짜리 시로 스크라이빙 차원에서 관습적인 배단법을 보여준다. '산문시'라고 보기는 어려울 정도로 규칙성이 있다. '산문시'라는 명기를 하지 않은 것도 주목할 일이다.

편집인이자 발행인인 안서 자신의 시를 표기하는 방법에 대해 알아보기로 한다. 『태서문예신보』 5호1918.11.2에 실린 안서의 「밋으라」는 '산문시'로 명기되었다. 8행 1연의 두 연짜리 시처럼 보이는 텍스트이다. 1연과 2연의 각각의 행들이 서로 일정하게 대응되는 내용과 구조로 되어 있어 일정한 규칙성을 보이는듯하지만 통사론적으로 각각 행들의 구절은 하나로 연결되는 문장체이다. 백대진의 「뉘웃춤」과 유사하다는 것인데, 판형 때문에 개행을 했을 가능성이 있다. 이 같은 판면상의 형식은 『조선문단』에 실린 김석조의 「영생탑」『조선문단』, 1925.1에서도 확인된다. 한 문장이 한 단락 혹은 한 연을 구성할 경우 가시적으로는 정형체시처럼 보이나 실질적으로는 지면의 제약으로 인해 개행, 단구된 경우이다. 엄격한 형식미학의 차원에서 배단, 배구한 것과는 다르다. 그러니 정형시체, 자유시체, 산문시체의 규준점을 단편적으로 보이는 가시적, 물리적 조건에 따라 규정할 수는 없다. '산문시'의 양식적 성격은 인쇄 지면의 환경을 고려해야 한다.

「밋으라」에 연이어 게재된 「오히려」역시 서술체 문장 형식의 3연짜리 시로, 신문지면의 제약상 개행을 할 수밖에 없었던 것으로 판단된다. 「밋으라」옆에 명기된 '산문시'라는 장르 명기가 「오히려」에도 해당되는지는 불분명하나, 「오히려」도 「밋으라」와 마찬가지로 '산문시'라 판단된다. 문장체서술체 글인 까닭이다. 그러니까 외형적으로 개행을 한 것처럼 보이나 실은 신문지면의 제약 때문에 생긴 불가피한 조처였을 것이다. 단순히 '개행'을 했다고 해서 '산문시가 아닌 것'이 아니다. 일정한 단에 따라 지면을 편집하는 신문의 특성상 개행은 양식의 요구가 아닌 지면의 제약으로 인한 것이기도 하므로 따라서 가시적으로 개행을 한 것처럼 보인다고 해서 그것이 비산문시 혹은 정형체시의 근거로 단정할 수는 없다.

안서는 5호에 '로서아의 시단'이라는 타이틀 아래 투르게네프의 「ㄱ」와 「비렁방이」 두 편을 번역하고 이 시에 '산문시'라고 명기했다. 서사성이 있는 이야기체의 글이다. 한시, 시조, 민요와 같은 단구, 개행의 규칙성이 없다. 일반적으로 노래체나 독송체 시가는 한 구의 음절수를 제한하거나 제약하기 때문에 행의 길이에 제한이 가해지는데, 산문시는 이 제한이 없음으로 해서 단구와 개행의 제약성이 없다. 경우에 따라 개행이 이루어지는데, 그것은 특히 신문지면이나 잡지면의 편집상 제약조건 때문일 가능성이 많다. 6호1918.9.28 6면 해몽생의 「우리아버지의 선물」은 '산문시'로 명기되었다. 각 구나 행의 규칙성이 없으며 한 연 당 행수도 연마다 차이가 있다. 시의 형식상의 체제 및 구조가 일정하지 않은데, 마찬가지로 인쇄지면의 제약으로 인해 개행이 이루어졌을 것이다.

단곡이나 창가의 엄격한 형식성을 참조한다면, '산문시'에 대한 당대적 시각이 보다 명료하게 드러난다. 『태서문예신보』에 실린 베를렌의 시와 여타 산문시로 명기된 시의 형식을 비교해 보는 것이 좋을 듯하다. 베를렌의 「가을의 노래」는 2구 1행의 단구를 행하고 있는데, 이 단구가 한시의 악절악구처럼 시가의 형식적 조건에서 중요한 표지임을 확인하게 된다. 번역시에서 글자수, 행수를 맞추기는 어려운데 그것이 노래정형시체임을 확인해주는 것은 단구의 표식, 곧 띄어쓰기나 쉼표의 여부로 구를 나누는 방식이다. 1행 2구, 혹은 3구로 나누어서 엄격하게 한 행당 구를 정형화하는 것으로 단구를 규칙화함으로써 이것이 시가정형체시임을 증표한다. 베를렌 시 「가을의 노래」『태서문예신보』 7, 1918.9.28, 「거리에 나리난 비」『태서문예신보』 6, 1918.11.9.

「가을의 노래Chansond'automne」 원시는 6행 3연의 정형체시지만 안서는 『태서문예신보』1918.9.28., 『폐허』1920.7 등에서 여러 번 베를렌의 시를 번역하면서 대체로 행을 원서의 그것에 정확하게 맞추어서 번역하지는 않았다. 우리말 문장구조와 프랑스어 문장구조의 차이때문에 정확하게 시행 단위로 대응한 번역이 쉽지 않았을 것이다. 원시는 각운이 맞춰져 있고 행 단위의 규칙성이 엄격하게 갖춰져 있지만 우리말 번역 과정에서 각운

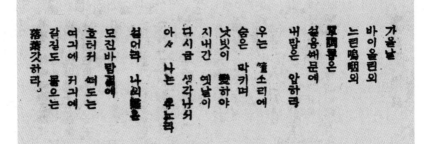

안서가 번역한 베를렌의 「가을의 노래」. 우리말과 프랑스어의 문장구조상의 차이 때문에 시행 단위 번역이 쉽지 않았음이 확인된다. 안서, 「을퍼진 가을의 노래」, 『조선문단』, 1925.10.

은 물론이고 이 규칙적 정형성을 맞추기도 어려웠다. 현철, 황석우, 변영로 등이 제기한 근대시작법의 방향성이 문제된 것도 이 때문이다. 상징주의시, 낭만주의시는 각운을 맞춘 정형시체이나 우리말 시는 각운이나 악센트를 맞추기 어려웠다. 조선어 정형체시의 정체성은 구와 행의 규칙성에 의존하기는 하지만 시조처럼 글자수의 엄격성이나 의고문체에 굳이 의지하지는 않는다. 엄격한 정형시체를 탈피한 것이 자유시이자 곧 산문시의 시체인 것이다.

Les sanglots longs

Des violons

De l'automne

Blessent mon coeur

D'une langueur

Monotone.

Tout suffocant

Et blême, quand

Sonne l'heure,

Je me souviens

Des jours anciens

Et je pleure

Et je m'en vais

Au vent mauvais

Qui m'emporte

Deçà, delà,

Pareil à la

Feuille morte.

—Paul Verlaine, "Chanson d'automne", 1890[254]

베를렌[1844~1896]의 「가을의 노래」는 작곡가들에 의해 곡이 부쳐져 노래
로 불렸다. 압운과 규칙적 리듬이 음악적인, 말 그대로 '노래'의 충분한 가
능성을 보장한다. 안서는 세간의 번역불가론을 의식하면서도 번역시집을
낼 수밖에 없는 사정을 '남들의 옥운가구玉韻佳句가 주는 유혹적 감동'에 못
이겨 자연히 붓을 옮기게 된다고 고백한 바 있다.[255] 4행짜리 시를 8행이

---

254 Verlaine, *Poemes Saturniens*, Paris, Leon Varier, Libreine-ed., la Quai Saint-michael, 1890.
255 김억, 「異鄕의 꽃 序文」, 『조선문단』, 1927.1.

Verlaine, "Chanson d'automne", 1890.

나 6행으로 번역한 것은 우리말과 불란서말의 차이에 기인한 것이겠고 그

것은 주로 '-다' 종결체로 끝나는 우리말 문장구조에서 자연스런 구어체

리듬을 살리기 위한 조처였을 것이다. 더욱이 안서가 번역시를 일종의 창

작시로 이해하고자 한 것에서도 그 이유가 있다. 어찌되었든 안서의 번역

시 옹호에는 이 강력한 '옥운가구'의 매혹과 '약하고 보드랍은 감정'의 경사

가 있다. 베를렌의 시에 실제 곡이 부쳐져 노래로 불인 이유가 '옥운가구'의

아름다운 노랫말에 있을 것이다. Pierre Salet 〈La bonne Chanson!〉[1902],

Gabriel Fauré의 〈La bonne chanson : 9 mélodies pour une voix avec

accompagnement de piano〉[1894]가 확인된다.[256] 안서가 레코드 취입에

관심을 보인 이유도, 베를렌 시의 노래화의 가능성에서 확인되듯, 노래체

---

256 https : //gallica.bnf.fr/accueil/en/content/accueil-en/mode=desktop

시의 수행적 기능과도 무관하지 않을 것이다.

안서의 '산문시론'은 무엇인지 최종적으로 확인하기로 한다. 안서의 '자유시 곧 산문시'에 대한 언급은 「프란스시단」 1918.12.7~14에 실려있다.

자유시는 누구가 발명하였나? 람보가 산문시Les Illumination에서 발명하였다. 쥬르 라포르게Jules Laforgue가 독을獨乙에서 가짓왓다. 베레 그리판Vielé-Grifin 이 왈트화잇만Wat whitman의 작품을 번역할 때 가져왔다. 마리에 크리신스카 Marie Krysinska가 발명하엿다. 구스타프칸Gustav Kahn은 자기가 발명하엿다는 하는 여러 말이 있다.[257]

위의 글에서 '자유시'는 '자유시체 vs. 정형시체'라는 양식적 이항대립의 구도 가운데 인지된 것이며 '산문시'는 '정형시 vs. 산문시'의 개념상에서 인식된 개념이다. '재래의 시형과 규정을 무시하고 자유자재로 사상의 미운微韻을 잡는 것, 평측, 압운을 중요시 않고 모든 제약, 유형적 율격을 버리는' 그런 자유로운 형식의 시양식을 '자유시이른바 '자유로워진 시''라 했던 것인데, '미묘한 언어의 음악', '시인의 내부생명의 표현' 같은 어구는 '자유시(체)'가 강박적인 박자나 엄격하게 정형적인 운율로부터 벗어난 '자유로운' 리듬의 미묘한 음향감을 암시한 것이다. 이 '자유시'에는 안서의 민요체시, 정형체시, 산문시까지 두루 포함되므로 그 핵심은 조선어구어한글문장체라는 조건이다. 그런데 이 '자유시'의 개념으로부터 근대예술의 개념이 규정되는데, '상징파시'의 음악, 회화와의 '순감회純感化'라는 말은 시

---

257 안서, 「프란스 시단」, 『태서문예신보』, 1918.12.7~14.

가 음악과 회화와 융합함으로써 '근대적 예술'이 된다는 시각을 반영한 것이다. 엔리 되 레네Henri de Regnier, 라파엘리스트Drs Raphaelistes, 로젯티Rossetti, 바그너Wagner, 말라르메, 보들레르 등의 상징주의시인, 예술가가 언급된 것은 이 자유시자유로운 양식의 궁극적 목적이 '음악적인 것'에 있음을 말하기 위한 것이다. '음악적인 리듬'을 얻기 위해서는 구어체 말의 자연스런 리듬을 확보하는 것이 무엇보다 우선시 되어야 한다.

어떤 매개도 없이 시는 가장 진보된 예술인 음악의 상태에 이를 수 있다는 것이 상징시의 이념이자 근대예술의 신념이다. '모든 표현의 자연적 매개자는 음악밖에 없다.' '무제약, 비정형, 무규약'은 곧 '음악과 같은 희미한 몽롱'을 얻기 위한 것이고 이 극한적인 음악의 예술이 되기 위해 '시의 음률音律만 아름다우면 행자수行字數와는 관계없다('앙리 드 레네'의 표현)라는 신념이 자유시이자 산문시에 대한 의욕을 불태운다. 안서에게는 '시의 음률만 아름다우면 되'는 이 조건이 '음조미音響'였을 것이다.

안서의 '자유시이자 산문시'라는 개념은 일제 말기에도 변하지 않고 이어진 것으로 보인다. 신진시인들의 시를 평가하는 글에서 안서는 오장환의 「강을 건너」『문장』, 1940.7를 두고 '분명히 가튼 자유시인데도 새길을 발견한 표현방식'이라 평가했다.[258] 종결부호 하나로 새로운 자유시의 양식 실험을 했다는 것인데, 그것이 "가다가다 거듭 식혀놋는것가튼 자미가 있다"는 것이다. 오장한의 이 시는 종지부호를 찍어 말을 축약하고 감정을 절약하는 방식을 취하고 있다.

---

258 안서, 「신진의 매력」, 『조선일보』, 1940.7.24.

모닥불. 모닥불. 은은히 붉은속. 차차 흙 밑에는 냉기冷氣가 솟고. 재되여 스러
지는 태胎. 강江 건너 바람이. 날 바보로 만드렀구료. 파락호 호주胡酒에 운다. 석
유石油入불 끔먹이는 토土담入방 북덱이 깐 토土담入房속에. 빽빽이는 간난 애.
간난애 배꼽줄 산모産母의 미련을 끊어. 모닥불. 모닥불속에. 은은히 사그러진다
    (…중략…)

    엇지사 엇지사 울을거시냐. 예성강禮成江이래도 좋다. 성천강城川江이래도 좋다.
두꺼운 어름짱밑에 숨어 흐르는 우리네 슬픔을 건너. 보았느니. 보았느니. 말없
이 흐르는 모든 강물에. 송화松花. 송화松花. 송애까루가 흥근−히 떠나려가는 것.
십일평야十日平野에 뿌리를 박고. 엇지사 울을거시냐. 꽃가루여. 꽃수염이여.

—「강을 건너」, 『문장』, 1940.7

이 시에서 특징적인 것은 명사(체언) 종결과 '종지부호'이다. 이것들은
일종의 '단절'인데, 이는 극도의 긴장과 초절정의 비약을 의미한다. 호흡은
단절되고 감정은 건조화한다. 마치 주머니에 손을 넣고 건조하게 눈을 맞
는 '건조주의자'의 메마른 심정을 대변하듯 시인은 호흡을 멈추고 시상을
단절시킨다. 비애를 더이상 늘이지 않는 감정적 절제가 종지법 및 명사 종
결법에 있다. 그것은 센티멘탈리즘의 과잉과 홍건한 눈물을 제거한다. 오
장환은 이를 '고독의 황량한 광야에 있으면서도 능히 귀족적인 냉대를 잃
지않는' 광기라 불렀다.[259] 이 극도의 건조주의, '귀족적 냉대'가 고독한 현
실의 강을 건너는 자의 지성을 놓지 않는다. 석경은 「강을 건너」와 함께
「신생의 노래」를 읽을 때 '우리는 무엇이나 느끼고 수긍한다'고 썼다.[260]

---

259 오장환, 「제7의 고독」, 『전집』, 224면.
260 조영복, 「노래와 '−노라체'−조선어 구어의 파롤적 실현과 시가양식의 종결체에 대하

안서는, "그렇케 짤막짤막 간결簡潔이 찍어노흐면서도 한 절節은 한 절로의 전체全體는 전체로의 조화를 용하게도 보존해놓았다"[261]고 쓴 뒤 '자유시형으로서 반듯이 취取치안허서는 아니될길'이라는 표현을 쓴다. '자유시형의 모범형'이라는 맥락인데 '음조音調'의 흐름이나 표현의 새로움을 평가한 것이다. '자유시自由詩라고 너무도 산만散慢이 버려놓는 것은 탐탁치 않다는 것'이 안서의 주장인데, 간결하게 쓸 것을 산만하게 버려놓거나, 형용사 투성이의 시구나 꼬부라진 문장으로는 시(가)가 될 수 없다는 것이다. 종결법과 문장부호를 통한 말의 절약이 '자유시'의 새 방향성이다. 정형시체를 탈피한 것이 자유시체이기는 하나 산만하거나 오문, 비문을 통해 자유시가 될 수는 없다. 유예되기만 했던 '각 개별 시인의 주관적 운율에 의한 호흡과 리듬'을 기반으로 하는 '자유시 작법'의 기대는 어쩌면 오장환의 「강을 건너」에서 그 가능성이 확인되었는지 모른다.

'산문체'라는 용어를 점검하기로 한다. 안서는 '산문시'는 '산문체'와 다르다는 점을 분명하게 했다.[262] 시가란 조선어 구어의 '리듬'시인의 자유로운 내부생명을 잘 표현하고 미묘한 음악적 상징(음률)을 아름답게 살린 것이 잘 살아있는 것이어야 하는데, '산문시'는 '산문조음률'의 저류하는 리듬[263]을 갖는다. 그런데 '산문체'는 그 '음악리듬'이 빠져있다는 점 때문에 시가 될 수는 없다. 한자어가 많거나 한주국종 문장법의 산문체 시가 아름다운 구어의 음악조선어구어한 글문장체을 살릴 수는 없다는 뜻이다. 그러니 자유시산문시를 당시로서는 단

여」, 『한국시학연구』 52, 한국시학회, 2017.
261 안서, 「7월의 시단」, 『조선일보』, 1940.7.24.
262 안서, 「사월시평－詩는 奇智가 아니다」, 『매일신보』, 1935.4.11; 어투 문제는 「語義, 語響, 語美」, 『조선일보』, 1929.12.18~19.
263 장만영, 「내가 좋아한 詩人君」, 『전집』 3, 523면.

지 정형체를 벗어난 줄글체 시를 뜻하지 않는데, 한자말 위주의 줄글체산문체 시는 음악이 부재한 탓에, 즉 우리말 구어체 리듬을 갖지 못한 탓에 '시'일 수 없으며, 그러니 결론적으로 조선어구어한글문장체의 음악을 떠나서 시는 성립될 수 없다. 정량화하기는 어려우나 안서의 뇌리에 정형체시든, 자유체시든 '음악음향, 음조'을 떠날 수는 없고 상대적인 차원에서 정형시체를 탈피한 시를 '자유시' 혹은 '산문시'로 인식되고 있었음이 확인된다. 아름다운 우리말 음악을 담지한 조선어구어한글문장체가 "자유시는 산문시"의 조건이다.

노래의 지속과 1930년대 신산문시

정지용은 『문장』 시 추천 '선후감'에서 '근대시가 '노래하는 정신'을 상실치 아니하면' 목월의 시에 이른다고 보고, "민요에 떨어지기 쉬운 시가 시의 지위에서 전락되지 않았다"고 목월의 시를 평가했다.[264]

김기림은 에즈라 파운드*How to Read*의 '멜로포이아', '파노포이아', '로고포이아'를 인용하면서 이 중 멜로포이아는 음악적 함축이 의미 내용을 지시하는 것으로 청각작용에 의한 것이라 쓴다. '파노포이아'는 '가시적 상상 위에 영상의 무리를 가져오는 것', 즉 회화적 시이미지즘에 가깝고, '로고포이아'는 습관적 언어와 반어적 사용 사이에서 생기는 의식적 문맥이 강조된, 즉 이지적 시주지주의에 가까운 개념이다. 장엄한 운율을 가진 시가 양식에서 '멜로포이아'는 핵심적 요소였지만 이제 그것은 아름다운 회화로 남아있을 뿐이고 '현대의 시'는 파노포이아와 로고포이아를 추구한다

---

264 정지용, 「詩選後」, 김학동 편, 『전집』 2(산문), 284면.

는 것이다. 음악성을 구축驅逐하고 이미지즘시나 주지적인 시를 강조한 김기림의 입장에서 '현대의 시당대의 시'는 청각작용이 아닌 시각작용에 의해 향수되는 것이어야 했는데, '문자시'활자화된 시''란 음악성조차 시각작용에 의해 인지된다. 결론적으로 현대시는 귀와는 친하지 않고 눈과 친하다는 사실을 직시하게 된다는 것이다.[265] 김기림은 '자유시'를 '정형시'보다 더 충실한 운율의 봉사자로 해석하면서, 따라서 음악성과 완전히 결별한 시를 '신산문시'라 규정하고 있다.

> 일부의 사람들은 자유시는 운율을 버린 것처럼 말하지만 그것은 오해다. 자유시는 다만 정형시에 있어서의 운율의 구속을 깨트리고 자유로운 호흡에 맞는 자유로운 운율을 창조하려고 하였을 따름이다. 운율의 본질에 한층 더 가까워간 점에 있어서는 자유시는 차라리 정형시보다도 더 충실한 운율의 봉사자였다.[266]

'자유시가 운율의 더 충실한 봉사자'라는 구절은 역설적인 맥락으로 읽히는 감이 없지 않지만, 그것은 엄격한 정형체시가 도달하지 못한 우리말 구어의 자연스런 리듬을 견지하는 시의 본성을 가리킨다. 안서 등이 언급한 양식상의 자유시 개념과 다르지 않다. 안서가 말한 '자유시는 산문시다'라는 문맥과 정확하게 들어맞는 개념이다. '정형시에 있어서의 운율의 구속을 깨트리고'에는 '정형시체로부터 탈피한 것이 자유시'라는 안서의 정의가 반복되며, '자유로운 호흡에 맞는 자유로운 운율의 창조'라고 보는 데서 임화의 '조선어 구어의 음률적 개척'이라는 근대시의 이상이 읽힌다. 강

---

265 김기림, 「시의 회화성」, 『전집』 2, 106면.
266 위의 글, 『전집』 2, 104면.

박증적 정형의 틀에서 벗어난 보다 자유로운 리듬의 음악이 자유시가 추구한 운율음악의 개념이다. 앞에서 언급한 안서의 '산문시' 개념이 ① 비정형체시라는 조건, ② 조선어 구어문장체화와 한글문자화라는 조건과 정확하게 들어맞는다. 그래서 김기림은 '음악'을 완전히 탈피한 양식으로 '신산문시'라는 개념을 도입하게 된다.

안서가 밝힌 대로 시의 음악성이 얼마나 지고하게 지켜졌는지를 김기림의 시론이 반증한다. 그러니까 '음절수를 마초아 지은 격조시'뿐 아니라 '시인의 내부 생명을 표현하는 보다 자유로원 형식의 시'인 자유시, 산문시의 개념도 '음악성'을 배제한 것은 아니다. 안서의 용어대로 한다면, 이론상으로 구체적이고 입체적인 운문의 리듬에 비해 평면적인 리듬의 차이만이 정형시와 산문시의 차이를 가리킬 뿐이다. 그런데 이 완고한 '음악성'과의 결별을 의미하는 '신산문시'라는 용어에서 '신산문시'란 시의 회화주의와 주지주의의 정착, '문자시'의 정착을 의미하는 것처럼 읽힌다. '신산문시'는 낭영적 문체로부터 결별하고 우리 시가 점차 '눈으로 읽고 의미를 해독하는 시문자시'의 단계로 나아감을 의미한다. 이해를 위한 읽기독해법와 낭랑하게 소리를 내는 낭독법은 향유 방식의 문제뿐 아니라 양식의 본성상 '차이'를 가리킨다.[267] 시각이 감각의 '분리'를, 청각은 감각의 '합체'를 지향[268]한다면, 김기림의 주지주의, 이미지즘 편향이란 근대시의 문자시의 운명을 개척하는 자로서는 지극히 합리적인 논리화의 산물이기도 했다.

근대시사상 김기림의 역할은 말 그대로 '공과'에 있다. 그는 '오직 전진

---

267 월터 J. 옹, 앞의 책, 177면.
268 위의 책, 113면.

밖에 모르는 시단의 효장驍將'[269]으로 그가 내건 '새로운 시론詩論'이 우리말 시단의 운명을 갈랐던 것인데, '효장'이라는 단어가 내포하는 속도감과 힘은 우리말 시의 방향을 채찍질하는 에너지를 가리키고 있다. 우리 시대, 시 독자들의 뇌리에도 김기림의 흔적은 강하게 남아있다. 우리 시사의 이론적, 교육적 토대를 닦은 인물이 김기림이기 때문이다. 현재 우리에게 시의 '낭영성음악성'은 거의 망각되고 대신 '의미'로서의 시가 시 장르 인식과 시 이해의 핵심에 자리잡고 있다. 그러나 일제시대 시는 여전히 낭영성음악성이 중심에 있고, 조선어 구어의 발화성에 예민하게 반응하고 있었다.

1930년대 후반기 시단의 반성은, 양식상으로는 자유시에 대한 반성과 함께 제기된다. "우리의 시는 과도한 자유 속에 길을 잃고 우리의 인생은 오탁汚濁 속에 정체停滯되어 있다"[270]는 박용철의 말은 계시처럼 들리는데, '신산문시'와 같은 장르의 혼류 가운데서 시(가)가 길을 잃고 있다는 것이다. 시양식의 무지에서 비롯된 '개행하기'를 시의 조건으로 삼았던 초창시대 시의 혼란과 무질서가 1930년대 반복되고 있다는 자성에서 비롯된 언급이다. 박용철, 윤곤강, 장만영 등 조선어 구어의 음악성과 그것을 구현하는 조건, 그러니까 문자화의 조건에 관심을 보였던 시인들에게서 진지하게 성찰된 문제의식인 것이다. '외여지기의 조선어' 문제와 인쇄리터러시에 대한 자각을 보인 박용철이나, 조선어 구어의 성음화 및 한글표기시에 민감했던 윤곤강에게서 이 문제가 예리하게 나타난다는 점은 시사적인 문제에 속한다.

박용철은, 명확한 형식과 정연한 구성에 대한 노력의 부족, 분열된 감각

---

269 제3시집『바다와 나비』광고 문안, 해방 후『낭독시집』브로셔에 수록됨.
270 박용철, 「丁丑年 詩壇回顧」, 『전집』2, 117면.

으로 조각조각 어구를 이어붙이는 방법의 난무, 또 우울, 고적, 향수의 시구를 기묘하게 혼합해 늘리거나 끊어부치는 기술 등이 시단에 만연하다고 지적하면서 이를 '한마悍馬 자유시自由詩'를 타는 격이라고 비판한다.[271] '조선의 자유시는 이미 출발점에서 자기의 기수적騎手的 능력으로는 자유로이 제어制禦키 어려운' 상황에 빠져있다는 점을 비유한 것이다. 초창시대 이미 우리 시는 한없이 늘어진, 한없이 산문체적인 자유시를 향한 출발점에 서 있었는지 모른다는 것이다. 출발한 지 삼십여 년 만에 스스로를 자기비판의 시험대에 올려둔 조선의 현대시가 맞이한 운명이 이 냉철하리만치 투명한 박용철의 비판으로 명확해진 것이다.

이 비판은 김기림의 『기상도』가 소재상으로도, 문명비판과 풍자라는 정신상, 기법상의 차원에서도 괄목할 만한 새로움을 보여주었으나 그것이 외교전문가나 철학가의 산문적 사색에 미치지 못한다면 시로서 주장할 수 있는 것이 없다는 비판[272]과 그 맥락을 같이한다. 박용철은 모윤숙의 시가 "서정의 새암물이 좁은 시형의 그릇에 담기지 않고 왕양汪洋한 산문散文의 흐름을 일으키는 것은 필연의 세勢일 것이다"라 평가하고,[273] 백석 시의 전체적인 포즈에 대해서는 '냉연冷然한 산문적散文的인 포-즈'[274]라고 해석한다. 자유시는 '감정의 수동적 표출이 아닌 능동적 형성'의 산물이라는 관념은 자유시가 '내면의 자유로운 운율의 방출'이라는 초창시대 자유시 이념과 상통한 점이 있다.

'자유'가 말의 분열된 감각, 혼란된 감정, 지리멸렬한 환상을 부추기고

---

271 박용철, 「丁丑年 詩壇 回顧」, 『전집』 2, 112~120면.
272 박용철, 「병자시난의 일년성과」, 『전집』 2, 109~110면.
273 박용철, 「丁丑年 詩壇 回顧」, 『전집』 2, 120면.
274 박용철, 「백석 시집『사슴』評」, 『전집』 2, 123면.

그것을 자유롭게 풀어두는 그런 낭만적 환상성에서 기원한 것이 아님을 박용철은 강조한다. '조선어 구어문장체'가 아니라면 내부에서 우러나오는 심연의 음악, 자유로운 운율은 성립하기 어렵다. 오히려 박용철의 냉철한 우리말 시에 대한 자각은 김기림식의 '리듬을 잃고 지리멸렬하게 풀어진' 신산문시적 경향에 대한 비판으로부터 온다.

윤곤강은 '자유시의 막다른 골목'은 '감흥의 문자화'라 비판한다. '문자화'란 늘어진 산문체의 시 혹은 신산문시라는 맥락과 통해 있다.

자유시가 자아의 막다른 골목에 다다러 여러 가지 형태로 전전하며 방황하게 되자 시의 세계는 무서웁게 파탄破綻되여, 어떤 자는 서정의 원시림 속에 흘리고 온 꽃다발을 주어들고 시드른 향내를 되맡어보고, 어떤 자는 생경한 관념의 탱크를 타고 방향도 모를 암야暗夜의 황야를 헤매었고 어떤 자는 언어의 기술사奇術師의 간판을 걸머쥐고 저도 모르는 잠고대를 방매放賣한 것이었다.[275]

윤곤강은 '자유시'로 이행해 간 결과를 '언어 이전의 활자 나열'[276]이라 비판한다. 언뜻 초기 근대시를 습득하던 단계에서 제기된 문제가 반복되고 있음을 확인한다. 프랙탈적인 현상이다.

우리가 자유시라고 불러온 시란 실상 시인의 한낱 감흥의 문자화 기술화에 불과한 것으로 그것은 베일을 쓰고 운문과 산문의 중간을 해蟹처럼 횡보橫步한 것이 별명別名일지 모른다. 그것은 물론 뒷날 소위 「산문시」라는 것의 자극을

---

275 윤곤강, 「권환 시집 "自畵像"의 인상—書評」, 『조광』, 1943.10.
276 윤곤강, 「技巧」, 『전집』 2(산문), 171면.

받아 여러 가지 모습으로 변모하였고 그에 따라 시인도 확연히 운문세계를 청산한 것처럼 행세하여 왔다. 그러나 시로부터 운문의 청산을 문자그대로 「청산」하여버린 사람들은 마침내 산문의 유혹에 빠지고 말게 되었다. 다시말하면 그들은 「운문」의 청산이라는 것을 아무런 새로운 반성과 자각 내지 발견도 없이 내어버리고 만 것이다. 거기에는 색다른 것의 발견과 탐구와 획득이 미처 있을 수 없었다. 단여 그들에게는 부지불식간에 그들을 압도하게 된 「산문의 위력」과 「굴종」이 잇을 뿐이었다.[277]

'자유시가 운문을 청산한 것이 아니다'라는 선언이 안서의 그것을 반향하고 있다. '활자작난' 곧 '소박한 허상구를 생긴 그대로 질서없이 나열하는 자유시의 아류'[278] 같은 비판은 '음악성'이 시의 형식적 조건을 구속하면서도 시의 미학성을 구비하는 시의 고유한 양식적 핵심임을 암시한다. '자유시'가 '음악성'을 망각하고 한갓 '감흥의 문자화'에 지나지 않게 되면서 '산문'과 구별되지 않는 '문자나열'에 불과하게 되었다. '문자의 나열'은 두 가지 문제가 얽혀있는데, 첫 번째는 형식, 형태, 양식적 고려에 대한 지식 및 인식 부족, 두 번째는 예술적 가치, 형식미를 배제한 채 사상의미전달에 치중하는 '선전용 푸로문학'의 경향성이다. 특히 두 번째 문제의식은 1920년대부터 줄곧 제기되고 있었다.[279] 프로문예, 아나키즘 문예, 그리고 다다, 표현파, 입체파 등 양식파괴운동에 몰두한 신흥문예운동들이 '예술적 형태'를 가치표준으로 삼지 않음으로써 문예를 '활자나열'

---

277 윤곤강, 「聲調論」, 『선집』 2, 79면.
278 윤곤강, 「丙子詩壇의 回顧와 展望」, 『전집』 2, 303~304면.
279 김여수, 「문예시평」, 『조선문단』, 1927.2.

의 상태로 몰고갔다는 비판이 제기되었던 것이다.

1930년대 들어서서도 프로시단, 모더니즘시단 할 것 없이 우리말구어 한글문장체에 적합하지 않은 한자문장체의 시쓰기는 사라지지 않았다. 일본식 한자어로 그 문투를 모방한 시들이 일제 말기까지 발표되었다. 함축성있고 의미가 명료하며 어감이 투명한 말을 쓰는 것이 시의 언어적 조건이라 언급한 임화는 조선어 문장의 행문이 길어지는 이유를 의미정착의 불성립과 철학용어의 미발달에서 찾았다.[280] 사변적이고 관념적인 주제를 내세우면서 우리말 문장체가 아닌 기형적인 문체를 보여주는 시들을 임화는 비판한다. 임화는 "자유시의 말류자들이 무내용한 형식의 반추를 반복하고 있다"고 비판하고 '개념으로써 노래하'기 위해 관념적인 한자어로 내용과 사상을 대체하고 있다는 것이다. 임화는 김해강, 조벽암, 이흡 등의 진보적 가치를 인정하면서도 '상상의 음향'을 전하려는 과장된 시적 전략의 문제를 지적하는데 그 문제의 원인이 주로 '동방', '여명' 같은 관념적 한자어에 있다는 것이다.[281] 우리말 구어 문장체의 리듬이 아니라 '상상의 음향'을 조작해 내는 데서 '음악'은 소멸되며 따라서 '자유시'로 한없이 길어지면서 시양식으로서의 고유성과 가치 또한 망각된다.

윤곤강은 카일라일의 말을 인용한다.

『언어가 음악적인 문장일 때, 다시 말하면 언어에 참된 율동과 선율이 있는 문장에는 의미에도 또한 반드시 거기에 심원한 멋이 숨어 있는 것이다』카일아일

---

280 임화, 「문학어로서의 조선어」, 『전집-평론』 2, 98면; 「33년을 통하여 본 현대조선의 시문학」, 『전집-평론』 1, 355면.
281 임화, 「33년을 통하여본 현대조선의 시문학」.

라는 말은 내용과 형식의 참된 융화점融和點에서만 훌륭한 예술이 생탄生誕될 수 있다는 뜻이 숨어있다.[282]

'언어가 음악적인 문장' 즉 '언어에 참된 율동과 선율이 있는 문장'이란 조선어 구어문장이다. 조선어 구어문장은 우리말 구어의 자연스런 호흡과 음악이 충동하는 문장일 수밖에 없고 따라서 그 말의 리듬을 살리기 위해서는 관념적 한자어보다는 구어적인 말산말이 보다 기능적이고 효과적이다. 표기에 있어서도 한자보다 한글 표기가 우선적인 것은 말할 필요도 없다. 윤곤강이 '감흥의 문자화'를 넘어설 수 있는 방편으로 지적한 것은 "고도화된 문자형태의 형성"[283]이라는 이념인데, '고도화'라는 말에 시의 문자화 곧 음악적 성취와 형식화의 문제가 암시돼 있다. '쓰기' 및 그것의 고도화인 '쓰기의 쓰기화'가 총체적으로 걸려있는 형국이다. 우리말 구어 문장체로써만이 고도의 음악화, 고도의 문장화를 선취할 수 있다.

문자화 자체가 음악을 잃는 위험을 감수하는 길임을, 근대시의 운명에 비추어 그것이 불가피한 길임을 안서가 자각한 이후, 김기림도, 임화도, 윤곤강도 그 점을 모를 리 없었다. 그러나 고도의 문자화 전략은 역설적으로 문자화로 인해 소실된 음악성을 되찾을 수 있는 길이다. 조선어 구어의 자유롭게 넘나드는 율동과 선율의 문장으로써만이 자유시가 활자나열로 빠지지 않고 음악의 예술로 생탄되는 길이다. 정지용을 정점으로 조선시의 음악성 문제는 백석, 김영랑, 박용철, 윤곤강, 서정주, 오장환, 장만영 등 1930년대 등단한 대부분의 시인들에게 매우 자각적인 것이었고 그들이 소월을 오마

---

282 윤곤강, 『전집』 2, 171면.
283 윤곤강, 『전집』 2, 81면.

쥬한 것도 같은 맥락을 띤다. 육당이후 우리말 시의 음악은 그렇게 단절되지 않고 일제 말기까지 문자(화)와의 융화점을 모색해갔던 것이다. 서정주는, 근대시사의 '음악'을 1980년대에 다시 구현함으로써 시가 더이상 '음악'으로 인식되지 않던 시대의 마지막 음유시인으로 남게 된다. 그의 『노래』 시편들은 망각된 노래의 프랙탈적 귀환이 아닐 수 없다.[284]

그러니 근대시가 음악노래를 배제한 채 회화파노포이아와 주지로고포이아를 향해 질주했다고 말해서는 안 된다. 그러니 '정형시-자유시-산문시'의 '삼분三分장르론'이 근대시사의 실재거나 핵심이 아니며 이 세 항목 간의 진화론적 단계를 설정할 수도 없다. 그것은 동시적인 것이자 프랙탈적인 것일 따름이다. 양식은 저 자신에 기원을 두고 저 스스로의 논리에 따라 나아가고 회귀할 뿐이다. 이것이 인간의 의지와 의도대로 움직이지 않는 양식의 논리이며 이로써 양식은 소멸하지 않고 영구적으로 자신의 양식적 생명력을 보존해간다.

시가 이렇게 오래 읽히고 노래로 불리는 이유 또한 마찬가지로 시의 양식적 자율성과 시양식 자체의 내재적 힘에 있다. 말이 말을 잇고 양식이 양식을 밀어 올리고 음악이 음악을 낳는다. 리듬은 입자와 입자, 개체와 개체 사이의 파동이다. 리듬은 말과 말 사이, 시간과 시간 사이, 사물과 사물 사이, 양식과 양식 사이에 있고, 인간과 사물 사이, 양식과 인간 사이를 잇는다. 마치 소리(음향, 음악)가 미묘한 파동으로 인간의 귀를 때리듯이 말이다.

---

284 서정주, 「질마재신화」의 12편, 『현대문학』, 1983.1~12.

제2부

조선어구어한글문장체 시가의 '쓰기', 기사법記寫法, 그리고 스크라이빙Scribing

내 신선한 도망逃亡이 그 끈적끈적한 청각聽覺을 벗어버릴 수가 없다[1]

'초창시대初創時代' 조선어 쓰기의 상황은 어떠했을까. '초창시대'라는 용어는 당대적인 것으로, 요한, 안서, 회월의 기록에서 얻어진 말이다. '과도기', '전형기' 등의 역사적 용어가 갖는 문제의식이 이미 임화에 의해 제출된 만큼, 조선어구어한글문장체 '쓰기'의 기본적인 단계를 가리키는 '초창시대'라는 용어를 선택한다.

노래양식인 시가의 근대적 현존은 문자화에 있다. '기사법記寫法'이라 부른 것이 이것이다. 초창시대 조선어 시가양식은 기사법과 깊이 연결돼 있다. 시를 문자화하는 것, 인쇄리터러시를 통해 시를 기표하는 것이 불가피한 상황에서 시의 음악을 어떻게 문자화할 것인지, 우리말의 성리聲理를 어떻게 문자로 구현할 것인가의 방법론이 곧 '기사법記寫法'인데, 근대시의 언문일치란 곧 조선어구어한글문장체의 기사법이 아닐 수 없고 그것은 전통 '기보법記譜法', '악보법樂譜法'에 대응되는 근대시의 문자화의 규칙이다.

전통 시가양식에서 음악적 표지 곧 시가時價(박자, 리듬)는 낭영자의 '기억'에 있지 '문자적 표기'에 있지 않다. 판소리의 '짧은 사랑가', '긴사랑가'에서 '길거나' 혹은 '짧은' 것은 사설 내용의 '길이'가 아니라 박자의 빠르고 느린 차이, 장단에 있다. 가사시의 양의 차원이 아니라 박자 혹은 리듬의 차원이며 그것이 기억되고 전승된 조調에 따라 연행되는 과정에서 개별 낭영자의 창작성이 그 원칙에 덧붙여진다. 동일한 양의 시(가사)라도 연행

1   이상, 「肉親」, 『조선일보』, 1936.10.9.

자에 따라 길어지고 짧아지는 것이니, 시가 혹은 노래에 있어 '문자성'은 핵심이 아니다. 그래서 필요한 것이 기보법, 악보법이다. 예컨대 동일 〈향토형 육자배기〉라도 연행자에 따라 다르게 불리는데, 이를 문자화 할 때 기보와 함께 기록하지 않으면, 또 연행시의 조調를 병기해두지 않으면 구박을 정확히 가늠하기 어렵다.[2]

노래양식에서 문자적 배열과 그것의 실제 낭영자의 낭영연행의 호흡구박 단위는 일치하지 않는다. 띄어쓰기 혹은 구두점 없이도 단구, 분연은 무의식적으로, 자동으로 행해지는데, 즉 노래는 언어의 침묵 가운데 언제나 불려지고 있는 것이다.

따라서 시가양식에서 띄어쓰기나 쉼표 등으로 시가時價, 구박句拍을 확정하는 것은 불가하다. 조선어구어한글문장체의 시가를 두고 한시작법론 혹은 서양시론에서 구한 운율론을 원용한다는 것은 불합리하며 랑그적 질서가 다른 언어로부터 온 이론으로 우리말 시가의 운율론을 재구하는 것은 더욱 부적절하다. 시가작법이 요청된 것은 이 때문이다.

작시법이 마련되지 않은 상황에서 '쓰기기사화, 문자화'의 어려움은 육당, 안서 등 초창시대 시가양식을 고민한 문인들에게 공통적으로 나타난다. 육당은 7.5의 음수를 어떻게 단구하고 배열하는가에 대한 고민을 다기한 방식으로 기사회記寫化 한다. 우리말 시창작법, 시작법을 구하고 '자유시론'의 과도기성을 주장하다 결국 시조나 한시 창작으로 돌아간 안서의 고민도 바로 기사법, 문자화 방법, 시가작법의 고민으로부터 비롯되었다고 볼 수 있다.

2　김혜정, 『판소리의 음악론』, 민속원, 2009, 70~73면.

제1장
한글문장체 '쓰기'의 조건과
인쇄리터러시의 문자 기사법

1. 노래의 기사법記寫法과 인쇄리터러시print literacy의 문제

노래양식의 근대적 현존

기보법, 악보법 등은 음의 높낮이, 셈여림, 길이, 강도, 음색 등을 문자나 기호로 표식한 것으로, 즉 음악성소리, 박자, 조 등을 문자매체로 시각화한 일종의 문자리터러시 텍스트라 할 수 있다.[1] 우리말 시가노래가 기록된 『악학궤범樂學軌範』의 '율자보'나 『시용향악보時用鄕樂譜』의 '오음악보' 등에서 그 구체적인 실례를 확인할 수 있다. 『시용향악보』에 실려있는 〈사모곡思母曲〉이나 〈청산별곡〉은 실제 노래시가로 불려진 것이니만큼 '말의 음악성'을 약속된 기호로 표식할 수밖에 없었는데, 문자의 배열 위치나 문자 사이의 간격을 조정하는 방식으로 리듬박자의 시가時價를 표식한 일종의 '악보'이다. 『악학궤범』의 율자보는 4음을 단위로 행간을 띄워 시가時價를 표식한 것이며 『향률율보響律律譜』는 각 문자 사이의 간격에 따라 한 박과 두 박을 구별

---

1 김영운, 『국악개론』, 음악세계, 2018, 334~362면.

『시용향악보』에 실린 〈청산별곡〉의 기보. '노래'를 문자화하는 방법·장치에 대한 규약이 확인된다. 김용운, 『국악개론』, 343면.

해 두었다. 그러니까 노래의 일정한 규칙을 기록기보한 것인데 이를 시기詩歌에 대응시킨다면 일종의 시가작법, 시가창법이 된다.

조선시대 정착된 '정간보井間譜'조차 문자로 기보된 시가時價가 정확하게 그 실제 음가나 박자를 반영한 것인지에 대해서는 이견이 있는 만큼, 음악소리의 실재를 문자화하는 것은 지난한 일이다. 4음 단위로 '띄어쓰기'하거나 문자의 간격을 통해 박자의 길이를 조정하는 등의 '쓰기'는 기본적으로 음의 시가박자, 리듬를 표식하는 최소한의 방법인 셈이다. '띄어쓰기'를 시기時價의 단위로 인식하는 경우도 있으나 그것은 음악성이 소멸된 시점에서 시의 의미맥락을 구분하고 시의 정형시체적 규칙성시의 형식적 질서를 표준화하는 용도에 더 가까운 표식이며 시가時價, 박자, 리듬의 길이를 조정하는 '음악적 표지'로는 견디기 힘든 것이다.

초창시대 '기사법'의 고민은 시의 문자화 과정에서 최소한의 음악적 표지, 시기時價의 단위를 어떻게 표식할 것인가의 문제였다. 시의 내용歌詞을 고정하는 데 집중하는 '문자'의 속상상 최소한의 방편으로 우리말의 성리聲理, 조선어구어한글문장체 시의 음악성을 고정할 필요가 생겨난 것이다. 실제 기사가 가능하기 위한 전제조건은 고정된 작법운율법인데, 그것이 존재하지 않는다면 기사법의 혼란은 필연적일 것이다. "구절 떼는 법, 언문

쓰는 법"의 혼돈,[2] '활자나열로 된 신시, 줄 떼어 짤막하게 글구만 찍어놓은 것'[3] 등의 '신시'를 둘러싼 양식의 혼란과 갈등은 한편으로는 기사법의 혼란이자 갈등이다. 그러니까 근대시가의 언문일치란 필연적으로 기사법의 고정화가 수반되지 않으면 그 혼란을 벗기 어려운 문제인 것이다. '조선어 구어체 시를 언문으로 정확하게 쓰는 법' 그것은 음악의 기보와 마찬가지로 엄격한 형식을 갖춘 정형체의 노래를 '쓰기화'하는 것인데, 노래를 사진찍듯 기사화하는 방법을 고안하는 것이 근대시가가 존립할 수 있는 전제조건이 된다. 하지만 초창시대 조선어구어한글문장체 시가는 그 기사법조차 마련하지 못한 채 출발을 서둘러야 했다.

'기사'의 방식에 따라 음악성을 구현하는 것은 인쇄리터러시로 존재성을 입증하는 근대시의 운명에 값하는 것인데, 이 때 쉼표, 띄어쓰기, 단구, 개행, 분련分聯 등의 표식이 활용된다. 집단기억에 의해 시의 형식이나 창법을 고정시키는 전통 시양식에서는 굳이 '문자'가 시의 실재를 고정시키는 역할을 감당할 필요가 없다. 한시나 시조 등 작법, 창법이 '문자'로 존재하는 경우는 어려움이 덜하다.

① 청산리 벽계수야 수이감을 자랑마라
② 청산리벽계수야 수이감을자랑마라

황진이의 시조를 문자화기사화할 때 ①과 ② 어느 쪽이 올바른 것인가?

2   이광수, 「육당 최남선론」, 『조선문단』, 1925.3.
3   주요한, 「推敲라는 것(시선후각)」, 『주선문단』, 1926.3; 인시, 「〈조선시형에 관하야〉를 듯고서」, 『조선일보』, 1938.10.18~24.

안확은 두 음절어구 단위로 분구를 해야 한다고 말한다. 안확의 논리는 시조양식이 '시조時調'에서 '시조詩調'로 이동하면서 '문자시화'되어 가는 과정의 고민인데, 문자화가 성리聲理의 망각을 초래한 데 대한 노래양식의 방어지책이었다.

현재 '띄어쓰기'는 박자와 리듬의 효율적 관리를 위한 '성리'의 조처이기보다는 의미를 분절하고 맥락을 분명하게 하고 읽기를 효율적으로 하기 위한 장치이다. 묵독을 위한 의미단위를 표식하는 것에 가까운 것인데, 박자나 호흡의 단위를 명시하는 기능이 작동되는 경우는 '낭송'을 전제로 할 때이다.

전통 문적文籍에서 '띄어쓰기'는 아예 행해지지 않았거나 혹 그것이 수행되었다 해도 현재 띄어쓰기의 법칙이 적용되지는 않는다. 시작법, 창법을 통해 연행되는 시조나 한시는 띄어쓰기의 필요성이 희박하다. 전통 시가양식의 구술연행口述演行은 문자적 표기의 법칙 보다는 집단 전체의 기억이나 창자의 기억에 의해 연행되고 또 재구된다. 노래체 양식이라는 것과 형식적으로 노래체定型體를 표식하는 것은 다른 문제이다. 띄어쓰기의 유무에 상관없이 낭영자, 창자는 소리를 길고 짧게, 강하고 약하게 발성할 수 있다. 그러니 노래체, 낭영체 시가에서 문자화가 시가의 핵심적 조건은 아니다. 인쇄된 판소리 사설이나 단가보에서조차 띄어쓰기, 개행, 쉼표 등이 창자에게 미치는 영향은 근대 문자독물의 그것에 비해 매우 협소하다. 전통 시가양식, 시조, 가사 등은 곡조를 병기해두었고, 그 곡조를 구사驅使하는 창자의 기억에 의해 노래의 연행이 지속될 수 있었다. 판소리 사설의 강약, 완급은 실제적으로 연행자의 몫이 된다.

한시는 작시법 그 자체에 이미 형식적 완고성이 집약돼 있다. 따라서 단구나 개행을 하지 않더라도 한시 양식은 창법과 낭영법이 일정하게 공유된다. 띄어쓰기나 단구, 개행이 되어있지 않아도 그것이 산문체로 인식되지는 않는다. '장인匠人바치' 기질이란 일종의 형식적 완고성, 엄격성과 연관되는 개념인데, 이 형식적 완고성과 고정성 때문에 한시에서 시대성이나 시대정신이나 한 시인의 정신의 역사를 발견하기 어렵다는 평가도 있다. 그래서 '시회詩會'란 개인의 장식적 묘미나 표현의 묘妙[4]를 확인하기 위한 용도로 연행될 뿐이다. 한시의 '형식미'란 "수성隨性에 지배된 오랜 정돈 속에서 빚어진 필연한 결과"인 것이니 근대 들어 인쇄리터러시로 판식화된다고 해서 그 형식이 달라질 리는 없고 따라서 양식 자체가 견고하게 유전, 영속될 수 있다는 것이다. 한시의 시, 공간적 영구성과 환경적 고정성이 이 말에 암시되어 있다.

가곡, 가사歌辭, 시조를 포괄한 '정악正樂'의 경우는 어떤가. 일반적으로 '12가사'라는 지칭에서 확인되듯 현재 가사歌辭는 12 종류가 현존해 있는 것으로 알려져 있다. 전통 정악에서 가사歌詞는 그다지 중요하지 않다. 이미 존재하는 가사의 내용들을 다 알고있는 상태에서 노래를 집단적으로 향유하기 때문인데, 그렇다면 중요한 것은 가객창자의 목소리의 기예와 그 목소리의 독창성이지 가사歌詞(시)의 독창성은 아닌 것이다. 가사歌詞의 의미전달의 중요성이 제외되고 '소리'를 잘 하는 것이 핵심이라면, 말을 전달하는 방식이 문제인데, 말에 붙는 곡조의 빠르고 느림, 강약의 완급 등을 조절하면서 그 가사의 내용을 박자나 리듬에 실어나가는 연행자의 솜씨, 기예가 핵심이 된다. 가곡창이 가능한 것은 어떤 주선율이 있다면 그

---

4 김기림, 「시단의 등태」, 『인문평론』, 1939.12.

것에서 공통적으로 느껴지는 분위기, 정서, 표상들이 존재하기 때문인데 의미를 군이 알지 못한 채 소리만으로 정서와 감정을 공유할 수 있을 것이다. 평조, 계면조 등의 곡조로 시의 내용을 전달하는 것이 일반적인 방식인 것이다. 이미 가사歌詞는 알려진 것이고 따라서 그 가사에 맞는 목소리로 얼마나 잘 효율적으로 관객과 소통하느냐, 잘 연행하느냐의 문제가 주된 관심이 된다. 그래서 '소리가 좋다', '목소리가 좋다'는 표현을 하지 '노래가 좋다'라고 하지 않는다. 이미 곡조나 가사는 전승되고 기억된 것이니만큼 노래의 곡조나 그것에 부쳐진 가사(시)의 내용은 그다지 핵심이 아닌 것이다. 시구가 다양하게 변하더라도 가곡의 주된 선율 안에서 이 시가 전해주는 공통된 정서를 느낄 수 있다는 것이다. 안서가 3.4조와 7.5조 등을 음조로 보고 이를 정서의 차이로 구분한 것이 이것과 비유될 수 있겠다.

개인 주체의 '창작'이라는 근대적 에크리튀르의 개념을 등에 업고 '새로움'이 창작의 기본 요건이 되는 현재의 '음악노래' 개념으로 보면, 가사든 음곡이든 그 독창성과 고유성이 핵심이다. 전통 노래양식, 전통 낭영양식의 실존적 기반과는 분명하게 구분되는 것이 독창성, 고유성이라는 개념이다. 기존 곡과 그것에 부쳐진 가사를 되풀이하는 데도 창자의 능력에 따라 '소리의 새로움'을 느낄 수 있는 전통 시가양식의 독창성'소리가 좋다'과는 분명한 차이가 있다. 현대의 '노래성악곡'에서 시歌詞의 의미를 파악하는 것은 선율 등 음악적 요소 그것만큼이나 중요하며, 오히려 음악적인 측면곡의 선율, 리듬이 가사가 주는 의미를 방해해서는 안된다는 관점이 지배적일 정도로 시가사의 중요성은 공고화돼 있다. 향유자는 노래의 '의미'를 파악하기 위해 노래 가사에 집중하려는 경향을 보인다. 전통 가사의 향유방식과 현대의 노래 향유방식의 '차이'는, 현대시에서 음악이 우선인가, 의미가 우선인가의 시의 향유방식의 '차이'와 평행하다. 분명한 것은 초창시대 신시의 문자화에서도 '의미'보다는 음악성의 표식이 우선이며 따라서 그에 따라 한글문장체 시의 기사화의 원리와 원칙을 구하는 방법을 강구하는 것이 무엇보다 고민스럽지 않을 수 없다는 것이었다.

근대 노래시가는 그것이 노래체이자 정형시체임을 물리적으로 가시화할 운명에 놓인다. 『프린스턴 시학사전』에는 '극시dramatic poetry'를 'drama'와 비교하면서 'poetic'의 개념을 "드라마의 언어가 산술적으로 리듬화되어야 한다는 것"에 둔다. 이 때 "'리듬'은 '미터운율로 일반화되고 페이지에서 별개의 선으로 재현'됨판식으로써 가시화된다"고 설명한다. 노래는 그러니까 리듬으로 재현되는데 그것의 문자화에 있어 핵심이 개행이라는 것이다. 그러니까 정형양식에서 기사법이란 의미를 가르는 문자리터러시의 맥락이 아니라 이것이 노래임을, 일정한 형식적 미학을 갖는 시체詩體임을 보증하는 기능과 연관된다는 점에서 근대적 인쇄리터러시의 효과와 밀접하게 연결된다. 가시적 정형성을 통해 이것이 무엇보다 시가임을, 정형적 양식임을 확인한다는 뜻이다. 판소리 〈춘향가〉의 근대적 현존이 인쇄리터러시를 통한 것이라면, 단가사랑가를 표식하는 방법은 단구, 개행을 시각화하는 것, 요격을 판식하는 질서를 구하는 것과 다를 바 없다.

〈춘향가〉의 사설 부분을 기록하거나 로만자화하거나 다른 언어문자로 번역할 때 그것이 노래시가체임을 예측하기란 쉽지 않다. 개행을 하지 않으면 '운자'가 없는 우리말 노래는 산문적 서술과 구분하기 어렵다. 판소리 사설을 영어로 표기번역해 두면 외국 독자는 그것을 산문으로 읽지 노래로 낭영하기는 쉽지 않다. 근대적 장르 개념에 민감한 독자라도 그것을 '산문'으로 이해하지 '시' 즉, 율격이 있는 낭영체의 말로 읽기가 쉽지 않다는 뜻이다. 따라서 초창시대 〈춘향가〉를 문자화한다는 것은 그것이 노래체 양식임을 즉 산문적 서술이 아니라 낭영적 시임을 증언하고, 또 형식적 미학을 문자로 증거하기 위한 것이다. 박자를 길게 하고 늘이게 하는 것은 창자의 몫이지 문자띄어쓰기, 쉼표 권력의 역할은 아닌 것이다. '노래성'은 늘 낭영하는 가운데, 연행하는 가운데 창자에 의해 능동적으로 수행되는 것이며, 인판印版상 나타나는 양식적 균일성이나 균질성은 이것이 시가양식임을 가시화하는 맥락에 가깝다 하겠다.

시양식의 문자화가 편집상의 원칙과 지면의 미학화를 보전하는 개념으로 발전하기 위해서는 시간이 더 필요했다. '여백의 미학'이 시각적 인쇄미의 효과로 인지되는 시점은 형태시의 아방가르드적 시적 이해에 도달하는 시점, 본격적으로는 김기림 등이 '활자화된 시'의 시각적 미학을 강조하는 1930년대 이르러서이다. 이 문제가 1920년대 고한용 등의 아방가르디스트에게서 시작돼, 1930년대 김기림에게서 자각적으로 제기된다는 점에서 근대 초창시대 시가의 '문자화'를 두고 인쇄미, 여백의 미라 해석하는 것은 환원론적인 문제가 있다. 초창시대 기사법스크라이빙은 노래의 문자화이자 인쇄리터러시를 통한 노래양식의 실재화를 뜻하며, 시의 시각성이 강조되고 포노포이아의 시가 주류가 되는 1930년대 들어서서야 시의 문자화가 근대 인쇄리터러시의 장식화라는 맥락에 보다 가까워지게 된다.

근대 인쇄미디어를 통해 실재하는 '새롭은 시'는 노래의 성격을 망실할 위험에 더욱 노출된다. 전통 곡조는 조선어 구어문장체의 '새롭은 시형식'에 맞지 않고 그러니 새로운 곡조, 서양음곡이 필요한데 '새롭은 시가'를 서양곡조에 맞춘다 하더라도 그 곡조를 병기하거나 첨부하지 않으면 결국 가사(시)만 남게 된다. '노래체 시'는 결국 '문자시화' 된다. 작법도 창법도 시가의 기사법도 마련되지 않았던 조선어구어한글문장체 시가는 어떻게 자기의 본성, 노래성을 보존할 수 있는가. 문자적인 것으로 현전하게 되는 시가가 자신의 고유한 본성인 '노래성'을 가시화하기 위해 무엇을 할 수 있을 것인가. 이것이 근대시가의 기사법의 핵심적 고민이다.

'새롭은 시가'의 인쇄리터러시의 조건

문자가 말의 전사轉寫이지 않은 그것만큼 혹은 그 차이보다 더 심각하게 문자성과 음악성은 일치하지 않는다. 음악의 문자화는 가능하나 그것은 가능성이지 '음악'과 '문자'의 동시성 혹은 동일성을 갖지는 못한다. 글자수의 많고 적음, 구나 사설의 길고 짧음과 노래의 박자나 강약, 장단은 평행하지 않으며 전자로 후자를 평행하게 전사轉寫할 수도 없다. 음절수가 아무리 많아도 그것을 늘이거나 줄임으로써 박자를 조정할 수 있고, 띄어쓰기에 상관없이 박자를 유연하게 조정할 수 있다는 점에서 노래의 문자화는 리듬의 고정화가 될 수는 없는 것이다. 글자수, 띄어쓰기, 구두법이 박자 및 리듬을 전체적으로 포괄하지 못하는 사정이 이것이다.

초창시대 7.5조의 시가를 7.5 혹은 3.4.5로 표식하거나 그 외 혼돈스럽게 표식한 경우는 흔히 확인된다. 7.5는 3과 4로 통용되거나 심지어 6과 통용되기도 하는데 글자수가 같다고 군이 같은 길이의 박자가 될 수 없고 글자수나 어절수가 달라도 같은 박자의 길이로 낭영될 수 있다. 즉 노래체, 낭영체인 것과 그것을 문자화하는 것은 다른 문제라는 것이다.

임화가 인용한 「은세계」의 '노래' 부분에 있어 개행을 통해 이것이 노래임을 확인할 수 있는데 그런데 그 노래는 정확하게 음절수를 맞춰 한 행이 구성돼 있지는 않다. 규칙적으로 분구된 한 어절을 같은 박자로 혹은 다른 박자로 연행할 수 있다는 것이다.

> 아귀귀신 환생을하여
> 당나귀가 되었네
> 강원감영이 망패닫패가들어서
> 선화당마루가 마판이되었네
> 애-고 날살려라[5]

문자성과 음악성은 같지 않다는 것이 핵심이다. 그러니 단시短曲나 단순한 반복의 양식인 민요체시를 두고 문학성성성 혹은 질적 가치를 논하는 것은 규범형식을 '의미내용'으로 환원함으로써 평가의 기준 자체를 무화하는 것이다. 1920년대 주요한의 민요체시를 「불노리」의 기준으로 환원할 수 없으며, 시문학파의 4행시들을 시적 재능의 부족이나 서구 낭만주의시의 모방으로 그것의 가치를 폄하할 수도 없다. 특히 박용철과 김영랑의 시각이나 인식에서 비춰보면 더욱 그러하다. 주요한, 김영랑, 박용철의 단형체 시들의 핵심은 '노래체'이자 '조선어구어한글문장체'에 있기 때문이다.

시의 회화성이 강조되고 음악성이 망각되는 것과 문자시의 정착은 대응되는데, 그것은 신문, 잡지 등의 인쇄저널리즘의 제도 내에서 시양식이 정착되는 과정과 함께 한다.

그렇다면 초창시대 문학담당층들이 생각한 '새롭은 시가'의 인쇄리터

---

5 임화, 「개설신문학사」, 『전집』 2, 234면.

러시의 조건은 무엇이었을까. 그들이 '근대의식'보다 아포리오리ª priori한 문제로 생각했던 것들은 다음과 같다.

조선말, 구어체, 리듬(조), 격(부드럽고 고운 개성적 감정), 정형적 양식의 시체(문자화와 스크라이빙), '자유'라는 이념(개성, 엄격한 틀로부터의 해방 - 자유시, 산문시), 판식(근대적 인쇄술, 구두점, 띄어쓰기 등 - 인판화하는 방법)

육당의 창가체시는 시조에서 볼 수 없었던 조선말 구어체의 감각이 살아있으나 강박적인 율격에 갇혀 자연스런 조선어 리듬이 구현되지 않으며 안서의 민요체시는 정형시체이면서 민요와 유사한 구어적 리듬이 살아있다. 구어적 리듬감을 확보하기 위해서는 랑그상의 차원 즉 통사론적으로도, 단어의 선택에 있어서도 무리가 있어서는 안된다. 우리말의 구조를 그대로 살리면서 자연스럽게 낭영될 수 있도록 단어, 구절, 문장이 자리를 잡아야 하는데 이는 '산말'로서의 조선어구어가 인쇄지면에 안정적으로 자리를 잡는 과정이기도 하다.

요한시는 조선어 구어문장제의

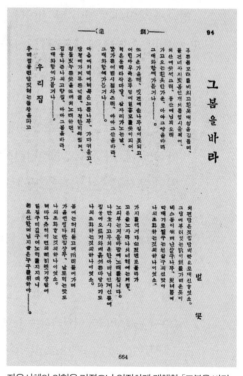

자유시체의 외형을 가졌으나 일정하게 개행한 「그봄을 바라」, 「우리집」 구어저 자연스러움을 잘 살려내 '독창적 개성이 있는 시'라 평가되었다.

자연스런 리듬과 내면적 회감이 서정적으로 조화돼 자연스런 우리말 구조의 완벽한 형태를 보여준다. 몽환적 센티멘탈리즘이 있다고 평가될 정도로 조선어구어한글문장체의 '쓰기'가 안정돼 있다고 평가할 만하다. 「불노리」를 두고 벌이는 '자유시─산문시'의 장르적 논쟁이 공소하기 그지없는 이유는 이 시의 핵심이 '장르 출현'에 있지 않고 '조선어 구어의 리듬'에 있고 그 '쓰기'의 안정화에 있기 때문이다. 시의 구체적 '실재'가 추상적 '이론'보다 우선한다는 뜻인데, 따라서 인쇄리터러시상의 문제, 스크라이빙의 실재를 추적하는 것이 초창시대 시양식의 문제를 보다 분명하게 확인하는 길이 될 것이다.

육당이 『소년』에서 모색한 '창가류'의 시가 '새롭은 시'의 기원임을 안서는 부정할 수 없었고,[6] 포경抱耿, 김찬영은 벌꽃주요한이 『창조』 8호에 실은 「그봄을바라」, 「우리집」을 읽으면서 '온몸에 소름이 끼치는 느낌'을 받았다고 썼다. 이 두 기록은 초창시대 조선어구어한글문장체 시의 핵심을 지적한 것인데, 이것의 인쇄리터러시의 조건을 확인해보기로 한다.

일단 포경김찬영의 기록을 보기로 한다.

「그봄을바라」의 첫 구절句節을 닑을 재에 나의, 온몸에는 찬소름이 씻는 듯흔 늣김을 가젓다. 그 다음 둘째 구句를 닑을 재는 환몽幻夢 갓흔 쎈티멘탈릐의 애닯은 추억追憶의 설음을 가젓다. 그 다음 셋째 구句를 닑고 나서는 「벌꽃」 군君의 흘닌 눈물이 나의 어렁캐흔 두 눈에 히미흐겨 씨도는 것을 쌔달앗다. 평양생장平壤生長인 「벌꽃」 군君으로서는 대동강大同江의 깊히 흐르는 풀은 물의 애착愛着

---

6 김안서, 「작시법(4)」, 『조선문단』 10, 1925.7.

은 나로 ᄒ야금 속절업는 말안이라도 긍수悁首의 늣김을 가지겟다 ᄒ겟거니와 서산西山의 ᄉᆞᆺ썩그려, 동신東山에 님 뵈아려, 가고 오는 힌옷 반가운, 아아 그 쌍을 바라······」 그갓티 속태울 줄은 내가 처음 아랏노라.[7]

포경은 벌꽃의 시 「그봄을바라」를 '단편시斷片詩'라 언급하면서 「우리집」과 함께 '독창적 개성을 가진 시'라고 평가한 반면, 「가을에피는 꽃」에 대해서는 '수사에 다소간 불만을 가졌다'고 썼다. 세 시 모두 정형시체의 양식성을 견지한 것인데, 앞의 두 시「그봄을바라」, 「우리집」는 서술체이다 보니 구어적 자연스러움이 있고 「가을에피는 꽃」은 거의 모든 행을 두 구로 엄격하게 단구하면서 형식적 엄격성을 고수한 것이 눈에 띈다. 「그봄을바라」의 각 연의 마지막 부분은 '아아, ······을(를)바라 / 그대와 함께 가볼거나······'로 거의 동일하고, 「우리집」은 서술체로 6행을 1연으로 정형화한 것이 특징이다. 「가을에피는 꽃」의 엄격한 단구는 전통적인 대구형식의 매너리즘에 기인한 것 같은데, 김찬영은 이를 '수사에 불만이 있다'는 말로 대신한다. '환몽幻夢갓흔 쎈틔멘탈릐의 애닲은 추억追憶의 설음'을 표현하는 데는 강박적인 글자수 맞춤이나 매너리즘적인 대구 형식이 적합하지 않다는 뜻이다.

어린시절의 동경과 추억이 깃든 '환몽'의 방식으로 '설음'을 채색함으로써 시의 수사적 표현을 놓치지 않았다고 포경은 요한의 시를 평가했다. 두 시, 「그봄을바라」와 「우리집」이 형식적 규칙성, 정형체시의 전통을 버린 것은 아니라는 점에서 「가을에피는 꽃」과 양식상으로는 동일하지만, 「가

---

7 抱耿, 「ᄉᆞᆺ피며홀새」, 『창조』 9, 1921.5.

을에피는 꽃」은 육당이 『소년』, 『청춘』에서 보여준 엄격한 형식적 단구와 규칙성을 그대로 지키고 있다는 점에서는 앞의 두 시들과는 차이를 보인다. '새롭은 우리말 시'의 조건이 김찬영에게는 개인의 내면을 예민하게 표현하는 수사의 방법으로 인지되기는 하지만 그 형식적 조건을 굳이 자유시에서 찾지는 않고 있음이 확인된다. 육당식의 창가가 엄격한 단구와 개행의 규칙성 때문에 구어체의 리듬과 개성적인 표현을 놓치고 있다는 인식이 김찬영에게 있다. 요한의 정형체시의 '산말'이란 우리말 구어체의 리듬 감각이 아닐 수 없다. 스크라이빙 차원에서 정형체를 지향하고 있다고 해도 그 규칙성이 언어의 강박과 구속의 감옥을 만들지는 않는다. 핵심은, 글자 수도 단구도 개행도 아닌 조선어 구어문장체의 산말이다.

개인적 비애감과 사랑과 이별, 추억의 회감은 굳이 근대적 인간의 독점물이 아니다. 우리는 이미 대동강을 배경으로 한 이별과 비애의 정한을 그린 고려가요「서경별곡」나 정지상의 한시 「송인送人」을 알고 있다. 문제는 조선어 구어의 문자적 발현 곧 한글문장체의 '쓰기'이며 인쇄에크리튀르를 통한 가시화이다. 개인적 서정을 내밀하게 담아내는 그릇이 굳이 '자유시체산문시체'에서 찾아지는 것만은 아니고 정형시체에서도 충분히 구해지고 있다.「불노리」에서 '민요체시'로 이행하는 과정을 어떻게 해석할 것인가와는 상관없이 요한이 몰입한 것이 조선어구어한글문장체의 리듬이었다. 그것은 자유시체에서도 가능하고 정형시체에서도 가능하다. 「가을에피는 꽃」이 앞의 두 편에 비해 불만스런 것은 한 행을 두 구로 엄격하게 나누어 말을 배열함으로써 우리말 구어체 리듬을 강박적으로 제한하는 '한시투'의 시체 때문일 것이다. 김찬영은 적어도 육당의 '구가류'의 창가 형식으로부터 우리말 시가의 진전을 보여주는 주요한의 시편에서 우리말구어한글문장체 시가의 새로운 서정성과 양식적 개성을 확인할 수 있다고 보았다.

그러니까 '새롭은' 우리말 구어체 시가는, 전통 시조의 구투문체로부터 벗어나면서, 육당의 창가류 양식강박적 리듬, 안서의 자연스런 구어적 리듬의 민요체, 요한의 개성적인 리듬을 통해 발현되는 서정적 자유시체 등으로 이행되었다. 이것이 시기별 진화 혹은 진보과정의 산물이 아님은 말할 것도 없다. 안서가 주목한 육당의 창가체시든, 포경이 밝힌 요한류의 시든 그것은 조선말구어한글문장체의 시체로서 음악성리듬을 견지하고 있다.

노래 혹은 근대시가를 표식하는 고유한 방법에 대한 초창시대 문인들 혹은 발행인의 고민은 인쇄된 지면에서 드러난다. 이를 '인쇄리터러시', '스크라이빙' 등의 용어를 통해 설명할 것인데, 전자는 활자화된 텍스트를 인지, 이해하는 능력을 포함한 '쓰기'이자 '읽기'의 에크리튀르를 뜻하는 개념으로, 후자는 '인판을 통한 문자화', '표식법' 등의 물리적 실재 및 행위를 뜻하는 개념으로 쓰고자 한다.

'조선말 시가'에 대한 습득과 훈련은 절대적으로 '스크라이빙' 차원에서 가시화된다. 근대시가 실재하는 것은 최신 미디어인 인쇄활자에 부쳐져 현전하는출간되는 순간이다. 육필 문어가 먼저있고 이것이 인쇄활자에 부쳐지고 그것을 토대로 소리를 낸다는 점에서 근대 텍스트는 일종의 다층적인 번역과정에서 생산된다[8]고 말하는 경우도 있다. 시가의 경우는 조선어 구어가 있고, 문자화를 통해 소리를 재생한다는 점에서 소리의 문자화 규칙이 우선시 된다. 순전히 '문자'로 '소리'를 대체해야 하는 것이다. 인판의 실재는 소리화낭영성의 실재이다. 초창시대 인쇄에크리튀르는 '소

---

8 코모리 요이치, 『일본어의 근대』, 57~58면.

리'를 품고 있는 '소리문자'인 것이다. '의미'이기보다는 '소리'라는 뜻이다. 따라서 초창시대 인판에서 '소리'를 배제한 채 '의미'를 독점한 읽기는 불가능하다. 시가의 구나 행을 결정하는 것은 시인의 의지이기 보다는 판형의 의지에 의해 좌우되는 경향이 강한데, 그러니까 인간의 의지, 양식의 의지, 사물언어의 의지가 있다면[9] 가장 결정적으로 작용하는 것이 양식의 의지이자 언어의 의지라 할 것이다.

한 면을 통면으로 하는가 두 단으로 분면하는가에 따라 개행과 단구의 기준이 정해지기도 하고, 구를 나누거나 혹은 나누지 않기도 하며 구와 구 사이에 쉼표를 찍거나 찍지 않기도 한다. 판형의 크기 즉 지면의 제약조건이 단구와 개행을 결정하는 경우도 많다. 1행을 두 구로 분절하는 것과 분절하지 않은 것은 그다지 차이가 없으며, 앞에서 언급했듯, 구와 구 사이 띄어쓰기가 필연적으로 일종의 호흡단위로 기능하는 것도 아니다. '산문시'의 외형적 형태에 대한 오해는 지면 편집에 대한 무지에서 비롯된다. 5단 신문의 편집에 있어 산문시조차 개행하지 않으면 안되는 것이니, 외향적으로는 정형시체처럼 보이기도 한다. 문자화맞춤법에 대한 규범은 1930년대 조선어맞춤법 규정에서 가시화되니, 그 규범이 없거나 그것조차 미숙하게 관용되는 현실에서 소리의 문자화, 음성의 한글표기화쓰기, 스크라이빙는 고정되기 어려웠다.

---

9 아도르노와 호르크하이머의 '인간', '양식', '사물'의 논리를 참조한 것이다. T. W. 아도르노·M. 호르크하이머, 주경식·이상훈·김유동 역, 『계몽의 변증법』, 문예출판사, 1995, 169~228면(특히 182면).

문자 기사화의 인식과 그 형태

안서는 초창시대부터 힘써온 '격조'를 띄어쓰기를 통해 실현하고자 했다. '유행가사'로 표기된 「그리운그옛날」[10]은 '그리 / 사람은 / 이저녁 / 어데 / 가신고'와 같이 엄격하게 1행 5구, 총 8행을 한 연으로 한 정형체 시인데, 그것은 2행 1연의 4연짜리 시라고도 할 수 있다. 2행 1연의 율시체 형식의 시행 배열과 흡사하고 또 4행시체의 민요, 동요의 시행 배열과도 유사하다. 2행, 4행, 8행, 16행 등의 2제곱수 시행 배열은 민요체시의 기본이다. 안서는, 여느 초창시대 문인들과는 달리, 한 행을 구 단위로 띄어쓰기하거나 한 연을 이루는 행수를 일정하게 규칙화함으로써 단구, 배단을 통해 조선어 구어체 시를 정형체화하려는 의지가 강했다.

안서는 산문작시법, 시론에서 시를 인용할 때 3(4).4(3).5(7.5) 혹은 4.4 단위의 4행짜리 정형체시를 엄격한 기사법의 규칙에 따라 그 시행을 단구·배열한다.[11] 정형시체의 양식적 조건을 근대 인쇄리터러시로 전사하고자 한 것인데 시가의 문자화란 인쇄리터러시의 인식과 분리될 수 없다. '유행가사' 곧 '노래의 시'를 인쇄리터러시를 통해 구현하는 것을 그는 분명하게 '문자기사화文字記寫化'로 이해했다. 「꽃을 잡고」는 3행으로 보이나 실제는 2행 1연 혹은 2행 1구의 4연짜리 혹은 총 8행의 한 연짜리 시이며 율시체의 형식과도 유사하고 4행 1연의 민요시체, 정형시체 양식과도 다르지 않다. 안서는 각 연구의 첫 행은 개행해 2행으로 배열해 두었는데, 2단으로 분할된 잡지면에 시를 전사할 경우 한 행으로 이어쓸 문장을 지면의 길이 때문에 개행하지 않을 수 없는 상황이 반영된 것이다. 안서는 이

---

10 안서, 「그리운그옛날」, 『조선문단』, 1935.2.
11 김억, 「詩歌로을퍼진봄」, 『조선문단』, 1935.4.

육당의 「우리의 운동장」(『소년』, 1908.12).
육당은 활자 배열이나 형태에 있어서도 연들 간의 규칙성을 준수하고자 했다. "우리로/우리로/우…리…로!!!"의 '후렴구'의 규칙성은 캘리그라피적 효과까지 부여돼 있다.

때조차도 굳이 엄격한 규칙성을 부여하고자 한다. 전 연을 3행으로 정형화해 둔 것이다.

1행을 4구의 단위로 하든 3구의 단위로 하든 그것은 일정한 규칙적 질서와 배열을 견지하는 정형시체의 기사법문자화법의 원리에 따른 것이니, 앞에서 밝혔듯, 이 분구를 현재 낭영체시노래의 박자단위로 환원할 수는 없다. '문자기사법'은 시가의 정형성을 준수하기 위한 원칙이며 문자화로 인한 낭영의 임의성자의성을 제거하기 위해 취해진 최소한의 작법이다. 작시법, 창법이 부재했기 때문이다. 작시법의 부재는 시가 작법의 어려움뿐 아니라 기사화, 문자화의 어려움을 가중시켰다. '문자나열', '활자나열'의 고충이 바로 이것이다. 우리말 구어체 시가는 결국 작시법이 부재한 상황에서는 임의적인 단구, 배구, 개행의 기사를 벗어나기 어렵고 이는 조선어구어한글문장체 시가 자유시체로 나아가는 중요한 계기로 작동하는데, 적어도 초창시대 정형체시의 단구, 띄어쓰기, 개행, 연의 단위는 의미와 문자의 단위를 고정하기보다는 노래를 고정하는 기사법임이 확인된다.

'띄어쓰기'로 호흡의 연락連絡 관계나 극적 긴박감의 정도를 추정하는 것이라는 추정은 따라서 다소 부정확한 논의에 가깝다. 현재와 같은 방식의 '띄어쓰기'의 규칙을 당대의 인판에서 확인하기는 어려우며 동일한 격조 혹은 대구의 행문장에서조차 다른 방식의 단구, '띄어쓰기' 범례들을 확인할 수 있다. 적어도 '띄어쓰기'를 통한 단구는 규칙성이 결여되어 있다. '띄어쓰기'에 대한 정확한 지식이나 정보가 공유되지도 않았고 따라서 작가나 편집인이 '띄어쓰기'를 통해 호흡을 조절하거나 의미를 분절하고자 하는 의식은 상당히 희박했을 것이다. 안서나 춘원 정도가 이 문제에 적어도 자각적이었던 것으로 보인다. 그들은 공히 한시와 서양시에 능통했으며, 이를 번역하는 과정에서 조선어의 랑그적 원리나 질서가 한자나 일본어, 서양언어의 그것과는 분명하게 차이가 있음을 자각했다. 체언에 조사가 붙는 교착어의 특성을 가진 조선어 고유의 말법 때문에, 또 '-다 종결체', '-노라 종결체'가 아니면 문장행의 말미를 고정하기 어렵다는 점 때문에 정형체시가의 핵심인 운각을 규칙화하기 어려웠던 것이다.

시가의 정형성의 규칙은 결국 말을 고정하는 것이다. 육당이 강박적으로 글자수를 고정하는 데 고심했다면, 안서는 종결체로 시가노래의 조건을 충족시키기 위해 '노라체'에 집중하기도 했는데, 그들이 잡지, 신문을 발간하고 매체 발행인으로서의 임무에 충실했던 것은 인쇄리터러시에 대한 이해없이 그것을 구현하기 힘들다는 자각에서 비롯되었을 것이다.

'종서체'/'횡서체' 같은 '쓰기'의 방향이 자연스런 '몸'의 움직임과 연관되어 있다고 주장한 김동인의 시각은 근대 인쇄리터러시에 대한 기본적인 이해를 바탕으로 한다. 쓰기의 방향은 곧 읽기의 방향이며 그것은 우리문자한글의 판식체에 대한 질문으로부터 시작된다. 김동인은 왼쪽에서 오른쪽으로, 위에서 아래의 '쓰기'가 가장 자연스런 판서의 방향이자 읽기의 방향임을 지적한다.

> 글을 오른편에서 외인편으로 써간다는 것은, 큰 모순矛盾이라 할수잇습니다. 팔급과 손목의 운동運動은, 안에서 밧그로 나아가는 것은 쉬웁지만 밧게서 안으로(다시말하자면, 오른손을 오른편에서 외인편으로 움직이는 것은)기름먹이지 안은 긔게를 쓰는것과가치, 힘듭니다. (…중략…)
> 글은, 자자字字로는, 외인편에서오른편으로, 행행行行 으로는 우에서 아래로, 이러케 써야합니다. 오른편에서 외인편으로 써가자면, 잉크나 먹이 마르기전에 손에 뭉그러지는것도 큰 괴로움이외다.[12]

'쓰기'란 자연의 질서에 평행되는 것, 몸의 유기적이고 역학적인 질서에 따른 것임을 지적한 옹의 주장과 유사하다. 텍스트란 인간신체의 발화를 본으로 삼는다는 것인데,[13] 동인은 서양 알파벳에 비해 우리 문자가 가진 단점을 자연스런 몸의 움직임과는 다른 '방향의 전도'에 있다고 본다.[14] 이 글이 실린 『영대』를 비롯 근대 잡지의 판식 자체가 종서체이자 글시선이 오른쪽에서 왼쪽으로 진행되는 것을 문제삼은 것인데, 필사자의 입장에서 '쓰는 방향'의 육체의 물리적 관습이나, 보는 자의 입장에서 '읽는 방향'의 시선의 관습이나, 당대 에크리튀르 판의 관습이 다 비효율적이고 비유기적이라는 것이 김동인의 판단이다. '우수優秀한 글자로서 열등

---

12 검 시어딤, 「우리의 글자」, 『영대』 2, 1924.9.
13 월터 J. 옹, 『구술문화와 문자문화』, 154면.
14 검 시어딤, 「우리의 글자」, 『영대』 2, 1924.9.

劣等의 지위地位에서 만족한다는 것'은 근대적 '쓰기', 근대적 리터러시를 이해하고 그것을 수행하는 작가의 입장에서는 수용하기 어렵다. 동인은 왼편에서 오른편으로 진행되는 횡서체의 '쓰기'와 그것의 '이어쓰기'의 한글 근대서체를 시험한 것인데, 한글의 근대적 '쓰기'의 문제가 당대 문학 담당층에게 얼마나 예민하게 작동했는지 확인되는 장면이 아닐 수 없다.

띄어쓰기, 단구, 배단 등이 시가의 노래성을 증언하는 핵심임을 앞에서 지적하였거니와 이를 심각하게 인지한 이는 안확이다. 그는 한글의 '성음聲音'의 가치와 노래의 가치를 등가적으로 이해했던 인물인데, 근대적 인쇄술이 이 시가성을 어떻게 살리고 소멸시키는가를 고민했던 것 같다. 집단적 기억의 연행양식이 소멸되어 가는 과정에서 음악성을 살리기 위한 '음절을 응하여 쓰는' 시양식과, '산문적 문법으로 쓰는' 산문양식의 '쓰기'의 차이가 곧 근대의 인쇄리터러시에 있다는 점을 안확은 누구보다 분명하게 인지했던 것으로 보인다.

시조시時調詩의 문구를 서書함에도 음절音節을 응應하여 쓸 것이오 산문적 문법으로 쓰면 불가하다. 가령

거문고를 베고 누워

이렇게 삼분三分하여 쓰면 아니된다. 반드시

거문고를 베고누워

이음절로 써야 구박口拍이 해회諧和되고 선율旋律이 스는 것이다. 만일 운율상
의 음절로 쓰지 않고 산문적 문법으로 써놓으면 율동律動이 산란散亂하여 구박口
拍의 절주節奏와 호흡呼吸 등을 아지 못하게 된다. (…중략…) 산문이나 자유시에
서도 이 원리를 무시하면 불가한 것이라. 가령

새도 아니 오더라

하면 율동律動을 도모지 알 수 없어 산문인지 시인지 모르게 된 즉 반드시

새도아니 오더라

이렇게 써야 하는 것이다.[15] (강조는 인용자)

'구박', '선율', '율동', '절주', '호흡' 등이 다 노래양식의 개념인데, '거
문고를베고누워'를 두 음절로 배열하는 것과 세 음절로 배열하는 것은 완
전히 다르다는 것이다. 여기서 안자산이 말하는 '음절'은 현재의 자음과
모음의 결합으로 이루어진 글자단위를 뜻하지 않고 전통 시가양식에서의
'구'의 개념이 강하다. '음절音節 구성이 곧 박자拍子'이니 그것을 붙여서 한
단위음절로 만드는가, 두 음절로 만드는가는 노래와 산문을 가르는 기준이
될 만큼 중요한 문제라는 것이다. '띄어쓰기'는 박과 리듬절주을 규칙화하
는 문자화기사법의 질서, 근대 인쇄리터러시를 통해 시가가 실재하기 위한
핵심요소라는 점을 안확은 강조하고 있다. 서양시와는 달리 강·약음절이
미약한 조선어 시에서 규칙적인 리듬을 살릴 수 있는 것은 '철음綴音의 수'
를 제한하는 것뿐이고 그것조차 '띄어쓰기'를 통해 구박을 규칙화해야 한
다는 것이다. 조선어의 랑그적 특성, 그 시가양식의 조건, 그것의 문자화근

---

15 安自山, 「時調詩와 西洋詩」, 『문장』, 1940.1.

대 인쇄리터러쉬를 앞서는 정확하게 인지했던 것이다. 시조시는 대체로 '3장부 6구 45자, 1장 2구 15자' 형식을 고수하는데, 이 때 '음절'은 '1구'를 두 단위로 나눌 때 각각 하나의 구성단위를 일컫는다. 그러니까 '1구는 2음절로 나뉘며 1행 음절은 2로 나뉜다'. 이것은 시조시의 엄격한 규칙이어서 한 구를 3음절로 나누거나 1행을 3구로 나눌 수 없으며 그러니 특히 '서書, 문자화'할 때 이를 혼동하면 안 된다는 것이다. 철음과 음절을 띄어쓰기로 정확하게 구획하는 것이 시와 산문을 가르는 '문자기사법'의 원칙이다. 즉 '음절'은 시가의 문자화에 있어 리듬의 근간 단위를 표식한 것으로, 이것을 엄격히 준수하는 것이 시의 문자화가 산문 문자화와의 '차이'를 갖게 되는 핵심이다. 안자산은 분명하게 정형적 구성형식을 가진 시조시는 '음악에 반伴한 문구가 독립적으로 나온지라 멀지 안하여 음악적의 음률音律이 포함되어 있'고 그래서 '6구장句章의 조직은 음악작곡법에 배합配合하여 된 것'이라 밝혔다.

시가의 '문자화'는 (시가)의 작법과 창법낭영법의 원리를 투영한 것이다. 시조와 같은 정형적 형식의 시들에서 '율동律動, 선율旋律, 화해和諧'는 결정적 구성형식인 3장 6구 내에 배열排列하여야 한다는 것인데, 띄어쓰기를 통해 음절단위어절을 정확하게 배분단구함으로써 시가의 문자화가 달성된다는 뜻이다. 작법창법없는 문자화란 산문양식과 시양식이 구분되지 않을 우려를 낳고 단순히 개행을 통해서나 '시'를 표식할 수 있다는 불안을 야기한다. 결국 '문자시'란 근대 인쇄리터러시를 통해 가시화되는 시의 운명이자 음악성의 소멸이 가져온 우리말 시의 궁극적 도달점이다. '자유시'가 본래적 용도나 의미로부터 분리돼 '정형시'와 구분된 것은 근대문예학이 틈입해 들어옴으로써 상르론이 고정화된 까닭이다. 이는 초창시대 '자유시'의 맥락이 현재의 그것과는 본질적으로 다른 것임을 반증하는 것이기도 하다.

육당-요격謠格과 낭영체와 산문시체

최남선은 근대시가 '시가노래'에서 '문자시'로 넘어가는 단계의 시양식의 실천자로서 갖은 실험과 모색을 했다. 노래를 문자화 해야하니, 그것의 요격 특성, 낭영적 특성을 고려하지 않을 수 없게 된다. 최남선은 ① 엄격하게 글자수를 맞춘 것'창가체시', ② 연단위로 시체의 규칙성을 보여주는 것「해에게서소년에게」, ③ 산문체, 진술체 시이나 도상적으로 형태상으로 규칙적인 질서를 부여한 것「꽃두고」 등의 새로운 정형체의 시가형태를 모색한 것으로 보이는데, 이는 문자기사법을 통해 구체화된 것이다. 우리말 구조상이들을 차이나게 하는 것은 인판, 판식상의 문자기사법이 아닐 수 없다. 이들 양식은 시간상 차이를 두고 실험되거나 단계적인 순서를 밟아 진행된 것이 아니라 동시적으로 구현된 것이라는 점이 중요하다. 다양한 방식의 조선어구어한글문장체 시가가 동시적으로 실험, 모색되었다는 뜻이다.

①은 한시나 서양시체에 잘 맞는 형식이지만 근대 조선어구어한글문장체 시가의 작시법으로는 견디기 힘들다. 조선어는 접사와 조사가 발달한 까닭에 조선어 구어시는 각운을 맞추면 그 단조로로움이나 기계성을 면하기 어렵고 엄격하게 글자수를 맞추면 통사적 문맥이 자연스럽지 않아 글자수의 제한이나 각운의 형식적 틀로부터 벗어나야 한다. 이 형식성을 벗어난 것이 ②의 실험이다. 안서의 민요시체보다 자유로운 구어한글문장체 시가 ②인데 이 ②조차 정형체 양식이다. 근대시가의 실재를 '문자기사법'을 통해 이해하는 것이 왜 중요한가를 육당의 실험이 증거해주고

있다. 육당이 본질적으로 추구한 것이 비정형시체거나 말 그대로 '자유시', '문자시'는 아니었다. 육당은 근대 우리말 구어체를 살린 한글문장체의 정형시체를 다양하게 모색했고 그 가운데 '자유시산문시체'도 있었다.

육당의 산문시체는 안서나 요한의 경우와도 달라서, 정형시체의 특성이 강하다. 산문시라 이름붙여진 「꽃두고」조차 연 단위의 동일한 기사법의 원칙이 고수된다. 엄격한 반복의 단위를 적시하는 요격의 틀이나, 그것의 낭영적 자질을 가시화하는 외형적 틀은 갖추지 않았지만 육당의 산문체시는 정형적인 기사법의 논리에 따라 개행, 분연, 판식된다.

최남선은 노래를 인쇄화하는 과정에서 글자수를 고정시킴으로써 노래의 존재성을 부각시키고자 했다. 그것은 '박자'를 가리키는 것이기보다는 '노래'를 가리키고 있다. 그것은 스스로 노래임을 증언하는 자질이지 박자나 리듬의 양적 현전이 아니다. 실제 낭영 단위와 문자상의 어절 단위는 등가적이거나 서로 비례하지 않음을 앞에서 살폈다. 후대의 '문자시'에 길들여진 독자들은 역설적으로 띄어쓰기나 쉼표를 통해 구분된 일정한 어절 단위를 박자로 인지하면서 그저 묵독하고 있다. 묵독과 리듬은 반대로 현전한다. 묵독하면 리듬은 잠재하고 리듬은 묵독을 벗어나야, 말하자면, 낭영을 수행해야만 현실화된다. 최남선은, 말하자면, 노래와 문자시의 '틈'에 끼여있던 존재였다. 정지용의 다음과 같은 평가는 초창시대 육당의 시 혹은 신체시의 실재를 이해하는 데 도움을 준다.

육당이 시를 쓰는 시기랄까. 하여간 우리는 신체시의 시대를 겪지 못했으므로 조선서는 시詩로 들어가는 것이 너무 빨랐고 또한 시가 서는 것이 너무 일찌이었습니다 그러니 우리 시가 일찍이 섰으면서도 본질적으로 우수한 점이 있는데 그것은 우리말이 우수하다는 것인데, 첫째 성향聲響이 풍부하고 문자文字가 풍부해서, 우리말이란 시에는 선천적으로 훌륭한 말입니다. 가령 우리 운문에서 3,4조가 기본조인지 4,4조가 기본조인지 몰라도 원원이 성향聲響이 좋으니까 그러한 글자 제한을 받지 않고도 훌륭한 시가 될 수 있습니다. 그럼으로 우리는 신체시의 훈련을 받지 않고도 빨리 시로 들어갈 수 있었다고 생각합니다.[16]

'신체시의 시대를 겪지 않았다'는 말은 아마도 일본의 신체시 시대를 익숙하게 아는 정지용의 관점이 내재된 것처럼 보이는데, 우리말 시는 바로 근대시로 이행해갔다는 의미와 통한다. 서구 문예사조나 일본 근대시가 전개되는 방향과 우리 근대시의 이행과정이 평행하지 않다는 중요한 근거를 정지용은 제시한다. 작시법을 갖지 않아도 우리말의 성향聲響의 우수성과 문자어휘의 풍부함 때문에 성향이 좋은 그러니까 음악성이 살아있는 훌륭한 우리말 시로 진입하는 데 큰 어려움이 없었다는 것이다. 정지용 스스로도 운문의 기본조가 3.4, 4.4인지 확언할 수 없었고 단지 우리말의 성향의 우수성 때문에 굳이 글자 제한을 두지 않고서도 시의 음악성을 살릴 수 있다고 판단한 것인데, 우리말의 '성향'을 주목한 정지용의 관점은 안서의 시각과 부합한다.

일본이나 중국의 '언문일치'의 단계와 우리의 그것과의 차이를 생각해 보면 정지용의 이 인상적인 평가가 이해되는데, 한국근대문학이 중국근대문학이나 일본근대문학과 다른 점은 바로 언문일치단계의 이행과정 자체에도 존재한다. '문자의 단절'이 없었던 중국이나 두 단계의 언문일치

---

16 박용철·정지용 대담, 「시문학에 대하야」, 『조선일보』, 1938.1.1.

단계를 거쳐야했던 일본과는 달리, 우리의 경우는 ① '조선말-한자문'의 이질성을 해소하는 단계글자, 문자 단위, ② 구투 및 문어체와 구어체와의 이질성을 해소하는 단계문장, 문체 단위, ③ 산문양식과는 다른 시가양식의 고유성을 특화하는 언문일치단계노래의 문자학, 적어도 이 세 단계의 언문일치단계를 거쳐야 했다. ①, ②는 소설양식의 진행 과정과도 다르지 않으나 시가양식은 ③의 단계에서 스스로를 산문양식으로부터 차별짓지 않으면 안된다. 정지용은 "시는 문장文章이상이다"[17]로 시의 근대적 리터러시를 이해했다. 임화나 안서가 시가양식의 음악성, 조선어구어한글문장체 시가의 음률적 완성이라 지목했던 대목과도 다르지 않다. 일본 근대시의 단계는 ①의 단계를 뛰어넘어 ② 혹은 ③의 단계에 진입하면 되었고, 중국의 경우는 '백화문자화'의 과정이 있기는 했지만, 말과 문자 간의 이질성이 없었으니 일본의 그것과 그다지 다르지 않았을 것이다. 임화는 "지나支那의 백화운동이 조선신문학의 모어전문母語專門과 비슷하다. 그러나 백화운동은 서구제국의 근대문학사와 같이 문어체로부터 혹은 산문의 운문으로부터의 해방과 비교될 정도의 것이다"라고 주장하고 그것은 우리신문학사가 한문문학으로부터 해방되면서 처음으로 조선어 고유어를 전용專用할 수 있게 된 것과는 분명 차이가 있다고 설명한 바 있다. 그러니까 우리의 경우, 근대적 리터러시로의 이행과정에서 일본, 중국과는 달리, 특징적으로 ①의 단계인 말을 문자화하는 '한글문자 쓰기'의 단계를 운명적으로 헤쳐나가지 않으면 안되었다. 근대 문예양식의 정착과정에서 핵심은, '근대성'보다 프리오리티하게 존재하는 문제, '언어적 해방'이라는 문제이다.

---

17 정지용, 「시선후」, 『문장』, 1939.4.

그것은 '한문맥한자문으로부터의 해방'과 '조선어 구어의 음률적 완성'이라는 양 명제를 상호 관통한다. 근대이전까지 조선문한글으로 '쓰기writing' 혹은 '쓰기의 쓰기writing of writing'하는 한글에크리튀르 자체가 사회적 규범으로 거의 작동하지 않았기 때문이다.

일본 신체시의 유행을 직접 보고 경험한 정지용의 판단이 중요한 것은 정지용의 '판단'과 근대시의 '실재'가 어긋나지 않다는 점에도 있다. 글자수를 엄격하게 제한한 육당의 정형시체는 우리말 구어체의 특성 때문에 성공하지 못했고 오히려 글자수 제한을 벗고 우리말 구어체 문장으로 일정한 배단법을 통해 정형시체를 완수한 시들에서 근대적 시가양식의 실재를 확인하게 된다. 잡지 지면의 단구, 배단법을 통해 근대시 양식을 실험한다는 점에서 육당은 누구보다 근대적 리터러시에 대한 이해도가 높았다 할 것이다. 우리말의 리듬은 교착膠着된 자수가 아니라 말의 치밀한 음영과 명암의 조직에서 오는 불가사의한 것이라는 정지용의 시적 언어관에서도 이를 확인할 수 있다. 정지용은 수사적으로 이 미묘한 시적 언어의 음향적 신비를 "시가 지상紙上에서 미묘히 동작하지 않는가. 면도날이 반지半紙를 먹으며 나가듯 하는가 하면 누에가 뽕닢을 색이는 소리가 난다"고 표현한 바 있다.[18] 이 신경증적이리만치 섬세한 말의 음향적 감각이 곧 지용 시의 리듬인데, '외래적 감각색채로 음악성을 착색한다'[19]고 그것이 달성되는 것은 아니다. 음수율이든, 음보율이든 그것이 이론적 구성물로써가 아니라면 실제로는 현전할 수 없음을 지적한 것도 흥미로운데, 정지용은 우리말의 랑그적 실재가 이같은 이론적 구성물로서의 운율론을 지

---

18 정지용, 「시선후」, 『문장』, 1940.2.
19 정지용, 「조선시의 반성」, 김학동 편, 『전집』 2(산문), 270면.

탱하지 못한다는 점을 정확하게 이해하고 있었다.

정지용과 동시대를 살았던 김영랑은 박용철의 사후死後, 박용철을 추모하는 글에서 "용아龍兒가 시와 시조를 동시에 쓰는 것을 볼 때 속이 상해서 못견디었다"는 투로 말한다.

> 시조를 쓰고 그 격조格調를 익혀 놓으면 우리가 이상하는 자유시, 서정시는 완성할 수 없다고 요새 모某 시조 선생이 어느 책에 시조와 시를 동일한 것같이 쓰시었지마는 그럴 수가 없다. 배구도 시와는 물론 같질 않고 더구나 시조는 셋 중에 가장 시와 멀다고 할 것이다. 시조말장時調末章의 격조를 모르고는 시조를 못 쓸 것이요, 시조로서의 말장의 존재는 항상 '시詩'를 재앙할 수 있으니까[20]

김영랑의 '시조와 시는 같지 않다'는 맥락은 전통 시가양식의 거부를 위한 용도로 쓰인 것이 아니다. '자유시'를 '하나의 시에 하나의 형식'이라는 개념으로 이해했고[21] 스스로 단곡류의 일정한 정형성을 갖춘 시를 썼던 김영랑으로서는 시조같은 엄격한 형식의 시가를 배제하자는 의미에서 이 같은 언급을 하지는 않았을 것이다. 오히려 시조 종장 말장의 존재가 조선어 구어체 리듬을 살리기 어렵다는 점이 주목되었을 것이다. "배구도 시와 다르다"는 언급은 3행시체를 고수하는 시조체가 영랑이 즐겨한 4행시체의 구어적 리듬을 담보할 수 없다는 점을 지적한 듯한데, 특히 말장末章의 엄격한 글자수 맞춤은 자연스런 구어체의 음악성을 제약하는 탓에 시조양식은 '시근대시'와 가장 거리가 멀다고 인식되었다.

---

20 김영랑, 「인간 박용철」, 김학동 편, 『김영랑』, 134면.
21 김영랑, 「박용철과 나」, 『김영랑』, 127면.

육당이 꿈꾼 것이 '자유시를 향한 길'에 있지는 않았음을 판면이 확인해 준다. 노래의 근대적 문자화표記를 정착시키는 데 골몰했던 육당은 오히려 전통과 근대를 잇는 교신자였고 근대 초창시대의 인쇄리터러시를 통해 '노래'의 '쓰기'를 실험했던 '노래ㅡ활자 메신저'라고 부르는 것이 옳을 듯하다. '노래를 어떻게 문자화할 것인가'는 결국 '문자로 어떻게 노래할 것인가'였다. '노래성'을 '문자성'으로 전환시키는 것, '문자'를 통해 '노래성'을 발현하는 것이 인쇄출판업자이자 발행인이며 신체시의 사도였던 육당의 임무였다. 육당은 다시 이렇게 묻는다. '한글문자로 어떻게 노래할 것인가?' 조선어를 글자수 규칙에 적용하자니 구어체에서 벗어나고, 정형적 규칙에서 벗어나고자 하니 노래가 아닌 것이 되었다. 한글 노래체 시가를 '문자'를 통해 정착시키고자 한 육당은 답을 찾지 못했다. 우리말 시가의 근대적 양식화, 작법화 방법을 그는 알지 못했다. 그는 원래 작법이 있는 노래, 그러니까 '시조'로 되돌아갈 수밖에 없었다. 그에게 '시조부흥'은 우리말 구어의 노래를 살리는 유일한 길이었는지 모른다. 그 점에서 '격조시'로 되돌아간 안서의 길과 최남선의 길은 다른 길이 아니다. 그들의 의지보다 말의 의지가, 양식의 의지가 본질적이었던 까닭이다. 인간의 권력보다 양식의 권력이 더 강력했던 초창시대 시가양식의 '한글문자화' 혹은 판면의 고정은 그런 고충 가운데 싹을 틔웠다.

2. 노래(시가)의 '문자화'를 향한 여정

노래의 '문자화'는 근대적 환경에서 시가 생존하기 위한 장치이지만 이 것이 곧 근대시의 운명을 결정하게 된다는 점에서 근대시사의 길에서 그 것은 불가항력적인 것이 된다. 시는 '노래'로 인식되고 낭영되는 연행장 르가 아니라 점차 '문자적인 것'으로 인식되고 문자를 통해 묵독하는 독 서물 장르에 속하게 된다.

근대적 환경에 놓인 시를 가리켜 '문자화된 노래', '표현된 문자' 같은 구절이 등장하기 시작한다. 노래는 "작곡으로 들어야 애원哀하되 처凄하고 완緩하되 되도라 붓는드시 돌연突然 급박急迫하여지고 특차고 흐르는듯한 조 지調子"를 역동적으로 느낄 수 있지만, 곡조를 일일이 부칠 수 없는 개인 독 립 저작물이자 인쇄미디어의 환경에 놓인 근대시로서는 이 역동적인 조 지調子를 문자로도 최대한 느낄 수 있도록 하는 전략을 강구할 수밖에 없 다. 따라서 문자로도 최대한 생생하게 음과 정서를 기록하기 위한 것이 시 가의 '문자화' 전략이라 할 것이다.[22] 이는 매우 중요한 지적인데, 정서와 음악을 문자, 그것도 언문한글으로, 인쇄리터러시를 통해 구현하는 것이 핵심이다. '문자상文字上에의 말'[23]이라는 용어는 '말'과 '문자'를 특별히 구 분하거나, '말'을 단순히 전시轉寫한 것이 문자라는 맥락보다는 말을 문자 화한 것이라는 맥락을 강조하기 위한 것이다. 여전히 '말의 아우라'를 갖 는 것이 문자라는 것이니, 문자보다 말이 우선 순위에 있었던 당대의 시각 이 반영된 문맥이라 하겠다. 황석우는, '노래부를 만한 음조를 가지고, 긴

---

22 파인, 「민요감상」, 『삼천리』, 1929.12.
23 황석우, 「注文치 아니한 詩定義를 일러주겠다는 玄哲君에게」, 『개벽』, 1921.1.

장한 형식으로, 보통 문장과는 다르게 전도한 것'인 '운문韻文'으로서의 시 양식은 산문문장과는 다른 종류의 '문자화'를 특별히 요구한다고 보았다.

안서는 '말의 문자화'에 '기교'라 부를 만한 시적 의장을 추가하는데, 그것은 노래를 문자화하는 과정에서 그 노래성을 살리기 위해 어떤 실천적인 작업을 할 수 있는가의 고민이다. 형용사와 부사의 사용을 그는 특히 주목하는데, '시가의 문자화'에서 '무드'를 내기 위한 형용사와 부사의 활용은 불가피하다는 것이다. 사상은 완전하나 그것을 드러내는 매개체인 언어와 문자는 그 자체로 불완전하다는 것이 안서의 결론이니만큼 이 불완전성을 해소하기 위해 동원되는 것이 '기교'이다. '기교'란 '시상詩想과 문자의 조화, 시상과 리듬의 조화, 전체의 무드를 허물내지 아니하는 만큼의 말만들기'가 된다. 조화와 무드를 내는 말만들기에 유효한 것이 형용사, 부사라는 것이다.

> 문자文字라는 완전치못한 형식을 시상詩想이 밟을 때, 어떻게 시상 그것이 완전한 표현을 얻을 수가 있겠습니까. 시는 어데까지든지 표현의 예술입니다. 문자의 선택과 함께 하는 기교가 있어도 오히려 표현의 가능을 보증하기 어렵거든 하물며 문자의 선택에 따르는 기교가 없음에 서겠습니까.[24]

'무드'라는 말에 신비롭고 개성적인 말의 음향이라는 의미가 풍겨나온다. 노래를 문자화하는 과정에서 그 노래의 노래성音響, 음악을 살리기 위해 '기교'가 필요하고 그래서 형용사, 부사 같은 어조를 부드럽게 하는 문자

---

24 김억, 「무책임한 비평」, 『개벽』 32, 1923.2.

의 기능이 추가된다는 것이다. '쓰기'보다 '쓰기의 쓰기'에 더 가까운 인식이라 할 것인데, 형용사, 부사의 기능을 부정한 요한과는 논의 자체의 성격이 다르다.[25] 요한의 시를 더 상층에 놓는 후배시인들의 관점을 돌이켜보면 '시인' 요한과 '시론가' 안서의 입지가 확인된다 할 것이다.

운문이란 어떤 질서있는 말들의 배열이다. 시가 운문정형체인 한 시는 리듬이며 리듬은 반복의 원인이자 결과이다. 그러니까 시는 리듬을 위해 반복하고 그 반복의 최종 종착지 또한 리듬음악성이다. 구술적 상황에서 시는 노래하듯 부르면낭영 되지만, 리듬을 문자로 표기할 경우는 문제가 달라진다. 반복의 틀, 곧 반복의 시작점과 끝점 그리고 반복의 단위를 문자로 표식해야 한다. 구와 행을 분리하고 음절을 규칙에 맞게 배열해야 하며 리듬이 문자로 최대한 가시화 될 수 있는 표식을 고구하지 않으면 안 된다. 의미가 중심이 되는 산문양식과의 근본적인 차이가 노래성, 리듬, 음악성이다. 시가양식의 가장 최후의 것이 '음악노래성'이라 하겠다.

서양시에서 리듬의 생성에 주로 쓰이는 것은 음절과 악센트의 고정이다. 강음절과 장음절의 연속적이고 규칙적인 배열의 한 단위 혹은 악센트가 있는 음절과 그렇지 않은 음절 간의 규칙적인 배열의 한 단위가 한 행이다. 프랑스의 운문은 음절의 길이가, 게르만어에서는 음절의 강도가 이 질서를 구축한다.[26] 이른바 '6보격步格' 시행은 하나의 장음절과 두 개의 단음절로 조립된 6개의 보격으로 구성된다고 한다. 음절의 길이와 악센트에 따라 하나의 시행이 규정되는데, 따라서 전통적으로 11음절 시행, 7음절 시행 같은 확고한 명칭이 생겨난다는 것이다. 그런데 12음절 시행인

---

25 「당선시평」, 『조선문단』, 1925.11.
26 볼프강 카이저, 『언어예술작품론』, 124~125면.

알렉산드리아 시행에서 6음절 다음에 휴지가 발생한다면, 이 휴지에 의해 두 개의 단위구가 구분되는데 실제 인쇄상에서 이 하나의 행은 2분두 개의 구으로 가시화된다.

한시에서도 마찬가지 판식이 가능하다. 율시체 한시가 근대 신문, 잡지 상에서 문자화 될 때, 하나의 연을 두 구로 구분한다면 이 둘 사이에 쉼표를 삽입하거나 행을 달리해 두 행을 만들기도 한다. 운문의 양식적 특성은 음절수의 고정, 행의 일정한 길이, 운각법, 휴지법의 규칙성 같은 '동일성'의 규칙에 구속된다. 그런데 고정된 음절수를 가지는 정형시체와는 달리, 시행이 긴 자유시는 하나의 시행을 구성하는 통일된 단위로서의 규칙성은 정형체시에 비해 느슨하다.

인쇄리터러시를 통해 시가가 고정될 때, 말의 문자화에 음악노래의 문자화를 중첩하는 것이 핵심과제가 된다. '(지면에) 백히는 것'[27]이 문자화이자 문자화 자체가 곧 인쇄리터러시를 통한 시가의 스크라이빙이라 할 것이다. 안서는 "생명이 있어 날뛰는 언어를 어떻게 문자로써 붙잡어놓을까 하는 것이 모든 시인의 시심을 괴롭히는 것이외다"고 말하고 '문자에 대한 충실한 구사법을 알아두는 것'이 필요하다고 썼다. 생명력이 있어 날뛰는 언어를 고정화하는 것이 '문자화'이자 '문자에 대한 충실한 구사법'이다. '생명이 있어 날뛰는 언어'라는 말에 '문자'는 죽어있고 '말'은 살아있다는 관념이 강하게 반영되어 있다. 안확의 '문자기사법'이라는 말과 동질적인 개념이 아닐 수 없다. 그것은 문자리터러시의 차원이 아니라 음성의 문자화 차원, 노래의 고정화붙잡아두기, 백히게 하기이며 이것이 진전되면

---

27 郡賢學人, 「먼져詩를대접하다」, 『조선문단』, 1925.6.

'시작법'이 되고 그것이 낭영법이자 창법이며 그 이후의 단계가 곧 '기교 쓰기의 쓰기'이다.

글이란 말을 그대로 적어놓은 것이라 하면서 언어와 문자는 꼭 같은 거라 생각을 하는 모양이거니와 그것은 큰 오해외다. (…중략…) 우리가 목소리로써 자기의 사상을 발표할 때에 어조니 어향이니 하는 것을 적절히 조절하면 사상 이외에도 감정을 나타내일 수가 있기 때문에 가령 같은 [나는 갑니다]의 사상 이라도 어조語調의 고저高低와 어향語響의 장단長短으로써 감정까지라도 표시할 수가 있지 않읍닛가. 그러나 문자는 그렇지 못하여 [나는 갑니다]는 언제나 한 개의 같은 사상만으로 남을 뿐이요 결코 감정이란 가미되지 아니하니 이 점이 근본적으로 서로 다릇습니다.[28]

'목소리로써 사상과 감정을 나타낸다'라는 '음성성'에 대한 황홀한 몰입과는 대조적으로 '문자'는 '감정을 가미할 수 없'으니 '산말'이 아니고 그러니 '문자'보다 '말소리'이 우선이라는 인식이 안서에게는 있다. 창자에 의해 현장에서 수행되는 '말'과는 달리 '문자'는 지면에 고정됨으로써 죽어있는 '꽃'과 같다. 하지만 근대시가는 출판물로 현전하고 대중화하는 것이니 '문자화'란 필수불가결한 조건이고 그래서 어쩔 수 없이 문자화의 단계를 밟지 않을 수 없다. '어조語調의 고저高低와 어향語響의 장단長短으로써 감정까지라도 표시할 수 있는' '문자화'에 대한 진지하고 섬세한 시인의 감수성이 요구되는 것이다.

---

28 안서, 「시가와 국어문제」, 『서울신문』, 1949.12.19.

안서는 김여수의 시 「저자에 가는 날」에 대해, "문자에 대한 감각과 선택 없는 것이 결점"이라 평가했다. '문자에 대한 감각과 선택'이란 '어조의 고저'와 '어향의 장단'으로 목소리말의 음성성, 음악성를 현전시키는 감각에 다름 아닌데, 단어, 문장, 통사론, 표식부호 등의 문자감각과 단구, 개행, 분연 등의 스크라이빙 감각이 포함된 것으로, '말의 문자화' 감각에 특히 '문자의 음악화'를 중첩한 감각이다. 안서가 인용한 김여수의 「저자에 가는 날」은 아래와 같다.

> 해가 점으로
> 사람들이 그날의저자에서 돌아올때에
> 그대는 무엇을밧구어 오랴는가,
> 그러나 나는 아모것도소유所有치못하엿거니
> 피곤한다리와
> 가슴압흔 헛튼주정과
> 그리고 재빗失望의가슴밧게
> 그대의가지고 도라올것이 무엇인가.
>
> ─「저자에 가는 날」, 『생장』, 1925.2

"뒤숭숭한 도회에서 현실고에 부딪혀 맘의 안정을 얻지 못하고 오랜 고신故山을 그리워하는 시경을 그리고자 한 시"라 해석하면서 안서는 "문자의 잘못과 선택으로 해조諧調를 흔들도 하고 귀거슬니움이 있다"고 평가한다. '所有'라는 한자어, '재빗잿빛'이라는 표현맞춤법, '그대의 가지고' 같은 비한글문장체표현, '못하엿거니' 같은 구투어 등이 문제인데, 대체로 조선어구어한글문장체 표현에서 벗어난 문자선택에서 비롯된 오류라 하겠다. 문자의 선택과 감각이 해조, 가락, 암시, 여운 등의 시경을 이루는 데 핵심이라면, 한자어 남용 및 언문일치 문제는 결국 시가의 음악성, 음향의 문제와 직접적으로 연관될 수밖에 없다.[29] 한자문에 토를 단 식의 한문장체로 쓰인 관념적이고 사변적인 시들이 1920년대부터 일제 말기까지 통용되었는데, '문자선택의 오류'가 안서에게는 시 고유의 양식적 특성을 훼손하는 것으로 인식되었다. 안서의 음성 및 음악성 중심주의는 '문자의 고정화' 전략에 깊이 투영되어 있다.

윤곤강은 시말의 문자화를 '음악적 문장'이라는 말로 대체해서 썼는데, 카일라일의 말을 빌어 '음악적 문장'은 '참된 율동과 선율이 살아있는 문장'이라 썼다.

『언어가 음악적인 문장일 때, 다시 말하면 언어에 참된 율동과 선율이 있는 문장에는 의미에도 또한 반드시 거기에 심원한 멋이 숨어 있는 것이다』카일아일라는 말은 내용과 형식의 참된 융화점融和點에서만 훌륭한 예술이 생탄生誕될 수 있다는 뜻이 숨어있다.[30]

일제 말기 들어 신진시인들이 김기림, 정지용 등의 조선어구어한글문장체에 경도되면서 그에 따라 그 기원인 소월, 요한 등의 근대 초창시대 시인들이 소환된다. 1930년대와 초창시대 시인들이 이로써 한 자리에 앉게 되는데, 그들의 근본적인 관심은 조선말 구어체 문장, '음악적 문장'이

29 안서, 「시단산책」, 『조선문단』, 1925.3.
30 윤곤강, 「技巧」, 『전집』 2, 171면.

라는 관념에 있었다. 임화가 조선어구어한글문장체 시가의 음률적 계승이라는 테제를 제시하면서 근대시의 기원을 추적하고 개념을 정립하는 것 또한 '조선어 음악'에 대한 사고의 깊은 전진을 이룬 것과 무관하지 않다. '시가 → 문자시 → 시의 음악성 탐구 → 초창시대 시가의 소환'이라는 시사적 순환이 이렇게 나타난 것이다. 시가양식의 기원의 회복, 노래체 양식의 프랙탈적 회복이라 하겠다.

> 시의 낭독은 그 시의 내용과 곱은 리듬으로 생기는 음악적 미음美音에서 비로소 의미와 생명과 가치의 무조건한 황홀을 늣기게 되는 것입니다. (…중략…) 서로 문자의 발음이 다르기 때문에 조선 사람은 보아서 아름다운 시라도 중국 사람이 그것을 낭독할 때에 음조의 미를 보장할 수가 있겠는지[31]

그래서 조선어시의 낭독은 우리말의 미감을 찾고 우리말의 의미와 생명과 가치를 찾는 작업이며 그것은 논리적 성취 이전의 디오니소스적 도취를 가능하게 하는 것이 된다. 조선어구어한글문장체 시가의 '무조건적 황홀경의 세계'가 문자 저편에, 근대 인쇄리터러시 저 너머에서 펼쳐졌다. 초창시대 시가담당자들의 근대시의 이념을 계승하면서 1930년대 신진시인들은 조선어 음악의 세계로 그들의 발걸음을 옮겨갔다. 이제 근대시의 문자화, 인쇄지면을 통한 말의 문자화, 노래의 문자화는 돌이킬 수 없는 것이 되었다.

---

31 안서, 「誤謬의 희극」, 『동아일보』, 1925.2.23.

문자적 인간과 낭영적 인간

인판상에서 시와 산문의 가장 뚜렷한 '차이'는 '개행改行'이다. 개행은 운문의 리듬 곧 반복성, 지속성을 고정화하는 것인데, 이는 말의 운동과 운동의 확장을 의미한다. 시의 고유성인 리듬은 기분, 정서, 말, 아우라 등의 움직임운동인데 개행은 시의 역동적 리듬을 지속시키는 제도적 장치이다. '행과 다음 행의 관계'는 시에서만 가능한 것이니, 어원적으로 '운문'을 뜻하는 'versus'는 '밭을 가는 농부가 취하는 방향'이라는 의미를 내재한 개념이라 한다. 성자, 성인들의 말을 운문으로 기록하던 기록관들을 '필경사筆耕士'라 지칭하던 용어가 이 경작지와 그 방향성의 내재적 맥락을 증거하고 있다. '운문'과 '밭갈기'의 개념에는 종서체, 횡서체, 지그재그체 등의 서체의 차이뿐 아니라 이 서체의 방향이 견인하는 지속성과 반복성의 '차이'를 암시하고 있다.[32]

한 행의 판식은 다음 행의 판식을 위한 중요한 준거이자 기억의 근원이다. 낭영 시詩, 문자가 없던 시대의 창자들은 기억을 통해 그 반복의 규칙과 지속의 시간을 고정하고, 문자시대의 창자는 한 행 혹은 한 단위의 일정한 호흡과 규칙성에 기대 다음 행(단위)을 낭영하게 된다. 말은 문자없이도 기억 속에서 고정되고 그 기억을 계승한 창자들에 의해 관객들과 공유된다. 문자시대 들어 운문을 표식하는 것은 무엇보다 개행과 그것의 규칙적 고정화인데, 특히 육당에게서 이것이 두드러진다.

그럼 행은 어떻게 배열하는 것이 좋은가.

시행이 단지 지속적으로 반복되기만 한다면 그 형식적 고정성이 주는

---

32 볼프강 카이저, 앞의 책, 136면.

피로감과 단조로움은 해소하기 어렵다. 그 상투성과 피로감을 해소하는 방식이 '대운시구對韻詩句'이다.[33] 이는 전통적인 한시 배치 방식인 '원앙쌍대鴛鴦雙對'의 원칙과도 연결된다. 서구에서의 라틴문학, 게르만 문학에서의 민요풍 서정시, 그리고 우리 민요나 동요가 일종의 '4행시련'의 전통에 있다고 할 것이다. 우리 근대시의 단곡 형식, 민요체 형식 등은 대체로 4행 혹은 그것의 연장체인데,『학지광』,『창조』등에서 이 형식은 자주 나타난다. 독자들의 투고시를 본격적으로 소개했던『조선문단』에도 '4행시집' 코너[34]가 마련되어 있는데『조선시단』,『조선문단』이 1930년대 초까지 시인들의 등용문이 되어 문사 지원자들이 동경의 표적이 되었던 사실[35]과 이는 무관하지 않을 것이다. 근대시사에서 언어의 미감에 가장 열정적으로 투사했던 시문학파들, 특히 박용철이 영랑의 4행이나 8행의 시를 두고 '미시형美詩形의 완성'이라 언급한 것은 시의 음악성을 궁극적으로 재현해 내는 시형을 4행 혹은 그것의 배인 8행시에서 찾는 오랜 전통과 연결된다.[36] 긴 시일 경우 "산문화를 시킨다면 몰라도 형形의 정회整化를 구하지 않으면 안 된다"고 생각할 정도이다. '4행시련詩聯' 형식은 근대 활판 지면에서의 배단법과도 통용되는데, 4행을 기본 단위로 하는 개행법과 배단법은 정형시체 양식이자 노래체 양식임을 가시적으로 확정하는 지표가 된다. 4행 단위의 배단법은 시가양식의 일반적인 인쇄리터러시상의 문자화 규칙인 것이다.

한시양식에서 가장 안정적이면서 미학적인 형식은 율시체와 절구체

---

33 위의 책, 136~137면.
34 『조선문단』, 1935.2.
35 김기림, 「剽竊行爲에 대한 「저널리즘」의 責任」, 『전집』 6, 98면.
36 박용철, 『전집』 2, 347~348면.

다. 이들은 글자수와 각운을 엄격히 지키면서 운율미와 형식미를 보여주는 장르로, 조선에 끼친 영향도 다른 한시 장르에 비해 크다.[37] 근대시가의 4행 1연 형식은 절구체의 형식과 유사하며, 2구를 나누어 8행으로 배치하는 것은 율시체 형식과 유사하다. 초창시대 시가체의 배단법은 4행을 근간 단위로 한 것으로 4행을 2행 단위로 나누면 2행 단위의 시가 되며 4행을 반복하면 8행 단위의 시가 된다. 2행, 4행, 8행, 16행 등의 2제곱의 함수로 행수를 변형할 수 있다는 뜻이다. 창가체, 민요체의 시를 비롯, 근대시가의 정형시체는 4행시체의 반복과 변형이 주를 이룬다. 이는 시가체란 근본적으로 동일한 반복 단위의 무한확장성을 잠재한 양식임을 증거한다. 그러니 시가체 양식은 그 자체로 완결된 텍스트성을 지향하기보다는 일정한 틀 내에서 그 자체의 율조와 격조에 맞게 무한히 그 형식을 반복·재생할 수 있는 무한양식의 정체성을 갖는다. 계면조, 평조 등의 고정된 곡조에 맞게 노래가 연행되던 양식의 흔적인 것이다.

4행시련은, 광범위하게 말하면, 두 구가 하나의 단위로 결합되거나 한 행이 두 구로 분리되는 방식에 기반하면서 또 그것을 반복함으로써 얻어지는 형식인데, 그러다보니 상투적이고 클리셰적인 어구가 지속되기도 한다. 이 단조로움과 상투성을 해소하기 위해 보다 고차적인 방식으로 새로운 시의 질서가 형성되도록 하는 전략이 필요한데, 서구에서는 전통적으로 남성운과 여성운의 대립, 양억揚抑격의 대립, '행간도약' 같은 방법을 통해 시행의 이행과 시행 간의 긴장미를 구성한다. '여성운/남성운'의 대립이나 긴장, 운각을 통한 평측법의 규정이나 말의 악센트 등이 존재하지

---

37 심경호, 『한시의 세계』, 문학동네, 2014, 160면.

않는 조선어 시가로서는 이 4행시련의 단조로운 반복을 벗어나기 어렵고 따라서 그것을 지속하는 것이 지극히 곤란해진다. 조선말 구어시의 운명은 이미 조선어 바로 그 자체에 의해 결정될 수밖에 없었고, 그것이 이른바 문자시, 자유시의 길을 가속화한 동인이 된다. 한어, 서구어와는 다른 우리말의 언어적 속성에서 비롯된 4행시가의 지속성 문제는 해소되기 쉽지 않았던 것이다.

우리말 시가의 '형形'은 언제나 암중모색중이었는데, 조선어구어한글문장체 시가의 규약은 곧 작법이며 그것은 한편으로는 스크라이빙 문제, 배구, 배단법의 규약이기도 했다. 안서는 스크라이빙 차원의 쓰기, 종결체 문제 등으로 작시법 문제를 해소하려는 의욕을 갖기도 한다.[38] 행의 배치와 구의 배열 문제는 행을 이루는 자수와 띄어쓰기 문제, 공간을 조정·배치하는 문제, 율조를 구성하는 문제 등이 복합적으로 얽혀있다. 어절단위를 율격단위로 인식하는 우리말 문장법에서 띄어쓰기를 할 것인가, 시행을 절구체처럼 1단[1]행으로 할 것인가, 율시체처럼 2단으로 할 것인가, 글자수를 정확하게 맞출 것인가, 이음줄로 음절수를 맞추어 율격을 통일시킬 것인가 등에 대한 고민이 당시 인쇄매체의 판면에 분명하게 드러나 있다. 시가양식의 외형적 틀, 그러니까 세로쓰기의 형태, 시구의 배열, '-노라', '-도다' 등의 종결체 선택, 음절수 맞추기의 실재는 인쇄리터러시상의 문제인 것이다.

---

38 안서, 「〈조선시형에 관하야〉를 듣고서」, 『조선일보』, 1928.10.18~21·23~24.

'시' 이전에 인쇄리터러시, '쓰기'(스크라이빙)가 있었다

그럼, 실제로 지면에서 초창시대 시가는 어떻게 문자화되고 고정되는가를 확인하기로 한다. 조선어구어한글문장체 시의 형식적 틀을 모색하던 시 창작자들 앞에 놓인 범례란 한시, 시조 등의 이른바 전통적 시가양식이 있고,[39] 다른 한편으로, 일본 신(체)시, 서구시 양식이 있었다. 일본 신체시형을 대체로 '서양시의 모방' 형식과 유사한 것으로 인식했던 당대적 기록을 참조하면 서양시, 일본 신체시 등은 동일한 범주에 포괄할 수 있을 것이다. 한시, 시조 등의 전통 시가로부터 구한 것이든, 신체시, 서구시 등 외래적인 시의 이식단계로부터 구한 것이든, 이들 범례들의 외형은 근대 연鉛활자 인쇄매체로부터 시각화된다. 따라서 조선어구어한글문장체 시가의 외형 역시 활자본 서식, 판식에 기반해 인식되고 재현되는 운명을 피할 수 없다. 시에서 내용은 형식의 원인이라기보다는 형식의 결과가 된다.[40] 이 형식적 요소를 가시화하고 실체화한 것이 판식과 인판의 상태라면, 근대 활자 인쇄판본에서 확인되는 시양식의 물리적 존재의 중요성이 가히 짐작된다. 인쇄리터러시가 곧 근대 조선어 시가양식의 재현조건이자 존재조건이며 동시에 또 제한조건인 것이다.

띄어쓰기, 단구, 배단 등 형태적 차이를 심각하게 고려하지 않아도 한시는 충분히 그 노래성을 실현할 수 있다. 한시 작법과 창법이 오랫동안 전승되어 왔고 미학적으로도 한시양식은 완전하고 절대적인 것으로 인식되었다. 필사본의 경우, 종이가 흔치않은 상황에서 행간을 촘촘하게 메워 사용하는 것이 필수적이었을 것인데, 띄어쓰기나 고리표(◦)없이도 시창이

---

39 박태원, 「시문잡감」, 『조선문단』, 1927.1.
40 폴 발레리, 김진하 역, 『말라르메를 만나다』, 문학과지성사, 2007, 191면.

나 의미 해독에 불편이 없다. 율시체, 절구체, 고시체 등을 막론하고 한시는 창작자와 향유자 사이에 형성된 오랜 관습적 규약을 중심으로 생산, 소비된다. 기-승-전-결의 구조, 강약법, 운각법, 독송법 등에 대한 특별한 지시사항을 기재하지 않아도 한시의 작법이나 독법은 규칙적이고 자명한 규약 내에서 움직인다. 예컨대 절구체 시에서는 2, 4구에 압운하므로 한 구를 2행씩 나누어 배단해도 근본이 달라지지 않으며 횡서체든 종서체든 낭독이나 의미 해독에는 문제가 없다. 달라지는 것이 있다면, 특히 근대 들어 신식 연활자판에서의 지면 배치나 인쇄리터러시의 환경에 놓일 때 어미語美의 문제와 연관된 것이다. 지면의 제약이나 활자의 크기, 상태 등과 연관된 어떤 효과의 '차이'를 상정할 수 있는데, 이는 활자시, 형태시 등의 근대시의 회화주의와 연관된 문제일 수는 있지만 적어도 노래체 양식의 문제와는 상관성이 적다.

지면紙面의 제약이 오히려 근대 인쇄리터러시를 지배하는 조건이 된다. 횡서체든 종서체든 개행이나 단구없이 한시를 배치하는 것은 실제 불가하고, 판의 형태적 조건, 지면 공간의 구획에 따라 한시의 배치나 그 시구 배열이 달라질 수 있다. 편집상 지면을 2단 구획하거나 사진이나 그림과 함께 혹은 다른 기사와 함께 시를 게재한다면, 그러니까 판의 형태적, 공간적 조건에 따라 시의 배치와 시행 배열이 달라질 수 있다는 것이다. 신문 지면에서 시를 2단에 걸쳐 게재할 때와 1단에 게재할 때 시행 배열은 달라질 수밖에 없다. 『태서문예신보』에 안서가 번역·게재한 투르게네프의 '산문시'를 두고 '정형체'로 오인한 이유가 '개행'때문인데 이 개행은 양식의 필요성이 아니라 신문지면 편집상의 고려, 시 지면의 제약 때문인 것이다.

『독립신문』, 『대한협회보』 등 근대 신문매체에 실린 한시의 배치/배열

형태는 전통 한적의 그것과 '차이'를 보이는데, 이것은 근대 인쇄 매체가 어떻게 시가형식들을 외적으로 규율하는가를 보여준다. 지면에 맞추면서 한시 특유의 구성형식을 고려하지 않을 수 없고 한시의 미학적 형식 단위가 곧 지면의 구획단위로 고정된다. 오언절구, 칠언절구는 5자 1행, 7자 1행 기준 4행으로 정렬되어 있다. 율시의 경우는 2구가 1연이 되므로 두 구를 분리해 두 행으로 나누어 배치하거나 한 행에 배치하되 그 사이에 띄어쓰기나 쉼표로 구를 분리하는 형태를 취하기도 한다. 결과적으로 4행이 되거나 8행이 되는 식이다. 초창시대 신문, 잡지, 학회지에 지속적으로 실리고 있던 한시는 신시체의 외형적 조건과도 그다지 다르지 않음이 확인된다. 한시의 근대적 조건은 작법, 창법, 독법이 분리되지 않은 채 인판의 외형적 틀에 의해, 그러니까 인쇄리터러시의 조건에 의해 대중들에게 인지되기 시작한다. 근대적 인쇄리터러시가 시가양식의 대중화를 이끈 요인이었다 해도 과하지 않다.

한시의 신식 연활자판의 물질적, 가시적 형태와 초창시대 신시의 형태는 밀접한 연관을 갖는다. 띄어쓰기 없이 규칙적으로 글자를 배열하거나, 정확하게 4행을 1연으로 배열하는 방식은 신시 양식에서 쉽게 확인된다. 한시 절구체와 다를 바 없다. 두 구를 한 행에 배열하고 그 사이에 띄어쓰기를 한 경우도 흔하게 목격되는데, 그것은 율시체와 유사한 스크라이빙 방식이라 하겠다.

3. 언문일치와 기사법記寫法(스크라이빙)

한자·한글의 선택, 한자문장체·구어한글문장체

'언문일치 문장'의 이념은 우리말을 우리글한글문장체로 표기한다는 이념에 근거해 있는데 '언문우리문자의 기사법記寫法'이라는 용어에 '문자쓰기'의 실천법, 실행법이란 맥락이 잠재하고 있다. "말도 하나인 바에 글도 한 길로 써야 한다"는 것이 '(한글)맞춤법통일안'이다.[41] 맞춤법이 '우리문자文字(언문諺文)기사법記寫法'이라 지칭되기도 했는데, '일일천언日日千言으로 글을 쓰는 문인들'과 '한글문자'은 유기적으로 얽혀있으며 그러니 '기사법'에 의지하는 것은 문인으로서의 '무언의 약속'이자 운명이라는 인식이 생겨났다.[42] '천인천색千人千色의 철자綴字'를 행하던 데서 '질서와 조직'이 있는 기사법으로의 이행을 '한글'로 글을 쓰는 문인들이라면 누구나 소망했던 것이다. 『동광』 1935년 신년 특대호에는 '전문대가專門大家' 18인의 집필로 「우리글 표기법에 대하여」가 실렸다.

그런데 '언문일치' 문제는, 표기원칙으로서의 '맞춤법' 문제에 국한되지 않는다. 한자어를 한글로 표기할 것인가, 한자로 표기할 것인가의 '문자선택' 문제, 발음식으로 할 것인가, 형태음소론적 차원에서 표기할 것인가의 표기원칙 문제, 시의 음악성은 어떻게 살릴 것인가의 노래표식 문제 등이 중층적, 복합적으로 깔려있다. 시가양식에서의 언문일치 문제는 우리말 구어체문의 쓰기화문자화라는 측면에서 논의되어야 하고 언문일치

---

41 원형근, 「한글맞춤법통일안」, 『한글』 11, 1934.3; 한글학회 편, 『한글맞춤법통일안(원본 및 고침판 모음)』, 1980.

42 韓亨澤, 「한글과 조선문단」, 『조선문단』, 1935.2.

의 완미성은 일차적으로는 구어체 문장의 완숙성, 2차적으로는 노래성의 구현이라는 측면에서 평가되어야 한다. 그러니까 한글 : 한자의 선택상황에서 어떤 표기를 선택할 것인가는 부수적인 사항이다. 우리말 한자어라면 그것을 한글로 표기할 것인가, 한자로 표기할 것인가의 문제는 핵심이 아니다. 조선어 구어문장체가 전제조건이라면 한자어의 '한글 : 한자' 표기 갈등은 핵심이 아니라는 것이다. 예컨대, 중국식 발음으로 된 '비사맥比土麥', '나파륜拿巴崙', '피득대제彼得大帝'를 '비사맥', '나파륜', '피득대제'라 한글로 표기한다고 해서 언문일치가 실현되는 것이 아니며,[43] 우리말에 습합된 한자어를 한자로 표기한다고 해서 노래음성성가 실현되지 않는 것이 아니다. 특히 근대 지식과 신학문이 수용되는 과정에서 서구어 특히, 인명, 지명을 한글로 원발음에 가깝게 표기하고 한글 문장체로, 우리말 구어체의 문장으로 전환하는 데 언문일치의 중요성이 있다.

「찬미가」나 「애국가」 등은 시의 주제 자체가 한문맥의 영향으로부터 거의 이탈했음을 보여주는데 이 때 구어 한글문장체가 자연스럽게 나타난다. 우리말 구어체문의 자연스런 발현이라 할 것이다. 시가의 언문일치가 어떻게 이행되는지 확인하기로 한다.

①

고국산천故國山川 써는 후後에, 임염광음여류荏苒光陰如流ᄒ여

대한大韓 광무光武 십일년十一年이, 어언간於焉間에 도라왔네

회망강토回望疆土 삼천리三千里에, 동포제군同胞諸君 무잉無恙한지

---

43 박종화, 『역사는 흐르는데 청산은 말이 없네』, 309면.

우리 학생學生 청년靑年들은, 문명진보文明進步 초정初程일세

정치법률政治法律 경찰학警察學과, 의농공상실업상醫農工商實業上에

근근자자勤勤孜孜 힘을 써셔, 국가동량國家棟樑 되여보세

객창한등客窓寒燈 깁흔 밤에, 책冊을 펴고 잠 못일네

온고지신蘊故知新 하인후後에, 삼사동지三四同志 문답問答할 제

사정私情업슨 뎌 풍설風雪은, 훌훌 불어 창窓을 치고

쏙쏙가는 시종時鍾소리, 인생백발人生白髮 지촉한다

정좌홀연靜坐忽然 싱각ᄒᆞ니, 음력제석陰曆除夕 오늘일세[44]

②

긴ᄂᆞᆯ이 맛도록 생각ᄒᆞ고

깁흔밤 들도록 생ᄀᆞᆨ흠은

우리나라로다 우리나라로다

길이 싱ᄀᆞᆨᄒᆞ셰 길이싱ᄀᆞᆨ

二

ᄂᆡ 먹고 마시며 의탁하여

모든 족척들과 생당흔 곳

우리나라로다 내 일생 사ᄅᆞᆼ 히

길이 사ᄅᆞᆼ ᄒᆞ셰 길이 사ᄅᆞᆼ[45]

---

44 李承鉉, 「除夕漫筆」, 『태극학보』 7, 1907.2.24.
45 愛國生, 「찬애국가(찬성시 하나님 ᄯᅩ가히로 同調」)」, 『태극학보』 18, 1908.2.24.

③

(一) 나를 사랑하고 기르시는 이는

우리 부모父母 선생先生박게 업고나

교육教育하는 은혜 깁히 싱각하니

학문學問 닥글 마음 자연自然 생기네

(후렴)동서대지東西大地에 현능준걸賢能俊傑이

모다 학문學問으로 쏘차 나오고

상하천재上下千載에 국가성쇠國家盛衰가

전숈혀 교육상教育上에 관계關係잇도다

(二) 한 학교에 들어 동학하는 친구親舊

셔로 사랑홈이 형제兄弟갓도다

모히난 곳마다 학문 토론하고

유익홈으로써 서로 권勸하세**46**

④

㉠ 나는 가네 목단산인牧丹山人

나는가네정조하, 하긔방학틈을타, 고국산천도라가, 우리부모보겟다,

여러분잘이스오, 자나씨나닉나라, 쉴쩌라놀지만고, 힘쓸써준비ᄒ자

㉡ 화和 석상일민石上逸民

잘잘가게어하하, 고향갈길정죠타, 오늘리별잠시간, 등추되면쏘본다,

부모위로혼연후, 동포권고잘ᄒ라, 국권회복ᄒᄂ날, 독립가불더보자

---

46 教育者, 「學生歌」, 『태극학보』 26, 1908.11.24.

ⓒ 우우(和和) 장도주인長棹主人

귀국ᄒᄂ녀죠하, 순식간에차를타, 오늘밤손ᄂᄒ니, 리별이서분ᄒ다,

만리ᄒ외외인쓴 일, 부모께말ᄒ여라, 쏘다시집세만나, 독립준비히히보자[47]

①, ②, ③, ④는 대체로 한글문장체의 시다. ①이 한자표기가 많은 것은 한자문맥으로부터 온 관습적인 단어가 많고 양식 자체가 구가사적인 경향이 있기 때문이다. 한글 표기가 되었다고 해서 전통 시가양식, 즉 시조나 가사 장르보다 더 근대적인 문체이거나 언문일치 문장, 구어체 문장에 접근했다고 보기는 어렵다. ②는 그에 비해 보다 구어체문장에 가까운데, 한문맥의 환경으로부터 이탈하면서 관습적인 한자 단어나 개념이 사라졌고 어투나 문체 자체가 일반 대중들의 언어적 환경에 더 가까워진 탓이다. 기독교가 전파되면서 사랑, 자비, 연민, 찬미 등의 새로운 기독교적 관념이 생겨났고 또 「찬미가」, 「희망가」 등 노래로 그것들이 읊어짐으로써 한글 위주의 표기가 자연스럽게 이루어지고 따라서 보다 한글구어체 문장에 접근해 갔음이 확인된다. 조선어 구어문장체 에크리튀르는, 근대 지식과 신학문이 수용되는 과정에서의 중국의 번역문학의 수용이나 일본을 거쳐 도달한 서구문학의 영향보다는 오히려 선교사들이 한글로 번역한 찬송가나 성경의 영향이 보다 적극적이고 능동적인 역할을 했다는 평가[48]가 오히려 핵심을 건드린 것으로 판단된다.

③에서, 부모父母, 선생先生, 교육敎育, 학문學問 같은 단어가 한자로 표기되기는 했지만 자연스럽게 우리말에 녹아든 것이어서 구어적 흐름이 자연

---

47 牧丹山人 외, 「國文風月三首」, 『태극학보』 23, 1908.7.24.
48 박종화, 『역사는 흐르는데 청산은 말이 없네』, 310면.

스럽다. 후렴구의 '현능준걸賢能俊傑', '상하천재上下千載' 같은 구투가 남아있 기는 했으나 본질적으로 구어문장체를 따르고 있다. 즉 문자표기 자체는 한글문장의 내적 논리에 따른 것으로 창작자의 '국문문자 이념'이 이보다 우선한 것이라 단정할 수는 없다.

④는 이른바 '한시형 국문시가'라고도 불리고 '언문풍월', '국문풍월'이 라고도 지칭되는 시가인데,[49] 기본적으로 육당의 7음절 정형시체의 신시 들과 다르지 않다. 한글로 표기되기는 했지만 자연스런 구어한글문장체 라기보다는 음절수에 맞춘 '전도된 문장체' 시에 가깝다. 한자·한글 혼용 표기의 신시들에 비해 한글문장체에 더 가깝다고 볼 근거도 희박하다. 오 히려 특징적인 것은 연극적 대사에 낭영체의 리듬을 엮은, 바로 연행의 텍 스트로서의 면모를 보여준다는 점이다. 마치 레치타티보의 형식으로 대 화하듯 노래하는 시가의 연행적 성격이 분명하게 드러나 있다.

유학생들의 문자의식이 '국문의 쓰기화'에 있다 해도 이같은 모국어 관 념과 실제 한글표기화문자화, 쓰기화의 실천은 별개의 것이다. '대중계몽을 위 해 한글로 표기하는 것'과, '유학생들 간의 향유물로서 한자표기 위주의 시가를 창작하는 것'과 같은 구분은, 실재적이기 보다는 이론적인 진단에 가깝다. 적어도 실증적인 차원에서는 진실이 아니다. 그같은 '이원적 쓰 기'는 이념적이기보다는 조선어 구어한글문장의 내적 논리에 따른 에크 리튀르의 '차이'라고 보는 것이 옳다. 이는 근대시가 우리말구어체한글문 장의 내적 질서에 따라 '자유시화' 곧 비정형시체로 진행되는 과정과도

---

49 김영철, 「언문풍월의 장르적 특성과 창작양상」, 『한숭민문학연구』 13, 2004; 누츄기, 「근대계몽기 유학생집단의 시가장르와 표기체계에 대한 인식 연구─『태극학보』를 중심 으로」, 『한민족문화연구』, 2012.

다르지 않다.

이미 알려진 대로 『황성신문』, 『독립신문』, 『대한매일신보』, 『기독신보』 등의 초기 신문들이 대부분 지면을 정치 분야에 할애했음에도 불구하고 문학 발전에 기여했다고 평가되는 것은 조선어문체확립에 기여한 공적 때문이다.[50] 그런데 그 '조선어 문체'라는 것이 그대로 조선어 시가문체, 적어도 조선어구어한글문장체가 될 수 있는가는 의문이 들지 않을 수 없다. 시가양식의 '조선어 구어체' 문제의 중요성은 포괄적 측면에서 지칭되는 '언문일치체'라는 구호 때문에 가려진 측면이 많은데, 말하자면 시가 : 소설 : 논설담론 각각의 장르에서의 '언문일체'라는 이념과 그 실천의 차이는 분명히 존재한다. '논설'에서는 '한자; 한글'의 표기문자 중심의 언문일치를 해명하는 데 주로 치중되고 '소설'에서는 화자의 시점과 종결체 사이의 논리적, 근대적 합리성을 해명하는 데 언문일치 문제가 집중된다면, '시'에서는 무엇보다 조선어 구어문장체 자체가 갖는 음악성낭영성의 문제, 리듬의 문제 등 말의 음성성(음악성)에 언문일치 문제가 보다 깊이 간여된다. '담론논설'과 '소설'과는 다른 차원의 시가양식 자체의 '언문일치체'가 핵심인 것이다. 시의 말발성, 낭영성과 음악성음향의 문제가 시가의 언문일치의 핵심 사안이며, 이는 시가적 논리에 따른 종결체와 어투구어체와 문장형식의 문제를 동시에 견인한다.

시가의 언문일치체의 핵심

표기가 한글인가 한자인가의 문제보다는 그것이 시의 낭영성과 음악성

---

50 주요한, 「신문예운동의 선구자」, 『삼천리』 2, 1929.9.

에 합당한가 곧 자연스런 우리말 구어체 문장인가가 보다 핵심을 건드린다. 조선말로 된 노래는 구하기 힘들지만[51] 시인이 되기 위해서는 조선어구어한글문장체 시의 부단한 연습이 필요하다. 이 문제는, 한자와 한적의 경험 아래 한글문자 행위를 시작했고 또 그로부터 벗어나고자 했던 문학담당자들의 전일적 소명으로 자리잡게 되는데, 그것은 근대문학 초창시대부터 일제 말기까지 전 시대에 걸쳐 문학담당자들이 헤쳐나가지 않으면 안되는 문제였다. 조선어구어체문장의 습득, 그것이 '시인'과 시인 아닌 자의 운명을 가르고 혹은 '좋은 시인'과 그렇지 않은 경우의 두 층위를 갈랐다.

우리말구어한글문장체에 대한 관점은 근대시의 방향을 두 갈래로 가르는 동인이 된다.

> 시에는 인어人語와 영어靈語의 별別이 있다. 시의 용용用하는 어語는 곧 이 영어靈語이다. (…중략…) 이 영어靈語에 의하여 철철綴한 자라야 비로소 시라는 이름이 붙는다. 피彼, 곧 '현실어'에 의하여 철철綴한 속요俗謠, 가가歌 등 또는 상매예술파商賣藝術派의 작作이, 비록 얼마큼 시詩의 형식形式을 구具ㅎ야 잇다 하드릭도, 그는 결決코 시詩가 아닐다. 강강强히 그것을 시詩라 ㅎ려면 혹或 인어시「人語詩」라고나 칭칭稱홈이 그것들의게 대對한 최상最上의 우우優遇라ㅎ겟다.[52]

황석우의 '인어'와 '영어'의 구별은, 근대시사상 근본적인 차이를 노정하면서 전개된 근대시의 두 국면과 대응된다. 황석우, 박영희 등이 관념적이고 고답적인 상징파 시에서 시의 가치를 찾고 한자어를 통해 '은유'의

---

51 주요한, 「詩選後感」, 『조선문단』, 1924.12.
52 황석우, 「시화」, 『매일신보』, 1919.9.22.

시적 말법을 구현하고자 했다면, 이들과는 달리 안서나 요한은 유려한 서정성을 지닌 조선말 구어 노래체에서 근대시가의 길을 모색하고 전통 시가양식인 민요, 속요의 형식을 빌어오고자 한다. "속요俗謠, 가歌 등의 언어는 현실어, 인어人語이며 상매예술파商賣藝術派의 시는 시가 아니다"는 주장에는 상징주의시의 언어적 가치에 대한 자존감이 강하게 투영되어 있는데, '영어靈語'가 신과 인간의 교섭을 위해 쓰이는 언어라는 주장은 상징파시를 절대화하는 황석우의 관념을 집약한다. 인간과 신 사이에 있는 시인이란 범상한 존재이자 천재가 아닐 수 없고 그러니 그가 쓰는 '영어'는 '거리'에 휩쓸려다니는 일반 민중의 '구어'와는 질적으로 다르다는 것이다. 그러하기에 상징주의시는 굳이 자연스런 조선어구어한글문장체에 몰입할 이유가 없었다. 이 '영어적 경향'의 시란 '신의 말'의 이 지상에서의 대체어인 '시의 언어'의 고유성을 가리킬 따름이며 신의 생각 즉 관념을 실어나르기 위해서는 절대적인 말의 수사법인 '은유'를 지향할 수밖에 없고 관념적인 한자어를 통한 '영어문장체'의 길로 진입하는 것이 보다 효율적이었다.

황석우가 주장한 '영어'의 문체는 '인어'의 구어체와 차이를 가진다. 상징주의시의 관념적 언어은유가 신의 언어라면 구어체적인 시의 언어는 현실의 언어이자 속어인 것인데 황석우는 직관적으로 언어의 두 측면을 정확하게 짚어내었던 것이다. 동시대 시인인 월탄이 '상징'과 '서정'이라 규정한 맥락[53]과 유사하다. 이를 '회월적인 것'과 '안서적인 것'으로 구분해도 좋다. 전자가 상징주의풍이라면 후자는 노래풍인데, 임화가 이상화의 「빼앗긴 들에도 봄은 오는가」를 두고 두 경향이 가장 발전적으로 정합적

---

53 박종화, 『역사는 흐르는데 청산은 말이 없네』, 408면.

으로 계승된 형식이라 평가한 대목은 '의미관념'를 포기하지 않으면서 '구어체의 산표현'을 살려낸 점을 주목한 것이다. '2행 1절, 총 12절의 가장 규율적으로 율동을 지킨 정연한 상징시'[54]인 「나의 침실로」나, 「이별」의 구어적 리듬은 근대시가 나아갈 방향을 선지적으로 제시한 것으로 보였을 것이다.

'회월적인 것'의 경향성은 '신시' 초기뿐 아니라 1920년대 낭만주의, 상징주의시를 거쳐 일제 말기 김광섭 등에게서도 나타난다. '안서적인 것'에 비해 구어체적 음악성은 떨어지지만 그렇다고 우리말한글문장체가 아닌 것은 아니다. 1930년대 중후반기 한자어 중심의 관념풍의 문장체 시가 기성시인, 신진시인을 막론하고 애호되었는데 그것이 '상징시'로 이해된 탓이다.[55] 1930년대 중반기 이후에 가서도 '인어의 문장'과는 거리가 있는 한자와 관념어 위주의 문장체 시가 지면에서 사라지지 않았는데, 기존의 한자어뿐 아니라 일본에서 수입된 한자어를 한글과 혼용한 한글문장체의 시가 여전히 생명력을 유지하고 있었다.

논문체, 동화체, 편지체(서간체)

'순언문화운동'이라 부를 정도로 우리말한글문장체 '쓰기'는 당대의 중요한 과제였는데, 여기에 성경이나 찬송가의 우리말 번역이 크게 기여한다. 성경 및 찬송가의 조선역朝鮮譯이 신문예운동에 기여한 공로는 언문체의 수립, 순언문화의 '쓰기'에 있었음은 이미 확인된 것인데, 임화가 오장환의 「강을 건너」를 두고 '성서언역문체'라 칭할 정도로 1930년대 신진

---

54 위의 책, 448면.
55 조영복, 『시의 황혼─1940년, 누가 시를 보았는가』, 한국문화사, 2020.

시인들에게까지 성서번역체가 우리말 구어체 문장에 끼친 공적은 크다.

　서양선교사들은 성서뿐 아니라『사민필지士民必知』, 『식물학植物學』, 『동물학動物學』 등 역사책, 과학책 등을 순언문純諺文으로 번역했는데, 이른바 '과학의 순언문화'가 우리말 언문일치체 완성에 공헌한 것도 평가된다. 하지만 뒤이어 불었던 일본문화 수입열은 우리말 순언문화운동의 열의를 깨어버린 원인이 되었다는 주요한의 평가도 있다. 『장한몽』, 『십오소호걸十五少豪傑』 등의 번안소설은 오히려 우리말 신문장개척에 기여하지 못했다는 것인데, '일본문화 수입열이 끼친 순언문화운동의 폐해'란 이를 두고 말한 듯하다. 일본식 한자어가 주를 이룬 한주국종식 문체, 구투의 문체는 오히려 우리말 구어체 문장으로 나아가는 길을 방해했다는 것이다. 주로 언론인으로 활동한 하몽何夢(이상협), 우보牛步(민태원) 등의 서양소설 번역은 구투를 벗지 못했고, 대신 동인, 늘봄, 상섭 등이 조선어한글문장체 수립에 끼친 공적은 크다는 것인데, 더불어서, 그다지 알려지지는 않았지만 소성小星, 순성瞬星 등의 숨은 공적을 기억해야 한다고 주요한은 본다. 근대적 관념이나 서구적 개념을 담은 일본식 한자어에 한국어 토를 다는 방식의 이른바 '한주국종체식' 문체와 우리말구어한글문장체는 분명히 구분된다. 신시체의 '쓰기'에 한정한다 하더라도, 선교사들의 우리말 순언문화과정과, 서양시 및 일본 신체시 수용 과정, 이 양자 간에는 어떤 간극이 존재함을 추정할 수 있다.

　선교사들의 공헌에 이어진 육당의 공적을 누구보다 높이 평가한 인물은 춘원이다. 춘원은 "국주한종國主漢從과 언주문종言主文從 체를 처음 쓴 사람이 최남선이다. 「쾌소년세계주유시보」의 일절, 여간 새로운 글이 아니었다"고 회고하면서, 육당이 논문에 이 국주한종과 언주문종체를 쓴 것은 그의 놀라운 공적[56]이라 평가했다. 문자와 말 사이의 언문일치와 우리말 구어체의 '쓰기'가 동시에 실행되었다는 뜻이다. 『소년』, 『청춘』을 비롯 『샛별』, 『붉은저고리』, 『아이들보이』, 『동명東明』에 이르기까지 육당의 한글문장체에 대한 공헌은 그에게 부여된 '장중고삽莊重苦澁한 논문체'와 '명쾌연유明快軟柔한 동화체'의 창시자 혹은 보육자保育者라는 지위에 분명하게 나타나는 바 특히 '논문체'든 '동화체'든 우리말의 순언문화, 조선어 문학의 문체정립에 끼친 공적은 달리 언급할 필요가 없다. 육당의 뒤를 이어 춘원 스스로는 「신생활론新生活論」 등의 논문체, 「무정」, 「개척자」 등의 새로운 소설체, 「오도답파기五道踏破記」 등의 기행체, 「어린벗에게」의 편지체 등 새로운 문체의 유형을 창출한다.[57]

그런데 육당의 조선어 문장은 한글문장의 모체문장이자 기초문장이지만 그것이 그대로는 '예술가의 문장'일 수는 없다. 이태준이 "진정한 문학문장을 위해서는 하루빨리 언문일치체를 통과해야 한다"고 말한 것도 이 때문이다. 육당이 시도한 언문일치체 문장을 완성태의 문장으로 이끈 춘원의 문장조차 권태를 느끼게 되고 이로부터 탈출을 꿈꾼 자들은 1930년대 이른바 '언어감각파들'이었다. 이상, 김기림, 정지용, 박태원이 이룬 공적을 주목하는 것은 언문일치체 문장을 한 단계 비약시킨 공적, 곧 예술가의 문장을 보여준 데 있다. 이태준은 '예술가의 문장'의 유형을 지적하면서 "정지용은 내간체에의 향수를 못이겨 신고전적인 문장으로 나아가고, 박태원은 어투를 달리하고, 이효석, 김기림은 모던이즘편으로 자기문장文章의 현대성을 개척하고자 했다"고 평가한다. '쓰기'가 '언문일치체 문장체'

---

56 이광수, 「육당 최남선론」, 『조선문단』, 1925.3.
57 주요한, 「신문예운동의 선구자」, 『삼천리』 2, 1929.9.

를 뜻한다면 '쓰기의 쓰기'는 '예술가의 문장'인 격이다. "야심가로서 문예가는 먼저 언문일치문장에 입학은 해야 한다. 그리고 되도록 빨리 언문일치문장을 우수한 성적으로 졸업해야 할 것이다"[58]라고 덧붙였다. 우리말 구어한글문장체의 문학적 문장, 문화어 문장은 언문일치문장의 '쓰기'부터 출발하는데 하지만 그것이 한달음에, 한걸음에 획득된 것은 아니며 1930년대 이르기까지 지속적인 '조선어 한글문장의 미학화'를 시도한 문예가들의 노력 때문에 가능했다는 것이다.

초창시대 조선어 언문일치체에 대한 인상은 당대 문인들의 기록에서뿐아니라 후대 신진시인들의 회고에서까지 확인되는데, 물론 그들 사이에는 '차이'가 있다. 한자문에 익숙했던 지식인층에게 『소년』, 『청춘』의 육당의 산문체 글은 경이로움 바로 그 자체였는데, 1930년대 등장한 신진시인들에게는 육당의 문장보다는 주요한의 「불노리」가 육당의 문장을 대체하게 된다. 산문논설, 담론의 문장체와는 달리, 특히 시에서의 '국주한종'과 '언주문종'의 결합은 곧 조선어 구어문장체의 강력한 지향성을 띨 수밖에 없는 것인데, '국주한종'이 우리말의 자연스런 발현이자 문자화를 뜻한다는 점에서 산문·담론이든 시가든 그 방향성은 다르지 않겠지만, '언주문종'의 방향성에는 각각 차이가 있다. 시가는 궁극적으로 '언'으로부터 시작해 '언'으로 끝난다는 점에서 결국 '문'은 '언'이 그 계기이자 '언'의 결과일 수밖에 없고 그러니 '문'조차 '언'의 상태를 지향한다. '산문'은 오히려 정반대라고 볼 수도 있다.

청소년기에 보았던 「불노리」의 낯설지만 완미한 조선어구어한글문장

58 이태준, 「문장의 고전, 현대, 언문일치」, 『문장』, 1940.3.

체의 강력한 인상이 1930년대 등단한 신진시인들을 지배했다. 「불노리」의 가치는 '시가답은 새로운 시가'라는 데 있고 그것은 '가장 아름다운 시가인 동시에 새롭은 시가의 시형이며 표현형식의 새롭은 세례를 받은 것'[59]이다. 이것이 바로 조선어구어한글문장체 시가의 '맨얼굴'이다. 육당이 시도한 신체시가 '구어체 시가'로서의 특성을 완전하게 구현하지 못한 것에 비해 「불노리」는 완벽하게 구어체 조선어 시가의 진면을 보여주었다. 적어도 논설 등 산문양식의 언문일치체의 '쓰기'와 시가의 언문일치체의 그것은 구분해 논의되어야 한다.

4. 언문일치와 조선어구어한글문장체 '쓰기'의 단계

한자 떼어놓기와 언문일치체

'순언문화운동'의 어려움은 초창시대 언문일치체 문장 '쓰기'의 핵심이 '문학적 쓰기'에 있지 않았다는 데서 확인된다.

우리네의 유일한 잡지이든 「학지광」에 장덕수 현상윤 노익근 군등이 정치사상경제에 관한 논설을 성히 발표할 때에 나는 종종 노래와 감상문을 썼다. 물론 춘원, 김여제 갓흔 이들이 훌륭한 시, 소설을 발표하였고 나는 겨우 그 말석을 차지하얏슬 뿐이었지만. 그러나 그째는 누구의 것을 물론하고 문예작품이라고 는 의례依例처 6호활자로 맨 끝에 몰아넣어서 그 괄시가 여간이 아니었다. 창

---

59 안서, 「작시법(5)」, 『조선문단』 11, 1925.8.

조『創造』발간의 동기의 하나도 이것이었다.[60]

늘봄의 회고는 육당의 회고와 연결되는데, 육당은 신문에 처음 글을 발표할 때의 시기를 회고하면서 '글을 위하는 글'을 써보지 않았음을 고백한다. 문장연습을 한 적이 없고 글을 위한 글을 쓰지 않았으며 장르 개념도 없었는데, 그러니까 단지 신문의 보통체재普通體裁를 따라 '잡보', '논설' 등의 작란을 했을 뿐[61]이라는 것이다. '쓰기'의 출발이 신문 지면의 고정된 틀과 체재에 따라 '베껴쓰기' 차원에서 이루어지고 있었음을 증언한 것이다. '글' 혹은 '문장'은 '잡보', '논설'과는 다른 '문예', 혹은 '문학적인 글'을 가리키고 있는데, 여전히 신문에 인판印版이 된 핵심 영역은 논설, 잡보이지 문학적인 글이 될 수는 없었다. 즉 초창시대의 문예작품은 그다지 중요한 글쓰기의 영역이 아니었고, 계몽과 경계를 강조하는 논설양식이 더 중요한 글쓰기의 영역이었으며, 따라서 한글보다는 한자, 한글구어문장체보다는 한문장체가 더 평이한 글쓰기였다. 조선어 문학이 맞닥뜨렸던 첫 번째 문제는 '한자 떼어놓기'였던 것이다. 결론부터 말하면 그것은 지난한 관습과의, 익숙한 에크리튀르와의 싸움이기도 했다. 대부분 문학담당층이 한자문에 익숙했고 능통했는데, 일종의 '한자압증漢字壓症'이 지식층에게 '억압'이 되지 않을 정도로 한자리터러시는 지식층 '쓰기/읽기'의 필요조건이었다. 육당은 예외적으로 한글문장에도 한문장에도 익숙했던 경우였는데, 그는 "무엇이든지 적은 것이면 국문國文이면 『제국신문』, 한문이면 『황성신문』, 『한성순보』 등 어대든지 내었다"[62]고 회고할 정도였다.

---

60 늘봄, 「神通스러운일이업소」, 『조선문단』, 1925.3.
61 최남선, 「아득하야꿈가틀 써름」, 『조선문단』, 1925.3.

김동인은 흥미롭게도 한자/한문에 능통치 못해 '한자압증'에 시달렸는데, 안서가 "동인이 한자압증이 있어 한자 오자誤字를 힘을 들여 썼다"고 회고한 바 있다.[63] 이른바 '소위所謂 불란서식佛蘭西式'과 '한문식漢文式' 사이에 서 있던 근대 문인들의 선택이 순언어純諺語문학, 조선어 구어문장체 문학의 미래를 갈랐다. 특히 평양문사들이 주로 썼던 '불란서식 문체'가 선교사들의 성서번역체에 이어져 있고 그것이 조선어구어한글문장체 시의 문체로 정립됨은 우연이 아니다. 평양문사들이 주도적으로 이끈 '불란서식문체'은 우리말 문장체나 우리말 구어체에 보다 합당한 문체이니만큼 독자들의 호응이 컸다. '한문식으로 된 것은 독자의 눈쌀흘니는 것'이라는 회고[64]에서 보듯, '한문식'은 재미가 적어 독자들이 보지않고 그냥 넘기는 경향이 강했다는 것이다. 표지화의 문양, 글자배치, 광고 게재 등이 '책의 미美'에 직접 영향을 끼치니 그것에 대한 고려가 독자의 반응을 이끄는 데 중요한 요인이 된다는 인식이 자리잡게 되고 문예지면을 늘리는 것이 독자들의 흡인력을 이끄는 데 결정적인 역할을 하는데, '불란서식문체'이 그것에 중요한 공헌을 하게되는 것이다. '불란서식'이 '한문식'보다 우위에 서게 되는 것은 곧 조선어 구어문장체가 한문장체보다 독자들의 호응을 얻는 것과 평행하다.

대부분 초창시대 지식인들의 '쓰기' 리터러시가 한자한문였음은 달리 언급할 필요가 없는데, 이제 '한문쓰기'로부터 '한글언문쓰기'로 에크리튀르 자체를 옮겨와야 할 책무감[65]이 한문교양에 익숙한 당대 지식인들에게 긴

---

62 최남선, 위의 글.
63 안서, 「김동인」, 『조선문단』 9, 1925.6.
64 群賢學人, 「먼져詩를대접하라」, 『조선문단』, 1925.6.
65 주요한, 「노래를지으시려는 이의게(2)」, 『조선문단』, 1924.11.

박하게 주어진다. 한글쓰기 자체도 어렵고 더욱이 한글 문예문을 쓰는 것은 더 쉽지 않았는데, 김동인의 '한자압증'은 대부분 한자지식층에게는 '한글압증'으로 대체되었다. '조선어 구어체 문장'으로 가기 위한 첫 번째 행보는 '한자로부터 우리말을 떼어놓는 것'임이 자명해진 것이다. '작시법'을 서술하면서 한문자를 많이 쓰면 독자들의 흥미를 끌기 어렵다는 주장도 가능해지는데, 『조선문단』1925.5에 실린 김동인의 '소설작법'보다 안서의 '시작법'에 단점이 많은 것은 김동인의 글보다 안서의 글에 한자문이 더 많다는 사실에 기인한다는 것이다. 흥미롭게도 동인의 '한자압증'이 오히려 한글문장체의 진전을 이룬 계기인 것이다. '그리 한문식'은 아니지만 이일李一(이동원)의 『조선문단』에 실린 시, 소설 등은 '한문식'에 가깝다는 평가도 있다. '한문자漢文字를 많이 쓰면 자미없다'는 것이 '한문식'을 경계한 이유[66]라는 것이다. 「나는 악시惡詩를 쓴다」『조선문단』, 1925.5, 「심장心臟소리」『조선문단』, 1925.3, 「비극悲劇」1925.7 등이 그 즈음 『조선문단』에 실린 이동원의 시편들이다.

'한문식' 혹은 '그리 한문식'은 어느 정도를 말하는 것일까? 이동원의 「나는 악시를 쓴다」를 통해 '그리 한문식'의 정도, '한문식에 가까운' 정도를 확인하면서 '한문식'의 정도를 추정해 본다.

> 제왕帝王은 국가國家를 호령號令하고
> 정치가政治家는 국가國家를 요리料理하는데
> 나는 할 일업서 악시惡詩를 쓴다

---

66 群賢學人, 「먼져詩를대접하라」, 『조선문단』, 1925.6.

종교기宗敎家는 사랑을 부르짖고

예술기藝術家는 미美를 차저단니고

도덕기道德家는 선善을 어드려하며

과학기科學家는 진眞을 탐구探求하고

교시敎師는 무지無智을 정복征服하며

의시醫師는 병인病人을 곳치고잇고

은행기銀行家는 황금黃金을 헤아리고잇넌대

나는 일업시 악시惡詩만 쓴다

—이동원, 「나는 惡詩를 쓴다」 부분, 『조선문단』, 1925.3

한문식 구투의 어조나 대구의 문장 나열이 사라져 있고 따라서 기본적으로는 우리말 구어문장체로 쓰인 시다. 그러나 미묘하고 신비한 개인 내면의 음악을 보여주는 안서식도, 미와 예술의 심오한 상징의 세계를 탐구하는 회월시도 아닌, 그러니까 '불란서식'은 아니며 오히려 '한문식'에 근접해 있다.[67] 사변지식을 진술한 한자(어) 위주의 문장체의 시며 따라서 미묘한 '음악'을 찾기는 어렵다. '그리 한문식'의 층위를 엿볼 수 있다 하겠다. 근대적인 직업군과 그것의 역할을 백과사전식으로 계몽적으로 나열한 것인데, 그러니 전근대적인 '한문식 문장체'로 쓸 수는 없었을 것이다. '그리 한문식은 아닌 문장'이란, 우리말 구어문장이기는 하지만 '한문자'가 많은 탓에 우리말 구어체의 미묘한 리듬감이 상실되어 고루하게 느껴

---

67 '한문식'과 '불란서식'의 대립은 '문체' 차원뿐 아니라 '장정'의 방식에서도 확인된다. 도련을 하지 않고 칼로 끊어서 읽도록 하는 방식인 '불란서식'은 『백조』 장정에 활용되었다. 박종화, 『역사는 흐르는데 청산은 말이 없네』, 432면.

지는 문장체인 듯하다. 관념적이고 사변적인 진술조의 고투체는 일제 말기 김광섭 등의 신진시인들에게서조차 해소되지 않을 정도로 뿌리깊게 근대시의 도정에 놓여있었다.

　시가에서 "한자어를 적게 써야 한다"는 논리가 시어의 용법 문제의 핵심이 된다. 안서는 오시영의 「애원보愛怨譜」가 "넘우도 한자가 많아서 자연스러운 음조미를 잡어늣는 감이 심하다"고 지적한다. 우리 언어의 특질상 한자 사용은 불가피하지만 그 이상의 것은 "도리혀 조선어朝鮮語로의 순수성純粹性만을 해할 뿐 그것으로 인하여 좀 더 무엇이 조와지는 것은 아닌 상십다"는 것이다. 어떤 문제가 있는가. 안서가 언급한 시의 한 구절은 이러하다.

> 영원永遠의합치合致를바라며
> 눈을감아지은 칠흑漆黑의세계世界에
> 머리를 대고 두손을 맞잡은 체열體熱의 교류交流—
> 가슴과 가슴은 침묵沈黙의 이감異感으로 용접鎔接을 한다
>
> ─오시영, 「애원보(愛怨譜)」 부분, 『조광』, 1940.7

　한자 문제와 관념성 문제가 핵심이다. '영원永遠', '합치合致', '칠흑漆黑', '체열體熱', '이감異感' 같은 한자어들은 현재의 감각으로도 충분히 어색하다. '한자어를 조선말로' 바꿔 표현해야 한다는 것이다. 한자 : 조선말의 대립이 가능한 것은 한자를 조선어에 포함되느냐의 여부가 아니라 순수한 조선말의 발음상의 문제, 음조상의 문제이자 문장의 문제이다. 의미의 문제가 아니라 음조의 문제이며, 한자 : 조선말은 한자음 : 구어 조선말의

대립으로 치환된다. 또 다른 문제는 한자어가 갖는 관념성인데, 한자어는 우리말의 세부 묘사 기능을 수행하기 어렵다. 세밀한 묘사, 이미지의 구체성 같은 시의 핵심기능을 관념 한자어로는 수행하기 어렵고, 그것은 또한, '침묵의 이감으로 용접하다'에서 보듯, 우리말 문장체에 위배되며 '실감'의 불용성 문제와 결부된다는 것이다.

실감있는 표현, 시각(번개)보다 청각(우레)

진정으로 음조미가 살아있는 실감있는 우리말 시가는 어떤 것인가? 안서는 장만영의 「수야愁夜」가 '가장 쉬운 말로써 가장 아름답게 표현된 시'라고 하고 "용어로의 표현이라든가 시상詩想이 대단이 아름다워 흘러가는 물과 같습니다", "조금도 부자연한 곳이 업습니다"라 평가했다.[68]

나는 시커먼 삘딩과삘딩이 느러서 잇는 거리의 뒷골목을 걸어간다.
슲은밤의 피부皮膚를 적시며 비는 퍼붓는다.

나는 쓸쓸한 마음을 씹으며 걸어간다.
나는 나의 고독과 나란히 걸어간다.

나는 누구를 찾어가는것일가.

참, 나는 어디를 간다는겔가.

---

68 안서, 「7월의 시단(3) – 전원의 시」, 『조선일보』, 1940.7.19.

(…중략…)

낡은장명등長明燈이 삣두로 서있는

지하실地下室의

주장酒場.

　나는 거기 돌층게를 분주히 나려간다 작고 문어지려 하는 나자신自身을 버리

고저…버티고 그리고 직히며 위로慰勞하고저……

—「수야(愁夜)」 부분, 『조광』, 1940.7

　'장명등長明燈 삣두로 서있는' 같은 정지용 시의 낯익은 구절이 떠올려지

지 않는 것은 아니고 '주장酒場' 같은 한자어와 특히 '수야愁夜' 등의 한문식

표기가 어색하지 않은 것은 아니지만 장만영의 시는 전반적으로 한자표記

가 적고 우리말구어문장체로 쓰였다. 같은 호에 실린 윤곤강의 「마을」이

완전한 한글표기의 시인 것도 주목된다. 한자어를 한자로 혹은 한글로 표

기하는 문제와 한자어를 사용하는 문제는 다른 것인데, 일제 말기 시들의

한자(어) 사용에 대한 자의식은 당대 시단의 중요한 화두인 것처럼 보인

다. 흥미롭게도 대부분 신진시인들이 현대감각과 현대정신에 맞는 시의

가장 중요한 요건의 하나로 '일상 대화하듯 언어를 구사하는 것'을 든다.

현대어 감각이란 현대 기계문명과 관련된 제재적 차원의 용어나 개념이

아니라 일상적인 말, 일상적인 어법의 묘사와 진술에 기반한 것이다. 이

실감과 시적 리얼리티는 '언어와 표현' 문제의 핵심인데, 이는 관념적 한

자(어)로는 달성하기 어렵다. 『시원』, 『시문학』 등을 통해 등단한 1930년

대 신진시인들이 한자어로부터의 탈피를 주요 임무로 내세운 것도 실상
은 우리말 시의 현대적 감각과 현대정신을 살리기 위한 것으로 그것은 곧
조선어구어한글문장체의 '쓰기'를 실행하는 것이었다. "한자와 같은 표의
문자를 완전히 피하고 오로지 한글만으로써 명료히 표현하도록 노력하리
라"라는 선언이 이로써 가능해진다.

시에서도 전에 비해 얼마나 한자를 적게 쓰고 있는가를 쉽게 발견할 수 있다.
이렇게 적게 써 나가다 보면, 멀지 않은 장래에 전혀 한자없이 시를 쓰게 되리라
어떻게 생각지 않겠는가? (…중략…) '春香'을 '춘향'으로 써서는 맛이 안난다
고 말할 것이다. 옳은 말이다. 그러나 '春香'이란 여주인공이 등장한 그 소설이
나왔던 것은 한자만을 즐겨 쓰던 시대이니, 이제와 그제와는 시대가 다르다. 요
즈음의 현대소설에서는 여주인공 이름을 춘향이라든가, 산월이, 명월이, 추월
이로는 쓰지 않을 것이다. 그렇게 쓰면, 시대감각을 읽게 되기 때문이다.[69]

한자어 사용의 문제가 지면의 시각적인 측면과 시대적인 리얼리티의 문
제라는 것은 곧 시대감각의 문제, 현대정신의 문제로 귀결된다. 언어문제
는 언어민족주의입장에서 보다는 시의 내재적 완성도를 가늠하는 잣대가
된다는 데 있다. 현대정신과 현대감각에 맞는 시의 최종심급은 언어에 있
다. 초창시대부터 일제 말기에 이르기까지도 '한문장체 떨쳐버리기'는 생각
만큼 쉽지 않았다. 한문장체를 회피하는 길이 사변적인 한자어로부터의 탈
피에 있다면 그것은 곧 조선어구어한글문장체를 향한 길이기도 했다.

---

69 장만영, 『전집』 3, 690면.

『태서문예신보』에서 줄곧 조선예술문학을 수립하기 위해서는 '언문쓰기'를 행하지 않으면 안된다는 절박감을 토로했던 안서는 "우리가 언문쓰기를 연구ㅎ고 언문읽기를 단련ㅎ야 언문을 보급식히어야 우리 됴선의 예술은 근본적으로 수립樹立될 것이외다"[70]라 주장한다. '됴선 예술의 수립'이 안서가 품었던 근대시의 궁극적 이상인데, 그 전제조건이 '언문'의 보급과 '언문을 쓰기화'하는 방식에 대한 훈련이다. 그런 만큼 그는 편집자이자 발행인으로서 한자로부터 탈피해 언문으로 '쓰기'의 매체를 이전해야함을 강조하지 않으면 안되었다.

『태서문예신보』의 특징은 '언문쓰기'를 목적으로 한 주간신문이라는 것인데, 한글전용의 '쓰기'라는 점과 제호를 횡서로 편집했다는 점에서는 『독립신문』의 전통에 이어져 있다고 할 수 있다. 다만, 제호의 경우 한자로 표기하고 그 옆에 그보다 작은 활자체로 한글을 병기했다는 점이 『독립신문』과는 다른 점이며, '한자-한글' 병기 편집은 본문 글의 제목 표기에서도 대체로 일정하게 지켜졌다. 작자필자명, 제목, 장, 절 표시 등에 한자가 사용되기는 했지만, 본문 내용은 거의 한글로 편집됐다. 창간호의 서두에도 분명하게 "태서의 유명한 시, 소설, 사조, 산문, 가곡, 음악, 미술, 각본 등의 문예물을 번역, 게재하겠다"는 포부가 밝혀져 있는데, 번역의 목적 자체가 서양문예의 수용을 통한 조선 근대문학(예술)의 수립에 있었던 것이다. 그런데 보다 실제적이고 궁극적인 목표는 '언문으로 우리문예를 쓰고 읽기'에 있었다. 그러니까 핵심 사안은 '외국문예물의 수용, 이식'이 아닌 언문 쓰고 읽기의 연구, 실험을 통한 조선문학·예술의 수립이다.

---

[70] 「바람ㄴ다 편즙실에서」, 『태서문예신보』 6, 1918.11.9.

프랑스 상징주의시의 수용이 아니라 언문으로 쓰고 읽는 에크리튀르 훈련을 통한 조선근대문예의 수립이라는 것이다. 이것이 이른바 '불란서식'의 실체이다. 육당, 안서, 방인근, 박용철 등 근대 인쇄매체 발행자들의 공과를 이 점에서 다시 재고할 필요가 있는 셈이다. '조선어문 에크리튀르'가 없다면 조선문학예술은커녕 상징주의 자체가 필요없을 것이다.

'취미와 실용을 같이 모색한다'는 선언은 "언문의 문예언어적 능력 배양을 문예의 향수와 연결한다"는 목적의식에서 뚜렷하게 검증되는데, 대부분 비문예물 기사가 일종의 '세계에 대한 탐구'를 목적으로 한 계몽적 텍스트라는 점에서 이 실익과 실용의 목적이 투명하게 증명된다. 그런데 『소년』, 『청춘』의 계몽과 실용의 목적이 『태서문예신보』에서 반복적으로 재생산될 이유란 달리 찾기 어렵고 따라서 『태서문예신보』의 보다 중요한 목적은 바로 이 '언문의 문예언어적 능력 배양' 곧 '한글 문장체 문예물의 읽고 쓰기'의 연구와 실행과 훈련과 보급에 있었던 것이다.

그런데 이 독특한 한글전용언문쓰기의 편집 방침은 몇 호 지나지 않아 독자의 '한문을 좀 섞어쓰라'는 요구와 마주지는네, 이에 대해 편집자편집실는 다음과 같이 말한다.

우리의 문예를 근본적으로 세우랴면 일부분의 인사를 위함보다 조선 일반을 목표로 할 것이외다. 언한문을 더 자밋게 보실만한 그분네와는 서로 손목을 잇글고 언문쓰기를 연구하고 언문읽기를 가리키려 하는 것이 본보의 주의외다. 또한 언한문에는 언한문의 장처가 있고 언문에는 언한문에서는 얻을 수 없는 언문 독특의 다른 웃더한 장처가 있난 것이외다. (…중략…) 언한문으로의 감동을 번개와 같다 할진대 언문으로의 감동은 우레와 같습니다. 우리는 이 언문쓰기와 읽기를 힘써야 조선의 예술은 조선 일반에 보급될 것이오 이리하여야 조선의 예술은 근본적으로 수립될 것이외다.[71]

한문보다 언한문이, 언한문보다 언문이 더 난해한 리터러시였음이 확인되는데, 안서는 그럼에도 언한문이 '번개'와 같은 감동을 준다면, '언문'은 '우레'와 같은 감동을 준다고 문자표기의 상대적 우위가 '언문쓰기'에 있음을 강조한다. 흥미롭게도, '번개빛'보다 '소리우레'의 비교에서 소리의 상대적 우위성이 소리문자인 한글의 '쓰기'의 절박성과 힘을 강하게 반향한다. '편집실에서'의 독자에게 전하는 메시지는 앞의 것과 유사하다.

될 수 있는 대로 언문으로 하여 주시옵소서 (…중략…) 우리가 언문쓰기를 연구하고 언문읽기를 단련하야 언문을 보급시켜야 우리 조선의 예술은 근본적으로 수립될 것입니다. 언한문이라도 좃습니다. 마난 될 수 잇는 디로…….[72]

광고란에는 광익서관에서 발간된 『초등언문』 광고가 지속적으로 실리고 있다. '언문 쓰기ㅍ기'의 연구, 단련, 보급을 위한 안서의 고민은 여러 가지 방식으로 확인되는데, 안서는 전적으로 한글전용언문쓰기을 한 것은 아니고 한글표기와 함께 괄호를 해서 한자를 병기하는 방식을 취하기도 한다. 제목에는 한자가 직접 노출된 '한자표기'도 있는데, 한글을 거기에 부기해 두는 방식을 선택한 경우이다. 한자어 자체를 줄이기 위해 안서는 한자어에 해당되는 우리말을 '풀어쓰기' 형식으로 제시하기도 한다. 6호의

---

71 「독자의 소리」, 『태서문예신보』 5, 1918.11.2.
72 「바람늬다 편즙실에서」, 『태서문예신보』 6, 1918.11.9.

'도덕의 창조', '태서의 일화'에서 '일화'를 '기이한 이야기'로 풀어두기도 하였고, '음조미'를 설명하면서 '기이한 유수'와 '흐르는 물' 사이의 '차이'를 지적하기도 한다.[73] "시가는 언어와 감정의 문제를 떠나서는 존재할 수 없다. 시인의 내부생명과 감정의 파동을 여실하게 표현함에는 내부적 의미와 외부적 음조를 가장 높은 의미로 선택해야 한다. 유수溯水와 흐르는 물의 의미와 음조는 다르다. 유수에는 조금도 흘러가는 동작이 느껴지지 않아 음조에 힘이 없고 평평한 데 반해, 흐르는 물에는 흘러가는 동작이 느껴지는 만큼 음조에도 힘이있고 생기가 있다"는 식이다. '실감'과 '묘사'가 한글문장에 고유하게 나타난다는 것이다.

발행자의 입장이 아닌, 독자의 관점에서 '언문쓰기'의 가치는 "눈에 얼핏 띠는 언한문보다 마음에 깁히 박히난 언문을 취하는 것"에 표명되어 있다.[74] '언한문'이 '언문'보다 낮익고 그래서 읽기 쉽기는 하지만 심정적으로는 '마음에 깊이 박히는' 언문쓰기의 강점을 간과할 수 없는데, '언문쓰기'는 절절하고 리얼한 모국어의 감흥을 살릴 수 있다는 것이다. '한문쓰기'의 육신의 편안함과 관성의 낮익음보다는 '언문쓰기'의 무거운 책무와 도전의식이 안서뿐 아니라 일반 독자의 '쓰기 에크리튀르'의 의욕을 달구었다. 그러나 『태서문예신보』의 '언문표기' 원칙은 끝까지 지켜지지 않았다. 독자들 사이에서도 언문, 언한문 표기에 대한 의견이 엇갈리고 있음이 확인된다. 언한문에 대한 선호가 뚜렷함이 확인되는데 '순언문쓰기'대신 언한문 페이지를 만들어 달라는 요청이 제기된다.

한문에 익숙한 독자들의 끊임없는 요구에 『태서문예신보』도 7호부터

---

73 안서, 「프로메나도센티멘탈라」, 『동아일보』, 1929.5.18.
74 『태서문예신보』 7, 1918.11.16.

'언한문 석거스기' 표기를 선택하게 된다. 7호 '바랍니다'에서 "언한문을 조금 석거쓰면 더 됴을 듯하다"는 '독자들의 고귀한 의견을 좇아' '언한문 기사를 쓰겠다'는 방침을 밝히고 있다. '언문쓰기를 통한 조선근대문예의 수립'이 한자 떼어놓기로부터 출발한다는 생각은 『태서문예신보』의 매우 긴박하고 중요한 발행동기였지만 당대 '쓰기'의 주류 리터러시가 한자문이었던 만큼 현실적인 난관에 부닥치게 되었을 것이다. 『청춘』 7호1917.5부터 시행된 '현상문예공모'에서 '암문자暗文字, 한자 섞어 쓴 문장로 쓸 것'을 요구할 정도로 '통속소설이 아님을 증명하는 한 방법이 한자를 섞어쓰는 것'[75]에 있었으니, '한자회피'는 쉽게 수행되지 않았다. "한문글자를 업시 하자"는 주요한의 선언은 역설적으로 '언문쓰기'의 지난함을 반증한다.[76]

　『청년』의 '판권란'에는 '투고환영'의 독자투고 공고가 실렸는데, '문체'를 '선한문鮮漢文'으로 제시했다. '순언문쓰기'와의 차이점이 확인된다. '선한문체'의 실상은 독자 투고문에서 확인되는데 굳이 그것은 '한문장체'가 아니라 '조선어 구어체문'이라 판단하는 것이 옳을 듯하다. 조선어 구어체 문장법에 맞게 쓰는 것이 한자어를 배제하거나 한자 표기를 하지말라는 뜻은 아니다. 우리말에 한자어가 많이 들어와 있는 만큼 구어체문을 쓴다고 해서 한자(어)를 배제할 이유가 없고 따라서 한자 표기를 굳이 금지할 것도 아닌 것이다. 이에 비한다면 안서의 '순언문쓰기' 시도는 한자문 표기 자체를 배제한다는 뜻에서 그가 얼마나 강박적으로 우리말구어한글 문장체의 '쓰기'에 매달렸는지를 확인해준다. 이토록 강하게 한자문 쓰기를 금지하고자 하는 욕망이 요한과 안서에게 동시에 있었다. 조선어구어

---

75 박종화, 「역사는 흐르는데 청산은 말이 없네」, 351면.
76 주요한, 「한문글자를 업시하자」, 『문예시대』, 1927.1.

한글문장체 시쓰기의 출발점에서의 그들의 위치, 종결체 선택에서의 관점의 차이 등에도 불구하고 이 둘 사이의 '거리'는 무화된다. 그들이 시인이었음이 핵심인데, 그들은 조선어 구어의 음악을 '쓰기'하는 법에 골몰했으며, 조선어 시가의 '쓰기법'을 완성하고자 했다는 점에서 그들이 근대시사상 한 궤도에 서 있었음이 확인된다.

소설에서 한자 표기가 현저하게 줄어든 것은 『조선문단』의 공헌이 큰데, 투고 관련 공지에 "소설은 순국문純國文으로 써보내시오" 같은 방침을 적시하기도 했다.[77] 방인근의 소설 「마지막 편지」『조선문단』, 1925.8의 표기는 대부분 한글이며 한자 표기가 거의 없음이 확인되는데 이는 방인근의 조선어문 쓰기, 한글에크리튀르의 의지와 무관하지 않다. 그런데 공고문의 표기 자체도 흥미로운데, '純國文'을 '순국문'이 아닌 한자로 표기한 것은 한자 개념어가 당대에 익숙하게 이해, 통용된 것과 무관하지 않다. '순국문純國文'이 시각적으로 인지되는 순간에 문자적 표기가 가리키는 개념(의미)도 동시에 쉽게 인지되는 것인데, '純國文'을 '순국문'으로 한글화하는 순간 그 분자가 가리키는표회하는 개념은 진공상태가 돼버리고 '순국문'의 의미관념는 부재상태가 된다. 이는 논설 및 담론, 심지어 소설에서 개념어가 주로 한자로 표기된 이유를 설명해 준다. 『문장』에서 '순국문 쓰기'가 재연된다는 점에서 『조선문단』의 '조선어문 쓰기'의 이념은 1930년대 말기로 이어지는데 일제 말기의 우리말 언어 문자 환경이 급격히 악화되는 시점에서 이것이 재연된다는 점은 역설적이다.

김동인의 소설 「정희」『조선문단』, 1925.9에서 '연애戀愛', '소녀少女' 같은 어

---

77 『조선문단』, 1925.7.

휘는 한자 표기를 했다. 같은 호에 실린 소설들의 한자 표기 상황은 차이가 있는데, 나도향의 「물레방아」『조선문단』, 1925.9에서는 '리지적理智的', '막실幕室', '상해죄傷害罪'와 같이 한글·한자 병기가 나타나며, 주요섭의 「첫사랑값」『조선문단』, 1925.8에서는 '原稿紙', '日記'처럼 한자를 노출하기도 하고, '미남자美男子' 같이 한글과 한자를 병기하기도 한다.

이태준은 "요즘 소설행문에 한자어들이 한자 그대로 드러나기 시작한다"고 지적하고 한자(어)가 사소설의 맛, 수필적인 풍모를 지키는 데는 효과적이나 의성, 의태어의 성음聲音생활을 정확하고 풍부하게 지키는 우리의 언어생활에서는 폐해가 된다고 경계한다.[78] 「우암노인」에서 이태준이 실험한 '한자시험'의 실상은 어쩌면 이상이 「위독危篤」 연작시편에서 실험한 '한글문자추구시험'과 병립적인 차원에서 해석, 평가할 문제인지도 모른다.

시양식의 한자 표기 상황을 확인하기로 한다. 이효석의 '신시' 「여름들」은 한자와 한글이 병기돼 있는데 자연스런 조선어구어한글문장체로 쓰였다고 보기는 어렵다.

산山과들에난
넷색色을일코
푸른옷을입엇서라
걸름에피곤疲困하야
망연茫然히저럽佇立하고
깊혼생각에드러가는

---

78 이태준, 「소설」, 『무서록』, 252면.

회색灰色의 진회眞畵

머리 숙으리고
고민苦悶하면셔도역시亦是
걸음을계속繼續하는
청색靑色의황혼黃昏

—「여름들」, 『청년』, 1923.8

1923년은 1907년생인 이효석의 나이 17세, 그가 경성제일고등보통학교 재학 중일 무렵인데, 아직 구투와 한문투의 문장에서 벗어나지 못하고 있음이 확인된다. "걸름에 피곤疲困하야 / 망연茫然히 저립佇立하고 / 회색灰色의 진회眞畵" 같은 구절은 어색하다. 조선어구어한글문장체로 보기 어렵다. 생경한 한자어가 의미를 방해할 뿐 아니라 시가의 음악리듬을 차단한다. '선한문체鮮漢文體'란 표기상 한자어도 가능한 문체인데 이것이 곧 바로 조선어구어한글문장체가 되지는 않는다. 한문장체에 주로 쓰이는 한자어나 일본식 한자어는 조선어구어한글문장체에 적합하지 않다. 유추성劉秋聲의 「나」 역시 마찬가지로 어색한 '선한문체'를 구사한 시인데, 특이하게도 한자와 한글 중 어떤 것을 선택할지에 대한 표기상의 고민이 암시돼 있는 것처럼 보인다.

—

부모님父母任의사랑
하나님의사랑

을

소유所有한 나―○○○

「평評 사랑의빗을젓스니갑하야지」

二

육체肉體난부모님父母任의계셔

생명生命은하나님의계셔

밧은나―○○○

―「評 根本나의것은업스니내가 公益의일을하여야하리라」, 『청년』, 1923.8

'님'이라는 단어는 군주, 부모형제, 이성, 연인 등을 가리키는 데서부터 동포, 전인류, 예수, 부처 등으로 확장되는 시대의 기운을 담고 있는데, 한편으로는 '님' 대신 신식 용어인 연인, 애인을 즐겨쓰는 풍조와는 대척되는 지점에서 쓰였다.[79] '님'을 '천賤한 것'이라 보고 대신 '애인'이라는 명칭을 주로 쓴 백조파 시인들의 경향을 고려하면 이효석이 '님'을 고수하는 것은 오히려 '하나님'에 해당하는 종교적 관념을 우리말 구어로 번역하는 과정에서의 필연성 때문이었을 것이다. '부모님父母任', '하나님'의 표기에 차이가 있는데, '부모父母'는 한자어니 '님' 역시 한자어로 쓸 필요를 느끼고 '한자부회'의 방식으로 '임任' 자를 붙였지만, '하나님'은 고유어여서 달리 '임任'을 한자로 부회하지 않았다. '셈'을 '세음細音'이라 표기하는 것[80]과 같은 층위의 한자부회가 행해진 것이다. 5연의 '대공大功을 세울 자者난' 같은 구절에서 '자者'를 쓰는 것은 한문장체적 표현이다. '신시新詩'라 이름

---

79 조운, 「'님'에 對하여」, 『조선문단』, 1925.4.
80 김억, 「異鄕의 꽃 서문」, 『조선문단』, 1927.2.

한 시들에서도 한문장체 '쓰기' 방식이 얼마나 공고했는지 확인하게 된다. 이효석의 문체는, 최남선이 격조에 맞춰 엄격한 '음절운글자수'을 갖춰 쓴 『소년』지 신시들에 비해 더 구투에 가깝다. 그러니까 한글과 한자를 혼용하고 한자에 비해 한글이 더 많은 '선한문체'(한글 주 한자 종, 국주한종)라고 해서 그것이 곧 조선어구어한글문장체에 더 근접했다 말하기 어렵다.

일반적으로 담론논평, 평론에서보다 창작시, 소설에서 한자어 및 한자 표기가 더 적을 수밖에 없는데, 소설이 등장인물의 대화와 시점을 서술하는 양식이라는 점에서, 시가 '나'의 말, '나'의 서정적 고백을 담은 양식이라는 점에서, 이 한자 표기 문제는 한편으로는 양식적 성격에 기인한다. 전통적인 한문체로부터 벗어났다고 해도 일본식 한자어로 인한 부자연스러운 한문체나 일본식 한자어를 주로 한 '선한문체'가 우리말 구어체 문장에 익숙하지 않은 문인들의 글쓰기를 지배하고 있었다. 신문물, 신관념을 담은 일본식 한자어의 수용이 우리말 문장쓰기를 더욱 더디게 했던 것이다.

'시의 왕국'에서 미래를 꿈꾸고자 했던 황석우의 『장미촌』의 시들은 근본적으로 조선어구어한글문장체의 음악성을 구현하는 것과는 거리가 있다. 특히 표기상의 한글-한자 병기는 '의미'를 분명히 하는 역할은 해도 음악을 문자화하는 독립양식으로서의 시의 미학을 오히려 방해한다. '병기'가 텍스트 자체의 독립성을 저해하는 격이다. 황석우의 「장미촌薔薇村의 제일일第一日의 여명黎明」, 『장미촌』, 1921.5을 확인해 본다. 한글 단어 옆에 괄호를 하고 한자를 병기했는데, 한글에크리튀르에 익숙하지 않은 당대 식자층으로서는 불기피하게 한글-한자 병기의 표식법을 고안하지 않을 수 없었다. '향훈香薰을 먹음은은', '바다의 티弾는', '북업게 끠틉重㗊은 종鐘소래깃치', '연軟한 힘쏠筋筋 속으로', '여울저나渦出와', '제단祭壇에 향向(參詣)하는',

한글(한자)의 병기 '쓰기'를 보여주는 『장미촌』의 글들.

「인간성人間性의 짜낸織立, '부어든注入다' 등에서 보는 것과 같이 우리말 어휘 옆에 괄호를 해 유사한 의미를 가진 한자를 병기해 두었다. 한글 어휘의 뜻을 한자로 풀이해둔 격이다. '향훈香薰', '중고重苦', '근근筋筋' 등등의 한자(어)는 분명한 의미를 전달하나 '묵업게피릅', '여울저나' 등의 한글 표기는 의미를 파악하기 어렵다. 한글에크리튀르의 이해가 부족한 탓에 한글로 표기된 어휘가 가리키는 의미를 파악하기 어려운 것이다. 이 경우, 한글 표기보다는 한자 표기가 훨씬 명료하고 구체적인 의미를 전달한다. 한글 표기가 주主인 듯 보이나 실제로는 한자 표기가 이 시를 이해하는 주된 리터러시이다. '한글'이 '외국어문자'의 위치에 놓여있는 격인데, 정지용이 '한글을 외국어처럼 번역해야 하는 상황'이라 말한 것과 다르지 않다. 한글 단어의 의미를 명료하게 하고 가독성을 높이기 위한 이 같은 장치는 한편으로는 한글맞춤법이 존재하지 않은 상황에서 한글의 표기와 그 의미 사이의 불일치와도 연관이 있었다. 소리글자인 우리말의 특질상 '표기'가 곧 '의미'의 단일성고정성을 보장하지 않은 상황에서 '의미'를 고정하기 위한 전략인 것이다.

그런데 이 같은 문자 병기는 '사족蛇足'이며, 시가의 음조미를 방해하고 낭영하는 시가의 언문일치에 위배될 뿐 아니라 문예양식의 미학적 완결성을 위배한다는 점에서 반시적反詩的이다. 육당이 「세계일주가」를 표기하면서 백과사전식 정보, 예컨대 세계 각 지역의 고유명사와 지명과 지식 등을 각주로 처리하는 방식에 비해서도 더 비시적인 것인데, 시 텍스트 그 자체의 독립성과 자율성을 미학적으로 보증하는 근대문예양식으로서는 불필요하고 불완전한 장치가 아닐 수 없다.

육당은 「새아이」『청춘』 3, 1914.11에서 '불길', '누리', '엑스빗'에 각각 '화염火焰', '세世', 'X광선光線' 등의 주해를 붙여두었고, 「구풍颶風의 후後」『청춘』 6, 1915.3에서 '이엉覆草', '닙葉', '닛繼다'의 병기를 하고 있는데, '공포恐怖', '험악險惡', '파괴破壞', '절망絶望', '비애悲哀'를 한자로 표기한 것과는 질적으로 다른 표기 방식이다. 이 같은 육당의 한글리터러시에 대한 계몽은 8, 9년의 시간이 흐른 '장미촌 시대'에도 달라지지 않은 것이다. '누리', '불길' 등의 고유어가 '엑스빗'과 같은 '외국어'의 처지에 놓여있는 것이 조선어의 '쓰기' 혹은 한글문장체의 현실적 실제였다.

말하자면, 한글리터러시란 영어의 그것과 다르지

'최고의 시인'으로 평가되던 황석우의 시 표기. 『창조』 6, 1920.5.

않았던 것이다. 'Holly Grill基督이마즈막으로마시든聖杯', '스윗, 하트(Sweet-heart)'의 두 경우의 영어-한글 병기를 생각할 수 있는데, 이 경우들과 한글에크리튀르의 가독성이 유사했던 것이다. 전자는 영단어의 의미를 풀이한 것으로 이는 육당이 각주로 관련 정보를 제시하는 방식과 다르지 않다. 후자는 영어 발음을 표기화·고정화한 것인데 한글맞춤법외래어표기법이 규정되지 않은 상황에서 말을 문자로 표기할 때 발생하는 혼돈을 방지하기 위해 소리의 한글 표기와 원어 표기를 병기한 것으로 근본적으로는 한글 어휘에 한자를 병기하는 목적과 유사하다. 『청춘』지에서는 '보아너게' 같은 어휘에 괄호를 하고 '뇌雷의 子우뢰 아들' 같은 표기도 발견되는데,[81] 이는 외국어 표기상의 불확정성 문제이기보다는 정보류의 '뜻풀이'에 가깝고 더욱이 '雷의 子'를 굳이 '우뢰 아들'이라 한글표기함으로써 한자-한글 병기, 의미 풀이 등 '삼중의 병기'를 한 경우에 해당된다. "세계를 알려는 마음으로 외국어 책 페이지를 뒤적거리고 난해難解한 문법을 배우느라 밤을 새고 했다"는 '조선어 문장의 계몽시대'[82]를 언급한 박영희의 회고에서 그 문장 일부를 "우리말 문장을 쓰는 법을 알려고 한글책『소년』지을 뒤적거리고"로 바꾸어 쓸 수 있을 정도이다. 이 전치轉置가 어색하지 않을 정도로 한글조선어문을 배우는 심정이란 외국어를 배우는 심정과 다르지 않았던 것 같다. 박영희는 "우리의 언어에 관해 밤을 새며 연구한 일도 없고 다른 공부에 비해서도 그런 경험이 없다"고 술회하고 이것이 참으로 부끄럽다고 썼다.[83] 한글문장체의 '쓰기'부터 그들은 배우지 않으면 안되었다.

---

81 「보아너게」, 『청춘』 2, 1914.11.
82 초창시대 문학담당자들의 고민은 '조선어한글문장쓰기'였으며, 회월은 이를 '문학과는 좀 거리가 있었고' '계몽시대의 문장수련기'라고 이 시대를 규정했다. 박영희, 「초창기의 문단측면사」, 이동희·노상래 편, 『박영희 전집』 2, 영남대 출판부, 1997, 283면.

황석우 시의 "가장 합리적合理的의 강强하고, 정정淨한 애애愛일다" 같은 문장은 구어체적이지 않다. 개화기 문체에 비해 진전된 문체로 보기도 어렵다. 우리말 구어체문이라기보다는 한문장에 익숙한 사람들이 한글로 표기된 시 신시를 쓴 것에 가깝다. 한문장에 토를 다는 이른바 '한주국종식 문장'보다는 진전된 것처럼 보이나 여전히 한문장체의 관습에서 자유롭지 못한 점이 지적되어야 한다. 한글로 표기된 시라 해서 그것이 한자로 표기된 시보다 더 근대적인 것은 아니다. 구어체적인 문장이 아닌 한글의 현토문, 일종의 구결에 가까운 측면도 있다. 『청년』, 『장미촌』 등의 잡지에 실린 구투의 '한글 신시'들은 여전히 한문장체로 쓰였는데, 한글 어휘가 많다고 해서 한자어를 한자로 표기한 구어체 시에 비해 그것이 더 근대적이라 볼 수는 없다는 뜻이다. 그러니까 문제는 한자와 한글의 표기 문제, 문자선택의 문제이기보다는 우리말 일상어의 표현, 자연스러운 우리말구어한글문장체의 '쓰기'에 있었다. 장만영은 노천명의 「남사당」을 지목하면서 "한자가 가져오는 이미지를 피해가며 알기 쉬운 일상용어로 표현한" 것을 평가한다.[84] 관념과 이미지의 주입에 특장을 갖는 한자문장체漢字文章體로부터 벗어나는 순간 시는 자연스럽게 낯익은 일상어, 조선어 구어체 말의 대화에 참여하게 된다.

초창시대 '신시'의 조건이 언문한글諺文表記에 강박돼 있었지만, 그것들이 모두 구어체문을 지향한 것은 아니었다. 한글 위주로 표기된 문장이라고 해서 그것이 곧 우리말 구어체문일 수 없다는 뜻과 같다. 안서가 왜 그토록 '어미語美, 어의語意, 어향語響' 가운데 '어향'을 강조하고 우리말 '음조미'를 발현하는 구어시를 탐색하고자 했는지를, 임화가 왜 그토록 이상화의

---

83 박영희, 「조선어와 조선문학−한글 통일운동과 약간의 감상」, 『신조선』, 1934.4.
84 장만영, 「내가 좋아한 시인군」, 『전집』 3, 468면.

「나의 침실로」를 조선말 근대시의 좋은 표본으로 이해했는지를 확인할 수 있는 대목이다. 양식적으로 '신시'란 (순)언문한글문장, 조선어 구어체, 정형시체 이 세 요소가 무엇보다 중요했는데, 그러니 한자의 처리문제, 한문투의 문체가 조선어 신시양식을 정립하는 데 있어 여간 고민거리가 아닐 수 없었다.

황석우의 시와 함께, 『장미촌』의 동일한 호에 실려있는 회월의 「죽竹의 비곡悲曲」, 월탄의 「오뇌懊惱의 청춘靑春」 역시 마찬가지로 한글 표기 옆에 괄호를 하고 한자 병기를 하고 있는데, 황석우의 시에 비해 조선어 구어문장체에 보다 근접해 있는 듯 보인다. 박영희의 「과거過去의 왕국王國」은 한자병기가 많이 사라져있고 그러다보니 우리말 구어문장체에 자연스럽게 접근해 있다.

> 씃업는 창공蒼空에쓴
> 한가閑暇히흐르는백운白雲갓치
> 한限업는내영창靈窓으로는
> 허무虛無하게도내과거過去는흐르다
>
> —「過去의 王國」, 『장미촌』 1, 1921.5

병기한 단어의 수도 황석우의 그것에 비해 상대적으로 적고, 한자말을 그대로 우리말로 번역한 듯한 직역투의 구절묵업게 괴롭은은 거의 없다. 『장미촌』의 다른 시들, 예컨대 이홍李虹의 시구절 '신월新月의 국國 미도未蹈의 성城' 「新月의 夜曲」같은 구투의 표현도 있으나 대체로 조선어 구어체문에 가까운 '쓰기'를 보여준다. 당대 최고의 시인으로 평가된 황석우의 시보다 이들의 시에 한문투 문장이 덜 나타난다는 점이 확인된다. 흥미롭게도 수주의 글 「장미촌薔薇村」에서 보듯, 산문 문장에서 한자 병기를 한 것은 잘 눈에 띄지 않는데, 산문은 말을 절약할 필요가 없고 의미를 부가하는 부연설명의 문장이 덧붙여지며 그러니 익숙하지 않은 단어의 정확한 뜻을 전달하기 위한 공간이 유연하게 제공된다. 구어라면 간단한데 말을 글로 '쓰기'하면 길어지기 마련이다.[85] '부기병기'란 시적인 것이기보다는 오히려 산문적인 글쓰기의 전략인데, 산문에서는 그 '부기'를 부연설명의 문장이 대체할 수 있다.

『폐허』에 실린 황석우나 남궁벽의 시에서도 이중표기병기가 확인된다.

태양太陽은잠기다, 저녁구름夕雲의 전광자癲狂者의기개품갓치, 어름비氷雨갓치,

여울渦지고, 보라빗으로여울지는 슷엄는암굴岩窟에태양은잠겻더러지다,

태양太陽은잠기다, 넓은들에길일흔

소녀少女의애탄嘆스러운가슴안갓흔

황혼黃昏의안을숨潛여태양太陽은잠기다,

태양太陽은잠기다, 아이죽는자者의움푹한눈갓치

이국異國의제단祭壇의압혜, 태양太陽은휘도라잠翔沈기다,

(이전편全篇의시詩안에특特히 「저녁」이란말이만히씨혀잇스나이는한세기말적기분世紀末의氣分에붓잡힌나의최근最近의 사상思想의경형傾向을가장솔직率直히낫하낸자者일다, 독자讀者여 양지諒知하라)

　　　　　　　　　　　　　　　　—황석우, 「太陽의沈沒」, 『폐허』 1, 1920.7

---

85 마셜 매클루언, 『미디어의 이해』, 91면.

네우슴이 내마음을덥는한아즈랑이<ruby>霞</ruby>일진댄

네우슴이 내마음의압헤드리우는한<ruby>꽃발花簾</ruby>일진댄

—황석우, 「夕陽은 써지다」, 『폐허』 1, 1920.7

황석우의 한글한자<ruby>漢字</ruby>병기는 그가 일본 상징주의시인들의 시를 해설, 소개
한『일본시단의 2대경향』에서 해설 중간 중간에 끼워둔 일본 시인들의 시
에서도 나타난다. "비즉비즉한눈<ruby>雪</ruby> / 불의살<ruby>征矢</ruby>의힘"「<ruby>解雪</ruby>」과 같은 방식을 그
는 고수하고 있다. 한문장체가 지배적인 에크리튀르 환경에서 한글문장체
를 쓴다는 것은 이토록 지난한 과정에 있었다.

특히 시「태양太陽의 침몰沈沒」 말미에 '독자讀者여 양지諒知하라'라는 주를
붙이고 있는 점도 흥미롭다. 가상의 독자들을 향해 자신의 목소리를 남겨
놓은 것인데, 이는 한편으로는 시양식의 독립성을 훼손한다는 점에서 근
대문예물의 성격으로부터 일탈된 것이며, 다른 한편으로 시를 해석, 평가,
설명하는 일종의 '주석'이라는 점에서 '사족'이다. 시인으로서의 정체성,
시의 독자적 양식성이 확고하게 자리잡지 않은 탓이다.

이는 다른 한편으로, 굳이 말뜻을 설명하고 의미를 병기해야 하는 에크
리튀르의 상황과 끊임없이 독자의 '읽기'에 개입하고 독자의 해석에 지침
을 주고자 하는 시인의 역할이 텍스트에 남겨진 상황이라 해석할 수도 있
다. 이 같은 황석우의 방식에 비해 1930년대 말의 백석, 윤곤강의 방식은
보다 양식적이고 미학적인데,[86] 이 문제는 시의 산문화의 방식이자 시의
양식수호를 위한 최후적 방어라는 점에서 보다 섬세한 논의가 필요하다.

---

86 조영복, 『시의 황혼—1940년, 누가 시를 보았는가?』, 한국문화사, 2020, 248면.

텍스트의 독립과 저자의 '말'이 상호 충돌하고 섞여드는 이 같은 에퀴리튀르 상황 역시 심층적인 연구가 필요하다 할 것이다. 초창시대 시는 시 '밖'의 말에 개입하고 그 반대도 성립한다. 오히려 이 측면이 초창시대 시 가양식의 특징적인 에크리튀르라 평가할 수 있다.

남궁벽이 「풀」에서 "불사不死의들네圈를돌아단니는중생衆生이다"『폐허』2, 1921.1 라고 여전히 병기를 하고 있고, 안서 역시 같은 호에서 베를렌의 시를 번역하면서 "너의파리한 이리狼여", "그대를음직이는 더운이맘을차冷게하여라"「베를렌詩抄」, 『폐허』2, 1921.1로 한자 병기를 완전히 삭제하지는 않고 있다. 『창조』, 『폐허』조차 완전한 우리말 구어체 시양식을 갖추지 못했다. 『백조』 창간호에서 월탄이 「밀실密室로 도라가다」에서 "삶이란 스러져가는 燭불의 무리輩", 노작이 「숨이면은?」에서 "돌모로石隅냇갈에서 통발을털어", 회월이 「미소微笑의 허화시虛華市」에서 "그들의저자市는우숨의허화시虛華詩로 번적이도다", 이상화가 「가을의풍경風景」에서 "미풍微風의한숨은, 가는細목을메고, 썰덕이여라"라고 한자를 병기한 것도 조선어구어한글문장체 시가의 완전한 '쓰기'가 이루어지지 않았음을 증언하고 있고 그것은 시의 양식적 완성이 아직 이루어지지 않았음을 보여주는 것이다.

우리말어한글문장체에 대한 한자의 저항은 소월에게도 예외는 아니었다.[87] 「잠」, 「첫눈」, 「봄못」, 「둥근해」는 7언절구체의 한시형식이자 4행시체와 동일한 기본 형식을 갖는다. 각운도 대체로 갖춰져 있다. 「바다까의 밤」, 「져녁」, 「흘러가는 물이라 맘이물이면」은 12음절시인데 실제로는 3,4(4.3).5(3.2, 2.3)로 단구돼 판식되기도 한다는 점에서 굳이 한시

---

87 『조선문단』, 1926.6.

영향이나 서구 4행시체의 영향으로 고정할 이유는 없다. 민요, 동요가 다 4행시체 즉 시가양식의 기본시체를 견지하는 장르라면 오히려 소월시의 핵심은 한글구어문장체의 확고한 양식성을 보여준다는 데 있다. 그런데도 한글 단어문자에 괄호를 하고 한자 병기를 한 것은 한자의 한글문장체에 대한 저항이 얼마나 강력했던가를 반증한다. 「둥근해」에서 같은 단어의 음가적 한자병기(①)뿐 아니라 한글에 해당하는 한자어를 병기(②)한 것이 한글 구어체 문장의 당대 가독성과 문해성의 저점을 확인해준다. 「바다까의밤」에서 "어렴풋 깨일새다둘도다갓"의 '둘도'에 '양인兩人'을 병기해둔 것은 후자(②)의 방식이고, 「둥근해」의 "생명이란바다을"의 '생명'에 '생명生命'을 병기한 것은 전자(①)의 방식이다. 이 병기의 필요성은 '의미'의 해독에 있는 것이니 만큼 조선어구어한글문장체 시가의 형식적 미학을 달성하는 데도, 조선어 구어문장체의 음향적 리듬, 음조적 미감을 확보하는 데도 부정적으로 작동한다.

시가양식에서 한글 단어에 괄호를 하고 한자를 병기하거나 그 반대의 형태 등으로 이중표기를 하는 것은 시가양식의 언문일치의 미학적 양식화에 저항하고 신비로운 음감과 미감의 확보에도 장애로 기능한다. 발성이 곧 리듬이라는 점에서 부가적 표기는 시가의 완전한 문자화와 음악적 양식화에 어긋나는 방식이다. 시가의 근대적 양식화가 '완전한 문자화'를 통해 실현되는 것이라면, 불완전한 문자화란 불완전한 미학화이며 불완전한 양식화이다.

그럼에도 '쓰기'에 있어 한자를 떼놓는 것은 언문일치체를 향한 첫걸음이다. '강아지'를 '강아지强我之'라 굳이 문자화하는 전통은 쉽게 사라지지 않는다. "이름자에 왜 한문자漢文字를 떼어놓치 못하는 것인가"[88]에 대한 의

문은 글쓰기 관습이 쉽게 변화하지 않는 것에 대한 한탄이자 우리말 문자 한글표기의 긴급함에 대한 자의식이다. 그러니 조선어 구어의 문자화, 문장화 곧 조선어구어한글문장체를 현실화하는 것은 더디고 무겁게 이행될 수밖에 없었다.

한글 표기 문제와 구어한글문장체 문제는 상이한 범주라는 점은 강조될 필요가 있다. 문자적 '표기'의 문제와 조선말구어문장체의 '쓰기'가 동일한 범주를 갖지 않는다는 것이다. 한자어를 한글로 변환한다고 해서 그것이 조선말구어문장체에 가까운 것은 아니며 또 한글구어체문장의 일부를 한자로 표기한다고 해서 그것이 한문장체에 접근하는 것도 아니다. "요즈음부터 종업는 이약이하는 낙樂을 알다"[89]와 같은 문장이 한글로 쓰였다해서 이를 구어체한글문장이라 말할 수 없는 것과 마찬가지다. 오히려 "달고 고소한 것만 찾든 입이 담박澹泊한 것을 맛들이게 되고 아양스럽고 번탕蕃蕩한 빗과 소리만 보고 들으려 하든 눈과 귀가 순결純潔 청아淸雅한 것을 즐기게 하고……"[90]의 문장에서 전자에 비해 한자가 더 많이 쓰였지만 우리말 어순과 발성에 맞는 언문일치문장, 구어체문에 더 가깝다. 대체로 논설양식이 한주국종체의 한문장漢文章에 띄어쓰기를 하지 않은 데 반해 문학양식은 한글 위주로 표기되고 띄어쓰기를 하는데, 후자가 우리말구어한글문장체를 성장, 발전시킬 것임은 자명하다.

초창시대 신시체 모방론이든, 상징시 수용사든, 자유시 형식론이든 그 어떤 경우에도, 조선어한글 '어문생활'[91]의 기원을 탐구하지 않으면 이 논

---

88 强我之, 「니의 귀와 不平의 소리」, 『개벽』, 1920.11.
89 「고상한 쾌락」, 『청춘』 6, 1914.5.
90 위의 글.
91 김기림은 이를 '문자생활'이 아닌 '어문생활'임을 주장한다. 「새문체의 요망」, 『전집』 4,

의는 진전되기 어렵다. 범박하게 '언문일치'라 부르는 이 문제는 '한자'냐 '한글'이냐의 단순한 문자선택 문제, 이른바 '문자운동'에 초점이 있지 않다. 한자를 한글로 전환한다고 해서 한문투, 의한문체 문제가 해소되는 것은 아니며 국한문 혼종체가 우리말 언문일치체구어체에 위배되는 것도 아님은 재차 강조될 만하다. 이른바 '언문일치운동'이 '문자운동'에 그치는 것이 아닌 우리말 문장체 '쓰기'의 '어문운동'이자 우리말 구어체 '쓰기'의 '문체운동'인 이유가 바로 이것이다. 더욱이 시가양식의 언문일치운동은 통사적으로 자연스러운 조선어구어한글문장체로서의 시가양식성과 낭영체정형시체로서의 시가양식성을 전제로 성립되는 것이라는 점에서 산문양식의 그것과는 본질적으로 다르다.

문장업자의 고민, 조선어구어한글문장체 '쓰기'의 어려움

실제로 문학담당자들이 조선어 '쓰기'의 어려움을 토로한 글들은 빈번하게 목격된다. 문학이 "문자로써 표현되는 예술이니 만큼 문장에 결점이 있다고 하면 그 예술은 치명상을 갖는 것이니" 문청文靑들의 첫 번째 고민이 '문장쓰기'에 있었음[92]은 자명하다 하겠다. 초창시대 글보다 만화를 먼저 접하고 만화를 보게 된 것은 우리글의 실력이 모자란 탓이며, 처음에는 긴 문장을 감당하지 못하다 차차 글을 깨치는 대로 긴 것을 읽게 되면서 만화 지문의 길이가 길어졌다는 회고[93]가 있을 정도이다. 책을 발간할 때 표지, 장정가의 이름뿐 아니라 '한글교정가'의 이름을 부기할 정도라고

163면.
92 「현대작가창작고심합담회」, 『사해공론』, 1937.1.
93 「애독자 여러분이 좋아하는 시인, 소설가, 화가 좌담」, 『소학생』, 1949.10.

김문집은 비판하기도 했는데,[94] 이는 한글문장법도 모르고 소설을 쓰는, 그러니까 한글문장 '쓰기'가 일종의 '기술技術'이 되는 상황에 조선문단이 처해있다는 사실을 증언한 것이기도 하다.

'초창시대' 우리말 '쓰기'가 처음부터 가능한 것은 아니었다. 박영희의 표현을 빌자면, "모든 것은 산란散亂하야 정돈整頓되지 못하며, 모든 것이 감추운 채로 발견되지 않고 내버려진 채로 후세의 사람들을 미로에서 헤매게 했다"는 것이다. 한글 문장쓰기, 조선어 구어체문의 '쓰기'가 존재하지 않은 것은 아니나 '감추어진 채 발견되지 않았다'는 것이 핵심이다. '한문식'은 낯익고 숭고한 글쓰기였고 근대문예물이 쏟아져 들아오는 상황에서 외국어식佛蘭西식은 낯설지만 경이로웠는데, 언문쓰기, 한글 구어체문의 '쓰기'는 낯설기 그지없는 에크리튀르였던 것이다. 조선어 문학을 하는 것이 근대문학의 출발이었지만 그들에게 조선어문 에크리튀르는 낯설고도 난해한 문자체계였다. '조선어문의 세계', 그러니까 그것은 미로 가운데 헤매면서 탐색해 나가야 하는 미지의 세계였던 것이다.

'조선어 문장의 계몽시대'를 언급한 것처럼 보이지만, '조선어 쓰기'가 일종의 '외국어배우기쓰기'와 다르지 않았음을 언급한 박영희의 회고를 기억하거니와, 이 글은 조선어학회의 '한글맞춤법통일안'이 나온 뒤의 소회를 적은 것이니, 우리말 어휘도 문법도 잘 알지 못하고 맞춤법철자법도 정확하지 않은 데서 온 문필가로서의 그간의 고민과 '통일안'에 대한 기대와 문필가의 미래의 책무가 피력된 것이기도 하다.

---

94 김문집, 「한글과 한글문단」, 『비평문학』, 청색지사, 1938, 414~416면.

식물植物의 일흠 한 개個 꽃의 일흠 한 개個를 우리 말로 알지 못해서 몇 시간時間 식式씩 쓸 데 없이 외국어外國語 사전辭典만 뒤적거린 적도 또한 한 두 번이 아니엿다. (…중략…) 현금現今의 「조선어朝鮮語」는 여러 가지의 미비未備한 것을 감感하게 되니, 첫째로 동일同一한 의미意味를 표현表現하는 글 쓰는 것이 통일統一되지 못하야 갑甲은 갑甲대로, 을乙은 을乙대로 제 마음대로 기록記錄하게 되며, 어휘語彙는 분산分散하고 망각忘却되어 버렷으며, 문법文法은 더욱이 발전發展할 여지가 많다. 그것은 조선朝鮮말이 없거나 불완전不完全한 것이 아니라, 조선朝鮮말은, 그 음音의 구비具備한 것과 정확正確과 미려美麗한 어휘語彙를 사용使用하지 안코 찾는 사람이 없엇기 때문이다.[95]

1930년대까지도 '음音의 구비具備한 것과 정확正確과 미려美麗한 어휘語彙를' 둔 조선말을 '사용使用하지 안코 찾는 사람이 없었'던 것이 확인된다. 조선어문의 '쓰기'가 어떤 환경에 놓여있었는지, 역으로 문인들의 조선어 구어한글문장체 '쓰기'의 고투를 평가하게 된다. 문학은 '내용'에 있어서만이 아니라 '언어言語'에 있어서 큰 책임을 지지 않으면 안된다고 주장하면서 회월은 "정확한 명사, 미려한 형용사, 세밀한 동사……등등의 풍부한 어휘의 종합없이는 문학의 표현을 실행할 수 없을 뿐 아니라 조잡하고 경생硬生하고 난삽해서 한 페이지도 읽지못할 것이다"라고 썼다. '일정한 글자를 가지고 미려한 어휘를 탐색하고 정확한 문법을 구성하기까지는 장원長遠한 일'로 여겨질 만큼 조선어로 '쓰기'하기, 조선말 문학의 에크리튀르는 지난하게 헤쳐나가야 하는, 미로 한 가운데의 '문자의 숲'과 방불했다.

---

95 박영희, 「조선어와 조선문학 – 한글 통일운동과 약간의 감상」, 『신조선』, 1934.4.

김기진은 '센텐스의 구성이 비문법적으로 된'[96] 박영희 문장의 비문법성을 지적한 바 있는데, 그것은 비단 회월에게만 해당되는 것이 아니라 김기진 자신에게도 해당되는 문제였다. 김기진은 자신의 '처녀작'에 대해 "처음 쓴 소설은 조선문이 아니엇으므로 발표하지 않았으며 「붉은 쥐」는 원래 日本文으로 쓸려고 하던 것인데, 생각하던 것을 다 쓰지 못하고 여러 가지로 불비한 조건과 결점을 가진 것이어서 '未定稿'라고 써 놓았다"[97]라고 밝힌 바 있다. 조선어문의 '쓰기'의 곤란이란 어휘에 대한 이해 부족, 표현부족, 센텐스의 비문법적 구사 등 조선말 '쓰기'의 총체적인 어려움으로부터 기인했다는 것이다.

회월은 초창시대 한글 문장을 네 종류로 열거하면서 당시 우리말 문장의 실재를 재구해 놓고 있다. 춘원식, 횡보식, 도향·노작식, 그리고 마지막이 춘성식이다. 짤막짤막해서 읽기에 평이하고 물처럼 술술 흘러가는 춘원식 문장, 길고 읽기에도 거북하나 읽고 나면 무엇인가 얻은 듯한 뿌듯함을 주는 횡보식 문장, 도향이나 노작의 감상풍의 문장, 그리고 당시 느낌표와 의문사가 있는 문장의 대유행은 춘성 노자영으로부터 시작되었다[98]는 점에서 춘성의 문장은 노작의 문장에 비해 보다 인위적이면서 속된 느낌을 주는 문장이라는 것이다.

'쓰기'의 한글에크리튀르가 작동하면서 부닥친 문장부호의 문제가 춘성의 문장에서 본격화되는데, 문장 구두법의 문제는 한글맞춤법이 발표, 시행된 이후에도 문인들에게 고충을 안겼던 것으로 보인다. 한인택은 구

---

96 김기진, 「조선프로문예운동의 선구자」, 『삼천리』 2, 1929.9.
97 김기진, 「未定稿─처녀작 발표당시의 감상」, 『조선문단』, 1929.3.
98 회월, 「초창기의 문단측면사」, 『전집』 2, 315~316면.

두점을 찍지 않는 것이 버릇이 되었다고 하고, 이주홍은 활자의 형型, 점, 선 등의 기호도 훌륭한 문자적 직능을 가지고 있다고 본다. 채만식은 "구두점은 찍지 아니하고 구문句問은 떼어 쓰는데도 인쇄소에서 원고대로 떼어서 探字를 해주지 않는다"고 불평한다. 그러니 초창시대의 문장부호 '쓰기'의 어려움은 말할 것도 없었을 것이다.

특히, 시가를 '쓰기'하는 데 있어 문장부호는 정형성을 고정하고 어조를 문자화하는 데 있어 필수적인 요소이다. 문장부호에 음악이, 음성이, 목소리가 잠재돼 있다. 시의 단구, 배단 등과 연관해 한자문→한글로 '쓰기'하는 이행단계에서 문장부호, 띄어쓰기는 필수적인 인쇄리터러시로 기능한다. 산문과 달리, '활자나열'을 회피하고 시양식의 음악성을 고정화하는 시양식에 있어 필수적인 표식기호인 것이다.

「표박漂泊」에서 의문사와 느낌표의 남용이 얼마나 낯선 것이었는지 확인하기로 한다.

> 「장미薔薇의 꽃한송이!
> 누에게 던질가?」....
> 「아!! 혜선惠善이가 나를 죽이누나?」...
> 「아!! 아름다운 처녀處女여!」...
>
> —「漂迫」, 『白潮』2, 1922.5

춘성으로부터 기원한 의문사와 감탄사가 남용된 문장이 당대 문청들에게 유행했음을 박영희의 글에서도 암시되었거니와, 최승일이 『신청년』을 간행할 비용을 마련하고자 그의 부친에게 기간행된 잡지를 보여주었을 때 최승일의 부친은 이 감탄사와 의문사가 남발된 문장에 경악했다. '문학을 하겠다'는 것이 한시漢詩나 시조時調 한가락 정도 젊잖게 짓는 것으로 알았던 부친의 식견으로는 이 한글 문장은 너무나 얼그러져 있었던 것이다. 문학의 문장이란 기본적으로 한시, 아니면 시조의 문장이지 이 '속되고 가벼운' 한글 문장은 아니었던 것이다. 우리말의 구어, 어조와 목소리와 내면적 정서느낌를 문자화 할 수 있는 것은 곧 한글 구어체문이며 그 때 문장부호는 효율적으로 그 기능을 수행한다. '속되고 경박한' 문장부호를 사용하는 한글에크리튀르 자체가 전통적인 한문장체나 시조체의 인식지평에 있던 사람들에게는 낯설고 천하며 경악할 만한 것으로 비춰졌다.

회월이 분류한 네 종류의 문장체 중 핵심은 춘원의 것이다. 짧고 평이한데도 물처럼 술술 흘러가는 춘원의 문장은 말 그대로 '구어체 문장'이자 내면의 감정을 자유롭게 서술하기에 적확한 한글문장이기도 해서 문청들의 흠모를 한 몸에 받았다. 문자 자체가 인간의 감정과 지력을 지배하고 그로부터 대중의 흠모를 얻어낼 수 있었던 시대는 초창시대 이후로는 거의 불가했을 것이다. 이 '구어체 평이한 문장'의 황홀함이란 구술문화의 세계에 속해 있던 사람이 문자의 세계를 처음 인지하게 되는 심정과 유사할 정도가 아닌가. "조선사람의 감정과 정서를 조선글로 치밀緻密하게 완전히 發表할 수 있는 이 구어체口語體의 문장은 참으로 아름다운 표현表現이었다"고 회월은 단언한다.

그 때의 우리 부父老들은 아직도 한문漢文을 숭상崇尙하였고 글이라면 한문漢文을 의미意味하는 줄로 생각하였다. 있는 책이란 대부분 한문漢文 책이었고, 한참 독서열讀書熱이 왕성旺盛한 우리 소년少年들의 정신精神 생활生活을 만족滿足시킬만

한 것이 적었다. 이러한 까닭에 〈소년少年〉이니 〈청춘靑春〉이니 하는 잡지雜誌는 우리 소년少年들의 최상最上 유일唯一한 책이었다. (…중략…)「윤광호尹光浩」의 수절數節의 문장이 그때의 나를 황홀케 하였으며 가장 새롭고 신선新鮮하였다. 지금에 순국문체純國文體의 문장에 비하면 한문을 완전히 버리지 못한 느낌도 없지 않으나, 전래傳來하던 한문장漢文章에 비한다면 이 구어체口語體의 평이平易한 문장은 더할 수 없는 기쁨을 맛볼 수 있는 아름답고 신선한 문장이었다. 그 때에도 물론「춘향전春香傳」이나「심청전沈淸傳」이니 하는 순국문체純國文體의 소설 책들이 많았지마는「어린벗에게」나「윤광호尹光浩」 등을 읽을 때처럼 공감과 감명을 받을 수 없었다. 그것은 내용이 다른 까닭이었다. (…중략…) 조선사람의 감정과 정서를 조선글로 치밀緻密하게 완전히 발표發表할 수 있는 이 구어체口語體의 문장은 참으로 아름다운 표현表現이었다. 새로운 내용을 담은 이 새로운 문장은 우리들의 만족과 환희歡喜의 초점焦點이었다. 그러므로 그 때 우리는 소설이건 감상문이건 논문이건 선택하지 않고 이 새로운 문장의 매력魅力에 심취深醉하였던 것이다. 그러니깐 그대로 본다면 진정한 의미에서 문학과는 거리가 좀 있었고 아주 계몽시대의 문장수련기文章修鍊期 였다고 할 수 있었다.[99]

'초창시대'란 조선어구어한글문장체의 계몽기가 아닐 수 없음을 회월은 '계몽시대의 문장수련기文章修鍊期'라는 말로 요약했다. 표기 자체가 순국문이냐 한문이냐의 문제가 아니고 그것을 넘어 아름답고 신선한 우리말 순구어체문장의 새로움이 핵심이었음을 회월은 강조한다. 당대적 감수성과 감각이 묻어나는 우리말 구어체문장은 우리 조선사람의 정서와 감정

---

99 회월,「초창기의 문단측면사」,『전집』2, 282~283면.

을 치밀하게 표현할 수 있는 유일한 문장이라는 점에서 '만족과 환희의 초점'을 찍었던 것이다. 그들은 문학에 심취한 것이기보다는 우리말 문장, 말의 쓰기화된 실재인 한글에크리튀르에 깊이 매혹당했고 그것을 보다 온전하게 쓰기 위해 (글)쓰기 작업에 뛰어들었다. 회월이 이 시대를 가리켜 '문장수련기'라고 이름 붙일 만큼 그들은 우리말 구어체문장의 '쓰기'의 훈련에 집중하지 않으면 안되었다. 문장쓰기의 훈련이 곧 근대문학의 출발점이었음은 회월의 회고에서 분명하게 드러난다.

회월의 회고를 조금 더 좇아 보기로 한다. 회월은 '이 시대를 대표할 수 있는 문장가'로 춘원 외에 육당을 든다. 회월은, 춘원의 「부활復活의 서광曙光」『청춘』 12호, 1918에서 춘원이 육당에 대해 쓴 글의 한 부분을 인용한다. "십 년 전에 이미 동사와 형용사는 물론이고 명사까지도 대담하게 조선어로 쓰기 시작한 자는 실로 육당이 유일하다"는 내용이다. '10년 전'이라면 아마 『소년』 창간 무렵을 가리키는 듯한데, 그 초창시대에도, '형용사'와 '동사'는 슌구어식 표현에 필수적으로 따라붙는 만큼 그것을 조선어로 쓴다는 것은 크게 드러낼 일은 아닌데 특히 '명사'까지 그렇게 했다는 것이 핵심이다. 다음은 회월이 인용한 춘원 글의 일부이다.

「인사이 로路에 立하야 인사에게 도途를 문問하거늘」 하는 것은 그래도 진보進步한 문체文體였으나, 「부인자夫人者는 유정지동물이有情之動物也ㅡ니 인이무정人而無情이면 무이어금수재無異於禽獸哉ㅡㄴ져」 하는 것이 당시의 소위 언한문체諺漢文體였었다. 즉 「현대인現代人의 사상思想과 감정感情을 생명있는, 누구나 다 아는 현대어現代語로 쓰자」는 것이 신문학 발생에 필요한 요구며 자此요구를 솔선率先히 자각하고 실행한 것이 최육당崔六堂이었었다. 육당의 문체는 난삽難澁하기도 유명하고 더구나 근래近來에 와서는 어려운 한문漢文 문자文字와 한문漢文 구조句調를 많이 쓰게 되어 오인吾人으로 보건데 찬성할 수 없는 점도 있거니와 어쨌으나 이 선구자先驅者의 명예는 반드시 군君에게 돌릴 수밖에 없다.[100]

인용된 '언한문체諺漢文體'는 결코 구어체가 아니며 살아있는 대중들이 일반적으로 쓰는 말을 문자화한구어체문 것은 아니다. '언한문체'는 일종의 '현토문'에 가깝고 이것이 조선시대 한글역한 「두시언해」에 비해 더 완미한 한글에크리튀르가 실행된 문체라 보기 어렵다. '누구나 다 알고 쓰는 말로' 표기하는 것이 생명있는 것이며 그것이 곧 '조선어구어체한글문장'이다. '언한문체'와 '조선어구어한글문장체'는 다른 것이다. 결정적인 차이가 '산말체' 혹은 '구어체'인가의 여부이다. '산말'이 곧 '생명있는 말'이자 시의 중요한 조건으로 인식되는 것은 일제시대 시인들의 전반적인 언어관인데, 그것은 우리말구어한글문장체를 지칭한다.

춘원과 육당이 초창시대 이후 어떻게 자신의 문체를 개척, 진전시켜나가는가 하는 점은, 본질적으로 선구적인 이 두 조선어 문장가의 '차이'를 지적한 것인데, 흥미롭게도 일제 말기까지 지속되는 소설과 논설의 문체는 그들로 부터 기원하고 있다. 회월은, 문학가의 문체와 사학가의 문체로 구분해 이들을 거기에 각각 대응시키고 있다.

춘원春園의 문장은 부드럽고 순順하고 아름다웠고 육당六堂은 어렵고 씩씩하고 굳세고 힘이 있었다. 춘원의 문장은 갈수록 수위갔고, 육당은 뻑뻑한 채로

---

100 회월, 『초창기의 문단측면사』, 『전집』 2, 283면.

그대로 있었으니, 춘원의 소설 문장에는 한자漢字가 점점 없어져갔고, 육당의 논문에는 어려운 한자漢字가 없어지지 않았다. 이러한 의미에서 육당이 신문장의 개척자라고 하면 춘원은 신문장의 완성자라고 말할 수 있을 것이다. 사실상 그러한 발전을 하여 온 것이다. 소설가인 춘원과 사학가인 육당, 그 두 사이의 차이는 당연하다고도 할 수 있다.[101]

회월이 구분하고 있는 육당과 춘원의 문장은 각각 담론論說과 소설의 차이, 두 양식의 '쓰기'의 차이에 근거해 있는데, 일제 말기까지 담론에는 한자 표기가 중심이 되고 소설은 한글 표기가 중심이 되는 것과 평행적이다. 시가담당자의 문체의 차이를 회월의 견해에 덧붙여본다. 황석우는 오상순의 '신시'『개벽』 5호, 1920.11를 평가하면서 "나는 군오상순에게 시의 초경에는 사상시가 되기 쉽다"고 언급한 적이 있다고 썼다. 오상순, 황석우, 남궁벽 등 초창시대 시가담당자들의 시가 '사상시관념적 서술시'에 귀착된 이유는 조선어문장쓰기의 어려움과 무관하지 않다.

서정시 되기에는 넘우 사상에 소訴하여 지내잇고 사상시로서는 요령要領을 이해키 어려울 만치 수사가 어질어져 잇스며 또는 표현이 넘우 유치幼稚하다 할 수 잇다.[102]

'사상을 소訴'하게 되면 관념적인 진술이 되고 시양식 고유의 서정성을 살리기 어렵다. 특히 새로 수입된 서구식 관념을 진술하거나 계몽하는 경

---

101 위의 책, 284면.
102 황석우, 「犧牲花와 新詩를 읽고」, 『개벽』, 1920.12.

우 일본식 한자어를 주로 쓰게 되므로 한글은 한자를 현토하는 수준에서 표기된다. '요령을 이해키어려울만치 어지러운 수사'는 유치할 뿐 아니라 '의미불통'의 문제를 야기한다. 우리말 문장체가 아닌 것이다. 황석우는 이어서 이렇게 썼다.

> 첫째 「구름」이란 시곡詩曲[103]을 보면,
> 흘러가는구름
> 쌀아가던나의눈
> 자최업시스스로슬어지는
> 피녀彼女의환멸幻滅보는순간瞬間에
> 슬며시풀어지게
> 무심無心히픽웃고
> 잇대어
> 눈물짓다―

"무엇이 슬며시 풀어지며, 무엇이 픽웃고 무엇이 눈물짓다는 말인가"라고 황석우는 비판했다. 한글문장체인데도 행위의 주체가 누구 혹은 무엇인지, 행위의 대상무엇을이 무엇인지 확인이 안되고 그래서 의미가 잡히지 않는 문장인 것이다. "피녀彼女의환멸幻滅보는순간瞬間" 같은 구절은 우리말 문장체가 아니고 (일본식)한문장체의 표현에 가깝다. '시형을 빌어' 시로 보이게 한다고 해서 시가 되지는 않는다. 통사론적으로 비문법적인 문장

---

103 '시곡'이라는 표현이 주목된다.

을 개행을 통해 '시로 보이게 함'으로써 시라는 타이틀을 붙여둔 격이라는 것인데, '활자나열'의 문장이 곧 시는 아닌 것이다.

황석우는 이어서 오상순의 「생生의철학哲學」『개벽』, 1920.11에 대해 문장 연결의 부자연스러움 때문에 초래되는 '의미불통'을 지적한다.

「우주만유宇宙萬有의본질本質이모다
생生이라는
철학적직각哲學的直覺의충동衝動속에」
「돌에다귀를
가마―ㄴ히기울여보고
쇠에다손을
슬며시대여보앗다
미친 듯이」

우리말 문장구조에 맞지 않고 의미도 불분명한 문장이다. '우주만유의 본질'이 주체가 되는 문장의 서술부가 없고, 이 구절과 '돌에다 귀를 가만히 귀기울여보는' 구절은 실상 서로 연결되지 않는다. '상당한 학문과 철학적 수양'으로 다져진 작자가 이 '생의 철학 문제를 굳이 시형을 빌어' 의미불통으로 만들 필요가 있는가라고 황석우는 의문을 표한다.[104] 일반적 진술을 개행한 데 지나지 않다는 뜻이다. 1930년대 이르러서도 우리말 문장의 소통 문제는 여전히 고민거리였는데, 특히 신문, 잡지 발행에

---

104 황석우, 「犧牲花와 新詩를 읽고」, 『개벽』, 1920.12.

간여했던 문인들이 인쇄리터러시의 관점에서 이 문제를 자각하고 있었다. 우리말로 된 시, 조선말로 된 시만 싣겠다는 선언을 앞세우고 등장한 『시문학』의 실질적인 주재자인 박용철의 모국어에 대한 관심은 강박증적일 정도로 강고한 것이었는데, 박용철은 시 한 행에 쓰인 우리말 표현이 정확하게 소통되는가, 즉 뜻이 통하는가에 대해 진지한 고민을 한다. 그는 음악보音樂譜의 지시부호처럼 괄호 안에 독자영랑를 향한 질문이나 지시를 남겨두기도 했다.

애미인愛美人

(사랑하는 마음으로)

애끼는맘과몸을 애낌없이 내맺기는

믿는맘 고운맘을 받드는맘 떨리나니(차행此行뜻이 통하는가)

얼굴로 어여삐 여기는맘 부끄러워하노라[105]

영랑에게 보낸 편지에 실린 시조인데, 한글 문장의 '쓰기'가 올바른 것인지의 의문이 담겨있다. '애끼는' 행의 주체와 '믿는맘'의 주체가 얼크러지면서 두 구문 간 뜻이 잘 통하지 않는다. 한글구어체문장의 '쓰기'에 대한 고민이 1930년대 중반기에도 사그러들지 않았음이 확인된다.

형용사, 부사, 용어 문제

우리말 문장쓰기에서 문제되는 것이 형용사, 부사의 사용인데, 특히 시

---

105 박용철, 『전집』 2, 308면.

장르에서 그것은 더욱 주의를 요구한다. 형용사의 시적 기능이나 효과에 대한 주밀한 생각을 했던 시인은 주요한이다. 형용사의 남용은 암시와 축약이라는 시 언어의 본질로부터 시를 멀어지게 할 뿐 아니라 대상에 대한 세밀한 관찰을 통한 날카로운 언어적 묘사가 핵심인 시의 기능을 무디게 한다는 것이고 이는 결국 '시의 단순화'를 가로막는 요인이 된다고 본다.[106] 주요한은 개념적서변적인 각角과 묘사적인 각角을 구분하고 형용사는 전자에 보다 밀착돼 있다고 본다. '사상시'가 우리말 문장 구조에 맞지 않음을 지적한 황석우의 관점과도 유사하다. 주요한은 『조선문단』에 투고된 시 중에서 '형용사, 부사'로 인해 시적 효과가 감쇄된 예로 다음의 글을 인용한다.

> 그윽한 서늘한 슬금슬금 달콤한 몹시도 애닯은 쓰린 아픈 미묘한 상긋상긋 원한寃恨의 시름업시 하욤업시 청춘靑春의 허위虛僞의 마법魔法의 환幻의 무정無情한 성공成功의 악독惡毒한 망측忘測한 한강漢工의 북망北邙의 아아 오오 망연한 항여나 반짝이는 수업는 만은 어느듯 이상理想의 피곤疲困한 무섭게 적막寂寞한 오뇌懊惱의[107]

주요한이 예로 든 단어들이 고유어, 한자어 상관없이 주로 '신시'에서 자주 발견되는 형용사, 부사 들임을 확인할 수 있다. 흥미롭게도 이들 시어들이 박영희를 포함 『장미촌』, 『백조』, 『폐허』파의 시들에서 관념적인 진술로 일관하는 시들의 핵심어라는 사실도 확인된다. 요한의 시각은 박용철이 요한의 시를 가리켜 "수다한 원고를 추려내버리면 본질적으로 그

---

106 요한, 「形容詞의 濫用」, 『조선문단』, 1925.10.
107 위의 글.

시정의 태胎고를 잃지않는 진주패모眞珠貝母"[108]라고 한 것에 이어진다. "수다한 비유어나 형용사를 절제함으로써 시는 짧아지고 평이해지며 석줄 글로도 감미한 시정을 담아낼 수 있다"는 주요한의 시각이 반영된 것이다. 시의 핵심은 명사체언와 동사서술어에 있지 그것을 수식하거나 장식하는 형용사, 부사에 있지 않다. 『봉사꽃』에 실린 시조의 세계는 이 궁극적 단순성과 담백함에 이어져 있고 그것은 원고말를 추려내고 추려냄으로써 말의 핵심에 다가가는 방법이 된다는 것이다.

안서는 "시에 처음 발을 들여놓는 사람들은 범박汎博한 형용사를 일절 금하면 좋은 시적 효과를 얻는다"라고 썼다. 월탄은 습관적으로 형용사를 쓰게 되면 공연한 군수리를 하게 되니 리듬을 상하게 한다고 했다. 그는 바울오천석의 시 「알는벗마음키어」『조선문단』, 1925.8에서 "술이 차고 / 기운이 진하고 / 몸이 고단하야 / 목은 쉬여 / 눈물은 다하야" 같은 구절을 지적하고는 '형용사가 한꺼분에 쏘다지기 때문에 머릿속에 깊이 박히는 인상적인 구절이 없다'고 썼다. 이은상의 「자아록自我錄」『조선문단』, 1925.8을 두고는 '리듬의 분방이 업다'고 지적한다. '시'라기보다는 명銘이나 록錄의 성격이 짙다는 것인데, 일종의 에피그람적 진술을 주로 한 까닭에 서정적 정취는 거의 없다는 것이다.[109] 요한이 신인 당선자 시를 평하면서 '시어가 단순할수록 운율이 통절하다'[110]고 주문하고 형용사를 반삭半削을 해도 부족할 것 같다[111]고 말한 것은 시어의 단순화가 생동하는 리듬의 핵심이니 형용사로 장식적인 사족을 덧붙일 필요가 없음을 지적한 대목과 상통한다.

---

108 박용철, 「辛未詩壇의 回顧와 批判」, 『전집』 2, 80면.
109 월탄, 「九月의 詩壇」, 『조선문단』, 1925.10.
110 주요한, 「당선시평」, 『조선문단』, 1925.11.
111 주요한, 「시선후감」, 『조선문단』, 1925.11.

임화의 우리말 '형용사'에 대한 관점도 흥미로운데, 김해강, 조벽암 등의 시에 대해 '과도한 형용'이 시(어)되기에 부족하다고 평가한다. 이 두 시인의 시가 생활의 정서를 노래하지 않는 것을 비판하면서 '과대한 형용, 신비적인 장엄한 어구'의 문제뿐 아니라 '시를 유장하게 하고 템포를 느리게 하면서 음향을 교향악적으로 만들기 위해 개념의 세계를 까닭없이 스케일을 확대하는 것'의 문제를 지적한다. '동방', '여명' 등의 단어는 동양적 낭만주의와 신비, 막연한 동경, 현실도피 등의 관념론적인 것을 자극한다[112]고 평가한다. 형용사가 말의 장엄과 신비를 조장하고 실재의 현실로부터 멀어진 관념적 세계를 고안하는 기능을 한다는 것이 문제인데, 이는 임화의 현실주의 문학관에 조응하는 관점이다.

당대 발표된 시들이 대체로 유사한 풍에 귀결되는 일단의 원인이 '형용사 문제'에 있다는 인식이 임화에게는 있다. 임화는 김기림, 김광균, 신석정, 황순원이 사용하는 시어의 수가 백을 넘지 않을 정도로 적은데, 그것은 형용사, 명사 등을 가공할 만큼 많이 사용한 데 그 원인이 있고 그래서 그들의 시들은 가공할 만한 유사성이 있다는 투로 썼다. 더 큰 문제는 그 어휘 대부분이 상용어가 아니라는 것이며, 시형의 구어체로부터 유리되는 원인도 거기에 있다는 것이다. 산말이 아니라면 '조선어 구어시의 음률적 계승'은 불가하다. 게다가 외국시의 어조와 유사한 풍이 조선어의 음률적인 미, 고유한 음악성을 추방한다는 것이니 이런 시를 가리켜 조선어의 예술미적 완성이라 볼 수 없다는 것이다. 외국어 조·풍의 시들에 대비된 양식들을 민요, 동요, 시조, 고가사 등으로 지목하는 점도 흥미롭지만, 이들

---

112 임화, 「33년을 통하여 본 현대조선의 시문학」, 『조선중앙일보』, 1934.1.1~1.12.

양식의 특징을 '주옥같이 아름다운 조선어의 미'로 언급하고 있는 점[113]도 주목하지 않을 수 없다. 형용사는 조선말 시를 외국어조의 풍으로 만들고 우리 시의 음악성을 추방하는 데 기능한다는 것이 임화의 시각이다.

변영로의 시각은 다소 차이가 있는데, 그는 우리말 용어의 결핍이나 제한이 시의 클리셰적 단순화로 귀결된다는 인식을 드러낸다. "쓸쓸한 조선 문단에서 수십년을 시에 종사하면서 '일위一位 시인詩人'으로서 평가를 받지만 그 시상이 너무나 '단조單調, 무변화하'고 특히 '조지調子'가 그러하다는 것"이 안서에 대한 수주의 평가이다.

> 영원永遠한 『……오가는데』, 영원永遠한 갈매기, 낙엽落葉, 아낙네, 하염없이 눈물 짓고 『오가고』, 『떠돔』이 그의 시詩의 경境이요 동시에 태態이다. 그리하여 시상詩想의 변화變化보다 이상以上 열거列擧한 애용어愛用語를 위로 아래로 가운데로 교묘巧妙하게 배치配置 혹 이전移轉시켜 그의 시詩는 춘의春衣 추복秋服 늘 신장新裝을 하고 나타난다.[114]

조선어구어한글문장체 시의 용어 선택과 음악성의 관계, 그리고 표현과 배치의 문제를 동시에 지적한 글이다. 안서의 시에 있어 민요체의 '단조短調' 자체가 문제라기 보다는 감상적인 애용어愛用語를 기묘하게 배치함으로써 '단조'와 '무변화'의 클리셰적인 표현에 머문다는 것이 수주의 주된 비판이다. 높고 낮으면서도 격하고도 완만한 전음계의 다채로운 소리가 '절조絶調의 시가詩歌'를 증명한다는 것이 수주의 관점인데, 감상적인 단

---

113 임화, 「역사적 반성에의 요망」, 『조선중앙일보』, 1935.7.4~16.
114 樹州, 「文藝夜話(10) 외구멍피리」, 『동아일보』, 1933.10.27.

조의 시가 여전히 시의 중심축을 붙들고 있고 그것에 대한 독자의 애호가 지속되었음을 확인하게 된다. 수주의 안서에 대한 평가와는 달리, 안서 스스로는 동일한 시어들을 지면에 따라 다르게 선택, 배치함으로써 새로운 이미지와 음악을 만들 수 있다고 본 듯하다. 그것이 안서의 단구, 개행의 전략이었을 것이다. 변화무쌍한 각운과 복합적인 리듬의 배치를 통해 시구의 단순성, 단조를 벗어나는 서양시의 작법과는 달리, 우리말 시체는 각운과 리듬의 효과를 기할 수 없고 그러니 반복으로 인한 클리셰적 한계를 벗어나기 어렵다. 안서는 용어우리말 단어의 단순성과 한계를 배단과 개행을 통해 해결하고자 했을 것이다.

1930년대 중반기 들어 신진들이 문단 전면에 나서게 되는데 '현재작가 창작고심'을 주제로 한 좌담회에서 그 '고심'의 구체적인 주제가 문장을 쓰는 데 있어 '형용사와 구두점'에 대한 문제라는 것이 흥미롭다. 윤기정은 여전히 우리말 '문장은 배우는 중'이기는 하나 '문장의 고심의 결과가 정당, 정확, 효과적이었는지' 스스로도 알지 못하겠다는 투로 답한다. 특히 형용사와 구두점 쓰기에 관한 논의가 흥미를 끈다. 이효석은 긴 문장의 묘사보다는 단적端的 표현의 중요성 때문에 형용사는 되도록 쓰지 않는 것이 좋겠다는 입장을 가지고 있고, 한인택은 우리말의 불통일과 형용사의 부족을 제기한다. 채만식은 '모자라는 데다 정리도 안된 조선말인지라 퍽 고생'이라 전제한 뒤 '형용사는 몰라서 며칠씩 생각하느라 원고쓰는 걸 중단하기도 했다'고 고백한다. 엄흥섭은 '만족할 만큼 형용사 구두점에 세밀한 주의를 했는가를 퇴고 후에 확인한다'고 답한다.

춘성의 형용사, 구두점 애호는 익히 알려져 있고 그의 문제가 1920년대 문청들의 모범이 되기도 했거나와, 춘성은 "알기 쉽게 또는 구두점이 분명하게, 좋은 형용사를 쓰려고 애를 쓰고 형용사나 표현이 잘 되지 않는 곳은 여러 번 수정한다"고 고백한다. 한편, '묘사에는 긴 문장보다는 짧은 단적端的표현이 좋고 형용사는 필요 외에는 될수록 피한다'는 입장을 피력한 이효석의 관점은, 형용사나 부사를 가급적 회피하는 것이 문학의 문체임을 지적한 요한의 인식과 유사한 측면이 있다. 형용사 및 구두점에 대한 문제의식은 우리말구어한글문장체 '쓰기'의 진전을 보여준다.

특히 이주홍과 채만식이 다소 '고심'의 논리를 피력하는데 그것을 옮겨 본다. 이주홍은 소재를 예술적으로 살리는 근본적 힘이 '문장'에 있음을 강조하고 그것에 덧붙여 활자의 형, 점, 선 등의 문자적 직능, 곧 인쇄리터러시의 활용을 지적하고 있다.

> 소재를 예술적으로 살리는 것은 무어니 하여도 문장의 힘입니다. 한 개의 문학작품이 문학적으로 완성하였다는 데는 반드시 그가 소요하는 문장의 완성을 생각하게 되는 것입니다. 그러므로 한 개의 사물을 형용할 때 어떤 말을 택하여야, 즉 어떠한 문장으로 하여야 원만 또는 완전에 가까운가 이곳에 작자의 고심이 일어날 것이외다. 활자의 형型, 점 선 등의 기호도 오늘날에 있어서는 훌륭한 문자적 직능을 가지고 있습니다.[115]

활자 자체가 갖는 기능이나 가치에 대해 그다지 관심이 없는 한인택이나 다소 원론적인 중요성을 지적한 다른 문인들에 비해, 이주홍은 보다 적극적인 가치를 문장부호에 부여하고 있는데, 글이 활자화되는 순간의 문

---

115 「현대작가창작고심합담회」, 『사해공론』, 1937.1.

자의 기호화, 타이포그라피적 효과와 가치를 그는 누구보다 중요하게 인식하고 있다. 삽화가, 장정가이기도 했던 이주홍의 이력이 묻어있는 흔적이라 할 것이다. '구두점은 찍지 아니하나 구문句問은 떼어 쓰는데 그것을 인쇄소에서 그대로 떼어서 채자採字를 안해준다'는 채만식의 불만[116]은 현대 인쇄판본으로 당대 작가의 문장 스타일, 구두점 활용 사항, 띄어쓰기 등을 정확하게 판단하기 어렵다는 점을 증거한다. 하지만 문장법 자체에 대한 규정 미비로 인한 혼란과 그에 따른 고심의 흔적, 특히 형용사 부족, 구두점 활용 방법에 대한 이해 및 인식 부족 등은 대체로 전체 문인들에게 공통적으로 '고심'되는 사항이었음을 확인할 수 있다. 전반적으로 조선말 '쓰기'에 대한 고민이 형용사 등의 우리말 어휘 문제, 구두법, 띄어쓰기 등의 철자법, 맞춤법 문제 등에 걸쳐있고 그것이 1930년대 중반기까지 지속되었음은 문인들의 기록에서 확인된다.

시양식의 우리말 문장체의 문제를 지적한 이는 정지용이다. 우리말 표현력의 문제, 어휘부족의 문제 등을 지적하면서 우리말 시쓰기가 어렵다는 점을 토로하는 것은 당대에 흔한 것이었다. 성시용은 단직으로 우리말을 '번역적 위치'에 두는 문장습관을 지적하는데, 한문체에 익숙한 문인들이 한문학을 우리말로 번역하기 위한 용도로 쓰는 조선어나, 외국 유학을 통해 습득한 외국어문학을 번역하기 위한 용도로 쓰는 조선어가 다 동일하게 조선어의 '번역적 위치'를 증언한다는 것이니 이 상황에서 순언문 쓰기, 우리말 문장의 '쓰기'는 녹녹치 않았던 것이다. 김기진이 "조선에도 문학은 있다"고 할 때 '조선문학'은 전래에는 한문학의 '번역'문학이었고

---

116 위의 글.

당대1920에는 '외국어를 조야한 조선말로 옮기어놓은 것'이라 지적한 것[117]
과 상통하다.

문장론, 문법론조차 부재한 당대 언어 현실에서 '조선말로 문학하기'란
과연 가능한가? 김기진은, '단어 정리도 되어 있지 않고, 조선말 사전 한
권, 문법책 한권도 없는 나라'에서 그 나라말인 조선말로 어떻게 문학을
할 수 있겠는가라는 '쓰기'의 근본적인 문제의식을 드러낸다.

> "현금의 조선에도 문학이 있다" 하면 이것도 역시 외국어를 조야한 조선말로
> 옮기어놓은 것을 가지고 말하는 것일 줄로 안다. (…중략…) 예전에는 한시, 풍
> 월의 번역에다 오죽잖은 조선 사람의 감정을 실은 시조라는 것이 있었다. 지금
> 의 문단(?)에는 서양시의 번역물에다 얼마되지 않은 조선 사람의 감정 또는 혼
> (?)을 실은 신시라는 것이 있다.(소설과 각본이라는 것도 이와 같다)[118]

'조선말로 된 것'에 무엇이 있는가? 과거의 한시 및 풍월의 번역시나 서
구시의 번역시가 다 '조야한 조선말로 옮기어 놓은 것'이라는 점에서 등
가적이다. '조야한 조선말로 표현된 어줍잖은 시'가 당대의 '조선문학'의
위치를 증언한다는 것이다. 핵심은 조선말로 된 본격적인 문학시인데, 이
때 '조선말'이란 바로 조선어구어한글문장체를 가리킨다. 근대문학의 깃
발을 올린 지 20여 년이 지난 1920년대 중반1927에 이르러서도 '본격 조
선어문학이 없다'는 고민이 문인들의 자의식과 자책을 부추기고 있다.

---

117 김기진, 「조선어의 문학적 가치」, 홍정선 편, 『김기진 문학전집』 I, 문학과지성사, 1988,
27면.
118 위의 글.

이 같은 조선문학이 처한 상황에서 '조선문학'이란 '조선어'문학이며 수입문학이 조선문학으로 등치될 수밖에 없는 상황은 이광수 시대를 넘어 임화에게까지 계승된다.[119] '외국 문학을 번역한 것도 조선문학'이라는 관점은 '조선어' 문학의 실재를 장담하기 어려운 저간의 사정에 기인한다. '조선어로 어떻게 쓸 것인가말의 문자화'가 정리가 안된 마당에 '조선어로 문학시, 소설을 한다는 것말의 문학화' 자체가 불가한 것이다. 시양식에 대한 인식 자체가 부재한 상황에서 장르인식의 부재나 문학성의 미숙함을 논하는 것 자체가 무의미하다 할 것이다. '조선어'의 '쓰기'가 가능하지 않으면, 한글에크리튀르의 정립이 되지 않으면, 조선문학은 존재할 수 없다는 시각이다.

조선어가 '번역적 위치'에 놓인 원인을 정지용은 '한글조선어 쓰기를 배우지 못한 탓'으로 돌렸다. '외국어문쓰기'가 '한글조선어쓰기'보다 더 쉽고 용이하게 수행되는 상황은 초창시대 이후 1930년대까지도 지속되었던 것이다. 수주樹州 변영로는 동서 고금의 대시인들의 시 가운데 '어둔 말', '희미한 표현'이 허다히 발견된다고 하는데 이 용어는 시적인 언어의 특징으로 지적되는 '축약된 말', '암시된 말'에 각각 대응된다. 시적인 언어의 속성이 '어둔 말', '희미한 표현'에 있음을 인정한다 하더라도 그 말표현이 문법에 맞지 않거나 무슨 뜻인지 파악하기 어려운 것은 시인들의 '너무도 용어에 대한 근신성謹愼性이 멸여蔑如'[120]한 데 그 원인이 있다고 보았다. 그 일례로, 영운嶺雲 모윤숙의 시의 부정확한 표현과 난삽한 용어의 문제를 지적한다. "죽어도 살어도 이 터에 살으소서"에서 '죽어도 살어도'는

---

119 이광수, 「조선문학의 개념」, 『전집』 16, 178면; 임화, 「개설신문학사」, 『전집』 2, 20면.
120 변영로, 「嶺雲詩集을 읽고」, 『樹州卞榮魯全集』 3, 한국문화사, 1982, 406~407면.

두 고렝인데, 말맺기는 '살으소서'라고 하나로만 한 것이니 옳지 못하고 그러니 "떠나지 마소서라고 해야 둘 다 휩새여질(?) 것이다"라고 주장한다. '고렝'은 아마 고랑 즉 두 구절이라는 맥락으로 보이는데, 서두와 맺기가 동일한 '고렝'으로 맞춰져야 한다는 인식은 시가의 정형적 배단의 원칙을 지적한 것으로 생각된다. "피로 새긴 당신의 얼굴을"은 알기 어려운 표현이며, "싯퍼런 창대에 진실眞實한 띠를 띠고"는 '회삽晦澁한 표현'이라는 지적도 덧붙인다.

　"일만一萬 화살이 공중空中에 뛰놀 듯이"나 "조선의 새벽 자손", "휘넓은 창공蒼空 위에 무덤을 밟고 섰네"모윤숙, 『빛나는 지역』, 1933 같은 표현은 시적 비유의 차원에서 인정할 수 있다 하더라도 난삽한 용어 때문에 자연스런 우리말 구어체 문장이 되지 않는다. 우리말을 한자어에 현토하는 방식이나 한자어에 우리말 관형어형용사를 붙이는 방식이나 두 방식 모두 유사하게 서투른 것인데, 이들은 한자어 중심으로 의미를 진술하는 기존의 한문체적 관습으로부터 거의 분리되지 않는다. 우리말의 표현에 맞는 시어의 선택과 음악성이 살아있는 단어를 구사한다는 것은 1930년대 중반기에도 여전히 어려웠다.

　맞춤법의 미비 때문에 오는 혼란도 있다. 이육사의 한글 표기 문제를 지적한 윤곤강의 논의를 따라가 본다. 이육사의 「독백」을 예로 들었다.

　　운모雲母처름 희고찬 얼굴

　　그냥 죽엄에 물든줄 아나

　　내지금 달아래 서서 있네

돛대보다 높다란 어깨

얄은 구름쪽 거미줄 가려

파도나 바람을 귀밑에 듣네

갈맥인양 떠도는 심사

어데 하난들 끝간델 아리

오롯한 사념思念을 기폭旗幅에 흘니네

선창船窓마다 푸른막 치고

촛불 향수鄕愁에 찌르르 타면

운하運河는 밤마다 무지개 지네

박쥐같은 날개나 펴면

아주 흐린 날 그림자 속에

떠서는 날쟌는 사복이 됨세

닭소래나 들니면 갈랴

안개 뽀얗게 나리는 새벽

그곳을 가만히 나려서 감세

— 「독백」, 『인문평론』, 1941.1

윤곤강은 이육사의 「독백」에서 '흘리네'가 '흘니네'로, '들리면'이 '들니면'으로 기술된 것을 언급하면서, 이는 "닭소리가 들니면 갈랴"의 '갈랴'와 같은 것이라고 지적한다. 이들 단어들은 다 설측음('ㄹ/ㄹ')이어서 '흘리네', '들리면' 등으로 표기해야 한다는 것이다. 1933년 맞춤법통일안이 마련된 이후 이 원칙에 따른 우리말 표기와 정확한 한글문장쓰기가 요구되었지만 문인들조차 언문쓰기한글문장쓰기는 여전히 곤란했음이 확인된다. 윤곤강은 "이런 것은 한낱 지엽枝葉이 아니냐고 할지 몰라도 우선 '언문'의 기술부터 배워야 할 시인이 있는 현상이라 한마디 苦言을 첨부"[121]한다고 덧붙인다. 윤곤강은 김광균의 「수철리水鐵里」『인문평론』, 1941.1의 '절로'가 '절노', '바람'이 '바름'으로 잘못 쓰인 것을 지적하기도 했다. 표음문자가 갖는 곤란을 윤곤강이 누구보다 정확하게 인지했음이 확인된다. 윤곤강은 누구보다도 우리말 문장법이나 맞춤법에 민감했고 또 그것을 지적으로 이해하고자 했던 것이다. 윤곤강 스스로 「마을」 등의 시에서 오롯하게 한글 표기를 실천하고 있음을 지적해야 할 것이다. 오랫동안 한학을 수련하고 한문체에 익숙했던 이육사가 우리말 문장법에 미숙했고 그것의 활용에도 유연하기 어려웠던 것도 추정된다.

'한글맞춤법통일안'이 제정된 이후 맞춤법이나 띄어쓰기 문제가 다소 정리되었지만, 여전히 조선어를 한글문장체로 '쓰기'하는 것은 어려운 일이었다. 말을 아는 것과 그것을 문장화하는 것은 다르며, 맞춤법조차 정리되지 않은 상황에서 말단어을 골라 음향의 아름다움을 살리는 것은 더 더욱 어려운 일이다. 단순히 '의미'를 전달하는 것이 시가 아니며 리듬과 음향의 조화로 멋지게 낭영되는 시를 쓰는 것이 시인의 궁극적인 길이기 때문이다.

---

121 윤곤강, 「詩壇時評 – 시정신의 低徊」, 『인문평론』, 1941.2.

시인들에게 '문자'란 무엇이었나?

'문자화'의 세 가지 층위

안서는 누구보다 특히 한글문장 '쓰기', 조선어의 '쓰기' 문제에 관심을 기울였다. 안서는 작가들을 '문장업자文章業者'라 칭하기도 했는데, '스타일리스트'로 알려진 이태준에게서조차 그는 우리말 문법의 미흡, 문장의 외국어식 표현에 절망하고 만다. 이태준의 그 유명한 명문 "책은 책보다는 冊으로 쓰고싶다"가 첫문장으로 올라오는 단편斷篇 「책」의 일구일구를 지적하면서 그는 우리작가들이 쓰는 어불성설성語不成說性의 문장구사 문제를 지적한다. 안서는 명민하면서도 정확하게 우리말의 토시격조사 및 보조사 문제, 접미사 문제, 표현 문제 등을 지적한다. 말의 뜻을 전달하는 것 못지않게 감동을 전달하는 것이 문장의 기능이며, 문자의 가치란 사상 감정을 표현해 타인에게 전달하는 것이라 그는 믿는다.[122]

일제 말기 김종한은 '예술적인 참'의 시는 전통의 정형시체에 대한 비판보다는 이해으로부터 시작된다고 주장한다. 전통적인 정형시체에 기반한 조선말 문장체에 대한 요구가 1930년대 말기에도 제기되고 있었다. 정형시-신체시-자유시의 단계로 근대시의 방향이 설정되지 않았고 또 그것이 실재일 수 없으니 오히려 정형시체 양식에 대한 시인들의 관심은 일제시대 내내 지속되었다고 판단된다.

한사람의 바레리를 낳기 때문에 서양시사西洋詩史는 보들레-르나 랭보-를 거쳐 호-마-에까지 시단적詩壇的 전통의 근거를 가지고 있는 것입니다. 물론 신

---

122 김안서, 「現下 作家와 그 文章」, 『신천지』 39, 1949.9.1.

세대의 시인들은 시조나 정형시를 새삼스럽게 모방할 필요는 없는 것이지만, 다만 그러한 전통에서 출발하야 「조선말 詩」에 대한 본질적인 비판을 가지지 못하고서는 예술적인 참의 신시대의 시는 창작할 수가 없다는 것입니다.[123]

'참의 신시대의 시'의 출발이 '조선말시'에 있고 그 기원은 '시조' 등의 전통시체, 정형체 시양식에 있다는 것이 핵심 사안이다. 모방이든 계승이든 훈련이든 신진시인들은 '조선말시' 쓰기에 대한 자각과 근본적인 훈련을 통해서만이 '참의 신세대의 시'를 창작할 수가 있다. '조선말 쓰기'의 '기계성'이 요구될 정도로 1930년대 중반기까지도 조선말 시쓰기의 곤란은 해소되지 않았다. 김종한은 "시적 산문과 비교할 때, 「줄을 끊어 쓴 산문」은 시로서의 독자성과 자율성을 어떻게 주장할 수 있나?"[124]라고 의문을 표시하면서 시적 고유성과 자율성을 지키기 위해서는 조선어를 자동기계처럼 쓰는 자질이 시인에게 요구된다고 썼다.

문자는 음을 그럭저럭 모방할 수 있을 뿐, 그 어떤 문자도 그 음 자체를 구성하는 데는 기여하지 못한다.[125] 이 명제는 일반언어학이론이나 언어실재론에서 랑그와 파롤의 관계, 기호의 메타적 체계와 개인언어 사이의 간극을 설명할 때 자주 인용되는 것이지만, 초창시대에는 주로 문자보다는 말 우위성의 언어관을 축약한 담론으로 나타난다. 시가 '노래될 만한 성질의 것'을 뜻한다는 점에서 시가양식에서 '말 우위성'은 피할 수 없는 논리적 귀결이다.

---

123 김종한, 「시문학의 正道」, 『문장』, 1939.10.
124 위의 글.
125 앙리 베르크손, 최화 역, 『의식에 직접 주어진 것들에 대한 시론』, 아카넷, 2001, 206면.

안서가 신약의 한 구절을 인용하면서 "대관절 시란 무엇이냐?"를 질문하고 있다는 점은 당대 시가담당자들의 '문자'와 '말'의 관계 및 계열적 층위를 이해하는 데 도움을 준다.

> 첨에 말슴이잇스니 말슴이 하느님과갓치 계시매, 말슴은 곳 하느님이시다. 말슴이 첨에 하느님과갓치 계시어, 말슴으로 만물이 지어진바 되엇스니 지어진 물건이 말슴업시는 하나도 지어진것이업다. 생명에 말슴이잇스니, 생명은 사람의빗이다.[126]

안서는 '시가는 첨에 말이 잇스니 할 때부터 존재했을 것'이라 주장한다. '말은 문자보다 우위에 있다'는 시각은 초창시대 시창작자들, 현철, 안서 등에게서 공통적으로 확인되며, 안서식 '노래'를 부정하고 문자의 우위성회화(繪畵)주의, 이미지즘, 주지주의을 강조한 김기림에게서조차도 '말의 우위성'이 자리하고 있다.[127] 시인은 침묵할 수는 없고 그러니 말해야 하는데 그것이 존재하기 위해서는 문자로 표현돼야 하므로 '문자'는 '말'의 어쩔 수 없는 대행자, 일종의 '그림자'일 뿐이다. "생명이 있어 날뛰는 언어를 어떻게 문자로써 붙잡아놓을까 하는 것"이 모든 시인의 시심을 괴롭힌다. '생명있어 날뛰는 것'을 문자로 고정하는 것, 그것문자화된 말을 '산말'이라 굳이 규정한 데는 초창시대부터 지속돼 온 말을 문자로 전이하는 것, 조선말을 한글로 기록하는 것의 당혹감과 운명감이 투영된다. 시인들은 '조선어(로)의 쓰기', 곧 '말의 한글문자화에 대한 충실한 구사법을 알아두는

---

126 안서, 「작시법(1)」, 『조선문단』 7, 1925.4.
127 김기림, 「새문체의 갈길」, 『전집』 4, 169면.

것'을 전제로 시란 무엇인가를 논할 수밖에 없음을 인식한다.

서양에서 '말씀'은 삼위일체의 제2격에 해당한다.[128] 아버지인 신은 인간에게 말을 했지 '쓰기'의 방식으로 자신의 의사를 전달한 것은 아니었다. 사물처럼 정지되어 있는 문자나 인쇄된 텍스트는, 시간 속에서 운동하는 말과는 달리 '생명'이 없다. '문자는 사람을 죽이고 영은 사람을 살린다'는 구약성서의 기록도 있다.[129] 목소리로 된 말은 언제나 시간 속에서 운동한다. 씌어진 텍스트나 인쇄된 텍스트는 정지된 채 존재한다는 점에서 이 '움직이는 말'의 존재성을 부각하기 어렵다. 말에 비해 문자가 하위적인 에크리튀르로 이해된 데는 청각성과 시각성으로 대변되는 두 문화 코드의 이질적인 결절점이 내재돼 있고, 따라서 말을 문자화하는 과정에서 두 기호 체계간의 해소되지 않은 문제성이 존재할 수밖에 없는 것이다.

리듬은 시간을 타고 넘나드는 호흡의 단위이며 영혼의 움직임이며 따라서 이것의 지속을 음악이라고 할 때, 음악은 절대적이고 신성한 빛을 간직한 생명의 말이다. 따라서 말과 호흡률의 이 '신성한 동맹'이 '시가 절대론'의 본질이며, 초창시대 시창작자들이 호흡률에 기반한 조선어 정형 시체의 본질을 구축하고자 한 의도가 이로써도 설명된다.[130] 문제는 근대 시가의 현존은 구술적인 노래가 아니라 문자화된 기록물이라는 데 있다. 문자의 발명 이후 노래는 형식과 기교라는 의장을 빌어 이지적理智的 양식

---

128 월터 J. 옹, 『구술문화와 문자문화』, 118면.

129 '문자는 사람을 죽이고 영(목소리로 된 말이 타고 넘는 호흡)은 사람을 살린다.' 『고린도서』 3 : 6. 그러나 한글판 고린도서에서 문자는 '의문'으로 번역된 듯하다.

130 신화로부터 한 민족의 집단기억을 정초해내고자 하는 작가, 예술가들은 하모니, 리듬, 멜로디 같은 음악적 용어를 사용해 자신의 철학을 설명하고자 한다. 최인훈은 관용성, 정형구, 상투형 등의 정형구적인 요소들을 빌어오면서 이를 '문자쓴다'고 번역하고 있다. 최인훈, 「미학의 구조」, 『문학을 찾아서』, 현암사, 1970.

으로 전환되는데 이는 시가가 보다 복잡한 문제를 떠안게 되는 요인으로 작용한다. 문자의 발명은 말의 자료를 공간 속에 시각적으로 배치하는 일에 직접 연관되며, 따라서 시가노래를 문자화하는 어떤 체계와 구조의 탐색, 발견 과정이 수반될 수밖에 없다.[131]

말을 공간화하는 것, 즉 시각적으로 배열하는 것은 그 자체의 특유한 조직체계와 그 움직임과 구조에 따른다. 종서, 횡서, 지그재그식 같은 서체의 방식, 방향은 일종의 '쓰기에크리튀르의 체계'이다. 종서의 횡서와의 결정적인 차이는 일정한 수직적인 선을 따라서 가지런하게 문자를 배열하는 데 있다고 할 수 있는데,[132] 이는 외형적이고 가시적인 문자의 형태화에 기여한다. 일정한 박자가 정형구로 표식된 것이 '노래체'인데 '印版'에서의 세로쓰기는 가로쓰기에 비해 보다 분명한 낭영 단위의 표지를 나타내는 데 효과적일 것이다. 한편, '가로쓰기'는 서구에서 2천 5백 년의 시간을 거치면서 정착된 것으로 왼쪽에서 오른쪽으로 진행하는 가로쓰기 서체는 뇌의 좌반구를 발달시키면서 결정적으로 정보의 분류, 분석, 집중화 등을 가능하게 했고, 시의 의미내용을 집중적으로 분석하는 데 보다 유용한 스크립트가 된다. 사물, 장면, 인물의 시각적 세부 묘사를 가능하게 하는 '가로쓰기'의 체계는 구술문화적 전통에서의 행위 그 자체, 즉 이야기 그 자체에 집중하는 언어 표현방식과는 차이가 있다.[133]

노래의 말을 표기하는 방법과 일상의 말을 기록하는 방법은 분명히 다르고 특히 후자는 반복적인 구절의 생략이나 누락없이 말의 질서를 시각

---

131 월터 J. 옹, 『구술문화와 문자문화』, 154~158면.
132 Derrick de Kerckhove, "A Theory of Greek Tragedy", *SubStance*, Vol 9, issue 29, 1980, pp.32~33.
133 월터 J. 옹, 『구술문화와 문자문화』, 193면.

적으로도 정확하고 분명하게 표기하는 것이 핵심이다. 그 점에서 모호한 언어표현이나 생략법은 구술문화 전통에 속한다. 근대 인판에서 이 구술문화양식, 노래양식을 문자화하기 위한 규칙이 요구되는데, 종서체, 횡서체의 규칙, 스크립트의 방법에 관한 규칙, 어조, 억양을 살리기 위한 부호의 규칙, 리듬의 강약과 강박을 조절하는 작시법/낭영법의 규칙 등 '쓰기/읽기'와 관련된 규칙과 질서가 근대시가의 '문자화'를 위해 마련될 필요가 있었다. 후렴구의 생략, 음량을 조절하기 위한 이음줄 및 늘임의 표식, 그리고 휴지, 침묵, 종결에 대한 지시, 또 속삭임, 외침 등 발성의 크기에 대한 표식 등은 말의 문자화, 소리의 공간적 환원을 의미한다. 시가 텍스트는 '노래체'로서의 존재성을 물리적으로 가시화한 것이다. 이 같은 맥락을 황석우는 '율격의 문자화'라는 용어로 요약한 바 있다.

안서의 '문자 붙잡기'란 단순하게 '문자상文字上에의 말'[134]을 감당하는 것뿐만이 아니라 '문자의 노래성'을 표식하는 것, 한글로 노래성을 표식하는 것을 이른다. 음성으로서 말은 결코 공간에 못박힐 수 없고 그러하기 때문에 '프리 텍스트free text'이기도 하다.[135] 안서의 '문자 붙잡기'나 현철의 '율격의 문자화'는 '조선어로 문학하기'를 넘어 '조선어 노래를 문자화하기'에 대한 고민을 담은 것으로 임화의 '조선어 구어의 음률적 실행'이라는 말과 교통한다. 그것은 담론論설양식이나 산문양식소설이라면 감당하지 않아도 되는 시 고유의 양식적 고민이자 시가의 장르성을 확보하는 길과 밀접하게 연결되었다. '말의 문자적 표기'란 '언문일치' 문제를 넘어서 말의 시대적 변환에 따른 언어파롤 가치의 변이와 새로운 장르의 수용과

---

134 황석우, 「주문치 아니한 시의 정의를 일러주겠다는 현철군에게」, 『개벽』, 1921.1.
135 월터 J. 옹, 『구술문화와 문자문화』, 196면.

깊은 관계가 있으며 그것은 한마디로 조선어한글 시가의 가치를 새롭게 자각하면서 그것을 문자적 에크리튀르로 변환하는 과정이라 하겠다.

따라서 조선어로 신시(체)를 쓴다는 것은 '노래'를 문자화하는 기술적인 조건의 문제이기도 한데, 산문양식과는 다른 차원의 인쇄리터러시의 조건을 요구한다. 그래서 우리는 이렇게 물어야 한다. 그들(초창시대 시가담당자들, 창작자들)에게 '문자'란 무엇이었나? 이 질문에 답하기 위해서 보다 세부적인 주제를 설정한다. 첫째, 말을 문자화표기하는 문제, 둘째, 시가노래의 문자화 문제, 셋째, 조선어 구어체의 표현 문제 등이다. 첫째 문제는 산문양식과 공히 통용되는 것이다. '한자와는 다른 기호체계'인 한글의 표기의 통일성, 일관성 문제를 뜻하는데, 맞춤법 통일, 표준어 제정 같은 문자화의 방법에 대한 논의는 이미 최남선 시대를 거치면서 본격화된다. 둘째 문제는 양식 및 장르 문제와 연관된다. 산문양식과는 다른 시가양식의 특성에 기인하는 것으로 맞춤법, 부호, 개행, 띄어쓰기, 단구 등의 외형적 표식 문제 등이 이에 연관된다. 양식론, 장르론, 문학성 담론들과 일정한 문제의식을 공유하는 논제이다. 셋쌔 문제는 문체 문제이자 표현 문제로 이는 '-노라' 종결체 문제, 어조, 리듬 등의 구어체 말의 음악성 문제, 자연스런 우리말 호흡리듬을 가진 언어 표현과 관련된 것뿐 아니라 한자(어) 사용과 한글 문장체의 표기 문제를 포함한다. '기교'라는 말로 포괄되는 시의 표현 문제, 수사법, 언어의 디테일하고 장식적인 활용, 언어의 채색야콥슨 등의 문제까지 포괄할 수 있다. 이를 김기림은 '구어를 점근선으로 하고 늘 그것에 가까이 하는 것'이라 요약했다. 특히 세 번째 문제는 초창시대부터 1930년대, 그리고 일제 날기를 거쳐 해빙후 한글운동이 재전화될 때까지 근대시사에서 연속적으로 제기된 논점이라는 점에서 통사적인 성격을 갖는다.[136] 이 중 첫 번째 문제는 산문양식의 그것과 공통된 것으로 이미 앞에서 논의했다. 이 장에서는 주로 두 번째와 세 번째 논제를 중심으로 논의를 이어가도록 할 것이다.

5. 유암의 조선어구어한글문장체 시에 대한 신시담당층 및 주요한의 오마주

유암의 「만만파파식적」과 시인들의 경이

김억, 주요한 등의 시인들에게 강력하게 각인된 우리말 구어체 시는 김여제유암의 「만만파파식적」, 「조선소녀」 등이었다. 한문문학의 형식적, 미학적 완성미에 깊이 침윤돼 있던 당대 지식인들에게는 육당과 춘원의 한글 문장은 경이를 넘어 우리말 문학의 실재와 가능성을 확인시켜준 일종의 획기적 '사건'이었다. 대부분 '처녀작 회고담'에 나타나는 문학청년들이 문학을 하게 된 계기는 한글문장체에 대한 경이로운 경험과 그것의 '베껴쓰기'에 대한 강력한 충동으로부터 비롯되었다. 주요한의 「불노리」는 적어도 유암의 그것에 비해 후대적인 것이며, 이 「불노리」 작자조차 그의 근대시의 모범적 실재는 일본 상징주의시 모방으로부터 비롯된 것이기보다는 유암의 한글시, 더 정확히 말하면 유암의 한글문장체 시였다고 회고하고 있다.

주요한은 "유암 김여제 군이 신시의 첫 작가이며" 유암의 「만만파파식

---

136 김기림, 「새문체의 갈길」, 『전집』 4, 169면.

적」이 "그 내용정조, 사상, 감정이 새롭고 형식에 니르러서도 고래의 격을 파한 자유시"였다고 회고하면서 자신의 시 「불노리」란 외래적 기분으로 쓴 프랑스풍과 일본풍의 모방적 작품이라 언급해 두었다.[137] 대체로 조선어 '자유시'의 모범적 실체를 주요한의 「불노리」로부터 구하고자 하지만 정작 주요한 자신은 그 같은 자유시형의 시를 외래적 기분으로 쓴 것이라 비판하고 대신 '민요노래'로 돌아갈 것을 강조한다.

> 조선말로 시험할 때에 자유시의 형식을 취하게 된 것은 그 시대의 영향도 잇섯거니와 조선말 원래의 성질상 그러지 아늘 수 업섯슴이외다. 과거에 조선말 시가의 형식으로 말하자면 시됴이던지 민요이던지 운다는 법은 업섯고 다만 글자수효 일뎡한 규칙을 따를 뿐이엇습니다.[138]

'신시'는 '조선말로 시험한 것'이라는 점과, '조선말 원래의 성질상 그러하지 않을 수 없어 자유시를 선택했다는 것'이 핵심이다. 시가적 엄격성, 형식적 미화성을 갓추기 위해 활용할 수 있는 규칙성은 글자수를 고정하는 것인데, 우리말의 랑그적 특성상 글자수 고정으로는 시가의 음악과 리듬을 살릴 수 없다. 단어말에 악센트, 고저, 강약이 없고 운을 설정하기 어려워 자유시체의 형식을 취할 수밖에 없었다는 것이다. '자유시'가 '신시'의 이상이나 궁극적 목표가 아니라는 것이다. '우리말의 성질상 어쩔 수 없이 취하게 된 자유시체'로부터 이탈하면서 주요한의 신시운동은 우리말 시가체 양식의 모색으로 옮겨간다.

---

137 주요한, 「노래를 지으시려는 이의게」, 『조선문단』, 1924.10.
138 위의 글.

신시운동의 수준이 여전히 초창시대에 머물러 있음을 피력하면서 주요한은 조선 신시운동의 목표를 '민족적 정조와 사상을 바로 해석하고 표현하는 것'과 '조선말의 미와 힘을 새로 찾아내고 지어내는 것'에 두었다. 주요한이 '우리말로 된, 우리글로 쓴 시'의 중요성을 강조한 데는 상해시절의 '민족주의적 가치관'이 반영된 것일 수 있지만 그것보다는 오히려 양식 자체의 논리, 시가양식이 요구하는 말언어의 논리로부터 비롯됐다고 보는 것이 합리적이다. '신시' 문제는 조선말 시가의 양식적 독창성과 표현의 문제에 걸쳐있다는 것이다. 「찬미가」나 '7.5조 창가체' 등은 한문구, 고어투의 말과는 다른 말, 다른 문장체로 쓰인다는 점에서는 분명 획기적인 것으로 평가할 수 있지만 예술적 문예학적 독창성의 양식인가는 확신하기 어려웠다는 것이다. 「찬미가」나 최남선의 창가는 이른바 '서정적 회감'의 시선이 부재할 뿐 아니라 교훈적, 애국적, 종교적 주제로는 그 미학적인 가치를 구할 수 없다고 판단되었다. 더욱이 글자수의 제한이 자연스런 우리말구어문장체를 방해했다. '내용, 형식이 유기적으로 결합된 신시'란 최남선의 것에서가 아니라 유암의 조선어구어한글문장체 시에 이르러야 가능했다는 것이다.

'자유시형'의 기원을 두고 서양시형의 모방인가요한, 혹은 필연적인 것안서인가의 관점의 차이에도 불구하고,[139] 자유시체의 기원을 유암의 「만만파파식적」에 둔 점은 요한이나 안서나 마찬가지였다.[140]

---

139 김안서, 「〈朝鮮詩形에 關하야〉를 듯고서」, 『조선일보』, 1928.10.18~21・23~24.

140 「만만파파식적」에 대한 소개 및 논의는 정우택, 「「만만파파식적」의 시인 김여제」, 『상허학보』 11, 2003.8; 심원섭, 「김여제의 미발굴작품 「만만파파식적을 울음」 기타에 대하여」, 『현대문학의 연구』 21, 2003.

시형을 조선에 첨 수입해온 사람은 주군이 아니고 그 근원을 캐여보면 육당의 잡지 「소년」 때부터일 것입니다. 그러나 그것은 수입이라 할 수가 업습니다. 왜 그런고하니 그곳에는 시답은 시가 업섯기 때문입니다. 나의 아는 한도에서는 그 때 「학지광」 제2호에 실린 석돈 무엇이라는 지금은 이름조차 니저버린 사람의 시엿스나 그렇게 감심感心할 작作이 아니엇습니다. 그리고 학지광 제4호에 실린 유암의 「만만파파식적」과 「조선소녀」 두 편이 시답은 시엿스나 군의 말슴한 것과 가티 음절에 마초아 지은 격조시格調詩는 아니엇습니다. 말하자면 자유시로 제일시미가 흘으고 또한 시답은 음조를 지닌 것이엇습니다. 조선어를 첫 시험으로 자유시형에 너허서 그만큼 효과를 엇은 사람은 유암이엇습니다.¹⁴¹

'시답은 시', '순정한 시가', '완전한 형식의 조선어 구어문장체 시가' 같은 명칭을 안서는 유사한 맥락에서 언급하는데, 안서가 지속적으로 제기한 조선어 시가의 핵심항은 '자유시형식'이 아니라 '조선어'라는 조건이었다. 이것이 '제 일의적인 것'이다. 즉 자연스런 조선어구어한글문장체 시가가 핵심이었다. 주요하이 "자유시의 형식을 취하게 된 것은 그 시대의 영향도 잇섯거니와 조선말 원래의 성질상 그러지 아늘수업섯슴이외다"에도 이미 해답이 나와있는데, 시가적 형식을 견지하기 위해서는 음절수 제한이 필요하나, 우리말은 음절수를 제한하게 되면 자연스런 구어 표현이 되지 않는다는 것, 그래서 미감과 시미를 살리기 어렵다는 것이 자유시체를 지향하게 된 당위적 계기였다. '조선어로 시미가 흐르고 시답은 음조를 지닌' '시답은 시'로 자연스럽게 자유시체의 시형식을 견지하게

---

141 안서, 「〈조선시형에 관하야〉를 듯고서」, 『조선일보』, 1928.10.18~21 · 23~24.

되었던 것이다. 하지만 안서, 주요한 등 신시담당층의 의식 한 가운데 여전히 시가양식의 형식적 규율이 자리하고 있었고 그것은 구어체이자 시가형인 민요, 동요 등의 정형시체로 관심을 전환시키는 계기로 작동한다.

'자유시형'은 '개성과 자아'가 중시되던 당대적 분위기에 적합한 시체로 인식되기도 했지만 그보다는 서술어가 문장 끝에 위치함으로써 문장이 완성되고 또 말에 고저가 없는 조선어의 성질상 자연스럽게 발현된 것이다. 초창시대 시가담당자인 요한과 안서의 문제의식은 분명하게 '양식의 의지' 혹은 '언어의 의지'임을 확인해 준다. 조선어구어한글문장체 시의 가능성을 개척했던 문인들이 이상적으로 생각했던 신시근대시란 무엇보다 '조선어'가 핵심임을 망각해서는 안된다. 초창시대 시담당층의 신시를 향한 고투는 '조선어로 시쓰기'에 있었고, 기교, 미학, 독창성, 예술성이 이 조선어 운용 능력에 좌우되었다. 초창시대 핵심 논제인, 번역시론, 자유시-산문시 장르론, 율격론 역시 이 범주에서 제기되고 그 논의가 확장되었으며, 따라서 이 논제를 해결하는 출발점 역시 '조선어'에 있었다 할 것이다. 유암 김여제의 「만만파파식적」은 학지광 11호[1916~17 추정]에 실린 것으로 추정된다. 그 이전에도 김여제의 시는 5호에 「산녀」[1915.5]가, 6호에 「한꿋」, 「잘 때」[1915.7], 8호에 「세계의 처음」[1915 말~16초]이 실렸다. 유암의 시에 대한 이 적극적인 애호는 조선어 구어체의 자유로운 구사라는 관점을 제외하면 논하기 어렵다.

안서의 『오뇌의 무도』

조선어구어한글문장체 시의 실상을 더 정확하게 확인할 수 있는 텍스트는 안서의 번역시집 『오뇌의 무도』[1921]이다. 『오뇌의 무도』는 '최초의 번역시집'이라는 타이틀 때문에 그 본질적인 가치는 가려진 채 시사에 기록되고 있다고 판단되는데, 그렇다면 이 시집의 진정한 가치는 무엇인가. 초창시대의 조선어시란 결국 조선어번역시의 실재와 다르지 않을 것인데, 어찌되었든 서양시를 조선어로 번역하면서 또 한글문자화, 한글문장체화하는 과정이 조선 근대시의 전개과정의 하나가 될 것이다. 번역을 통해 우리말 '쓰기'의 실재를 훈련·습득하기 때문이다. 『오뇌의 무도』의 광고에서 이 점을 확인할 수 있을 터인데, '불국식佛國式 미장美裝'이라는 것과 '시미詩美', '미음美音', '조선문朝鮮文', '언어言語의 마술자魔術者' 같은 표현을 주목할 수 있다.

울어르면 하늘에는 흰 구름, 굽어보면 새팔흔 풀밧─녹음綠陰 아레서, 시신詩神의 미음美音에 취醉ᄒ야 모든 것을 니즐 째가 왓다.

어린 가슴에 안고 잇는 고혼 쑴에 보드랍고도 애차로운 쑴을 거듭ᄒ야 엇으랴도 엇을 수 업는 행복幸福의 명정酩酊, 황홀恍惚의 시미詩美을 벗삼으랴거든 「오뇌懊惱의 무도舞蹈」의 밀실密室로 들어와야 혼다. 근대남국近代南國의 쑴 시인詩人들의 펴노흔 근대적近代的 시팔십유삼편詩八十有三篇의 보옥寶玉을 언어言語의 마술자魔術者라고 홀 만흔 역자譯者가 일구일자一句一字에 열혈熱血을 부어네혀, 조선문朝鮮文으로 쒸여매즌 이 시집詩集 혼 권券이야말로 우리 문단文壇의 보寶배이다. 우리 시단詩壇은 이로 인因ᄒ야 혼 줄기의 새 길을 찾게 됨에 대對ᄒ야는 무엇보다 시집자신詩集自身의 내용內容이 이를 보증保證ᄒ다. 우리는 이 이상以上 더 말홀 무엇을 가지지 못ᄒ엿다.[142]

---

142 『창조』 9, 1921.5.

"일구일자一句一字에 열혈熱血을 부어낸 조선문朝鮮文으로 쒸여매즌 이 시집詩集 흔 권券이야말로 우리 문단文壇의 보寶배이다. 우리 시단詩壇은 이로 인因 흐야 흔 줄기의 새 길을 찾게 됨"이 핵심이니, '조선문으로' 남불의 시인들의 시를 읽게 됨으로써 우리 시의 새길을 찾게 되었다는 것이다. 그러니까 조선시단이 궁극적으로 찾아낸 근대시의 새길이란 '조선문'으로 시미와 미음에 도취할 수 있는 시의 형식적 모색, '조선문 시의 시적 형식'을 보증하는 것에 있다. '시신詩神의 미음美音', '행복幸福의 명정酩酊', '황홀恍惚의 시미詩美' 같은 서구적 미의식이 우리말구어체한글문장으로 유려하게 표현되었다는 것도 중요한 사안인데, 이 서구적 미의식이 '자유시'의 이상'근대南國의 꿈시인', '佛國식 美裝'을 보증할 수는 있지만 그것이 핵심은 아니고 보다 핵심적인 가치는 '조선문으로 엮어진 시집'이라는 데 있고 이 점은 이 번역시집이 후일 조선문 시단의 새길을 밝히는 데 어떤 방향성을 제시할 것이라는 기대와 관련된다.

『창조』9호의 뒷편 '신간소개'란에서 다시『오뇌의 무도』를 소개하고 있는데, 이는 차라리 광고에 가깝다. 앞의 광고문과 비슷하지만 특이한 문구도 보인다.

남南유롭! 이 한마듸만이 한 편篇의 시詩와 갓지 울니지 아니흐는가. 남南유롭의 시詩는 우리의 애차롭고, 속적업는 가슴을 품으랴고 흐여도 품을 길좃차 바이 업시, 한갓 그 프르고 곱고 넓은 하늘을 바라보며, 하소연흐는 설고도 고흔 악조樂調─그에, 그 고흔 사랑에 싯업는 번고煩苦에, 또는 훈향薰香 놉흔 예술藝術의 싯을 차즈랴고 흐는 동경憧憬흐는 이에게, 엇더흔 곱고 간절흔 애닯은 곡조曲調와 미소微笑를 주랴. (…중략…) 역자譯者는 조선유일朝鮮唯一되는 남南유롭 시가

詩歌 소개자紹介者로 오래동안 고혼 운문韻文을 우리에게 제공提供ㅎ여왔다.[143]

 '애처럽고 속절없고 설고도 고운 것'이 남유럽풍 시가韻文의 '악조'와 '곡조'에 다 녹아있는데 우리말 구어체문을 자연스럽게 쓸 수 있었던 안서가 그 소개자의 역할을 해 왔다는 점을 이 글은 강조한다. '곡조', '악조'가 적시될 정도로 역시집 자체가 노래체 시들로 이루어져 있음은 강조될 대목이다. 실제 안서가 번역했던 많은 서양시들이 일정한 운각을 지닌 정형체시라는 점은 우리 근대시가 '자유시'를 목표로 진행되었다는 것, 즉, '자유스러운 율'이 곧 근대시자유시와 등치되는, '자유'에 대한 낭만적 환상을 무너뜨리기에 충분하다.

 초창시대 시담당자들은 그야말로 자연스런 구어 리듬을 가진 '조선어 구어한글문장체 시의 양식적 완성'을 핵심적인 목표로 삼았다. 신시의 '타자Auture'는 한편으로는 서양 상징시이고 또 다른 한편으로는 한시, 시조였다고 할 수 있는데 그 근원에는 정형시체 양식에 대한 인식이 기반한다. 격조시, 민요체시, 시조 등 정형체시로 복귀하는 시인들에게는 조선어 구어문장체의 형식미정형시체에 대한 완고한 향수가 자리잡고 있다.[144] '퇴행의식'이나 '조선주의 이념'으로 이를 환원하는 것은 적어도 정형시체 양식에 대한 편견에 가깝다.

---

143 『창고』 9, 1921.5.
144 안서, 「작시법 3」, 『조선문단』 10, 1925.7.

6. 조선어구어한글문장체의 중요성을 지적한 자료들

구어, 산말, 일상어의 중요성

'구어'는 흔히 '일상어'와 동일한 맥락으로 사용되는데, 예컨대 '쉬운 일상어를 처음 사용한 김수영'이라는 평가는 사실 시사적으로 성립하지 않는다. 1920년대 시인들도 이미 일상어를 사용하고 있는데, 초창시대 이미 시의 언어와 일상의 언어가 다를 수 없다는 시각이 생겨나고 그것이 '조선어구어한글문장체 시'로 증명되기 때문이다. 임화가 말한 '일상어', '구어', '구어체'는, 한(자)문체, 구투의 문장체 등과 대비되는 맥락에서 쓰인 것으로 단순히 단어 차원의 일상어 사용이나 활용을 염두에 둔 개념은 아니다. 조선어 구어문장체는 음악성리듬이 핵심인데, 임화가 근대시의 목표를 '언문일치의 구어시의 언어적 음률적 개척'[145]이라 명명한 것은 이 때문이다. '언문일치의 구어시'가 곧 조선어구어한글문장체 시인 것이며 그것은 근본적으로 자연스러운 리듬과 음악성을 지향할 수밖에 없다. 근대시 양식의 첫 번째 조건은 자연스런 조선말구어체인데, 이것이 전제되지 않는다면 조선말 시, 조선문 시, 조선말답은 시, 조선어 구어시의 음악성은 실현되기 어렵다.

조선말구어문장체에 대한 황홀감은 초창시대 문학청년들을 문학으로 이끈 중요한 동인이 된다.

지금에 순국문체純國文體의 문장文章에 비하면 한문漢文을 완전完全히 벗어버리지

---

145 임화, 「조선신문학사론서설」, 『전집』 2, 412면.

못한 느낌이 없지도 않으나, 전래傳來하던 한문장漢文章에 비比한다면 이 구어체口語體의 평이平易한 문장文章은 더할 수 없는 기쁨을 맛볼 수 있는 아름답고 신선新鮮한 문장文章이었다. (…중략…) 시대時代가 다르고 생활生活이 같지 아니하고, 생각하는 바가 같지 아니하니, 즉 한 마디로 한다면 시대적時代的 감각感覺이 다른 까닭이라고 말할 수 있을 것이다. 조선朝鮮사람의 감정感情과 정서情緒를 조선朝鮮글로 치밀緻密하게 완전完全히 발표發表할 수 있는 이 구어체口語體의 문장文章은 참으로 아름다운 표현이었다.[146]

'구어체口語體의 평이平易한 문장文章'은 '전래하던 한 문장'과는 차원이 다른 언어체험에 속했다. 박영희는 "조선朝鮮사람의 감정感情과 정서情緒를 조선글로 치밀緻密하게 완전完全히 발표發表할 수 있는 이 구어체口語體의 문장文章은 참으로 아름다운 표현이었다"라고 썼다. '순국문체'란 표기만 국문으로 했다고 해서 그것이 우리말 구어체문장일 수는 없으니 '순국문체'보다 '조선어 구어체문'이라는 술어가 보다 적절한 용어일 것이다. '한문장체'는 당대 지식인들의 핵심 리터러시일 것이나 문장의 질서나 어구의 배열이 우리말 구어체문과는 다를 수밖에 없으므로 그것은 근대문체와는 거리가 멀다. 박영희는 한문식 문장법에서 벗어난 평이한 우리말 구어체 문장이 참으로 신선하고 아름다웠다고 회고하고 있다. 구어체 한글문장을 자유자재로 쓰고 있는 현재의 '모국어 리터러시' 감각으로는 상상하기 어려운 구어한글문장체에 대한 황홀, 문장체험, 문체감각이 박영희의 회고에 있다. 조선인이 조선문자를 두고 겪는 이 불편함과 낯설음 그리고 그것을 해독한

---

146 이동희 · 노상래 편, 『박영희 전집』 II, 영남대 출판부, 1997, 282~283면.

뒤 얻게된 황홀감은 해외여행시 익숙하지 않은 외국어 문자를 대하고 그것을 읽을 수도, 의미를 알 수도 없어 겪는 불편함을 떠올리면 그 사정을 다소 짐작할 수 있다.

근대문학사상 유려한 우리말 문장을 구사했던 이태준은 "백한시百漢詩를 주어 바꾸지 못할것은 한 장章의 시조時調다. 그 망헐 한문漢文 때문에 그처럼 세련洗練된 우리말 노래의 입들이 거의 함구喊口를 당해 버렸다"고 회고했다. 시조와 가사 같은 창곡이 그나마 우리말 노래를 살린 것인데, 우리말 구어체의 노래가 소실되고, 우리말 구어체 문장이 더디게 진화한 것은 '한문장'의 폐해가 깊고 지속적이었던 데 원인이 있었다.[147]

김동인은 여러차례 '조선말로 문학하기'의 어려움을 토로한 바 있다. 그가 문학을 처음 접했던 초창시대 이후 일제 말기까지 그의 관심은 문장에 있었고, 그 '문장예술'의 주체가 '조선어 쓰기'의 어려움과 그것을 해소하는 과정에서 나온 것임은 두말할 필요가 없다. 김동인이 말한 문학하기의 어려움은 실제적이고 구체적인 우리말 '쓰기'의 문제, 근대문학의 조선어 리터러시를 둘러싼 '쓰기'의 곤란과 책무를 등에 진 것이다. '문장의 국어화'라 지칭된 것은 기실 '구어체 문장화'였다.

민족의 역사는 4천년이지만 우리는 문학의 유산을 물려받지 못하였다. 우리에게 상속된 문학은 한문학이었다. 전인前人의 유산이 없는지라, 우리가 문학을 가지려면 순전히 새로 만들어내는 수밖에는 없었다. ─문학은 문장으로 구성되는 것이라, 우선 그 문장에서 소설이면 소설용어, 시면 시용어부터 쌓아나아

---

147 이태준, 「妓生과 詩文」, 『문장』, 1940.12.

가지 않을 수 없었다. (…중략…) 우선 문장의 국어화하였다.[148]

국어 '문자'가 없었던 것이 아니라, 즉 한글은 있었으나 국어 '문장'이 없었던 것이다. 문학은 문장으로 만들어내는 것문체의 산물이니, 한문체의 문장질서나 논리에 종속되지 않는 우리말 구어체 문장을 '쓰기'하는 것이 긴요한 과제였다. 한문학의 문장이 거대한 '압증'으로 작용했을 때 근대 문인들의 조선어 문장에 대한 조바심은 근본적으로 우리 문장의 국어화, 즉 구어한글문장체에 대한 탐색으로 이어진다. 동인은 『창조』의 공적을 설명하면서 조선어 구어체 문장의 현현을 이렇게 설명한다.

『창조』 이전에도 소설은 대개 구어체로 쓰여지기는 하였다. 그러나 그 '구어'라는 것이 아직 문어체가 적지 않게 섞이어 있는 것으로서 '여사여사하리라', '하니라', '이러라', '하도다' 등은 구어체로 여기고 그 이상 더 구어체화 할 수 없는 것으로 여기었다. 신문학의 개척자인 춘원 이광수의 소설을 볼지라도 『창조』가 구어체 순화의 봉화를 들기 이전 (1919년 이전)의 작품들을 보자면 『무정』이며 「개척자」 등 역시 '이러라', '하더라', '하노라'가 적지 않게 사용되었고, 그 이상으로 구어체화 할 수 없다고 여긴 모양이었다. '구어체화'와 동시에 '과거사過去詞'를 소설용어로 채택한 것도 창조였다. 모든 사물의 형용에 있어서 이를 독자의 머리에 실감적으로 붙어넣기 위해서는 '현재시現在詞' 보다 '과거사'가 더 유효하고 힘있다.[149]

---

148 김동인, 「문단 30년사」, 『전집』 8, 382~383면.
149 위의글, 382~383면.

춘원의 「소년의 비애」1917에 쓰인 '한다', '이라', '이다' 등의 현재형 종결체에 대해서 '이는 근대인의 날카로운 심리와 정서를 표현할 수 없'고 '현재법을 사용하면 주체와 객체의 구별이 명료치 못하므로' 감연히 이를 배척해야 한다고 썼다.[150] 소설가였던 동인의 우리말 문장에 대한 자의식이 시점과 과거체에 있다는 사실을 뒷받침하는 이 회고의 중요성은 보다 중요하게는 '조선어구어체문장'의 획득과 관련된 기록이라는 점이다. 조선어구어체문장이라야 우리의 생각과 감정을 산말로, 생생하게, 신선하고 아름답게 표현할 수 있다. 동인의 자의식은 조선어로 문학활동을 할 수 없었던 일제 말기에도 그대로 노출된다. 김동인은 '조선어를 가르치지 않는 시대'에 조선어 '쓰기'를 독습해야 하는 문인들의 상황을 지적한다. '문장이 거칠기 때문에 문장을 요해了解하려는 노력으로 문文의 의의를 잊기 쉬운 문장'을 쓰는 사람들이 일제 말기1939 급격히 늘어났다는 것이다.[151]

'기교', '표현'이라 부르는 이른바 '쓰기의 쓰기'는 이 조선어구어한글문장체의 '쓰기' 이후에 도달할 목표이며, 후자를 거치지 않은 상태에서 전자의 도달은 불가하며 이 두 가지 핵심을 서로 혼동하면 안된다. 일찍이 김동인은 '문학'을 '문예'의 개념으로 치환하면서 예술로서의 문장과 일반 담론에서의 문장을 구별한다. 시는 제외하고라도, 일제 말기까지 소설 문장에서는 한자어 사용이나 한자 표기가 절제되었지만 담론에서는 한주국종체가 유지되었던 상황에서 '문예'의 개념으로 문학을 이해하기 위해서는 먼저 한문장체가 아닌 조선어구어한글문장체의 확립이 절실하다. 김동인은 '예술'로서의 문학文藝이 '문장'에 있음을 지적하고 그 예술의

---

150 김동인, 『전집』 8, 600면.
151 김동인, 「소설가 지원자에게 주는 당부」, 『전집』 10, 363면.

'문장'을 '구어체의 음악'이라는 개념으로 정의하는데, 이 때 '쓰기'를 넘어 '쓰기의 쓰기화'의 논제가 비로소 부상하는 것이다.

> 문예文藝라는 것은 문장예술文章藝術인 이상, 문장文章을 무시無視하고 문예文藝가 존재할 까닭이 없다. 문예상文藝上에 나타난 사실—즉 소재素材라 하는 것은 이곳 저곳 아무데나 굴러다니는 것이다. 이것을 예술화藝術化하는 것은 오직 문장文章의 힘이다. 음악을 구성하는 자는 문장文章이다.[152]

동인은 단지 '미문美文'으로서의 문장의 가치를 말하기보다는 문학을 예술화하고 '문文'을 음악화하는 수단으로 '문장'의 위상을 끌어올린다. 표음문자인 한글문자를 문장화하는 것은 '음악'을 구성하는 것과 같다. 동인이 고심했던 것은 화법이나 시점 등의 근대소설의 제도적 장치로서의 문체문제뿐 아니라 글쓰기의 선험적인 조건인 조선어구어한글문장체의 획득과 그 궁극적 미학의 완성에 있었는데 문장의 최후의 '쓰기'를 곧 구어문장의 음악화라는 개념에 두었다. 그러니까 구어체문의 '쓰기'는 문학의 예술화를 위해 반드시 전제되어야 할 조건이 된다.

동인이 춘원을 평가한 항목 중 중요한 점은 춘원의 소설 「젊은 꿈」에 대해 '조선 구어체 문장의 초창기에 보여준 경이로운 미문美文'이라 평가한 대목에 표명되어 있다.[153] "이 세상의 냉혹하고 괴로움을 생각할 때에 하루라도 바삐 이 세상을 벗어남을 기뻐하엿나이다" 같은 주인공의 열과 공상으로 가득찬 사구辭句는 '나는 집으로 돌아와서 너거 피곤한 까닭으로

---

152 김동인, 「소설가 지원자에게 주는 당부」, 362면.
153 김동인, 「춘원연구」, 『전집』 8, 494면.

나는 자리를 깔고잔다'는 그림일기투의 문장과 얼마나 다른가. 그것은 또 문어문체, 한자문장체와 얼마나 멀리 있는가. 조선어 구어문장체는 근본적으로 한자문장체와 결별하면서 우리말의 구어적 음악성을 그 자체로 실현하게 된다.

동인의 미문체에 대한 관심은 안서식의 '노라체'에 대한 옹호와 연관이 있다. 그가 안서의 '노라체'를 강조할 때, 그는 조선어구어체문장의 미학적 가치에 대해 말하고 싶었을 것이다. 시의 세계는 전적으로 시인이든 시적 자이든 그가 외부의 모든 것들대상을 자신의 내부로 끌어당기는 구심적인 힘에 의존하는 것이므로 주·객체의 구별을 필요로 하지 않으며 그러니 시점의 일관성이 굳이 중요하지 않다. 게다가 시적 대상은 시인의 회감의 영역에서 떠오르는 것이니, 현재냐, 과거냐의 시점은 중요하지 않다. 시양식의 연행 과정에서 누구를 청자로 두고 그 청자에게 어떻게 어떤 자세로 말할 것인가의 문제가 보다 중요하다. 그러니 시는 소설보다 현장성, 수행성, 공유성의 커뮤니케이션 전략이 훨씬 강한 장르이며 따라서 '시가'로서의 시양식이 이른바 '문자시'로서의 근대시 양식과 차이나는 점이 바로 이것이다. 그러다보니 동인은 시가양식의 종결체에 관심을 다지지 않을 수 없었는데, 그는 요한의 '-다체'와 안서의 '-노라체'에 대해 그 양식상의 가치를 규준으로 삼아 이렇게 설명한다.

글을 토막토막 끊어서 쓰면 이것이 시요, 남녀가 연애하는 이야기를 쓰면 이것이 소설인 줄 안 모양이었다. (…중략…) 김안서는 만세 이전부터 시인으로 '하여라', '하엿서라' 투를 시작하여 시에 독특한 지반을 쌓아나가던 사람이다. (…중략…) 신시는 요한이 대표한다. 요한이 시작한 구어체의 신시는 조선의 신시의 표준형이 되었다. 이 구어체 신시와 대립하여 안서는 '하여라', '하엿서라'의 한 길을 안출하여 '하엿서라'의 뒤를 따르는 후배도 적지 않았다. 그냥 꾸준히 발전시켰으면 혹은 신시의 한 형이 되었을는지도 모를 것을, 안서 스스로가 중도에 이를 내던지고 소위 순구어체의 '신민요'로 지향하여 일껏 발전시키던 '형型'을 스스로 없이한 것이다.[154]

주요한의 「불노리」에서의 '-다체'와 안서 초기시의 종결체를 떠올리면 동인의 설명이 이해된다. 안서는 여전히 구투의 종결체. '-노라체'를 고수한다는 점에서 요한의 구어체 신시에 차마 비견될 수 없었는데, 그럼에도 동인이 안서의 '-노라체'를 평가한 것은 그것이 서양식의 노래성, 낭영성 시가성을 그 자체로 현전하기 때문이다. '신민요'의 문체는 그것이 노래이니 완전히 '순구어체'를 요구할 수밖에 없지만, 적어도 시가양식의 '노라체'는 노래를 문자화하는 데 있어 음악성을 현시하는 중요한 직능을 작동한다고 여겨졌던 것이다.

임화는, 1930년대 시인들의 우리말 구어체 어휘의 부족을 지적하기도 하는데, 고래로는 한문장에 가려져 있었던 전통적인 우리말 구어체 시가의 단절과 당대로는 외국어 수입으로 인한 우리말 미감의 추방을 그 원인으로 지적했다.[155] '고향의 현실은 고향의 언어로'라는 임화의 구호는 시가의 언문일치, 시의 구어체적 음률의 완성을 위한 이념이자 결론이었다. 언어의 위기는 조선문학 전반의 위기일 뿐 아니라 조선문학 존폐를 잡고 뒤흔드는 것이 된다. 조선어에 대한 관심은 고전주의, 조선주의의 부활과도 무

---

154 김동인, 「문단 30년사」, 『진집』 8, 397~398면.
155 임화, 「조선어와 위기하의 조선문학」, 『조선중앙일보』, 1936.3.8~24.

관하지 않은데, 임화는 "과거에도 미적으로 가장 아름다운 시는 평범한 말에 비범한 내용을 담은 구어적 시어였다"[156]고 언급하고 조선어 구어체의 완전한 문학어, 문화어의 완성을 주장한다. 언어의 순수성을 보장하는 것은 만인의 일상어인 조선어 구어를 보전하는 것과 다르지 않다.

조선어학회의 맞춤법규정은 곧 언문일치의 근대적 어문의 근거를 수립하는 것인데, 조선의 방언적 차이 통일, 혼란된 문법, 어휘를 정리하는 것이 곧 그 목적이다. 임화의 이상에는 정비된 문법과 고운 어음으로 국민적으로 완전히 통일된 문화어인 불란서어와 불란서 문학이 있었다.[157] 그렇기에 그는 춘원, 빙허, 횡보 등을 '조선적 부르문학의 최전성기인 1919~23, 4년도에 조선적 시민의 언어상의 성취'를 이룰 수 있었다고 평가하고 안서, 회월 등의 부르주아적 언어감수성을 지닌 시인들의 시를 평가할 수 있었다. '한문식', '불란서식'의 양 스타일의 문체가 회자되는 가운데, '불란서식'의 바탕이 서구 상징시의 모방이라 평가되지만 본질적으로 그것은 조선어구어한글문장체 스타일의 양식적 지향성을 가진 것으로 그 당사자들이 평양중심의 문인들이라는 점에서 기독교단의 한글 성경 및 찬송가 번역 스타일과 무관할 수 없었고 그 스타일이 초창시대 시가양식의 구어한글문장체로 굳어진 것이다. 문단, 사조, 이념, 경향을 떠난 근대문학사의 최종심급은 언어, 곧 조선어 구어에 있었던 것이다.

조선어구어한글문장체 시의 시사적 연속성

현대 조선인의 생활 감정을 노래한 1920년대 현실주의급 낭만주의 시

---

156 임화, 「시와 시인과 그 명예」, 『학등』, 1936.1.
157 임화, 「조선어와 위기하의 조선문학」, 『조선중앙일보』, 1936.3.8~24.

가는 고명한 시어와 리듬을 창조하면서 당대의 진보적인 시가로 그 선두에 선다. '가장 고유하고 아름다운 점을 현대적 관점에서 대담히 자기의 물건을 만들 것'[158]이라는 임화의 기대는 조선어구어한글문장체 시가가 이룬 음악성의 완성을 뜻하며 이는 안서로부터 기획된 조선어 구어문장체 시가의 언문일치 개념이 임화에까지 계승되고 있음을 의미한다.

1930년대 들어 안서는 김상용 시집 『망향望鄕』 중 「남으로 창을 내겠오」를 인용하면서 시의 자연스러움이 '구어口語를 조調고대로 묘妙하게 사용한' 데 있다고 지적한다.

이 얼마나 아모 장식도 하지 아니한 가장 자연스러운 시입닛가. 그러면서도 이속에는 유모아가 있고 시인자신의 인생관과 뚜렷하게 맑은 수면水面에 하늘이 어리우듯이 간결簡潔이 나타난 것이 어찌보면 일개一個의 선경仙境이외다. 그리고 이렇게 구어口語를 조調고대로 묘妙하게 사용한 시는 적을 것이외다. 이 시詩야말로 낡은 의미意味로의 동양적東洋的이아니요, 새로운 것으로의 그것이외다. 그것이야말로 한 개個 티없는 구슬 그 자신自身이외다.[159]

유모어시적 역설, 인생관주제, 기교, 이미지 등이 황홀하게 드러나는 순간은 '구어를 조 그대로' 사용하는 언어적 '선경仙境'의 순간인 것이다. '동양적인 간결과 선경의 순수'가 이토록 새롭게 보이는 것은 우리말 구어체의 음악적 완전성에서 비롯된다는 투다. "음향이 고운 말을 골라 음악적 리듬으로 건축하며 그들이 읽으며 이해하는 데 될 수 있으면 사유의 힘을 덜

158 위의 글.
159 김안서, 「시단 일년 회고–특히 새 시집에 대한 감상」, 『조광』 50, 1939.12.1.

들이도록 회화적 형상성을 부여하는 것"이라 임화가 요약한 문맥과 다르지 않다. '명확성, 명석성, 음악성, 용량적인 단순성'은 임화도 역시 강조한 것인데, '명확성, 명석성, 단순성'은 '간결'과 '선결', '티없는 것' 등의 안서의 말과 교통한다. '감정과 의지가 거세된' 조선말로 그 남성적인 모든 요소를 거세당하고 여성화의 일로로 몰아넣는 형식주의가 쇠잔해 가는 민족의 언어를 더욱 위기하로 몰아간다는 것이 임화의 판단이다.[160] 조선어의 구어적 음악성이 형식적 고답성 때문에 어떻게 거세되는가는 한 편으로는 단순성과 명석성을 소실하면서 감상주의화되는 조선어의 위기이기도 한 것이다.

임화는 순수시파들의 시가 일상어 혹은 구어체로부터 멀어진 점을 비판한다.

> 김기림, 김광균, 황순원, 신석정 등 제씨의 시를 주의깊게 읽은 사람이면 그 사용하는 형용사, 명사 등의 가경할 유사와 그 용어의 대부분이 상용어가 아니며 시어의 구어체로부터의 유리, 그리고 어느 누구를 막론하고 어휘를 통틀어야 백을 넘을둥말둥한 소수인데는 일경日警을 금할 수가 없다. 그리고 시 전체를 통하여 외국시의 어조로서 조선어 같은 음율적인 미, '리듬의 고유한 음악성' 등은 간곳 없이 추방되어 있다. 이것이 과연 조선어의 예술미적 완성일까? 민요, 동요, 시조나 고가사古歌詞 등이 가진 주옥과 같은 이 아름다운 조선어의 미는 흔적도 없이 깨어지고 있다.[161]

---

160 임화, 「조선어와 위기하의 조선문학」.
161 임화, 「역사적 반성에의 요망」, 『조선중앙일보』, 1935.7.4~16.

김기림의 시는 주지적으로, 김광균의 시는 회화적으로 가고, 황순원, 신석정 등의 시는 진술적 문장체에 가까우니 임화는 이들의 시가 기본적으로는 구어체이자 일상어체에서 벗어난다고 본다. 대체로 서술적 경향의 시들은 '음율적인 미, 리듬의 고유한 음악성' 등의 구어적 속성에서 비롯되는 자질을 견지하기 어렵다. 조선어의 고유한 리듬과 음악성이 추방된 것과 아름다운 조선어의 미가 사라진 것은 동시적이다. 구어체 시는 민요, 동요, 시조, 가사에 이어지는 구어체의 전통을 계승하면서 조선어의 음률미와 고유한 음악성을 담보하지 않으면 안된다. 조선어구어한글문장체 시를 두고 안서와 임화는 그렇게 가까이 서로에게 다가간다.

정지용, 신석정 등이 경향파 시인들을 향해 "똑바른 조선어를 쓰라"고 요구한 대목을 두고, 임화는 이들 시인들이 '시가상의 조선적 언어의 애호자'로 등장함으로써 기존의 '교활한 기교주의자'의 닉네임을 던져버릴 수 있었음을 지적한다.

그들(기교주의자, 정지용, 신석정 등)은 기교파나 순수시인들과 같이 시는 언어의 기교라 하는 대신, 신시와 경향시의 기교적 결함을 공격하고 똑바른 조선어를 쓰라는 데서 출발한 것이다.[162]

정지용의 구어적 음성성을 '기교', '(예술)지상주의'라 비판한 것과, 정지용 등이 경향파 시인들의 서술적 경향의 시들문적 측면이 강한 시들이 구어적 음성성이 부재하다고 비판하는 관점은 분명 차이가 있다. 이는 역설적으로

---

162 임화, 「담천하의 시단 1년」, 『신동아』, 1935.12.

'기교파'들이 조선어구어한글문장체 시를 경향시파에 비해 능숙하게 썼다는 뜻일 뿐 아니라 경향파 시들이 관념, 계몽, 설교는 가능했으나 구어적인 아름다움과 산말의 리듬을 구사하지는 못했음을 인정하는 것이기도 하다.

김기림의 관점「시에 있어서의 기교주의의 반성과 발전」이 오히려 임화의 논리에 보다 적절하게 적용될 듯한데, 김기림식으로 '예술지상주의가 윤리의 문제이고 기교주의가 미학의 문제'라면, 임화의 기교파 시인들에 대한 비판은 '윤리의 관점'에서 시작되었다가 결국은 '미학의 문제'로 되돌아오면서 그들 기교주의자들의 공적을 일정 부분 인정하게 되는 아이러니를 보여준다. 비판의 원인이 평가의 핵심이 돼 버리는, 이 같은 '관점착종'의 바탕에 '조선어 구어의 미'라는 핵심이 잠재되어 있다는 것은 얼마나 흥미로운가. '조선어 같은 음률적인 미', '리듬의 고유한 음악성'의 부재를 조선문학의 위기로 진단하고 조선어의 미적 전통을 시조, 민요, 고가사 등 전통 시가양식에 소급하고 있다는 것은 '현실주의 비평가' 임화를 떠올리면 얼마나 아이러닉한 일인가.

1930년대 후반기 들어 장만영, 윤곤강, 김종한 등의 신진시인들이 주목한 것은 '우리말 구어체 미감'이다. 그들의 문청 기질을 일깨운 것은 『무정』, 『창조』 등이 표방한 그리고 그 당사자들에 의해 시도된 우리말구어한글문장체였음을 그들은 회고한다.

일찍이 춘원의 『무정』을 읽다가 아버지에게 들켜서 찢기운 뒤로는 (…중략…) 녹색표지 얄팍하게 꾸며낸 『창조』 또한 처음으로 대하는 우리말 잡지였다. 그 때 처음 읽게 된 요한의 '불놀이와' '봄달잡이'는 시방도 서슴없이 내 머리에 떠오르는 것이다.[163]

그 시의 무엇이 그를 홀렸던가? 살아있는 말, 구어체만이 가질 수 있는 저류하는 리듬, 섬세하고 아름다운 음향 같은 것들이 이 '희랍철학자풍'의 품안에 깃들었다. 장만영은 "아아, 날이 저문다"로 시작되는 요한의 「불놀이」의 그 생명력있게 흐르는 리듬의 감흥과 「아름다운 봄달잡이」의 '달은 물을건너가고요'에서 '——가고요'의 음향의 감흥에 이끌려 시인이 되었다. 우리말 구어의 살아있는 음악성이 우리말 시의 흡인력이자 매혹이었다.

김종한이 '예술적인 참의 신시대의 시'를 주창한 배경에는 '조선말 시' 곧 우리말 구어체 시에 대한 본격적인 탐구의 필요성이 바탕이 되어 있다. '조선말 시詩'에 대한 전통으로부터 출발하면서 또 그 전통에 대한 본질적인 비판을 통해서만 '예술적인 참의 신시대의 시'는 창작할 수가 있다는 것이 김종한의 논리였다. 어쩌면 육당의 시대로부터 일제 말기까지 시인들의 시인으로서의 자의식에 '조선말 구어시'에 대한 지고한 순사殉死의 욕망이 강박증처럼 잠재되어 있었을 것이다. 그것은 이른바 조선심, 애국심, 민족의식을 가리키기보다는 그것에 선행하는 것이거나 그것 아래 잠복돼 있는 우리말 구어체 시가의 미적 형식의 완성에 대한 의지에 가깝다.

---

163 장만영, 『전집』 3, 524면.

제2장

'문자'에 남긴 말 혹은 목소리

1. 조선어 구어의 '쓰기(말의 문자화)'와 인쇄리터러시의 대중화

규범의 부재와 시양식의 가시적, 물리적 규범화 문제

근본적으로 조선 신문학 운동의 출발은 '문자통일사업'에 있고 이는 '문법완성'과 '사전출판'으로 구체화되지 않으면 안된다고 김기진은 지적한다.[1] 말의 문자적 표기의 방법, 말단어의 용도에 대한 규범사전, 문법책이 구비되지 않으면 '말'을 '쓸' 수 없다. 문자를 통한 소통이 대중적으로, 보편적으로 신문학의 수립 및 왕성에 기여할 수 있다는 뜻이다. 이는 긴요하면서 또 근본적 문제다. 조선말을 한글로 표식하는 데 있어 통일된 규칙을 가져본 적이 없고, 그것을 알려주는 교과서격인 맞춤법규정이 없으니, 한글로 '쓰기'란 이토록 난감하고 난해한 에크리튀르였던 것이다. 근대출판물의 대중화 시대에 이 문제만큼 쓰기매체의 의사소통의 질을 규정하는 것은 존재하기 어렵다.

---

1 양주동, 「병인문단개관」, 『동광』 9, 1927.1.

문자통일사업文字統一事業은 일방면一方面으로 문법文法의 완성完成과 사전辭典의 출판出版이 절대絶對로 필요必要한 동시同時에 일방면一方面으로 가치價値잇는 저작 著作을 문법文法의 규칙規則대로 인쇄印刷하야 일반민중一般民衆에게 소개紹介하는 것이 무엇보다도 필요必要하다.[2]

우리말 쓰기의 전범이 없는 상황에서 초창시대 시창작자들이 통과해야 했던 관문은 무엇보다 먼저 조선말한글 '쓰기'의 규범을 정하는 것이었다. 단순하게 '음성기호인 체계를 글자라고 하는 시각을 자극하는 기호로 옮겨놓는 것'이 '글'이라고 해도 거기에는 분명한 문법관계와 철자법의 약속이 필요하다.[3] 우리말 어휘 부족을 소설쓰기의 어려움으로 규정한 김동인의 고민은 선진적인 측면이 있지만, 그 근본에는 역시 조선말로 문학하기 위한 '쓰기'의 규범 부재에 대한 고민이 강하게 내재된 것이었다. 이 논의는 해방 이후 '국어시가론'이 논의되는 시기에 다시 본격화 된다.[4] '우리말 문학시가'의 긴급성이란 조선어의 '쓰기론'에서 출발하며 그것은 곧 문법어법론, 사전편찬론의 시급성을 촉발시킨다. 조선어로 '쓰기'가 곧 문학하기와 동격이 되었던 초창시대 시사적 과제가 해방 이후 다시 제기되면서 오히려 의제는 근대시의 기원으로 되돌아가게 되는 것이다.

김기진은 실질적이고 구체적인 문제를 지적하는데 단어 정리, 문법 정리 같은 매우 기초적인 글쓰기의 문제부터, 실제 문장에서 활용할 수 있도록 품사의 쓰임을 실제로 보여주는 '쓰기', 즉 번안이나 창작 등을 통한

---

2 梁明, 「新文學建設과 한글整理」, 『개벽』, 1923.8.
3 김기림, 「새문체의 갈 길」, 『전집』 4, 162~170면.
4 안서, 「시가와 국어문제」, 『서울신문』, 1949.12.19.

'쓰기'의 실재를 제시하고 그 같은 '난문제'를 해소할 방안을 강구한다.

① 창작이나 번역을 하는 사람은 그 뜻만을 전함에 그치지 말고 첫째 단어의
  정리를 할 일.
② 문법의 정돈을 할 일.
③ 조선의 부족한 어수語數를, 가령 명사나 형용사나 동사 같은 것을 번안 혹
  은 창작할 일.
④ 이와 같은 것을 실행하자면 전조선의 신문사, 잡지사, 인쇄소 등이 융합하
  여 동일한 목적에 대한 최선의 노력을 할 것.[5]

조선어리터러시는 본질적으로 인쇄리터러시의 문제라는 점에서 잡지
사, 신문사, 인쇄소 등의 역할과 계몽적 훈련이 강조된다. 최남선, 이광수
시대를 지나 다수의 문인들이 문학행위에 참여하는 1920년대 중반기에도
조선어 출판물에서 보이는 맞춤법의 비고정성이나 서식, 판식의 혼란은 여
전히 지속되고 있었다. 최남선은 『소년』을 발행하면서 활자의 종류나 크
기 같은 식자의 문제에서부터 편집상의 혼란까지 인쇄리터러시의 난제를
피할 수 없었던 것처럼 보인다. 맞춤법, 띄어쓰기, 부호찍기 같은 어문규범
의 원칙 부재는 말할 것도 없지만 시가양식의 경우는 노래성을 표식해야
하는 까닭에 음절 배치나 시행 배열의 규칙 등이 요구되는데 그런 기본적
인 규범이 정립되지도 않았고, 또 독자들과 공유되지도 않았다. 창작자, 번
역자 등 조선어 '쓰기'의 행위주체뿐 아니라 잡지 편집자, 발행인 등 인쇄

---

5   김기진, 「조선어의 문학적 가치」, 『매일신보』, 1924.12.7.

리터러시의 주체들에게도 '쓰기'의 규범 부재는 동일한 고충거리였다.

조선어언문 문자 통일사업의 필요성은 1920년대 들어 더욱 고조되기에 이른다. 이 문제를 김기진이 자각한 것은 신문기자였던 그의 개인적 경험과 무관하지 않을 것인데 그는 출판 시스템과 개인의 문필활동 사이에 존재하는 사회적 규약의 필요를 절감했던 것이다.

'원고주^主의 용법'

직관의 규범, 양식의 규범

'문자생활'의 사회적 합의와 규약이 존재하지 않는 상황에서 '조선어로 문학하기'에 대한 열의는 가속화되었다. 『학지광』, 『태서문예신보』의 독자투고란의 활성화는 이를 증거한다. '언문상 용법'을 그 누구도 확신할 수 없는 상황에서 방법은 일종의 '직관'에 의존할 수밖에 없었는데 『학지광』 편집자는 그것을 '원고주의 용법대로' 따르는 것이라 규정한다. 전범典範이 없는 데 무엇을 어찌할 수 있다는 말인가. 개인의 직관이 곧 글쓰기의 규범이고 그것은 '가급적 주의'를 요하는 양식良識의 문제로 '윤리화' 한다.

> 본지상언문용법本誌上諺文用法은 확실確實한 과오過誤가 아니면, 다 원고주原稿主의 용법用法을 그대로 게게揭한것임으로, 다소多少의 차이差異가 불무不無하고, 혹或은 변체變體의 용법用法으로 오정誤正한것이, 쌔쌔잇슴은 유감遺憾되는 일이나, 웃지할수업스니 량서諒恕하시기 바랍니다. 금후今後붓터 난 가급적可及的으로 주의注意하랴함니다.[6]

『학지광』 등 초창시대 잡지에 실린 글들은 띄어쓰기는 물론 철자법 자체의 통일성이 없다. 잡지 필진 자체가 아마추어이자 문청에 값할 뿐이었고 '쓰기'의 양식적, 형식적 실례를 기성시인들로부터 구할 충분한 근거가 없었으며 신문, 잡지 역시 편집상의 형식적 원리를 알지 못하니 오직 일종의 감感, 혹은 '직관'으로 그것을 해결하는 수밖에 없었다. 『소년』, 『청춘』 시절부터 이미 한 호 내에서도 활자의 통일이나 양식의 통일이 이루어지지 않았는데, 지면 부족의 문제가 있기도 했지만 시양식의 형식적 통일성뿐 아니라 활자호수의 통일조차 이루어지지 않았다.[7] 한 잡지 내에서조차 지면 배치나 활자 호수의 통일이 이루어지지 않았음은 『소년』 이래 『학지광』, 『태서문예신보』를 거쳐 이른바 '3대 동인지'에서도 확인되는데, 그 혼돈이 1920년대 들어서도 지속되었던 것이다. 띄어쓰기, 고리표, 쉼표, 「 」 등 부호의 혼란조차 실제 당시 잡지에 그대로 노출돼 있다.

개행, 배구의 방식은 인판의 물리적 요건에 크게 좌우되며, 띄어쓰기나

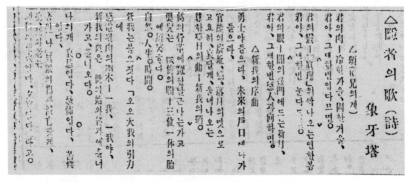

구두점의 혼란을 보여주는 『태서문예신보』의 지면. 활자리터러시 곧 인판의 문장부호 '쓰기'의 방법론 부재를 의미한다. 『태서문예신보』, 1919.1.

---

6 「편집소에서」, 『학지광』 3, 1914.12.3.
7 「시투고하신 제위께」, 『조선문단』, 1925.1.1.

맞춤법 등이 정리되지 않으면 시가양식의 노래성, 음조미를 구현하는 데 혼돈과 갈등을 피하기 어렵다.

신문 지면에서는 단의 수와 길이에 맞추어야 하고 잡지는 신문 지면에 비해 공간의 유동성을 갖기는 하지만 공간적 제약을 벗어나기 어렵다. 인쇄란 어쨌든 공간적 균일화와 지면의 조화라는 편집상의 문법을 벗어날 수 없다. 잡지에서 통상적으로 한 단통면 혹은 두 단으로 구획해 판식하는 경향은 이미『소년』에서부터 확인되고 있다. 잡지에서든 신문에서든 시양식의 고유성은 지면상으로 가시화될 수밖에 없다. 시의 노래성을 문자화한다는 의미는, 다른 한편으로, 시의 양식적 고유성과 노래성을 인판에 표식하는 편집상의 원칙을 준수한다는 것을 뜻한다. '시'를 인판에 표식하는 방법, 형태적 고정성과 안정성의 고민은 시의 양식적, 미학적 방법론의 고민과 분리될 수 없다는 뜻이다.

시가의 문자화·율격화

'시신시란 무엇인가'라는 질문은, 육당, 춘원, 현철, 안서, 황석우 등 대부분의 시론가들에게는 표식스크라이빙 차원의 '형태론'에 이어진다. 그것은 문예미학상의 문제에 속하기보다는 조선문자로 된 근대시의 속성을 고유하게 드러내는 방법론, 판식과 서식의 방법과 효과에 관련된 문제이다.

초창기 시가양식론에서 '율격을 문자로 표시하는 것',[8] '문자가 음악적 형식으로 표현된 감정'[9] 같은 개념은 시가양식의 고유성을 설명하려는 의도에서 자주 인급된다. 율격을 문자로 표시한 것이 운문[10]이라는 설명은

---

8 현철,「비평을 알고 비평을 하라」,『개벽』, 1920.12.
9 안서,「작시법(1)」,『조선문단』 7, 1925.4.

자명한 논리로 보이지만, 이 때 '문자'라는 용어는 당시 조선어구어한글 문장체 시가의 외형적 특성을 어떻게 인판에 구현하는가라는 맥락에서 쓰였다는 점도 주목해야 한다. 시양식은 '노래부를 만한 성질'의 '음악성'[11]을 표식해야 한다는 점에서 시 창작은 '의미 전달'을 위한 '쓰기'와는 본질적으로 다르다.

'율격론'은 선시적先詩的 작시법[12]이자 낭영시적 리듬론인데, 물리적인 차원에서는 시의 음악성을 어떻게 표식할 것인가의 스크라이빙 문제, 정형성 표식의 방법론 문제이다. '조선어 시가 율격론'은 창자創者의 입장에서는 조선어구어한글문장체 시가 쓰기의 규범이 되는 작시법이어야 하고[13] 독자의 입장에서 그것은 낭랑한 음악을 전달하고 리듬을 감각하는 독송법에 근접한다.[14]

> 시가의 음악적 방면은 언어의 발성으로 말미암아 전개된다. 호흡도 발성의 일부다. 그리고 단지 언어의 발성만으로가 아니라 그 발음의 정돈, 배열로 말미암아 음악적 효과는 나타난다.[15]

발성의 규칙과 음가를 문자로 정돈, 배열하는 데서 '음악적 효과'가 나

---

10 현철, 「비평을 알고 비평을 하라」.
11 현재 장르론/양식론에서 쓰이는 포괄적 의미의 '음악' 개념이 아니라 '율격적 정형성에서 기원하는 노래성'의 맥락이다. '음악' 개념의 역사적 고찰에 대해서는, 전지영, 「근대의 코드, 번역의 함정」, 『한국음악사학보』 51, 2013.
12 양주동, 「正誤二三」, 『조선문단』, 1925.10.
13 김흥규, 「한국시가 율격의 이론 1 - 이론적 기반의 모색」, 『민족문화연구』 13, 고려대 민족문화연구소, 1978, 124면.
14 월터 J. 옹, 『구술문화와 문자문화』, 177면.
15 김기진, 「시가의 음악적 방면」, 『조선문단』 11, 1925.8.

타난다. 지면 혹은 인판의 형태론이 시가양식상 얼마나 중요한가가 확인되는 것이다.

조선어 '시가노래'를 '문자화'한다는 것은 기본적으로 산문양식과는 다른 시양식의 고유성을 확보하는 것이다. 초창기 시논쟁의 주역인 현철은, '리씀節奏'의 정의, 문장과 문자의 구별, 음조와 음자[16]의 정의 등 시가를 구성하는 중요한 핵심요소들을 개념화 할 수 있는 기록들을 남겼다. "시가 情의 언어라면 율어의 형식이 인위적인 것이 아니라 내면의 필연성에 의해 생기는 것이다. 정이 극렬하면 리씀節奏이 있는 형식으로 표현되는데, 분노, 홍소, 희열 등은 정의 율격적 표출"이라 할 수 있다고 썼다. 현철은 '율격의 문자화'는 각 민족나라별로 차이가 있다고 한 뒤, 황진이의 시조 「어뎌 내일이야」를 일본, 러시아, 영국 등의 시들과 비교한다.

조선시는 노래를 부를 만한 조율調律을 표준한 것이요 일본시는 자수 즉 음조音調를 가진 형식이 긴장한 것이요 한시는 보통 문장에다 경도傾倒된 것이요 영시는 운사의 즉 네이, 쓰레이, 자일드, 와일드 등을 말 힌 것이다.[17]

음절수에 기초한 일본시나 각운에 기초한 영시의 경우, 시의 형태적 고정성과 안정성을 기할 수 있다는 점에서 창작자나 향유자독자 모두 그것의 소리를 실현하는 데 있어 갈등하거나 혼돈을 겪을 여지가 적다. 하지만 조선어구어한글문장체 시의 경우는 다르다. 악센트나 각운이 없으니 운문으로서의 가치나 율격적 정형성은 다른 방식으로 확보해야 한다. 이는 역

---

16 현철, 「비평을 알고 비평을 하라」, 『개벽』, 1920.12.
17 현철, 위의 글.

설적으로 형태적 고정성이나 정형성을 포기하는 순간에 시와 산문의 차이가 무화된다는 것을 뜻한다. 따라서 문자화 과정에서 시는 산문과의 양식적 차이를 명백하게 드러내지 않으면 안된다.[18] 현철은 '규칙없이 흩어있고 산재한' 산문의 문장과, 언어가 규칙있게 배치된 형식을 가진 시의 장문章文을 구분함으로써 '율격의 문자화'를 둘러싼 시양식의 혼돈과 갈등을 해소하고자 한다.

> (문학을 – 인용자) 형식으로 대별하면 산문散文과 율문律文의 두 종류이다. 산문이라고 하는 것은 허터있다는 의미이니 언어의 배열이 규칙업시 산재한 문장이요 율문이라고 하는 것은 어떠한 형식을 가지고 언어가 규율잇게 배치된 장문章文이다. 이 말을 듯고 또 칠언七言이나 오언五言가튼 자수字數로만 그런 것인줄 알지마라 음향音響도 포함하여 말한 것이다.[19]

시는 운조韻調가 있어야 하고 율격을 갖는다는 점에서 '운문'인데, 이 때 '율격'이란 '자수字數로만' 규정되는 것은 아니고 거기에 율조음향, 음조가 내재된 것이어야 한다. 이는 이광수의 '격조' 논의와도 통하고 안서의 음조음향의 개념과도 상통한다. 따라서 시의 문장이란 가시적으로 '어떠한 형식을 가지고 언어가 규율있게 배치된 章文'이 된다. 서양시나 한시와는 다른 우리말구어한글문장체 시가의 조건을 고려한 언급이다. '산문의 그것과는 다른 시양식 고유한 장문과 그것의 배치 및 언어의 조건'에 대한 현철의 고민은, 이후 안서나 요한 등이 모색한 '조선어 시가론'에서 반복적

---

18 김기진, 「시가의 음악적 방면」, 『조선문단』 11, 1925.8.
19 현철, 「비평을 알고 비평을 하라」.

으로 제기된다. 음절수글자수를 일정하게 하면서 기승전결의 구조를 가진 한시의 시가법작시법을 모방할 수는 있으나 조선어의 본질을 잘 드러내는 조선시가의 특질은 무엇보다 '음조미'의 실현에서 찾아야 한다[20]는 주장은 춘원, 안서, 요한 등 조선어구어한글문장체 시가의 양식적 규율을 모색했던 시인시론가들에게 공통적으로 나타난다. 시라는 양식이 '어찌할 수 없이 침묵하는 문자로 표현할 수밖에 없'[21]다면, "생명이 있어 날뛰는 언어를 어떻게 문자로써 붙잡어놓을까 하는 것이 모든 시인의 시심을 괴롭히는 것"이라고 안서는 요약했다. '문자에 대한 충실한 구사법'은 시 창작자로서는 '작시법'이지만 독자로서는 물리적 실재를 통해 각인되는 문자 구사법, 인판의 스크라이빙 방법이 된다. 형식적 조건이 정형성이며 그것의 물리적, 가시적 형상은 주로 장문章文의 규칙성으로 드러난다. 잡지 발행인이나 편집인으로서의 자격은 시가양식의 물리적 실재를 인쇄리터러시의 차원에서 인식하는 것에 좌우된다.

앞에서 논의한 대로, 안확自山은 시조시의 문구를 '書'하는 데 있어 '음절音節을 응應하여 쓸 것이오 산문적 문법으로 쓰면 불가하다'고 지적하고 시조의 규칙성을 물리적으로 가시화하는 방안을 강조했다.

①거문고를 베고 누워 (×)
②거문고를 베고누워 (○)

시조의 한 징尊을 구성하는 두 항을 현재로서는 보통 구句라 칭하나 자

---

20 안서, 「시가강좌 작시법」, 『삼천리』 74, 1936.6.
21 안서, 「작시법」, 『조선문단』 8, 1925.5.

산은 '장章'이라 칭하고 그 한 구는 '음절音節'이라 부른다. 3장 6구라 칭하는 시조의 형식은, 자산의 이 용어대로 한다면, 6장 12음절이다. 향가의 3구 6명 같은 지칭어도 이 기준에 따르면 구와 명 사이의 엄격한 차이를 가리키는 것이 아니라 구분 단위를 범칭적으로 지칭하는 것으로 보아, 현재의 각 항목 사이를 뚜렷하게 구분해서 명칭을 붙이는 식의 '술어적 경계'가 근대 이전에는 존재하지 않았던 것 같다. 어쨌든 자산은 서양시와 달리 '수운數韻'을 통해 형식적 요건을 갖추는 시조의 특성상 '음수音數'의 엄격한 준수가 시조양식에 요구된다고 주장한다. 이른바 '3장 6구, 1장 15자' 형식의 엄격한 '수운'을 준수하는 것이 시조형식의 절대불변의 조건이며 따라서 이 같은 수운의 엄격한 규율을 '서書'에 반영하는 것은 절대적으로 중요한 과제가 된다.[22]

'수운數韻'의 쓰기書'를 어떻게 할 것인가 하는 것이 핵심인데, '음수'가 글자수와 띄어쓰기를 통해 인판에서 물리적으로 실재화될 때, 이는 인쇄 리터러시에 대한 이해가 선행되어야 한다. ②의 경우처럼, 엄격하게 한 장을 2음절로 써야 "구박口拍이 해회諧和되고 선율이 선다". '시(가)'이기 때문이다. 운율상의 음절로 '쓰기'하지 않고 산문적 문법으로 '흩어지게' 쓰면 율동律動이 산란散亂하여 구박口拍의 절주節奏와 호흡 등을 알지 못하게 된다. 작시법에 따라 작법과 창법이 일정한 한시와는 달리, 한글로 시조를 '書함'이란 일종의 인쇄리터러시를 통한 물리적 가시화인데, 띄어쓰기가 호흡과 절주를 조율한다는 자산의 시각은 한글 '쓰기'를 고민한 자의 관점에서 나왔던 것같다. 육당의 『백팔번뇌』가 '읽는 시조'의 모음집으로서

---

22 安自山, 「時調詩와 西洋詩」, 『문장』, 1940.1.

의 가치를 갖는다면[23] 이미 노래창로 불려지지 않은 시대에 정형시체로서의 품격과 절조를 포기하지 않기 위한 최소한의 방책은 '쓰기'의 규칙을 준수하는 데 있을 것이다.

그런데 초창시대 신문, 잡지의 인판상 띄어쓰기나 음절이 어떤 규율에 따라 엄격하고 정확하게 구획되지는 않았다. '문'의 파악을 위해 적당히 띄어쓰기한 정도이며, 그것도 문예물에 한정된 경우가 많았고 논설양식은 한자문체의 영향 때문인지 띄어쓰기가 잘 시행되지 않았다. 심지어 지면이 모자라는 경우에는 띄어쓰기를 포기하고 한꺼번에 붙여서 조판한 흔적도 있다.[24] 음악의 보표와 마찬가지의 호흡의 단위, 절주의 크기와 양을 표식하는 역할은 후대의 것이고 초기에는 음절구의 단위를 일정하게 표식하면서 양식의 정형성을 보증하는, 그러니까 '노래체' 양식을 물리적으로 가시화하는 데 중요한 기능을 했다. 예컨대 민요, 창가를 문자화하는 데 있어 두 구를 한 행으로, 혹은 개행해 각각의 구를 한 행으로 정련하는 배단법이 도입되는데, 전자의 경우에 구음절의 단위를 띄어쓰기나 쉼표로 표식하게 된다. 물론 두 구 사이를 붙여쓸 수도 있다. 한시양식을 인쇄리터러시로 치환한 데 그 기원이 있다고 판단된다. 한 장을 세 구로 나누는 방식 또한 향가의 '3구 6명'으로부터 왔을 확률이 있다. 즉 근대 활판인쇄인판의 등장으로, 전통시가의 양식상의 규칙을 인쇄리터러시로 치환하면서 그 이전까지는 대체로 인식되지 않았던 띄어쓰기가 실재화되었던 것이다.

작시법은 실제 시가를 향유하고 소통하는 방식을 규정하는 틀인데, 그 핵심이 운각법이다. 작시법 차원의 '운각법'은 언어의 랑그적 추상모델에

---

23 육당, 『시조유취』 서문; 박종화, 『역사는 흐르는데 청산은 말이 없네』, 343면.
24 『삼천리』 2, 1929.9.

서 운율론을 도출해내는 '이론화의 산물'과는 다르다. 조선어의 랑그적 특성에 기반한 운율론이 도출되지 않으면 작시법상의 운각법이 생성되기 어렵다. '운각법'이 부재한 상태에서 '쓰기'의 방법이란, 더 구체적으로 말하자면, '한글국문로 조선말 시를 표기하는 방법'의 문제이며 그것은 주로 '물리적 스크라이빙'을 통해 시가양식성을 표식하는 방법에 치중된다.

그러니까 시가의 '쓰기'란 노래를 표식하는 방식에 집중되는데, 최남선 시대의 혼란을 거치면서 안서가 '작시법 강의'란 이름으로 내 놓은 '시란 무엇인가'의 논의는 결국 '조선어구어한글문장체 시가 쓰는 법'이자 '조선어 음조미를 구현하는 시의 형식적 규범'을 규명하는 것이었다. 엄격한 형식미를 갖춘 시조나 한시와는 달리, '새로운 조선어구어한글문장체 시'의 범용한 작법을 구하는 것은 쉽지 않았다.

육당, 안서 등이 모색한 조선어 시가의 '작시법'은 잠정적으로 '불가한 것'으로 판명된다. 따라서 노래언어를 어떻게 문자언어화 할 것인가의 고민은 결국 시양식의 '표식' 문제에 집중되었고, 시구와 시행 배열의 원칙, 방점, 이음줄, 부호찍기 등은 산문양식과의 차이를 가시화하는 방법이자, 노래의 정율리듬을 표시하는 최소한의 장치가 된다. 이는 음조미를 어떻게 실현하는가의 논의로 이어지는데 그것은 시양식의 언어미학성에 연관된 논의인 만큼 '쓰기의 쓰기'에 가깝고 그것은 보다 심층적인 접근이 필요할 것이므로 다른 지면에서 이 문제를 논해야 할 것이다.

노래의 세로쓰기(종서체) 규범과 표식

구체적으로 '노래'의 쓰기법, 노래 표식의 실상을 확인하기로 한다. 첫째, 시가양식의 종서 규범을 이해하는 것. 둘째, 한시나 시조의 지면 배치

양식을 신시체의 양식과 비교, 대조하는 것. 셋째, 음악성의 표식부호로서 문장부호에 대한 이해. 넷째, 문장 종결체 등 시가의 고유한 특성과 그 외 각종 문장부호와의 관련성 문제 등이다.

먼저, 전제해야 할 것은 당시 잡지의 판식이 '세로쓰기'였다는 점이다. 이는 단순히 형식적 외양의 문제에 속하는 것이 아니라 노래시의 문자화의 맥락에서 중요하게 고려되어야 할 사항이다. 한글문장체 시가는 시조, 한시 등 전통 시가양식의 종서체 에크리튀르를 모방하면서 종서체 형식을 탐구해나가는데, 그것은 낭영되는 단계의 말을 문자화하는 약속이자 말의 규범을 문자로 고정하는 인쇄리터러시의 실행이라는 측면에서 근대적 시가의 존재성을 증명한다. 가로쓰기와 세로쓰기의 차이란 단순히 서법서체의 차이를 뜻하지 않으며, 공간 미학상의 문제뿐 아니라 본질적으로 시각의 이동성에 따른 리듬감의 차이, 음조미와 의미 사이의 강세점의 차이 등을 낳는 요인으로 판단된다. 현대 통용되는 가로쓰기를 당시 세로쓰기 원리로 환원할 경우, 오류를 범할 가능성이 있다. 종서 규범의 '쓰기'에 있어 산문체 양식의 효과 및 기능과 시가양식의 효과 및 기능은 각기 다르기 때문이다.

일제시대 간행된 대부분의 잡지에서 시는 가로쓰기가 아닌 세로쓰기 형식으로 정련된다. 기보법에서도 세로쓰기는 가로쓰기에 비해 빠른 리듬감을 형성하는 소리에 적화된 표기방법으로 알려져 있다.[25] 그러니까 세로쓰기란 노래하듯 독송할 때, 말을 이어서 낭영할 때, 레치타티보로 곡조를 이어서 부를 때 유효한 서체라 추론할 수 있다. 세로쓰기는 말의 음

---

25 임재욱, 「東京大『琴譜(小倉本)』에서 시도된 歌曲 기보의 새로운 방법」, 『진단학보』 115, 2012.

성적 실현에 최적화된 서체일지 모르겠다.

한글문장체 가로쓰기의 기원은 주시경으로 알려져 있는데, 가로쓰기는 쓰기 쉽고 읽기묵독하기, 독서하기 쉽고 박기 쉽다.[26] 이는 서적의 대중화 방향과 일치한다. 가로쓰기는 띄어쓰기를 하지 않으면 의미상의 혼란을 초래한다. 세로쓰기가 관습적인 독송의 읽기에서 용이한 서체라면, 가로쓰기는 대중적 읽기의 독서문화에 근접하는 서체로 계몽적 읽기문화의 광범위한 영향력 아래 그 영역을 확대해 나간다. 이광수의 가로쓰기 실험은『대한인정교보』에 실린「나라를 떠나는 설움」, 「망국민의 설움」, 「상부련」에서 실현된다.[27] 이미 음악에서 의미로, 낭영에서 문자로 리터러시가 이행해 가는 과정에 서체의 방향전환이 필연적으로 수반되었다고 추론할 수 있다.

초창시대 시가양식의 서체는 종서체인데, 그것은 전통적인 시가양식의 에크리튀르를 계승한 것이다. 한시의 시구 배열은 시송시창의 규범성과도 깊은 관계가 있다. 5언시든 7언시든 한시는 구가 하나의 단위가 되며, 구의 마지막 끝글자는 전체 시에서 가장 중요한 글자로 압운된다. 이 끝글자는 의미론적인 돈頓, 휴지, 맺음은 하지 않더라도 음은 반드시 돈해야 한다.[28] 각운 한 글자만 들어봐도 시인이 말하고자 하는 바가 다 드러난다고 하거니와 각운 한 글자만으로도 휴지나 종지가 구분된다. 세로쓰기 및 배단법상에서 조선어 정형체 시가나 한시는 그다지 차이가 드러나지 않는다. 띄어쓰기나 쉼표없이 한 행을 배치한 경우는, 조선어 정형체시가든 한시든 인판상에서는 서로 유사한 시각적 물리적 외양을 보인다. 쉼표를 찍어 구

---

26 김윤경, 「한글 가로쓰기의 사적 고찰」, 『한글』 42, 1937.2.
27 최주환, 「이광수와『대한인정교보』9, 10, 11호에 대하여」, 『대동문화연구』 86, 2014.
28 주광잠, 정상홍 역, 『詩論』, 동문선, 1991, 264~265면.

를 분리하든 그렇지 않든, 조선어 시가든, 한시든 시구 배열이나 시행 배치에 있어 그다지 차이가 없다.

그런데 특별한 운각법이나 성음 규칙이 없는 조선어한글문장체 시에서 가로쓰기와 세로쓰기의 시행 배치는 차이가 있다. 시행 배치의 시각적 공간성이 낭영의 호흡과 밀접하게 연관되어 있다는 점에서 그러하다. 한 행의 끝과 다음 행의 시작이 한 눈에 조망되는 가로쓰기는 세로쓰기에 비해 의미상의 완결과 호흡상의 휴지를 연결하는 읽기를 특화한다. 가로쓰기의 시 읽기가 의미, 해석에 치중된 것도 이와 무관하지 않을 것이다. 반면, 세로쓰기는 한문 텍스트 중심의 관습적인 에크리튀르로 굳어진 익숙한 서체인데, 한시란 본질적으로 '문자 텍스트'이기 이전 '시창, 시송'을 위한 것이기도 하다. 그 낭영적 읽기의 오랜 전통이 굳어진 탓에 특별히 구와 구를 구분하는 띄어쓰기나 쉼표가 없어도 의미상의 오류나 읽기의 난점이 발생하지 않는다. 기억에 의해 읽기의 방법과 규칙이 이미 적용돼 있기 때문이다.

거기다 세로쓰기는 가로쓰기에 비해 지면을 선체적으로 조망할 수 있는 시각의 각도가 제한된다. 시각의 이동성이 가로쓰기에 비해 제한적이기 때문이다. 즉 읽기를 위한 에너지의 품이 많이 든다는 뜻이다. 시선을 아래까지 내려간 다음에 다시 목을 움직여 인판의 제일 상단으로 시선을 옮겨야 하는 것이다. 세로쓰기에서 한 행의 끝 점은 마치 종지점인 듯한 감을 주는데, 그것은 의미론적으로, 음악적으로, 정감상으로도 한 행과 다음 행 간의 단절감을 강화한다. 가로쓰기에서는 행과 다음 행은 한 시선으로 포착된다는 점에서 한 행은 다음 이어지는 행과 분리되기보다는 연결되어 독해되고, 전체 시행의 연결선이 한 눈에 포착되기에 낭영 시 휴지나

맺음의 효과가 세로쓰기에 비해 명확하지 않다. 가로쓰기에서 한 행과 다음 행은 심리적으로, 음성적으로 서로 연결된다. 예컨대, '행간걸림'의 시적 의장意匠이 세로쓰기에서는 더디게 작동하나 가로쓰기에서는 시선의 조망권 때문에 현실적으로 더 용이하게 작동하는 듯 보인다.

서체의 물질성은 곧 에크리튀르의 물질성이며 이것의 차이는 텍스트의 존재론적인 차이를 만드는데, 세로쓰기에서 가로쓰기로의 전환은 텍스트의 가치규준을 '소리'에서 '의미'로 전환시키는 데 기여한다. 개화기를 거치면서 시의 시각적 고정화문자화가 강화되고 문자적 규범과 표기의 통일성이 요구되면서 시가성과 노래성을 고정하고 표식하는 스크라이빙 기능이 작동된다. 시각적 정형성과 물리적 고정성이 작동되지 않으면 시가양식 자체의 존재성이 확인되기 어렵다. 한시에서는 특별히 띄어쓰거나 단구하지 않아도 정형성이 고정되지만 근대 인쇄리터러시의 인판상 시가는 가시적이고 물리적인 정형성과 고정성이 요구된다. '활자나열의 시', '개행을 통한 시가양식의 보증' 같은 논쟁이 가속화된 것은 '기억'에서 '문자'로 양식적 규범이 전환되는 과정에서의 혼란 때문이다. 비시각적인 소리의 규범이 시각적이고 공간적인 규범으로 전환되는 순간, 이 정형성은 억압적인 것으로, 시인의 자유로운 시상의 전개를 방해하는 것으로 오인되게 된다. 정형시보다 자유시가 보다 근대적이고 근대인의 자유로운 호흡을 가능하게 하는 양식이라는 인식은 인쇄리터러시를 통한 시가의 현존과 노래를 문자로 고정하는 근대시의 실존에 기인한 바 크다. 양식의 실존을 인간의 실존으로 환원한 데 근본적인 오류가 있었다고 볼 수 있다.

정형성의 문자 고정화

음성으로 시를 전달하는 양식들, 그러니까 시가나 노래의 '문자화 과정'에서 시행이나 음절수의 고정성은 형태적 정형성과 연결되고 그것은 정형시체 양식임을 증거하는 동시에 노래표식 기능을 한다. 어느 민족에게서나 시(가)나 노래는 정형성과 즉흥성, 집합적으로 계승된 형식과 개인의 자유로운 표현 사이의 길항 관계에서 계승되어 왔다는 지적[29]도 있다. 하나의 유형소리, 운율, 장, 단음절 등이 고정되면 그것을 반복하기만 하면 노래는 무한히 지속된다. 〈정선아리랑〉 같은 민요 양식을 생각해 보면 이것이 설명된다. 하나의 곡조가 고정되면 가사의 무한 반복이 가능하다. 안서는 '민요시民謠詩는 문자를 좀 다슬이면 용이容易히 될 듯'하다고 평가한다.[30]

실제 '노래'를 '문자'로 고정하는 단계에서 시가담당자들이 가졌던 스크라이빙에 대한 인식을 확인해보기로 한다. 안서가 적극적으로 평가한 주요한의 시 「남국의 눈」은 목차란에는 '노래'로 표기되어 있다. 당대 인판에서는 종서체로 표기된 것인데 이 종서체가 횡서체로 표기되는 과정에서 '문사표식'에 대한 인식지평이 달라지게 되는 상황을 이해하는 것도 필요하다.

푸른 나무 닙에 나려 싸히는

남국의 눈이 옵니다

오늘 밤을 못 다 가서 사라질것을—

---

29 가와다 준조, 『소리와 의미의 에크리튀르-말, 언어, 문자의 삼각측량』, 177~188면.
30 金岸曙, 「序文代身에」, 『일허진 眞珠』, 평문관, 1924.

서른 쑴가치 혼적도 업시 사라질것을―

푸른 가지우에 피는 힌 꼿은

서른 쑴가튼 남국의 눈입니다.

절믄 가슴에 당치도 아는

남국의 째아닌 흰눈입니다.

― 「남국의 눈」, 『조선문단』, 1925.3

　　안서는 이 시를 '아름다운 시', '곱은 문자의 시'라 평가하고, '곱고도 산
문자로 리듬과 내용에 여운을 많이 써 곱게하야 보드랍은 늣김을 주는 시
인'이라 요한을 규정했다.[31] 이 말은 그의 등단시론격인 「프란스 시단」[32]
에서의 '배열되는 언어가 표현하는 암시와 음악과의 조화'라는 말을 상기
시키는데, '배열'이라는 용어에 2구행 1절연 구성의 규칙적인 단구, 배단법
의 질서가 이미 내재돼 있다.
　　시행과 시구의 배열이 정형체시의 핵심기능임을 강조한 안서에 비해,
변영로는 그것을 무변화와 시상의 단조로움을 초래하는 것이라 비판한다.
변영로는 마치 안서의 시풍을 염두에 둔 듯 "영원永遠한 「― 오가는데」 영
원永遠한 갈매기, 낙엽落葉, 아낙네로 하염 없이 눈물 짓고, 「오가고」, 「떠
돔」이 그의 시詩의 경경境境이요, 동시同時에 태태態態이다"라고 비판하면서 이 같은
스타일은 "시상詩想의 변회變化보다 이상以上 열거列擧한 애용어愛用語를 위로

---

31 김안서, 「三月詩評」, 『조선문단』, 1925.4.

32 『태서문예신보』, 1918.12.7~14.

아래로 가운데로 교묘^{巧妙}하게 배치^{排置} 혹或 이전^{移轉}시"³³킨 데서 연유하며 따라서 안서의 시는 춘의^{春衣} 춘복^{春服} 늘 신장^{新裝}을 하고 나타난다고 평가한 바 있다. 유사한 격조의 시를 배열, 배치하는 '차이'를 통해 '新裝'하는 것이 초창시대 정형체시의 의장에서 중요한 기능을 했다는 것이 확인된다. '단조, 무변화'의 시상은 4행시체를 비롯한 정형체시의 운명과 다를 바 없는데, 그 단조, 소박, 무변화를 지탱하는 것 중의 하나가 어구의 배열과 질서 등을 통한 물리적 가시적 규칙, 곧 스크라이빙 양태인 것이다. '단순', '무변화'가 시성^{詩性}의 질적 가치판단의 조건인가, 양식성의 스크라이빙 구현인가의, 인식상의 차이가 '평가'의 차이를 부른다.

단순, 단조의 정형체시의 배열, 배치, 질서와, 1930년대 주류가 되는 형태시의 그것들 사이의 유사성과 차이는 김기림과 안서를 비교하면 보다 분명하게 드러난다.

> 개개의 작품에 그것에 해당한 질서를 준다. ―아름다운 상^想이다. 형태의 질서상을 준다―아름다운 스타일이다. 어떠한 시대에도 진보적인 두뇌는, 개인적으로라도 풍부하고 강한 지성을 가지고 있었다는 것은 기억할 가치가 있는 일이다.³⁴

안서의 시각은, 김기림이 '상^想', '형태', '스타일'의 질서를 주장하면서 지성과 의식과 계획적 예술을 강조한 시각과는 그 출발점이 다르지만 형태상의 질서가 시양식의 근본적인 존재성을 입증한다는 관점에서는 김기

---

33 변영로, 「외구멍피리」, 『전집』 3, 396면.
34 김기림, 『전집』 2, 186면.

림의 그것과 크게 갈라지는 것은 아니다. 안서는 단어나 시행을 기계적인 배열이 아니라 음악적인 것과의 조화가 이루어지도록 시구, 시행을 배열해야한다는 입장을 견지한다. 그것이 상이미지까지 영향을 미친다는 것이다. 어운語韻이나 그것의 의미에 대하여는 물론 콤마 하나, 피리어드 하나에도 세심한 주의를 기울여야 한다는 논리는 비단 시인들에게만 요구되는 항목은 아니었는데, 이무영은 엄흥섭 등의 부자연스런 한자어와 부정확한 구두법, 비문장법 등을 지적하기도 했을 정도이다.[35]

1930년대 중, 후반기에 등단한 시인들의 조선어구어한글문장체 시에 대한 입장은 강고한 것이었는데, 안서의 관점이 '노래'의 고정화에 바탕한 것이었다면 장만영의 그것은 '묵독을 위한 규칙'의 확보에 더 가깝다. 장만영은, 시를 소리내어 읊던 과거와는 달리 현대의 시인은 묵독을 위한 시각적 배열에 신경을 써야한다고 말한다. 고민이 많아지고 생각이 많아지니 자기 생각을 보다 분명하게 드러내기 위한 글자의 언어배열, 시각적인 효과가 중요한데 거기에는 "글자 한 자 한 자의 배열은 물론 점 하나를 찍는 데까지 조심을 한다"는 것이다.[36] 이미지즘, 주지주의 등에 대한 당대적 호응과 '음악시'로부터 '형태시'로 시의 중심이 옮겨가는 사정을 장만영의 언급에서 읽을 수 있고 또 그것이 인쇄리터러시를 통해 발현되는 것임을 분명하게 인지했다는 점도 확인되는데, 독자의 입장에서는 '음성'에서 '의미'로 시읽기의 중심을 옮겨가지 않을 수 없는 상황에 처하게 된 것이다. '음악'을 발현하는 소리의 장치이자 음악적 서정음조미을 구현하는 장치로부터, '의미'를 읽기 위한 장치이자 시각적 아름다움을 구현하는

---

35 김환태, 『전집』, 248~9면.
36 장만영, 『전집』 3, 696면.

스타일의 차원으로 전환되는 과정이 안서로부터 김기림에 이르는 단구, 배단법의 역사이다.

한편으로, 해방 이후 대체로 기 간행된 시집을 재再식자, 재再편집하는 과정에서 세로쓰기 양식은 가로쓰기 양식으로 전환된다. 세로쓰기의 에크리튀르가 가로쓰기의 것으로 변형되는 순간, 공간적 정형성에 대한 강박이 강화되었을 수 있다. 세로쓰기의 텍스트성이 노래의 지속을 위한 '소리'의 정형성, 규범성을 표상하는 층위'질적인 것'에 있다면, 그것이 가로쓰기로 재식자, 재편집되면서 그것은 오히려 문자의 총량'양적인 것'을 가시화한 표식으로 물화된 듯하다. 전자가 청각적인 층위에 있다고 한다면, 후자는 시각적인 층위에 속한다. 그러니까 양식의 고유한 속성을 표식하는 데 유효했던 그것이 가치론적으로 환원되는 순간 질적인 것의 자리에 양적인 것이 올라앉는 형국이다.

'정형성'이 시상의 '단순성'으로 가치론적으로 규정되고, '단순성'은 시가양식의 속성을 의미하는 것으로부터 시성문학성의 질적 하위를 드러내는 것으로 전환된다. 가치론적으로 중립적인 것이 하위적인 것, 상대적 열등성으로 전환되면서 시의 정형성은 퇴행적인 것으로 속화되며 반대로 비정형성, 비규칙성은 보다 진화되고 진보적인 양식으로 자리한다. 표식의 물질성 자체가 일종의 근대성의 표지로 통용되는데 해방 이후 자유시는 정형체시와의 양식적 대척성을 표식하기 위해 단구, 개행, 배단을 비정형 체화하게 된다. 정형시, 자유시, 산문시의 차이란 시구의 배치, 시행의 배열 등 가시적인 표식을 기준으로 판단할 수 있을 뿐이다. 틀에 고정된 것 -정형시, 개행을 한 것-자유시, 줄글인 것-산문시 같은 수준에서 더 나아가기란 쉽지않다. 이 범주에서 장르 구분 및 그 규준이란 시각적 차원, 물리적 차이 그 이외의 것을 상정하기 어렵다. 이에 따라 정형시 → 자유시 → 산문시로의 진화론적 관점과 전근대성 → 근대성으로의 방향성을 등치시키는 논리는 더욱 정당화된다.

'질적인 것'의 '양적인 것'으로의 전화가 근대시가를 둘러싼 장르 문제, 양식 문제 등의 오류나 착오를 낳은 한 원인이 되었을 것이다. 정형시전근대적인 것에서 자유시근대적인 것 사이에 끼인 '과도기양식'으로서 '신체시'를 규정하는 것은 근대성 절대주의를 속화한다. 양식에 있어 과도기란 존재하기 어렵다. 형식의 절대적 완전성이라는 것이 존재할 수 있는지 의문인데, 형식적으로 제한성을 가진 정형시체가 절제, 단순, 규칙, 함축이라는 점에서 오히려 완전한 시체이자 미적 완전성의 시체일 수 있고, 굳이 시양식의 '과도기'를 설정한다고 해도 그 방향의 꼭지점에 '자유시체', '산문시체'가 자리한다고 단언할 수 없다.

노래의 문자화, 정형시체의 표식화와 그 구체적 실례

시가의 규범은 '노래'를 표식하는 방법으로 확인된다. 글자수의 규칙성, 구와 행의 배치, 띄어쓰기, 이음줄, 마침표, 쉼표 등의 부호찍기가 시의 가시적, 물리적 조건을 결정짓는 중요한 조건이다. 먼저, 시가양식의 표식과 산문양식의 표식의 '차이'를 확인해보기로 하는데, 소설이나 논설, 수필 등에서 시가노래를 삽입할 때 그것을 어떻게 가시화표식하는가를 확인하면 시가와 산문의 양식적 표식화의 차이가 뚜렷하게 드러날 것이다.

노래의 후렴구와 지면 비보존의 법칙

시가성을 표식하는 방법은 흥미롭게도 노래의 본질에 대한 탐구와 연

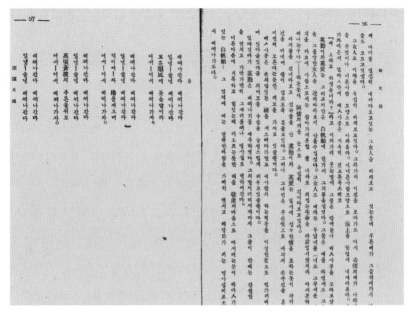

「표랑의 혼」에 삽입된 사공들의 노래 기사. '‒'가 한 음절의 형식적 가치를 갖는다.

결되어 있다. '노래말의 문자화'에 대한 방법론적 탐구는 '말'의 반복성을 어떻게 표식하는가의 문제에 연동된다. 한 곡조리듬의 생성과 반복, 그것의 변형과 지속이 노래인데 그 노래는 따라서 일정한 정형적인 규칙성을 담지하면서 반복된다.

위 사진은 윤기정의 소설 「漂浪의 魂」에 삽입된 것으로, 백범선白帆船에서 사공들이 부르는 노래를 표식한 것이다. 1행 2구, 4행 1연의 기본적인 4행시체의 형식을 가진 노래인데, 본사와 후렴구합창가 규칙적인 순서로 배열, 전개된다.

한 행을 본사에서는 5.5, 후렴구에서는 6.6의 음절로 맞추어 두었다. 문자적 차원이 아니라 노래의 차원에서 다시 살펴보자. '어서-어서', '억이여-차', '얼넝-술넝' 등에서 보듯, '‒'는 단순히 기계적 음절수를 맞추는 수단이라기보다는 각 구절의 박자(5)를 맞추고 호흡의 길이를 조절하도록 지시한 표식일 것이다.

화자는 이 노래를 이렇게 언급한다.

> 이와 가튼 사공들의 구슬픈 노래가 이곳 저곳에서 끓이지 안코 니러간다. 이쪽에서 한번 수리쳐서 하면 져 쪽에서도 먼젓소리에 응하야 한마디 하고 이 배에서 하면 져쪽 배에서도 한 구절 한다. (…중략…) 압슨 배에서 「뱃더나간다 간다」 하고 혹은 길게 혹은 짜르게 이와가티 아름답고도 고혼소리를 내이면 뒤슨 배에서는 「얼녕-술녕 배써나간다」 라고 주고밧고 하는데 엇더한 곳에는 놉게 엇더한 것에는 얏게 하야 사람으로 하야금 거울가튼 신비神秘의 수궁水宮으로 (…중략…) 옛이약이잇는 황금각수궁黃金閣水宮으로 그 무엇을 가는 듯한 늣김을 맛보게 한다.[37]

반복과 지속의 노래성이 물리적·가시적 표식, 단구, 배단법에 함축돼 있다. 노래의 반복은 시간의 흐름이자 서정의 지속이며 감흥의 지연이다. 신비한 노래에 취해 사람들은 "신비의 황금수궁으로 가는 듯한 느낌을 가지게 된다". 내면적 호흡, 개성적 신비가 노래체 시가에 있다는 인식은 흔히 상징주의의 '모방시인'으로 평가되는 안서에게도 나타나는 것인데, 굳이 상징주의의 영향 때문이 아니라 노래 자체의 리듬에 신비와 개성적 운율이 있다는 것이 핵심이다. 노래가 사람의 마음을 움직이는 것은 이 반복과 지속을 본질적인 특성으로 하는 노래 자체의 마술성呪術성에 있다. 창자와 청자, 앞서 매기는 사람과 그것을 뒤따르는 사람 간의 기능적 구분 외

---

37 윤기정, 「표랑의 혼」, 『신문예』 2, 1924.3.

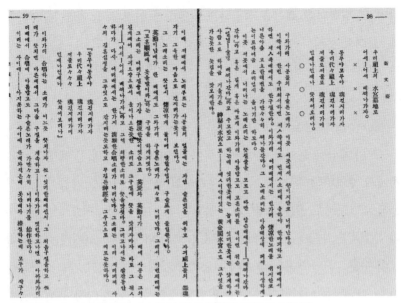

「표랑의 혼」에 삽입된 뱃사공 노래의 후렴 부분 기사. '합창' 형식으로 수행된다.

의 구분은 불필요한데, 그것은 노래하는 자와 듣는자, 노래의 주체와 그 노래를 듣는 대상의 구분이 불필요한 것과 마찬가지이며 이는 노래목소리성의 절대저 소통성과 공유성을 의미한다. 노래의 문자화란 박자의 양적 크기나 발화의 총량을 표식하는 것이기보다는 곡조와 운율의 고정화를 의미하며 그것은 의미의 고정화가 아니라 노래의 규칙과 반복의 표지가 된다. 따라서 노래는 끊어지지 않고 불려지는 것이다. 음절의 장단이나 고저, 구절의 동형성을 표식하는 것 자체가 단일한 곡조의 흐름을 이어가는 수단이자 계기이다. 노래의 표식으로서의 '문자화'는 의미화 과정, 의미적 맥락을 위한 기능보다는 음악적 측면음악성을 표식하는 역할에 보다 치중한다 하겠다.

향찰로 기록된 향가는 우리말 구어의 '노래'를 그대로 전사한 것이 아니며 그 형식적인 요건을 엄밀하게 확인하기 어렵다. 노래를 문자화 할 때, 노래의 순서나 연행의 시간적 질서가 그대로 반영되지는 않는다. 생략, 반복, 삭제 등의 흔적이 문자 기록에 남아있는 셈인데, '향가'의 '3구6명', 구체(4,8,10) 논란, 「처용가」를 둘러싼 논란 등은 노래와 서사적 기록산문 사이의 텍스트성의 차이 때문에 제기된 것으로 보인다.

'구'의 개념을 둘러싼 논쟁은 일찍이 '향가'의 '3구 6명'을 해명하는 과정에서 재연된다. 향가의 기록을 문자시의 차원이 아닌 노래양식의 표식 문제로 접근하고 있는 연구[38]가 주목되는데, 그것은 잠재적으로 음성노래성과 문자문자화의 구분, 노래하기의 에크리튀르와 문자적 쓰기의 에크리튀르의 구분, 시가,노래내용 즉 가사 부분과 그것의 연행上時의 기능을 구분해야 할 필요성을 제기한다. 기존 논의가 해소하지 못했던 일정 부분의 공백을 메우고 있는 것이다. 예컨대, '낙구'라는 의미가 '후렴구'의 표식기능이라면 그것은 연행 時 '지시부호'로 기능한다는 것이다. '후렴구'의 존재와 그것의 문자표식 사이의 간극은 충분히 예견 할 수 있는데 '후렴구'는 단 한번의 표식만으로도 반복·재연의 기능을 하기 때문이다. '노래'를 문자화기록 하는 것은 애초부터 '쓰기'를 전제로 한 에크리튀르와는 분명한 차이를 갖는다. '쓰기'의 에크리튀르란 한 단어의 말도 긴 서술을 요구한다. 구어라면 간단한 말도 그것을 글로 쓰게 되면 길어진다.[39] '쓰기'에크리튀르는 구어의 말을 효율적이고 기능적으로 문자화전사하는 전략을 구사하는데, 단 한 번의 '쓰기'를 통해서도 '반복'의 말을 재생할 수 있다. 즉, 노래의 '후렴' 부분은 단 한 번만 기록해도 그것은 무한히 반복될 수

---

38 김성규,「향가의 구성형식에 대한 새로운 접근」,『국어국문학』176, 2016.9.
39 마셜 매클루언,『미디어의 이해』, 91면.

있다. 따라서 말구句의 시간은 지면의 시간과 일치하지 않으며 구어를 말하는 시간의 선후 관계가 지면의 배치와 평행하게 놓이지는 않는다.

『삼국유사』에 기록된 향가 「처용가」와 『악학궤범』에 실려있는 고려가요 「처용가」의 '차이'에 대한 논의가 떠올려지는데, 이 '차이'를 해명하는 근본적인 출발점은 '노래'와 '서사산문', 노래의 기록과 쓰기 에크리튀르 사이에 놓인 본성을 이해하는 데 있다. 『삼국유사』에서는 '후구後句'가 생략된 채 기록되었지만, 『악학궤범』에서는 그것이 첫 번째 대엽大葉 뒤로 올라가 배치되었다는데,[40] 이 '후구'의 기록 여부 및 기록 방식의 차이란 바로 '노래말'를 '쓰기문자'로 변환하는 과정에서 발생한 것이라 볼 수 있다. 후렴이나 노래의 반복구는 굳이 되풀이해서 표식하지 않는 것이 노래표식의 질서와 원칙인데, 따라서 10구체 향가에서 '낙구'가 8행 다음에 오는 것은 자연스럽다. '4행 단위'의 4행시체의 전통에서 연장체, 다연체 시가인 경우 낙구는 후렴구가 되므로 연행의 질서상 4행 다음에 한번 후렴구낙구를 부르고 5행부터 8행을 앞의 가락이나 리듬에 맞춰 반복한 다음 8행 다음에 이 후렴구를 불러야 한다. 다연체 시가의 문자화 과정에서 후렴구는 생략되기도 하고 본시本詩(詞) 뒤 혹은 앞에 한번만 기재된다. 이것이 실제 연행과 문자 기록 간의 차이다. 후렴구는 한번만 기재하지만, 실제 연행시 그 후렴구는 본시本詩(詞) 앞 혹은 뒤에 이어 불려지므로 그 표식은 한번으로 그치지만 실제 현행상에서는 반복해서 불려질 수 있는 것이다. 즉 문자의 시간과 노래의 시간은 다른 것이다.

---

40 김성규, 앞의 글, 203면. 처용가의 의미론적인 통일성의 결여는 구비적인 전승과 음성 알파벳을 통한 기록(문자화) 사이의 문제가 아닌가 판단된다. Derrick de Kerckhove, "A Theory of Greek Tragedy", 34~35면.

향가나 속요가 기록될 때 역사서와 악보에서 각각 다르게 표기된 것은 말하기구송와 쓰기, 이 양 에크리튀르의 본질적인 차이로부터 발생한 흔적일 수 있다. '노래의 문자성'은 노래양식의 표식기능이 핵심인데, '노래'의 인쇄리터러시는 그러니까 산문의 텍스트처럼 '선조적인 것'의 질서에 따르지 않고 원환적인 질서에 따른다.[41] 산문의 텍스트화와 시의 텍스트화가 다른 이유가 바로 이것이다. 따라서 노래텍스트를 해석, 해독하는 과정은 산문텍스트를 해석, 해독하는 과정과는 차이가 있다. 시가텍스트에서는 문자의 질서가 곧 연행의 시간의 질서와 동일하지 않다는 점은 이미 밝혔다. 발레리, 옥타비오 파스가 말한, 시의 마술성, 주술성은 시적 언어가 갖는 이 고유한 속성, 원환적인 양식성에 그 기원을 갖는다.

실제 초창시대 신문, 잡지의 인판에서 후렴구나 반복구를 일일이 표식할 필요성이 소멸된 흔적을 찾을 수 있다. 후렴구나 반복구는 지면상 한 번만 표식된다. 말노래을 '쓰기'하는 것은 의미를 '쓰기'하는 것과는 본질적으로 다르다는 점이 확인되는 것이다.

> 이와가티 합창合唱하는 소래가 어느듯 긋치나자 쏘 엇더한 배에선지 그 처음 구절을 하고 쏘 노래가 긋치면 다른 배에서 그 다음 구절을 계속하고······ 이와 가티 몃 번 하고 나면 쏘 아까가티 몃 번 하고 나면 쏘 아까와 가티 여러 배에서 합창合唱에 아름답고도 구슬픈 노래가 가만가만히 니러나기를 시작始作한다.[42]

민요의 수행성은 매기기와 합창하기의 반복이 핵심이다. 한 배에서 한

---

41 옥타비오 파스, 『활과 리라』.
42 윤기정, 「표랑의 혼」, 『신문예』 2, 1924.3.

구절을 하면 다른 배에서 다음 구절을 매기고 여러 배들이 함께 후렴구를 합창하는 방식인데, 노래의 전 과정을 문자화하지 않았다는 것, 지면에서 후렴구는 한번만 표식되고 있다. 한번 표식된 후렴구가 그 모든 후렴구의 총량을 감당하는 것이니, 표식된 음량보다 실재 음량은 훨씬 큰 것이다. '의미'를 '쓰기'할 때 의미를 강화하는 것은 양적인 확장과 팽창을 표식하는 것인데, 그러니 누적적으로 문자의 반복을 창출해야 한다. 강조의 크기만큼 강조의 밀도만큼 쓰기의 양도 증가해야 하는 것이다. 그러나 '노래'의 '쓰기'에

「김연실전」에 삽입된 「권학가」의 기사. 『문장』, 1939.3.

관한한 지면의 양적 표지를 통해 노래의 양이 확보되는 것이 아니라 밀도에 의해, 잠재적인 힘에 의해 규정된다고 할 수 있으며, 따라서 노래의 문자화는 '질량지면보전의 법칙'을 따르지 않는다고 비유적으로 말할 수 있다. 지면에 한번 표식되더라도 실제는 무한한 노래의 양을 잠재할 수 있기 때문이다.

「새거울」은 단구하지 않은 4행 1연의 4연짜리 시인데 후팀은 한 번만 표식되었다. '반복'을 초절전화 하는 이같은 방식은 『태서문예신보』에서

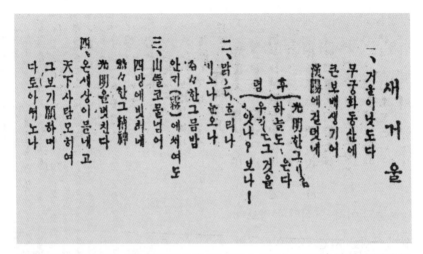

『태서문예신보』의 「새거울」. 후렴 부분은 한 번만 기사되었다. '노래'와 '글(문자화)'의 현전 조건의 차이를
확인할 수 있다. 『태서문예신보』, 1918.9.

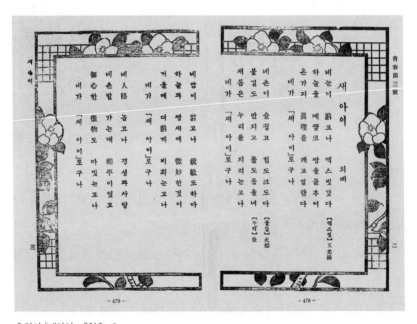

춘원의 「새아이」, 『청춘』 3.
「새거울」과는 달리, 후렴구를 전체 연에 다 붙여두었다. 보다 문자화된 에크리튀르라 하겠다.

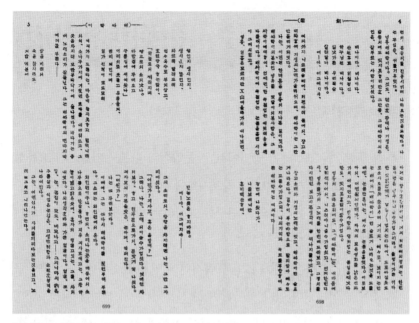

「배따라기」(『창조』9호)의 '노래' 기사 부분.

부터 이미 시행되었다. 반면, 외배춘원의 「새아이」는 "네가 「새아이」로구나"의 후렴구를 반복적으로 표식하기도 한다. '의미'가 문세라면 생략할수 없고, 용지 확보 및 인쇄기술이 용이해진 덕에 굳이 생략이 필요치 않은 데 생략할 이유는 없다. 거기다 정형체시의 인판상 형식적 질서와 규칙이 통일성을 갖기 위해서는 반복적인 후렴구도 표식할 필요가 있다. 이는육당의 산문시 「꼿두고」에도 동일하게 적용된다.

파인 김동환은 불란서, 독일, 노서아 국가國歌를 소개하면서 반복해서불러야 하는 대목에서 괄호를 하고 '두 번 불는다', '두번' 등의 지시표시를 부기해 두었고, 후렴 부분은 1절에서만 기록하고 2절 이하는 '후님동同念同', '후렴' 등의 표식을 해두기도 했다.[43]

나도향의 「젊은이의 시절」 중 '마왕'이 부르는 노래 표식. 『백조』, 1922.1.

특히 후렴구를 표식하는 방법에서, 산문양식과 다른 시가양식의 고유성과 양식성이 분명하게 드러난다. 창조 9호에 실린 김동인의 「배따라기」 중 〈배따라기〉 노래의 표식화와 후렴구를 표식하는 방법을 조금 더 확인하기로 한다.

「배따라기」 노래는 2구 1행의 규칙적인 배열을 보여주면서 마지막 구는 후렴으로 처리되어 있다. '노래가락'를 산문지문 등과 분리해 처리, 배열, 판식하는 방식은 일종의 인쇄리터러시의 인식과 연관되는데, 이 같은 방식은 최남선의 『소년』, 『청춘』지로부터 계승돼 온 것이며 1920년대 『창조』 등의 동인지를 거쳐 일제시대 거의 마지막 단계에 출간된 『문장』지에까지 계승된다.

김동인의 「김연실전」의 창가 인용 부분을 보자. 일종의 '권학가'인 이 창가는 평양 청산학교의 교가로 사용되었다는 것인데, 2구 1연 혹은 4구 1연 노래, 노래체시의 익숙한 배치형식을 그대로 따르고 있다. 단구와 개행의 방법은 규칙적이지만, 행의 시작점을 달리하는 방식은 자주 목격된다. 근대적 판식의 미학적 운용방법의 하나일 것이다.

위 사진은, 나도향의 「젊은이의 시절」 중 마왕이 장고, 피리 소리에 맞

---

43 파인 역, 「불란서, 덕일, 러시아 국가」, 『삼천리』, 1930.5.

춰 춤을 추면서 부르는 '노래'를 표식한 것인데, 그 방식은 2구 1행을 기본으로 구와 구 사이를 띄어주는 한시 및 초창시대 신시의 그것과 다르지 않다. 글자수의 규칙성과 박자리듬 단위의 고정성을 표식하는 것이 이 양식이 노래임을 증거하는 것인데, 이 같은 인판의 스크이라빙은 초창시대 시담당자들의 근대시에 대한 인식이 여전히 '노래양식', '시가양식'의 정형시체 양식에 있었음을 확인해 준다.

단구, 개행, 분연의 표식

초창시대 조선어구어한글문장체 시가가 문자로 고정되는 순간, 시가양식의 산문과의 가시적인 '차이'를 실현할 필요성이 대두한다. '노래낭영의 양식'에서 '문자의 양식'으로 이행되는 과정에서 시가의 표식성이 실재화되는 순간이다. 구두점과 개행 등의 물리적 규범이 이 때 적극적으로 동원된다는 것은 달리 언급할 필요가 없다.

현재 통용되는 '행갈이'는 시양식을 증거하는 가장 특징적인 표식의 하나이다. 이른바 자유시와 산문시를 가르는 기준에 대해 '문학성', '시성poésie' 같은 차원을 제시하기도 하지만 그것은 추상적이고 관념적이어서 선뜻 동의하기 어렵다. 이른바 '시적 서정'을 담은 소설, 「메밀꽃 필 무렵」 같은 산문양식에도 이 문학성, 시성은 충분히 존재하기 때문이다. 특정 작품의 경우 외형적 표식에서 확인되지 않거나 저자의 의도를 확인할 수 없다면 장르 구분에 혼돈이 오는 경우도 더러 있다. 김기림의 「길」을 둘러싼 혼돈, 즉 「길」이 수필이냐, 자유시냐, 산문시냐 라는 장르적 규정을 둘러싼 논란이 이에 해당되는데, 「길」은 실상 화문畵文양식의 텍스트라 글문자텍스트만 따로 떼놓을 수 없는 텍스트성을 견지한다. 통상적으로 문자텍스트만 편집, 문자텍스트로만 실재하다보니 「길」의 장르적 논란이 가중되었다. 장르상으로 '화문'이라 규정하는 것이 합리적인 판단이지만, 굳이 글문자텍스트만 오려낸다면 그것은 단문에세이에 가깝다. 말하자면 '시성', '문학성' 등의 추상적인 술어로 자유시와 산문시 혹은 시냐, 수필이냐를 가를 수 없다는 것이다. 물론 통상적으로는 '행갈이의 유무'에 따라 자유시와 산문시를 혹은 시와 산문을 구분하는 것이 용이한 측면도 있다. 이 경우에도 초창시대 널리 창작된 '산문시'의 문제를 해명하는 데는 충분한 근거로 작용하지는 않는다.

논설, 담론의 산문체와 구분되는 문학적인 글을 대체로 '산문시'로 지칭하는 경우가 많았다는 점에서 문학성이 있는 글, 단문, 단상, 에세이가 모두 포괄적으로 '산문시'에 포함되었던 것이다. 실제 월탄은 월평할 대상을 언급하면서 '시, 산문시, 대화, 사조, 소설'로 장르적 구분을 해 두었는데,[44] 임노월의 「경이驚異와 비애悲哀」『개벽』, 1922.3를 '대화'로, 회월의 「객」『백조』 창간호을 '산문시'로, 춘원의 「악부」『백조』 창간호를 '사조詞藻'라 규정했다. 「경이와 비애」는 병호炳浩, 동선東宣, 경자瓊子 등의 인물들의 대화체로 구성된 것인데 시극의 양식적 특성과 유사하다. 「객」은 문학적 단상에 가깝고, 「악부」는 전통 시가양식이자 노래체의 시에 값한다. 「객」을 보더라도 초창시대에는 '행갈이' 여부가 '자유시'와 '산문시'를 가르는 기준이 될 수 없었다.

단구, 개행 스크라이빙의 실재

'스크라이빙scribing'이란 일종의 '관습적 쓰기'의 방법이자 인판상 물리

---

44 월탄, 「月評」, 『백조』 2, 1922.5.

적 실재를 뜻한다는 점에서 일종의 '베껴쓰기'의 결과물이다. 지면상의 배치, 부호 등의 표기, 종·횡서의 방식 및 질서, 띄어쓰기 단위 등의 가시적 물리적 표식 방법뿐 아니라 서두와 본문 그리고 맺음말의 방식 및 표기, 종결체 어사 등을 포함한다. 한시나 한문장체의 '쓰기'의 방법 역시 스크라이빙을 통해 수행, 전승된다. '쓰기'의 규칙을 공유한다는 것은 문장을 일종의 도학적 이념으로 인식한 유교적 질서에서는 지극히 긴요한 문제였다. 따라서 대두법, 개행법, 간자법의 원리가 형식적인 측면이기보다는 유교적 이념과 질서를 담아내는 방식이었다는 점에서 그것들은 기능적 차원을 넘어선다.[45] 한시 중 절구와 율시는 글자수와 각운을 엄격히 지키면서 운율미와 형식미를 보여주는 장르로, 조선에 끼친 영향도 다른 한시 장르에 비해 크다.[46] 전통적인 시가양식의 스크라이빙에 익숙한 경험을 토대로 조선어구어한글문장체 시가의 스크라이빙 양식이 모색되는데, 신문 및 잡지의 물리적 조건을 고려하지 않을 수 없고 따라서 단구, 개행, 쉼표, 띄어쓰기 등의 '쓰기'의 기술, 표식부호와 스크라이빙의 원리가 접합되지 않을 수 없었다. 즉 스크라이빙의 조선 사체가 곧 양식의 조건을 결정하기도 하는 것이다.

초창시대 시가양식의 혼돈은 노래를 문자화하는 단계에서의 표식의 혼돈이기도 하다. '문자화의 혼돈'은 개행에서도 드러난다. 개행시 시작점을 앞 행과 같게 하기도 또 앞 행에 비해 한 칸 아래 내려쓰거나 반대로 한 칸 올려쓰기도 했는데, 일정한 규칙성을 찾기 어렵다. 대체로 내려쓰기를 한 경우는 같은 장을 배구했다는 의미가 있다. '올려쓰기'한 경우는 앞의

---

45 하영휘 편,『옛편지 낱말사전』, 돌베개, 2013, 10~14면.
46 심경호,『한시의 세계』, 문학동네, 2014, 160면.

행 혹은 구의 문장과 연결돼 있음을 표식한다. '한 칸 올려쓰기'를, 한문 텍스트에서 '존자'에 대한 존경이나 숭모를 표하는 '대두법'과 유사한 것으로 파악한 경우도 있는데, 근대 인쇄매체에서의 인판에 나타난 이 표식을 전통 서간법의 '대두법'으로 치환하는 것은 실증적으로도 논리적으로도 그 정합성을 찾기 어렵다. 오히려, 시가양식의 스크라이빙 차원에서의 구와 개행의 단위와 연관된 표식기호라고 보는 것이 맞고 이는 엄격한 형식규준을 견지하는 시가양식의 자질에서 비롯되었을 것이다.

　다음과 같은 기준에서 단구, 배단의 실증적인 자료를 확인하기로 한다.

　　① 한 행장을 연속하기 혹은 두 구로 분리하기.

　　② 분리시 쉼표나 띄어쓰기로 단구하기 혹은 개행하기

　　③ 근대 활자본 지면의 특성상 1단(통단) 혹은 2단 지면 구나 행의 '연속' 혹은 '분리'를 표식하기

　　　㉠ 한 칸 내려쓰기 - 장을 두 구로 단구, 분리하기

　　　㉡ 한 칸 올려쓰기 - 연결 문장, 연속된 구나 장을 의미

　　　㉢ 동일 위치 - 대체로 대응되는 구나 장을 표식

　　④ 후렴구 생략하기와 반복하기, 후렴구를 본시사의 앞 혹은 뒤에 표식하기, 후렴구의 형태적 균질성을 표식하기 등

　한 행장을 두 구로, 두 행장을 한 연으로, 두 연을 한 단위노래로 엄격하게 형식을 맞추는 일종의 '4행시체'는 한시, 민요, 서양시 등의 양식에서 공통적으로 나타나는 단구, 배단 방식이다. 초창시대 창가, 단곡, 소곡, 민요, 단조 등으로 명기된 양식들에서 일반화된 방식이다. 이 때, 한 장행에

서 단구를 할 때 쉼표를 사용하기도 하고, 띄어쓰기와 쉼표를 병행하기도 하고, 개행을 하기도 한다. 그러나 이들 장치들은 필수적이지 않았다. 이는 문맥을 보다 정확하게 이해되도록 하는 '쓰기'의 기능보다는 낭영체의 대구적, 미학적 형식을 표식해주는 기능에 가깝다. 띄어쓰기나 쉼표가 '의미' 파악을 용이하게 하기 위한 기능, '쓰기'를 보다 정치하게 하는 맞춤법 혹은 문장부호로서 기능한다는 인식은 후대적인 것이다. 그것은 1933년 '맞춤법통일안'의 규정 및 제정과 깊이 연관되어 있겠지만, 적어도 해방 이후에나 본격화되는 인식이라 하겠다.

예컨대, 해방 이후 발표된 김기림의 「체신가사遞信歌詞」에서 그 상황을 확인할 수 있다.[47] 발표지와 발표연도에서 확인되는 것이지만, 일종의 행사시 노래가사로 쓰인 것이다. 어쩌면 유례없이 열정적이고 집단적인 에너지를 쏟아부었을 시대의 흔적이 녹아있는 '노래체' 시가양식에 속한다고 볼 수 있다. '노래'는 집단의 민요이자 집단의식을 확산하는 에너지가 아닐 수 없다.

작사作詞 김기림金起林

① 이강산江山 끝까지 날날히 펼치는

    자라는 새나라 씩씩한소식

    쳐다보는 안테나는 삼천만三千萬의귀

    세기世紀의 조류潮流에 높이 소삿네

    울녀라 창공蒼空에 높이

    십만十萬의 체신부대遞信部隊 건설建設의합창合唱을

---

47 조영복, 「김기림의 새 자료-'화문'「三拍子行脚-冠岳山篇」과 '노래체 시'「遞信歌詞」」(『근대서지』 21, 2020.6)를 전재함.

② 어여쁜 산山과물 정이든 한형제兄弟

　정성과 친절로 섬겨가오리

　이나라 부강富强함도 모도다우리힘

　일터에넘치는 희망希望의 노래

　울녀라 창공蒼空에 높이

　십만十萬의 체신부대遞信部隊 건설建設의합창合唱을

③ 전파電波에 흐르는 사歷史의 속삭임

　평화平和와自由의 맥박脈搏은뛰네

　새날이 이러섰네 조국祖國의새모습

　세계世界에 빛내리 민족民族의꿈을

　울녀라 창공蒼空에 높이

　십만十萬의 체신부대遞信部隊 건설建設의습唱을

—「遞信歌詞」, 『遞信文化』 창간호, 1946.10.25

　장르명으로 '가사'라 부기되어 있다는 것이 일단 흥미로운데, 해방 이후 이미 '문학'과 '음악', '노래'와 '시' 사이의 경계가 확연하게 그어지고 예술의 분과적, 분업적 구도가 분명하게 구획된 사정이 확인된다. 일제시대는 전반적으로 '시'는 '시가'의 전통에 이어져 있었고, '시'와 '노래' 그 사이의 근대적 분할은 이루어지지 않았는데, 따라서 시와 노래의 '차이'에 대한 시각은 거의 존재하지 않는다. 실제 일제 말기까지도 잡지 목차란에 '시'란과 '시가'란은 혼효되었고 또 용어 자체도 혼효되어 표기되고 인식되었다. 아마 이 '혼효'를 끔찍이 몸서리쳤을 인물이 김기림일지도 모를 일이다. 잘 알려져 있듯, 김기림은 반反노래, 반서정시가, 반음악성주의를 주장했고 주지주의, 회화주의, 시각주의 시양식을 근대성의 것으로 공고화하고자 했던 인물이었고 그것을 위해 자신 스스로 '문단불참론'을 강조했다. 그러니 스스로 시인이기보다는 시론가, 문화운동가, 언론 지식인에 자신의 정체성을 두었을지 모른다. 물론 정지용의 시에서 우리말 구어체 음악성이 화려하고 장엄하게 살아난 것을 목도한 뒤 자신의 이론을 허물어야하는 순간을 경험하기는 하지만 말이다. 게다가 일제 말기 들어 김기림은 본래적인 시의 기원으로 되돌아가 상징의 눈으로 시의 오래된 언어인 음악적인 언어들을 되살려보지 않았던 것은 아니었지만 말이다.

해방공간에서 김기림의 시적 논리란 이른바 '나라만들기'의 테제에 집중된다. '체신가사'도 그 범주에 속한다. 분명하게 김기림은 자신의 '시'를 노래의 '사詞', 즉 '가사歌詞'라 표기해 둔다. 그러니까 시와 노래가 혼합된 '시가노래'로서가 아니라 '노래곡조'를 뗀 뒤 '사'만을 '시'에 귀속시키고 시인의 자격을 '시가詞를 쓰는 자로 한정하고자 하는 의지가 엿보인다는 것이다. 그럼에도 김기림의 '사'는 민요체, 동요체 시가의 정형시체에 접근해 있다는 점에서 김기림이 그토록 경원輕遠했던 안서식의 정형시체와 다르지 않은 양식이다.

「체신가사」가 '노랫말'이니만큼 일정한 리듬 단위로 '쓰기판식'된 것도 주목할 일이다. 운각, 악센트, 억양없는 조선어 특성상 결국 조선어 구어 문장체 시가의 리듬은 '음절운'에 의지할 수밖에 없고 그것은 대체로 정형시체양식의 기사법記寫法의 정형단위를 가시화하는 방식으로 인판된다. 초창시대 노래의 '쓰기회 괴정'에서 정형률의 분할단위를 '띄어쓰기'로 표식하는 규칙은 부재하거나 경우에 따라 느슨하게 인지된 정도에 불과했다. 육당이 7.5의 규칙적 정형시체를 실험하면서 구와 구 사이를 띄어쓰기 하기도, 붙여쓰기 하기도 했고, 또 '7'을 3(4)과 4(3)으로 분할해서 판식하기도 했는데, 이는 '음절'을 '쓰기화'할 때 그 분할 기준이 '띄어쓰기'에 있지 않았음을 뜻한다. 그러니까 노래를 부르는 것과 그것을 '쓰기화기사법'하는 것은 차원이 다른 문제라는 것이다.

김기림의 '체신가사'는 일정한 음절 단위로 판식되어 있음이 확인되는데, '산과물', '천만의귀'를 '산과 물', '천만의 귀'로 '띄어쓰기'하지 않은 것은 이 시가 '가사'임을 공고히 표식하고자 한 데 기인한다. (예외적으로, '일터에넘치는'에서 '일터에 넘치는'으로 띄어쓰기하지 않은 것('자유와평화의'도 마찬가지)은 표식상의 '차이'도 확인된다.) 한 행을 구성하는 음절단위를 일정하게 정형화한 것은 초창시대 정형시체의 문자화 규칙과 유사하지만, 그러나 '띄어쓰기'를 통해 정형의 단위를 정확하게 분할한 점은 초창시대 노래체 시가의 표식법과의 '차이'라 할 수 있다. 시양식에서 '띄어쓰기'를 근대 맞춤법의 원리로 인지한 것은 해방 이후로 보인다. 시의 문자화가 가속화되면서 '띄어쓰기'는 노래의 정형성을 가시화하는 표식기능보다는 문맥을 정확하게 분할하고 묵독의 호흡을 강제하는 규칙으로 인식된다. 시가노래의 표식기능보다 '문자시'의 표식 기능에 강조점이 주어진다는 뜻이다.

'단구'의 표식부호인 쉼표, 띄어쓰기, 개행 등 '노래'의 장치는 음악 장르로 보자면, '마디'의 역할과 유사한 것인데, 중요한 것은 이들의 표식의 유무가 '노래' 혹은 '시가'의 공연성, 연행성에 크게 구애받지 않았다는 것이다. 한시든, 시조든, 민요든 그것을 낭영하고 가창하는 방식은 양식에 대한 이해와 기억에 의한 전승을 통한 것이었다. 그러니 이들 노래양식들의 공연성, 연행성의 형식은 이미 시연지施演者들에게 잠재적으로 각인돼

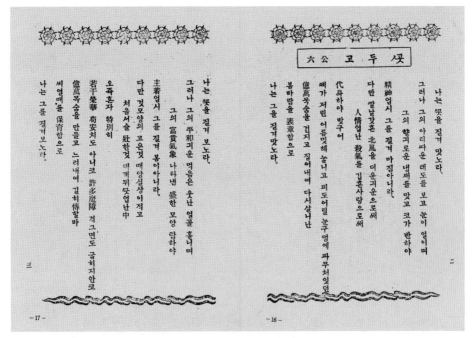

육당의 「쏫두고」는 '산문시'임에도 일정하게 규칙화된 개행과 배치를 보여준다. 『소년』, 1909.5.

있어 단구의 유무에 구애받지 않고 자연스럽게 박자, 리듬, 호흡을 조절할
수 있었다. 산문에 같이 섞여 있어도 시는 그 형식적 원리만으로도 이미
서양식임을 인지할 수 있었다. 구두점이나 개행이 없더라도 낭영, 가창의
기본 규칙과 질서를 지킬 수 있었던 이유이다.

정형시와 산문시의 표식

춘원이 「악부」를 소개한 글에서 시조의 배단법과 개행 문제를 확인해
보기로 한다. 3장 6구 시조의 형식을 배단, 배치한 것인데, 한 장을 두 구
로 나눌 때 둘째 구는 개행을 하면서 또 행의 시작점을 달리 하고 있음이
확인된다.

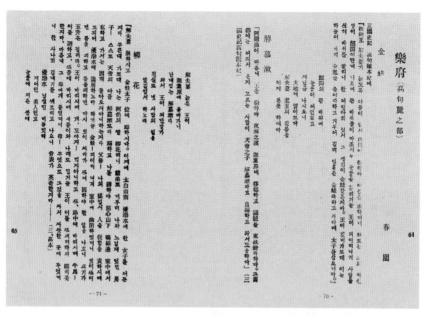

시조의 개행, 단구의 한 예. 한 장을 두 구로 나눌 때 둘째 구의 시작은 한 칸을 내려쓰는 형식을 취하고 있다. (『백조』 1, 1922.1)

육당의 「꽃두고」는 당대 '산문시'로 인지된 양식인데, '산문시'임에도 각 연의 구와 행이 동일하게 배치되어 있어 인판배치의 정형성, 규칙성을 보여준다. 개행의 단위, 행의 시작점과 구의 연속까지 동일하게 배치되었다. 한 행에서 구절음절이 이어지는 경우와 그렇지 않은 경우까지 구분되어 있다. 구절문장이 이어지는 경우는 다음 행의 시작점을 내려잡고, 구절문장이 분리되는 경우는 시작점을 동일한 위치에 잡고있다. '산문시'로 명기되었지만 그 표식자체는 규칙적이면서 고정적이다. 일탈이 거의 없다 하겠다. 시각상으로 정형시체이면서 리듬상으로 이미 '자유로운' 정형시체의 양식이다. 이는 상징주의의 '자유시'의 이상과도 다르지 않다. 정형성을 견지하되 보다 자유로운 시체를 실현하고 있는 것이다.

춘원의 관점에 의하면, 육당의 신시 실험은 '글자수'에 따른 것이고, 그것을 엄격하게 고정하거나 연단위로 고정하거나 상당한 수준에서 해체하거나 하는 정도상의 문제일 뿐이다. 「꽃두고」를 두고 요한 및 안서는 '산문시자유시'라 규정했는데, 뚜렷하게 '노래'를 지향하는 민요체, 단곡체 시들을 '시가'로 언급한 요한의 관점에서 이 시가 '산문시'인 것은 자연스럽다. 안서의 '산문시는 자유시'라는 관점에도 이는 해당된다. '산문시'라 하더라도 어떤 일정한 규칙적인 움직임을 가시화하고 있음을 기억해야 할 것이다. '산문시'는 '노래체'가 아닌 시양식을 포괄하는데, 그렇다고 해도 표식 자체는 엄격한 정형성을 가시화하고 있다. 그렇다면 궁극적으로 정형체 시가와 산문시의 차이는 일정한 규칙, 그것이 음절운이든 글자운이든 간에 엄격하게 배치된 구와 그것을 두 개의 일정한 단위로 '단구'할 수 있는 가능성 여부와 관련이 있을 것이다. 이 경우, 요한, 안서에게는 '단구' 및 음절운 여부가 정형체 시가 산문시와의 '차이'를 주장할 수 있는 핵심적인 인자가 된다.

민요나 단곡은 형식석으로 소박하고 간결한데 판식 자체는 한시의 절구체와도 유사하고 4행짜리 서양시와도 다르지 않다. 4행으로 혹은 2행 1연의 단위로 2연전체 4행짜리로 분연하거나 4연총 8행 단위로 분연하는 단구, 배단 방식은 인판에 드러난 민요체 양식, 혹은 단곡 양식의 가장 일반적인 형태이다. 안서에게서도 그것은 예외가 아니었는데, 초창시대 잠깐 나타난 형식이 아니고 일제 말기까지 지속적으로 나타난다. 안서의 「실마리」는 4음절로 된 2행 4연, 4행 2연의 4행시체의 연속체 시가이다.

일제 말기로 갈수록 '띄어쓰기'가 정세되어 나타나는데, 「실마리」도 미찬가지로 음절구 단위를 정제해서 4음절로 분리한 경우이다. 한시처럼 1

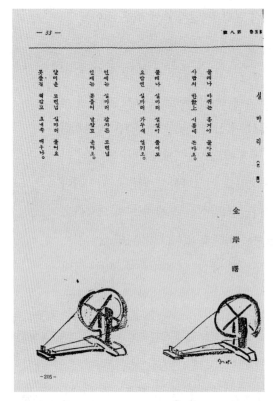

안서의 「실마리」(『여성』, 1940.8). 띄어쓰기를 활용한 엄격한 배단법을 보여준다.

연 2행으로 분구하는 방식을 취하던 데서 나아가, 의미를 담은 단어 단위로 띄어쓰기하고 있다. 호흡 단위나 리듬 단위로 분절하기 위해 띄어쓰기를 하는, 현재의 관념과는 다르다. 노래를 문자화하는 과정에서 노래의 호흡 단위나 박자 단위를 문자화하는 것은 핵심적인 요건은 아니다. 문자화한다고 해도 창자의 고유한 호흡 단위에 따라 박자의 길이가 달라지기 때문이다. 시가의 문자화란 엄격한 형식적 표식을 물리적으로 가시화하는 과정인 노래체 양식의 물리적 표식하는 데, 쉼표, '띄어쓰기' 등으로 분할된 단위는 그것이 음량박자, 음악적 길이의 단위와 반드시 일치하지는 않는다. 오히려 그 표식부호가 '쓰기'의 에크리튀르로 인식되는 순간은 문맥적 읽기를 위한 호흡 단위의 인식에 근접한 것이 된다. 제목 옆에 괄호를 하고 병기한 '巴調'라는 표식이 눈에 띄는데, 이는 '시골뜨기가 부르는 노래', 곧 '속가'라는 뜻이다. 민요체 양식의 '노래'라는 점을 명확하게 고정하기 위해 그것을 부기附記할 필요가 생겼을 것이다.

2. 개행, 단구의 효과와 자유시체를 향한 길

개행은 장 단위를 표식하거나 장을 구분하기 위해 쓰이지만 또한 그것은 단구를 위한 것이기도 하다. 하나의 장을 개행함으로써 두 구로 분리하기 위한 장치이다. 김소월의 「失題」「물마름」와 정용복의 「小曲」의 인판상의 차이에서 단구와 개행이 정형시체임을 증거하는 중요한 장치임을 확인할 수 있는데, 이것이 오히려 자유시로의 이행을 추동하는 계기가 된다. 근대시사의 전개 과정에서 중요한 논점이 이로부터 발생하는 듯보인다.

> 동무들보십시오해가집니다
> 해지고오늘날은가노랍니다
> 웃옷을잽시빨리닙으십시오
> 산우리도山마루로올나갑시다
>
> 동무들보십시오해가집니다
> 셰상의모든것은빗치납니다
> 인저는주춤주춤어둡습니다
> 예서더저문ㅅ대를밤이랍니다
>
> ―「失題」 부분, 『조선문단』, 1925.4

> 제비는봄에와서
> 가을에가고
> 기러기는가을에와

봄에감니다

목숨은어려서와
늘거서가고
우리의사랑은우연에셔
타오름내다

—「小曲」,『조선문단』, 1925.2

    엄격하게 12글자수를 지키는 소월의 시를 어떻게 개행하고 단구하는가에 따라 7.5조가 되기도 하고 3.3.4조가 되기도 하므로, 7.5조냐 3.3.4조냐를 글자수로 따지는 것은 의미가 없다. 노래를 문자화하는 것은 박자나 호흡의 단위를 계량적으로 나누는 것이 핵심이 아니다. 노래를 문자화하는 것은 이것이 노래임을 가시화하고 형식적 미학을 공고하게 하는 것이다. 소월의 시와는 달리, 정용복의 「소곡小曲」은 개행함으로써 13(12,15)음절의 한 행을 분구해 두 구로 만든다. 한 장을 한 행으로 나열한 소월의 시보다 시각적으로 유연하고 자유로운 느낌을 준다. 시각적인 유연성이 운

육당이 번역한 Charles Mackay의 시의 단구법과 왕유의 「도원행」 단구법의 비교. (『소년』, 1909.5)

율의 유연성으로 나아가는 계기가 바로 개행으로부터 시작되었을 수 있다. 개행, 단구, 배단의 '음악성'의 문제가 점차 문자성의미단계, 시각성으로 전회轉化하는 장면을 여기서 확인한다.

안서가 말한 '자유역自由譯'의 개념을 확인할 필요가 있는데, 그 전에 육당의 번역의 관점을 확인하면서 안서의 그것과의 차이를 보기로 한다.

「씌의강江…」은 7.5조 2구 1행으로 배열되었다. 원시는 8행 3연으로 되어 있으나 육당은 엄격하게 글자수를 맞추고 한 연을 동일하게 11행으로 맞추어 번역했다. 그러다 보니 1연의 10번째 행은 2구 1행이 아니라 1구 1행이다. 육당 번역시의 앞 면에 실려있는 왕유의 「도원행」 7.7조 2구 1행의 배열과 흡사하다.

안서는, 정형체시의 번역에 있어 구절 대 구절 번역으로 엄격한 형식적 틀을 지키기보다는 우리말 구어 문장법에 맞게 행의 수를 조절함으로써 유연하면서도 자유로운 번역시의 틀을 만든다. 안서는 이 같은 유연성을 '구비돌고 휘도는' '음격'에 두었는데 이는 정형체시의 '자유역'을 통한 '자유시체'로의 전회를 암시한 것이다. 정형시체와 자유시체산문시체의 관계가 이 개념으로부터 추출될 수 있다. 『태양』 창간호에 실린 안서 번역의 백낙천白樂天의 「비파행琵琶行」에 안서는 '자유역自由譯'이라는 명칭을 붙여 두었다. "칠언이나 오언절구의 그것과는 사뭇 딴 것으로 태평양만한 거리의 의이義異가 있다고 해도 '구비돌고 휘도는격'의 번역을 자부한다"는 안서의 설명이 부가되었다.[48] '자유역'이라 한 만큼 정형의 엄격한 격이 아닌 비정형체격의 구어적 자연스러움을 느낄 수 있는 번역이다.

---

48 김안서, 「琵琶行」, 『태양』, 1940.1.

潯陽江頭夜送客　심양강潯陽江 날졈으러 손이 떠날제

楓葉荻花秋瑟瑟　외로워라 넘노는 단풍과 갈꽃

主人下馬客在船　손과함께 고요이 배우에 올라

擧酒欲飮無管絃　잔들어 별설은離別 풀자 했으나

醉不成歡慘將別　풍악風樂없이 취흥醉興이 날것이런가.

別時茫茫江浸月　할 일 없어 잔놓고 갈리랴 할제

忽聞水上琵琶聲　돌아보니 강江우엔 빛나는 흰달,

　　　　　　　　바로 이때 누구가 비파를 뜻네

　　　　　　　　처렁처렁 그소리 아름답고야.

　안서의 '자유역'은 구절 대 구절 식의 번역이 아니며 따라서 한시구절장 대 조선어문장행으로 대응되지 않는다. 우리말 문장법에 맞게 문장을 쓰 다보니 자연스런 조선어구어한글문장체의 번역이 되었고 따라서 '자유 역'을 통한 시체는 정형시체가 아닌 자유시체, 산문시체로 변형된다. 『태 양』 2호에 유정지劉廷芝의 「대비백두옹代悲白頭翁」을 안서가 3(4).4(3).5(2.3) 의 일정한 음절수로, 정형시체로 번역한 것과 대조된다. 『태양』 1호의 '목 차란'의 '시가詩歌'에는 '시가'에 안서의 자유역된 「비파행」 외에, 이하윤 의 「물」, 이병각의 「추억」이 포함돼 있다. 이들은 정형체시다. 2호 '시가' 란에 장만영의 「춘야春夜」, 신석정의 「꽃상여가는길」이 실렸는데 그것들 은 본질적으로 자유시체인데도 불구하고 '시가'로 인식되었음이 확인된 다. 『태양』 현상모집 공고에는 '논문, 소설, 시가'로 장르구분이 되어 있 고 '시가'에 '시, 시조, 가요'가 명시돼 있는데, 우리말 구어체 시는 기본적으로 '시가'로 인식되고 있음이 확인되며 공고문에 있는 문체 규정은 '언문諺文을 주로 하고 한자漢字를 섞을 것'인데, 일제 말기 들어 일반 문예물평론의 경우도 한자혼용이 적지않아『조선문단』시대보다 한글문장체의 가능성이 더욱 줄어든 듯하다. 그 축소된 '한글문장체'의 '쓰기'는 그럼에도 문예물 외의 신체제론, 대동아공영권론 등의 시사논설이 주로 일본어 텍스트라는 것과 대조된다. 1호에 비해 2호에 일본어 텍스트가 더 늘어난 듯 하고 점차 한글문장체의 글이 줄어들다가 결국 일본어 텍스트로 전일화되는 상황과 관련있을 것이다. 한시의 '자유역'된 시뿐 아니라 조선어 구어한글문장체 시가에 이르기까지 우리말 한글문장체 시는 인판상으로도 점차 자유시체화되고 있음이 확인된다 하겠다.

3. 문장부호 – 문자에 남겨진 목소리

휴·폐간의 가능성이 항상 존재했던 일제시대 신문, 잡지 매체들의 불연속성, 불안정성에 더해 이 매체들에 작품을 실어야 하는 문인들집필가의 입장에서는 발표 지면의 부족이나 제한은 또 다른 고충거리가 된다. 실제로 짧은 분량의 글을 제외하고 긴 글을 한 번에 실을 수 없다거나 중간분량의 글을 실을 매체가 없다거나 하는 실질적인 문제가 대두된 것이다. 한편으로, 발행인의 입장에서는 긴 글을 한꺼번에 다 싣기보다는 분재해서 싣는 것이 편매정책상 효과적이었을 것이다. 신문은 장편을 연재함으로써 장기 독자를 확보할 수 있기 때문에 장편을 선호했고, 잡지는 경제적으로도 짧은 글 혹은 분량이 적은 글을 선호했다. 5, 60매 어중간한 분량의 글은 신문에서도 잡지에서도 환영받지 못했으니, 문인들은 글의 분량에 대한 고민까지 겹쳐 싸안지 않을 수 없었다. 장르 문제든, 양식 문제든 그것이 단지 문학 내적인 문제가 아니라 일종의 제도적인 문제임을 여기서 확인하게 된다.

홍미롭게도 식자, 배단 등 편집상의 문제 외에 입물込物을 생략해버리는 식자植字의 문제를 지적한 글도 있다.

> 설혹 신문상新聞上에 게재揭載된다할지래도 인쇄기술상印刷技術上 컴마와 피료-드와 기타제其他諸 「입물込物」을 약畧해버리는 조제품粗製品인 조선신문지상朝鮮新聞紙上에는 그작품作品을 버립니다.[49]

'입물込物'을 제거함으로써 '조제품粗製品'이 되게 하는 것이 온전히 인쇄기술에서 온 것이니 인쇄리터러시의 이해부족은 근대 문예작품의 실재에 직접적인 영향을 끼치게 되는 것이다. '컴마', '피료-드' 등 '문장부호'의 문제란 '쓰기'의 근대적 방식에 관한 문제인데, 이는 인판상의 스크라이빙 문제와 결코 분리될 수 없다. 집필가시인의 입장에서 정작 고통은 말을 문자화하는 단계에서의 규칙성의 부재, 특히 어의와 어조를 담은 부호를 삭제해버리는 편집상의 관행이었다는 것이다.

1930년대 들어 외국문학을 전공하고 귀국한 정인섭은 우리말의 '쓰기'에 대한 고민을 분명하게 자각한 것으로 보이는데, 그는 외국어와 우리말의 차이, 편집 인판상 드러나는 구두점, 세로쓰기가 우리말 시에 미치는

---

49 「執筆難」, 『신천지』 2, 1929.9.

기능 및 효과, 가로쓰기의 필요성 등의 문제의식[50]을 드러낸다.

　　편집상 두어가지 말하고자 하는 것은, 한글은 체언에는 대부분 토가 붙어있고, 용언에는 어미가 따라있기 때문에 구미 각국의 시와 같은 구두점이 없어도 능히 문맥을 분간할 수 있고, 또 한글에서는 지나친 서양식 구두점을 치면 모처럼 이어져가는 시상이 오히려 토막으로 분단되는 결점이 있다. 그래서 이 시집에서는 일체로 구두점을 생략했다. 그리고 재래로 시집을 꾸미는 데 있어서 시행을 세로만 쓰는 버릇을 나는 가로쓰기로 하여, 한글 자체의 특징과 세계적인 현상을 도모했다.[51]

　　쉼표 등의 구두점 '쓰기'가 오히려 우리말 시가의 낭영의 흐름을 방해한다는 정인섭의 자각이 흥미롭다. 김소월, 「산새」, 「가는길」『삼천리』, 1930.5의 경우를 보면,

　　　눈은 나리네, 와서 덥히네

　　　　　　　　　　　　　　　　　　　　　　—「산새」

　　　어서따라오라고, 따라가자고

　　　　　　　　　　　　　　　　　　　　　　—「가는길」

　절구체나 율시제 시의 장을 두 개의 구로 단구하면서 그것을 표식하는

---

50 「한글사용에 대한 외국문학견지의 고찰」, 『외국문학』 2, 1927.7.
51 정인섭, 『별같이 구름같이』 머리말, 세종문화사, 1975.

장치로 쉼표두점를 사용한 것인데, 이 쉼표가 스크라이빙상으로는 균등과 조화를 보여주고 낭영의 흐름을 일정하게 유지하는 역할을 하는데 그것은 역설적으로 시상을 분리하는 기능을 할 수도 있다는 점에서 정인섭의 주장이 수용될 수 있는 근거도 된다. 그러니까 초창시대 띄어쓰기 없는, 구두점 없는 시가 배단법이 오히려 시가의 낭영성을 보증하는 '쓰기'의 방법이었을 수도 있는 것이다. 정인섭은 한글의 특성을 이해하고 이를 자신의 시에 적용한다. 그는 조사, 어미, 구두점 등의 문장 부호 및 표식 문제를 외국 시의 그것들과 비교할 수 있었다. 두 번째 시집『별같이 구름같이』의 편집에 그는 한글의 특성과 관련한 문장부호와 배면의 효과를 적극적으로 적용했던 것이다.

　문자와 말, 쓰기와 말하기의 관계에 대한 고민은 근본적으로 철학자들의 사유의 핵심을 차지한다. 플라톤의 이데아론, 모방론, 재현론 등이 이에 근거하고 있음은 더이상 논할 필요가 없을 정도인데, 근대 들어 기호론, 해석학 등이 이 논제로부터 출발하고 있다. 한자문화권 내에서도 문자는 말을 다 담아내지 못한다는 문자의 제한성에 대한 사고가 지배적이었다. 언어학적인 관점에서 이 논제를 바라본다고 해도 그 핵심은 문자가 말을 그대로 혹은 본질적으로 전사轉寫할 수 있는가의 의문과 연결된다. "문자는 목소리의 그림"이라는 18세기 볼테르식 사고[52]는 일반언어학의 논점들이 부상하기 전까지 대체로 '진실'로 받아들여졌다. 그러나 실상 문자는 말의 그림자이지 말 그 자체는 아니다. 말을 문자화하는 단계에서 말의 소리, 음조, 어조, 분위기를 최대한 효과적으로 살려내는 최소한의 장

---

52 스티븐 로져 피셔, 박수철 역,『문자의 역사』, 21세기북스, 2010, 386면.

치가 '문장부호'인 것이다.

니체는 말을 문자화하고 그 말을 후대에까지 남기기 위해, 목소리로 남기기 위해 지고한 노력을 기울였는데, 그에게 '문장부호'는 목소리의 기능을 강화하는 것이지 의미의 기능을 강화하기 위한 것은 아니었다. 니체는 씀으로써 말하고자 했다는 것이다.[53] 그러니까 문장부호는 문자에 저자필자의 음성기능을 보충하는 역할을 하는 것인데, 단어의 소리와 부재하는 목소리를 되살리고 되새겨 보게 만드는 것이 문장부호라는 것이다. 글을 읽는다는 것은 병렬해있는 시각적 부호를 문장의 연속적인 순서로 바꾸어놓는 행위인데, 이 때 쉼표나 마침표 등의 부호의 존재가 실제 낭독의 시간과 독서의 템포 사이의 시간상의 차이에 영향을 주지는 않는다. 그에 비해 물음표(?), 말줄임표(……), 느낌표(!) 등의 문장부호는 독서의 템포를 방해하는데, 독자에게 음을 낮게 혹은 높게, 강하게 혹은 여리게 할 것을, 또 읽기의 어조와 읽기의 시간을 지체하도록 주문하는데 즉 한편으로 그것은 음악 악보의 부호와 유사한 기능 및 역할을 한다는 것이다.[54] 시각적 부호로써의 문장부호는 독자에게 신체를 망각하게 하지만 목소리성의 부호는 독자의 호흡기관과 발성기관을 끊임없이 충동시킨다. '구두점, 느낌표, 물음표' 같은 것들은 글자를 움직이게 하고 인쇄된 문장의 무감각한 물질성을 깨어나게 한다. 이 문장부호의 '드라마적 역동성'이 바로 문장을 현재의 '쓰기'로 만들어 저자의 일을 독자의 그것으로 만들고 이로써 지금 책 속에서 일어나는 '사건'이 현재 진행되는 일임을 독자에게 상기시킨다. 이런 류의 기능이란 문어적인 것이기보다는 본질적으로 구어적

---

53 하인츠 슐라퍼, 『니체의 문체』, 39면.
54 위의 책, 39~40면.

인 것이다. 그러니까 시가양식에서 문장부호란 오롯이 문자적인 것문자씨의 부수적 기능을 하는 요소가 아니라 시가성, 노래성을 존속하기 위한 핵심적인 요소이자 에크리튀르이다. 에크리튀르의 '아웃사이더'가 아닌 '인사이더'인 격이다.

문장은 근본적으로는 소리가 없다. 그러나 문자를 속삭이게 하고 강조하게 하고 여운이 돌게 하고 망설이게 하고 열정적인 웅변을 토하게 하고, 느리게 혹은 빠르게, 크게 혹은 작게 하는 최소한의 방법은 구두점 등의 문장부호의 사용이다. 문자에 음성을 보충하는 다른 방법으로는 활자 크기를 조정하는 것인데, 이 때 음량과 음가의 크기도 동시에 표식되기도 한다. 글자의 크기를 조정하는 것이 형태시에서는 일종의 회화적인 기능을 위한 것으로 인식되고 있지만, 실재로는 음성적인 리얼리티를 살리는 기능이 보다 강력하다 하겠다.

산문양식에서 문장부호는 문장의 논리적 질서를 전해주고 메세지를 보다 정확하게 전달하는 데 기여하지만 시에서 그것은 텍스트에서 침묵하고 있는 목소리를 불러내는 역할을 한다. 예컨대, "웨 낮잠은 자느냐 할머니 혼자 하시게 내버려두고 웨 — 그 모양이야"[55]에서 '웨'와 '웨 —'의 맥락상 효과는 그다지 차이가 없다. 분위기로 짐작으로 느껴지는 정도이다. 하지만 발성의 텍스트에서 이 기능은 분명하게 드러난다. ' — '는 어조를 표시하고 목소리의 높낮이와 단어의 발화 길이를 지시한다. 그러니까 '쉼표, 마침표, 강조 부호, 느낌표, 물음표, 『 』, — ' 등은 음성부호의 역할을 한다는 점에서 기보상의 연주부호와 비슷한 기능[56]을 한다는 것이 증명된다.

---

55 화성, 「추석전야」, 『조선문단』, 1925.1.
56 하인츠 슐라퍼, 『니체의 문체』, 48면.

이들 문장부호의 기능이 평면적인 텍스트를 입체적인 텍스트로 만들고 단일한 저자의 목소리가 지배하는 텍스트를 다성악적이고 살아있는 음성성의 텍스트로 만든다. 저자의 목소리와 그 목소리를 되살리는 독자의 목소리와 그것들이 관현악적으로 조합된 다성악적 목소리가 이 문자텍스트를 움직이는 것인데, 이 때 문장부호가 결정적인 역할을 한다고 하겠다. 다성악적 음악의 텍스트는 문자의 침묵 가운데 존재하는 것이 아니라 그것을 음성으로 현동화 할 때 생성·존재하며 따라서 문장부호를 통해 살아난 말은 텍스트를 현재형 텍스트, 부조^{浮彫}의 텍스트로 만든다. 문장부호를 '역동적 드라마'의 계기라 부르는 이유가 바로 이것이다.

시가양식에서 문장부호의 역할은 특히 호흡률과 관련있다. 텍스트가 음성화, 현재화하는 과정에서 독자의 발성기관과 호흡기관이 작동하는데, 독자는 문장부호의 지시에 따라 어떤 특정한 음을 강조하고 소리의 높낮이와 깊이를 가늠하고 소리를 느리게 혹은 빠르게 하고 어조의 격을 결정한다. 목소리로 발성하고 숨을 쉬고 다시 숨을 이어가고 숨을 끊고 하는 것이 '호흡'인데, 문장부호란 음성텍스트의 '호흡률'을 결정짓는 중요한 요소인 것이다. 예컨대 쉼표에서 독자는 호흡을 멈추고 가다듬으면서 다음의 읽기를 위한 준비를 한다. 마침표에서 목소리는 잦아들 것이며 그것은 하나의 상이 종지되고 다음 연에서 다른 상이 전환됨을 고지한다. '……'로 어조를 잦아들게 하면서 리듬을 이완시키고, 이음줄(~)에서 음을 이어주면서 리듬을 일정하게 고정시키고, 「 」에서 타자의 목소리를 끌어들인다. '!'보나는 '!!'가, 「괴롭다!!」에서 보듯,[57] 괴로운 감정이 보다 강

---

57 『조선문단』, 1925.3.

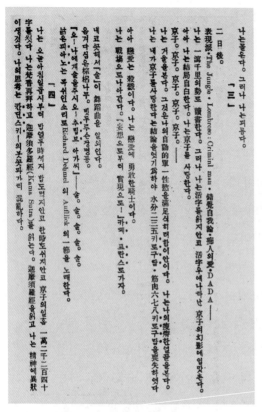

김화산의 「악마도」(『조선문단』, 1927.2).
직접인용된 말을 「」에 넣어 기사했다.

력하게 고조되었음을 표식하는 데 음성텍스트에서 이 부호는 감정의 깊이가 실린 어조의 강세를 지시한다. '?! ?! ?!'는 맥락상 의문과 탄식의 양가성과 그것의 강도를 나타내는 역할을 하는데, 이 역시 묵독하는 텍스트에서는 의문과 탄식의 느낌과 분위기를 표시하는 기능에 머무르지만 음성 텍스트로 실현된다면 그것은 입체적이고 역동적으로 말을 살아나게 할 것이다.

정지용의 초기시들에서 발견되는 '다다적 기법'을 단순히 서구 아방가르드예술의 기법적 모방이기보다는 문자를 음성화하는 입체주의적, 다성적 시도로서 평가되어야 할 필요성이 여기에 있다. 정지용의 「카페프란스」는 직접인용의 표식인 문장부호 「」를 사용해 인물의 목소리를 재현하고, 활자크기로 음량을 표식하는 방법, 둘 다가 쓰였다는 점에서 인상적인데, 김화산의 산문에 그 시 일부가 인용될 때 다시 「」가 쓰이고 있다는 것이 흥미롭다.[58] 「」 안의 진술 주체가 누구인가를 해명하

---

58 김화산, 「惡魔道」, 『조선문단』, 1927.2.

는 첫걸음은 그것이 누군가의 말을 직접 인용했다는 것이라는 점에서, 그리고 그 말을 받은 사람이 앞의 진술 주체에게 더 큰 목소리로 화답한다는 점을 이 문장부호로부터 추정하게 한다는 점에서 주목해야 한다. 김화산, 장만영 등 시인들이 공통적으로 "장명등 빗두로 서 있는" 구절을 애호하고 있다는 점은 정지용의 「카페프란스」를 새롭게 해석할 수 있는 근거가 된다. 문장부호가 음성을, 활자가 의미를 감당하면서 또한 그것들이 서로 어긋나게 겹쳐진 이 부조화·불균등성은 이 시를 역동적으로 만드는 데 크게 기여한다. 이 젊은 인텔리겐차들이 밤비 오는 거리를 달려 카페의 문을 열고 들어서면서 카페 여급과 주고받는 대화의 한 장면을 정지용은 음성텍스트로 만들어두었다. 이 장면에서 무엇인가 삶의 에로티즘적인 욕망이 이른바 인텔리겐차의 허무주의를 뚫고 흥분하듯 솟구쳐오르고 있는데, 순간, 나른하고 적막했던 카페 분위기가 일순간 급변하는 것이다. 그러니까 문장부호 「 」는, 목소리의 아우라가 삶의 생생한 현장성을 이끌고 오는 장면의 표식기호이기도 하다.

소리의 문자화에 있어 미야자와 켄지는 '일본로마자회'를 발족하고 그의 유일한 시집인 『봄과 아수라』關根書店, 1924에서 부호를 사용해 소리를 실재화한다.[59] 시인의 말과 시에 등장하는 인물의 말을 구분하기 위해 ( )를 사용하는데, 이는 초창시대 시에서 『 』 등을 사용해 직접인용의 말을 표식함으로써 (목)소리를 실재화한 경우와 다르지 않다. 켄지는 「무성통곡無聲痛哭」에서 누이 토시코의 죽음을 추모하면서 시 자체와 구분해 토시코의 목소리를 별도로 원괄호에 묶어 둔다.

---

59 코모리 요이치, 『일본어의 근대』, 275면.

(비 젖은 눈 떠다 주세요)

(あめゆじゅとてちてけんじゃ)

(나는 나 혼자 갑니다)

(おらおらでしとりえぐも)

(다시 사람으로 태어날 때엔

이렇게 자신의 일만으로 괴로워하지 않도록 태어나겠어요)

(うまれでくるたて

こんどはこたにわりやのごとばかりでくるしまなあよにうまれてくる)

코모리 모이치는 이 토시코의 목소리를 원괄호(( ))에 묶어 문자화한 것을 '영원히 침묵하고 있는 소리'[60]라 규정하지만, 이 원괄호 안의 문자는 실은 소리를 담아 영원히 그것을 생생하게 살아나게 하는 발성의 표지이자 실재(에 가깝게) 그것을 재현하는 지시부호에 다름 아니다. 그것은 죽음 직전, 생과 사의 경계에서 절절하고 절박하게 토해내는 토시코의 목소리를 현전할 수 있는 발성장치로 기능한다. 문자로 실현되었으나 목소리로 실재화하는 지시부호가 되는 것이다. 부호가 없다면, 그 절박하고 절절한 생과 사의 경계에 있는 누이의 목소리는 문자 아래 잠재적으로 가려져 있을 것이고, 그것도 뉘앙스로, 분위기로 가늠될 수 있는 정도에 지나지 않을 것이다. 문자텍스트에서 침묵한 채 잠재돼있던 목소리를 되살려내 음

---

60 위의 책, 277면.

성텍스트로 만드는 기능을 하는 것이 문장부호의 핵심 기능이다.

현대 문장부호, 특히 구두점에 대한 규정은 "음성학/음운론적으로는 강세, 고저, 휴지, 호흡, 리듬 등의 어조를 반영"[61]하는 것이다. 그런데 시가양식의 경우, 말과 문자의 관계는 보다 세밀하고 중층적으로 얽혀있다. 말을 문자화하는 방법, 소리를 문자화하는 방법, 율격리듬을 문자화하는 방법이 시가작법의 핵심이며, 문장부호법도 그것을 실현하는 방법의 하나인 것이다. '소리'가 곧 '호흡'이자 '바람발성'인 한에서는 더욱 그러하다. 음량, 어조, 억양, 강약 등의 지시부호이자 소리를 물리적으로 공간화하는 표식부호인 것이다. 그것은 이광수의 표현대로 일종의 '조율을 표준화하는 것' 혹은 황석우의 용어로는 '율격의 문자화'를 위한 표식이며 안서의 용어로는 '산문자화 하는 것'이며, 윤곤강의 용어로는 '감정의 문자화'라는 맥락으로 이해되는 자질이다.

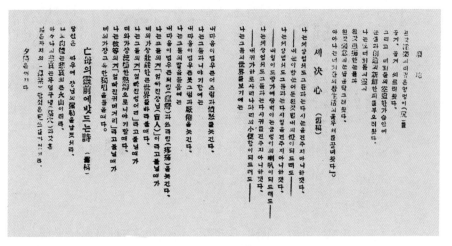

황석우의 「세결심」(『폐허』 창간호, 1920.7). '—'는 부연·설명하는 기능에 값한다

---

61 장소원, 「국어구두점 문법 연구서설」, 『관악어문연구』 8, 1983, 388면.

『태서문예신보』9호에 실린 해몽생海夢生의「오분의 꿈」은 감탄부호가 중첩되어 있다. 이를 '감탄부호가 난무하는 내용상의 극단적인 대조를 강조하기 위한 장치'[62]로 설명하는 연구도 있지만 그것은 본질적으로 말을 살아있게 만드는 음성장치이다. '음성지원'의 기능을 하는 일종의 이모티콘의 역할을 고려하면 이해가능하다.

부호의 난무는 고정성과 균일성을 요구하는 문자텍스트의 자질에는 적합하지 않지만, 반대로, 이는 말이 발성으로 터져나오는 어떤 상상想들, 폭풍 전야의 어떤 상들을 표식한다.『신청년』간행 당시 최승일의 회고는[63] 문장부호의 난무가 주는 불편함을 증거한다. 낭영의 순간, 텍스트는 현재화하며 몸도 그에 따라 움직인다. 안서가 말한 호흡이란 이 텍스트의 역동적 현동화를 뜻한다. 그것은 죽은 텍스트를 살아있는 텍스트로 만들고 작가의 목소리를 긴 죽음으로부터 불러낸다. 인쇄된 문자의 무감각했던 물질성이 살아나는 순간이다. 그래서 안서는 '산문자'라는 용어로 이를 지칭했다.

안서는 정래동이『개벽』에 발표한 시「눈오는아츰」,「겨울달」『개벽』, 1925.2 을 평가하면서

구두점句讀點의 난용亂用(남용濫用이 아니고)입니다. 시詩에는 산문散文에도 그러하거니와 구두점句讀點 하나로 말미암아 대단한 의미意味와 상이相異가 생깁니다.

「조용한, 일흔 아침에,

공상空想의적은배는, 헤맨다.」

와 가튼 것을 보는 이로는 내맘을 긍정肯定하는 동시同時에 또한 이 시선자詩選者의

---

62 김행숙,「태서문예신보에 나타난 근대성의 두 가지 층위」,『국어문학』36, 2001.1.
63 이 저서의 474면 참조.

구두점句讀站에 대對한 무관심無關心을 발견發見하게 됨을 유감遺憾으로 생각합니다.[64]

라고 썼다. 띄어쓰기와 구두점 간의 혼란으로 보이는데, 정래동은 띄어쓰기로 처리할 곳에 쉼표(두점)을 찍어 단구의 기능을 대신하고자 했을 것이다. 1행 2구, 2행 1연4행시체의 시에서 한 행을 두 구로 분구하는 용도로 쉼표가 쓰였는데, 안서는 이 쉼표가 군이 필요치 않다고 보았다. 시가라면 군이 필요치 않는 것을 쉼표를 사용함으로써 의미상의 어떤 효과들을 불러오기 위한 장치처럼 보이게 한다는 것이다. 정인섭이 쉼표나 마침표가 시가의 자연스런 호흡을 방해한다고 지적한 대목과 다르지 않다. 즉 쉼표가 산문의 '쓰기'처럼 행해짐으로써 원래 시인이 의도한 쉼표의 기능, 단구의 기능이 아닌 의미화의 기능, 산문적 기능이 발생하게 된 것이다. 즉 시가양식에서 쉼표가 불필요할 정도로 '난용亂用'된 경우라 할 것이다. '구두점'에서조차 시의 기능과 산문의 기능에는 차이가 있음을 안서는 명료하게 인지하고 있다.

개인의 자유로운 호흡률을 자유시체의 새로운 리듬音조.음악으로 이해한 안서가 주요한의 「남국의 눈」을 평가한 대목은 문장부호가 어떻게 시가성을 살리는가라는 문제의식을 드러낸 것이다. 김억은 초창시대부터 해방 이후까지 조선어 문장론을 여러차례 서술할 만큼 우리말의 어원적 특징과 문법적 성질에 대한 관심을 피력했다. 특히 구두점과 띄어쓰기는 시가의 어의語意와 어향語響을 살리는 문장부호이기는 하지만 '보는 이로 하여금 미감을 해치지 않게' 하기 위해 유의해야 할 문제라고 지적했다.[65] 시

---

64 안서, 「시단산책」, 『조선문단』, 1925.3.
65 안서, 「'컴마'에 대한 私見」, 『박문』, 1940.10.

인에게 '컴마'는 '침묵이 아니요' 소설가들에게서보다 '위대치 아니한 것도' 아닌 것이다. 어의를 분명하게 하기 위한 기능적인 역할 외에 '어향' 곧 음악의 여운, 음조미를 강화하는 기능이 시가의 구두점이나 띄어쓰기에 있음을 안서는 자각했다. 예컨대 독서 환경에서 '캄마(,)'가 글문장을 읽을 때의 호흡고르기, 순간 정지 곧 '휴지'의 기능을 하는 것은 이제 상식이 될 정도로 자명한 것인데 안서는 '캄마'를 그 같은 단순한 기능으로만 인식하지 않았다. 문장부호가 어의와 어향 양자에 다 속한다는 관점이나, 음악성의 표식이자 의미성의 표식이기도 하다는 관점은 안서의 초기 시가 작법에서도 이미 드러나 있는데, 문장부호의 기능에 '의미' 기능을 보다 강화하고 있다는 점은 1940년 경에는 우리 시가 이미 자유시화, 문자시화의 정착 단계로 진입했음을 증거한다. 그 자체로 음성텍스트인 시가에서 문장부호는 '음성기호'이며 따라서 산문양식에서 문장부호가 의미기능을 강화하는 역할을 하는 것과는 본질적으로 다른 층위의 역할을 한다고 하겠다.

4. 실제 문장부호의 쓰임, 스크라이빙의 실재

그래서 인판상에 나타나는 문장부호들을 점검할 필요성이 생겨난다. 다양한 문장부호들이 실재하는 시가양식의 인판에서 어떻게 표식되어 있는지를 확인하도록 한다.

세로서체(종서체)의 이음줄(‿)

시구 배열이나 문장부호는 시가양식을 고정화하고 조율을 표준화하는 것과 연관된다. 인판상 이 고정화와 표준화는 이것이 정형양식임을 증거한다. 글자수를 제한하는 것은 음량의 제한이기보다는 음조와 격을 고정하는 것으로 이것은 시가의 노래성을 보전하고 보증한다. 따라서 이음줄은 인판상 엄격한 글자수 제한을 위해 표식된 것처럼 보이지만, 실제 정형양식의 미학적 완고성을 보전한다. 전통적 연행관습에서 글자수 자체가 박자의 길이나 리듬의 간격을 고정시키지는 않는다. 창자는 연행하는 과정에서 글자수에 맞춰 리듬을 조정하는 것이 아니라 음악적 기억조에 따

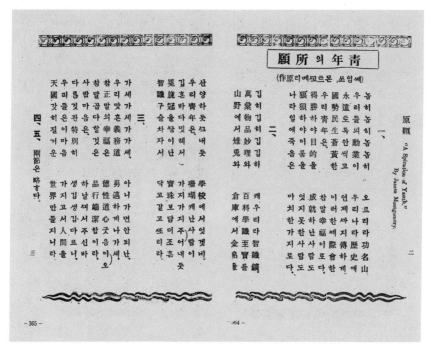

「청년의 소원」의 이음줄(‿)의 쓰임. 『소년』, 1902.2.

라 규칙적인 리듬과 조를 살려내기 때문이다. 시조나 한시와는 달리, 율조
없고 작법없고 창법없는 조선어구어한글문장체 시가의 시가성을 신문,
잡지 상에서 명백하게 하는 것이란 글자수를 고정하는 것인데, 이음줄은
엄격하고 완고하게 한글시가의 정형성의 규칙을 표식해 둔 문장부호이다.

이음줄(‿)표시로 글자수를 줄이거나 줄표(-)로 글자수를 늘이는 방법
은 이미 최남선에서부터 나타나며 이후 정형시가양식의 인판에서 흔히 목
격된다. 「청년의 소원」1909.3 역시 띄어쓰기와 부호, 시행배열을 통해 정
형성을 고수하고 있는데 이음줄'이오', '주어'을 사용해 마치 자수를 맞추어 놓
은 듯이 보인다. 이것은 번역상의 어려움이나 의미를 보강하기 위한 것이
아니라 정형양식의 노래성과 엄격한 미학성을 담보하는 문자표식 기능이
라 할 수 있다. 굳이 글자수를 고정하지 않아도 일정한 '조'의 연행에는 어

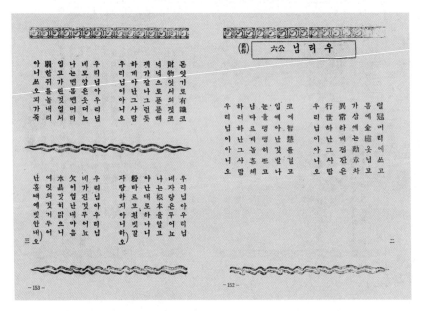

「우리님」의 이음줄 쓰임. 『소년』, 1909.8.

려움이 없을 터인데, 육당은 군이 글자수를 음가와 교환하고자 했다. 「우리님」1909.8에서도 확인되는데, 7자 1행, 6행을 한 연으로 하는 6연의 시인데, 8자 '내오', '하오'가 되는 경우 '7자'를 맞추기 위해 이음줄 표시를 해 두었다. 이음줄은 문자화 과정의 시의 정형성, 노래성, 낭영성을 가시화하는 표식이자 그 정형성을 지면에서 고정시키는 문자표식 방법이라 하겠다.

「농부가」의 경우, '6⑺.5'를 규칙적으로 반복한 양식인데, '6'의 경우 특별히 늘임표시를 하지 않았다. 그렇다고 이 시가가 정형성에서 벗어나거나 '일탈'일 수는 없다. 전통적으로 계승돼 온 「농부가」의 곡조에 맞춰 얼마든지 6⑺.5의 노래를 무한 반복할 수 있다. 따라서 음절수로 가시화되는 정형성의 표지를 문자에크리튀르로 해석하거나 완고하게 글자수 자체에 집중할 이유가 사라진다. 6 혹은 7의 음절수는 실제 낭영체의 곡조상의 음가, 음량의 표지라기보다는 그 규칙적 정형성과 양식적 표식화에 가깝다. 엄격하게 음절수를 맞추든 한 자 혹은 두 자가 고정 글자수에서 이탈되어 있든 실제 낭영에는 그다지 차이가 없다. 선행하는 곡조나 선율은 후속되는 노래가 무한재반복할 수 있는 근원이자 계기로 작동하는데, 앞 노래의 가창의 관습이나 기억에 의해 뒷노래가 발화되고 낭영되고 불려지기 때문이다. 다음절 교착어인 우리말 시가 엄격한 글자수 맞춤이 가능한 한시나 운각과 악센트가 규칙적인 서양시와 다른 점이다.[66]

그러니까 문자화 과정에서의 음절수 맞추기는 기계적격조 정형성이 없지는 않지만, 그 중요한 목적은 음악적시영적 특징과 정형적 특징을 동시에 충족시키기 위한 표식장치이다. 우리말의 특성을 고려할 때 완전하고 독

---

66 스티븐 로져 피셔, 『문자의 역사』, 249면.

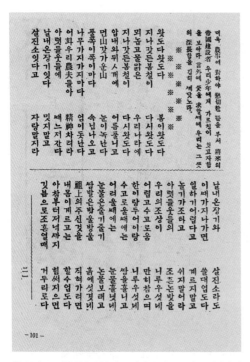

「농부가」는 이음줄을 활용하는 식의 음절수 조정을 엄격하게 하지 않았다. 『소년』, 1909.5.

립적인 시가양식의 표지가 글자수 맞춤 외에는 없었기에 육당이 완고하게 이 형식을 실험했고, 이것이 여의치 않자 육당은 글자수를 다양하게 변형시키면서 신시의 시체 실험을 했을 것이다. 서양시를 우리말로 번역하는 과정에서도 최남선은 가시적으로 엄격하게 형식적 규칙성을 고수하고 있다. 낭영시時 7자든 8자든 그것들은 큰 차이가 없다. 조판 편집상 8자의 자수를 유지한다해도 실제 시영하는 과정에서 그것은 충분히 7자 음절과 음량적 등가성을 확보할 수 있다. 이음줄은 그것의 표식인데, 즉 그 부호 자체가 노래성, 낭영성의 표지인 것이다. 시가의 문자화가 의미의 실현보다는 낭영적, 시가적 조건을 충족시키는 형식적 틀을 규정하는 것이고 그것 자체가 인판에 드러난 양식적 실재인 것이다. 「보아너게」[67]의 "오직저것-번적번적, 울을을울을을"의 구절에서 '을을'을 이음줄로 표식한 것은 '우뢰'의 소리를 길고 강하게 혹은 진동을 음성화한 표식이다.

---

67 『청춘』, 1914.11.

늘임줄(一), 실선

실선과 점선은 다소 혼동되어 표기되기는 하지만 일단 실증적인 차원에서 구분해보기로 한다. 실선은, 리듬상으로는 시간의 지체를 통한 음조미의 효과를, 통사적으로는 문장의 전도를 통한 시적 효과를 노리는 역할을 한다. 즉 ① 시간차를 이용해 말의 여운을 살리거나 정서를 환기하기 위한 용도로도 쓰이고, ② 앞의 말을 부연, 설명하기 위한 용도로도 쓰이는데 대체로 시적 전도를 통해 구현된다는 점에서 산문양식에서의 쓰임과는 차이가 난다. 여운을 살리기 위해서는 일정한 시간의 간극이 필요한데 이 시간적 간극을 '一'으로 표식함으로써 정서의 휴지를 통한 여운의 효과를 발휘할 수 있다. '시간의 연기', 혹은 '유보'를 실선으로써 지시하는 효과가 있는 셈이다. 묵독보다는 실제 낭독에서 이 효과가 작동한다는 점에서 발화를 위한 문장부호의 표식법이다.

① 여운을 강조하는 표식 : 낭영시詩 여운을 살려 읽을 것을 표식한 것이다. 「남국의 눈」은 '산문자'와 '보드라운 여운'을 살린 시로 안서가 적극적으로 평가한 것으로, 목차란에는 '노래'로 표기되었다. 2행 1연의 총 4연 단위로 된 일정한 시행 배열을 보여준다. '실선(一)'은 '여운을 가지고 읽어야 한다'는 점을 표식한 것이다.

푸른 나무 닙에 나려 싸히는
남국의 눈이 옵니다

오늘 밤을 못 다 가서 사라질것을——
서른 쑴가치 혼적도 업시 사라질것을——

푸른 가지우에 피는 흰 곶은

서른 슲가튼 남국의 눈입니다.

절믄 가슴에 당치도 아는

남국의 째아닌 흰눈입니다.

—「남국의 눈」, 『조선문단』, 1925.3

안서는 '노래로 돌아온' 주요한을 평가하면서 "이렇게 곱은 문자, 더구나 곱고도 산 문자文字로 리듬과 내용에 여운을 만히 떠돌게 하야 보드랍은 느낌을 주는 시인"이라 요한을 칭하고 "요한씨氏가 우리 시단에 자랑거리일 것을 의심치 않습니다"고 썼다.[68] '산문자' 즉 '살아있는 문자'란 시인의 목소리를 현재화한다. 눈으로 묵독하는 것이 아니라 발성하는 것, 읊는 것, 이를 통해 귀로 듣는 시가를 전제한 것이다. '—'는 애잔한 정서, 서정적인 음률을 드러내는 표식기능을 한다. 보드라운 조선어 음조미는 이 표식을 통해 살아난다. 같이 실린 「지금에도못닛는 것은」, 「등대」도 같은 방식으로 일정한 형식적 틀을 고수하고 있다.

　② 부연설명의 시적 기능을 확인해보기로 하는데, 물론 시에서의 그것과 산문에서의 그것은 다소 다르다. 「황혼의 노래」『영대』, 3호에서 주요한은 실선을 활용해 시적인 언어의 특징이 분명하게 부각될 수 있도록 한다. '부연설명'의 '용도'로 또 '시적인 전도(황석우)'를 위한 용도로 쓰인다.

68　안서, 「3월 시평」, 『조선문단』 7, 1925.4.

ⓐ 침하스테는 나라드는 박쥐쎄——

　아기야, 어머니게로 올 황혼이 되엇다.

ⓑ 벌셔 어듸서 다드미 소리가 들닌다 ——

　별이 아직 하나박게 아니 뵈는데.

ⓒ 바람이 간다 —— 아기의 졸리는 머리 속으로.

　　　　　　　　　　　　—「황혼의 노래」 부분, 『영대』 3, 1924.10

　ⓐ, ⓑ, ⓒ은 궁극적으로 '시적 언어의 기능'을 발휘하는 역할을 한다. ⓐ은 앞 문장의 상황을 설명하는 기능이며, ⓑ은 일종의 양보구문(—임에도 불구하고)의 효과를 갖는 것으로, 즉 '별이 하나밖에 나타나지 않았는데도 벌써 다듬이질 소리가 들린다'라는 문장의 축약과 함축을 위한 시적 용도이며, ⓒ은 앞문장과 뒷문장의 시적인 '전도'를 용이하게 하는 기능을 한다. 이 '전도'의 기능은 「하아한안개」창조1호의 '나의가슴에 귓속합니다—— 쩌지지안는목소리로'에서도 확인된다.

　산문에서의 쓰임을 확인하기로 한다. 춘원의 「인생의 향기」『영대』 1의 경우에도, 앞에서 언급한 ①, ②의 기능이 동시에 나타나는데, ①은 '정서' 보다는 '사유의 시간'을 확보하는 측면이, ②는 부연설명의 기능에 보다 충실하다는 점에서 산문기능에 값한다 하겠다.

　알아챗스니 잠시를 지체를 할수도업다. ⓐ —— 나는 곳 가보아야겟다, 거의 일년 동안이나 긔자에 잇는곳도 모르고 서로 쩌나잇던 그리운 누이동생 ⓑ—— —— 인제 겨오 세 살 잡히는 어린 누이동생 —— 악마와가튼 원수에게 포로가되여 간 어린누이동생을 나는 즉시로 차쟈 보아야만하겟다.

(…중략…)

「너 어듸 가는 ⓒ——우리집이 자고가렴으나 —— 오늘 우리집에서 옥수수 삶아요, 그, 저, 흰 강낭이말이야」한다.

(…중략…)

나는 분명히 두팔로 해골이 다된 어린 동생을 써안앗다, 그리고는 울엇다 ⓔ —— 그러나 내가 얼마나 울엇는지, 소리를 내고 울엇는지, 안내고 울엇는지, 쪼는 내가 해골가튼 어린 동생을

— 『영대』 3, 1924.10

　ⓐ, ⓒ, ⓔ은 시간의 간극을 나타내기 위해, ⓑ은 부연설명을 위한 표기인데, ⓐ은 필자가 잠시 '생각하는 시간'을, ⓒ은 발화의 잠깐의 중지휴지를 표기한 것이며, ⓔ은 '운 시간'의 경과를 나타낸다는 점에서 이 셋의 경우에도 다소 차이가 있고. ⓑ은 '누이동생'의 상태상황를 보다 강조하기 위한 부연설명의 기능이 분명하게 드러난다. ⓐ, ⓒ, ⓔ에서 확인되듯, '—'는 어떤 경우든 시간의 간극 혹은 지체가 정서상의 휴지와 여운을 남긴다는 점에서는 시에서와 유사한 기능을 하며, 실제 발화시에는 낭독자의 '어조'와 현재적 상황의 정서적 분위기를 조성하는 데 중요하다.

　묵독의 과정에서도 화자의 정서가 문장부호를 통해 실감될 수 있으나 그것은 제한적이다. 발화의 과정에서 이 목소리성은 문장부호가 감당하는 '산문자'의 기능을 통해 생생하게 살아난다. 시극이나 연극의 수행성은 이 문자의 지시적 기능을 통해 극적으로 발현된다. 문자는 스스로 죽어 있으나 이 표식부호에 의해 보다 생생하게 살아난다. 이것이 안서의 '신生 문자화'이다.

이 시와 주요한의 시운詩韻을 떨치는 계기가 되는 「불노리」의 문장부호의 기능을 비교해보기로 하는데, 실선과 비교해 점선을 주목할 수 있다.

점선, 말줄임표(……)

'……'은 대체로 말의 축역과 그 축약을 통한 발화자의 '침묵'의 시간을 지시한다. '침묵'의 지시적 기능과 동시에 여운을 자아내는 일종의 말줄임표의 역할을 한다는 점에서는 실선의 기능과 중첩된다. 실선과 점선 사이의 '차이'를 식자의 과정에서 크게 인지하지 못한 이유일 것이다. 지면에 평면적으로 놓여있는 문자가 '소리'로 살아날 수 있는지 이 '말줄임표' 부호만큼 강력하게 알려주는 것은 없다. 니체는 "나한테 말줄임표로부터 출발하지 않는 것은 아무것도 없다"[69]고 말했을 정도이니, 니체의 에피그람식 글쓰기의 연원과 같이 가는 문장부호라 하겠다. '침묵과 축약' 가운데 시의 말이 있음을 증거하는 표지이기도 하다.

「불노리」에서 주요한은 점선과 실선을 동시에 사용한다. 앞의 「황혼의 노래」에 비추어본다면 '―'은 앞문장과의 관계를 통한 부연설명이나 의미적 지시기능 등 다소 산문적 기능이 강조되어 있고, '……'은 시간의 간극 발화의 침묵, 휴지 혹은 그것의 지속의 표식을 통한 정서적 여운이나 사유의 이행, 분위기 형성 등의 역할을 한다는 점에서 보다 시적인 기능을 한다.

㉠ 서편西便하늘에, 외로운강江물우에, 스러져가는 분홍빗 놀…… 아아 해가저믈면 해가저믈면, 날마다 살구나무 그늘에 혼자우는밤이

---

69 조르주 리에베르, 『니체와 음악』, 18면.

ⓛ 찰하리 속시언이 오늘밤이물속에…… 그러면 행여나 불상히 녀겨줄이나이슬
  가 ⓛ-1)……할적에 퉁, 탕, 불찍를날니면서

ⓒ 더욱쓰거운삶을살고십다고 쯧밧게 가슴두근거리는거슨 나의마음…….

ⓔ 쯧잇는드시 찌걱거리는배젓개소리는 더욱 가슴을누른다……

ⓜ 물결치는뱃슭에는 조름오는「니즘」의 형상形像이 오락가락──── 얼린거리는기
  름자

ⓗ 기름자업시는 「발금」도이슬수업는거슬────.

ⓢ 너의발간횃불을, 발간입설을, 눈동자를, 쏘한너의발간눈물을…….

ⓞ 무정無情한물결이 그기름자를 멈출리가잇스랴? ──── 아아 찍겨서 시둘지안는
  곳도업것마는

　ⓐ은 휴지를 통한 정서적 여운을 환기하는 기능을 하며, ⓛ은 말의 생
략을 통한 침묵의 표식이며, ⓛ-1)은 화자의 생각하는 시간의 지속과 그
것을 틈입해 들어오는 다음 상황사건 사이 시간의 찰나적 간극을 표식한다.
연극에서의 '사이'를 표식하는 기능과 유사하다. 문장 마지막의 점선은
대체로 말의 종결침묵을 지시하는 것인데 산문에서의 기능과는 달리 정서
적 여운을 남기는 시적 언어의 기능에 값한다(ⓒ, ⓔ, ⓢ). 그런데 대체로 문
장 마지막의 점선 뒤에는 마침표를 쓴다(ⓒ, ⓢ). 마침표가 누락된 것(ⓔ)은
식자공의 실수로 판단된다. 「불노리」와 같이 실려있는 「하아한안개」나
「선물」에서 확인할 수 있다. 종지부호의 여부가 어떤 차이를 내포하고 있
다고 보기는 어렵다.
　ⓜ과 ⓞ의 실선(──)은 점선과 어떻게 구분해서 이해할 수 있을까? 앞의
구절을 부연 설명하거나 보다 정밀하게 표현하려는 의도와 관계가 있는

듯하다. '조름오는 니즘의 형상'과 뱃기슭언저리에 부딪히면서 어른거리는 물결의 흔적, 어른거리며 들리는 기생들의 노래소리가 동시에 '오락가락' 흔들리는 '니즘의 형상이미지'과 연동되어 있다. '부연설명'의 시적 실현은 전도된 문장의 형태로 주로 나타난다. ◎은 '그림자를 없앨 수 없다'의 앞의 진술을 합리화하고 의미적으로 보강하는 기능을 하는데, '시든 꽃마냥 님을 잃고 살아도 죽은 마음으로 살 수밖에 없다는 것'을 강조한다는 점에서 '부연설명'의 기능과 다르지 않다. ㉫의 실선은 점선의 오식이 아닐까? 여운을 환기한다는 점에서 또 문장의 끝에서 점선과 마침표가 함께 있다는 점에서 그러하다.

(겹)낫표(『 』,「 」), 실선(—), 괄호(( ))

이들 문장표식부호들은 직접 인용, 독백, 주석, 화자의 목소리를 표식한다.

근대 장르/양식론에서 서정양식의 제1의적 조건으로 '시적 자아의 단일한 목소리'를 든다. 내면적 말을 독백하듯 내뱉는 서정적 자아의 목소리가 서정시의 주된 말이다. 근대 장르/양식론의 관점에서 시에 타자의 목소리가 개입할 틈은 거의 없다. 다성적이고 혼성적인 목소리들이 서로 간섭하고 갈등하는 서사양식에 서정양식은 도저히 긴박할 수 없고, 시적 화자 이외의 목소리를 개입시키기 위해서는 서사적 요소를 빌어올 수밖에 없다. 서사시의 유행, 장시의 시대적 소명이라는 테제는 이 서정양식이 갖는 근본적 한계, 단일한 목소리성의 양식론을 탈피함으로써 가능해진다.

초창시대 시양식은 근대장르론적 관점으로 설명하기 용이하지 않다. 단일한 화자의 목소리가 시 전편을 지배하지 않으며, 시인의 **내면저** 서정을 고백하는 양식으로 시양식이 한정되지 않는다. 화자는 자신의 말을 직접 인용하기도 하고, 타인의 말을 직접 인용하기도 한다. 시인 외의 다른 인물과의 대화의 말, 즉 타인의 말이 직접 인용되기도 하는데, 이 부분은 시극의 한 장면과 다르지 않다. 서정적 자아 혹은 시인이 자신의 내면적 서정을 독백하는 양식으로서의 시양식의 개념과는 어긋나게, 초창시대 시양식에서는 모노디적 독백체의 목소리가 존재한다. 오페라로 치자면, 전자가 아리아에 육박한다면 후자는 레치타티보에 접근한다. 그러니까 초창시대 시가에는 시인 자신의 목소리뿐 아니라 다양한 다른 목소리가 존재하고 또 자신의 그것에 겹쳐두기도 한다는 것인데, 초창시대 시가양식을 근대문예학이론으로 설명하기 쉽지 않다는 것이 이로써 설명된다. 이 '다른 목소리'는 다른 인물의 그것일 수도 있고 시인의 다른 내면의 목소리일 수도 있는데, 이 때 '직접인용'의 표식 부호 안에 그것을 담아내거나 주석의 형태로 그 다른 말의 주체를 표식하거나 그것에 대한 설명을 붙이기도 한다.「 」, —, ( ) 등이 이를 감당한 표식부호이다.

「 」, 노래 혹은 타인의 말

「 」[70]는 시적화자의 진술과 그것으로부터 구분되는 독백, 주석, 서정적 독백과 분리되는 노래, 대화(직접인용), 타인의 말 등을 표식한 것이다. 시적 화자의 목소리와는 다른 목소리 혹은 목소리성을「 」로 묶어서 처리하는 방식은 당시 일반적인 인쇄리터러시이자 편집관행이었던 것으로 보인다. 소설에서 대사 부분을「 」로 표식하는 것이나 시극에서 대화 부분을 표식한 것과 유사한 방식이다. 일반적으로 시적 화자의 단일한 목소리가

---

70 「신가폴」처럼 외래어를 표식한 경우는 제외하고 논한다.

지배하는 근대 시양식에서 「 」는 불필요할 것으로 인식되는데 실상 초창시대 시가에서 타자의 목소리를 현전하는 장치가 바로 「 」인 것이다. 타인의 목소리조차 시인의 목소리와 함께 텍스트에 흡수되어 오케스트라이제이션화한다. 이는 당대 시양식이 서정적 자아의 단일한 목소리가 지배하는 양식으로서의 근대적 장르개념과는 차이가 있음을 의미한다.

먼저, 시적 화자와는 분리되는 타인의 목소리는 일반적으로 「 」로 처리하였는데, 주로 '직접인용'의 표식이다. 앞에서 본 김화산의 「악마도」에서 확인한 것이다. Richard Dehemel의 〈Aufbilck〉의 노래를 인용한 것으로 보인다.

다른 한편으로는 화자의 말, 서정적 진술과 구분되는 '노래'를 표식하기도 한다. 「배따라기」에 실린 노래는 '「 」'로 구분된다. '노래'는 언제나 산문양식과는 다른 서식으로, 판식으로 인판에 가시화된다. 인판상 단구, 개행 등으로 '노래'를 분리해 가시화하는 방식은 일반적이다. 노래 가운데 타인의 목소리가 시인의 그것과 함께 존재하는 경우, 그것은 폴리포니적인데, 그 때 '」가 쓰인다. 노래 가운데 다른 목소리들이 함께 존재한다는 점을 표식한 것이다. 배따라기 창자[1인칭 자아]의 목소리와는 다른 목소리는 이 창자를 부여잡고 우는 여성의 목소리다. 창자는 자신의 일셔사을 이야기하면서 이 서사의 공간에 함께 있었던 타인의 목소리를 인용한다. 발화시 그것은 음향적으로 배음의 효과를 강화하며 또 일종의 '일인다역적'인 효과를 만든다. 초창시대 '시극'의 존재성은 초창시대 시양식이 시가성, 노래성, 폴리포니적인 음악성을 담지하고 있었다는 사실을 평행하게 전사해 준다.

요한의 「별미테 혼자서」『창조』9호는 연 단위의 규칙성이 있는 비교적 긴

「별미테혼자서」의 「 」 부호의 쓰임. '노래'를 표식하거나 혹은 시적 화자의 목소리와 분리되는 목소리의 표식 부호. (『창조』 9, 1921.5)

산문시다. 시적 화자의 현재 진술서정적 독백과는 구분되는, 시적 화자가 부른 '노래' 구절을 표식한 것이다. 일종의 액자 형식이다. 「 」 표식 부호는 시인이 별미테 혼자서 처량하게 부른 '노래'의 가사를 시인의 말과 분리하기 위한 장치이다. '「강물이 흐른다, 흐른다 (…중략…) 그동안에나는나히먹엇다」'는 시인이 부른 노래를 직접 인용한 것인데 이 때 「」는 말이 문자성에 갇혀있지 않고 노래로 살아있게 만드는 '산문자'의 기능을 한다.

이 같은 시의 직접인용 방식이 『창조』에서와 같은, 보다 진전된 한글구어문장체사용자들, 조선어 구어시가체 구현자들에 의해 간행된 잡지에서만 행해진 것이 아니다. 육당이 번역한 「쬐의강반ㅍ畔의방아쏜」에서 「 」
역시 직접인용 부호이다. '편집자 주'의 말을 모두에 붙여두었는데, "꽃
아래서 우리는 이러한 시가를 영가詠歌하겠다"고 밝히고 있다. 그러니 시
는 이 '영가'한 노래의 '시詩'인 것인데, 그 가운데서도 「 」 부분은 시인이
부른 노래를 인용한 대목이다. 영시 원문에서의 " "와 등가적인 것이다.

The Miller Of Dee

There dwelt a miller, hale and bold,

Beside the river Dee;

He worked and sang from morn till night —

No lark more blithe than he;

And this the burden of his song

Forever used to be :

"I envy nobody — no, not I —

And nobody envies me!"

"Thou'rt wrong, my friend," said good King Hal,

"As wrong as wrong can be;

For could my heart be light as thine,

I'd gladly change with thee.

And tell me now, what makes thee sing,

With voice so loud and free,

While I am sad, though I am king,

Beside the river Dee?"

The miller smiled and doffed his cap,

"I earn my bread," quoth he;

"I love my wife, I love my friend,

I love my children three;

I owe no penny I can not pay,

I thank the river Dee,

That turns the mill that grinds the corn

That feeds my babes and me."

"Good friend," said Hall, and sighed the while,

"Farewell, and happy be;

But say no more, if thou'dst be true,

That no one envies thee;

Thy mealy cap is worth my crown,

Thy mill my kingdom's fee;

Such men as thou are England's boast,

O miller of the Dee!

　『창조』1호에 실린 주요한의 시 「하아햔안개」의 경우 『 』 속에 든 말은
화자의 귓속말을 직접 인용한 것이다.

안개는 아지못할 異象의집, 흰바람은 그秘密을

나의가슴에 귓속합니다— 써지지안는목소리로,

『아츰이로다, 머릿미테 두겹창과, 창우에 휘쟝을 쌜니, 쌜니 거두라』

「 」 혹은 ( ), 주석의 용도

「 」는 주석 혹은 설명, 평가의 용도로 쓰이기도 한다. 『청년』의 '신시新詩' 「나」는 유추성劉秋聲의 작품으로 총 5연으로 구성되었다. 대체로 3행(조사를 단독으로 쓰기 위한 개행(1연), 2구 1행 개념의 개행(4,5연)이 눈에 띄기는 하지만)을 배열한 다음「 」를 하고 '나'에 대항 일종의 평가評를 했다. 주석과 비슷한 것이다.

一

부모님父母任의사랑

하나님의사랑

을

소유所有한 나— ○○○

「평評 사랑의빗을졋스니갑하야지」

二

육체肉體난부모님父母任의계셔

생명生命은하나님의계셔

밧은나—○○○

「평評 근본根本나의것은업스니내가 공익公益의일을하여야하리라」

—「나」 부분, 『청년』, 1923.6

「벽모(碧毛)의 묘(猫)」, 「태양의 침몰」(『폐허』 창간호)에 쓰인 '( )'의 부호

석송의 「햇빛 못보는 사람들」은 월탄이 '심통한 시'이자 '가엾은 우리
의 인생'을 그린 것[71]이라 평가했는데, 이 시에 「 」 부호가 쓰였다.

> 「우리는 아츰해가 고흐나
>
> 저녁에 달이 밝으나
>
> 도모지 상관이란 업네.
>
> 차라리 해와 달을 따다가
>
> 太平洋에 영장이나 할가!」
>
> ― 「햇빛 못보는 사람들」 부분, 『개벽』, 1923.2

---

71 박종화, 「월평」, 『백조』 2, 1923.9.

'소위所謂 시인詩人'과 노동계급 친구 간의 대화 중 노동계급 친구의 말을 직접 인용한 대목이다. 목소리의 다성성이 가능한 것은 낭영을 통해 이 목소리가 현전하기 때문이다. 목소리의 다성성은 서사무가, 판소리 등 서사를 낭영하는 양식에서 분명하게 나타난다. 하늘에 대고 아뢰는 방식과 무관하지 않다. 서정적 자아의 단일한 목소리가 지배적인 근대 서정양식의 개념으로는 이해하기 어렵다. 초창시대 시가양식의 기원

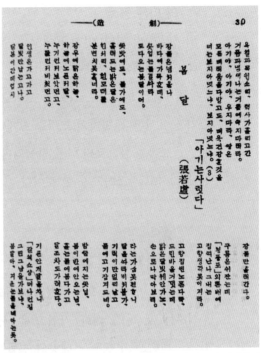

「아기는 사럿다」에서 「」으로 표식된 말은 말의 강도, 크기, 세기가 시인의 여타 말의 그것과는 구분된다는 의미를 갖는다.

이 프랑스 상징주의시나 낭만주의시의 수용, 모방을 통해 형성된 것이라는 기존 논의와는 다르게, 근대시의 기원이 보다 '조선어'가 갖는 랑그적 요인과 전통 시가양식이 갖는 보존적 지위와 연관되어 있음을 증거한다.

「벽묘의 묘」에서 ( ) 안에 있는 말은 화자의 말이 아니라 화자를 바라보고 있는 '묘'의 내면의 말생각을 표식한 것이다. '묘'가 화자를 바라보는 시선을 담은 것이니, 타자의 눈에 비친 시적 화자의 상을 서술한 것이라 하겠다. 화자의 직접적인 목소리와는 구분되는, 화자의 내면에 잠복된평가된 묘사된 타자의 내면생각을 표시하기 위해 괄호(( ))가 쓰인 것이다.

「 」의 다른 용례

외국어표기, 지명, 인명 등에서 「 」를 한 것은 일반적인 표식 관행인데, 근대 인쇄매체에서 두루 확인된다. 그 외 강조를 위해서도 쓰인다. 「아기는 사럿다」는 의미상으로는 '강조'이고 음성적인 차원은 목소리의 강도와 크기를 표식한다. 활자의 크기를 크게 가시화한 것에서 그치지 않고 그것에 「 」 표식을 함으로써 다른 말들의 강도와 크기와 세기로부터 「 」 부분을 분리하고 강조하고자 한 것이다.

「 」 혹은 —

'「 」'와 유사한 기능을 하는 것으로 '——'도 있다. 이 기호는 시적 진술을 하는 시인의 말 혹은 서정적 자아의 목소리와는 다른 말을 표식한다. 주석하는 말, 독백, 대화, 직접 인용, 시인의 대화 상대자의 말 등을 표식한다. 「벽碧모毛의 묘猫」, 「태양의 침몰」 등에서 확인된다. 「세결심」은 한 행 다음에 '—' 표시를 한 뒤, 앞의 진술을 부연, 설명, 주석하는 목소리를 담았다는 점에서 앞서 설명한 '——'의 기능과 유사하다 하겠다.

=

『신청년』 창간호1919.1의 해몽海夢 장두철의 「아버지의 선물」은 '산문시'라 표기되어 있다. "져녁에 단여와서 「아버지」하고 습자지習字紙=를 디리며난 / (…중략…) 사랑의 눈물이 빗나난눈으로 보시엇=지요?"에서 보는 것처럼 '습자지'와 '를' 사이, '보시엇'과 '지요?' 사이에 연결을 지시하는 '='가 쓰였다. '개행' 혹은 단구된 문장이 아니라 지면상 분리될 수밖에 없음을 표식한 것인데, '='는 '연결된 구(절)'임을 뜻한다. 인판상 분리되

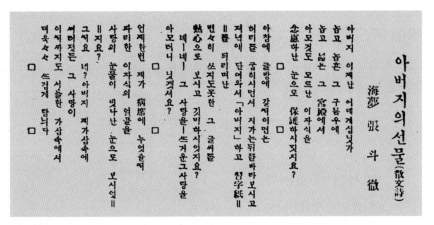

장두철, 「아버지의 선물」에서 독특하게 표식된 '='

지만 실제는 연결된 자구라는 맥락이다. 정형시체와 산문시체의 인판적

효과에 대한 자각이 분명하게 드러난 대목인데, 리듬의 조건을 만족시키

는 데 말의 '흐름'이 얼마나 중요한지를 반증하는 것이기도 하다.

목소리의 현전 부호들

괄호(( )), 실선(-)

『창조』 1호에 실린 주요한의 시 「하아한인개」 및 「선물」을 통해 표식

부호들의 쓰임을 전체적으로 점검해 본다.

괄호(( ))

시적 대상을 묘사하는 서정적 화자의 목소리는 ( )에서 진술의 대상과

목소리의 톤을 바꾸고 이를 ( )로 처리한다. 대상을 진술하는 시적 화자의

목소리가 갑자기 그 진술의 대상을 자신에게로 전환시켜버린 것이다. 그

것은 대상의 차이뿐 아니라 어조의 차이를 동시에 드러낸다. 서정양식이

화자의 단일한 목소리를 지속시키는 장르라는 구속을 갖지는 않지만, 그

렇다고 하더라도 이 주체, 저 주체의 목소리의 혼잡을 허락한 것은 아니다. 일관성없이 시적 화자의 지위와 고유성을 부정하지는 않는다는 뜻이다. 그러니 ( )를 통해 화자의 목소리나 시적 대상을 분명하게 확인, 구분하고 시상의 전개나 의미가 뒤죽박죽이 되지 않도록 한다.

> 아아 아츰마다 아츰마다
> 하아햔 안개가 개입니다.
> 푸른이슬 씨치는 셩량(성당?)우에
> 깃발을 날니는 바람에 입설조차 씹니다.
> (아아 잿빗말을 타고가는 잿빗가울――)
> 지금 나의마음은 소리업시 피는꽃가치 잠깰째
> 안개는 아지못할 이상異象의집, 횐바람은 그비밀秘密을
> 나의가슴에 귓속합니다― 써지지안는목소리로,
> 『아츰이로다, 머릿미테 두겹창과, 창우에 휘쟝을 쌜니, 쌜니 거두라』
>
> ―「하아햔안개」 부분, 『창조』 1호, 1919.2

시인은 일정하게 정돈된 목소리로 진술하다 괄호를 사용해 '아아 잿빗말을 타고가는 잿빗가울……'이라 탄식하듯 자신의 숨겨진 마음을 드러내놓았다. '안개'가 개이면서 드러나는 마을의 전경을 서정적으로 진술하던 시적 화자는 잿빛 가을의 정서를 견디지 못해 폭발하듯 자신의 절제한 목소리를 드러내게 되는데, 안개를 바라보던 관찰자의 목소리와는 다른 자신의 육성을 드러내게 되는 것이다. 괄호는 그와 같은 기능을 한다. 이 시 다음에 실려있는 「선물」『창조』 1호에서도 마찬가지 '( )'의 기능을 확인한다.

눈─은 붓는다, 가만히 쓸우에

흰치마를 넙고 나려오는 나의애인愛人이.

나는 안다, 저눈─의, 찬입셜속에서

숨어잇는 사랑의 불근 괴로움이 슬는거슬.

그러나 나는 그의더운속을 차질줄을 모른다─

(오오 눈─이 나려온다, 나의애인愛人이)

어린아희가치 그의품에 내몸을 안길지라도……

─「선물」부분, 『창조』 1호, 1919.2

　　주요한은 대상눈을 묘사하는 화자의 진술과 그 화자의 직접적인 목소리
를 분리해 둔 것처럼 보이는데, 탄식하거나 환호하거나 절망하거나 등 화
자의 감정을 직접 드러낼 때 괄호를 쓴다.

짧은 줄(실)선(─)

　　짧은 줄선('─')은 '장음'을 표식하는 기호로 문자적 표기에서 음악적 표
지를 확보하기 위한 장치다.

눈-은 붓는다, 가만히 쓸우에

(오오 눈-이 나려온다, 나의愛人이)

「선물」 부분, 『창조』 1호, 1919.2

장음과 단음을 구분함으로써 의미의 혼란을 방지하는 것인데, 이 때 '짧은 줄표(-)'는 장음을 나타낸다. 눈雪과 눈眼처럼 괄호 안에 한자를 병기함으로써 의미를 분명하게 하려는 표식의도와는 차이가 있다. 시가의 양식적 안정성, 언문일치적 기능이나 낭영성, 음조의 효과를 위해서도 동형이의어를 구분하는 것은 필수적인데, 주요한의 방식은 보다 진전된 것이라 평가할 수 있다. 이 '－'는 묵독하는 자에게는 의미의 명료함이 드러나도록 지시하는 기능에 머무르지만, 낭영하는 자에게는 그것보다는 음의 길이를 길게 조정할 것을 지시하는 음악적 부호에 값한다.

띄어쓰기

현재 '띄어쓰기'는 의미를 보다 명료하기 위한 기제로 작동하지만 시가에서는 정형양식의 규준과 질서를 확보하는 장치가 된다. 글자운을 규칙화하고 반복의 단위를 규준화한다는 점에 있어서 행갈이나 단구 못지않게 근대시의 문자화 정착을 위한 표식이다. 음악의 '마디'나 '악절'과 같은 효과를 문자화된 시에서 도모할 수 있는 장치이기는 하지만 띄어쓰기가 처음부터 질서있게 조직된 것은 아니다.

띄어쓰기나 컴마가 의미론적인 단위로 묶인다는 인식은 서양문헌의 규범에서 비롯되었을 것이다.[72] 설령 띄어쓰기가 행해지지 않았다 해도, 의미론적으로는 띄어서 읽고解讀하고, 붙여둔 것이라도 관례적으로 띄어 읽어 호흡을 조절한다. '띄어쓰기'가 결정적으로 민요 등의 정형적 리듬을 가시화하는 핵심 의장은 아니다. 소월시가 띄어쓰기 없이 단구, 배단법을 실

---

72 김안서, 「「컴마」에 對한 私見」, 『박문』, 1940.10.

현하다가 점차 띄어쓰기 형태로 가시화 되는 것은 낭영시에서 문자시로의 전진과 무관하지 않다.

앞절에서 이미 확인했듯, 시와 산문의 차이를 인지할 수 있는 요건을 안자산은 '띄어쓰기'에서 찾았는데, '띄어쓰기'를 구박口拍의 절주節奏와 호흡呼吸을 표식하는 기호, 즉 시가 문자화하기 위해 필수적인 일종의 리듬 표식 기호로 보았다. 음악에서의 기보와 마찬가지로 음을 발성하기 위한 하나의 약속이라는 것이다. 시의 문자화의 운명을 이 띄어쓰기를 통해 일정 부분 해결할 수 있다고 본 것이다.

時調詩의 문구를 書함에도 音節을 應하여 쓸 것이오 산문적 문법으로 쓰면 불가하다. 가령

거문고를 베고누워

이음절로 써야 口拍이 諧和되고 旋律이 스는 것이다. 만일 운율상의 음절로 쓰지않고 산문적 문법으로 써놓으면 律動이 散亂하여 口拍의 節奏와 呼吸등을 아시못하게된다. (…중략…) 산문이나 자유시에서도 이 원리를 무시하면 불가 한 것이라. 가령

새도 아니 오더라

하면 律動을 도모지 알수없어 산문인지 시인지 모르게 된즉 반드시

새도아니 오더라

이렇게 써야 하는 것이다.[73]

---

73 安自山, 「時調詩와 西洋詩」, 『문장』, 1940.1.

안자산은 '음절音節 구성이 곧 구박口拍'인데, '띄어쓰기'는 그 음절 단위를 구분하는 의장으로 필수적이라 보았다. 안서는 띄어쓰기를 어형語響과 어의語意를 깨끗하게 하고 시각적으로 미감美感을 해치지 않도록 하는 기능을 갖는 것으로 이해한다.[74] '구독句讀'이란 문의文意와 어형語響을 도와주는 일인 만큼 컴마가 발달하지 못한 조선말 시가에서 낭영 시時 의미는 물론이고 어형語響의 효과를 강력하게 환기할 수 있는 기제가 띄어쓰기에 있다고 보았다.

박자나 구박이나 절주의 개념을 가진 안확이나 안서의 경우와는 달리, 사변적인 언어들을 의미화하는 시들을 쓴 시인들은 띄어쓰기 문제에 그다지 민감하지 않았다. 프랑스 상징주의시에 경도된 회월의 『신청년』 시기 시들은 대체로 '띄어쓰기' 부지불식불가不知不識不可를 동시에 보여준다. 리듬, 구어체, 음악성 등등에 대한 관심이 '의미'를 진술하고 '은유'의 말법을 실현하고자 하는 욕망에 가려 상대적으로 기표화되지 못했을 것이다.

①
풀이 욱어진
여름 목장牧場언덕우에누은
어린목동牧童의 ―한피리소리는
머-ㄹ이언덕을넘어가도다

그피리소리는 가만가만히
나물캐는처녀處女의가슴속으로드러가도다

---

74 김안서, 「「컴마」에 對한 私見」.

별안간 처녀處女는호미를내던지고

쓰거운긴한숨으로목동牧童에게로보내도다

피리소리도 씐첫도다

목장牧場에는아모도업시쓸슬하도다

그러나머―ㄹ이보이는어린 백양목白楊木밋헤

새로운――자의 혼들임만보이도다

―「牧童의 笛」, 『신청년』 6, 1921.7

②

별星만혼밤 하날우에서

부드러운바람은 저의날개羽우에

밤여왕女王의나비끼흐르는

청색靑色으로짠야의夜衣을밧드러나리다

흐르는밤빗아래는

자든이슬이춤추며

날이이는연회蓮花밋헤는

[개고리]의깁흔꿈을찬란燦爛케하다

우주宇宙를덥혼여왕女王의

찬란燦爛한그옷찍을미리에쓰고

나는넷날나의눈물의바다에서

써나려보낸넷애인愛人을맛나보랴고

숨속에야앵夜鶯우는비애悲哀의호젓한고개를

나는 돌고돌아 밤이슬에젓다

근심의바람이불어서울썩

애긋는 슬픈곡조曲調가퍼저오는대

금강석金剛石을샊린 눈물의바다가

쓸쓸하게도바람에광채光彩가흔들인다

나는그바다를건느지못하고안젓쓸썩에

적은여신女神이 [비애선悲哀船]을타고나려와서

[눈물의궁전宮殿]속에나의애인愛人이잇다고하야

나는그쓰린눈물바다우흐로한限업시흐르다

푸른그늘이얽키이고

음울陰鬱한바람이부러오는그곳에

번적거리는[눈물의궁전宮殿]이안개갓치보이고

그주위周圍에는적은마법사魔法師들이춤추며돌다

나는몸이썰이며 피가몰아들어

마법사魔法師들을쌔트려부시고

[눈물의궁전宮殿]의 [환락歡樂의문門]을열고드러가

비애悲哀로운소리로애인愛人을부르다

—「눈물의 宮殿」,『신청년』6, 1921.7

한자병기 같은 문자표기의 불균질성으로 인한 구어적 음악성 미비, 언문일치 결여뿐 아니라 '띄어쓰기'가 거의 행해지지 않았음을 확인할 수 있다. 시가를 문자로 '서書'할 경우에 스크라이빙 차원에서 표식할 수 있어야 한다고 본 안확의 경우와 대비된다.

'띄어쓰기'는 문자화 단계에서 크게 고려되지 않았고 그것이 시가양식의 이해에 중요한 요소로 인식되지도 않았던 사정은 『조선문단』 시대에도 크게 다르지 않다. 창간호 '독자투고란'의 시를 보면, 단구와 개행을 위해 '띄어쓰기'가 수동적으로 행해진 '단곡'양식을 제외하면 '띄어쓰기'는 대체로 실현되어 있지 않다.

> 이럿케도치운날에 바람은
> 나의몸씻치며지나감니다.
> 이럿케도어둔밤에 그대는
> 나의맘을혼들고사라짐니다.
> 바람이자즈 부러오는째마닥
> 나의몸은 이럿케도쩔님니다.
> 그대가자조 생각나는째마닥
> 나의맘은 이럿케도쩔님니다.
>
> 나는 손을쩌들어서 바람을
> 잡고자하되 잡을수는업슴니다.
> 나는 정성情誠을다하야 ㄱ대를
> 밋고자 하되밋을수는엄슴니다.

오오 나의애인愛ㅅ이여 바람은

그대의맘과갓치밋을수가업슴니다

―雲溪生, 「바람」 부분, 『조선문단』, 1924.10

　한자병기가 거의 없는데, 그만큼 이 시가 우리말구어한글문장체에 접근해 있다는 뜻이며 또 그만큼의 정도로 사변적 관념적 한자어가 불필요하다는 뜻이기도 하다. 한자는 사라졌지만, 띄어쓰기에 대한 고려는 보이지 않는다. 3연으로 구분되어 있는데, 앞의 두 연이 8행인데 비해 마지막 3연은 4행으로 차이가 있지만, 이 불균등성이 4행시체의 흐름을 크게 방해하지는 않는다. 유사한 어구와 시상으로 반복적인 노래를 만드는 엄격한 정형시체 양식의 특성보다는, 하나의 시상을 전개해나가는 과정에서 단속적으로 시상이 전환되는 지점을 연으로 구분하는 형식을 취하고 있다는 것이 특징적이다. 정교한 우리말 시어를 구사한다는 점에서 선자選者, 주요한은 '시의 기교에 능하다'는 평을 달아두었다.[75] 보다 진전된 구어체문장의 특성을 보여주면서도 '띄어쓰기'에 대한 배려는 없다. 주요한은 신인들의 작품을 평하면서 무엇보다 "조선말 시의 조선말로 쓴 노래는 구하기 힘들지마는 구해서 될 수 있는대로 많이 읽을 것"을 당부한다.[76]

　『조선문단』 '독자투고란'의 시를 담당했던 주요한은 문청들의 우리말 시노래에 대한 관심을 촉구하면서 정태연鄭泰淵의 시를 '주의받을 만한' 시로 평가한 바 있다. 어떤 점을 주목할 수 있다는 뜻이었을까. 하나의 시상이 끝까지 지속되는 '운계雲溪'의 시와 달리, 정태연의 시는 연 단위로 동일

75 選者, 「단순화라는 것」, 『조선문단』 창간호, 1924.10.
76 주요한, 「시선후감―먼저보고닑으라」, 『조선문단』, 1924.12.

한 문장체의 구절이 반복되면서 띄어쓰기가 실행되고 있다.

　　아아 나의 애인愛人이여 나는 그대를 위하야

　　봄날의 갓핀 꽃의 향기香氣를 보냄니다.

　　그러나 그대의 손이 닷기 때문에

　　꽃들은 그대의 주위周圍에 써러짐니다

　　「아아 나의 애인愛人이어 그것은 손으로 만저서는 안될 꽃이래요」.

　　아아 나의 애인愛人이여 나는 그대를 위하야

　　고요한 밤 바이올린소리를 보냄니다.

　　그러나 그대가 거긔귀를 긔우리기 짜문에

　　그 바이오린의 줄은 쓴어짐니다

　　「아아 나의 애인愛人이어 그것은 귀로 드를 소리는 아니래요」.

　　아아 나의 애인愛人이여 나는 그대를 위하야

　　어둔 밤의 등불을 비침니다.

　　그러나

　　그대의 눈이 가는곳에

　　그불빗은 써젓슴니다.

　　「아아 나의 애인愛人이어 그것은 눈으로 볼 등불이 아니래요」.

　　　　　　　　　　　　—「아아 나의 愛人이어」, 『조선문단』, 1924.12

타골의 영향인지 확인하기 어려우나 역설의 사상이 두드러진다.[77] 띄어쓰기가 되어 있는데, 이는 4행시체의 단구형식에 맞춰 분구한 것으로 보인다. 생경한 한자어와 우리말 구어가 적당히 배열되어 있는 앞의 운계의 시와는 달리 한자어가 자연스럽게 구사되어 있다는 점도 특징적이다. 한자어 및 한자 표기가 조선어 구어문장체를 방해하지 않는다. '아아 나의 애인愛ㅅ이여 나는 그대를 위하야 / 고요한 밤 바이올린소리를 보냅니다' 의 '쓰기'는 의도적인 것으로 판단된다. 현행 구문론적 관점이나 읽기의 관점이나 시상전환의 관점에서는 '아아 나의 애인愛ㅅ이어'는 다음 문장과는 따로 분구하는 것이 일반적이다. 개행의 규준이 현재 통상적인 구문론의 질서와는 다소 어긋나도록 설정돼 있는데, 이는 초창시대 시가양식의 인식론적 근원이 '4행시체'와 그 단구형식에 기대어 있었기 때문으로 보인다. 즉, 한 행을 4구음절로 분구하고 4행을 1연으로 정형화하는 시가양식의 규준에 맞춰 '쓰기書'한 까닭이다. 「 」에 있는 구절은 형식적으로는 후렴구동일구 혹은 후렴구의 변용이며 내용상으로는 앞의 진술에 대한 요약적 진술이자 주석이다. 같이 실려있는 「추억」 역시 띄어쓰기나 행갈이 측면에서 앞의 시들에 비해 보다 자연스럽다. 주요한은 정태연의 재능을 인정하면서도 "잡연한 율인 듯하면서도 그 속에 관류하는 통합력"을 가진 휘트먼의 산문시류를 주문하기도 한다.

『조선문단』 독자시란의 시들은 대체로 띄어쓰기가 되어 있지 않거나 기계적으로 음절수를 맞춘 경향이 있는데「엳드른노래」등, 이는 특별히 대중독자들의 양식에 대한 이해부족이나 인식의 결여라고 보기는 어렵다. 주도

---

77 김안서, 「타고아의 시」, 『조선문단』 2, 1924.11. 기도와 구원의 접합점은 '노래'이다. '노래'는 항상 자비의 배품과 구원되는 대상을 필요로 한다. '노래'에 '신' 곧 '해방'과 '자유'가 있다. 지젝&돌라르, 『오페라의 두 번째 죽음』의 논점과 맥이 이어진다.

적인 문학담당층이든 독자층이든 대체로 시양식에 대한 근본적인 이해 수준은 유사했고 또 조선어구어한글문장체 시를 시가양식답게 문자화, 쓰기화하는 방법에 대해서도 유사한 층위에서 미숙했다.

특정한 제목없이 '소곡'이라 표기해 둔 시들도 있는데, 일정하게 불려지는 노래 가락에 가사시만 반복하면 노래가 지속되는, 노래양식의 관성 때문일 것이다. 한 개의 시상을 간략하게 묘사하거나 특정하게 음절수를 맞추어 단구한 경우가 많다. 이 양식에서도 '띄어쓰기'는 역시 특정하게 고려할 인자가 아니었을 것이다. 아래 ①은 3음절로 고정된 연속체 정형체시이고, ②는 7.5 2행4행의 4행시체 정형체시다. 리듬이나 박자의 개념에 따른 띄어쓰기를 고려할 필요성을 그다지 인식하지 못했던 것 같다.

①
재덤에
살뭇이
내미는
저달은
환하고
나의손
가만히
쏙쥐는
그?의
얼골은
붉더라.

②

제비는봄에와서

가을에가고

기러기는가을에와

봄에감니다

목숨은어려서와

늘거서가고

우리의사랑은우연에서

타오름내다(二四,九,二四,)[78]

②는 육당의 7.5조 신시와 동일한 양식인데 다만 개행의 규칙을 달리했을 뿐이다. 4행시체 양식에 맞추기 위한 것으로, 특별히 띄어쓰기가 필요하지 않을 정도로 익숙한 형식의 시체다.

'띄어쓰기'의 혼돈과 무질서를 보여주는 신시에 비해, 시조는 일정한 규칙을 갖는다. 시조양식은 초창시대 들어서도 특정적이고 고정적인 방식으로 띄어쓰기를 실행하고 있다. 시조가 이미 형식적으로 미학적으로

---

78 『조선문단』, 1925.2.

완벽하게 고정된 작법의 산물이었다는 점에서 혼동이 적었을 것이다. '띄어쓰기' 단위를 '음절화'한 안확의 시각도 여기에 근거해 있는데, 두 단위 혹은 네 단위로 할 것인가의 선택 문제 곧 '띄어쓰기' 단위에 대한 관점은 다를 수 있지만 기본적으로 구의 단위와 '띄어쓰기' 단위를 조응하고자 한 의도는 간파된다. 『조선문단』 1925년 신년호 권두시標題詩에 실린 시조는 띄어쓰기를 글자수에 맞추어 대체로 고정시킨다.

소끼요 닭이우니 솟는 해를 새해라네
희망의 붉은 빗이 삼천리에 새덧스니
시인아 붓을 들어라 새노래를 읊으려

—『조선문단』, 1925.1

김소월의 「실제失題」와 「물마름」『조선문단』, 1925.4은 7.5조 4행 1연 단위의 엄격한 형식미를 가진 양식인데, 이것들과 시조의 '띄어쓰기'는 차이가 있다. 7.5조 4행 1연 단위의 시체가 일본 '이마요오 형식'이라는 점을 지적한 것은 춘원이다.[79] 보통 7.5조의 경우, 7/5단위로 띄어쓰기를 할 것으로 예상하지만 초창시대 신시들의 경우 그렇게 하지 않은 것이 많다. 「실제」와 「물마름」도 마찬가지다. 띄어쓰기를 가시적으로 행하지 않았다 하더라도 노래성에는 문제가 없다. 띄어쓰기 여부가 낭영의 리듬에 크게 영향을 미치지 않는다. 엄격한 정형양식의 스크라이빙만으로도 그것은 이미 음악성을 실현하고 있다. 정교한 훈련을 통해 악보를 읽는 것만으로도 실제 연주

---

[79] 이광수, 「육당 최남선론」, 『조선문단』, 1925.3.

되는 소리와 다를 바 없는 소리를 들을 수 있는 귀를 가진 음악가에 이 경우를 견주어봐도 좋다. 민요, 동요 형식은 표기만으로도 이미 리듬과 가락을 감지할 수 있다는 점에서, 정형시체에 있어 띄어쓰기 여부는 핵심적인 문제는 아닐 것이다.

동무들보십시오해가집니다
해지고오늘날은가노랍니다
웃웃을잽시빨리닙으십시오
우리도山마루로올나갑시다

동무들보십시오해가집니다
셰상의모든것은빗치납니다
인저는주춤주춤어둡습니다
예서더저문재를밤이랍니다

동무들보십시오해가집니다
박쥐가발샥리에니러납니다
두눈을인제그만감으십시오
우리도골짝이로나려갑시다

—「失題」,『조선문단』, 1925.4

엄격하게 15음절의 글자수7.5조를 고수하면서 '-니다' 종결체를 쓰고 있다. '웃웃을잽시빨리', '예서더저문재를' 같은 구절은 의식적으로 7.5조에 맞춘 것처럼 보일 정도이다. 같이 실린 「물마름」은 '-다 종결체'로 한 행을 끝내지 않고 연결형 어구'목이메는때', '다격근줄을'로 끝내는데도 엄격하게 7.5조를 지키고 있다. 황석우가 말한 '문장의 전도'를 통해 시구를 배열하는 방식이다.

7.5를 분구해 7과 5로 개행해 두 행으로 나눈, 앞에 인용한 「소곡」의 경우를 소월의 「실제」와 비교해 보자.

제비는봄에와서
가을에가고
기러기는가을에와
봄에감니다

목숨은어려서와
늘거서가고
우리의사랑은우언에셔
타오름내다

— 「소곡」, 『조선문단』, 1925.2

개행하지 않은 7.5의 시보다 시각적으로 유연하고 자유롭다. 시각적인 유연성이 운율의 유연성으로 나아가는 계기가 바로 단구 및 개행 때문이기도 했을 것이다. 단구, 개행은 띄어쓰기와 연계되는데 그 규범의 부재는 실상 소선어구어한글문장체 시쓰기의 어려움이자 낯설음이었다. 흥미롭게도 단구 및 개행을 한 것과 그렇지 않은 것은 자유시체와 정형시체에 각각 대응되는 것처럼 보이는데 따라서 근대시의 양식적 특성이나 근대시의 근본적인 실재는 결국 인판상의 물리적 양태, 인쇄리터러시에 기대고 있으며 스크라이빙의 양태가 시양식에 대한 근본적인 관점을 제공하게 된다. 물론 그러한 논제들은 초창시대에는 전문적인 시가담당층이나 대중 독자들에게 거의 유사한 층위에서 인지되고 있었다.

양식과 인간

말하는 시, 노래하는 시인

3부에서는 노래체 시가와 연관된 중요한 시사적 문제를 논의한다. 조선어구어한글문장체 신시의 기원인 육당의 신시체 실험을 보다 상세하게 논의하고, 상징주의시의 두 가지 경향성, 즉 안서와 회월의 시의 두 경향성이 한자어와 맺는 고유한 관계를 주목한다. 노래체 시가의 양식성이 초창시대 '시극'의 출현과 맺는 관계, 1930년대 조선어의 음성성 자체를 주목하는 조직의 등장이 노래체 시가의 양식적 토대와 근본적으로 어떤 상동성을 갖는지도 논의한다. 더불어 우리말 종결체 '-노라체'와 '-다체'의 조건과 그것이 근대시사에서 어떻게 전개되고 무엇으로 수렴되는가를 조명한다.

현재 우리말 종결체 에크리튀르로 자연스럽게 정착돼 있는 '-다체'는 저절로 획득된 것이 아니다. 우리말 종결체의 최종 안착지인 '-다체'는 초창시대 안서의 '-노라체'와의 경쟁에서 얻어진 것이다. 그것은 다른 한편으로 '노래'의 이상이 서서히 소멸하고 '문자시'가 근대시의 정점에 자연스럽게 정착하는 과정을 그대로 보여준다. 그리고 이 문제는 초창시대 '상징주의'의 두 유형이 안서와 회월로부터 나와 또 조선말구어이지유시체로 수렴되는 과정과도 긴밀하게 연결되어 있다. 종결체 문제는 근대시사의 최종심급에 '조선어 구어'가 있으며 그로부터 근대시사가 어떤 방향성 아래 전개될 것임을 예지적으로 보여주는 중요한 징후라 할 것이다.

1. 최남선, 우리 시의 새 격조와 새 형식을 찾기 위한 여정[1]

근대시 실험의 조건

초창시대 시가창작자들이 인지, 인식하고 있었던 근대시 양식/장르 문제의 핵심을 실증적인 사진 자료를 바탕으로 확인하고자 한다. 초창시대 시가양식의 물리적 표식 문제 곧 '스크라이빙scribing' 차원에서 이 문제를 중점적으로 다룰 것이다. "나는 그육당가 우리 시의 새 격조와 새 형식을 차즈랴고 애쓴 모양을 보이기 위하야 구절 떼는 법까지, 언문쓰는 법까지 그대로 옮겼다"[2]는 춘원의 관점은, 단구, 개행, 시행 배열 등 판면상의 물리적, 가시적 규범인 'scribing' 양태의 중요성을 지적한 것이다.[3]

초창시대 잡지에는 '신시-신체시'에 대한 양식적 표기와 명칭, 자유시-산문시 간의 관계를 해명하는 표기와 명칭, 음성성구어의 문자화의 고민을 보여준 활자화의 표식들, 음절수의 규칙과 그 배열, 지시 부호들, 구어 종결체 등이 분명하게 드러나 있다. 이 흔적들은 조선어구어한글문장체 시가의 장르적, 양식적 규범을 증언한다. 근대출판물에서 시양식을 인증하는 것은 판식 및 표식을 통한 가시적 효과로, 스크라이빙의 차원에서 시는 산문 및 담론과 구별된다.[4] 초창시대 시가양식은 매체의 지면상 외양,

---

1 조영복, 「초창시대 시가양식의 기원에 대한 시론 ─ 최남선 신체시의 스크라이빙 문제를 중심으로」(『국어국문학』 180호, 2017)의 일부를 발췌, 수정했다.

2 춘원, 「육당 최남선론」, 『조선문단』, 1925.3.

3 '쓰기'의 방법 및 '쓰기' 그 자체를 의미하는 'script'와 구분하기 위해 'scribing'을 쓰기로 한다. 물리적 표식법, 판식법, 판면에 나타나는 가시적 외양적 양태 등을 강조하기 위한 것이다.

4 '기술'은 판(매체)과 '판'에 대한 인식을 포함해 '쓰기 에크리튀르' 전반을 총괄하는 개념으로 썼였다. 스크립트이자 내면화된 의식을 포함한 것이다. 월터 J. 옹, 앞의 책, 129~131면.

가시적인 형태에 규정된 측면이 컸다. 시양식의 판면상 가시화 방법인 '배단법配段法', '단구법段句法[5]'은 스크라이빙 차원의 문제이다. 자수, 구, 행 등의 규칙성 못지않게 방점, 이음줄, 구두점 등의 부호, 띄어쓰기 등의 표식 등도 근대적 스크라이빙에 맞게 형태맞춤이 적용돼 있다.

스크라이빙 문제는 매체의 판식,[6] 표식상의 차원에서 더 나아가 시(가)양식의 규범적 이해인식와 작시법 등과 연관되어 있다. 전대적前代的 양식의 계승과 그것으로부터의 일탈, 새로운 양식의 모색 과정의 물리적 표식이라는 점에서 이는 양식의 전통계승과 외래문화 수용모방의 문제와 분리될 수 없다. 실재적이고 구체적인 것이라 하겠다. 새로운 양식이 일순간에 구축되지는 않는다. 시가노래의 양식은 유속流續된다는 점에서 개화근대의 충동이 아무리 거세다 해도 그 사회적 에너지가 곧바로 새로운 신시양식의 창안으로 전화되지는 않는다는 것이다. 무엇보다 말, 노래를 새로운 전달매체인 조선어 구어로 '쓰기'한다는 것, 조선어구어한글문장체의 '쓰기'는 그 자체로 새로운 차원의 언어습득 및 기술이 되는 것이다. 스크라이빙 문제는 기술적 '쓰기'인 전사轉寫, '기교' 및 '표현'의 실재뿐 아니라 조선어구어한글문장체 시의 미학성 문제와 궁극적으로 연관된다.

근대시 양식에 대한 선체험先體驗이 존재하지 않았고, 그것은 이제 만들어가야 하는 미지의 양식이었다. 하지만 여전히 시가양식에 대한 인식의 저변에는 전통적인 시가양식에 대한 이해와 관습적 쓰기의 규범이 놓여있었다. 거기에 일본으로부터 새로운 근대시 양식인 '신체시'가 수용되고 그 신체시형의 스크라이빙이 전적으로 잡지 대중들에게 노출되기 시작한다. 하나

---

5 「잡기장」, 『문장』 2집, 1939.3.
6 장문석, 「판식의 증언」, 『대동문화연구』 78, 2012.

의 양식이 구축되는 과정에서 양식은 모방되고 전사되고 다시 새로운 양식으로 재구축된다. 스크라이빙은 '베껴쓰기'이자 '탈베껴쓰기describing'로 실재한다.[7] 조선어구어한글문장체의 새로운 시의 실험은 전통적인 시가양식을 계승하면서 또 부정한다는 점에서 스크라이빙이자 디스크라이빙인 셈이다. 이 관점에서 시가양식론은 시가형태론이며, 특히 초창시대 시가는 낭영양식이라는 점에서 '말노래의 문자화'의 양식이기도 했다.

한편으로, 스크라이빙 문제는 활판인쇄술의 변화와 매체의 특성과도 깊이 연결된다. 근대적 연활자 인쇄기술에 따른 판매체의 변화, 신문, 잡지 등의 지면 변화에 접근되어 있다는 의미[8]에서 근대시가의 현존은 인쇄리터러시print literacy에 좌우된다. 특히, 신식연활자판 근대출판물은 시가양식의 형태적 표식을 규정하는 제1 조건일 것이다. 이 신식 인쇄기술은 전통적인 목판 인쇄방식이나 필사본 형태와는 다른 판식상의 기능 및 효과를 견인하는데, 거의 모든 물리적 표식들을 반복, 재생산할 수 있다는 것이 특징이다. 더욱이 자, 모음의 결합으로 이루어진 한글 문자 텍스트를 다량 인쇄하는 데 적합하고 대중적 독서를 가능하게 한다는 특장을 갖추었으며, 신문, 잡지의 지면에 적합한 편집상의 조건, 즉 배단법, 단구법, 구두점, 이음줄 등 시가의 특징적 표식을 구현하는 데 무엇보다 적합했던 것이다. 이는 근대출판물의 지면의 안정성과 고정성을 획기적으로 높이는 데 기여하는데 이것이 시의 문자화 과정을 촉진시킨다는 점에서 근대

---

7   Zelia Gregoriou, "De-scribing hybridity in 'unspoiled Cyprus' : postcolonial tasks for the theory of education", pp.241~266(Published online : 17 May 2006); C Tiffin, A Lawson, *De-Scribing Empire : Post-Colonialism and Textuality*, Routledge, 1994, p.254.

8   이상일, 「開化期 鉛活字導入에 관한 一考察」, 『서지학보』 16, 1995.

시가의 '노래'가 소실되는 역설적인 결과로 귀결된다.

이 연활자 인쇄술은 한시나 시조 등 전통 시가양식이 근대적 출판 시스템에 적응해 지면에 맞게 형태적 안정성과 고정성을 획득해가는 계기로도 작용한다. 『소년』, 『청춘』, 『학지광』 등 1910년대 잡지뿐 아니라 『조선문단』, 『문장』지에 이르기까지 지속적으로 고시, 한시, 시조 등이 지면에 등장하게 되는데, 흥미로운 것은 전통시가든 신체시든 배단법, 단구법에서 큰 차이가 없다는 점이다. 『소년』, 『청춘』 등에 실린 최남선이 쓴 '조선어한글문장체 시'와 한시 사이에 판식 및 표식 상의 차이는 거의 없다. 시가의 표식은 대체로 2구 1행 혹은 2행 1연 단위의 배단, 배구 방식을 따랐는데, 한시의 경우와 유사했다. 두 행이 하나의 구성 단위수련, 함련, 경련, 미련가 되는 율시는 8행으로 구성할 수도 있고 4행으로 구성할 수도 있다. 2구 1행, 1구 1행 등의 한시의 행/구 배열, 단구 방식은 1920년대의 『조선문단』의 시가의 지면 배치에서도 확인된다.

한 구를 이루는 자수 배치도 엄격한 규칙을 갖지는 않았는데, 즉 7자 1구로 하든 혹은 7자를 3.4(4.3)로 분리하든 간에 이들 사이에 형식 및 리듬 상의 유효한 차이를 발견하기 어렵다. 이것은 끊어읽기나 의미상의 분리를 위한 분명한 목적의식에서 기인한 것은 아니었고 오히려 정형시체로서의 물리적 가시적 표식에 가깝다. 한시와 마찬가지로, 시가란 스크라이빙 차원에서 일정한 단구, 배단법을 준수하는 양식이라는 뜻이다. 따라서 신체시형 시가들의 실현태는 우리말 띄어쓰기 단위인 어절 단위나 어구 단위와는 차이가 있으며, 낭영시時 우리말 호흡 단위와도 어긋나고 자수나 음보의 단위와도 어긋난다. 이는 자수나 음보 단위로 신체시나 정형시의 장르적 조건을 규정한 기존 논의에 의문을 갖게 한다.

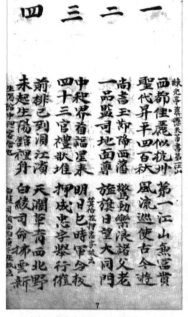
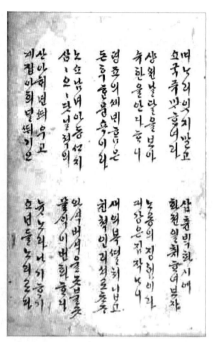

| 신광수, 『관서악부』, 국립중앙도서관 | 정학유, 「농가월령가」, 한국학자료포털 |

따라서 조선어구어한글문장체 시의 형식적 스크라이빙 자체가 하나의 인쇄리터러시의 방법론이 된다. 최남선의 『소년』 창간호에 실린 한글문장체 시가의 다양한 형식들이 이를 증거한다. 초창시대 시양식의 다양한 실험을 단순히 신체시의 자수율이나 서양시체의 모방에 따른 결과물로 간주하기는 어렵다. 향가, 한시, 시조 등 전통시가의 배단법의 미학적 형식을 고려하면서 한편으로는 한글구어체 시가의 가능성을 실현하는 과정이기도 했던 것이다. 이른바 '동인지시대'를 거치면서 조선어구어한글문장체 시가 보다 완미해지는 과정에서 이 엄격한 자수, 구, 행 배열의 방식들은 점차 소멸된다. 엄격하게 글자수를 맞추어 전시轉寫하는 시가적 모형은 한자와는 다른 언어적 자질을 가진 조선어의 특성상 가능하지 않기 때

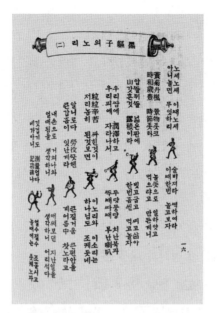

육당, 「흑구자의 노리」(『소년』, 1909.11)

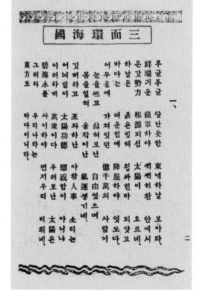

육당, 「단군절」(『소년』, 1909.10)

육당, 「삼면환해국」(『소년』, 1909.9)

문이다. 교착어인 조선어는 통사론적 완결성이 곧 구어적 자연스러움이며, 한자어와는 달리 성운이 존재하지 않기 때문에 각운을 배치하는 작시법 역시 정립되기 어렵다. 본질적으로 조선어구어한글문장체 시가는, 형태가 어떻게 표식되든간에 일정한 읽기독해와 시창이 가능한 한시의 실현태와는 상이한 조건에 놓인다. 작·창법이 존재하는 한시와는 다른 상황에 놓인 만큼 스크라이빙의 실재가 더욱 중요한 양식으로 존재하게 된다는 뜻이다.[9]

스크라이빙 문제는 시사상의 다양한 논점들을 제기한다. 한시나 시조 등 전통시가의 미학적 형식과 대응되는 조선어구어한글문장체 시가의 작시법을 정립하고자 했던 육당, 안서 등이 결국 그것을 포기하는 과정에서 격조시, 한역시, 민요시, 시조 등으로 복귀하는 것은 일차적으로 양식적인 문제언어적 조건로부터 기인하는 것이지, 이념조선주의이나 전근대적 퇴행심리적의 환원론적 결과라고 규정하기는 어렵다. 당대 잡지 판면상의 소곡, 산문시, 민요, 신체시, 자유시 등의 스크라이빙 양태는 이들 장르가 서양 문예이론으로는 정당하게 해명되지 않는다는 점을 증언한다. 율격론, 음보론 논의의 모호성 역시 이와 관련이 있다고 판단된다. 그렇다면, 정형시-자유시-산문시로 진전되는 근대시의 방향성 모델은 재고되어야 할 것이다. 초창시대 근대시 양식은 적어도 정형시-자유시-산문시의 모델을 달성해가는 과정이라기보다는, 오히려 정형적 양식의 다양한 모델을 고구하는 과정과 그것의 포기 과정에서 정착된 것이며, 목소리성이 제거되고 문자시로 정착되는 과정과 연관된다. 이 다기한 양식들을, 춘원이 육당의 조

---

9 조동일, 「한시에 대응한 민족어시의 운율」, 『한국시가연구』 21, 2006.

선어 시가 실험에 대한 평가에서 확인되듯, '단계적 진화론'보다는 '동시적 실재론'의 관점에서 주목해야 하는 중요한 이유이다.

스크라이빙의 시사적인 이행 과정
'쓰기|writing'에서 '쓰기의 쓰기|composition in writing'로

시양식과 산문양식의 판면상의 차이는 단구斷句, 개행 등의 규범에 따른 행과 연의 배치, 그에 따른 여백의 효과에서 두드러진다. 이 때 쉼표나 마침표구두점뿐 아니라 띄어쓰기 등도 중요한 역할을 한다. 이들 표식들은 시가양식과 산문양식을 구분하는 '차이 표식'이자 시가의 양식적 규범이 투영된 물리적 자질이다. 따라서 시가창작자뿐 아니라 독자층이 인식한 근대시의 이상적 모델이나 그 개념이 이 표식에 투영되어 있다. 대중들이 시양식을 인지하는 가장 일반적인 표지 또한 '개행改行'이다. 개행은 그만큼 관습적이다. 현재 통상적으로 구분하는 '정형시, 자유시, 산문시'의 기준은 결국 단구와 개행의 자이, '배난법'에서의 차이라 할 수 있다.

처음 시를 배우는 초심창작자에게 양식이란 가시적이고 물리적인 외형적 틀로써 수용된다는 점에서 단구, 개행의 스크라이빙은 양식을 인식하는 일의적 요소이다. 운각법 등의 작시법 여부는 근대시가를 처음 수용하는 자에게는 거의 인지되지 않는다. 시가의 외형적 틀을 수득收得하는 방법이 문제가 된다는 뜻이다. '시가의 작법composition in writing'보다는 오직 '쓰기writing'의 방법으로 인지된다는 뜻[10]인데, 조선어 시가의 '쓰기'가 정립

---

10 월터 J. 옹, 『구술문화와 문자문화』, 45면.

되어 있지 않고 더욱이 운각법 등의 작시법이 존재하지 않은 상황에서 시가양식은 거의 스크라이빙차원의 표식에 의존하게 된다. 개행, 단구 등은 정형시체의 양식적 틀을 보증하는 수단에서 점차 근대 시양식의 미학적 규범을 수행하는 틀로 전환되는데, 그것은 단순한 '쓰기'에서 '쓰기의 쓰기'로 전환되는 것에 대응된다.

최남선 주도의 『소년』, 『청춘』 시대를 넘어 다수의 필진과 독자의 참여가 이루어지는 『학지광』 이후의 잡지들에서 시양식을 둘러싼 문제제기가 증가한다. 『학지광』, 『태서문예신보』 등 독자 투고란이 확대되고 투고시가 급격히 증가하면서, 문자 배열, 시구 및 시행 배열과 배치에 관한 의문이 편집진, 필진, 독자投고자 들 사이에서 빈번히 제기된다. '신시'는 '줄떼여 쓰는 물건'[11]이거나, '산문을 짤막짤막 찍어서 딴 줄에 쓴 것',[12] '잘막잘막하게 글句를찍어서 行數만버려노흐면 시가 된다'[13]는 인식이 널리퍼지자 그에 대한 비판이 제기되고, '양(장)시조, 언문풍월, 도막도막 잘 터놓은 신시가 앵도장사에 지나지 않는 것'[14]이라는 '자학적 시관'이 표명되기도 한다. 단구, 배단, 개행 등의 시가양식의 고유성을 지적하는 논제들이 직접적으로 제기되고 있는 것이다.

조선에서가치 문사되기 쉬운 나라는 업다. 비평안업는 신문잡지경영자들의 손으로 일편의 「소설이라는 것」 「시라는 것」이 활자로 박어나오면 그는 벌서 소설가가 되고 시인이 된다. 아마 그들은 소설이 무엇인지 시가 무엇인지 어렴

---

11 주요한, 「推敲라는 것(시선후감)」, 『조선문단』, 1926.3.
12 안서, 「〈조선시형에 관하야〉를 듣고서」, 『조선일보』, 1928.10.18~21 · 23~24.
13 안서, 「작시법 (5)」, 『조선문단』 11, 1925.8.
14 홍사용, 「조선은 메나리나라」, 『전집』, 321면.

풋한 개념도 업슬 것이다.[15]

　무엇이든지 생각나는대로 한줄 한줄 띄여 적어 노혼 것이 태반이다. 그 일 점
의 훌륭한 생각이 발휘하고 정련되고 음악화하야 큰힘과 미를 보이기까지 (…
중략…)시상과 시어의 단순화라는 것을 권한다.[16]

　전통적인 것과 외래적인 것 사이의 형태적 갈등이라기보다는 '조선어구
어한글문장체 시가'에 대한 대중적 관심이 확대된 데 따른 것이었는데, 초
심자들에게 조선어로 신시를 쓰는 행위는 낯선 것이었다. '아무렇게나 띄
어서 둔 것'은 시가 될 수 없다. 행갈이를 하고 규칙적으로 구절을 배열한
다고 해서 그것 또한 시가 될 수 없다. 이 같은 논란은 시와 산문의 차이가
외형적 '쓰기', 스크라이빙의 차이에서 인지되는 것이었음을 반증한다. 스
크라이빙 차원의 '베껴쓰기'에 대한 지속적인 불만은 그만큼 '조선어구어
한글문장체 시쓰기'가 지난했던 사정과 무관하지 않다. 글자수와 운각韻脚
이 엄격하게 규정된 작법과 그에 따른 독법이 있는 한시의 경우, '쓰기'는
혼동이 있을 수 없다. 시조처럼 형식과 곡조가 정해진 경우도 마찬가지로
큰 어려움이 없다. 그것은 '작법composition in writing'까지를 오랫동안 구축
해 온 양식인 것이다. '문자화'된 경우에도 띄어쓰기의 유무가 낭영이나 시
창에 크게 영향을 미치지 않는다. 하지만 조선어구어한글문장체 시의 경우
는 다르다. 형식적 규범(작법)은커녕 한글로 어떻게 문장을 쓸 것인가에 대
한 규범도 없었던 것이다. 시(가)가 단지 '줄떼어 쓰면 되는 물건'으로 인식

---

15 장백산인, 「文壇漫話」, 『조선문단』 2, 1924.11.30.
16 選者, 「단순화라는 것」, 『조선문단』 1, 1924.10.

된 것은 '작법composition in writing'에 앞서 '쓰기writing'조차 곤란했던 사실을 반증한다. 글자音절수 규칙, 띄어쓰기 유무, 시구, 시행 배열의 모범적 규준이 없는 상황에서 작법도 독법도 임의적인 것이었다. 이처럼 개행 및 '띄어쓰기' 문제가 공론화된 것은 시가양식에서 이것의 기능 때문인데 띄어쓰기는 단구와 배단의 출발점인 것이다. 앞에서 언급했던, 안확이 황진이 시조를 '음절' 단위로 띄어쓰기 한 방안이 예가 될 것이다.

'작법의 부재'를 '활자작난'이라는 용어가 투명해 내고 있는데, 안서같은 전문시인조차 이 '활자작난'의 의구심으로부터 스스로 벗어나고자 한다.

> 쓸 데 없는 활자작난活字作亂을 하나 더 남기지 않았다는 자신만은 있습니다. 여금까지의 나의 시집 중에서는 이 시집에서처럼 회심의 작이 많지 못하다는 것을 고백해둡니다.[17]

'활자작난'이란 용어는 초창시대에는 문장쓰기 규범의 부재, 시가양식의 '율격성을 살리지 못한 문자화'라는 맥락을 갖던 것인데 1930년대에는 시의 '미학성과 표현력의 부재' 혹은 '언어의 기교, 기술의 부재'라는 맥락으로 전환된다.[18] '쓰기'에서 '쓰기의 작법'으로 옮겨간 것이다. 이는 1930년대 조선어 시쓰기가 완숙해지는 시점에서 시의 미학적 형식적 엄격성이 요구되고 그에 따라 기술, 기교 문제가 대두되는 상황과 연결되어 있다. "시는 문자의 기교로 되는 것이 아니고 가장 고조된 하트에서 나오는 것입니다"[19]라든가 이상李箱의 시 「정식正式」을 두고 "시는 기지가 아니다"[20] 등

---

17 안서, 「권두서언」, 『안서시집』, 한성도서주식회사, 1929.4.
18 윤곤강, 「병자시단의 회고와 전망」, 『전집』 2, 303면.

의 비판이 제기된 것은 조선어구어한글문장체 시쓰기의 완숙성과 무관하지 않다. 1930년대 '기교주의' 논쟁과 초창시대 문예담당자들에게서 제기된 시의 양식적 형태론이 동일한 층위에 있다는 점이 흥미로운데, 일제시대 시인들의 지속적인 관심은 '조선어구어한글문장체'로부터 발원한다는 점을 기억해야 한다.

시구, 시행 배열의 원칙부재는 곧 바로 음조미 실현 문제로 이어진다. 신시의 스크라이빙 문제가 궁극적으로 도달한 것은 조선어구어한글문장체 시가의 음악성의 실현 문제이다. 이를 임화는 구어 조선어시의 미학성 문제로 결론지었다.[21] 띄어쓰기와 글자수 규정은 호흡^{박자,} 리듬, 절주의 문제라는 점에서 이는 음성언어의 문자언어화 과정의 혼란이라는 것이다. 1930년대 중반기 이후 시의 '문자화'는 '보다 고도화된 문자형태의 형성'[22]이라는 심층적인 논의로 옮겨가는데, 이는 음악성보다는 회화성, 말의 음조미보다는 의미성이 강화되는 경향과 무관하지 않다. 그 변화의 최전선에 조선어 구어시의 음악성과 센티멘탈리즘을 강력하게 부정하면서 시의 회화성과 주지성을 강조한 김기림이 서 있다는 것은 의미심장하다. '심상의 형상을 표현하는' 시, 그것은 이미지즘시에 가까운 것인데, 이미지즘시는 시의 음악성을 확보하는 것에는 그다지 관심이 없다. 시의 음악성에 대한 고려가 사라지면서 이미지즘시나 사의시^{辭意詩}가 1930년대 근대시의 주류가 되는 것이다. '언어 이전의 활자 나열'[23]에 가까운 것이라

19 안서, 「3월 시평」, 『조선문단』 7, 1925.4.
20 안서, 「시는 機智가 아니다―李箱氏「正式」」, 『매일신보』, 1935.4.11.
21 조영복, 「기교파라는 권력과 기교파이지 않은 권리」, 『상허학보』 47, 2016.6.
22 윤곤강, 「성조론」, 『전집』 2, 81면.
23 윤곤강, 「기교」, 『전집』 2, 171면.

이것이 비판되는데 이는 음악성시가성이 고려되지 않은 단순한 '쓰기'에 가까운 초창시대 시가에 대한 비판적 관점과 유사하다 할 것이다. 초창시대의 시의 스크라이빙 문제의 반복적 재귀가 아닐 수 없다. 1930년대 후반 등장한 신인들이 '문자시'화 되어가는 조선어시를 두고 초창시대의 용어인 '활자나열에 가까운 시'라 동일한 술어로 비판했다는 것은 시사적인 관점을 필요로 하는데, 시가 문자화되면서 시의 율격적 속성이 문자의 그늘에 가려져 그 존재성이 점차 망각되는 과정에서 다시 초창시대의 시가적 이상이 대두되고 있는 것이다. 조선어의 음악성시가성을 포기하고 근대시의 기획을 완성하기는 어렵다는 자각이 거기에는 있다. 한글 문자가 '표음문자'라는 매체적 속성이 그 같은 자각에 끼여든다.

우리가 자유시라고 불러온 시란 실상 시인의 한낱 감흥의 문자화 기술화에 불과한 것으로 그것은 베일을 쓰고 운문과 산문의 중간을 해蟹처럼 횡보橫步한 것이 별명別名일지 모른다. 그것은 물론 뒷날 소위 「산문시」라는 것의 자극을 받아 여러 가지 모습으로 변모하였고 그에 따라 시인도 확연히 운문세계를 청산한 것처럼 행세하여왔다. 그러나 시로부터 운문의 청산을 문자그대로 「청산」하여버린 사람들은 마침내 산문의 유혹에 빠지고 말게 되었다. 다시말하면 그들은 「운문」의 청산이라는 것을 아무런 새로운 반성과 자각 내지 발견도 없이 내어버리고 만 것이다. 거기엔 색다른 것의 발견과 탐구와 획득이 미처 있을 수 없었다. 단여 그들에게는 부지불식간에 그들을 압도하게 된 「산문의 위력」과 「굴종」이 있을 뿐이었다.[24]

---

24 윤곤강, 「성조론」, 『전집』 2, 79면.

비판의 핵심이 '자유시'라는 것도 흥미롭다. 운문도 아니고 산문도 아닌 양식에 대한 비판, 더 나아가 운문을 청산한 것을 신진시인들은 비판한다. 일제 말기 시의 장래를 고민했던 신진시인들이 시의 새로운 가능성을, 그간 청산했던 시의 음악성, 곧 시가성으로부터 고구하고자 하는 의도가 드러난다. '운문 형식의 긴장미에 조율이 포함된 시가'의 이상은 이후 지속적으로 논의되다, 기존 서정시를 비판하면서 탈로맨티시즘과 주지시론을 주장한 김기림 代에 와서 변방의 것으로 물러난다. 조선어한글 금지가 현실화되기 시작한 1930년대 중반기 이후 신진시인들이 다시 이 조선어 구어시의 음조미 문제를 천착하는 과정에서 시가양식의 음악성이 다시 주목되기에 이른 것이다. 김기림의 이미지즘이 요구했던 과도한 문자성, 회화성을 전래 조선어구어한글문장체 시가의 음악성과 조화시키려 한 것은 일제 말기의 조선어한글 상황과 무관하지 않을 것인데, 박용철, 김영랑 등의 '시문학파', 장만영, 윤곤강 등 신진시인들의 논의는 줄곧 이 문제에 집중된다. 카알라일의 "언어가 음악적인 문장일 때 의미에도 심원한 맛이 숨어있다" 같은 격언을 그들은 즐겨썼다. 그들은 자신들의 문학적 스승으로 김기림과 정지용을 천거했지만, 정지용의 일상적인 언어의 어법과 리듬에 특히 매료되었다.[25]

이들 신진시인들에게 조선어시의 보다 근본적인 문제로 각인된 것은 자유시화, 산문화다. 스크라이빙 차원에서 자유시, 산문시의 외양은 음악성이 거세된 '활자나열' 혹은 '활자작난'에 불과했는데, 조선어의 음악성이 소실된 마지막 종착점이 바로 시양식의 산문화라는 것이다. 이들 신인

---

25 장만영, 「내가 좋아한 시인군」, 『전집』 3, 447면.

들은 "소박한 허상구를 생긴그대로 질서없이 나열하는 자유시의 아류"[26]
를 비판한다. 이 관점이 초창시대 조선어 규범의 부재를 탓하던 잡지 필진
들ᐧ번역자들, 문인들, 독자들, 편집자들의 논리와 다르지 않다는 것이 핵심이다. '자유
시 형식을 제한할 필요성'을 언급[27]한 양주동, "자유시가 시일진대 거기에
는 반드시 음악적 요소가 다소간 함축되어 있지 않으면 안된다"고 주장[28]
하면서 '노래부르게 될 만한 성질의 것'이 있지 않으면 시라고 보기 어렵
다는 김기진의 논의는 시의 근대적 기획이 '시가성', '노래체'에 있음을
증거한다.[29] 시의 음악성을 증거하는 것은 시의 '발성'이며, 자유시 또한
이 '발성을 통한 음악적 전개'[30]를 전제하지 않으면 안된다. 이은상은 '조
선에서 근대적인 시적 발화는 정형률에 의거해야한다'는 점을 힘주어 강
조했다.[31] 근대시의 양식적 조건으로 그들이 첫 번째로 내세운 것은 다름
아닌 시의 정형성이었고 배단법은 이 시가성의 형식적 미학의 정점에 존
재한다. 초창시대 조선어구어한글문장체 시가의 핵심은 '문자'이기보다
는 '노래'였으며, '문자시'이기보다는 '시가'였으며, '의미'이기보다는 '음
악'에 있다는 것이다. 그것은 바로 최남선의 『소년』, 『청춘』에서 보여준
신체시형 시들의 단구법, 배단법에서 이미 확인되고 있다.

'노래의 문자화' 논의가 궁극적으로 이른 지점은 '자유시-산문시' 논
쟁 혹은 '산문시와 시적 산문'의 장르적 규범 논쟁이다. 여기서 우리는

---

26 윤곤강, 「병자시단의 회고와 전망」, 『전집』 2, 303~304면.
27 양주동, 「병인문단개관 : 평단, 시단, 소설단의 조감도-조선문학 완성이 우리의 목표」,
     『동광』 9, 1927.1.
28 김기진, 「시가의 음악적 방면」, 『조선문단』 11, 1925.8.
29 구인모, 「근대기 시인의 현실과 유행가요 창작의 의미」, 『한국문학연구』 제42집, 2012.6.
30 김기진, 「시가의 음악적 방면」.
31 이은상, 「시의 정의적 이론」, 『동아일보』, 1926.6.12.

'정형시 – 자유시 – 산문시로의 이행, 발전'이라는 근대시사의 '진화론적 관점'의 문제를 숙고하게 된다. 이 논쟁은 단순히 시행배열_{개행,} '이어쓰기'와 '끊기'의 차이이나 운율상의 '차이'의 문제를 해명함으로써 해결되지 않는다. 산문시와 시적 산문의 '차이'를 해명하는 논의는 '시적'이라는 용어만큼이나 추상적이고 허구적이다. '자유시, 산문시, 시적 산문', 이 세 양식들의 차이는 실제적으로도 논리적으로도 해명되기 쉽지 않다. 시양식의 문제로 국한시켜 보아도, '자유시 – 산문시 논쟁'은 실상 '정형시 – 자유시 – 산문시'의 진화론적 관점으로부터 발생하며, 한편으로는 초창시대 근대시의 기원을 대부분 서구 상징주의시 수용/모방에 두는 관점과도 무관하지 않다. '근대의식', '주체의식' 등의 근대성론에 치중된 논의도 궁극적으로는 시양식의 목소리성을 소멸시키는 소실점으로 작용한다. 덧붙여서 일제시대 출간된 신문, 잡지 등 매체가 현재와 같은 횡서양식이 아니라 종서양식을 사용했다는 사실을 인지하는 것도 중요하다. 개행의 시각적 효과는 횡서체에 비해 종서체에서 더욱 두드러지는데, 종서체가 횡서체로 변환하는 시점과 시가의 목소리성의 소멸되는 시점이 대응된다는 것도 매체적 차원에서 중요하게 지적되어야 한다. '자유시 – 산문시' 논쟁의 중요 논점이 음악성 소실의 문제와 '율격의 문자화'라는 관점에 상당 부분 잠복되어 있다는 관점은 필요하다. 이 같은 시사상의 제반 문제를 해명하는 열쇠는 초창시대 시양식의 스크라이빙 문제를 해명하는 과정에서 주어질 것이다.

스크라이빙의 전통적 연원과 최남선의 실험

판식, 판면상『소년』,『청춘』,『학지광』등의 조선어 시양식들과, 같은 지면에 실려있는 전통적인 시가양식인 한시, 시조 등과, 서구 번역시. 이 세 양식들은 배단법, 단구법 등에서는 그다지 차이가 없다. 심지어 육당은 외국시를 번역하면서 글자수를 규칙적으로 맞추기 위해 이음줄을 쓰거나 단어를 축약하거나 혹은 음절을 늘이는 방식을 사용한다. 단구, 배단, 개행, 띄어쓰기, 구두점 등 이 같은 가시적, 물리적 표식들은 일정한 관습적인 틀 안에서 행해졌을 가능성이 있다.[32]

시가양식의 물리적 표식으로 가장 특징적인 것은 개행이다. 개행의 기반은 단구로, 전통시가 자료에서 개행이나 단구를 일일이 표식한 것은 흔하지는 않다. 현재의 연활자 인쇄와는 달리, 목판본 제작이나 필사筆寫시 일일이 단구하고 개행하는 것은 제작상, 기법상 지난했을 것이며 판각 자체가 어렵고 종이한지 등 재료 구하기도 쉽지 않았기 때문이다. 단구는 전통적으로는 구두점이나 간자법띄어쓰기을 통해서 주로 실현되었다. 이 표식은 굳이 근대 들어서 사용된 것은 아니었으며 그 연원은 적어도 향가시대 혹은 향가가 '문자화' 되었던 고려시대로 소급된다. 단구는 신라시대 목간이나 고려시대 각필角筆 자료에서도 확인되고, 삼국유사본 향가나 고려가요 필사본 등에서도 확인된다. 특히 이두, 향찰로 기록되었던 향가의 띄어쓰기 문제는 심도있는 논의가 필요하다고 본다.[33] 신라시대의 노래인 향가가 고려시대에 표기된 것은 일종의 '시가의 쓰기화'라는 점에서 이는

---

32 육당의 잡지 출간이 일본에서의 경험이 바탕이 된 것이므로 이것과 일본 신체시와의 영향관계를 추적할 수 있을 것이다. 하지만 이는 본 저서의 역량이나 논점을 벗어나는 것이어서 다루지 않는다.

33 김성규, 「향가의 구성형식에 대한 새로운 접근」,『국어국문학』176, 2016.9.

'문자'와 '노래'의 차이, '의미'와 '리듬'의 차이, '완결성의 미학'과 '반복의 생략' 같은 논점을 고려해야한다. 이는 육당의 신체형 시가들의 문제에도 그대로 적용될 수 있다.

조선시대 들어 단구는 시가표기에만 한정되지는 않았다. 한문을 정확하게 해독하기 위해 문장이 끊어지는 곳에 구두점을 표시하거나, 구와 구사이를 떼는 등의 형식적 표식을 했다.[34] 보다 분명하게 의미를 표식하거나 연 구분 혹은 낭영시 휴지를 위해서는 단구가 필요했던 것이다. 그런데 조선시대 서간에서 확인되는 대두법, 개행법, 간자법은 형식적 차원의 표지만은 아니었고 일종의 유교적 이념과 원리가 내재된 것이었다는 점에서[35] 현재의 띄어쓰기나 구두점과 그 기능이 동일하지는 않았다.

조선시대 간행된 문헌 중 가장 완벽하게 구두점을 표식한 것은 「용비어천가」로 알려져 있다. 존자가 주어일 때나 주체 겸양의 주어일 경우 구점을 찍는 이른바 '대두법'의 경우를 제외하고, 대구와 절의 관계에 따라 구두점을 찍고 단구를 한 형태는 근대초기 시양식의 형태를 이해하는 데도 중요한 시사점을 던진다. 「용비어천가」의 경우, ① 주어절과 서술절로 이루어진 문장에서의 두점과 구점찍기, ② 의미상 하나의 의미를 이루는 두 구에서의 두점과 구점찍기, ③ 두 구가 대구를 이룰 때 두점과 구점찍기 등으로 요약할 수 있다. 「용비어천가」는 처음 언문으로 지은 다음 한시로 시역한 것인데, 원문시든, 시역한 한시든 공통적으로 구두점이 정확하게 표식되었음을 확인할 수 있다. 현재적 의미로 구와 구 사이에는 두점쉼표, 중간에 고리점을 찍고, 의미가 완결되는 지점에 구점마침표, 오른쪽을 찍었다.[36]

---

34 심경호, 『한국한문기초학사』 3, 태학사, 2013, 420~425면.
35 하영휘 편저, 『옛편지 낱말사전』, 돌베개, 2013, 10~14면.

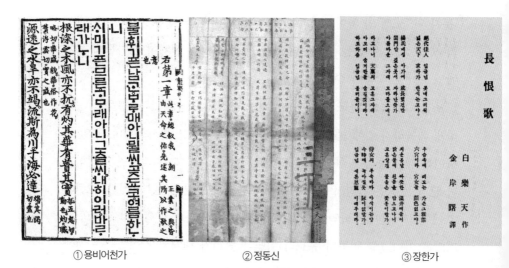

①용비어천가 　　　　　　　②정동신 　　　　　　　③장한가

①구두점을 찍은 「용비어천가」. '鴛鴦雙對'의 배단법이 적용된 예 ②황감제(제주도 귤이 올라오면 기념으로 성균관생에게 보이던 별시)의 답안지 ③김안서가 번역한 한시 「장한가」(『문장』, 1940.5)

한시 필사본에서 확인되는 단구는 가시적으로 균칭을 이루고 있다. 구의 배열 방식은 운율미와 형식미를 고려한 데 따른 것으로 보인다. 균칭적인 차원에서 그 외형적 형태가 가장 안정된 것이 바로 율시체와 절구체 시다. 이들은 글자수와 각운을 엄격히 지키면서 운율미와 형식미를 보여주는 장르로, 조선에 끼친 영향도 다른 한시 장르에 비해 크다.[37] 4행 1연 형식은 절구체의 형식과 유사하며, 2구 1연 형식은 율시체의 그것과 유사하다. 2구를 한 단위연로 설정하고 그것을 확장하는 방식도 가능하다. 특히두 구를 대칭적으로 배치하는 방식은 최남선에게서도 자주 목격되는데, 이는 전통적인 한시 배치 방식인 '鴛鴦雙對'의 원칙과도 연결된다. 민요시나 소월시의 배단법도 이와 유사하다.

---

36 심경호, 『한국한문기초학사』 3 참조.
37 심경호, 『한시의 세계』, 문학동네, 2014, 160면.

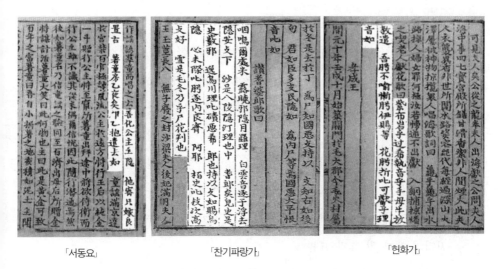

| 「서동요」 | 「찬기파랑가」 | 「헌화가」 |

'띄어쓰기'에 따른 향가의 시구 배치

　일반적으로 배단법의 기원은 인간의 신체에 있다고 알려져 있다. '쓰기'의 배열은 인간의 신체를 모방한다는 점에서[38] 시가의 형태적 이상은 우주만물의 존재양태와 연결되며 그 원리가 바로 균형과 조화의 균칭적 가시화인 것이다. 인쇄리터러시상 이것은 정형시체의 시가성을 보증하고 형태적인 안정감을 주는 판식의 효과를 갖는다. 절제와 균형은 형식적 완결성과 미학성을 표식하는 방법이자 시가양식의 무한반복과 원환적 회귀를 보증하는 형태적 완결성의 표지이기도 했다. 운율적 형태적 효과를 내재한 기호였던 것이다.

　개행의 방식이 횡으로 전개되든 종으로 전개되든 간에 율시나 절구에서는 운각의 유무에 따라 행의 질서를 알 수 있으므로 혼란은 없다. 예컨대, 5언절구체에서 운은 2연, 4연에 있으므로 읽기나 번역에 있어 순서상

---

38 월터 J. 옹, 『구술문화와 문자문화』, 154면.

혼동될 여지는 없다. 그리고 율시체의 배단법은 두 가지가 쓰였는데, 한 연을 두 구로 나누든, 두점을 찍어 구를 분리해 한 행으로 배치하든 문제가 되지 않았다. 한시의 이 같은 구두점 표식이나 개행 및 단구법의 관습을 고려하면, 초창시대 시양식상 배단법 자체는 낯선 것은 아니었을 것이다. 근대시가 서구 상징시의 모방에 따른 것이라는 주장[39]이 가능한 것도 낭만주의시든, 상징주의시든, 4행 혹은 8행의 형식적 질서를 갖는다는 점에서 수용될 수 있다. 단구나 개행은 관습적으로 시가양식의 속성으로 표식되고 인지된 것이어서 낯익은 것이었다. 달라진 것이 있다면, 근대 인쇄 지면의 제한 및 효과였다.

한문 텍스트를 번역하거나 낭영하는 과정에서의 현토하는 방식과 이 단구법이 밀접하게 연결되어 있음은 많은 논자들이 지적한 바 있는데, 그만큼 5언 혹은 7언 등의 음절수의 규칙과 그것을 구, 연 단위로 단구하는 것은 한문맥의 문화적 환경적 관습에 노출되었던 당대인들에게는 자동화, 내면화된 기제였다. 단구법, 배단법은 일종의 쓰기 및 읽기의 툴Scriber로써 내면적 규범으로 이미 정착되어 있었던 것이다. 초창시대 '국자칠음시'의 유행이 일본 신체시의 모방이나 서구시 모방으로 규정될 수 없고 오히려 전통시가의 정형적 틀로부터 벗어나고자 한 목적에서 비롯되었다는 점이 오히려 초창시대 시양식 논의에 유용한 참조가 된다.[40] 초창시대 시양식의 이념을 떠받치고 있던 것은 전통시가와 마찬가지로 혹은 그것보다 오히려 더 엄격하게 정형시체의 틀을 고수하려는 욕망일 수 있는데, 그

---

39 임화·김광균 대담, 「시단의 현상과 희망」, 『조선일보』, 1940.1.13~17.
40 임주탁, 「한국근대시의 형성과정 연구」, 『한국문화』 32, 서울대 규장각 한국학연구원, 2003, 87면.

같은 의욕의 핵심에 '조선어 구어의 쓰기'가 놓여있는 것이다. 육당 신체시가 '글자수효 제한'이라는 근본적인 틀을 중심으로 전개된다는 것은 그 욕망을 뒷받침한다.

우리는 최남선이 시도한 시가양식을 실제 스크라이빙함으로써 이 문제에 좀 더 깊이 접근해볼 수 있다. 그는 균칭미와 음악성을 가진 다양한 형태의 조선어구어한글문장체 시가를 실험하고 있다.

최남선 신시의 이상과 스크라이빙의 실재

육당의 신시체 시가를 이제 스크라이빙 차원에서 '베껴쓰기읽기'하기로 한다. 춘원이 육당의 시가양식을 전사하면서 '구절떼고 언문쓰는' 등의 '쓰기'의 방법을 논하고 있는데, 「해에게서 소년에게」와 「꽃두고」를 원문 그대로 인용한 것이 바로 이 스크라이빙을 염두에 둔 것이다. 춘원의 행위는 작시법적 모범을 따른다는 의미 외에 형태적, 물리적 전사스크라이빙 혹은 베껴쓰기라는 의미를 포괄한다. 육당의 신시 실험의 핵심이 이 같은 배단법, 배구법, 맞춤법, 띄어쓰기, 문장부호, 음악적노래 표기 등 스크라이빙 차원에 있음을 춘원 스스로 인지하고 있었다.

신시체에 처음 노출되는 독자들의 '새로운 시'에 대한 인지 역시 무엇보다 잡지 판면상의 시의 형태론적 조건으로부터 온다. 단구, 개행, 구두점, 띄어쓰기, 배단 등은 산문과는 다른 시의 독특한 외양을 보증하는 물리적 표식인데, 이 스크라이빙 문제는 초창시대 시가양식의 대중적 수용을 이해하고 양식적 특성을 확인하는 데도 중요하다. 독자들의 대중적 참여가 이루어지는 『학지광』, 『조선문단』에서 이 문제가 숭요하게 제기되는 것은 이 때문이다.

춘원의 진술은 이렇게 이어진다.

　그(최남선)는 서양시의 본을 바다서 ① 글자수가 규칙적으로 가튼 시형식「해에게서 소년에게」을 만들어보랴고 하엿스나 그 후에는 차차 그것을 버리고 아즉 ② 글자수효에는 제한이 업는 산문시체「꽃두고」와 또 ③'그와 반대로글자수효에 분명한 제한이 있는 노래체, 그 중에도 ③"일본의 이마요오今樣에서 나온 7.5조를 만히 사용하였고 소년의 둘째해 즉 융희 삼년1909년긋해서부터는 ④ 시조체로 만히 기우러졌다. 아모러나 그는 혼자서 생각할 수 있는 시의 형식을 여러가지로 시험해보았다. 그의 산문시로 첫 번째 씨운 것은 융희 삼년 오월 일일 발행 소년 제2년 제5권 머리에 실린 「곳두고」라는 것이다.[41]

　'시체'의 실험 자체가 핵심이 아니라 '조선어구어한글문장체'가 핵심이다. 일단 1908, 9년 언저리의 『소년』에 실린 시가양식을 원문 그대로 게재하기로 한다.652~653면 참조용으로 소월의 시와 외국 번역시, 고시 등을 함께 실었다. 육당의 다양한 형식적인 실험의 실상을 이해하는 데 도움이 될 것이다. 엄격한 글자수 맞춤, 연단위로 동일한 배단법, 구두법 효과 등 판면상으로 양식의 실재를 확인할 수 있다. 홍미로운 것은 육당이 글자수 맞춤, 단구, 개행 등의 다양한 실험을 통해 조선어구어한글문장체 시가양식의 형식적 틀을 모색하고 있다는 점이다. 이는 근대시사상 근대시가 일정하고 균질적인 방향자유시화, 산문시화을 따라 단계적으로, 발전적으로 수행되었다는 일종의 '진화론적 모델'과는 거리가 멀다. 양식의 진화나 발전

---

41 춘원, 「육당 최남선론」, 『조선문단』, 1925.3. 단, 일련번호 및 예시된 시는 인용자.

이라는 개념이 가능한가에 대한 근본적인 질문은 일단 접어두고 우리는 육당의 형식실험 자체에 주목할 것이다.

춘원은 『소년』 '첫호 첫머리'에 실린 「해에게서소년에게」를 "내가 아는 한에서는 우리 조선에서 새로운 시, 즉 서양시의 본을 바든 시로 인쇄가 되어서 세상에 발표되어 나온 것으로는 맨처음"이라 평가했다. 한 때 논란이 되었던 '신체시 효시' 문제는 춘원의 관점에서 보아도 문제될 성질의 것은 아니었는데, 언제 창작되었든 공적으로 출간된 것으로는 맨 처음이었다는 것이다. 신시의 양식문제, 인쇄리터러시의 문제가 초창시대 조선어 구어시의 기원을 논증하는 핵심임을 춘원은 확인해준다. 또, 『소년』 제2년 제4권에 실린 「구작삼편」을 인용하면서 "우리 시의 새 격조와 새 형식을 차즈랴고 애쓴" 육당의 실험적 시도를 정확하게 보여주기 위해 '구절 떼는 법과 언문쓰는 법'까지 그대로 옮겼다고 밝혔다. 춘원의 이 같은 시도는 이른바 신(체)시에 대한 계몽적 이해, 대중적 인지화의 목적에서 비롯되었다고 할 수 있지만 그것은 보다 근본적인 논점을 견인한다. 즉 이 '원문인용'은 시가양식과 산문양식과의 가시적 차이를 인지하는 순거일 뿐 아니라 시가의 이념, 하위 장르분화의 준거 등을 우회적으로 확인해주는 규준점이 되기 때문이다.

이제, ① '글자수가 규칙적으로 같은' 시형식인 「해에게서 소년에게」와, ② '글자수효에 제한이 없는 산문시'인 「꽃두고」 2년 5권, 1909, 그리고 ③ '글자수효에 분명한 제한이 있는 노래체'를 비교해보기로 한다. ③은 ③″ 7·5조와 ③′ 그 외의 조3.4조 등로 나누어 살펴보기로 한다. 춘원이 ①, ②, ③을 각각 '글자수가 규칙적으로 같은 것', '글자수효에 제한이 없는 것', '글자수효에 분명한 제한이 있는 노래체'로 구분한 점을 주목해야한다. 육당의 신

① 「해에게서 소년에게」(『소년』, 1908.11)

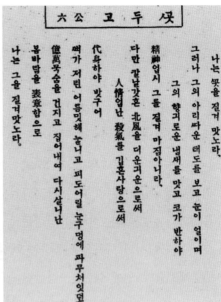

② 「꼿두고」(『소년』, 1909.5)

③ 「소년대한」(『소년』, 1908.12)

④ 「우리의 운동장」(『소년』, 1908.12)

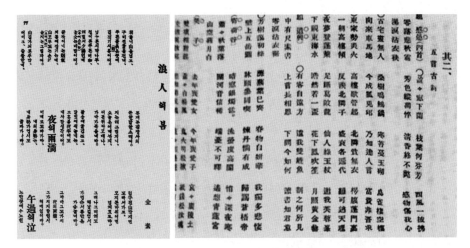

⑤「낭인의 봄」(『창조』, 1920.3)　　　　　⑥「고시」(『학지광』 10호, 1916.9)

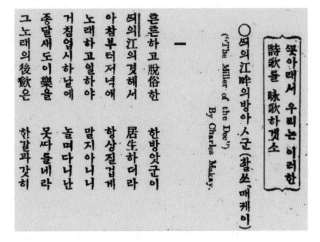

⑦서양시 번역. 찰쓰 맥케이, 「띄의 강반의 방앗군」(『소년』, 1909.5)

①, ②, ④는 연단위의 규칙성을 보여준다. 7·5조는 ③처럼 3, 4, 5로 띄어쓰기를 활용해 분리해서 판식하기도 했다. ⑤, ⑥의 4행 혹은 2행을 한 연으로 구성하는 방식은 전통적인 시가의 배단법과 연결된다. ⑦ 서양시를 번역하는 경우에도 엄격하게 글자수를 맞추었다. 글자수를 낮추기 위해 이음줄 등의 **부호**를 표식했다.

체시뿐 아니라 그 이전 단계의 신시 형식들이 전통시가보다 더 엄격하게 음절수를 맞추고자 했다는 지적[42]과 유사한 맥락인데, 이는 육당의 신시 자료들이 실증적으로 뒷받침하는 셈이다.

동인은 육당의 『백팔번뇌百八煩惱』를 앞에 두고 '고무신', '정미쌀'의 수사법을 빌어 그 기계적이고 인위적인 글자수 맞춤과 격식을 평가한다.

> 육당의 시조는 모다 고무신이고 정미精米쌀이엇습니다. 시조도時調道라 하는 관찰점觀察點에서 볼 때는 한 점點의 결뎜이 업는─그것은 마치 긔계와 틀과 여공女工의 힘이 모다 정밀精密히 제조製造된 고무신이나, 긔게로서 찌어진 정미精米쌀과 가튼 정선精選된것이엇습니다.[43]

그럼에도 전통적인 '시조법'과 육당의 '시조도時調道'가 궁극적으로 차이나는 것은 언어(조선어)의 '쓰기' 문제이다. 마차 타는 감각으로부터 동력기 달린 기관차 타는 감각으로의 변화가 언어의 질감과 변화를 이끈다는 맥락과 다르지 않은 논법으로 동인은 육당의 새로운 언어로 쓰여진 시조를 가리켜 "시조도時調道의 모든 운韻과 격格과 율律이 조금도 틀림이 업는 극상정미極上精米와 특선特選고무신을 발견할 수 있다"고 썼다. 이른바 시조부흥론, 민족주의파론 등의 담론과는 확연히 구분되는 맥락에서 동인은 육당 시조의 새로운 언어미학을 들여다보는데, 그럼에도 동인은 이 기계처럼 반듯하게 운과 격과 율을 맞춘 육당의 '시조도'가 좀 더 시적 감흥을 구비할 것을 요구한다. 우리말 구어체의 자연스럼 음악, 음조미에 다가가기

---

42 임주탁, 「한국근대시의 형성과정 연구」.
43 김동인, 「孔明과 關公─六堂의 『百八煩惱』를 봄」, 『조선문단』, 1927.3.

힘들다고 판단한 탓이다.

③은 '노래체'이다. 규칙적인 박자를 견지하므로 일정한 틀에 강박적으로 묶여있다. 그런데 ①과 ② 역시 실제 연 단위의 규칙성은 그대로 견지된다. 구나 행의 배치는 물론 띄어쓰기 단위나 어절 수, 행의 시작점 등이 동일하게 반복되며, 구두점을 포함한 부호의 위치까지 동일하다. 다만, ②는 ①과 달리 연을 이루는 행의 수가 늘어나 있고 한 구문장, 행의 길이도 더 길다. '글자수효의 제한'이라는 규범이 상대적으로 느슨해졌기 때문이다. ①과 ②는 궁극적으로 연단위로 글자수 및 행수가 규칙적으로 같다는 것이고, 반면 ②는 ①과 달리 한 구행을 이루는 글자수효에는 제한이 없는 셈이다. 따라서 ①과 ②와 ③은 각기 동시적으로 실험된 양식이자 부분적으로 유사한 양식의 범주에 있다. ①과 ②는 강박적인 글자수에 얽매이지 않았다는 점에서는 서로 유사하지만, ①은 한 행을 이루는 글자수의 제한이 ②에 비해 엄격하다는 관점에서 보면 ①은 ②보다는 ③에 근접해 있다고 볼 수 있다. 이 관점에서는 ①의 방향성을 '자유시'에 두었다고 판단하기는 어렵다. '글자수 제한'이 쉽지 않은 것은 우리말의 특성 사체에서 비롯된 문제인 것이다.

그러니까 '글자수효의 제한' 문제를 따지자면 ②와 대척점에 있는 것은 ① 혹은 더욱 정확하게는 ③이다. 한 구행를 이루는 음절수의 제한이 가해질 때, 즉 '글자수효의 제한'이 가해질 때, 이는 ③에서의 배단법에서 확인되고 있는데, 엄격한 '노래체'가 된다. 낭영양식으로서의 시가는 글자수를 제한하고 구나 행을 반복함으로써 노래낭영의 리듬을 생성한다. 「소년대한」은 3.4.5의 조로 된 엄격한 글자수를 맞춘 양식이다. 한 구를 이루는 글자수는 엄격하게 지키지만 연을 이루는 행수는 동일하지 않다. 1연

12, 2연 8, 3연 9행으로 구성되어 있다. 「삼면환해국」의 경우, 4.4.4.3의 민요체 후렴구반복구로 이루어져 있는데, 4.4.4.3에 약간의 변형이 가해지기는 하지만 끝까지 그 기본 틀을 엄격하게 지키고자 한다. 반복구후렴구가 먼저 나오는 「대한소년행」의 경우는 첫 구인 후렴구는 동일하고 4.4.5의 글자수는 엄격하게 지킨다.

특히 「우리의 운동장」의 경우는 '글자수효 제한'에 있어 ③에 가까우나, 배단법이나 표식의 차원에서는 ②에 접근하고 있다. 노래체로서의 글자수효를 엄격하게 지키고 있지만, 판면의 표식은 '형태시'로서의 속성을 보여준다. 반복구인 '우리오'를 삼각형의 구도로 표식하고 있는 점이 독특하다. 더욱이 그 마지막 구는 박자의 늘임을 지시하는 부호(──)와 강렬한 정서를 환기하도록 지시하는 부호인 느낌표(!) 세 개를 표식함으로써 부호 자체에 '지시'와 정서를 함축시켜 놓았다. 마치 음악상의 보표와 같은 기능이다. '문자'를 통한 '말하기', '쓰기'를 통한 '노래하기'의 양식적 특성을 효과적으로 구현한 것이다. 「우리의 운동장」은 일정한 양식의 반복적 재현이라는 점에서는 ①, ②, ③의 어느 양식과도 교통한다.

이렇듯, 육당은 ①, ②, ③을 거의 동시적으로 실험하고 있다. 엄격히 실증적인 차원에서 보더라도, 이 세 양식들이 '자유시'라는 지향점을 향해 나아간다고 보기는 어렵다. 한 천재가 근대시의 이상을 설정해 두고 신시체 형식을 점차 진화론적으로 완성해가는 것은 허구에 가깝거나 적어도 '낭만적 사고'의 범주에서 이해가능하다. 양식을 완성하는 것은 인간의 의지나 욕망에 의한 것이기보다는 언어 자체의 질서와 그에 따른 양식의 자율성에 선험적으로 규정된다.[44] 서구 자유시를 통해서는 '조선어의 감옥'에서 그 원본성상의 궁극적 '자유'에 도달할 수 없는 것이다. '모방하기'의 인간의 의지가 아무리 강력해도 '미쳐서 날뛰는 조선어 문자한글(안서)' 앞에서 그 의욕은 굽어지기 십상인 것이다.

춘원의 관점에서 장르종 구분의 준거는 글자수의 규칙성 유무와 함께 한 행을 이루는 '글자수효'의 문제인 듯 판단된다. 글자수는 육당, 춘원, 안서의 말대로 조調를 담보하는 단위이다. 한 구의 글자수를 철저하게 준수하는 것이 ③, 글자수의 제한을 두지 않는 것이 ②, 철저한 글자수 준수보다는 일정한 규칙성을 부여한 것이 ①이다. 그리고 셋 다 일정한 규칙성의 패턴을 보여준다는 점에서 이들은 정형적인 틀단구법, 배단법이 요구되는 양식이다. 하지만 이들은 전통적인 시가의 조調보다는 확장된 조를 구사하고 있다는 점에서 '자유로워진 시'로서의 '자유시'의 자격에는 부합된다. ②는 '안서가 자유시는 곧 산문시다'는 관점에 연결된다. ③은 엄격하게 글자수를 맞추는 정형시체의 장르적 준거와 연결되는데, ①과 ②와는 달리 춘원이 '노래체'라고 규정하고 있다는 점도 장르판단의 중요한 기준이 된다고 본다.

'자유시가 곧 산문시'라는 관점은 개행여부로 자유시 – 산문시를 판별하는 현재의 기준과는 거리가 있다. ②는 현재의 장르적 준거로는 자유시이지만, 당대에는 '자유시' 곧 '산문시'로 인식된 것이다. 투르게네프의 산문시는 현재의 관점에서는 장편掌篇 혹은 짤막한 이야기로 보일 만큼 서사성이 강하다. ①의 연단위의 규칙성이 점차 사라지고 행을 이루는 글자수의 단위도 '자유롭게' 확장되면 ①과 ②의 차이는 무화된다. 따라서 ①과 ②는 육당에게나 안서에게나 포괄적인 차원에서는 자유시산문시로 이해되

---

44 에드워드 사이드, 『말년의 양식에 관하여』, 마티, 2012.

었을 것이다. '자유시' 혹은 '자유로워진 시로서의 자유시'와, 가시적으로 개행을 하지 않는 '산문시'는 그들에게는 차이가 없었다. '자유시'의 확장은 낭영양식으로서의 시의 존재성을 점차 망각하는 양식으로 나아가는 길이며, 이 과정은 '문자시'의 정착 과정과도 밀접하게 연결된다. 한 행을 이루는 글자수의 규칙성이 소멸되는 시점은 낭영양식으로서의 가능성이 점차 희박해지고 문자시로 접근해가는 결절점의 시간이기도 한 것이다.

격조와 글자수의 문제

"당대 우리 국어로 '최초이자 최고'의 시체를 시도한 사람"으로 육당을 평가한 이광수는, 『소년』에서 보여준 최남선의 국어문체는 '약간 새로운 글'인 정도가 아니라 '여간 큰 개혁'이 아닐 수 없었다고 회고한다. 최남선이 『소년』에서 보여준 공적이란, '오늘날에 조선에서 씨우는 문체' 즉 '국주한종과 언주문종체'를 처음으로 쓴 것이라는 데 있다는 것이다. 최남선의 '언문일치 문장'이란 『독립신문』, 『매일신보』 등의 논설문체와는 다른 '당대에서 쓰는 자연스런 우리 국어말로 된 표현'의 문체 곧 조선어 구어시체時體이다. 『소년』이 보여준 국어문체의 매력 앞에서 당대 문청들은 이 『소년』을 단순한 애독서가 아니라 존경의 염을 담은 '경전'으로 올려두었다.[45] 이 '경전'의 념念에는 낯설고 신비한 국어문체에 대한 경이의 경험이 내재돼 있다.

시가양식으로 좁혀오면 육당이 시도한 '국어문체'는 새 격조와 새 형식을 찾는 과정이다. 이 '격조'라는 말에는 조선어구어한글문장체 시가의

---

45 춘원, 「육당 최남선론」.

형식문제가 포함되어 있는데, '격조'의 표식이란 신식 연활자판의 물리적 속성과 무관하지 않다는 점에서 스크라이빙 문제이며, 또한 글자의 수효와 배치에 따라 조가 생성되는 만큼 그것은 가시적, 물리적인 배구법, 배단법의 문제이기도 하다.

먼저, '격조'란 무엇인가를 말하기 위해 '조調'에 대한 당대적 시각을 확인하고자 한다. 이광수는 이 '조'를 '감정의 흐름'으로 정의하면서 음수, 단어, 음절, 사의 등에 의해 결정된다고 본다. 감정의 흐름은 일종의 음악적 멜로디, 선율, 분위기 같은 것이다. '향響'은 조調의 색色인데 '음절과 단어에서 생生하는' 것으로 아마 말의 구성이나 배치에 따른 효과, 수사, 기교 등을 뜻하는 듯하다. '칼이 울고'나 '피가 뛴다'와 같은 시구에서 진실로 유쾌함을 느낄 수 있어 재부才夫답고 지시志士답다는 것이다. '격格'은 주로 내용內意에서 생하는 것으로 '내용적 조調'라 할 수 있다. 숭고함 등을 의미한다. 춘원은 "육상陸上에 칼이 울고 / 가슴에는 피가 뛴다"를 두고, "비장격월悲壯激越한 조調와 유쾌한 향響과 숭고한 격格을 본다"고 설명한다. 차례대로, 글자수, 음조미여향, 내용정서 등과 연관된 개념으로 번역될 수 있을 것이다. '조와 향'은 시인의 시적 천분에서, '격'은 그의 인격에서 구해지는 것이다. 음절수를 맞추거나 그것을 시적 장치技, 기술로 전환해내는 것은 시인의 천부적 재능에서 오는 것이며, 격은 그의 인간적인 면모에서 비롯된다.[46]

안서의 '조'의 개념도 유사한 관점에서 출발하고 있다.[47] 김억의 번역시집 『오뇌의 무도』에 대한 '조지調子가 신랄辛辣하고 침통하고 저력底力이 있

---

46 춘원, 「시조」, 『이광수 전집』 16, 삼중당, 1966, 173면.
47 안서, 「〈조선시형에 관하야〉를 듯고서」.

는 반항적인 불란서 시가의 반향反響을 담은 것'이라는 평가는 여기에 근거했을 것이다. 안서는 시적 요소정서에 따라서 그에 맞는 음절수를 정하는 것이 바람직하다고 생각했을 것인데, 여기서 '음절수'는 육당에 비해서도 보다 유동적인 것이었다. 억지로 혹은 기꺼이 음절수를 맞추고자 이음줄과 늘임줄을 표시한 최남선에 비해 안서는 글자수를 엄격하게 고수하지 않는다. 3은 4와 혹은 2와 통용되기도 하고 9는 5와 4 혹은 더 세분해서 2.3과 2.2로 분할되기도 한다. 교착어인 우리말의 특성을 고려한 것이다. 예컨대, 5.4조(4.5조)를 '경쾌한 맛이 난다'고 하고, 7.5조(3.4(4.3).2.2(3.2))는 "조금 늘인 맛이 있어 4.5조의 경쾌에 대한 그윽한 설음이라는 것보다도 가이없다"고 했다. 또, 9.7(7.9)조는 5(2.3). 4(2.2).3.4(4.3)로 나눌 수 있는데, 이 조는 "지나간 일을 추억하는 듯한 느낌을 준다"고 했다. 물론 그 같은 구분은 곧 부정되기에 이르는데, 그것은 '조'가 실제로는 음절수보다는 시의 내용과 용어에 직접 영향을 받을 뿐 아니라 낭영時 시인 본인이 아니고는 장단과 고저를 기하기가 어려운 탓이다. 궁극적으로 '조'의 차이는 엄격히 고정된 글자수에 근거하기 보다는 오히려 일종의 리듬에 따른 것이지만 정형시체의 형식적 틀을 규정하기 위해서는 필수적인 요인이었다. 박자는 기계적인 것이지만 리듬은 박자의 '사이'에 있다는 관점[48]을 적용하자면, 이 '조'란 '음절의 흐름'과 연관된다. 그것은 곧 호흡 단위이자 낭영의 리듬인데, 이는 문자시로서는 감지되기 어렵다. '문자시'는 그 '조'를 은닉(잠재)하거나 발성의 순간을 위해 그 '조'를 유예해 두기 때문이다.

---

48 찰스바버, 『지휘지가 사랑한 지휘자 카를로스 클라이버』, 527면.

최남선이 쓴 '최초의 신시'는 「철도가」, 「한양가」로 알려져 있는데, 최남선 스스로 이 「철도가」, 「한양가」를 일컬어 '속가신조俗歌新調'라는 말을 썼다. 이 때 '속가'는 '속요', '(민중의) 노래', '민요'와 다르지 않다. '신조'란 새로운 조, 즉 '서양음곡에 맞춰진 노래'이다. '속가신조'란 새로운 음수에 바탕한 새로운 분위기의 노래이다. 그런데 이 '속가'라는 말에 좀 더 주의를 기울일 필요가 있는데, '사詞'는 '가歌'가 전제된 개념이라는 것이다. 최남선이 '작사'가 아닌 '작가作歌'라는 용어를 붙여둔 것[49]은 이 때문이다. 7.5조의 유행은 새로운 시대에 맞는 새로운 '조'의 시가를 찾기 위한 시대적 책무와 연결되었다. 7.5조의 분위기(멜로디)는 신시대적인 정서와 감각을 담은 것으로 인식되었다. 그래서 「철도가」, 「한양가」는 신조로 된 속요노래일 수 있었다.

유사한 맥락에서 '구곡신조'라는 용어도 쓰였다.[50] '구곡신조'란 기존의 노래속요, 시조를 '신조' 그러니까 새로운 기분을 얹은 멜로디나 리듬에 맞추어 부르도록聿도록 고안된 것이다. 신시의 선구는 창가이며 창가는 이조시대 가사에 서양악곡, 찬송가, 학두가, 교가 같은 악곡을 붙이는

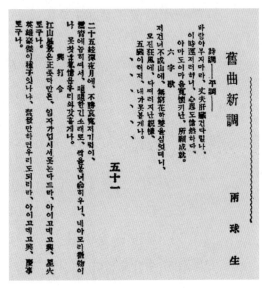

『학지광』의 시들. '구곡신조'라는 타이틀 아래 '시조(평조)', '육자가', '타령' 등 전통 노래체를 실었다. '신조'는 우리말 구어 문장법의 시라는 의미일 것이다.

---

49 최남선, 『조선유람가』, 동명사, 1947, 4~5면.
50 『학지광』 4, 1915.2, 목차 및 51면.

데서 시작된 것이라는 임화의 주장은 이 '구곡신조'라는 개념으로도 확인된다.[51] 서양 군대음악이나 찬송가 분위기의 곡의 흐름을 반영했다는 뜻이다.[52] 신체시의 다양한 형식 실험이 단지 서구시의 모방뿐 아니라 구곡 타령, 시조을 '신조화新調化'하는 단계에서도 지속적으로 이루어지고 있음이 이로써 확인된다.

실제 『학지광』의 '구곡신조舊曲新調'라는 타이틀 아래 실린 것들은 「양산도」, 「춘아타령」, 시조 등 전통 노래체들이다.[53] '구곡'이라는 표기에서 보듯 '곡'에서 이미 '노래歌'가 함축되어 있음이 확인되지만, 더 중요한 것은 그 '곡'이 시조, 속요, 타령 등의 '노래 형식'을 전제하고 있다는 사실이다. 사(詩)와 곡을 분리해 작사/작곡으로 구분해 표기되기 시작하는 것은 예술 장르가 분화되면서 말의 수행 및 전달양식이 엄격하게 구분되는 시점 이후이다.[54] 그러니까 '구곡' 형식의 시가를 어떻게 새로운 분위기의 '조'로 부를 것인가의 숙고가 '구곡신조'라는 용어에 깊숙이 자리하고 있는 셈이다. 결국 기존 형식을 어떻게 새로운 말의 언어조선어 구어로 불러낼 것인가의 문제가 개화기 시가양식의 존재론적 근거가 되었다. 시는 산문과는 달리 엄격한 형식적 의장이 필수적인데, 운각법의 여부를 떠나 가시적으로는 글자수, 단구, 개행의 스크라이빙 차원의 물리적 표식을 통해 그것을 가시화한다. '운율있는 말'인 시가는 어떤 형식적인 틀을 통해 가시화문자화될 수밖에 없다. 이것이 '말'의 운명이다.[55] 근대적인 인쇄술은 시

51 임화·김광균 대담, 「시단의 현상과 희망」, 『조선일보』, 1940.1.13~17.
52 이광수, 『이광수 전집』 16, 173면.
53 『학지광』 4, 1915.2, 51면; 『학지광』 5, 1915.5, 62면.
54 전지영, 「근대의 코드, 번역의 함정」, 『한국음악사학보』 51, 2013; 민경찬, 「한국근대음악용어의 형성과정 및 그 특징에 관하여」, 『미학예술학연구』 20, 2004.
55 안서, 「시가의 음률과 호흡」, 『태서문예신보』, 1919.1.13.

가의 '조'와 균칭미를 재현하는 데 용이하다. 따라서 엄격하게 글자수를 맞추고 배단법을 준수한 최남선의 신체시가 전근대시의 연속이자 비진화된 시체며 진화론적 발전을 위한 과도기적 형식의 양식인가 하는 점은 재고를 요한다.

최남선이 「조선유람가」에 곡을 붙이게 된 계기는 일선 학교에 보급된 창가의 저열함과 그것이 외래적인 것이라는 점에 있었던 것 같다. 최남선은 "독사讀史의 소극小隙을 조선의 영가咏歌에 할배割俳하기" 위한 것이라 밝혔다. 이 책이 1928년 초간되었다는 점은, 초창시대 문인들이 전통적 시가양식의 '독사讀史'를 재확립하고자 했던 책무와 그 맥을 같이 한다. 안서, 요한, 홍사용 등이 서구 상징주의시, 산문시자유시 등으로부터 점차 민요시, 격조시로 회귀해가는 것은 '역사적 사건'이다. 최남선의 신체시의 내용이 계몽적이라는 사실 그 자체를 두고 최남선이 계몽을 위해 특별히 '창가체'를 선택할 수밖에 없었다고 보는 관점은 동어반복처럼 보인다. 그것은 '선택'의 문제이기보다는 '당위'였다. 시란 관습적으로, 전통적으로 咏과 唱 혹은 歌가 전제된 것이었으며, 최남선에게 와서 달라진 것은 조선어구어한글문장체를 기반으로 한다는 점이고, 혹 그것이 노래로 불려진다면 서양식 '調'를 필요조건으로 한다는 점에 있었다.

최남선이 시도한 신체시의 정확한 면모는 무엇보다 글자수 맞춤음절운, 단구법, 배단법의 양태를 잡지 판면으로 확인함으로써 드러날 것이다. 육당은, 글자수를 엄격하게 맞추는 것에서부터 엄격한 단구와 배치의 질서를 지키는 것 그리고 질서있게 시각적으로 배치하는 것 등의 다양한 실험을 시도했다. 창가의 경우, 잡지 텍스트에 노래를 병첨하지 않으면 노래성은 망각되고 대체로 형태적인 측면개행, 음절수 등만 가시화된다. 이 점에서 가사, 창가 혹은 신체시 등으로 분류된 기존 논의는 난관에 부닥칠 수밖에 없었다. 우리말 시가에서 '조'란 잡지 판면상으로는 음절수와 어절수의 규칙만이 가시화된다. 초창시대 독자의 감각 역시 이 '조'는 멜로디나 분위기의 개념으로서보다는 엄격하게 글자수를 맞추는 것에 초점이 맞춰진다. 독자투고란의 혼란은 여기서 시작된다.

앞서 제기한 초창시대 시양식에 대한 혼란, 즉 '줄떼는 물건'으로서의 시의 존재성 논란은 실은 현저하게 가시적, 물질적인 차원의 것이었다. 글자수를 엄격하게 지키는가의 여부로 정형시와 자유시를 가르거나, 개행의 유무로 자유시와 산문시를 가르는 현재 규준은 초창시대에 부합되지 않는다. 시(시가)의 문자화 경향에 따라 '영' 혹은 '가'하는 시와 '묵독하는 시'의 차이는 무화되었으며, 문자화의 진전은 이 조선어구어한글문장체 시가의 발화성음성성마저 소거하는 방향으로 나아갔다. 조선어시의 '소리'는 점차 독자들에게 망각되었다. 조선어구어한글문장체 시가의 음악성을 최고의 가치로 둔 김억의 고투에도 불구하고, 근대시의 목소리는 상상적 이미지로 존재하게 된다. 이른바 '청각적 이미지'란 결코 실현되지 않는 불가청성inhearibility의 영역이자 문자적 독해를 통한 의미파악의 부수물에 지나지 않게 된다. 따라서 우리말 시의 음악성이나 아름다움은 실상은 잉여적인 것일 뿐이다. 청각에 대비된 시각의 중요성을 지적하면서 탈센티멘탈리즘과 주지주의를 강조한 김기림의 선언은 근대시사에서 시의 음성성목소리이 축출되는 계기로 작용한다.

기억할 것은 신체시의 조건이 조선어 구어로 된 한글문장체 시가노래라는 언어적 조건을 핵심으로 하는 문제였다는 점이다. 근대시의 시작은 조선어로 된 시가노래를 '쓰기화문자화 하는 과정과 연결되어 있다. 그것을 우리는 범박하게 '언문일치'라 불러왔지만, 이제 그것은 보다 정치하게 '조선어구어한글문장체 시의 문자화'의 맥락으로 지칭해야 한다. 규칙적인 글자수音절수의 질서가 전근대적 양식의 흔적으로 치부될 수 없다. 문예양식으로서의 미학성이나 시인의 고도한 정신성의 반영으로서 혹은 집요한 쓰기作시법 훈련의 결과물로서의 시의 문예언어학적 존재성을 초창시대 시 양식상에 요구하는 것은 무리이다.

육당, 춘원, 안서 등의 시가양식론이나 장르 구분의 준거는 현재의 한국 근대시 장르 구분이나 양식론과 차이가 있다. 육당이든 안서든 그들은 시가양식의 규칙성을 포기한 것이 아니었다. 따라서 시조, 격조시, 민요시 등의 양식에 대한 그들의 관심은 조선어구어한글문장체 시의 모델을 전통시가노래양식에 접합시키는 길이었으며, 한편으로는 신시체 양식실험의 초창시대 즉 육당의 시간으로 복귀하는 길이기도 했다. 주요한이 『조선문단』을 열면서 '노래를 지으시려는 당신의게'라 이름붙인 것은 정확하게 이 문제를 지적한 것이다. 이 관점에서 이들의 정형시체의 복귀는 시사적인 차원에 있다. 주요한의 이 길을 두고, 문단사적으로 민족주의문학파의 입장으로의 선회라 해석하기도 하고, '상해체험' 등의 문학사회학적 입장으로 설명하기도 하며, '심리적 퇴행' 등의 논증되지 않는 작가론 등으로 설명되기도 하는데 '조선어'라는 조건을 핵심에 두지 않으면 거기에 선뜻 동의하기는 어렵다. 다시 지적할 것은 근대 시양식론의 문제이다. 육당이 실험한 신시의 이상은 정형시체로부터 출발한다는 것이며, 따라서 「해에게서 소년에게」가 과도기적 형식이자 자유시체로 넘어가는 중간단계라는 모델은 동의하기 어렵다.

2. 노래와 '-노라체' 혹은 문자시와 '-다체'[56]

시가 종결체의 중요성

안서는 '노래체'란 '-노라체'여야 한다고 줄곧 언급한다. 이 '-노라체'는, 우리말 문장구조의 일반적인 종결체이자 자유시의 종결체인 '-다체'와의 이항대립적 관계에서 고찰해야 한다. 시가 종결체인 '-노라체'는 시가양식론의 문제, 언문일치체의 문제, 소설양식과 시가양식 간의 관계성에 대한 문제와 지속적으로 연결된다. '-노라체'와 '-다체'를 둘러싼 논쟁은 단순히 근대시(가) 종결체의 선택 문제에 그치지 않고 근대시가 '노래시가'에서 '문자시'로 이행하는 과정을 핵심적으로 요약·설명해주는 것이기도 하다.

김동인, 김억, 주요한, 임화 등 근대문학담당자들에게 공통으로 나타나는 언문일치 문제는 '문학어로서의 조선어의 가능성'에 있었다. 이것은 보다 구체적으로 양식과 표현 간의 문제로 수렴된다. '-노라체'는 3.4조를 기반으로 한 고전시가 문체의 종결법이자 한시를 현토할 때 붙이는 구결의 종결법이다. 안서의 '-노라체'는 전통 시가양식의 낭영문체를 계승하는 것으로, 이는 안서의 근대시 기획이 조선어구어한글문장체 시가의 노래성音聲性의 가능성을 극적으로 구현하는 문제와 연동되어 있음을 증거한다. 미묘한 상징과 암시를 언어의 음조미에서 구하려 한 것과 '-다체'보다 '-노라체'를 강조한 것은 등가성을 갖는다. 음향의 여운音調美과 말의 음악성은 시작의 기본 조건이자 근대시(가)의 궁극적 조건이기도 했다.

---

56 조영복, 「노래와 '-노라체' – 조선어 구어의 파롤적 실현과 시가양식의 종결체」(『한국시학연구』 52, 2017)의 일부를 발췌, 수정했다.

'조선어 구어의 언어적·음률적 실행'이라고 근대시사를 요약한 임화의 시각은 '조선말로 일반으로 공통되는 호흡과 충동을 잘 표현해 내는 시형'을 모색한 안서의 시각을 반향한다.

특히 시가양식의 에크리튀르성은 문자성보다 음성성, 의미보다는 음조미에 기초해 있다는 점에서 시가양식의 언문일치 문제나 종결체 문제는 소설양식의 그것에 수렴되지 않는다. 안서의 '-노라체' 곧 '안서식 종결체'는 근대시의 전통 시가양식으로부터의 계승/이식 문제의 핵심을 관통하면서 근대시 장르론 및 근대시사의 계보 문제를 제기하고 있다. 근대시의 프랑스 상징주의시 모방론, 일본 신체시 이식론, 격조시론, 정형시체로의 퇴행론 같은 논점들은 섬세하게 재고될 필요가 있다.

'종결체 문제'는 동인과 안서에게서 진지하게 제기되는데, 무엇보다 그들의 논의가 양식론과 언문일치론의 관점에서 이루어진다는 점에서 선진적인 시각이 있다. 춘원으로부터 동인에 이르는 근대 소설문체의 최고의 성과는 '-았(었/ㅆ)다 종결체'(이하 '-ㅆ다체')의 완성에 있다[57]고 평가된다. 인물과 작가 사이의 거리를 설정하고 시점을 통일시킨 김동인은 당대 그 누구보다 조선어 문체 문제에 자각적이었다.[58] 동인 스스로도 과거종결체와 3인칭 대명사 사용을 '서사문체의 일대개혁'이라 강조한 바 있다.[59] 그런데 소설양식의 종결체 문제와는 달리, 시양식에서의 종결체 문제에 대해서는 연구자들의 관심을 끌지 못했다. 그것은 근대 시양식론이 주로 자

---

57 이지영, 「지문의 종결형태를 통해 본 고전소설의 서술방식―「사씨남정기」를 중심으로」, 『정신문화연구』 107, 2007, 270면; 권영민, 「개화기소설 문체와 '-ㄴ다'형 문장」, 『새국어생활』 7권 2호, 1997.여름.
58 김동인은 '창조시절' 이미 '조선어 문체'에 대해 자각적이었다고 평가된다. 김윤식, 『김동인 연구』, 민음사. 1987.
59 김동인, 「한국근대소설고」, 『동인 전집』 8, 홍자출판사, 1968, 599면.

유시론, 운율론 등을 중심으로 전개된 데 기인한 듯하다.

'언문일치言文一致'에서 '일치'의 대상인 '언'과 '문'은 무엇을 가리키는가. '언' : '문'을 '구어입말' : '문어글말'라 지칭하지만 이 구분의 문제성에 대해서는 이미 국어학적인 연구가 수행되어 있다.[60] 실제 '언문일치 문제'는 문자와 말, 말과 말의 전사문자화, 재현, 문장형 말과 구어체 말, 문학어와 일상어의 관계에서 발생한다.[61] 심지어 서양구문의 한어화, 한글화, 한글문장체화 과정에서도 발생한다.[62] 더욱이 조선어와 근대의식이라는 두 축을 근간으로 구축되는 근대문학의 언문일치 문제란 조선어의 문학어로서의 가능성, 곧 언어미학적 성취가 그 궁극적 핵심이다.

'언문일치 문제'는 문자선택의 문제를 넘어, 표기 문제, 음성언어와 문자언어 간의 관계성에 대한 문제, 통사론적 구문화의 문제, 미학적 양식장르 문제 등을 두루 포괄하는 개념인 것이다. 일반 담론의 언문일치와 문예미학적인 차원의 언문일치 그리고 시양식과 소설양식 간의 언문일치 문제는 분명한 차이를 가질 수밖에 없으며, 따라서 이들을 동일한 층위에서 논한다는 것은 논점을 이탈하게 된다. 특히 시와 소설 간의 '차이'에 있어, 동인과 안서는 누구보다 이 문제에 예민했으며 그 일단의 예가 '종결체 문제'로 드러난 것이다. 따라서 당대 언문일치 문제는 이 두 문학담당자들의 관점을 벗어나기 힘들다.

---

60 장소원, 「문법연구와 문어체」,『한국학보』12, 일지사, 1986; 민현식, 「구어적 통용과 문어적 오용」,『문법교육』6, 한국문법교육학회, 2007.
61 송철의, 「한국 근대 초기의 어문운동과 어문정책」,『한국문화』33, 서울대 규장각 한국학연구원, 2004; 한영균, 「현대 국어 혼용 문체의 정착과 어휘의 변화-'단음절 한자+하(ㅎ)-'형 용언의 경우」,『국어학』51, 2008; 송민호, 「시각화된 음성적 전통과 언문일치라는 물음」,『인문논총』73권 1호, 2016 등 참조.
62 코모리 요이치,『일본어의 근대』, 247면.

근대소설 종결체 '-ㅆ다체'가 언문일치의 핵심으로 떠오른 것은, 다분히 김동인의 자기변론식 어법에서 기원한 것이기는 해도 중요한 논점을 내포한다. 일반적으로 종결어미가 청자에 대한 진술 태도 및 목적에 의해 결정된다는 지적[63]을 생각해보면, 이는 '조선어'가 근대언어미학적인 차원에서 일반 대중을 향해 개방되었다는 것, 곧 담론화되었다는 것을 의미한다. 독자 대중에게 말을 어떻게 전달할 것인가의 문제란 독자와 작가, 청자와 시인, 언어와 문자, 말과 재현 사이의 대립과 차이를 전제로 성립된다. 적어도 김동인의 언급은 '조선어로 글쓰기'의 차원에서 '조선어로 문학하기'의 차원으로 언문일치의 개념이 전환되었음을 의미한다.

그런데 근대소설의 문체를 고심하면서 김동인은 '조선어 구어'라는 개념을 사용한다. 이는 시가양식에서 안서가 '조선어 구어의 노래체 양식'을 정립하고자 한 것과 대립적 등가성을 갖는다. 작가와 등장인물 간의 말을 분리하고 그럼으로써 이들 간의 '거리'를 설정하는 근대소설의 '시점' 문제는, 어조와 음향이 아름다운 말의 실현과 시의 낭영적 효과를 문자로 최대한 구현하는 시가양식의 '음악성' 문제와 등가적이다. 문체란 일종의 언어의 실용적 양식론이자 언어의 가능성에 대한 탐구라는 점에서 문체론은 곧 양식론[64]이며 문자의 도움으로 문자의 한계를 넘어서기 위한 방법론[65]이다.

근대 문예양식의 핵심문제로 안서와 동인은 동시에 '조선어 종결체'를 거론한다. 흥미로운 것은 동인과 안서가 동시에 '조선어 종결체'에서도

---

63 신은경, 「시조(時調)와 가사(歌辭)의 시적 관습 형성에 있어서의 『두시언해(杜詩諺解)』의 역할—종결표현을 중심으로」, 『동양학』 41, 2007, 8면.
64 볼프강 카이저, 『언어예술작품론』, 420~421면.
65 하인츠 슐라퍼, 앞의 책, 84면.

소설서사양식과 시가양식의 '차이'에 대한 인식을 공유하고 있다는 점이며, 특히 '-ㅆ다체'를 근대소설의 문체로 특정한 것에 대응해 시가양식의 종결체로는 '-노라체'를 옹호하고 있다는 점이다. 주요한의 「불노리」에서 보여준 종결체인 '(-ㄴ(은/는))다, (-하)다, (-이)다체'(이하 '-다체')의 가능성 못지않게 '-노라체'의 가능성을 적극적으로 평가하고 있는 것이다.

결과적으로 한국 근대시의 종결체는 '-다체'로 고정된다. '-노라체'에서 '-다체'로의 이행은 근대시양식이 정형양식에서 비정형양식으로 이행해가는 징표일 뿐 아니라 '낭영체시'에서 '문자시'로 이행하는 과정이기도 하다. 김동인의 어법에 기댄다면, 이 과정은 한국 근대시 문체의 양 계보에서 '안서체'가 점차 소멸하고 '요한체'로 본격화되는 과정을 동시에 의미하는 것이었다. 따라서 '-노라체'는 한국 근대 시양식의 기원을 설명해줄 뿐 아니라 이후 근대시사의 전개과정을 집약적으로 보여준다는 점에서 그 논의의 중요성이 있다 하겠다.

'조선어로 문학하기'와 종결체 문제

언문일치 논쟁은 한자문어와 조선어 구어의 이중 문자 생활에 익숙했던 양반계층의 '문자-언어 생활'에 그 기원이 있다. 개화기 지식인들의 관점에서 언문일치란 한문의 에크리튀르를 벗어나 국문으로 어떻게 글쓰기를 할 것인가의 문제인데, 문자선택의 문제는 곧 그것을 점차 한글문장 체화하는 과정을 의미한다는 점에서 조선어구어한글문장체의 문제가 된다. 한자 표기 대신 국문 표기를 실행한다고 해도 그것은 조선어 구어를 문자로 고정시키는 것문장화과는 거리가 있다. 문자적 표기의 고정성을 통한 대중계몽의 필요성이 크게 부각되었는데 그것의 실효성 여부는 차치하고라도[66] 신문, 잡지 등 미디어의 한글 표기를 통한 대중과의 소통, 계몽이 중요했던 개화지식인들의 이념과는 달리, 근대문학의 기원을 정초하는 입장에서 '언문일치'란 양식 문제, 표현기법의 문제, 미학의 문제와 분리될 수 없었다. 이광수, 김동인, 주요한, 김억, 임화 등 근대문인들의 입장에서 '언문일치'는 포괄적인 맥락의 '글쓰기' 문제로 환원되지 않는다. 그들에게는 '문장의 국어화'[67]가 핵심적 문제였는데, 이는 단순히 조선어 에크리튀르를 정착시키는 문제뿐 아니라 조선어 문예문체의 에크리튀르를 실현하는 문제이자 그 양식론을 정립하는 문제였다. 방점이 '언문일치'가 아니라 '조선어'에 놓여있다는 점은 강조될 필요가 있다.

근대문학담당자들조차 그들의 어문생활은 기본적으로 한(자)문문학, '한문맥'[68]에 기반한 것이었으며 그들에게는 여전히 한문학이 '영향의 불안'으로 작용하고 있었다. 그들에게 전수된 시가양식은 한시, 시조 등 '봉건적 시가문학'이었다. 일본 유학생들의 문학적 자산 역시 한문학이었음을 부정하기 어렵다.[69] 신문학을 개척했던 당사자인 노자영조차 '톨스토이니 셰익스피어니 하며 천만언을 비費할지라도' 한문학의 영향력은 '전혀 끊을 수 없다'고 주장할 정도였다.

> 한문학漢文學은 우리 무관계無關係인가 아모리 톨스토이니 쉑스피어-니 하며
> 천만언千萬言을 비費할지라도 우리 동양인東洋人은 한문漢文과 인록因綠을 전혀 끈

---

66 류준필, 「구어의 재현과 언문일치」, 『문화과학』, 2003, 170면.

67 김동인, 「문단 30년사」, 『전집』 8, 382~383면.

68 사이토 마레시, 「근대어의 탄생과 한문」, 황호덕 외역, 『한문맥과 근대일본』, 현실문화, 2010.

69 임주탁, 「한국 근대시의 형성과정 연구」, 『한국문화』 32, 2003, 93면.

을 수가 업다. 세상에는 대개 한문학漢文學이라 하면 머리로부터 비난하며 한문학漢文學은 현대 문학文學과 아모 교섭交涉이 업는 것 가티 생각한다. 더구나 간역簡易한 언문일치체言文一致體로 론문論文이나 한 장 쓴다던지 소설이나 한 편 짓는 다던지 하면 대문호大文豪나 된 듯이 한문폐지론漢文廢止論까지 당당히 주장하는 자가 잇다. 건방지고 되지 못하게 구는 꼴은 참아 볼 수가 업다.[70]

노자영은 현대문학과 한문학이 교섭하는 접점을 찾아보고자 한 것 같은데, 그는 "간이한 언문일치체로 논문이나 소설 쓰면서 대문호나 된 체하고 한문폐지를 주장하는 것은 차마 볼 수가 없다"고 한글문장체의 유행을 오히려 비판한다. 그의 논점은 개화기 지식인들로부터 비롯된 한글 기반의 문체 유행을 비판하면서 한자문의 필연적 수용과 계승을 강조하는 데 있는 듯하다. 근대문학 초창시대에도 한문학의 전통은 지속적인 것이었고, 근대문학 담당자들은 여전히 이 같은 한문맥의 강력한 지배 아래 있었던 것이다.

한문학의 전통에 대한 기억은 한편으로는 영향의 불안을 의미한다. '영향의 불안'은 근대적 문예의 창안을 억압하는 것이자 독려하는 것이었다. 외국 문예물의 모방, 번역에 앞서 한(자)문문학과 시조 등 전통 시가양식의 영향/모방의 불안, 그러니까 '선험적 규범'의 지배력에 대한 불안이었고 그것은 조선어문에 바탕한 시가양식을 정립해야 한다는 소명의식으로 이어졌다.

따라서 근대문학담당자들이 실제적으로 부딪힌 문제는 '조선어구어한 글문장체로 쓰기'였다. 김동인은 이를 '문장의 국어화'라 요약한 바 있다.

---

70 盧子泳, 「漢文學의 니야기」, 『개벽』 3, 1920.8.25.

김동인의 그 유명한 명제, '일본어로 사유한 후 조선어로 쓰기'를 '확대해석'할 필요는 없는 듯하다. 김동인의 이 언급의 핵심은 '조선어가 일본어 및 문학언어에 노출되었을 때의 경험, 조선어의 어떤 한계에 대한 인식'일 가능성이 더 크다.[71] 간단하게 말하면 '조선어로 문학하기'의 어려움이다.

> 민족의 역사는 4천 년이지만 우리는 문학의 유산을 물려받지 못하였다. 우리에게 상속된 문학은 한문학이었다. 전인前人의 유산이 없는지라, 우리가 문학을 가지려면 순전히 새로 만들어내는 수밖에는 없었다. 문학 가운데서도 나는 '소설'을 목표로, 요한은 '신시'를 목표로 주춧돌을 놓고서 그 자리를 골랐다. 문학은 문장으로 구성되는 것이라, 우선 그 문장에서 소설이면 소설용어, 시면 시용어부터 쌓아 나아가지 않을 수 없었다. 겨우 삼십년 전의 일이요, 오늘날은 벌써 소설이며 시에 대하여 그 용어의 스타일이며 본때가 확립되어 있어서, 오늘날 소설이나 시를 쓰는 사람은 그 방면의 고심이라는 것은 아주 면제되어 있지만 지금에 앉아서 보자면 평범하고 당연한 문장도 처음 이를 쓸 때에는 말할 수 없는 고심과 주저라는 관문을 통과하고서 비로소 되어진 것이다. 우선 문장의 국어화하였다.[72]

'문학의 유산을 물려받지 못했다'는 뜻은 조선어구어한글문장체 문학의 부재를 의미한다. 그러니 "우리의 문학을 가지려면 순전히 새로 만들어내는 수밖에" 없는 것이다.

'사유'와 '표현' 간의 거리를 극복하는 과정은, 일본 근대문학의 양식을

---

71 서경석, 「염상섭 초기소설 문체의 특징과 '사라진 매개자'」, 『우리말글』 67, 2015, 258면.
72 김동인, 「문단 30년사」, 『전집』 8, 382~383면.

모방하는 단계에서 한국 근대소설 문체를 정립하는 단계로의 이행, 곧 한국 근대문학이 진전되는 과정이라 평가되지만, 그것은 오히려 '문장의 국어화'를 정착시켜나가는 과정이라 할 수 있다. 김동인의 조선어 의식은 1930년대 조선어문학의 문장을 평가하는 자리에서 다시 확인된다. 김동인은 "초창시대에는 부족하고 또 부족하던 조선어가 인제는 소설술작 등에도 그다지 불편이 없으리만치 늘었으니"라고 언급하고 '소설 가치의 절반을 차지하는 리듬과 무드'를 표현하는 데 있어서도 문장쓰기가 훨씬 쉬워졌다고 강조한다.[73] 조선어구어한글문장체 쓰기에 대한 문제의식은 신문예 건설의 중요한 기반이 되었던 것이다.

안서의 경우에도 예외가 아니었다. 안서가 상징, 암시 등의 중요성을 언급한 것을 두고 프랑스 상징주의시의 모방의식이라 평가하지만, 그것보다는 시가로서의 시양식의 본질과 조선어구어한글문장체 시가에 대한 근본적인 관심에서 비롯된 것이다.[74] 상징, 은유 등의 암시적 기능에 결부되는 양식이란 곧 문학의 문체를 뜻한다면,[75] 시가양식의 핵심 사안 역시 이 조선어 구어문장체 문제가 아닐 수 없고 이는 안서의 '-노라체'에 대한 완고한 입장이나 안서가 그토록 음악성에 집중한 이유를 설명해준다.

안서의 시가 경험도 근본적으로는 한문맥의 전통으로부터 벗어나기 어려웠다. 안서는 한시가 형식적으로 완미한 시형을 가진 점은 인정하지만 그 형식을 조선어 구어시가에 그대로 대입하기는 어렵다고 본다.[76] 문제는

---

73 김동인, 「소설학도의 서재에서(6)」, 『매일신보』, 1934.3.23.
74 『태서문예신보』의 근본적인 편집 방침은 '언문으로 쓰기'였다. 「독자의 소리」(5호), 「바랍니다」(6호) 등 참조.
75 볼프강 카이저, 『언어예술작품론』, 423면.
76 안서, 「시가강좌-작시법」, 『삼천리』, 1936.2.

'시가의 필수 요소'인 낭독에 있는데, 한시로는 우리말의 음악적 미감을 확보하기 어렵다는 것이다. 따라서 안서는, 조선사람에게 한시 낭독은 생명이 없는 일이며 가치도 없고 의미도 없다는 결론을 내린다.

> 시의 낭독은 그 시의 내용과 곱은 리듬으로 생기는 음악적 美音에서 비로소
> 의미와 생명과 가치의 무조건한 황홀을 늣기게 되는 것입니다. (…중략…) 서
> 로 문자의 발음이 다르기 때문에 조선 사람은 보아서 아름다운 시라도 중국 사
> 람이 그것을 낭독할 때에 음조의 미를 보장할 수가 있겠는지[77]

중국 발음에 근거한 한시의 압운과 평측법은 조선어로는 실현되기 어렵다. 음조미를 기대하기 어렵다는 것이다. 더욱이 평측법과 압운에 대한 지식이 주로 규장奎章과 자전字典 등 문자 지식에 바탕을 둔 것이라는 점은 조선사람에게 한시란 시각의 감상을 위한 대상은 되어도 청각의 감상을 위한 그것은 될 수 없다는 것이다. 조선사람에게 한시로는 자연스러운 내부 생명의 표현이 가능하지 않고, 음악적 미를 발휘할 수도 없다. 그러니까 안서가 '조선사람에게 합당한 시가'의 문체를 고민한 것은 궁극적으로 조선어구어한글문장체 시가의 음악성을 실현하는 문제와 결부되었다. 그 가능성의 하나를 안서는 '-노라체'에서 찾았던 것이다.

그런데 조선어구어한글문장체 시가에 대한 고민은 굳이 안서대代에 국한된 것만은 아니다. 근대시의 방향성을 '조선어 구어시가의 언어적·음률적 실행'에 둔 임화 역시 '문학어로서의 조선어'의 가능성과 한계를 고

---

77 안서, 「誤謬의 희극-[漢詩에 대하여]의 필자에게」, 『동아일보』, 1925.2.23.

민한다. 근대 들어 우리민족이 모어의 충분한 교육을 받을 기회를 박탈당하면서 '사유하는 언어로서의 조선어'로부터 멀어져버린 데서 '조선어의 문학어로서의 질곡'이 나타난다는 것이다.[78] 임화는 형상적인 언어 표현 형태인 문학어를 추상적 언어 기술 형태인 과학언어와 구분하면서 '문학어', '문학적 문장'이라는 용어를 썼다. 임화의 이 용어는 안서가 말한 '문화어', '문화문'[79]에 근접해 있다. '문학적 완미성'이란 구체적이고 현실적인 언어로서 만인에 의하여 이야기되고 만인이 곧 이해할 수 있는 말로 구성되는 것으로 문학어의 가장 이상적인 체현, 곧 언문일치를 통해 구현된다고 규정했다.[80] 문학의 언어미학의 근간에 산말, 일상어, 구어가 있다는 뜻이다. 임화는 언문일치 문제의 핵심을 조선어로 표현하기, 조선어 구어로 문학하기의 어려움에 두었고 그것을 조선어 교육훈련의 불충분이라는 시대적 조건과 연동시켰다.

소설양식에서 언문일치는 등장인물의 발화를 그대로 전사하는 것과, 서술자가 등장인물의 발화를 서술하는 것 사이에 놓인다. 이것의 대립과 간극을 해소하는 것은 소설양식이 근대적 문예양식으로 이행하는 데 핵심 사항이 된다. 이는 구어의 발견과 텍스트 내적 주체를 확정하는 문제로 진전된다.[81] 반면, 시양식에서 언문일치란 말의 음성적 자질을 문자로 얼마나 근접하게 옮기는가, 서정적 주체의 리드미컬한 음성성을 얼마나 최대한 문자로 구현하는가의 문제이다. 시가양식의 언문일치란, 다른 말로 하면, 발화할 때의 조선어 구어의 가능성을 최대한 실현하는 것이기도 하다.

---

78 임화, 「문학어로서의 조선어」, 『한글』, 1939.3.
79 안서, 「시가와 국어문제」, 『서울신문』, 1949.12.19.
80 임화, 「언어와 문학」, 『전집』 4, 459~460면.
81 류준필, 「구어의 재현과 언문일치」, 172면.

조선어 구어의 가능성은 시가의 음악성과 밀접하게 연결된다. 안서는 그의 문단활동 초기부터 '문자'에 대한 '구어말'의 우위성을 강조하면서 시가의 핵심을 음조미의 실현에 두었다. '언어'와 '문자'를 구분하고 여기에 '유동적 표현성'과 '고정적 표현성'을 대응시킨 안서는 언어를 표현하거나 감정이나 이상을 표현하기 위한 수단으로 문자의 최소한의 권능만을 인정한다. 시가는 사상이나 감정을 목소리로써 발표하는 것이고 그 때 어조나 어향을 적실히 조절해야 하는 것이기에 고정적 표현매체인 문자보다 유동적 표현매체인 구어, 즉 풍부하고 생명력 있는 음성을 통한 표현이 더 적절하다는 것이다. 시인의 내부 생명을 표현하는 '시가로의 용어'가 따로 있는데, 한자어, 신조어, 외래어를 불문하고 암시와 절약과 어조와 어향이 살아있다면 이는 시가용어로서 적절하다. 그러니 '시가노래와 언어의 관계'는 '물과 고기의 관계'와 마찬가지로 떼어낼 수가 없다.[82] 마찬가지로 '종결어미'는 시가의 용어로서 적절한 형태를 취해야 한다. 시가양식에서 '종결어미'는 시행이나 연 끝에서 마지막 어조를 정리하는 역할을 하면서 어조와 어향을 살아있게 만드는 최종심급이다. 동인과 안서가 동시에 시가 종결체로 '-노라체'를 주목한 이유가 여기에 있을 것이다. 이 논의를 좀 더 진전시켜 보기로 한다.

동인의 관점
안서의 '-노라체'와 주요한의 '-다체'
'-노라체'를 둘러싼 논쟁은 '-다체'와의 관계를 통해 논의될 수 있다.

---

82 안서, 「시가와 국어문제」, 1949.12.19.

월탄의 안서의 시에 대한 비평문인 「문단의 1년을 추억하야」를 향해 안서는 월탄의 평문이 주관적인 인상비평 혹은 감상에 지나지 않음을 책망하면서 월탄을 비판한다. 안서는 시비평의 핵심이 분석, 리듬, 무드에 대한 객관적 평가에 있음을 지적하고, '무드는 시상詩想과 리듬의 합일合—'이라는 개념적 조건을 내세운다. 안서의 초기시평에 집약된 '개성적 호흡과 신비한 음조미'의 강조와 연장선상에 있다고 할 것이다. 특히 주목되는 것은, 월탄이 안서의 시가 종결체인 '여라, 서라, 러라'가 독자를 苦롭게 한다고 지적한 것에 항의한 대목이다.

> 장미촌이라는 시잡지에 월탄씨月灘氏가 나의 「엇서라」의 용어에 대한 평이 잇섯습니다. 그것은 「엇서라」가 문법상으로 말이 되지아니하얏다는것이엇는듯합니다. 그럴리理가잇겟습니까, 「엇」은 과거이며, 「서라」는 부정법不定法이라는것입니다, 말하자면 동사動詞가 시간의 제한을 밧지아니하는 「가다, 오다」와 가튼 것입니다.[83]

'시간의 제약을 받지 않고 존재하는 것'은, 소설양식에서 과거, 현재 등의 시점이 중요한 것과 대립된다. 낭영성이란이란 상대자(대화자)와의 대면성, 그것이 비록 자신에게 향한다 하더라도, 현장성과 현재성을 전제로 하는 '수행성공연성'의 조건이자 퍼포먼스의 일종이고 그러니 낭영하는 순간은 언제나 현재이면서 그것은 또 미래의 낭영의 실현을 담보하는 조건이다. 수행하는 순간의 시점은 언제나 현재이니 시가양식의 문자화는 미래의

---

83 김억, 「무책임한 비평」, 『개벽』 32, 1923.2.

독자를 향해 말하기 위한 전제조건이 된다. 안서의 '-노라체'는 말하자면 소설양식의 '-ㅆ다체'의 과거성과 고정성에 대립되어 있는 것이다. 어떤 움직임을 드러내고 그것을 현재화하는 수행성의 전략처럼[84] 시가 낭영자의 입에서 불려지는 순간, 문자는 스스로 움직이면서 사건을 현재화한다. 그러니 '서라', '오다', '가다'는 시양식에서는 가능한 종결체인 것이다.

동인은 안서의 '-노라체'를 주목하면서 동시에 요한의 '-다체'를 평가한다. 반면, 춘원의 글에 보이는 '-노라체'는 그것이 시가양식의 문체이지 산문양식의 것으로는 합당하지 않다는 점에서 비판한다. 춘원의 「문사와 수양」 같은 글에서 보이는 '-외다', '-리오', '-습니다' 같은 종결법이 안서의 시가류에나 어울리는 종결법이며 그것은 근대 소설문체가 아니라고 동인은 본다. 춘원의 초기 단편들의 자기고백체 및 종결체는 문체적 관점에서는 불완전한 산문체이며, 오히려 시가양식의 자기 낭영적朗詠的 요소를 가진 문체임이 이로써 드러난다. 동인이 평가한 '-노라체'는 동인의 '-ㅆ다체'보다는 오히려 안확의 '-해, -했서체'와 근친거리에 있는데, 이는 시가 종결체가 실제 구어적말소리 상황에 깊게 밀착되어 있음을 반증한다.

말소리를 문자텍스트로 전사하는 것의 핵심이 말소리의 고정화안정성에 있다면, 표음문자인 한글의 문자 표기 자체의 고정성과 안전성은 '맞춤법'을 통일시킴으로써 완성된다. 이 문자적 표기의 고정성을 강화하는 과정에서는 '소리'보다 '의미관념'의 통일성을 구축하는 것이 무엇보다 중요하다. '소리'는 시의 음악성음조미의 문제와 연동되고, '의미'는 소설양식의 시점의 통일성, 일관성과 연동된다. 동인이 근대소설의 종결체 '-ㅆ다체'

---

84 에리카 피셔-리히테, 『수행성의 미학』, 411면.

와 시가종결체 '-노라체'를 분명하게 구분하면서도 '-노라체'를 평가할 수 있었던 것은 소설과 시의 양식론적 성격의 차이를 인식한 데서 가능했을 것이다.

'-노라체'는 '구어체'와의 관계에서 발생한다. 『창조』가 이 '-ㅆ다체'로 구어체 문장을 완성[85]했다고 주장하면서 김동인은 '불완전 구어체'와 '완전한 구어체'라는 용어를 사용한다. "춘원의 불완전한 구어체를 자신이 완전한 구어체, 철저한 구어체로 전환시켰다"는 대목을 옮겨본다.

> 『창조』 이전에도 소설은 대개 구어체로 쓰여지기는 하였다. 그러나 그 '구어'라는 것이 아직 문어체가 적지 않게 섞이어 있는 것으로서 '여사여사하리라' '하니라', '이러라', '하도다' 등은 구어체로 여기고 그 이상 더 구어체화 할 수 없는 것으로 여기었다. 신문학의 개척자인 춘원 이광수의 소설을 볼지라도 『창조』가 구어체 순화의 봉화를 들기 이전 (1919년 이전)의 작품들을 보자면 『무정』이며 「개척자」 등 역시 '이러라', '하더라', '하노라'가 적지 않게 사용되었고, 그 이상으로 구어체화할 수 없다고 여긴 모양이었다. '구어체화'와 동시에 '과거사過去詞'를 소설용어로 채택한 것도 『창조』였다. 모든 사물의 형용에 있어서 이를 독자의 머리에 실감적으로 불어넣기 위해서는 '현재시現在詞'보다 '과거사'가 더 유효하고 힘있다.[86]

'깨닫겠더라'의 '더라'는 구어에도 사용되는 것이지만, 우리의 양심은 '깨닫겠다'라 하여 철저히 하여 놓지 않으면 용인치를 못하였다. 당시의 춘원의 작

85 김동인, 「춘원연구」, 『전집』 8, 603면.
86 김동인, 「문단 30년사」, 『전집』 8, 382~383면.

품은 구어체라 하여도 아직 많은 문어체의 흔적이 있었다. '이더라', '이라', '하는데', '말삼' 등을 그의 작품 도처에서 볼 수 있었다.[87]

김동인은 소설양식의 시점과 리얼리티 문제를 해결하는 열쇠를 '구어체'로 본 것인데, 안서의 '-노라체'를 이해하는 통로 역시 '구어체'라는 관점용어에 있다. 동인은 더욱 엄격하고 정밀하게, '-하니라', '-하도다', '-이러라', '-이더라' 등을 '반쯤 구어화된' 것으로 보았다. '-노라체'가 '직접 감탄조로 독백하기'에 가깝다면, 춘원식 소설문체에 적용된 종결체들은 '다 말해진 것완전하게 구어화된 것'이 아니라 '반쯤 구어화된' 것이다. '말삼'은 고전 문헌에 주로 나타나고 당대 쓰이지 않는 단어여서 문어체적인 것으로 간주했고, 춘원 소설에서의 '-더라체'는 근대적 산문양식에 맞지 않다는 점에서 불철저한 것으로 보았다. 임화 역시 춘원에게 '-이러라, -이로다, -하더라, -하노라' 같은 구시대 문어체의 유물이 그대로 잔존해 있음을 들어 춘원의 '불철저한 근대성'을 지적한 김동인의 시각을 수용한 바 있다.[88] '현재당대 쓰이는 말과는 훨씬 다른 조선말'[89]로부터 스스로 탈피하는 과정은 춘원으로서도 쉽지 않았던 것이다.

동인은 불완전한 구어체의 증거로 춘원의 「윤광호」와 「소년의 비애」 1917의 시점, 현재형 종결체를 문제삼았다. 약동하듯 움직이는 정서를 정확하게 표현하기 위해 이토록 사소한 문제종결체 문제에 관심을 가질 수밖에 없다는 것이다.

---

87 김동인, 「춘원연구」, 『전집』 8, 598~599면.
88 임화, 「조선신문학사론서설」, 『전집』 2, 391면.
89 춘원, 「민요소고」, 『조선문단』 3, 1924.12.

이러한 말은 '한다', '이라', '이다' 등의 현재법 서사체는 근대인의 날카로운 심리와 정서를 표현할 수 없는 바를 깨달았다. 현재법을 사용하면 주체와 객체의 구별이 명료치 못함을 깨달았다. 우리는 감연히 이를 배척하였다.[90]

주체와 객체의 구분, 인물의 심리와 정서의 표현과 묘사의 적확성 문제는 근대 서사양식의 핵심임을 동인은 날카롭게 포착하고 있다. 흥미롭게도, 낭영의 순간 저 스스로 주체이자 객체청자로서의 존재성을 획득하는 시가양식의 낭영자의 입장과, 주체와 객체의 명확한 구분이 핵심인 소설양식 간의 '차이'를 전제로 동인은 종결체 문제를 바라보고 있는 것이다. 소설양식의 언문일치의 핵심이 '과거종결체에 있다면, 시가양식은 오히려 그 반대로 현재적 상황이 핵심이다. 낭영장르이기 때문이다. 화자와 등장인물 사이의 '거리'와 시점이 중요한 소설양식에 비해, 서정적 주체의 회감을 드러내는 시양식은 발화 그 시점의 정서와 어조가 중요하다. 시인의 경험이 과거를 향해있다 하더라도 그것이 발화되는 순간은 언제나 현재인 것이다.

'-노라'에 대한 현대문법적 설명이 이 논의에 도움을 준다. '-노라'는 '-군요, -구나, -군, -구면, -구만요, -구려, -아라, -도다, -누나' 등과 함께, 일반적인 1인칭 서술구문과는 다른 문장유형에 쓰인다.[91] 그러다보니 이를 독립적인 문장유형으로 볼 수 있는가, 없는가에 대한 논란이 제기되기도 한다.[92] 대체로 이 같은 종결어미를 사용하는 문형은 비동일주어

90 김동인, 「춘원연구」, 『전집』 8, 600면.
91 오현아, 「문장부호 느낌표 도입에 대한 사적 고찰」, 『제61회 국어국문학회 국제학술대회 발표자료집』, 2017.5, 208~209면.
92 노대규, 『한국어의 감탄문』, 국학자료원, 1997; 임동훈, 「한국어의 문장 유형과 용법」,

제약이 있고 독자적인 청자대우 체계를 가지고 있으며 현재 시점에서 지각한 것을 정서적으로 표현하는 언어행위이므로 간접화법은 없고 직접화법만 있다. 화자의 감정이나 정서를 드러내는 데 사용되며 감탄적인 어조가 강한 종결법의 일종이라는 것이다. '현재적 시점에서 직접화법으로 발현하는 감탄형 종결어미'로 '-노라'구문을 요약할 수 있겠다.

한편, '-노라체'는 문어체적 요소를 띠긴 하지만 실제로는 청자의식이 강하게 발현되는 어문형이다.[93] 1인칭 화자의 감정, 생각, 느낌 등을 감탄적인 어조로 드러내되 마주하고 있는 실제 청자를 향한 발화에 쓰이기 보다는 특정되지 않은 청자 혹은 미지의 청자와의 일정한 거리를 유지할 때 쓰인다. 이는 시가양식의 독특한 지형에서 포착되는 특징이다. 시의 창자가 감탄적인 어조로 독백하듯 낭영하는 상황을 전제할 수 있다. 시가란 청자를 향한 목소리의 연행양식이라는 점에서 시가의 종결체가 '-노라체'인 것은 자연스럽다. 시점상으로도 시가양식에서 청자는 현재 발화하는 시점의 상대자이다. '청자'란 발화자 자신을 포함해 발화자낭영자 바로 앞에서 발화자의 목소리를 듣고 있을 것으로 전제된 불특정한 청자를 향해 있기도 하다. 현재 발화자와 그 목소리를 듣고 있다고 전제된 청자, 그것이 바로 시가양식의 독자청자이며 이 상황은 산문양식에서의 '독자' 혹은 문자시에서의 '독자'를 상정하는 것과는 다르다. '-하엿서라', '-이라', '-노라' 등의 '-노라체'가 조선어구어한글문장체 시가에 적절하게 활용될 수 있다는 점은 자연스럽다. '노라체'는 '산문시'에서 시가적 낭영성을 보

『국어학』 60, 2011.1.

93 신은경, 「시조(時調)와 가사(歌辭)의 시적 관습 형성에 있어서의 『두시언해(杜詩諺解)』의 역할-종결표현을 중심으로」, 『동양학』 41, 2007.

증하기도 한다. 양주동이 '에레미아애가哀歌'를 본따서 쓴「춘소애가春宵哀歌」『조선문단』, 1925.7가 그 실례를 보여준다.

아 애닯어라 이봄날의 쓸쓸함이어, 옛날엔그리도아름답는봄날이 지금은늙은처녀와도것허라, 옛날엔그리도변화하든봄날이 아!지금은 넷터와갓치쓸쓸하도다.
내가밤새도록울음울어도, 나의눈물이달빗에숨여들어도, 나에게는위로할이 바이업서라. 나의모든친구는 나를바리며원수되도다.[94]

개행이나 띄어쓰기가 낭영성과 노래성을 보증한다기보다는 '-어라', '-도다', '-하라' 같은 감탄형 종결체가 이 시의 낭영성을 더욱 강화한다. '산문체시'가 정형체시에 비해 리듬이나 운율이 덜한 것이 아니며 띄어쓰기가 되어있지 않다해서 율격없는 시로 존재하는 것도 아니다. 띄어쓰기는 근대 문법체계에서 '읽기'의 휴지를 위한 것인데, 그것은 리듬보다는 '의미의 분절'을 위해 쓰인다. 하지만 시가양식에서의 낭영자창자는 띄어쓰기보다는 몸의 리듬과 낭영의 관성적 기억에 따라 시를 읊는다. 이 때 '-이여', '-어라', '-도다' 같은 '-노라 종결체'가 낭영성을 효과적으로 견인한다.
'-노라체'는 기원상 한문 텍스트에 구결 형태로 붙은 낭영 종결체이자 그 한문 텍스트를 언해하면서 익숙해진 관습을 시조나 가사에 활용한 문학담당층들의 관습적인 문체로 평가된다. 특히 한시에 '-노라, -도다, -시니' 같은 허사를 붙여 현토하는 관습이 특별히 악곡상의 이유로 가능했

---

94 『조선문단』, 1925.7.

다는 주장[95]을 참조하면 종결체의 문제와 시가의 음악성이 연동되어 있음을 다시 확인하게 된다. 한시나 시조가 청자를 향해 열려있는 '연행양식'이라는 점도 '-노라체'의 존재이유를 설명한다. 문어체적인 특성을 가지고 있되 일반적인 1인칭 서술구문과도 다른 '-노라체'는 어떤 종결체보다 시가적인 문체이다. 근대시가의 출발을 시조, 한시로부터의 탈피에 두었던 안서가 '격조시'의 세계로 복귀하는 과정에도 이 '-노라체' 시가양식에 대한 완고한 관점이 내재돼 있다고 판단된다.

안서의 '-노라체'가 소멸되는 지점을 포착한 김동인의 관점 역시 이채롭다.

글을 토막토막 끊어서 쓰면 이것이 시요, 남녀가 연애하는 이야기를 쓰면 이것이 소설인 줄 안 모양이었다. (…중략…) 김안서는 만세 이전부터 시인으로 '하여라', '하엿서라' 투를 시작하여 시에 독특한 지반을 쌓아나가던 사람이다. (…중략…) 신시는 요한이 대표한다. 요한의 시작한 구어체의 신시는 조선의 신시의 표준형이 되었다. 이 구어체 신시와 대립하여 안서는 '하여라', '하엿서라'의 한 길을 안출하여 '하엿서라'의 뒤를 따르는 후배도 적지 않았다. 그냥 꾸준히 발전시켰으면 혹은 신시의 한 형이 되었을는지도 모를 것을, 안서 스스로가 중도에 이를 내던지고 소위 순구어체의 '신민요'로 지향하여 일껏 발전시키던 '형型'을 스스로 없이한 것이다.[96]

---

95 정소연, 「한문과 국문의 표기방식의 선택과 시적 화자-발화대상의 상관성 연구 『악하궤범』 및 『악장가사』 所在 현토가요와 국문가요를 중심으로」, 『어문학』 106, 2009.12.
96 김동인, 「문단 30년사」, 『전집』 8, 397~398면.

근대 문예미학은 시와 소설 양식 간의 문체미학의 차이를 전제로 성립된다는 점을 동인은 인식하고 있다. 김동인의 언급에서 우리는 적어도 '-이다, -ㅆ(었/았)다' 등의 종결법과 '-노라, -도다' 등의 종결법은 구분해야 할 필요가 있음을 확인한다. 앞의 것은 산문체적인 것이지만, 후자는 노래체에 접근하기 때문이다. 산문체로서의 언문일치와 시가체로서의 언문일치 개념은 분명한 차이를 가지고 분화하며, 안서의 시가기획은 산문 언어가 포회할 수 없는 음성적 자질을 중심에 놓은 것으로 조선어구어한 글문장체 시가의 음악성을 확보하는 것이 그의 '언문일치론'의 핵심이다.

동인은 요한의 '-다체'의 신시를 '구어체의 신시'이자 표준형 신시로, 안서의 '-하엿서라'식 신시를 구어체 신시의 일형태로, 안서의 신민요를 '순구어체'라 언급한다. 적어도 이 셋은 조선어구어한글문장체의 이형태異形態인 것이다. 동인의 이 같은 언급은 시사적으로 중요한 관점을 내포하고 있다. 주요한의 「불노리」의 '-는다, -(이)다체'와 안서의 초기시들의 '-노라체'는 초창시대 조선어 구어체 시가의 종결체이다. 후일 '-다체'가 시든, 산문이든 우리말 문학의 대표적인 종결문체가 된다는 것과 시양식이 노래체 형식을 벗고 '문자시'로 이행하는 것은 평행적이다. 동인은 안서가 '-하엿서라'를 버리고 '순구어체'의 신민요로 나아간 것을 안타깝게 바라보고 있는데, 그것은 근대시의 시가성의 소멸을 뜻한다고도 볼 수 있다.

새로운 곡조에 시(가사)가 부쳐진 '신민요'는 1930년대에 대거 유행하게 되는데 이 신민요의 작사자는 주로 문인들, 그러니까 안서를 비롯, 이하윤, 조벽암, 유도순, 김동환 등이었다. 신민요가 이른바 '포노그라피 효과' 즉 기계음악의 형태로 향유된 것도 특징적인데,[97] 안서가 여기에 적극적으로 참여했다는 것은 잘 알려져 있다.[98] 김동인이 '순구어체'라 이를 언급한 것은 이 신민요가 신시의 양식이기보다는 시의 속성으로부터 분리돼 완전히 '유행가노래'로 향유되는 속성을 지적한 것처럼 보인다. '순노래체'에 가까운 개념이다. 근대적 장르개념을 여기에 적용해보자면, 이 '유행가 노래'는 더이상 문학양식의 틀로 규정되지 않는다는 것이다. '유행가' 개념에는 일종의 시대적 흐름이 반영되어 있는데, 엄격하게 '가사작사'와 '작곡'을 분리하고 문자적 속성의 시가사를 곡에 종속시키는 것이 그것이다. 김동인이 이 '유행가'를 '순구어체'로, 안서의 시가를 '구어체 신시'로 분리한 것은 흥미로운데, '노래'와 '시'의 분리가 암시되어 있다는 점을 지적할 수 있고, 이는 안서가 스스로 자기 스타일('-노라체')을 서서히 포기해간 결과와도 맞물려 있다.

'-노라체'와 '순구어체신민요'의 관계는 '근대시'와 '노래'의 관계와 같다. 근대시는 더이상 '노래'가 아니다. 노래와의 결별은 근대시 개념의 핵심에 자리잡게 되는 것이다. 이 관점은 현재 거의 그대로 통용된다. 시가 양식의 '-노라체'의 소멸은 '노래'와의 결별을 자연스럽게 불러왔다. 안서 스스로 '그 형型('-노라체')을 없이할' 정도로 대세는 '-다체'로 굳어졌고 그것은 '문자시'의 이행 과정과도 상동성을 갖는다. 1930년대의 이미지즘론이나 조선어 기술技術.표현에 대한 강조는 그 소멸을 가속화한다. '-(이)다종결체'는 현재의 이른바 '자유시'의 문체로 그대로 통용되는 것인데, 김동인은 이를 '표준형 신시의 문체'라 언급했다.

---

97 Thomas Patteson, "Instruments for New Music Sound", *Technology and Modernism*, Oakland, California : Univ. of California Press, 2016, pp.87~88.

98 장유정, 「안서 김억의 내중가요 가사에 나타나는 민요적 특성」, 『겨레어문학』 35, 2005; 구인모, 「시가의 이상, 노래로 부른 근대―김억의 유성기 음반 가사와 격소시형」, 『한국근대문학연구』, 2007; '포노그라피 효과'에 대해서는, 마크 카츠, 허진 역, 『소리를 잡아라』, 마티, 2006, 155~175면.

그런데, 김동인과 안서의 시각을 국어학자 김윤경의 그것과 비교하면 흥미로운 점이 목격되는데, 김윤경은 '-노라체'를 언문불일치의 예라 보고 다음과 같이 비판한 바 있다.

그리하야 오늘날 아니 쓰이는 "하도다", "하노라", "하니라", "하소라", "호라" 들의 말도 글로는 전傳하게 됨으로 말은 변變하얏지마는 글로 적을 때에는 그것에 끌리는 관성慣性의 지배支配를 받게 됩니다 이에 언문불일치言文不一致가 되는 까닭이 있는 것입니다.[99]

김윤경의 주장은 '-노라체'와 '쓰기'의 관계를 문제삼은 것이다. '-노라체'의 가능성은 '쓰기'가 '말하기'의 변형태일 때 발현되는 것, 즉 시가 노래의 문자화 수행과정에서 존립가능한 종결체라는 것이다. 침묵하지 않기 위해 문자화할 수밖에 없는 시가양식으로서 '-노라체'는 가능하지만, '문자시'가 독자적인 존립성을 구축하는 단계에서는 더이상의 존립은 불가능하게 된다는 것이다. '-노라체'의 생존지점은 궁극적으로 시의 발화낭영적 가능성를 전제한 시점까지이다. '말하기노래' 양식이 점차 '쓰기문자시'의 양식으로 전환되어 나가는 시점에서 '-노라체'는 어색한 종결체이자 전근대적인 종결체로 인식된다. 김윤경이 언급한 대로 '고전문헌에 나오는 문체로 말을 글로 전하는 과정'에서 그것은 가능했지만, '말'이 바뀌고 더욱이 '쓰기'가 '말하기'를 위해 존재하기를 그치는 시점, 그러니까 오직 '쓰기'가 '쓰기'에크리튀르로 독자적인 생존과 가치를 갖는 시점에서 그

---

99 김윤경, 「한글 整理에 對한 諸家의 意見(20)~(22)」, 『동아일보』, 1928.11.25~1928.11.27.

것은 더이상 지속되기 어렵다.

비근한 예로, 대화법소크라테스, 플라톤, 토론법보카치오, 초서 스타일의 '쓰기' 형식은 '말하기'를 위한 '쓰기'를 보여주는 대표적인 방식이다. 이 때 독자는 청자로서 그 텍스트 내의 지위를 점유할 수 있다. 그런데 '쓰기'에서 이 같은 청자로서의 독자에 대한 배려가 사라지는 지점이 도래한다. 19세기 들어 소설 서두에는 '독자여dear reader'라는 호명이 붙게 되는데, 이는 이미 저자가 이 이야기는 '말하지' 않고 '쓰고' 있다는 점을 암시한 것이다.[100] '청자'와 '독자'의 중간양태로서의 지위가 이 호칭에 암시되어 있다는 것인데, 이는 '말하기'가 '쓰기화'하는 과정의 과도기적인 양태를 보여준다는 의미이기도 하다. 점차 이 '독자여'라는 명칭도 사라진다. 근대의 '쓰기'란 청자를 염두에 두지 않는 유아론적인 행위이자 고립적 존재 행위이기 때문이다.

이 관점에서 이광수 초기 소설에서의 편지글 형식 역시 구어적, 발성적, 성리적인 관점에서 고찰할 수 있다. 편지글 형식은 '내면고백체'에서 기원한 것이기도 하지만 본질적으로는 표기의 고정성보다는 화자의 음성성을 전사하는 것, 고백하듯이 말하는 문체 즉 목소리구어를 전사하고 문자로 전달하는 '쓰기화' 방식의 언문일치이다. 그러니까 근대소설의 미완의 형식으로 평가되는 이 '서간체 소설' 양식은 '문자형'보다는 '성리형'에 근접한 언문일치 관점이 발현된 것으로도 볼 수 있다.

---

100 월터 J. 옹, 『구술문화와 문자문화』, 158~159면.

안서의 관점

'-노라체'와 음조미의 현전

안서식 '-노라체', 그러니까 '-어라, -서라, -노라'는 '안서식' 문체로 당대에 회자되었다.[101] 안서식 시가 종결체인 이 '-노라체'를 두고 이병기 등 당대 작가들이 비난이 이어졌고 안서는 주요한과 논쟁까지 벌이게 된다. 안서의 입장에서 시양식은 산문양식과는 다른 언어적 자질이 필요하며 더욱이 노래성을 전제한 시가에서 '-노라체'를 쾌용하는 것은 자연스러운 것이다. 후일 조용만은, 시의 말미에 '-러라', '-서라' 또는 '-외다'로 막는 안서의 방법이 시점의 모순이라 지적하기도 했다. 가령 '지금은 가을, 흩어지는 때러라'할 때에 '지금은 가을 흩어지는'까지는 현시점을 이야기한 것인데, 거기에 '-러라'라는 과거를 붙이면 모순이 생긴다고 해서 많은 비평가들이 이것을 지적하였다[102]는 것이다. 문법적 차원의 이해 여부를 떠나 이 '-노라체'가 당대의 언어관습에서도 더이상 자연스럽지 않은 종결체임을 확인하게 되는데, 그것은 시가 더이상 말로 수행되지 않고 따라서 현장성, 현재성의 수행적 장르임을 포기한 것과 맞물려 있다.

안서의 '-노라체'는 요한식 '-이(씨)다체('-다체')'와 대립된다. '-다체'가 언문일치체임을 안서 스스로도 부정하지 않았지만,[103] 당대 지배적이었던 문체인 '-다체'를 선호하지 않고 고집스럽게 '-노라체'를 안서가 고집한 것은 '-노라체'가 낭영체, 시가체에 합당한 종결문체이기 때문이다.

---

101 안서, 「語意, 語響, 語美」, 『조선일보』, 1929.12.18~12.19.
102 조용만, 『울밑에 핀 봉선화야』, 범양사 출판부, 1985, 189면. '-러라'는 『석보상절』 등에서는 과거시제 '-더라'의 활용형으로 쓰였다고 한다. 현재의 문법적 용어는 '1인칭 현재종결어미'이다.
103 안서, 「어의, 어향, 어미」, 『조선일보』, 1929.12.18~19.

'시가'란 "감정의 고조된 것에게 음악적 표현을 주되, 상상적인 것을 일치말나 함"으로 요약된다.[104] 안서는 산문과 시가의 차이를 설명하면서 그 핵심을 '설명 여부'에 두었는데,[105] '-다체'가 설명인 것과 그것이 산문의 종결체라는 사실은 '-노라체'가 '노래체'이자 시가문체인 것과 등가성을 갖는다. '-노라체'는 안서의 근대적 서정양식에 대한 인식과 시가양식의 전통에 대한 이해가 결합된 조선어구어한글문장체의 종결형인 까닭이다. '-다체'가 개념과 관념의 진술인 것과 반대로 '-노라체'는 의미보다는 음성성音調이 강조된 종결체이다. 1930년대 『시문학』 등의 잡지를 간행하면서 '조선말로 된 시'를 싣는다는 분명한 목적의식을 가진 박용철이 "조선말의 완전한 종지형終止形은 가버리고 걷어잡는 맛이 없어서 궁근맛을 내기가 어려운 것"이라 평가한 것[106]도 시의 음악성과 노래의 회귀성을 염두에 둔 발언이다. "시는 원환적인 것이고 산문은 직선적인 것이다"라는 시 본질론에 박용철의 시어에 대한 인식이 이어져 있다.[107]

안서는 '-다체'는 미적 쾌감을 주지 못할 뿐 아니라 마음의 감동을 충실하게 표현할 수 없다고 본다. 동인이 '안서체'라 이름붙인 이 '-노라, -어라, -서라' 등의 종결체에 대해 안서는 '「안서식」도 아모것도 아니고 다만 「다」보다 아름다운 말이기 때문'이라고 썼다.[108] 흥미롭게도 개화기 『독립신문』, 『대한매일신보』 등에 자주 노출된 '시조형 단가'에서는 '-하노라', '-이노라' 등의 종결어미가 생략되거나 아니면 명사형 어미로 종

---

104 안서, 「작시법(1)」, 『조선문단』 7, 1925.4.
105 인서, 「작시법(5)」, 『조선문단』 11, 1925.8.
106 박용철, 「乙亥詩壇總評」, 『전집』 2, 95면.
107 옥타비오 파스, 『활과 리라』, 86~88면.
108 안서, 「어의, 어향, 어미」.

결되는 경향이 강했다. 이는 시조창을 염두에 둔 것으로 볼 수도 있지만, 이 '-노라체'의 '부드러운 음조미'가 단호한 어조로 마무리 하려는 시조의 격의 원래의 목적을 훼손한다는 의식[109]때문일 수도 있다. 이는 안서가 조선어구어한글문장체 시가의 아름다운 음조미를 실현하는 수단으로 '-노라체'를 완고하게 고집한 이유를 역설적으로 설명해준다.

안서는 시에서 의미나 사상을 읽어내는 것에 앞서 존중되어야 할 것이 '음조미'임을 강조한다. 이는 현대시에서 '의미'를 읽고 '이미지'를 해석해내는 것에 비견된다. 안서는 '-다체'에 대해 '의미'를 구하는 이외에 고조高調나 문자미文字美를 보는 '독지篤志'를 위해 쓰는 문체라고 규정했다. 주로 "「간다온다한다」 같은 글자字나 이해하는 사람들이 사용치 않으면 안 될 것 같이 생각하는" 문체라는 것이다.

산문에서의 「갓다, 왓다, 하엿다」의 「다」 가튼 것을 오히려 참을 수가 잇슴니다만은 저 운문에서의 「다」에는 참을 수 업는 불쾌보다도 증오를 늣게 됩니다. 그리하야 나는 나의 초기시작에 「다」를 약간 썻슬뿐이요 최근에는 결코 사용하지 아니합니다. 내 자신의 생각을 말하면 도대체 운문에 「갓다, 왓다, 하엿다」와 가튼 「다」 토吐를 사용함은 그 음향에 여운이업는 것만큼 시작의 용어로는 생각할 여지가 잇는줄 압니다. 무엇보다 미감美感을 해하는 것이 그 큰 것인줄 암니다. 이 점에서 내가 언문일치체의 「다」를 실허하게 된 동기가 시작에서 시작되지 안헛는가 합니다.[110]

---

109 김학동, 『개화기 시가연구』, 새문사, 2010, 160면.
110 안서, 「어의, 어향, 어미」.

안서는 '-다체'에 대해 불쾌를 넘어 '증오를 느꼈다'고 표현할 만치 '-다체'에 대해 비판적이다. '-다'는 어조, 어감이 부드럽지도, 아름답지도 않으며 종결의 뜻을 가진 것만큼 '칼로 베어버리는' 듯한 감을 준다고 주장한다. 뿐만 아니라 음향의 여운이 없고 그래서 시작詩作에는 사용할 수가 없다고 강조한다. 안서는 "운문 가튼 것에는 말할 것도 없고 산문 가튼 것에서도 될 수 잇는 대로 그 사용을 피하라"고 주장한다. '-다체' 대신 안서가 선택한 것이 '-외라', '-서라', '-도다' 등의 '-노라체'인 것이다. '간다, 온다, 한다'류의 산문적 혹은 담론적 언문일치체에 시가문체가 종속될 필요가 없다는 안서의 입장은 김동인이 작가와 화자의 거리를 설정하면서 시점을 맞추기 위해 '-ㅆ다체'를 고집한 것과 분명하게 구분된다.

그런데 안서는 '간다, 온다, 한다' 이외의 '-다체'는 '기쁘게 사용한다'고 호의적인 입장을 밝힌다. 같은 '-다' 종결체라 하더라도 '갑니다', '-이외다', '-습니다', '-외다' 같은 것은 '보드랍고 아름다운 감'을 준다고 하고 이를 '순구어체'라 명시했다. 동인이 말한 '순구어체'가 '순전히 노래말로 하는 것'이라는 연행양식에 가까운 개념이라면 안서의 그것은 '순전히 구어적인 음조미를 실현하는 문체'라는 문체 개념에 근접해 있다.

보드랍고 고운 음조미를 발현하는 또 하나의 요인이 시어 자체의 자질이다. 한자어의 관념성과 부자연스러움, 산문체 투의 서술어는 시양식이 갖는 고유한 특성인 음조미를 손상시킴으로써 시의 고유한 존재성을 사라지게 만드는 요인이 된다. 음조미란 물흐르듯이 흘러가는 서정의 유연성이자 음성적 이미지이며, 이 음조미 때문에 시는 인간의 정서를 신비하게 내적으로 고양시키는 음악이 된다. 시가 음악일 수 있는 것은 이 시어가 깆는 음조미 때문이다. 음악지향성이 없다면 시와 산문 양식의 차이는 무의미하게 된다. 안서는 한흑구의 「자연의 노래」를 인용하면서[111] 용어가 시가에서 얼마나 중요한가를 "용어는 지엽이 아니다"라는 문장으로 요약한다.

남의 뜰 안에 피인
아름다운 장미꽃보다도
거츠른 뜰밧게핀
한 가지 무명화無名花가 아름답노라
사랑에 奴隷된 貴婦人들이나
名譽에 奴隷된 英雄들보다도
太陽을 등에밧고 땅파는 사람이
더욱 아름답고 갑잇는 人生이노라

— 「자연의 노래」, 『신인문학』, 1935

"한 가지 무명화無名花가 아름답노라"와 "더욱 아름답고 갑잇는 인생人生이노라" 구절에서, '아름답노라'와 '인생이노라'가 '대단히 우습다'고 비판하고 "여기서 이 말을 쓰는 것은 조선말을 몰으는 것이외다"라고 단언한다. '-노라', '-이노라'는 일인칭 자신이 하는 말이지 그 외의 대상이 쓸 수 있는 종결체가 아니라는 것이다. 이는 현대의 문법에도 적용된다. 단 달라진 것이 있다면, 초창시대 이후 안서는 이 고어투의 '-노라체'를 시 양식에서는 더이상 가능하지 않다고 판단하고 있다는 것이다. 안서 자신이 해방기까지 이 같은 고어투의 종결체를 지속적으로 사용하고 있음에

---

111 안서, 「사월시평 : 용어는 枝葉이 아니다─한흑구 씨의 언어」, 『매일신보』, 1935.4.12.

도 불구하고 이 '-노라'투의 용어는 산문 형식의 글에서나 가능한 것으로 그 사용법을 제한하고 있다. 작가의 사상이나 감정을 설명하는 서술어라는 것이다. 시와 산문을 가르는 중요한 요소는 언어의 흐름, 음조미에 있다는 것을 그는 시어에서 문장에 이르기까지 세세한 설명을 덧붙이면서 시가양식의 고유성과 조선어 구어 문체에 집중한다.

안서가 말한 시가의 언문일치란 '구어'를 그대로 문자로 옮기되 음성언어로서의 자질을 그대로 살리는 표기방식이다. 더 나아가 '보드랍고 아름다운 어감, 연결된 음조, 아름다운 쾌감' 같은 보다 시적 양식에 가깝게 접근하는 말법의 문제로 파악한다. "이미지, 동기, 사상, 단어선택, 문장구조, 음운, 리듬이 시인의 상상력 속에서 아름다운 것Das Schöne으로 통일되는 양식"에 비견되는 것으로서의 시가양식의 본질을 '-노라체'가 구현할 수 있다고 믿었을 것이다.

안서가 음조미, 음향, 음성성을 강조한 연유는 바로 '구어체'로서의 시어의 가능성과 효용을 염두에 둔 데 있다. 발화된 소리에서 느껴지는 음조미, 암시, 상징이 시가양식의 중요한 자질로 이해된 것이다. 안서는 시와 산문 양식 간의 언문일치 문제를 구분했을 뿐 아니라 시가양식의 미학이 음악성, 음조미 등의 발화된 언어적 자질에 있음을 자각하고 있었다. '-노라체'를 고집한 안서의 관점은 '운문'과 '산문'의 대립에 있다기보다는 '시가'와 '산문'의 대립에 있고, 운각법을 수행할 수 없는 조선어 시가양식의 근본적인 문제를 해소하는 길의 하나를 '종결체'에 있다고 본 데 따른 것이다.

안서가 '운문'이라고 말할 때 그 개념은 시가로서의 성격을 강조하기 위한 것이다. 시는 '음조'에서 '암시'를 반향하는데,[112] 그것은 시의 언어가 근본적으로 감정의 세계에서 시인의 내부 생명을 포착하기 때문이다. 시가란 발성을 전제로 한 것이니, '음향의 여운이 없'는 시, 곧 목소리가 실려있지 않고 단지 묵독되는 시를 안서로서는 생각하기 어려웠을 것이다. 시가와 산문을 가르는 결정적인 요인이 바로 이 '읽기낭음'의 여부이다. '나는 갑니다'에서 단지 문자로 쓰인 것과 읽혀지는 것은 차이가 있는데, 전자는 단지 언제나 한 개의 사상만으로 남을 뿐이고 후자는 '목소리로써' 어조의 고저와 어향의 장단으로 사상 및 감정까지 미세하게 조절할 수 있는 장점을 갖는다.[113] 아이스크림을 '감정'으로는 삼키게 되며 '이지理智'로는 씹어먹게 되는 것의 '차이'라고 안서는 이를 비유적으로 설명한다.[114] '신비적 공감'과 '분석' 간의 차이가 이 비유에 있다.

낭영을 통해 어조와 암시를 드러내는 양식이기에 시가는 단순히 행갈이, 구두점 등 물리적 표식을 통해 시형을 가시화하는 것으로써는 자체의 양식적 만족성을 충족하기 어렵다. '산문을 짤막짤막 찍어서 딴 줄에 쓴 것'이라고 주장한 주요한을 안서는 '무식'으로 규정한다. '음조미와 시간'에 대한 이해가 결여된 데 기인한 것이라 비판한다.[115] 음조는 낭영의 순간 발휘되는 것이니 보드랍고 시적인 단어, 문체에 공을 들여야하고 '시간'은 시가의 근본자질인 리듬이니 그것은 글자수, 단구, 개행 등의 스크라이빙으로 실현된다. 이 두 조건이 안서식 시가양식의 근본이니, 단지 산문을 짧게 끊어 원칙없이 나열한 것은 시가 아니다. 김동인이 "글을 토막토막 끊어서 쓰면 이것이 시요, 남녀가 연애하는 이야기를 쓰면 이것이 소설인 줄

---

112 안서, 「어감과 시가—어의와 어향의 양면」, 『조선일보』, 1930.1.1~2.
113 안서, 「시가와 국어문제」, 『서울신문』, 1949.12.19.
114 안서, 「어의, 어향, 어미」.
115 안서, 「〈조선시형에 관하야〉를 듯고서」, 『조선일보』, 1928.10.18~24.

안 모양이었다"라는 주장과 유사하다. 안서가 말한 '음조미와 시간'이란 '시는 시간의 예술'이라는 시예술론의 근본적인 성격을 지적한 것에 이어진다. 시는 낭영의 예술이며 이 낭영읽기의 지속을 가능하게 하는 것은 리듬이며, 그래서 읽기의 시간은 곧 호흡이 지속되는 생명의 시간이 된다. 카이저Wolfgang Kayser, 슈타이거Emil Staiger 등 시양식을 문예학적 입장에서 고찰했던 학자들이 시의 양식론을 음악적 리듬과 상상력의 시간과의 통일성에서 찾는 관점은 안서의 시가본질론을 이해하는 데도 유효하다.

안서에게 시가란 시인의 정신과 심혼의 산물인 만큼 절대가치를 갖는 것이었다. 시인의 내적 호흡과 심장의 고동을 잘 조화시켜 언어문자로 표현한 것이 시체詩形라는 관점은 안서가 초기 시론에서부터 지속적으로 천착해온 것이었다.[116] 음조미는 시간의 지속과 신비스럽게 연결된다. 그래서 주요한의 「아름다운 새벽」을 예로 들어, 시가를 읽을 때와 산문을 읽을 때는 시時와 음조에서 차이를 가질 수밖에 없다. 시와 산문의 결정적 차이란 "산문은 눈으로 읽을 것, 시는 귀로 들을 것"[117]이라는 김광균의 언급에서 재확인된다. 내용, 사상이 중시되던 주지주의시, 문자적 여백이 중시되는 이미지즘시가 활보하던 1930년대 중반기에도 여전히 이 믿음이 지켜지고 있었다. 그러니까 이 '아름다운 문체'인 '-노라체'의 전통이, 김동인의 언급과는 달리, 안서에게서는 종결되지 않았던 것이다.

안서의 시대를 너머 1930년대의 시단으로 이 문제의식을 진전시켜 본다. 여기에 김기림, 정지용, 임화 등의 시인, 비평가들과, 이들과 1920년대 시인들, 안서, 요한, 동인을 이어주는 신진시인들이 등장한다. 시의 음

---

116 안서, 「시형의 음률과 호흡」, 『태서문예신보』, 1919.1.13.
117 김광균, 「김기림론─현대시의 황혼」, 『전집』, 338면.

악적 자질에 대한 관심은 1930년대 우리말구어한글문장체 시의 최대치를 구현하는 정지용뿐 아니라 단편서사시 등 낭영적 시가형을 개척한 임화, 조선어의 음성적 자질에 예민하게 반응한 이상, 그리고 4행시체의 음악성에 매료된 박용철, 김영랑 등의 시인들, 향토적 방언을 구사한 백석 등의 시인들에 의해 계승된다. 조선어의 음성적 자질을 문자로 재현하려는 시도는 근대시사 전 기간에 걸쳐 지속적인 흐름을 갖는다.

임화가 춘원의 '불철저한 근대성'을 지적한 김동인의 시각을 수용한 바 있음을 앞서 지적한 바 있는데, 아랫글은 '-이러라, -이로다, -하더라, -하노라' 같은 구시대 문어체의 유물을 춘원이 그대로 사용하고 있음을 비판한 대목이다.

동인씨가 『춘원연구』에서 지적한 바와 같이 '이러라', '이로다', '하더라', '하노라' 등 구시대 문어체의 유물이 그대로 잔존해 있을 뿐만 아니라 세계관 상에 있어서도 이인직의 그것의 단순한 연역, 부연의 역을 넘지 못하고 제재를 구성하는 데서도 낡은 권선징악 소설의 여훈을 채 탈각치 못하였었다.[118]

구시대 문어체의 유물이 궁극적으로 작품 자체의 전근대성과 연결되어 있음을 임화는 날카롭게 지적한다. '-하노라' 투의 영탄적 종결법에서 '-하여라'를 거쳐 '-하지 아니하면 아니된다'로, 또 '-하다', '-한 것이다'로 정착되어 가는 우리말 어미의 변화를 고찰하면서 임화는 '비평산문담론'의 정신을 여기에 대응시켜 논한다.[119] 탈영탄화를 기반으로 '-다체'가

---

118 임화, 「조선신문학사론 서설」, 『전집』 2, 391면.
119 임화, 「창조적 비평」, 『전집』 5, 240~241면.

진전된다는 것은 시가체와 산문·담론체의 구분이 양식 간의 차이를 가속화하는 계기가 된다는 점을 지적한 것인데, 말하자면, 이 관점은 시와 산문 양식 간의 언문일치의 조건이 다른 점을 지적했던 동인의 관점과 연장선상에 있는 것이다.

시와 산문 간의 종결체의 구분은 임화 자신에게 그대로 적용된다. 임화는 문학사가였지만 또한 시인이었다. 안서의 역할을 '언문일치의 구어시의 언어적 음률의 개척'으로 평가한[120] 임화가 그 자신 또한 시인으로서 '-노라체'를 어떻게 계승하고 있는지 확인하기로 한다.[121]

임화의 시 가운데 '-노라', '-도다', '-구나', '-느냐', '-구나', '-군-', '-네', '-어라(-아라)', '-로다', '-도다', '-로군', '-로구나' 등의 감탄형 종결 어미로 끝나는 시 제목을 특징적으로 지적할 수 있겠다. 「내 청춘에 바치노라」, 「나는 못믿겠노라」, 「다 없어졌는가」, 「봄이 오는구나」, 「주리라 네 탐내는 모든 것을」 등이 눈에 띈다. 「그 고향이여! 한층 더 아름다워라」, 「 바람이여 전하라」, 「박헌영 선생이시어 우리에게로 오시라」, 「너 어느 곳에 있느냐」, 「행복은 어디 있었느냐」 등의 제목들도 일종의 영탄법적 표현이어서 문자시적 표현이기보다는 낭영시적인 표현에 가깝다. '-노라체'가 전통시가에서 청자를 향한 감탄과 청유와 고백의 어조를 띠는 것과 같은 맥락이다.

감탄형 종결어미가 쓰인 시들은 기본적으로 서사시의 낭영적 향유에 대한 기억을 잠재적으로 가진다. 「주리라 탐내는 모든 것을」 등의 시에서

---

120 임화, 「조선신문학사론 서설」, 『전집』 2, 412면.
121 조영복, 「오장환의 '노래' 충동과 신세대 시인들의 우리말 구어체 감각」, 『한국시학연구』 55호, 2018.

종결어미는 '-는가', '-이여', '-리라', '-하라' 등의 잠언적이고 감탄적인 성격을 가진 것들이다. 문두는 주로 '아아', '오오' 같은 감탄사 및 독립언이 주를 이룬다. 단편서사시가 낭영을 전제로 한 것이라는 점은 '단편서사시'라는 장르종명에서 이미 드러나며, 이것이 대중화론의 전략 가운데 실천된 것이라는 점에서도 확인된다. 카프의 대중화 전략으로 시도된 슈프레히콜[122]이 연극성과 연행성과 시극성을 동시에 견지한 장르라는 점과 이것과 임화의 청자의식이 발현된 시의 종결체 문제와의 상관성을 해명하는 것은 흥미로운 과제가 될 것이다. 다만, 이 문제를 좀 더 다른 각도에서 살펴볼 필요가 있는데, 그것이 바로 임화 시의 '의미성'이 아닌 '목소리성', '의미'가 아닌 '음악音조', '문자시'가 아닌 '낭영시', '산문체적 관점'이 아닌 '시가체적 관점' 등에서의 고찰이다.

1930년대 언어의식의 최정점을 이룬 시인으로 정지용을 평가할 때 이 '-노라체'의 잔재를 그 중요한 원인으로 지적한 김기림의 안목도 새삼 주목된다.

(정지용은-인용자) 안서 등이 성하게 써오던 「하여라」, 「있어라」로써 끝나는 시행들에서부터 오는 부자연하고 기계적인 리듬의 구속을 아낌없이 깨어버리고 일상 대화의 어법을 그대로 시에 이끌어 넣어서 생기있고 자연스러운 내적 리듬을 창조하였다.[123]

실상 이 '일상대화의 어법'의 핵심은 '생기있고 자연스러운 내적 리듬

---

122 박영정, 「슈프레히콜 연구」, 『한국극예술연구』 4, 1994.6.
123 김기림, 「1933년 시단의 회고와 반성」, 『전집』 2, 63면.

을 창조하'는 데 있다. 그러니까 정지용에 와서 '-다체'가 자연스런 리듬을 가진 조선어 시가의 리듬을 창안하는 데 아무런 제약이 없는 문체로 인식된 것이다. 조선어 구어의 문화어, 문학어로서의 가능성이 정지용에게서 확고하게 열린다는 의미와 통한다. 정지용 시에서 조선어의 문예미학을 논할 수 있는 이유도 바로 우리말의 구어체로서의 완전성을 정지용이 그 누구보다 확고하게 다져놓은 데 있다. 장만영은 '구어체 조선어를 자연스럽게 구사'한 선배시인으로 정지용, 김기림을 든다. 1930년대 대거 등장하는 신진시인들의 조선어 의식의 저변에 정지용, 김기림 등이 축적한 선대적 성과가 자리잡고 있다는 뜻이다.

'-노래체'의 소멸과 '-다체'의 정착 과정은 우리 근대시사의 전개방향과 평행을 이룬다. '-노래체'가 견지하고자 했던 발성적 상황, 곧 구어체적 상황에서의 음조미의 실현은 더이상 표면화되지 못한다. 근대인쇄술이 가져온 대중적 묵독적 읽기의 시대에 시는 더이상 낭영되는 양식으로서의 시가성을 지속하기 어렵게 되고, 시의 목소리성은 문자 뒤에 은닉된 채 잠재적으로 그 실현의 가능성을 담보한다. 탈로맨티시즘, 탈음악성을 내건 김기림의 근대시 기획이 여기에 큰 역할을 한다. 김기림의 방향은 이미지즘적인 것, 주지주의적인 것에 정향되었고, '음악에서 회화로'라는 선언은 시사의 논리를 뛰어넘는 프로파간다적인 내파성을 가진 것이었다. 조지훈은 이 문제를 '안서 : 기림'의 대립항으로 놓는다.

신시新詩 발생發生 이후以後 새로운 정형시定型詩를 주장하고 시험한 안서岸曙와 시詩에서 운문韻文과의 결별訣別을 주장한 기림起林이 그 양극兩極에 선다 할 것이다.[124]

안서의 기획을 '음수율에 운까지 붙인 완전정형시로 하려는 운동'이었다고 하고, 김기림에 대해서는 '엄밀한 정형시가 없는 우리 현대시사에서 운문과의 결별'을 선언했다해도 그것은 당대적인 의미를 띠는 것일 뿐이라는 맥락으로 그 가치를 규정한다.[125]

조지훈의 관점은 현재 근대시사에서 범용적으로 인식하는 틀과는 다르다. 시조는 정형률로부터 자유로운 형엇시조, 사설시조으로 나아가는 데 반하여 오히려 신시는 자유시로부터 비롯된 것이지만 전통적인 민요조와 외래율조의 전통화 등 여러 가지 정형률을 은연중에 시험했다는 것이다. 유암의 「만만파파식적」, 주요한의 「불노리」 등은 말할 바 없이 비정형적인 시다. '자유시산문시'임은 부정할 수 없다. 그러나 육당의 「꽃두고」는 자유시이자 산문시지만 정형적인 틀을 그대로 견지한다. 정형시−과도기적 정형시−자유시−산문시의 진화론적 관점과는 다른 전개를 조지훈은 근대시사에 올려 놓는다.

> 자유시自由詩로 출발한 우리 시詩가 정형시定型詩를 지향한 적이 있었다. 이것은 창가형식唱歌形式의 발전에서 이루어진 것이니 창가唱歌의 제일第一, 제이第二, 제삼절第三節은 시詩에서 일一, 이二, 삼三 연聯이 되고 그 각各 연聯의 각各 구句는 유어類語로 대비對比되었고 후렴구後斂句의 반복사용反復使用까지 있었다.[126]

이른바 '자유시'라고 생각해온 시들, 분연체 자유시가 정형체시인 창가

---

124 조지훈, 『詩의 原理』, 신구문화사, 1959, 194면.
125 위의 책, 196면.
126 위의 책, 187면.

로부터 기원하고 각 연과 각 연의 각구의 유사성이 이로부터 기인한다고 본 조지훈의 초창시대 시가에 대한 안목이 주목된다. 실제 근대시사에서 확인해봐도 분연체시의 정형성은 부인할 수 없다. 조지훈은 그 증거로 육당의 「구작삼편舊作三篇」, 요한의 「빗소리」, 수주樹州의 「논개論介」, 「봄비」, 지용之溶의 「향수鄕愁」를 들고, 이 형식은 "지금까지도 흔히 적용된다"고 언급한다. '자유시'라 평가해온 시들이 실상 '새로운 정형체시'라는 것이 핵심이다. 이 관점에서 「꽃두고」 같은 '산문시'조차 정형시체로 구현하고자 한 육당의 의도가 확인되며, 안서의 '자유시는 산문시'라는 정의는 '보다 자유로운' 정형시체로서의 서구 자유시 모델이 우리말 시에도 적용되고 있음을 증거한다.

'의미'와 '해석' 중심의 문자시 전통이 김기림에 이르러 강고한 테제로 자리잡았으며 김기림의 이 선언이 이후 한국근대시사 및 시연구사에 끼친 영향력은 지대하다. '반감정주의 테제'가 흥미롭게도 '문자시의 정착'과 대응된다는 것은 '민요조가 갖는 감상성'에 대한 공격이 곧 '노래'의 부정과 대응되는 점과 동일하다. 박용철의 명민한 논리가 이를 뒷받침한다. "의미를 밝힐 수 없는 시의 한 줄이 우리의 귀를 떠나지 아니하는 음악이 될 수도 있는 것"[127]이다. 시란 무엇보다 귀를 울리는 '노래', '귀의 극장'에서 상연되는 드라마인 것이다.

문학 더구나 시에 있어서 눈물을 부정하려는 태도는 헛된 노력에 지나지 아니할 것같다. 만일 그의 시가 자기가 울었다는 사실을 말할 뿐이오 남을 울릴 힘이

---

127 박용철, 『女流詩壇總評』, 『전집』 2, 128면.

없다하면, 그것은 시작詩作의 미숙에 죄가 있는 것이오 결코 감상성 그것에 허물이 있는 것은 아니다. 세계적인 범위와 삼사천년의 역사를 가진 민요를 비롯하야 문자로 전해오는 시 전부를 통해서, 그 가장 예술적인 것은, 눈물과 맥을 통하지 아니한 것이 없다. 미래의 시가 어떠한 길을 밟을지 우리로서 추측할 수는 없는 일이지마는 오늘날 우리로서는 눈물을 공격할 아무러한 이유도 없을 것이다.[128]

"우리의 처지를 살피고 주위를 둘러볼 때 눈물의 새암을 말려버린다하면 어디다 붓을 적셔 시를 써야 하는지 알 수 없다"는 투로 박용철이 말할 때 그것은 감상주의를 공격하는 김기림의 정론적 비평에 비해 보다 울림이 강력하다. 감정을 죽이는 것보다 대담하게 감정을 발표할 권리와 감정해방의 원칙을 지키는 것이 시대를 순행하는 길이라는 것이다. 감정을 억압하지 않으면서 감정을 영롱하게 드러내는 일이란 무엇인가. 굳이 이미지즘의 이론없이, 또 감정을 억압하는 일없이, 감상성의 허물을 탓하는 것 없이, '명확한 형상形象과 구체성의 개성화個性化'[129]를 가능하게 하는 방법은 무엇인가. 자신은 울지않고 타인을 울리는 방법이자 자연스런 우리말의 음악을 살리는 방법이 그것인데, 그 길을 발견한 자가 정지용이라는 것이다.

정지용은 묵독하는 시대의 시적 상황에서 '-다체'로 우리말의 가능성을 최대한으로 끌어올린다. 정지용의 언어감각과 시적 자질은 바로 이 음악성의 내재적 실현을 극대화한 데서 찾아질 것이다. '-노라체'로부터 '-다체'로의 이형질적異形質的인 계승이 조선어구어한글문장체의 자유시화, 문자시화의 정착과정이라 할 수 있다.

---

128 위의 책, 127면.
129 위의 책, 136면.

소설가였던 동인의 관점에서 '완전한 구어체'란 조선어한글문장체 곧 근대적 산문체를 뜻한다. 시점 묘사와 실감의 형식에 맞는 '-ㅆ다 종결체'가 바로 이것이고, 이 산문체와 대립하는 것이 안서의 '-외라, -서라' 등의 '-노라체'이다. 김동인의 시각은 운문 구어체와 산문체서사문체에 대한 '차이'를 전제한 것으로, '-노라체'는 발성양식인 시가문체로는 적절하나 서사문체로서는 불완전한 것임을 춘원의 예를 들어 설명한 바 있다. 이에 비해, 문학사가로서 임화는 '-노라체'를 '순전히 구시대의 문어체'라고 규정했지만, 시인으로서 그는 '-노라체'를 즐겨 사용했다. 이 자기모순성은 시와 소설 두 양식 간의 차이, 시인과 비평가 이 두 존재의 실존적 인간의 차이에서 발생한다.

'외여지기'의 조선말의 운명

이 문제는 한자어와 상징주의 문제와 연동되는데, 이 문제를 논점화하기 위해 일제 말기의 조선어구어한글문장체의 실재를 확인하고자 한다. 일제 말기 '문장보국文章報國'의 강제된 규율이 삶을 속화하던 시기에 창간된 『문장』의 전통주의와 조선주의 이념의 근간에는 조선어 구어 한글문장에 대한 고도의 자의식이 놓여있다. 전통주의의 회귀 자체가 품격과 태도가 된다는 점을 『문장』의 창간 이념이 암시적으로 밝혀놓았다.

> 가까워야 할 것이 늘 멀게 생각되고, 사실 먼 거리를 가지고 나가기 쉬운 것이 문필인文筆人과 현실現實이라 하겠다.[130]

---

130 「권두에-시국과 문필인」, 『문장』 1, 1939.2.

이 '가까워야 할 먼 것'의 에피그람은 '되찾아야할 영원성과 상실된 영원성' 그 사이에 있는 어떤 것에 대한 암시이다. 언어가 '상상된 민족'이라면, 이는 초창시대부터 해방기에 이르기까지 근대시 양식을 정립하고자 했던 문인들이 꿈꾸었던 세계를 요약한 것이기도 하다.[131] 이는 안서에게도, 임화에게도, 김기림에게도 마찬가지로 적용되는데, 현재 연구자들의 문제의식과의 분명한 차이가 이 에피그람에 축약되어 있다. 자명한 것으로 여겨지는 조선어구어한글문장체 시쓰기가 당대 문학담당층에서는 '늘 먼 곳에 있는', 마치 낭만적 동경의 대상처럼 '시적인 대상화'로 놓여있었다.[132] '문작文作의 근대적 이상理想'[133]이란 '조선말의 쓰기화writing'와 또 그것의 '쓰기의 쓰기화composition in writing'가 동시적인 과제로 주어진 것이다.[134]

"조선문학이란 얼마나 빈약한 것인가"라는 푸념은 "조선말이란 살아가는지 죽어가는지도 모를 형편"에서는 합당치 않고 시에 대해서도 "여기가 잘되었다, 저기가 잘못되었다, 시상의 착안이 잘됐다 못되었다"하고 논하는 것은 "조선과 같이 민족 전체가 작문에 대한 기초가 확실히 서지 아니한 나라에서는" 더욱 허망하기 그지없는 논쟁일 뿐이다.[135] 박용철의 이 논의가 합리적으로 이해되는 것은 바로 이 '쓰기'의 문제뿐 아니라 '쓰기의 쓰기화'를 동시에 말하고 있기 때문이다. 그것은 모어母語, 조선말에 대

---

131 알랭 바디우, 『조건들』, 192면; 아놀드 하우저, 『문학과 예술의 사회사 근세편』(하), 창비, 1985, 203~207면. '낭만적 이로니(romantische Ironie)'의 세계관을 옮겨 놓은 듯 느껴진다. 노발리스의 '어디에나 있으면서 어디에도 없는 고향', 쎄낭꾸르 (Senancour, 1770~1846)의 '모든 것을 원하면서 동시에 모든 것을 참는 마음'.

132 "시의 기원이 반드시 성문시(成文詩)라 하며, 음악의 기원을 반드시 악기의 발명 후라고 하는 것." 『동인전집』 10, 105면; 안확, 「조선어의 가치」, 『학지광』 4, 1915.2.

133 임화, 『전집』 5, 460면.

134 이 개념은 월터 옹의 것에서 차용한 것이다. 『구술문화와 문자문화』, 45면.

135 박용철, 「女流詩壇總評」, 『전집』 2, 125~126면.

한 분명한 자각이 『시문학』의 발간 동기가 된 사실과도 이어진다.

> 우리의 시는 외여지기를 구한다. 이것이 오즉 하나 우리의 오만한 선언이다
> ― 한 민족의 언어가 발달의 어느 정도에 이르면 구어口語로서의 존재에 만족
> 하지 아니하고 문학의 형태를 요구한다. 그리고 그 문학의 성립은 그 민족의 언
> 어를 완성식힌다.[136]

'구어화언문일치화', '쓰기문자화', '문학화'의 과정은 결국 '쓰기화'와 '쓰기
의 쓰기화'의 과정인데, 용아는 이를 통틀어 민족어의 완성이라 본다. 특
히 그가 '외여지기'에 방점까지 표시해가며 우리말 구어의 낭영성과 시의
음악성을 강조한 것은 눈여겨보아야 한다. 모어母語를 살과 피의 언어, 민
족어로 등치하는 수사법보다 경이로운 것은 '외여지기의 언어'라는 시언
어에 대한 정의이다.

초창시대 근대문학 담당자들이 접했던 '조선말 잡지'의 경이로움은 '구
세대'에게는 『소년』, 『청춘』이, 이후 세대에게는 『창조』였다. 이 때 '조선
말 문체'의 맥락은 다소 차이가 있는데, 최남선의 시체時體는 한문맥의 전
통에서 자란 세대에게는 일종의 '경전'과 같은 경이로움을 주었는데 조선
말 문체란 주로 논설문체, 산문체를 가리킨다. 이에 반해 격렬한 열정과
문장 흐름이 일체를 이루며 진행되는 주요한의 시 「불노리」에서 문청文青
들은 조선말 시가의 리듬과 말의 질서의 이상적 형태를 발견하는데, 그들
이 말하는 문체란 주로 시가문체를 가리킨다.

---

136 龍兒, 「후기」, 『시문학』 1, 1931.3.

크게 두 범주가 핵심이었다. ① 조선어로 글을 쓴다는 것, 즉 문자로 '말조선말'을 표기한다는 것말의 문자화. ② 조선말 '문학'을 한다는 것문학(예술), 표현, 양식. 이 둘은 같은 카테고리가 아니며 다른 지향점을 갖는다. 민족어, 근대적 형식, 근대평민의식을 근대문학의 세 가지 조건이라 한다면, ①은 '(민족)언어'에, ②는 (근대적) 형식에 근접한다. ①도 쉽지 않았고, ②는 더더욱 난제였을 것인데 실상 근대문학 초창시대에는 이 두 문제의 난이도가 크게 다르지 않았다. "문학자는 항상 랑그이고 언어 동태의 모태는 빠롤이다"라는 선언은 문학자들이 민중의 언어운용보다 우월한 위치에 있다는 낭만주의적 관점을 부정하기 위한 용도로 흔히 쓰이지만 실상 그것은 초창시대 문학담당층의 조선말 '쓰기'의 지난한 사정을 요약한 것이다.[137] 초창시대 문학담당자들의 문학은 메타언어로서의 조선말 '쓰기'라는 기본적 '쓰기의 에크리튀르'를 발견하는 것으로로부터 출발하는데[138] 이 문제는 '기교', '기술' 등의 언어미학의 층위와는 다른 것이다. 시인의 언어운용 능력의 우위성이나 시인의 탁월한 언어감각이 단지 낭만주의시관의 문제가 아니라는 것이다. 더욱이 "민중 가운데 이미 형성된 '산말'을 토대로 언어를 배치하는" 시인 고유의 자질이나 능력을 논하기 위해서는 그 논제가 시단의 핵심으로 떠 오른 1930년대로 거슬러올라가야 한다.

말하자면, ①은 건너뛰고 ②로 직행할 수는 없는 것인데, ②는 기교, 기술, 사조, 방법론 등의 차원에서 숱한 논쟁점을 만들었지만, ①은 새삼 논의의 대상이 되지 못했다. 현재 연구자의 시선에서 ①은 '자명성'의 범주에 있기 때문에 쉽게 망각되는 경향이 있는 것이다. 조선어 (속어, 언문)로

---

137 임화, 「문학어로서의 조선어」, 『전집-평론』 2, 99면.
138 윤곤강, 『전집』 2 (산문), 144면.

글을 쓴다는 것은 자명한 것이 아니라 모험과 도전이 필요한 난제였는데, 이 과정에서 말노래을 문자로 어떻게 표기할 것인가의 '시가의 언문일치' 문제가 떠오르게 된 것이다.

시가양식의 언문일치 문제의 핵심이 '외여지기의 말', '음악의 말', '노래의 말'의 문자화에 있다는 것은, 이는 문예학상 시적 표현, 미학, 기교 등의 문제와 분리될 수 없다는 점에서 시적언어 고유성을 확득하는 방법론적인 문제와 연동된다.[139]

3. 한자어와, 상징(주의)의 두 흐름[140]

'상징'과 한자어의 관계

노래체 시가와 한자어의 관계를 조명하고자 한다. 한자어 문제가 일회적이고 우연적인 것으로 현상하는 것이 아니라면 '문작文作(詩作)의 근대적 이상'과 한자어의 관계는 어떻게 조명될 수 있는가를 논해야 할 것이다. 한국 근대시사의 '판구도'을 설정하고 '사건개념'을 배치하는 데 있어 한자어가 어떻게 기능하고 또 그것이 어떻게 양식화하는지를 물어야 한다는 뜻이다. 한자어 문제는 앞에서 논의한 상징주의의 두 유형과도 밀접하게 연결되어 있다. 결론적으로 말하면 안서의 상징주의가 음악, 말의 신비, 음향 등을 강조하면서 조선말의 음악성을 한자어에서도 동일하게 구현하

---

139 춘원, 「육당 최남선론」, 『조선문단』, 1925.3; 장만영, 『전집』 3, 523면.
140 조영복, 「은유라는 문법, 노래라는 작법−근대시가의 조선어 구어체 시양식의 모색과정과 한자어의 기능에 대하여」(『어문연구』 178, 2018)의 일부분을 발췌, 수정했다.

는 데 바쳐진다면, 회월의 상징주의는 상징의미을 발현하는 기제로 한자어, 즉 관념어를 활용하는 방법을 택한다는 점에서 이들이 한자(어)를 인식하고 활용하는 방향성 자체가 다르다. 그러니까 한자어 문제는 소리; 관념, 음악; 은유, '-노라체'; '-다체'의 대응점과 유사한 궤도에 놓여있다.

이태준은 한자어의 특성을 문장론적인 특성과 연결해 논한다. 속어(조선어)문장과 한자어가 주로 쓰인 문장과의 근본적인 차이를 이태준은 '성의일원적聲意一元的'인 것과 '성의이원적聲意二元的'인 것으로 구분하는데, 이것이 개인의 문체적 특질이기보다는 문장 용도에 따른 문체의 차이라고 지적한다.[141] 후자는 '관념성'이, 전자는 '표현의 구체성'이 두드러진다. 염상섭이 「전화」에서 보여준 속어 문장의 묘사의 구체성은, 한자어가 많이 쓰인 「제야除夜」의 '마음으로 인식되는 문장'의 효과와는 차이가 있다는 것이다. 이는 시양식에 대체로 유사하게 적용된다.[142] 정지용의 「삽사리」와 「나비」를 개괄적으로 비교해도, 속어고유어 위주의 시는 주로 디테일한 이미지 묘사가 뛰어나며, 한자(어)가 혼용된 시는 상징이 이미지를 능가하는 경우가 일반적이다. '속어' 문장이 '표현의 구체성'을, '한자어 문장'이 '관념성'을 드러내는 데 적합하다는 관점은 이태준의 시대나 지금이나 일반적으로 통용된다.[143]

---

141 이태준, 『문장강화』, 창비, 1991, 64~71면.

142 한자 표기 문제와 한자어(어휘) 문제는 분리해야 한다. 한자 어휘를 쓰더라도 한글로 표기한 경우와 순고유어만을 쓴 시는 구분할 필요가 있다. 다만 이것에 대한 문제의식이 자각적인 형태로 드러나는 것은 해방 이후이며, 일제 말기로 갈수록 한글 위주의 표기가 우세한 것도 사실이다. '조선말 문장'이란 대체로 한글 구어체 문장을 뜻하며, 산문, 담론과 달리 문예문장은 한글 문장이 우세하다. 『문장』은 한자어를 포함해 순 한글 표기를 고수하기도 하고, 제목, 작가 이름을 제외하고 한글 표기를 원칙으로 하는 편집방침이 제시되기도 한다.

143 '고유어'에 '한자어'가 포함되지 않을 수 없고 어휘 문제는 기본적으로 문장체와 연관

해방 이후 '한자(어) 문제'가 다시 대두한 것은 해방공간에서 민족국가 건설의 과제를 민족어로 상징화시키는 데서 비롯된 것인데, 문인들 역시 이 문제에 고도로 집중한다. 시론 등의 담론, 수필, 비평 등 산문체의 글 등에서뿐 아니라 시에서도 한자어휘^표기를 두루 사용했고 또 당연히 한자 문에 능통했던 문인들조차 한글문장 쓰기를 강조한다. 한글말, 한자^글, 왜 말^글의 삼중의 어문생활에서 일본말의 잔재를 청소한다는 신념이 '한글고 유어의 절대성'오소리티(authority)''을 회복해야 한다는 신념으로 이어진 것이 다.[144] 한자배격론, 한글·한자혼용론 등의 논제가 문인들 사이에서 공론 화되는 것도 이 때다.

김기림 역시 한자말과 일본말이 뒤섞인 혼란한 상황을 바로잡는 차원에 서 몇 편의 글을 남기고 있다. 김기림은 한자(어)는 '의미를 어울려 가는 데', 그리고 '의미를 대표시키는 상징' 작용에 뛰어나다[145]고 요약한다.

> 한자는 의미를 어울려가는 데 매우 경제적이다. 글자 그것은 자못 복잡한 것 이 대부분이지만, 한 구절 구절에 있어서는 글자수로는 매우 간단한 것을 가지 고 큰 뜻을 대표시킬 수 있는 것이다. 즉 의미를 대표시킬 수 있는 상징象徵 작용 에 있어서 조선말이나 영어를 표음문자로 옮겨 놓았을 때보다도 한층 더 집중 적이요 요약된 것이요 압축된 것이 된다. (…중략…) 어떤 휘어잡을 수 없는 추 상적인 개념을 대표시키는 데는 유다른 마술성을 발휘하기도 한다.[146]

되지 않을 수도 없으므로, '한글 문장', '속어 문장'이란 '한자어' 사용 여부의 맥락보다 는 고유어 및 비한자(어) 중심의 한글문장체와 관련된 개념으로 사용한다.
144 윤곤강, 「나랏말의 새길서리」, 『선십』 2, 335면.
145 김기림, 『전집』 4, 266면.
146 김기림, 「한자어의 실상」, 『학풍』, 1949.10.

김기림은 한시漢詩가 글자수에 비해 가치의 경제성이 뛰어나다는 점을 주목한다. 그것은 김기림의 이미지즘시에 대한 적극적인 평가와도 분리되지 않는다. 이미지즘은 평면적인 연속성보다는 입체적인 집중과 압축을 보여주는 것으로, 이미지즘의 주창자이자 실천가이며 이론가였던 허버트리드Herbert Read가 한시나 일본 하이쿠에 지속적인 관심을 기울였던 것은 이와 연관이 있고 김기림이 탈센티멘탈리즘을 강조하면서 언어의 음악성보다는 회화성을 주장한 것 역시 이 문제와 분리되지 않는다. 고도의 지적 통어력으로 사물의 순간적 인상을 집약적으로 표출하는 것이 이미지즘이라면 언어의 경제성은 이를 실현하는 핵심 요건이다.

그런데 김기림은 이 글에서 한자어의 '상징' 작용에 대해 언급한다. 김기림은 한자어가 가진 '상징象徵'과 '마술성魔術性'을 주목하고 이를 시적인 것, 시적인 것의 리얼리티라 해석한다. '한자어 문장'이 '관념성'을 드러내는 데 적합하다는 이태준의 관점을 김기림이 '상징象徵'이라는 술어術語로 대체한 것이다.[147] '상징'은 시적 언어의 고유한 문법인 '은유隱喩'를 설명하는 개념이며, '마술성'은 어휘의 경제적 가치를 설명하는 개념이다. 시의 논리는, 산문의 그것과는 달리, 의미를 고도로 압축시키는 말의 질서인 은유상징에 기반하며, 최적의 언어를 선택함으로써 은유의 내적 질서를 완성한다는 점에서 시의 언어는 마술적이다. 보르헤스는 이를 '마술적魔術的 적확성確性'이라 지칭한 바 있다.[148] 그러니까 김기림의 논의는 시양식 고유의 특성에 '한자어' 문제가 어떻게 개입되는지를 논하고 있다는 점에서 이태준보다 깊이 들어간 것이다.

---

147 이태준, 『문장강화』, 64~71면.
148 보르헤스, 『보르헤스, 문학을 말하다』, 53면.

근대 시작詩作의 이상은 이 같은 시양식의 고유성이 인지되고 실천되기 시작하는 지점에서 기획될 수 있었다. 흥미롭게도 근대시사에서 이 문제는 '상징(주의)론'과 긴밀하게 연동되어 있는데, '한자어' 문제가 떠오르는 것도 이 때이다. 구투舊套의, 묵은 논의에 불과한 것처럼 비쳐지는 이 '상징(주의, 시대)' 문제를 다시 논하는 것은 이 때문이다.

상징주의시와 한자어 문제

서양문예사조의 이입과 수용, 모방은 한국 근대문학의 기원과 실재를 공구攷究하는 데 중요한 이념적, 방법론적 '구도'를 제공한다. 프랑스 상징주의시는 『창조』, 『폐허』, 『백조』, 『장미촌』 등 이른바 동인지의 시단을 설명하는 이상적 모델이자 각 편篇의 시를 해석하는 방법론적 실체로 자리잡고 있다.

> 월탄의 「흑방비곡黑房悲曲」에 보는 것과 같은 환상적幻想的 심볼리즘, 찬란한 시편詩篇 「나의 침실로」에 나타난 베를렌격 퇴폐주의와 높은 향기, 노작의 소녀 같은 리리시즘, 회월의 보들레르적 데카당 등등의 제 경향이 대단히 아름다운 말의 형상을 통하여 노래되었다. 그리고 『창조』의 김안서金岸曙, 주요한朱耀翰 등의 시편詩篇에서는 전자前者에서 보던 바와는 약간 다른 경향을 발견할 수 있는 것도 홀로 그들은 평민적 언어와 민주주의적 시상 등으로 부르주아 자유시에의 욕구를 백조의 제諸시인보다는 기분간幾分間 많이 가지고 있었다.[149]

---

149 임화, 「33년을 통하여 본 현대조선의 시문학」, 『전집』 4, 334면.

'낭만주의(적인 기분)의 화려한 나팔수이자 호화판'으로서 『백조』와 『창조』의 시인들이 1920년대 시단을 주도해 나갔다는 임화의 평가는 이후 백철, 조연현 등의 문학사 서술에도 일관되게 적용되며, 이 시기의 시 해석, 평가 역시 오랫동안 이 관점에 의존해 왔다. 상징주의 갈래를 랭보적인 것, 베를렌적인 것, 보들레르적인 것 등의 몇 갈래로 나눈 뒤, 서양 상징주의 전개과정상의 그것과 비교하는 연구는 한 동안 유지돼온 것인데, 기원起源과 모방模倣(이식(利殖))의 담론은 배제와 한계의 점근선을 조율하는 데 바쳐질 가능성이 크다는 점에서 서양 문예이론, 사조론을 매개로 한 논의는 일방적인 결론에 이를 위험이 있다. 가까이 갈수록 멀어지며, 멀어질수록 논의의 초점은 사라진다. 매개항媒介項 없는 이념은 허구虛構이며 이념 없는 실체는 우연偶然에 불과하다. 문학과 사회의 상동적 관계로부터 문예사조가 발생하는 것이라면, 이 '기원'과 그것을 후속적으로 따르는 '모방' 사이에는 거대한 간극이 있을 수밖에 없다. 모방자는 그 사조의 기원자가 갖는 토대 혹은 문예학적 시스템판을 갖지 못하기 때문이며, 특히 언어의 랑그적 차이조차 감당할 수 없기 때문이다. 그러니까 상징주의시의 수용에 있어 인식론적 매개항을 설정할 수밖에 없는데, 초창시대 서구 상징주를 수용한 것은 '조선어구어한글문장체 시가의 완성'이라는 이념에 근거한 것이다. 임화의 용어로 말한다면, '언문일치의 구어시의 언어적 음률적 개척'을 위한 것이다.

임화는 문학사를 서술하면서 기존의 관점, 기교파에 대항하는 이론가로서의 관점을 떠나 이렇게 말한다.

이상화에 있어서는 긴 시를 조금도 리듬의 저조, 이완에 빠짐이 없이 조선어를 강한 열정의 표현의 조금도 부족함이 없는 시어로 창조하는데 일-전형을 여與한 가장 높게 평가될 시인이다. 이 시인의 유산으로부터 그 뒤 프롤레타리아 시가 받은 경향은 적지않은 것이다.[150]

'부르주아시파들', 그리고 그 연장선상에 있는 '기교파들'과의 논쟁적 담론을 펼쳐오던 임화는 문학사를 정초하면서 보다 평정심을 유지하게 되는데, 근대시사를 조선어의 유산과 계승이라는 구도로 재편하고자 하는 문학사가의 욕망은 흥미롭게도 '낭만주의적 일기분으로 쓴 상징주의 시들'을 '격렬한 낭만적 리듬을 가진 시'인 경향시에 그 유산을 승계한 선조先朝의 시로 평가할 수 있었다.

'서양문예사조의 수용사'로서가 아니라 시작詩作의 근대적 이상인 '언문일치의 구어시의 언어적 음률적 개척'을 위한 한 '계단'으로 임화는 서구 상징주의를 다시 주목한 것이다. 시인의 이름으로서가 아니라 문학사가로서의 이름을 걸고 말이다. '음률적 개척'에서 '음률'은 조선말 흐름에 맞는 문행文行의 음악성을 뜻한다는 점에서 안서의 '음조미'와 비견된다. 초창시대 시양식상의 중요한 과제였던 언문일치적 '쓰기'의 궁극적인 결말이 '언어적 음률적 개척'에 있을 정도로 조선말구어문장의 자연스러움은 쉽게 간취되는 것은 아니었다.

근대시가를 개척했던 문인들이 한자 교양에 뛰어났으며 그들이 즐긴 시가형 역시 선대로부터 계승돼온 것이었다는 연구를 참조할 수 있다. '한문맥漢文脈적 교양'사이토 마레시과 한시 전통에 기대어있던 당시 시가담당층에게

---

150 임화, 「조선신문학사론 서설」, 『전집』 2, 413면.

한자어가 굳이 랑그적 차원에서의 '선택'이 강요되는 문제는 아니었다는 것이다. 동경 유학생들의 잡지 『학지광』에서도 조선말 시가에서 한자(어)를 굳이 배제하고자 하는 의도의 흔적을 찾기는 어렵다. 언문일치에 기반한 한글문장이 유행하자 이를 '간이한 언문일치제'로 비판하기도 한다.

한문학漢文學은 우리 무관계無關係인가 아모리 톨스토이니 쉑스피어-니 하며 천만언千萬言을 비費할지라도 우리 동양인東洋人은 한문漢文과 인록因緣을 전혀 끈을 수가 업다. 세상에는 대개 한문학漢文學이라 하면 머리로부터 비난하며 한문학漢文學은 현대 문학文學과 아모 교섭交涉이 업는 것 가티 생각한다. 더구나 간이簡易한 언문일치체言文一致體로 논문論文이나 한 장 쓴다던지 소설이나 한 편 짓는다던지 하면 대문호大文豪나 된 듯이 한문폐지론漢文廢止論까지 당당히 주장하는 자가 잇다. 건방지고 되지 못하게 구는 꼴은 참아 볼 수가 업다.[151]

이 논점은 조선어구어한글문장체 쓰기가 전통적으로 계승되고 실천돼 온 한(자)문학 쓰기에 질적으로 근접하지 못했다는 인식에 근거해 있고 한문을 근대문학의 연緣에서 끊어버리려는 의도를 비판하기 위한 것이다. 『태서문예신보』를 주재한 안서의 원칙이 떠올려지는 대목인데, 한자(어)의 사용 여부가 아니라 한자어를 한자로 표기할 것인가, 한글언문로 표기할 것인가의 표기 선택 문제를 안서는 오히려 고민하는데 그것은 조선어한글문장체보다 한자문장체에 익숙한 당대 지식인들의 관습적인 에크리튀르를 배제할 수 없었던 사정에 기인한다. 근대시가의 이념이 얼마나 조

---

151 盧子泳, 「漢文學의 니야기」, 『개벽』 3, 1920.8.25.

선말언문, 속문 '쓰기'에 집중되어 있었는가를 반증하는 것인데, 조선어 구어, 한글문장체 자체가 낯설었다는 뜻이다. 한자어가 중요한 '문제'로 인식된 것은 일제 말기를 거치면서 해방 이후 분출된 '완전한 우리말 어문생활'의 요구에 환원된 결과에 가깝다.[152]

이태준, 김기림 등에게서 확인한 것처럼, 한자어 문장과 속어 문장의 '차이'가 문장 기능효과의 차이인 것과 유사하게 시가양식에서 한자어와 속어고유어의 대립은 본질적으로 시가양식상 언어미학의 문제에 수렴된다. 이태준, 김기림, 임화 등의 논의에서 '상징주의'은 문맥상 강조점이 다소 다른 술어術語로 쓰이고 있지만, 대체로 한자어가 상징의 기능과 효과 및 미학과 연관된다는 점을 논했다는 점에서 동일한 지향성을 갖는다 하겠다.

상징과 한자(어) 문제로 다시 돌아오면, 두 가지 상이한 풍경을 논할 수 있겠다. '회월적인 것경향'과 '안서적인 것경향'[153]이 그것인데, 이른바 상징주의의 두 흐름, '보들레르적인 것'과 '베를렌적인 것'을 거기에 각각 대응할 수 있을 것이다. 근대 시작詩作의 이상이 근대적 시의 개념인 '상징은유'을 시의 언어로 구조화하면서 또 그것을 시의 내용근대적 미적 이상으로 삼는 것, 다른 하나는 말의 미묘한 음향과 상象의 움직임으로부터 암시적이고 신비한 생의 철학시인의 개성을 드러내는 것에 정향된다면, 이 때 '쓰기writing'의 수단이자 '쓰기의 쓰기composition in writing'라는 표현작법의 주체로서 '조선어구어한글문장체'가 핵심으로 놓이게 되며, 이 과정에서 한자어의 기능을 주목할 수 있을 것이다.

이렇게 요약할 수 있다. 김억의 시에서 한자어는 조선말 시가의 음조미

---

152 임화, 「문학어로서의 조선어」, 『전집』 5, 98면.
153 기존 연구에서 주로 '보들레르적 상징주의', '베를렌적 상징주의'로 개념화되었다.

를 생성하는 차원에서 요구되는 것이며, 박영희의 그것은 은유의 담론을 형성하는 차원에서 기능하는 것인데, 이 두 흐름은 한국근대시사를 이끌고 가는 축으로 일제 말기 신진시인들이 우리말구어한글문장체 시가의 완성형 모델을 구축하는 근거로 작동한다. 다만, 이 두 가지 경향이 진화론적인 흐름을 보이면서 평행적으로 지속된다고 보기는 어렵다. 관념성의 과도는 서술적인 장문형 문체로 나아가고 또 산문화됨으로써 시양식에서 멀어지고,[154] 노래성의 과도는 기계적인 율격화격조시형에 구속됨으로써 자연스런 구어 리듬의 노래체의 이상적 형태를 위반할 가능성이 있는 것이다.

박영희적인 것

그 때 '시인'은 없었다. 이렇게 다소 직설적으로 말할 수 있다면, '독자투고란'의 아마추어 시인은 물론이고 '시인'의 이름을 이미 얻은 시인들조차도 시의 양식적인 특성이 배단법 등의 표기를 통한 음악성 구현, 은유 등 말의 질서를 통해 구축된다는 사고를 했을 가능성은 희박하다는 뜻에서 그러하다. 대체로 물리적 스크라이빙scribing이 시의 고유한 양식성을 드러낼 수 있었을 뿐이다. 임화의 표현을 빈다면, 한자(문)는 랑그이자 빠롤이지만 언문은 랑그일 뿐이니 개인이 한글문장체 시를 쓰는 것은 거의 기적에 가깝다. 문장 차원뿐 아니라 어휘 수준에서도 다르지 않았다. 한글어휘를 찾아 쓰더라도 그것을 단독으로 기표화하기는 쉽지 않았다. 괄호 안에 한자를 병기하는 것도 자주 목격된다. 물론 그 역도 성립한다. 시가 양식의 구어체적 표기 및 표현 방식이 정립되지 않았고, 정립되기 어려운

---

154 임화, 「33년을 통하여 본 현대조선의 시문학」, 『전집』 4, 355면; 윤곤강, 「병자시단의 회고와 전망」, 『전집』 2, 307·316면.

상황에 조선어구어한글문장체 시가의 운명이 놓여있었다.

근대적 자아의 개념을 정초했던 남궁벽이나, 당대 '상아탑'이라는 이름을 걸고 사상가 아나키스트이자 최고의 시인으로 평가받았던 황석우조차 시의 근대적 이상, 곧 조선어구어한글문장체 시(가)의 양식을 스스로 구체화하기는 어려웠다. 관념을 드러내는 것이 곧 시가 되는 시대, 근대적 자아, 이상적 세계, 미적 이상 등의 관념이 곧 시가 되고 그 관념을 계몽하기 위한 가장 적극적인 방법은 그 관념성 한자어 일본어식 한자어를 적극 활용하는 것에 있었다. 근대시의 한 축이 이 낯선 서구적 관념의 세계, 근대적 미의 이념을 우리말의 질서 속에 배치하는 상징하는 것임을 자각했으나 우리말의 자연스런 구어체 문장으로 그것을 잘 흡수하기는 어려웠다. 그들에게 은유는 상상되고 유희되는 말법이 아니라 논리적으로 인용된다.[155] 당대의 은유들이 유형화되는 이유이기도 하다. '은유'를 인용하는 것만으로도 문학의 욕망이 충족되었던 시대, 거기에 '문학성'이라는 질적 평가의 잣대를 덧씌우는 것은 무리이다.

'박영희적인 것'은, 그러니까, 상징하는 언어의 시를 지칭한다. 『신청년』, 『청년』, 『백조』, 『장미촌』 등의 시단을 거치면서 근대시는 시양식의 보다 근대적인 의장, 곧 은유 구조를 갖춘 시로 인지된다. 은유가 없다면 시는 없다. 은유는 시적인 말을 떠받치는 장치이자 그 시의 내용을 이룬다. 박영희 시대의 시는 한자어가 갖는 관념성을 유효적절하게 활용함으로써 '상징'이라는 시적 언어, 즉 은유의 언어를 창안할 수 있었다. '상징'

---

155 '은유'는, 말을 배치하는 질서(형식적 차이)에 따라 은유, 상징, 직유 등의 '차이'를 강조하는 신비평적인 용어기 아니라, 산문의 언어, 다른 언어와는 다른 '시적인 언어'의 속성을 강조하는 의미로 사용한다. 보르헤스, 옥타비오 파스, 폴 리꾀르, 줄리아 크리스테바 등의 術語에 가깝다.

은 현실과 실재의 삶 저너머에 있는 절대적이고 초월적인 것으로서의 미 혹은 예술을 지시하는 언어로서 기능한다. 예술이 없다면 삶은 존재조차 할 수 없으며 은유의 방식으로 이 절대성의 차원은 기표화된다.

> 친구여
> 환락歡樂은 찰나刹那요 비애悲哀는 항구恒久일러라
> 환락歡樂은 허식虛飾이요
> 비애悲哀는 진실眞實일 줄을 알엇다
> 오냐 환락歡樂은 아모 흔적痕迹이 업스되
> 비애悲哀는 동정同情과 정열情熱의 종자種子가 잇다
> 환락歡樂은 피상적皮相的이요 무경륜無經綸하되
> 비애悲哀는 반드시 이타적利他的 도덕적道德的 동정同情이 잇구나
>
> ─「悲哀歡樂」 부분, 『매일신보』, 1920.2.27

'비애'와 '환락'의 정의가 곧 은유이자 시다. 이 같은 진술 형식은 당시 독자시단에서도 빈번하게 확인되는 것인데, 유미주의, 예술지상주의의 영향으로 주로 죽음의 찬미, 육체에 대한 정신의 승리, 미를 넘어선 추악, 영원한 사랑의 동경 같은 주제의식을 전면화하는 데 활용되었다. 관념성 이 묘사를 거치지 않고 시인의 직접 진술에 의존할 경우 그것은 시적이기 보다는 담론적 진술이거나 주장 혹은 사변에 가깝다. 그것은 조사와 서술 어 부분을 한글로 표기한, 일종의 한주국종체 문장과 유사하다. '불란서 식'과 '한자문식'에 대응하자면 후자적 방식이다.

조선문단의 다른 문인들 혹은 다른 장르의 글들에 비해 한자어가 많고

한자표기가 빈번했던 이동원李東園의 시는 그 자체로 은유적인 문장의 구성법을 보여준다.

> 부부夫婦의싸홈은 심장心臟의고동鼓動이외다
> 부부夫婦의싸홈은 바다의파동波動이외다
> 부부夫婦의싸홈은 사람의호흡呼吸이외다
> (…중략…)
> 사랑의파동波動이 이러나지안으면
> 사랑의 고동鼓動이 치지를안으면
> 우리는 얼마나 피곤疲困하갯스며
> 우리는 얼마나 단조單調하리오
>
> ─「夫婦싸홈」 부분, 『조선문단』, 1925.8

일종의 사변적 경구警句다. 자연스럽고 신비한 말의 음향이나 음조를 굳이 찾기는 어렵다. 시양식의 고유성은 사라지고, 시의 가능성은 글자수, 개행, 배열 같은 시 장르 '외부'의 형식적 지표에 종속된다. 『독립신문』 시대에 비해 언문일치체가 보다 완미해졌고 구어문장체에 가까워졌지만 개행하지 않으면 일반 담론과 구분되지 않는다. 그러니 그만큼 '문학예술어'에 기반한 시양식을 요구하는 규준도 높아졌다. 양식적 고유성이 부재한 시쓰기는 양식론적인 개념이 없는 글쓰기로 비판된다.

조선에서가치 분사되기 쉬운 나라는 업나. 비성안엽는 신문잡시경영자들의 손으로 일편의 「소설이라는 것」 「시라는 것」이 활자로 박어나오면 그는 벌서 소설가가 되고 시인이 된다. 아마 그들은 소설이 무엇인지 시가 무엇인지 어렴풋한 개념도 업슬 것이다.[156]

한자(어)가 문제된 것은 그것이 자연스런 조선어구어한글문장체 시를 방해한 데 있기도 하지만 부박하게 '관념의 과잉'을 주입하면서 본질적으로 시양식의 고유성을 살리지 못하는 데 있었다. 같은 호에 실린 강애천姜愛泉의 「지혜智慧의힘」에 쓰인 한자표기와 시의 사변성이 이를 설명한다.

> 인간人間을 아는 것은 지혜智慧다
> 그것은 암흑暗黑에서 광명光明을보는 열쇠다
> 사死를초월超越하는 그륵한 생명生命이다
> 고뇌苦惱와고독孤獨과 절망絶望속에서
> 법열法悅을주며 용기勇氣를주는것은 지혜智慧다
>
> ──「智慧의 힘」 부분, 『조선문단』, 1925.10.

관념적인 한자어가 과잉된 계몽적 설교와 경구식 표현은 1920년대 이후에도 사라지지 않는다. 시간이 흐르면서 그 문제점이 해소되고 시가의 '양식적 진화'의 가정을 밟는 것이 아니었다는 뜻이다. 일제 말기에 가서도 여전히 관념, 사상, 사변을 절대화하는 차원에서 두 음절짜리 한자어가 완고하게 쓰이고 있다. 1920년대의 '시답지 않은 시'에 대한 비판이 1930년대 이르러서도 동일하게 반복된 이유이다.

---

156 장백산인, 「文壇漫話」, 『조선문단』 2, 1924.11.30.

허공虛空에 서는

나는 일점一點의 무無보다

풀밑 버레소리에

생生 과 사랑 을 느껴도

물거품 하나 비웃을 힘이없다

「빛」 은 곧 「어둠일가...」

나는 실오리 같이 야윈

지축地軸의 모습을 보노라

사랑은 완전完全을 미워하는 맘으로

결함缺陷을 번민煩悶하는 향기香氣입니다

상처傷處없인

영험靈驗이 헛되오니....

가시에 조각된맘을

님이여

어루어만지소서

—김상용, 「마음의 조각」, 『신세기』, 1939.3

"사랑은 완전完全을 미워하는 맘으로 / 결함缺陷을 번민煩悶하는 향기香氣입니다 / 상처傷處없인 / 영험靈驗이 헛되오니" 같은 구절들은 'A=B이다'의 은유 차원의 담론구조로 이루어져 있다. '빛은 곧 어둠이다'의 암시가 거느리고 있는 은유의 후광後光을 한자어를 통해 확보하고자 한 탓이다. 김상용이 「남으로 창을 내겠소」에서 보여주는 우리말 구어제 시의 미힉적 원결성에 비해 이 시는 얼마나 멀리 있는가. 관념을 절대화는 욕망이 시의 미학적이고 양식적인 기능을 감쇄시킨다.

황석우, 박월탄, 박영희, 홍사용 등의 이른바 '백조파' 시인들을 평가할 수 있다면, 그것은 그들이 근대적 미학이념으로 설정했던 서구의 형이상학적 관념성을 조선어구어한글문장체로 미학화 할 수 있었다는 데 있다. 영원한 여성에 대한 동경, 죽음 저 너머에 있는 세계의 탐닉, 비애와 운명의 도취 등의 관념적 세계를 그들은 미의 세계로 등치等値시킨다. 현실 너머에 있는 저 관념의 세계만이 미적인 것이자 영원한 세계이다. 노자영은 「표박漂迫」에서 '영원히 이 희고 정淨한 처녀의 몸으로 살고저 하는' 관념으로 문학사의 세계를 절대화 할 수 있었음을 보여주는데, 따라서 '상징'은 그들에게 이 '관념'을 온전하게 보존하는 '코스츔'이 된다.[157] 관념이 없다면 상징은 없고 상징이 없다면 한자어의 필요성도 감쇄되었을 것이다. 인간의 욕망을 움직이는 것이 코라chora, 크리스테바이고 그것의 대리인이 언어라면, 근대시의 은유는 한편으로는 (일본) 한자어의 관념성이 창안한 것이라 말해도 좋다.

임노월의 시에 비해 보다 시적인 상징성이 정교하게 드러난 것이 박영희의 시인데, 그것은 회월의 문장운용 방식이 묘사에 보다 근접해 있고 따라서 한자어보다는 고유어에 집중하면서 서술어나 조사보다는 체언과 관형어 등에 한글을 쓰고 있다는 점에 기인한다.

　별星만혼밤 하날우에서

　부드러운바람은 저의날개羽우에

---

157 조영복, 『1920년대 초기 시의 이념과 미학』, 소명출판, 2004, 156면.

밤여왕女王의나비씨흐르는

청색靑色으로짠야의夜衣을밧드러나리다

흐르는밤빗아래는

자든이슬이춤추며

날이이는연화蓮花밋헤는

[개고리]의깁흔숨을찬란燦爛케하다

우주宇宙를덥혼여왕女王의

찬란燦爛한그옷싹을머리에쓰고

나는넷날나의눈물의바다에서

써나려보낸넷애인愛人을맛나보랴고

숨속에야앵夜鶯우는비애悲哀의호젓한고개를

나는 돌고돌아 밤이슬에젓다

근심의바람이불어서올쎅

애잇는 슬픈곡조曲調가퍼저오는대

금강석金剛石을쌕린 눈물의바다가

쓸쓸하게도바람에광채光彩가혼들인다

나는그바다를건느지못하고안젓쓸쎅에

저믄여신女神이 [비애선悲哀船]을타고나려와서

[눈물의궁전宮殿]속에나의애인愛人이잇다고하야

나는그쓰린눈물바다우흐로한限업시흐르다

푸른그늘이얽키이고

음울陰鬱한바람이부러오는그곳에

번적거리는[눈물의궁전宮殿]이안개갓치보이고

그주위周圍에는적은마법사魔法師들이춤추며돌다

나는몸이썰이며 피가몰아들어

마법사魔法師들을쌔트려부시고

[눈물의궁전宮殿]의 [환락歡樂의문門]을열고드러가

비애悲哀로운소리로애인愛人을부르다

— 「눈물의 宮殿」, 『신청년』 6, 1921.7

보들레르의 『악의꽃』 풍의 이미지가 확인되는데, '우주를 덮은 여왕의 현란한 옷자락', '금강석을 뿌린 눈물의 바다', '비애선을 탄 여신', '춤추는 마법사' 같은 이미지들은 서구의 신화적 모티프로부터 발원했을 터이다. 상징을 구축하는 것은 야앵夜鶯, 애인愛人, 금강석金剛石, 여신女神, 음울陰鬱, 마법사魔法師, 환락歡樂, 궁전宮殿, 비애선悲哀船 같은 한자어들이기도 한데, 그럼에도 이들 낯선 서구식 이미지가 우리말 문장구조에 적절하게 잘 배치되고 표현되어 있다는 것이 중요하다. 청년기에 겪는 이그조틱exotic한 것에 대한 열망은 청년기의 신생과 동경에 대한 숨길 수 없는 욕망 바로 그것으로 이 젊은 문학청년들은 혼곤하면서도 에로틱하게 이 서구적이고 신화적인 모성성의 품안에 깃들었다. 한자어가 없다면 이 관념성은 확보되기 어렵다.

청춘은 아름다웠으나 비애로 가득 찼고, 연애의 열망은 뜨거웠지만 연애의 대상인 소녀는 '눈물의 궁전'에서 환락의 손짓을 보냈을 뿐이며, 문학은 절대적이었기에 현실에서는 감촉할 수 없는 것이었다. 이 이그조틱하지만 인공적인 이미지로서만 우주의 여신은 현현顯現할 수 있었으며 따라서 그들의 연애는 비애의 환각으로 종내 마무리되었다. 이 환각 같은 연애적 감수성이 그들의 '허무한 인생론'의 내적 동인이었다. 고교시절 이미 문예단체의 일원이 된 회월을 비롯한 문학청년들의 감수성이란 따라서 관념성을 떠나면 성립하기 어려운 것이었다. 절대적 대상을 개인적 회감의 영역으로 끌어내 동일화시키는 '은유'의 속성이 이 청년들의 절대적 관념성에 그대로 부합되었으며, 이를 기반으로 우리 근대시사의 하나의 기둥이 세워졌던 것이다. 말하자면 박영희적인 문체는 우리 근대시사에서 '은유의 창안'을 뜻하는 것이었다. 거기에 관념성 짙은 한자어가 중요한 역할을 담당했는데 그렇다고 해서 회월의 문장이 조선어구어한글문장체가 아닌 것이 아니었다.

이 시기'신청년'기 '시의 내용과 표현이 모방적이었'기에 이를 탈피하고자 심기일전해서 '장미촌류의시'을 간행했다는 회월의 회고가 있거니와『신청년』,『청년』,『백조』,『장미촌』등의 잡지에 실린「눈물의 궁전」류의 작품들은 대부분 이와 같은 신비, 비애, 환몽의 관념적 세계를 은유의 말법으로 '쓰기화'했다는 점에서 그 중요성을 지적할 수 있다. 당대 예술문학을 절대화했던 청년들은 우리말 구어의 프리즘 안에서 아름다운 관념의 세계에 거주할 수 있었다. 암흑의 나라에서 헤매는 고독한 청년의 비애와 운명「人生」, 소녀와의 영원한 사랑에 대한 환몽「애홍(愛虹)」, 연애에 눈뜨기 시작하는 소년의 고독과 애수「牧童의 笛」를 그린 시들에서 어휘는 대부분 유사한 관념성을 드러내는 한자어로 이루어졌는데 그것이 우리말구어한글문장

체로 서술되어 있다는 점을 지적할 수 있겠다.[158]

박영희의 아호 '회월懷月' 역시 '달의 상징'에서 왔다. 서구 형이상학으로부터, 그들이 충격을 안고 읽었던 보들레르풍의 시들로부터, 그들은 상징은유을 차용하면서 그것을 자신의 시의 언어로 각인하고 대중 독자들에게 이 절대적인 담론인 문학예술을 계몽한다. 예술절대주의라는 관념성을 드러내기에 한자어는 무엇보다 필요했다. 당대 문학담당자들이 한문한자지식 계층으로서 누구보다 한자문에 능통했고 조선어한글문장에 이 한자 관념어를 녹여내고자 했을 것이다. 절대미의 관념을 직접 서술하는 임노월의 방식은 실제로는 담론에 가깝고, 영원한 여성성의 세계로 변형한 이상화, 박영희는 임노월과 유사하게 한자어를 활용한다해도 보다 묘사적이고 본래적인 은유의 말법에 기댄다는 점에서 오히려 조선어구어한글문장체에 가깝다.

박영희의 「월광으로 짠 병실」, 이상화의 「나의 침실로」 등은 조선어구어한글문장체 시가 미학적 형식성을 완수해가는 출발점이 된다. 관념상징으로 기운 무게중심을 조선어 구어로 그 균형점을 이동하면서 근대시의 다음 단계로 진입하기 위한 준비를 보여주는 것이다. 임화는 이를 경향시로 나아가는 중요한 단계로 보았지만, 시사적으로 이는 묘사이미지와 관념상징의 긴장 속에서 우리말 표현의 가능성을 극도로 밀어올리는 출발점이 된다. 조선사람의 감정과 정서를 조선글로 치밀하게 완전히 발표할 수 있는 이 구어체의 문장은 참으로 아름다운 표현이었다.[159] 우리말 구어한글

---

158 조영복, 「『신청년』의 시와 상징주의시 수용의 한 계보」, 『근대서지』 11, 근대서지학회, 2015.
159 박영희, 「초창기의 문단측면사」, 『전집』 2, 282~283면.

문장이 보다 '치밀하고 완전하게' 구현되기 위해서는 1930년대의 시인들, 정지용, 김기림, 이상의 등장을 기다려야 했고 이들 선배시인들의 구어체 문장을 자신의 시의 이상적 모델로 삼은 장만영, 윤곤강 등 신진시인들의 자각이 선행되어야 했다.

'박영희적인 것'이 초창시대 조선어 구어 시가의 '궁극적 완성'을 의미하지는 않는다. 그것은 한편으로는 언문일치 개념에 저촉되고 또 시가노래체로서의 미학성을 온전히 갖지는 않았다. "별_星만흔밤 하날우에서 / 부드러운바람은 저의날개_翼우에"에서 보는 것처럼, 의미를 가시화하고 독자를 설득하기 위해 고유어에 한자를 병기할 수밖에 없는 상황에 놓여있었던 것이다. 그 반대의 경우도 흔한 것이었는데, 비단 박영희 등의 시에서뿐만 아니라, 한자(어)에 한글 뜻을 병기해 둔 시들도 자주 확인되는데, '절대미'라는 관념_{의미}을 설명하기 위해 '한글─한자'의 이중병기를 하지 않으면 안되었던 것이다. 이는 구어체 시의 음악성 및 미학적 완결성을 저해하고 또 텍스트의 완결성에 기반한 '문자화'의 원칙을 배반하는 일인 것이다.

안서적인 것

안서에게 근대시의 이상이란 조선어구어한글문장체로 된 음악의 시를 건축하는 것이었다. 창가의 형식은 말할 것도 없고, 시조나 한시 같은 엄격한 미학적 형식성을 갖는 전통 시가양식을 뛰어넘어야 하는 책무가 그에게 주어졌다. 문자로 실현되지 않는다면 노래는 '침묵'으로밖에 남겨지지 않으므로 '시로써 미래의 음악을 짓'기 위해서는, '문자'라는 몸을 빌어올 수밖에 없다. '언문쓰기'가 그에게 얼마나 중요했던가를 짐작할 수 있다.

웅변雄辯을잡아서 목을빼여버려라!

힘써 나아가라임(운율韻律)을곱게하랄때

(…중략…)

너의시詩로써 미래未來의음악音樂을지으라

박하薄荷와 ○○꽃의향기香氣를품은

보드랍게 부는아츰바람과갓치……

그리하고 그밧게는문자文字밧게될것업서라.

— 안서 역, 「作詩論」, 『폐허』 창간호, 1920.7

　　웅변의 목을 빼고 곱게 나아가는 것이 곧 '운율'이라는 것, 미래의 음악
을 짓는 것, 박하의 꽃향기를 품는 것 등은 안서가 시론에서 밝힌 '시가'의
궁극적 이상과 조화된다. '라임'의 조화, 음악성이 문제인 것이다. 그 외에
는 "문자로밖에는 될 것이 없다". 베를렌의 작시법이 굳이 아니었더라도,
문자와 말을 위계적인 것으로 설정하고 말'언어'을 문자보다 상위에 놓는
관념은 조선말 시가양식을 고민했던 초창시대 문학담당층에게는 일반적
인 것이었다. 안서의 '언문표기' 원칙은 강박증적인 것으로 보일 정도로,
안서에게 조선말의 '쓰기' 문제는 조선어구어한글문장체 시가양식을 구
축하는 데 핵심적인 것이다. 마음 속의 충동호흡을 '쓰기화'하지 않으면
'시가노래'로 남겨질 수 없으니, '언문쓰기' 문제는 근대 시가양식을 정립
하는 데 핵심과제가 된다. 한마디로 조선어구어한글문장체의 음악으로
생의 충동을 노래하는 것이 안서의 시작詩作의 이상이었다. 안서의 이 같은
인식이 굳이 서구시 번역과정에서 온 것은 아니었고 한문맥적 환경에서
익숙하게 접했던 한시의 미학적 완결성에 대한 일종의 '타자의식'이 작용

한 결과이기도 했다.

『태서문예신보』에서 독자讀者 시단을 열면서 '언문으로 된 시가'만을 원칙으로 삼고 모든 '쓰기'의 기준을 '언문쓰기'에 두었지만 후일 독자들의 '언문쓰기'에 대한 항의가 잇따르자 이 방침을 철회하고 다시 언한문섞어쓰기한자병용를 허락하는데, 이 때 안서에게 '언문쓰기'는 '표기'의 문제이지 '한자어 사용불가'를 뜻하지는 않았다. 한자어 제목이나 저자시인의 이름은 여전히 완고하게 한자 표기를 고수하고 있는데, 한자어휘와 고유어의 선택의 갈등이나, 혹은 한자어의 사용여부가 그에게는 중요하지 않았고 오직 조선어구어한글문장체의 자연스런 흐름 가운데 말의 음향적 색채와 말의 아우라, 시인의 개성적 리듬으로부터 발산되는 생의 충동과 정서의 도약 같은 말의 신비가 중요했던 것이다. 시인의 내면에서 뿜어나오는 정서적 충동과 문자화쓰기하는 과정에서의 그것의 질서화를 '격조'로 이해한 그의 입장에서 한글쓰기의 핵심은 말의 궁극적인 자연스러움과 리듬, 말의 음악이었는데, 말의 음악에서 미묘한 상징이 싹튼다는 신념은 그가 완고하게 지켜내고자 하는 시가작법의 원리였다.

안서는 초기에는 강박적으로 한자 표기를 회피한 듯하다.『태서문예신보』,『창조』,『폐허』등의 잡지에 실려있는 시들이 대체로 그러하다. 번역시조차 그러하다. 그는 '베를렌'을 번역한 것이 아니라 번역 과정에서 조선어구어한글문장체의 음악성을 발견하고자 한다. 시(가)란 '의미'를 '쓴' 것이 아니라 말을 노래하기 위해 문자를 비는 것이다. "문자밖에 될 것이 없는" 것은 시가 아니다. 그러니 그의 시작법은 노래시가의 작법이다.

'언문'이란 표현의 수단이자 형식 그 자체이며 또 형식양식의 주체가 아닐 수 없다. 한자 : 언문의 글자 선택은 한시에 대응되는 조선말 시가에 그대로 대응되는데, 이는 이념조선주의의 욕망보다는 양식의 욕망을 의미한다. 그가『태서문예신보』에서 밝힌 대로, "우리가 언문쓰기를 연구ᄒ고 언문 읽기를 단련ᄒ야 언문을 보급식히어야 우리 됴선의 예술은 근본적으로 수립樹立될 것이외다"[160]에서 '언문을 통한 됴선 예술의 수립'이 안서가 품었던 근대시작의 궁극적 이상인 것이다. 안서는 굳이 언문 표기 원칙을 주장했지만 한자교양에 익숙했던 독자들의 저항에 부딪혀 결국 그 원칙은 철회되는데, 그것은 안서가 자유시의 운율론韻律論의 정립을 유예하고 한시 번역, 격조시 창작 등의 '한문적 교양'으로 복귀하는 것에 대응된다. '종결체'에 관한 한 안서의 '타자'인 요한에게서도 유사한 관점이 적용되는데, 민요, 동요에서 조선 시가양식을 모색했던 요한의 '시(가)의 문자화'라는 이념 역시 '장르양식적인 것'에 깊이 내화內化되어 있다. '(민족주의, 조선주의)이념'은 오히려 그 장르의식을 움직인 동력의 하나로 간주되어야 한다. '이념'이 직접적인 동기가 아니라는 뜻이다. 민요, 동요의 리듬, 음악성이 스스로 문자의 선택을 제약하기 때문이다. 시가의 언문일치는 양식적 고유성과 시가의 연행적 성격에 의해 실현된다.

안서는 몇 편의 단평에서 시양식과 한자어와의 관계를 논하고 있다. 한시에서 한자어를 낭독할 때의 중국 발음과 우리말 발음의 차이 문제, 우리말 시가에서의 문장의 자연스런 흐름과 한자어의 관계에 대한 문제 등을 제기한다. '음조미'와 연관되어 있음을 추정할 수 있다.

대체로 한문교양에 익숙했던 당대인들의 시는 한자어를 기반으로 한 것이다. 전통시가의 낭영체에서 기원한 문장 종결어나 한자관용구 위주

---

160 「바람ᄂᆞ다 편즙실에서」,『태서문예신보』6호, 1918.11.9.

의 한문체, 의한문체의 시양식을 고수하는 경우가 많았고, 한문체, 의한문체로부터 탈피했더라도 주장, 사변, 진술에 그침으로써 시양식의 고유한 속성을 실현하는 데 서툴렀다. 한 예로, 이동원의 시 「그난북北으로 가더이다」를 인용하고자 하는데, 안서가 이 시의 한자어 문제를 제기하고 있어 참조할 만하다. 우리말 구어체의 흐름을 방해하고 음조미를 실현하지 못한다고 안서는 평가한다.

> 남실남실 넘치게담은 사랑의신주神酒를
> 이팔二八의단순丹脣에서 생각지안코 쎄어버린후後에
> 의義에불타고 분憤에물쓸년
> 보드러운가슴을 양兩손으로웅케잡고
> 찬바람못시불고 눈이만이오년
> 더―멀고머―ㄴ 북北의나라로
> 언제다시온다년 기약期約도말하지안니하고
> 석양夕陽에쩌지넌 해발과갓치
> 황혼黃昏을등지고 가고말더이다
> 二
> 금풍金風이솔솔히 불어내릴제
> 남국南國의더운싸으로 도라가년쎄무리기럭이에게
> 싸저죽는이 넘어갈밧게
>
> ―「그난北으로 가더이다」, 『조선문단』, 1925.2

속어구어를 써야 할 곳에 '금풍金風', '단순丹脣', '의義', '분憤' 같은 한자어휘를 씀으로써 물흐르듯 흘러가는 시상의 흐름을 방해한다는 것이다. 기본적으로 '언문불일치' 문장체이다. 한문장체식 문장법과 '더이다' 등의 종결체는 우리말 문장체의 자연스러운 흐름에서 벗어나게 하고 그러니 말의 음악성을 확보하기 어렵다. '창가도 아무것도 아니다'라는 평가에 조선어구어한글문장체 시가의 음악성에 대한 안서의 완고한 자의식이 묻어난다.

> 이것을 만일 시詩라고 하면 놀나운 일이며 세상世上은 별유천지別有天地에 태평
> 건곤太平乾坤이겟습니다. 「창가唱歌」도 아모것도 아닙니다고, 쓴말을 들일밧게
> 길이 업습니다.[161]

말의 자연스런 흐름과 그것으로부터 풍겨나오는 음향적 아우라를 음조미로 보고 이를 시가의 핵심요소로 규정했던 안서의 시각이 잘 반영되어 있다. 안서가 베를렌의 시풍을 강조한 것 역시 언어의 음악성에 있다. 안서는 줄곧 조선말 시가의 '음조미음악성'를 강조했고, 신비하고 암시적인 생의 의미를 이 음악의 미묘한 움직임으로부터 추출할 수 있다고 믿었다. 시가 노래일 것과 말의 미묘하고 신비한 뉘앙스에서 삶의 신비가 느껴질 것, 이 두 가지가 근대시가의 핵심이었으니, 이미 끌리세화된 어구를 창가투의 격조로 적당히 늘어 둔 이동원의 시에 '쓴 말'을 쏟아내는 것은 당연했던 것이다.

안서가 펴낸 『오뇌懊惱의 무도舞蹈』의 표지화를 그렸던 김찬영은 거기에

---

161 안서, 「시단산책—二月詩評」, 『조선문단』 6, 1925.3.

축시 「오뇌懊惱의 무도舞蹈의 출생出生된 날」을 남겼다고 하는데, 김찬영의 시는 회월의 시보다는 구어체적인 시에 근접해있지만 안서의 음조미, 음악적 신비에는 이르지 못한 듯보인다. 상징성은 띠나 다소 생경한 한자어와 구투의 문장체가 말의 음악성을 구속하고 음조미를 제한한다.

> 햇빛은 붉어지고
> 이상한 구름은 춤추어라
> 굳센 자극의 노래부르다
> 천사는 육감의
> 그윽한 환희에 절규하리라
> (…중략…)
> 악마는 신에게
> 결혼을 청하다
> 죄악과 선미善美는 화의和意하여라
> 양귀비 아편의 배어난 향기는
> 망각의 리듬 위에서 춤춘다[162]

관념 한자(어)가 중심이고 한글은 주로 조사吐나 서술어에 쓰인다는 점에서 한주국종체의 분위기에서 벗어나기 어렵다. '-노라체'로 기본적으로는 시가성을 견지하고 있지만 '죄악과 선미善美는 화의和意하여라' 같은 구절은 낯선 한자어 때문에 자연스런 우리말 구어의 리듬을 살리지 못한다. 의

---

[162] 김병기 증언, 『백년을 그리다』, 한겨레, 2018, 44~45면에서 재인용. 실제 『오뇌의 무도』에 실린 글은, 「오뇌의 무도에」로, 단상이다.

미관념를 위한 한자(어)가 자연스런 말의 음악을 방해하는 격인데, '화의' 같은 어휘들은 우리말 일상어에 자연스럽게 내화된 '산말'로 보기 어렵다.

안서는 이동원의 시를 평가하면서 '쓴말'이라는 용어를 쓰고 있는데 '쓴말'이 군이 한자(어)를 부정하기 위한 용도로 쓰인 것이 아님은 다음의 글이 확인해 준다.

> 한시 몇 편을 이식移植하다가 맘대로 되지안이하야 그대로 내여바려두다. 한시漢詩처럼 의미意味의 잡기기어려운 것은 업다. 이럿케 해석解釋하여도 뜻이 되고 저러케 해석解釋하여도 쯧이 통通하는 듯하다. 한자漢字 한 자字에도 무한無限한 정취情趣가 잇서, 시詩의 용어用語로는 다른 외국어外國語보다도 우수優秀하다는 생각이 나다. (…중략…) 전야의 한시漢詩를 고심이식苦心移植하야 「생장生長」에 창작 두편과 함씌 보내서 문채文債를 갑다.[163]

"한자 한 자에도 무한한 정취가 잇서 시의 용어로는 다른 외국어보다도 우수하다는 생각이 난다"는 것이 안서의 시각이다. 베를렌을 번역하고 에스페란토어 교재를 집필하는 등 언어 자체에 관심을 가졌던 안서가 군이 한자어, 문를 '다른 외국어보다도 우수하다'고 인식한 것은 글자 하나만으로도 의미와 이미지를 확장할 수 있는 상형문자인 한자의 특질 때문이었을 것이다. 핵심은, 한자가 우리말구어한글문장체의 시가에 섞여들 때 '의미'가 아닌 '소리음성'의 수행성 여부이다. 결국 조선어 시가양식에서의 발음상의 문제, 음조미의 문제인 것이다. 한시의 압운과 평측법은 중국 발음에 근거한 것이어서 조선어와의 음조의 차이가 발생할 수밖에 없다. 보

---

163 김안서, 「일기」, 『조선문단』, 1925.4.

다 중요한 것은 평측과 압운에 대한 지식이 주로 규장奎章과 자전字典, 문자 지식에 바탕을 둔 것이어서 시각의 감상은 되어도 청각의 감상은 될 수 없다는 점이다.[164]

'문자의 발음이 다른 것'이 문제되는 것은 바로 시가가 낭영양식이라는 점 때문이다. 한자어 자체가 '가장 조선말답지 않은 표현'의 원인은 아니다. 구투의 한자어와 창가식 격조가 자연스러운 말의 흐름을 방해하고 그래서 음악적 암시도 생의 기운도 느낄 수 없다는 것이다. 시인의 관념의미, 사변을 문자로 표현하는 문제, 더 나아가 시적인 양식으로 표현하는 문제가, 흥미롭게도, 1940년에 이르기까지도 여전히 고민거리가 되었다. 김동인, 임화가 말한 그대로, '한문적 세력'[165]의 '쓰기' 감각이 조선어 구어 문장체의 '쓰기' 감각으로 전환되는 것의 지난함을 증거한다.

'언어는 인간 가운데 있는 최후의 신의 주처住處'임을 강조했던 박용철은 1930년대 중반에도 여전히 우리 시의 한자남용 문제가 우려할 만하다고 지적한다.

> 우리의 신문학이란 것이 거의 한학漢學에 소양깊은 몇몇 선배들의 의식적인 노력 끝에 생긴 수확이며 또 현재 벽초碧初나 위당爲堂같은 한문학의 대가들도 능能히 순조선문純朝鮮文으로 표현의 길을 걸어갈 수가 있는 한편 연령으로나 교양으로나 한문학에 그리 깊을 수도 없고 그리 정확할 수도 없는 한 세대 젊은 우리 시인들이 한자를 문란紊亂하게 무모無謀하게 써서 그의 글로 하여곰 젊은 신경통환자神經痛患者의 외관外觀을 가지게 하면서있다. 작자作者는 시에 쓰는 언

---

164 안서, 「誤謬의 희극—[漢詩에 대하여]의 필자에게」, 『동아일보』, 1925.2.23.
165 임화, 「조선어와 위기하의 조선문학」, 『전집』 4, 595면.

어와 회화용어會話用語가 완전히 일치해야 할 것을 주장하는 언문일치론자言文一致論者는 아니다. 그러나 시의 언어가 생활하는 민족의 언어 속에 깊은 뿌리를 박고있지 아니해서 이 암묵暗默의 지지자支持者를 잃는다하면 그 시詩는 대지大地를 떠난 나무와 같이 될 것이다. 시의 용어와 회화용어와의 사이에 거리距離는 멀지도 가깝지도 아니한 그 필연必然의 거리를 유지해야 할 것으로 믿는다.[166]

'조선문'이란 한글문자만으로 쓰인 문장을 가리키기 보다는 조선어구어 한글문장체문장을 가리킨다. '생활 속에 깊이 뿌리박은 민족어'가 곧 자연스런 우리말구어체문장의 근간이다. 사실, 시양식의 언어란 구투적인 것, 문어적인 것도 가능하고 다소 그것과는 반대되게 보다 세공된 언어도 가능하며 그것이 한글문장체에 자연스럽게 녹아들어 시양식 고유의 표현과 묘사에 기여한다면 크게 문제되지 않는다. 한자의 사용이 문제가 아니라 한자(어) 남용으로 인한 조선어 시의 난삽한 외형이 문제라는 것이다.

박용철은 백석 시집『사슴』을 평가하면서 그 핵심을 '수정없는 방언'이라 지적한다. 문어 : 구어를 비활용어 : 회화어에 대응시키고 이를 비유적으로 바둑돌 : 막자갈, 동그라진 돌 : 뿔있는 돌, 도회의 문화 : 향토의 야생으로 치환한다. 전자에 한문고문漢文古文, 나전문羅甸文, 신조어新造語, 에스페란토어가, 후자에 자연국어가 포함된다고 하고 후자는 대체로 '서슬이 퍼런 생명의 본원과 접근한다'고 썼다.[167] 따라서 '완전한 언문일치체'란 시의 언어가 도달할 그 자체의 목적지는 아니다. 하지만 한자(어)가 남용된 시는 우리말 구어시도 한글문장체 시도 되기 어렵다. 한자남용의 문제는,

---

166 박용철, 「丑年詩壇回顧」,『전집』2, 115~116면.
167 박용철, 위의 글,『전집』2, 124면.

박용철이 이미 지적하듯, 세대론적인 문제가 아니라 우리말 문장에 대한 최소한의 훈련이 되어 있는가에 대한 근본적인 질문에 연계된다. 역설적이게도, 이른바 '한자압증'이 한자를 잘 모르는 젊은 세대에게 더 강력한 충동을 발휘하고 있었다는 것이 흥미롭다.

'생명의 본원' 같은 고답적인 용어가 단지 백석 시의 방언 그 자체의 고유성이나 특이성을 유별나게 지적하고자 한 의도에서 쓰인 것 같지는 않다. 보통 백석의 시를 방언, 향토성 등으로 평가, 해석하는 관점과는 다른 것이다. 박용철이 새삼 '모어母語의 위대한 힘' 같은 장엄한 수사를 덧붙인 이유가 있다.

> 이 시인은 현재의 우리 언어가 전반적으로 침식侵蝕받고 있는 혼혈작용混血作用에 대해서 그 순수純粹를 지키려는 의식적意識的 반발反撥을 표시하고 있다. 이 시집의 체재體裁와 인쇄印刷와 발행發行을 통해서 이 시집이 나타내는 바 구차苟且하지 않고 타협妥協이 없는 강한 신념은 한 우연적偶然的이고 부수적附隨的인 사건이라기보다 이 시인의 본질적 표현의 일부一部인가 싶다.[168]

극도의 자기절제와 정결성은 백석의 전기적 사실에서 확인되는 것들인데, 이를 여기서 반복할 필요는 없으리라. 다만, 자비 출판에 특별한 장식 없는 장정을 특징으로 하는 시집 『사슴』을 생각하면, 시집 자체의 '체재, 인쇄, 발행'을 극도의 금욕주의에서 찾고 있는 박용철의 해석이 지극히 인상적이면서도 온당함을 부정하기 어렵다. 어찌되었든 '부단히 침해받

---

168 박용철, 「백석 시집 『사슴』 評」, 『전집』 2, 124면.

고있는 우리말의 혼혈작용에 대한 백석의 의식적인 저항과 반발'이라는 것이 핵심이다. 한자(어)의 경우, 기존 '한문적 세력'의 지속과 더불어 일본식 한자어에 대한 침식의 문제가 근본적으로 대두되는데, 신진시인들의 시에 낯선 일본식 한자어휘가 눈에 띄게 증가하고 있었다. 그것이 '생명있는 모어에 기반한 우리말 문장체'를 위협하면서 분명 이질적인 형태로 조선어시에 틈입해 들어왔을 것인데, 박용철은 그 심각성을 백석의 방언과 모어적 감수성의 프리즘을 통해 역설적으로 증언하고 있다.

1930년대 후반기에 신진시인으로 이름을 알렸던 김광섭마저 한자(어)가 남용된 시를 발표했을 정도로 한자의 우리말 문장체 시로의 침식은 광범위했다. 한자 단어에 한글 토를 붙여둔 격의 시들이 여전히 발표되는데, 자유롭고 자연스러운 표현[169]일 수 없으며 이는 한글문장체의 시라고 보기 어렵다.

> 천국天國으로 가리라든 입슬에 술이무더서 너는 애정愛情을 먹여 동물動物을 양養하는자者
>
> 그가 너의눈에서 하로의진유眞鍮를 보고도라서면 너는 애정愛情의 여윈곳에 또 연지臙脂를 찍는다
>
> 아 청춘靑春을 먹는 요염妖艶한 미소微笑
>
> 너의 입술은 마도魔都냐?
>
> —김광섭, 「거리의 여인」부분, 『조광』, 1940.7

---

169 박용철, 「女流詩壇總評」, 『전집』 2, 128면.

보들레르의『악의 꽃』일절을 연상시키는 이 시에서 "천국天國으로가리라는 입술에 술이무더서 너는 애정愛情을 먹여 동물動物을 양養하는자者"의 구절은 문맥이 통하지 않는다. "하로의진유真鍮", "애정愛情의 여윈곳에 또 연지臙脂를 찍는다" 역시 마찬가지이다. 이 서툰 문장법이 의미의 과잉을 낳는다. 문학청년들 스스로 '쓰기'의 훈련을 통해 '한문적 세력'의 크나큰 영향력으로부터 벗어나기는 쉽지 않았던 것이다. 1920년대 초기 이동원의 한자문장체의 시와 김광섭의 시는 큰 차이가 없는데, 초창시대 시양식에 대한 질문들은 일제 말기 와서도 그대로 재연되고 있다. 안서는 "이와 가튼 말을 어떠케 조선말로 할 수가업는지"라고 의문을 표한다.[170] '뿌리 깊은 감정의 일면에 침잠하여 허망과 무의미한 생활에서 오는 태만의 언어의 표현을 일삼는'[171] 문자행위는 시작 행위라 보기 어렵다는 것이다..

안서는 오시영의, 「애원보愛怨譜」에 대해서도 이렇게 평가한다.

영원永遠의합치合致를바라며
눈을감아지은 칠흑漆黑의세계世界에
머리를 대고 두손을 맞잡은 체열體熱의 교류交流 ―
가슴과 가슴은 침묵沈默의 이감異感으로 용접鎔接을 하다.

그대 열루熱淚로내무릎을 적시든 감격感激의 시간時間보다,
무한無限으로 전개展開한 칠흑漆黑의 신비神秘속에
별빛같이 고요히 빛나는

---

170 안서, 「7월의 시단(3) ― 용어와 표현」, 『조선일보』, 1940.7.18.
171 박용철, 「丁丑年 詩壇回顧」, 『전집』2, 118면.

그대의 눈물을 지각知覺하는 아름다운 반사反射의행복幸福

— 「오시영, 「哀怨譜」 부분, 『조광』, 1940.7

'영원永遠의 합치合致', '체열體熱의 교류交流', '침묵沈默의 이감異感' 같은 어휘의 조합은『독립신문』의 한주국종체보다 더 어색하며 1920년대 '상징적인 문맥'을 모방하면서 영원성과 절대성의 이념을 계몽하는 수단으로 활용되었던 상징주의시에 비해서도 낯설고 서툴다. '은유'의 새로운 말법만으로 시의 기둥을 지탱할 수 있었던 1920년대 시의 시대정신은 이미 소멸했는데, 묘사나 이미지의 구체성을 통해 대상에 접근하는 '기교파'가 시단을 점거하던 1930년대 말기에 가서도 한자문장체, 의한문체 시가가 발표되고 있다. '문청'들은 여전히 한자(어) 중심의 한문장체로 관념을 직접 서술하는 1920년대 초창시대 방식을 습용하고 있다. 외국문자 숭배율이 팽만해 가는 시점에서 '인간人間', '미련未練', '외권渦卷', '동굴洞窟' 등의 '일본어적 조선어'가 조선어의 고유한 미와 힘을 허물어트리는 세태가 일제 말기에도 여전히 지속되고 있었다.[172]

조벽암의 「조도곡弔悼曲」은 구어적이지 않고 표기자체도 대체로 한문장체인데, 황석우가 우리말과 한자를 병기해 의미를 분명하게 하고자 했던 1920년대 시의 실재와 거의 유사할 정도이다.

안서는 한자(어)가 음조미를 방해한다고 보고 시쓰기에 있어 한자를 적게 쓰라고 주문한다.

---

172 김억, 「무책임한 비평―〈문단의 일년을 추억하야〉의 평자에게 항의」, 『개벽』 32, 1923.2.

될수 있는대로는 한자漢字를 적거 써줍소서 이것이외다. ─ 넘우도 한자漢字
가 많하서 자연自然스러운 음조미音調美를 잡아눗는 감感이 심甚하기 때문이이다.
─ 어떤 점點까지는 한자漢字가 필요必要하나 그 이상以上의 것은 도리혀 조선어朝
鮮語로의 순수성純粹性만을 해害할뿐 그것으로 인因하여 좀 더 무엇이 조와지는
것은 아닌상십습니다.[173]

"이러케 만히 한자漢字를 사용使用하면서도 그러케 심하게 불순不純스럽지
아니한 점은 인정할 수 있으나 한자
를 조선말로 대신시켜 표현했던들
하는 아쉬움이 있다"고 안서는 술회
한다. 조선어의 순수성이란 한자어 :
조선어, 한자 : 한글의 대립에서 하
나를 대립적으로 선택함으로써 얻
어지는 것이 아니라 그것이 무엇이
든 자연스런 문장의 흐름으로부터
생성되는 음조미에서 확보된다. 이
는 조선어구어한글문장체 시가의
이상과 부합된다. 음조미란 문자시
적인 것이기보다는 음성적인 것, 낭
영적 상황을 전제한 것이며, 연행성
낭영체의 실현을 현동화한 것이다. 이것

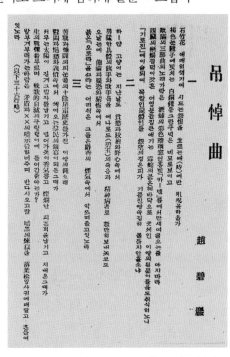

조벽암, 「弔悼曲」(『전선』, 1933.1). 한글(한자) 병기 및 종
결체 등에서 1920년대 초창시대 시양식과 유사한 문장체가
확인된다.

---

173 안서, 「7월의 시단─전원의 시」, 『조선일보』, 1940.7.19.

이 안서의 '근대시가'의 이념이며 이 이념을 구체적으로 떠받치는 항이 바로 '음조미'이다. 안서는 시가의 3요소, 즉 어의語意, 어향語響, 어미語美 가운데 어향語響을 가장 중요한 것이라 평가하는데, 이는 시가양식의 핵심을 음조미로 본 안서의 신념을 요약한 것이다. '조선어구어한글문장체 시의 음률개척'이라는 단 하나의 목표가 근대시사에 등기된 시이론가이자 시인인 두 인물, 안서와 임화를 잇는 매개항이다. '의미 : 음악', '관념 한자어 : 구어 조선말'의 대립에서 후자들을 '실감을 담보하는 것'으로 인식한 것은 완벽한 음조의 조화를 통해 시의 역동성, 음악성이 확보된다고 보기 때문이다.

시가양식에서 한자어를 적절하게 운용하는 문제는 조선말답게 표현하는 문제, 언문일치의 아름다움을 실감하게 하는 문제뿐 아니라 시의 리듬과 직결된다. 한자어는 시의 통사적인 완결성, 음조미의 실현, 의미의 소통 문제 등과 복합적으로 연결되어 있다. 이태준이 말한 '묘사와 관념 사이의 긴장'에서 한자어가 시가양식의 시적 의장을 갖추는 데 방해 요소가 아니라면 배제할 것은 아니다.

안서와 1930년대 시인들

안서에 비해 훨씬 더 조선말 표현에 대한 강박증적인 관심을 가졌던 박용철은 영랑의 「청명淸明」을 두고 "음악이 어감에 맞기만 한다면" '淸明'이라는 한자를 쓰는 것이 "가을아침 무어라 이름지을 수 없이 개운한 심사를 이르는 데" 가장 적확한 표현이라 본다.

청명이란 명명命名은 대단 적절適切한듯하시 우리가 한문에서 나온 것을 다 버릴 수없을 것같으니 음악音樂이 어감語感에 맞기만한다면 가을아침 무어라 이름 지을 수 없이 개완한 심사를 청명이라고 한것만해도 고마워이 감감의 넋인 듯 모다 눈이오 입된 그청명 그놈을 조각상彫刻像같이 조희우에올려앉히기는 형兄으로도 어려웠던가 (…중략…) 형兄의 본식本式인 승화체昇華體가 아니고 내사랑하는 동백닢식式의 서술체敍述體가 이상했네 자네가 자유시형自由詩形이되었다고 기뻐하는 심사는 짐작도 하겠네마는 청명 이놈은 그본질기분本質氣分이 신경세포神經細胞의 묵금인 듯한 결정結晶하는 듯 冴えた 감각인듯하니 기회가 있거든 다시한번 또렷이 오려주셨으면 싶으네.[174]

이 글은 서술체와 승화체, 자유시체와 정형시체 간의 관계에 대한 암시를 주고 있고, 이들 시문학파들이 정형시체의 단순간결하고 집약적인 언어의 경제성에 심취했다는 점 등을 확인할 수 있다는 점에서 중요하다. 특히, 한자어 혹은 한문교양과 일정한 거리를 두고자 했던 박용철이 '우리가 한문에서 나온 것을 다 버릴 수없을 것같으니 音樂이 語感에 맞기만한다면' 그러니까 우리말 어감의 음악에 맞기만 한다면 한자를 쓰는 것에 제한을 할 필요가 없다는 투로 말하고 있다는 점이 흥미롭다. 잡지 혹은 시집의 서명이나 표제 하나를 건지기 위해 고투했고, 어휘에 대한 디테일한 고민, 즉 '실비단' 같은 '명사적 형용'과 '보배론'이란 '형용사의 형태'의 차이를 고심한[175] 박용철이 한자한자어의 유용성을 한편으로 주목하고 있는 것이다. 언어를 승화함으로써 보다 감각적이고 집약적인 문체로 결정화結晶化할 수 있는 측면이 한자한자어에 있다고 본 것이다.

---

174 박용철, 「영랑에게 쓴 편지」, 『전집』 2, 331~332면.
175 위의 책, 319~320면.

자연스런 문장의 아름다움 곧 조선어구어한글문장체의 아름다움이란 '시상이 아름답고 물흐룻이 흘러 음조미와 실감을 담'은 문장체의 그것이다. 안서는 그 일례를 장만영의 「수야愁夜」에서 찾는다.

나는 시커먼 삘딩과삘딩이 느러서 있는 거리의뒷골목을 걸어간다.
슲은밤의 피부皮膚를 적시며 비는 퍼붓는다.

나는 쓸쓸한 마음을 씹으며 걸어간다.
나는 나의 고독과 나란히 걸어간다.

나는 누구를 찾어가는것일가.

참, 나는 어디를 간다는겔가.

강아지 처럼 나를 따라오는 나의기억記憶. 무수헌 과실過失과낙서洛書투성이의 나의청춘靑春. 나를 괴롭피든 사랑이 사랑이 거주居住하다 나간 나의육체肉體.

종이쪽은 바람에 붙이우고
나는 생활生活에 붙이우고

— 장만영, 「愁夜」 부분, 『조광』, 1940.7

안서는, "가장 쉬운 말로써 가장 아름답게 표현된 시"이자 "용어用語로의 표현表現이라든가 시상詩想이 대단이 아름답아 흘러가는 물과 같습니다" 하고, "조금도 부자연不自然한 곳이 업습니다"[176]라고 평가한다. 그럼에도 '어떤 점點까지는 한자漢字가 필요必要하나' 과용하지 않고, '한자를 조선말로 대신시켜 표현'하는 시인의 역량을 안서는 주목한다. 앞의, 오시영의 「애원보」, 김광섭의 「거리의 여인」, 그리고 조벽암의 「조도곡」에 비해 자연스런 우리말 문장체가 살아있음이 확인된다. 장만영의 윗시와 비교되는 것이 윤곤강의 「마을」이다.

　　한낮의 꿈이 꺼질 때 바람과 황혼은
　　길 저쪽에서 소리없이 오는 것이었다

　　목화꽃 히게 히게 핀 밭고랑에서
　　삽사리는 종이쪽처럼 암탉을 쫓고 있었다

　　숲이 얄궂게 손을 저어 저녁을 뿌리면
　　가느디 가는 모기우름이 오양간쪽에서 들리는것이었다

　　하늘에는 별떼가 은빛 우슴을 얽어놓고
　　은하는 북으로 북으로 기울어지는것이었다

　　　　　　　　　　　　　　　—윤곤강, 「마을」, 『조광』, 1940.7

　윤곤강의 「마을」에 대해서는, "한폭의 풍경화다. 실감 그대로의 순박淳朴

---

176 안서, 「7월의 시단(3) – 전원의 시」, 『조선일보』, 1940.7.19.

을 담아놓은 것"이라 평가한다. 그러니까 암서에게 음조미를 자연스럽게 살린 문자의 선택은 실감과 아름다운 시상을 위한 첫번째 요소이다. '가장 쉬운 말로 가장 아름답게 표현된 시'에서 '쉬운 말'은 조선어 구어를, '아름답게 표현된'은 자연스러운 음조미를 살린 표현문체(이라는 문맥적 의미가 있다. 이것이 조선어구어한글문장체 시의 음조미의 실현이다. 이를 위해 문자말, 어휘의 선택과 문자에 대한 감각이 시인에게 요구되는 것이다. 그러니 안서의 시가작법詩歌作法이란 '문자'를 고도로 상징화하고 음악화하는 노래의 작법이다. 조선말의 음조미에 그토록 그가 민감했던 이유이다.

안서가 단평에서 언급한 시들만을 비교해도, 비슷한 시기에 발표된 시들의 우리말 표현의 정도, 조선어구어한글문장체의 감각은 이토록 서로 이질적이면서 차이를 드러내고 있다. 어찌보면, 해방 이후 대두된 한자(어) 문제는 적어도 시인들에게는 시가와 시의 대립, 낭영적인 것과 문자적인 것의 대립, 음악과 의미의 대립, 단문형 시묘사시와 장문형 시진술의 대립, 상징적인 것과 직접언술적인 것의 대립 등 구체적이고 복합적인 문제와 함께 던져진 것인지 모른다. 더 나아가 이른바 순수시와 참여시의 대립 또한 이 범주 내에 있을 것이다.

조선어 구어, 그것도 전라도 방언으로 우리말의 궁극적인 음악성에 이른 김영랑의 시, 「모란이 피기 까지는」을 앞에 두고 정지용은 김영랑의 조선어 모어와 방언의 가치가 곡선적이고 감각적이며 정서적인 것의 극치에 이르른 점에 있다는 투로 말했다.

조선어의 운용과 수사에 있어서는 기술적으로 완벽임에 틀림없다. 조선어에 대한 이만한 자존과 자신을 갖는다면 아모 문제가 없을가한다. 회의석상會議席上

에서 흔히 놀림감이 되는 전라도 사투리가 이렇게 곡선적이오 감각적이오 정서적인 것을 영랑永郎의 시詩로써 깨닫게 되는 것이 유쾌한 일이다.[177]

> 모란이 피기까지는
> 나는 아직 나의 봄을 기둘리고 잇슬 테요
> 모란이 뚝뚝 떠러져버린 날
> 나는 비로소 봄을 여흰 서름에 잠길테요
> 오월五月 어느날 그하로 무덥든 날
> 떠러저누은 꽃닙마저 시드러버리고는
> 천지에 모란은 자최도 업서지고
> 뻐쳐오르든 내보람 서운케 문허젓느니
> 모란이 지고 말면 그뿐 내 한해는 다 가고말아
> 삼백三百예순날 하냥 섭섭해 우웁내다 모란이 피기까지는
> 나는 아즉 기둘리고 있을테요 찬란한 슬픔의 봄을

지용은 「청명」까지 인용한 뒤, "영랑은 모토母土의 자비하온 자연에서 새로 탄생한 갓 낳은 새어른으로서 최초의 시를 발음한 것이다"라고 평가했다. '자연사랑, 자연과의 완전한 일치' 같은 공소한 평가들에 코웃음을 치면서 정지용은 영랑시가 이루어낸 사투리의 궁극의 음악성을 '최초의 시를 발음한 것'이라는 수사로 표현했다. 그 점에서 김영랑은 새로 갓 낳은 어른으로서 '최초의 시인'이 되었다는 것이다. 이 비유만큼 조선어구

---

177 정지용, 「영랑과 그의 시」, 김학동 편, 『전집』 2(산문), 264면.

어한글문장체 시의 탄생과 그 미학적 완성을 날카롭게 표현한 것도 없을 것이다. 서정주가 「살구꽃 필 때」에서 "소녀야 네발음이 아름다웠다"고 말한 구절과 얼마나 유사한가? 박용철과 김영랑이 조선어구어한글문장체 시의 순금미학인 4행시체를 '승화체'라 불렀던 것도 같은 맥락에 있다.

1930년대 우리말 시의 이상과 한자어 문제

'조선어구어한글문장체 시'는 여러 시행착오를 거치면서 정지용, 김기림, 이상 등이 기다리는 1930년대 문단을 향한다. 1920년대 상징주의시적 경향이 약화되고 이미지즘적인 시적 경향회확성이 강조되는 것과 함께 한자어가 줄어드는 경향이 1930년대 시들의 특징으로 자리잡는다. 1930년대 시인들은 조선말 시의 가능성을 최대한으로 끌어올리고 있는데, '우리말 문장'의 자의식이 그렇다고 한자어를 굳이 배제하는 방향으로 선회하지는 않는다. 한자어를 배제한, 순수 고유어 위주의 문장체는 오히려 일제 말기 등장하는 신진시인들에게서 나타난다.

한자어휘와 관련해 이상, 정지용, 김기림의 시를 확인하고자 한다.

한문, 한자 교양뿐 아니라 일본어에도 능통했던 李箱의 '한글문자' 자의식이 분명하게 드러난 것은 「위독危篤」 연작시에서이다. 「금제禁制」, 「추구追求」, 「침몰沈沒」, 「절벽絶壁」, 「백화白晝」, 「문벌門閥」, 「위치位置」, 「매춘賣春」, 「생애生涯」, 「내부內部」, 「육친肉親」, 「자상自像」 등 12편의 연작시인데, 두 음절 한자어로 제목을 구상한 것이 특징적이다. 이 중 「문벌」을 인용한다.

분총墳塚에게신백골白骨까지가내게혈청血淸의 원가상환原價償還을강청強請하고 있다.천하天下에달이밝아서나는오들오들떨면서도처到處에서들킨다. 당신의 인

감印鑑이 이미 실효失效된지오랜줄은꿈에도생각하지않으시나요―하고나는의것이
대꾸를해야겠는데나는이렇게싫은 결산決算의 함수函數를내몸에진인 내 도장圖章
처럼쉽사리끌러버릴수가참없다.

―『조선일보』, 1936.10.6

이상은 김기림에게 보낸 서신에서 '위독危篤'을 '한글문자추구시험'이라
스스로 밝혔다.

근작시近作詩 위독危篤 연재중連載中이오. 기능어機能語, 조직어組織語, 구성어構成
語, 사색어思索語로 된 한글문자文字 추구시험追求試驗이오. 다행多幸히 고평高評을
비오. 요다음쯤 일맥一脈의 혈로血路가 보일 듯하오.[178]

'한글문자'로 '기능어機能語', '조직어組織語', '구성어構成語', '사색어思索語'
를 시험하겠다는 것인데, 이 언어적 기능을 어떻게 이들 연작시에서 시현
하고 있는지를 판별하기는 쉽지 않다. 두 음절짜리 한자어가 주로 개념어
이자 사색어로 한글문장체에 자연스럽게 녹아들어가 있는데, '한글문자'
가 군이 고유어를 뜻하거나. 한자어를 배제하거나 하는 차원이 아니며 오
히려 '한글문장체'를 가리키고 있음을 이 실재하는 시들이 증언하고 있다.
1936년 10월 경에 쓴 이 편지에 이어, 같은 해 연말에 쓴 편지에서 이
상李箱은,

---

178 김주현 편, 『정본 이상 문학전집』 3(수필), 소명출판, 2009, 259면.

사실事實 나는 요새 그따위 시詩밖에 써지지 않는구료. 차라리 그래서 철저徹底히 소설小說을 쓸 결심決心이요.[179]

라고 썼다. 김기림에게 보낸 사신에서 이상은 주로 현재 자신이 쓰고있는 작품에 대해 언급하거나 발표된 작품에 대한 김기림의 평가를 기대했다. 조선의 문단상황을 알려주는 것도 잊지 않았다. 1936년 10월 이후 이상에게 가장 중요한 문학적 상황은 바로 '위독危篤' 연작시편이었을 것이다. 이상은 '위독危篤'을 통해 시쓰기의 어떤 혈로를 구하고 있었다. '한글문자추구시험'이란 두 음절 한자어 제목, '기능어機能語', '조직어組織語', '구성어構成語', '사색어思索語'의 맥락, 한자어와 우리말 문장의 관계, 비유, 상징, 이미지 등 시적언어의 운용 등과 연관있는 듯하다. 그러니까 '시양식으로 한글문자文字장체를 시험하겠다' 혹은 한글문장체로 온전한 시양식을 구축하겠다는 의도가 여기에는 깔려있다.

　　김기림은 이상의 시를 근대시사상 한 점에 위치시키면서 지용, 백석, 오장환의 시들과는 다른 측면의 평가를 했다. 이상에게서는 "이미지와 메타포어와의 탄력성을 찾을 수 있다"[180]는 것이었다. 1936년 이전에 발표된 이상의 시는 주로 일종의 실험적인 형태시, 도상시 계열의 것들인데, 이상은 「정식正式」『카톨닉청년』, 1935.4., 「지비紙碑」『조선중앙일보』, 1936.9.15. 등을 쓸 무렵부터는 보다 정제된 틀의 한글문장체 시를 발표한다. 「위독危篤」은 전편이 에피그람적인 내용으로 한 단락 정도의 일정한 틀을 유지하는 형식인데, 앞서 발표된 시들에 비해 형식적으로도 분량으로도 보다 정제되어

179 위의 책, 264면.
180 김기림, 「성벽을 읽고」, 『전집』 2, 377면.

있다. 김기림은 후일 이상에게 화답하듯 이렇게 썼다.

우리가 가진 가장 뛰어난 근대파 시인 이상은 일찍이 위독에서 적절한 현대의 진단서를 썼다. 그의 우울한 시대병리학을 기술하기에 가장 알맞은 암호를 그는 고안했었다.[181]

이상은 시대의 병리학을 함축하듯 '위독'이라 제목을 붙이고 시대의 진단서를 썼다. 흥미롭게도 이상 사후 「위독」을 눈여겨 본 것은 김기림 같은 이상의 우군들만이 아니라 이미 전환기의 시대 흐름을 읽고 '카프' 군단에서 떨어져 나가 있던 임화도 마찬가지였다

이상을 사이에 두고 임화와 김광균은 이런 대화를 나누었다.

林 : 그런데 과연 기교주의의 반성은 누구에게서 시작했을까? 즉, 반성하는
     시인은 누굴까?

金 : ······

林 : 죽은 이상李箱이가 아닐까?

金 : 글쎄 그렇게도 생각할 수 있지요. 그의 만작晩作 「위독」 전前것에서 느끼
     는 것같은 것은 확실히 현대청년의 생활추구의 소산이라 할 수 있지요.

林 : 이상은 편석촌이나 지용과는 확연히 다르죠. 그가 시험한 것은 기교주
     의적 시풍에 대한 반발은 아니었을까요?[182]

---

181 김기림, 『전집』 2, 33면.
182 임화·김광균 대담, 「시단의 현상과 희망」, 『조선일보』, 1940.1.13~1.17.

다소 중립적이고 일반적인 평가를 하고 있는 김광균에 비해 임화의 목소리에는 1940년 '시의 황혼'에서 울고 있는 시인의 울음이 잠겨 있다.[183] 두 음절짜리 한자어만으로도 유려하게 아름다운 우리말 시를 쓸 수 있는 시경을 이 두 시인은 이상을 통해 확인하고 있다. 그것은 우리말 한글문장체 시의 한 단계의 완성을 뜻하는 것이었다.

정지용의 시는 음악성과 의미성이 조화된 우리말 시의 가능성이 최대한 실현된 시로 당대에도 평가되었다. 일제 말기에 발표된 다음 시는 한자가 거의 쓰이지 않았는데, 한자어조차 관념성과 음성성, 시각성과 청각성이 중층적이면서 복합적으로 결합된 한글문장체 시의 면모를 보인다.

벌목정정伐木丁丁이랬거니 아람도리 큰 솔이 베혀짐즉도 하이 골이 울어 메아리 소리 쩌르렁 돌아옴즉도 하이 다람쥐도 좇지 않고 묏새도 울지 않아 깊은 산 고요가 차라리 뼈를 저리우는데 눈과 밤이 조히 보담 희고녀! 달도 보름을 기달려 흰 뜻은 한밤 이 골을 걸음이란다? 웃절 중이 여섯 판에 여섯 번 지고 웃고 올라간 뒤 조찰히 늙은 사나히의 남긴 내음새를 줏는다? 시름은 바람도 일지 않는 고요에 심히 흔들리우노니 오오 견디란다 차고 올연兀然히 슬픔도 꿈도 없이 장수산長壽山 속 겨울 한밤 내―

― 「장수산」, 『문장』 2호, 1939.3

시의 음악성을 극도로 배제하고자 했던 김기림조차 정지용 시의 상징과 음악성을 고유한 것으로 특정한다. 정지용의 언어감각이란 관념성과

---

183 임화는 「33년을 통하여 본 현대 조선의 시문학」(『전집』 4, 335면)에서는 '과거 회귀'의 맥락으로 사용하고 있다.

음악성의 조화에 있다고 고쳐 말할 수 있다. 시사적으로는, 정지용 시의 고유성이란 은유의 문법과 노래의 작법 그 사이에 있다고 수사적으로 말할 수 있다. 근대시사란 우리말구어한글문장체의 이상을 음악성에 가깝게동일화혹은 멀게 타자화 한 흔적의 기록이 아닐 수 없다. 김기림의 다음과 같은 평가가 이를 뒷받침한다.

> 우리 시는 분명히 자랐다. 지용에게서 아름다운 어휘를 보았고, 이상에게서 이미지와 메타포어와의 탄력성을, 백석에게서 어두운 동양적 신화를 찾았다. 「성벽城壁」 속에서 그러한 여러 여음餘音을 듣는 것은 우리 시가 한 전통 속에서 꾸준히 자라고 있다는 반가운 증거다.[184]

지용, 이상, 백석으로부터 기원을 둔 장환시의 특징을 언어의 '餘音' 즉 음조미, 음향에서 찾고 있다. 그것이 무엇인가. 다만 김기림의 해석에서 하나의 참조를 구할 수는 있다.

> 일찍이 우리 시인 가운데서 아마 섬세하고 예리한 어감語感을 갖기로 제 일인자─人者일 시인 정지용鄭芝溶씨가 '아름다운'이라는 말에서 만족 못하고 「미美한」이라는 새말을 그의 시 「갈릴리 바다」 속에서 시험한 일이 있다.[185]

앞에서 그 문제성을 이미 지적한 것인데, 정지용이 발견한 아름다운 어휘나 이상이 추구한 이미지와 메타포 간의 탄력성, 백석의 동양신화적 기

---

184 김기림, 「성벽을 읽고」, 『전집』 2, 377면.
185 김기림, 「새말만들기」, 『전집』 4, 212면.

품, 이것들과 한자어와의 관계는 탐구를 요한다. 정작 김기림 자신이 남긴 시 가운데 인상적인 시편은 일제 말기에 쓴 것인데, 경성고보의 제자 김규동은 「공동묘지共同墓地」를 가장 좋은 작품으로 꼽았다.

일요일日曜日아츰마다 양지陽地바닥에는
무덤들이 버섯처럼 일제히 도다난다

상여喪輿는 늘 거리를 돌아다보면서
언덕으로 끌려올라 가군한다

아모무덤도 입을 버리지않도록 봉해 버렸건만
묵시록黙示錄의 나팔소리를 기다리는가 보아서
바람소리에조차 모다귀를 쭝그린다

호수湖水가우는 달밤에는
등을이르키고 넋없이 바다를 구버본다.

— 「共同墓地」, 『인문평론』 1권1호, 1939.10

'무덤'은 죽음이 아니라 생명을 상징한다. 묵시록적인 예언자의 목소리가 '무덤'을 뚫고 나오는 경이로운 시적 체험이 이 시의 핵심이다. '역사의 종언'을 통한 미래의 묵시록이 '황혼기의 시학'에 잠재되어 있다.[186]

---

186 조영복, 『시의 황혼, 1940년 누가 시를 보았는가』, 한국문화사, 2020.

그것은 이 시가 의미와 묘사 간의 적절한 균형점을 유지하고 있기 때문인데, 한자어가 우리말 구어문장체에 잘 습용되어 있다는 점을 지적할 수 있다. 묘사와 관념성의 긴장 관계는 시(가)의 미학성과 직접 연결된다. 묘사에 집중한 시가 이미지즘시라면 관념에 집중된 시는 상징시 혹은 프로시다. 이른바 이 둘의 관계에서 좋은 시란 이것들의 긴장관계에서 파생될 것인데, 김기림의 「공동묘지」가 이를 대변한다. 정지용은 김기림의 방식과는 다소 다르게, 음악과 묘사 간의 긴장, 갈등 관계를 통해 우리말구어한글문장체 시의 결정結晶을 제출하는 격인데, 그러다보니 김기림에 비해 한자어가 적게 활용된다. 한자어조차 음악성을 견지하는 격이다.

임화가 언급한 '조선어 구어시의 언어적·음률적 개척'의 또 한 축은 한자어를 우리 시에서 어떻게 운용, 활용할 것인가의 언어미학적 문제로 치환할 수 있을 것이다. 김기림, 이상, 정지용 등이 서구문학의 직접적인 수혜자이기도 했지만, 그들은 공히 한문맥의 전통적인 환경에서 굳이 한자어를 조선말의 '외부'로 축출하지 않았던 세대에 속한다. 1930년대 후반기로 올수록 상징시는 주류적인 것이 된다. 그것은 상징을 통해 시대의 황혼기를 넘어서고자 했던 시대정신이 투영된 것인데, 한자어가 한글문장체에 자연스럽게 스며들어 묘사와 관념 간의 조화로운 결정체를 이루는데 기여한다.

일제 말기 신세대 시인들의 언어적 이상이란 김기림, 정지용으로 대표되는 조선어구어한글문장체 시의 가능성에 있었다. 장만영이 해방 후에 "힌지외 같은 尹의뮤자를 완전히 피하고 오로지 한글만으로써 명료히 표현하도록 노력하리라"[187]의 의욕은 훨씬 후의 것이며, 일제 말기 신신시인들이 생각했던 우리말구어한글문장체 시란 '문장보국文章報國'의 강제된 의무를 한글문장쓰기을 통해 심정적으로 대속代贖함으로써 해소하고자 하는 욕망과 무관하지 않다. 그것은 앞에서 말한, 『문장』의 '선언宣言'에 이미 잠재되어 있었다.

한글문장체와 한자어의 음악

한자어가 조선어구어한글문장체 시가양식에 개입하는 문제에 날카롭게 반응했던 사람은 안서 김억이었다. 프랑스 상징주의시로부터 차용한 자유시 운동의 선구자로서의 안서에 대한 평가가 합당한 것인가에 대해 의문이 없을 수 없는데, 이 문제는 전통과 이식 사이의 긴장관계로 한국근대시사를 재편해야 하는 연구자에게는 예민한 문제이다. 이식문학론을 주창한 임화의 문제의식은 '향가로부터 들어가서 희랍에 이르는 문제'라 선언한 순간 그 어두운 근대문학의 굴레를 빠져나올 여지를 주었다고 판단되는데, 한국문학의 '근대성론'은 여전히 그 문제의식을 껴안은 채 고뇌한다. 문제의식의 '지양'은 고사하고 '전진'조차 더디기 그지없다.

안서의 상징주의시에 대한 경사는 '자유시 운동'의 차원에서 보다는 두 가지 핵심 키워드를 통해 보다 유효한 설명이 가능하다. '조선어구어한글문장체의 쓰기'와 '음악성 실현'. '음악성' 문제조차 안서가 상징주의풍의 자유시에 경도되었다는 관점에서 평가가 이루어져 온 것인데 실상 그에게 모방, 이식 문제는 큰 변수가 아니었고 기실 핵심은 '조선어 언문쓰기' 및 음악성 실현이었던 것이다. 조선어언문쓰기가 그다지 부각되지 않은 것은 자명성의 논리 때문이다. 현실과 이상이 너무나 멀리 있는 이른바 '낭

---

187 장만영, 「이제부터 쓰고싶은 시」, 『전집』 3, 687면.

만적 이로니'의 심정에서 별빛은 서서히 땅으로 내려온다. 안서에게 조선어구어한글문장체 시가는 그런 별빛같은 존재였다.

시양식에서 모든 말들은 리듬으로 회귀하려는 경향을 가지며, 구어체란 일상어의 리듬을 살려낸 신^新 문체이다. 이 때 새삼 고려되어야 할 문제가 한자어의 처리였다. 한자어의 관념성과 조선어의 구어적 음성성이 부딪히는 데서 오는 갈등의 문제를 피할 길이 없는 것이다. 한자어의 '의미관념성'의 무게가 시가양식의 제 일의적 요소인 음조미음악성의 자리를 압박하는 통에, 한문장체 시가로는 끌어당김과 밀어냄의 법칙 사이에서 리듬음악성이 살아나는 구어일상어의 음악성을 기대하기 어렵게 된다.[188] 한자어가 많이 사용된 시들이 주로 사열화事閱化하거나 개념화하는 경향이 있고 논증하고 설득하고자 하는 이유가 이것이다. 이에 비해 이미지즘시는 묘사와 이미지화에 집중하는 경향이 있다.

다시 안서에게로 돌아가기로 한다. 조선어구어한글문장체 시가의 음악성을 안서는 '물흐르듯 흐르는 음조미' 등의 술어로 풀어냈다. 그러니 '구어체'말하듯이 흐르는 음조미의 완전성이 곧 시가양식의 언문일치의 과제가 아닐 수 없게 된다. 따라서 시가양식에서의 '언문일치'라는 개념은 '조선어구어한글문장체'라는 말로 대체해서 쓰는 것이 보다 정확한 논점을 가리킨다 하겠다. 여기에는 말과 글자 혹은 언어와 문자를 구분하고 글자문자를 말언어의 고정적 표기화를 위한 최소한의 권능만을 인정하는 말 중심주의에 대한 안서의 지고한 신념이 반영되어 있다.

안서는 '대관절 시란 무엇이냐?'를 외치면서 신약의 한 구절을 문제삼

---

188 옥타비오 파스, 『활과 리라』, 86면.

았다.

첨에 말슴이잇스니 말슴이 하느님과갓치 계시매, 말슴은 곳 하느님이시다.
말슴이 첨에 하느님과갓치 계시어, 말슴으로 만물이 지어진바 되엇스니 지어
진 물건이 말슴업시는 하나도 지어진것이업다. 생명에 말슴이잇스니, 생명은
사람의빗이다.[189]

안서는 이 신약의 일절을 인용하면서 시가는 첨에 말이 잇스니 할 때부
터 존재했을 것이라 주장한다. 말을 떠나서는 시가, 혹은 노래가 없었을
것이며 이 노래야말로 가장 오래고 숭고한 인생의 첫소리되는 제 일원적
감정표현의 하나였다는 것이다. 문자의 발명 이후로 이 노래는 형식과 기
교라는 의장을 빌어 더욱 복잡하고 이지적인 양식이 되었다는 것이다.

의미意味의 시가詩歌는 표현表現할 수가 업고 그 호흡呼吸과 충동衝動을 늣기는
그 시인詩人에게만 의미意味를 이해理解할 수 있는 침묵沈黙의 시詩밧게는 업슬 줄
압니다. 언어言語 또는 문자文字의 형식形式을 알게 되면 시미詩味의 반분半分은 업
서진 것이오.[190]

안서의 시가에 대한 인식이 분명하게 드러난 대목이다. '의미의 시가'
란 일종의 '문자시'인데 그것은 표현할 수가 없고 그 '호흡과 충동' 곧 리
듬은 시인 자신에게만 느껴지는 것이며 그러니 그것은 타인과의 공감이

---

189 안서, 「작시법(1)」, 『조선문단』 7, 1925.4.
190 안서, 「시형의 음률과 호흡」.

소멸된 '침묵의 시'가 아닐 수 없다. '문자의 형식'이 아닌 음악의 시를 궁극적 목표로 한 안서의 의도가 분명 읽힌다. "시는 문자의 기교로 되는 것이 아니고 가장 고조된 하트에서 나오는 것입니다"[191]가 안서의 기본적인 관점이다. '하트'에서 나온 것이란 충동, 호흡, 리듬 곧 시의 음악이고 가장 소통적인 청각을 통해 타인과의 공감과 공유를 가능하게 하는 핵심자질이다. '문자'란 시가양식에 있어 최소한의 권능을 가질 뿐이다. 폴포르의 시를 소개『조선문단』1925.3하면서 언급한 '고운 문자'의 개념에는 문자의 이면에 존재하는 말의 여운이자 말의 음향이며 암시와 신비를 통한 노래의 힘이라는 맥락이 함축돼 있다. 안서는 김창술의 「대도행」을 두고 시보다 산문으로 써야한다고 지적하고[192] 암시와 여운없는 시란 곧 산문에 지나지 않는다고 주장한다. 그런데 시가양식에 대한 안서의 정의가 새삼 흥미로운 것은, 말과 글의 기원과 차이를 논증하는 이론서들의 맨 앞장을 차지하는 신약의 한 구절이 안서에게도 그대로 통용되고 있다는 점이다.

　　시인詩人은 자기의 사상思想, 감정感情, 상상想像과의 총화總和인 그 시상詩想을 어떤 형식形式으로 표현表現할 것인가 문제問題가 되지 않을 수가 없는 것이 세상世上에는 무형無形의 노래가 있을 수도 없거니와 하는 것이 설혹設或 있다 하더라도 그것은 소리없는 음악音樂이나 다름이 없기 때문에서외다. 그렇다면 노래와 시어詩語와의 관계關係는 물과 고기와의 그것처럼 밀접密接하여(…중략…) 세상世上에서는 글이란 말을 그대로 적어놓은 것이라 하면서 언어言語와 문자文字는 꼭 같은 거라 생각을 하는 모양이거니와 그것은 큰 오해誤解외다.[193]

---

191 안서, 「3월 시평」, 『조선문단』 7, 1925.4.
192 안서, 「기억에 남은 弟子의 面影」, 『조선문단』, 1925.3.

생명이 있어 날뛰는 언어를 어떻게 문자로써 붙잡아놓을까 하는 것이 모든 시인의 시심을 괴롭히는 것이며 그러니 문자에 대한 충실한 구사법을 알아두는 것이 긴요하다는 안서의 관점을 여기서 재확인하게 된다. 안서 스스로 '말에 능숙치 못함'[194]을 고백하기도 했거니와 더욱이 안서는 『안서시집』 서두에서 "쓸 데 없는 활자작난活字作亂을 하나 더 남기지 않았다는 자신만은 있습니다. 여금까지의 나의 시집 중에서는 이 시집에서처럼 회심의 작이 많지 못하다는 것을 고백해둡니다"[195]라고 썼다.

일본어는 말할 것도 없고 프랑스어도 알았고 에스페란토어에도 능통했던 안서에게 '한문자'가 갖는 비중이 적지 않았음에도 그는 '한자'가 한글문장체에 적절하게 쓰이지 않았을 때 즉, 조선어 구어문장체에 습용되지 않았을 때의 문제를 지적한다. 안서는 조선어구어한글문장체 시가의 형식미를 탐구하던 과정에서 한자(어)가 갖는 무한정취의 파토스를 포기하지 않았다. 임노월의 경우가 보여주는 것처럼, 한자어가 문제된 것은 그것이 자연스런 언문일치체구어체를 방해한 데 있는 것뿐 아니라 그럼으로써 시양식의 고유성, 음악성을 살리지 못하는 양식적 문제에 노출되기 때문이다.

안서는, 김여수의 시『생장』, 1925.2에 대해 "문자의 잘못과 선택으로 해조諧調를 일흔 듯도 하고 귀거슬니움이 있다"고 비판한 바 있다. 문자한자어의 감각과 선택의 문제가 해조, 가락, 암시, 여운 등 시가양식의 본질적인 고유성을 해치고 있다는 것이다.[196] 문자는 말의 그림자이며, 시가에서는 특히 음조미를 완벽하게 실현하는 방향으로 어휘를 선택해야 한다. 이 때 한자

---

193 안서, 「시가와 국어문제」, 『서울신문』, 1949.12.19.
194 안서, 「기억에 남은 제자의 면영」, 『조선문단』, 1925.3.
195 안서, 「권두소언」, 『안서시집』, 한성도서주식회사, 1929.
196 안서, 「시단산책」, 『조선문단』, 1925.3.

어의 역할은 두 가지 문제로 집약되는데, 의미의 무게감이 적어도 음악성을 해치지 않는 차원에서 한자어가 선택되어야 한다. 한자의 관념성은 '의미'를 실현하는 데는 효율적이나 한자의 문자적 특질이 조선어시의 음악성을 해체하는 방향으로 진행된다면 그것은 절제되고 배제되어야 한다.

일제 말기로 갈수록 문인들에게 한자 문제는 의식적이고 자각적으로 인식되는데, 특히 『문장』의 전체 스크라이빙을 확인해보면 이것이 자명하게 드러난다. 『문장』의 한글문장체로 된 문예물에 대한 선호가 한자어 회피에 가까운 글쓰기 원칙을 만들어낸 듯하다. "요즘 소설에 한자 사용하는 것이 더러 보이는데 의견을 달라"는 이태준의 말에, 최정희는 "이름자쯤은 섞는 것은 무관하지만 한자가 짜닥짜닥 붙는 것은 싫다"[197]라고 대답한다. 특히 그 즈음 신세대 시인으로 등단하는 신진시인들은 오히려 한자 문제에 비판적이고 자각적이었다. 장만영은 한자를 쓰는 것은 관습적인 행위일 따름이라 하고 "언젠가는 너나없이 한글로만 시를 쓰게 될 것"[198]이라 단언하기도 했다. 현재로서는 너무나 자명한 결론이지만, 이 글이 발표된 1959년 경에도 시에서의 한자 문제는 쉽게 해소되지 않았다.

한자(어) 문제가 새삼 공론화된 것은 오히려 해방 이후 온전히 국어의 문자성과 표현의 문제가 수면 위로 떠오르면서 공론화되기 시작할 때 즈음이다. '국어'를 온전하게 말하고 쓰고 사유할 수 있는 시공간적 자유가 시인들에게 주어졌기 때문이다. 김기림의 한자어에 대한 관심은 하나는 조선어구어한글문장체 확립 문제, 다른 하나는 시적 언어의 기능에 관한 문제로 요약된다. 전자는 해방 이후 조선말 어문운동의 정립을 위해 피력

---

197 「신춘좌담회 – 문학의 제문제」, 『문장』, 1941.1.
198 장만영, 「詩作에서의 한자 문제」, 『전집』 3, 689면.

된 것이며, 후자는 보다 문학 내적인 문제, 시적 언어미학의 관점에서 제시된 것이다.

해방 이후 전사회적으로 어문생활(한글)문제가 본격적으로 제기되는 과정에서 김기림 역시 '한자(어) 문제'에 뛰어든다. 한글로 된 시를 써야한다는 민족적 자의식관념이 실재하는 어문생활의 '현실'을 압도하는 순간에도 김기림은 이 문제를 지성적이고 학문적으로 고찰한다. '문자한자'라는 외부적 형식의 관점으로 "무조건 한자를 몰아내야한다"고 주장하는 것은 너무나 간단하고 소박한 차원에 있다는 것이다.

> 문자만 한자를 없이해 놓으면 다되는 듯이 생각한다든지 하는 것은 위험한 생각이다. (…중략…) 한자를 없앤다면 그것하고는 긴밀한 관계가 있는 한문투와 한자어들을 어떻게 정리할 것인가. 한자를 없이한 뒤에도 특히 문장의 외부적 문자형식이 아니라, 그 의미 형태 자체에 붙어있는 문투는 한자 폐지라는 외과적 수술만으로는 고쳐지지 않는 내과적인 처리, 비유한다면 내면적 혈청을 요하는 부면이라 하겠다.[199]

한문체, 의한문체, 일문체 등 구시대 문체인 '혼혈문체의 찌꺼기'를 해소하는 것 자체가 우리 어문생활을 바로 잡기 위한 '내과적 처치'이며 그래서 김기림은 조선말 어문운동의 목표를 분명하게 제시한다.

> 첫째, 문자로서의 한글의 더 넓고 급속한 보급.

---

199 김기림, 「새문체의 갈 길」, 『전집』 4, 168면.

둘째, 한자어의 정리(여기서 정리라 함은 그저 없애는 것을 의미하는 것은 아니다. 필요한 것과 불필요한 것, 피할 수 있는 것과 불가피한 것을 널리 일상 쓰는 말과 학술어, 전문어 등에 걸쳐 캐어내는 것을 의미한다).

셋째, 일어와 일어에서 온 말을 정리할 것.

넷째, 한문투, 일어투를 몰아내고 조선말체를 확립하는 것.

다섯째, 일상 말해지는 구어를 접근선으로 하고 늘 그것에 가까워 갈 것.[200]

말을 글로 옮기는 수단인 문자의 측면만 확대해서 보는 '기계적 한자폐지론'을 일축하고 그는 '말을 함축으로 충실해진 의미전달의 사회적, 구체적 기능의 한 측면'에서 탐구된 '조선말 운동의 구경의 목표로서의 한자폐지론'과 전자의 것을 구분한다. 한자를 전부 폐지했을 때의 어문생활의 진공상태와 강박적인 병집상태의 문제를 지적하면서 그것의 해결을 위한 구체적인 한자어 정리 문제를 제시하기도 한다. 특히 조선말 문체^{한글문장체}를 정립하기 위해 근대이후 조선말 어문운동을 재조명하는 것도 흥미롭다.

4. 부재하는 악보, 침묵하는 노래 – 초창시대 '시극'의 존재론

시극과 노래양식

이 장에서는 '시극'과 음악의 양식 간의 관계를 해명하고자 한다. 구체적인 작품 분석이나 자료 해설보다는 '시극'의 당대적 출연과 그 가치를

---

200 위의 글, 169면.

본 저서의 주된 테마인 '말과 노래'와의 관계에서 해명하고자 하는 것이 이 글의 궁극적인 목적이다.

시와 산문의 읽기낭송 교육의 중요성을 지적하면서 그 방법의 하나로 '연극'의 수행성 효과를 강조한 시인은 정지용이다. '목뽑기'의 대가로서의 품격이 느껴지는 대목이다. 그는, 시든 산문이든 '낭독'이 어문교육에서 매우 중요한 과제라는 점을 지적하고 "그 효과는 그 나라 국민으로 하여금 우수한 국어의 구사자가 되게 하는 것이요, 그 나라 국어를 국제적으로 품위를 높이는 것"이라 강조한다.[201] 그는 부산, 통영, 진주 등지로 청계淸溪 정종여와 함께 '화문기행'을 하게 되는데, 부산 여학교의 학생들이 공연한 〈나비의 풍속〉을 관람하게 된다.

> 한국 극의 효과는 좋은 대사를 암송하고 무대 뒤(위?)에서 동작과 함께 구연 실험함으로써 어문학 낭독 훈련의 절대한 효과일 것인가 한다.

동작과 말대사이 혼연일체가 되어 뿜어져 나오는 말의 수행적인 힘을 정지용이 강조한 것은 그가 실제로 자작시 낭송에 큰 관심을 기울였던 것과 무관하지 않은 듯하다. 진주 촉석루에서 열리는 '논개제'에서 삼현육각을 맡은 악공들이 기생들과 스스로를 분리하기 위한 목적으로 장막 뒤로 들어가 숨어서 악음을 보내는 광경을 참관하고 정지용은 "우리나라 국악 국무는 실상 광대와 기생이 비절한 역사적 환경에서 이어온 것"이라 설파한다.[202] 스스로 사물화, 도구화되지 않고 연주와 소리를 장악하는 자율적

---

201 정지용, 「부산(5) – 남해오월점철」, 권영민 편, 『정지용 전집』 3, 521면.
202 정지용, 「진주(4) – 남해오월점철」, 권영민 편, 『정지용 전집』 3, 542면.

예술주체로서 관객에게 '문지방'의 경험을 제공하는 '수행성의 역할'이 탈취되었다는 의미로 읽힌다.[203] 이는 장막 뒤에서 음악을 듣는다면 실감이 나지않고 또 생생한 음을 즐기지 못하니 시적 감흥의 많은 부분을 놓치게 된다는 슈만의 언급[204]을 떠올리게 한다. 극의 중요성은 현재화하고 현존화하는 것이다. 그것은 무대의 전면에서 문자로 된 말을 살아있게 하는 효과뿐 아니라 모든 감각시각, 청각, 촉각 등이 동시에 작동되는 말의 총체적 수행성을 강력하게 보증한다.

근대문학사 '최초의 시극'을 박종화의 「죽음보다 압흐다」『백조』3, 1923.9에 두는 것이 일반적이고, 강성주의 「어린 처녀의 불타는 가삼」『신문예』2, 1924.3도 같은 계열에 둔다. 1920년대 시의 초창시대에 서사적이고 극적인 양식인 시극이 함께 등장하고 있다. 그런데 문제는, 시극을 시와 극의 중간 장르이거나 시에서 극으로 혹은 극에서 시로 가는 과도기적 장르[205]로 해석, 평가하는 데 있다. '극'의 완전하고 이상적인 형식, '시'의 완전하고 궁극적인 형식이라는 장르 혹은 양식에 대한 순혈주의적인 관념이 '과도기 양식'이라는 개념과 연대하고 있다. 오히려 '극'에 대한 열정은 보편적이고 전통적이며 모든 문학적 매체 중에서 가장 상징적이라는 관점이 '시극'의 기원이나 본질을 이해하는 데 유효할 듯하다. "드라마는 삶의 비평criticism of life"이라 규정할 때, 'criticism'이 '비판censure'보다 더 많은

---

203 에리카 피셔-리히테, 『수행성의 미학』, 446면.
204 Mark Katz, 허진 역, 『소리를 잡아라』, 마티, 2006, 150면. 원문은, Jane W. Davidson, "Visual Perception of Performance Manner in the Movements of Solo Musicians", *Psychology of Music* 21, 1993, p.103.
205 김남석, 「한국 시극(詩劇)의 운명과 시극사(詩劇史)라는 모델―한국 연극의 변방으로서 시극 장르의 규명과 종합적 정리에 동의하며」, 『인문사회과학연구』 17권 3호, 2016, 704면.

것, 'life'가 '관습manner'보다 더 많은 것을 의미한다[206]는 말에서 시극의
존재이유가 설명된다. 요약하자면, 기원상, 본질상, "인간이 몸의 리듬運聞
으로 표현하는 인간의 일life에 대한 최고의, 최상의 상징적 행위"라 규정
하는 것이 '시극'을 규정하고 이해하는 데 핵심적인 사안이다.

따라서 극에서 시로 갈 이유나, 시에서 극으로 갈 이유나, 혹은 그 방향
이 어디를 향하든 간에, 문예양식의 궁극적 목표가 시 혹은 극에 굳이 있
어야 할 이유는 없는 것인 만큼 '과도기 양식'이라는 개념을 설정하는 것
은 '이론상' 가능할 수는 있지만 그것이 필연적인 가치를 갖지는 않는다.
'혼종적인 양식'이 시대의 핵심가치로 인지되는 현 상황에서 보면, '양식'
을 굳이 어떤 고정된 틀과 화석화된 구조 가운데 위치시킬 필요는 없다.
초창시대 시극의 존재론은 말과 음악의 혼성적인 울림 가운데, 노래가 문
자로부터 배척되지 않고 인간의 목소리가 문자의 그늘에 망각되지 않은
시대정신의 한 가운데 뿌리내리고 있다.

'시극'은 목소리 양식이며 수행의 양식이다. 텍스트 해독을 위한 '읽기'
가 아닌 '낭영修行'을 위한 '읽기'에 시극의 존재론이 있고, 시간이 흐른다
는 사실을 지각聽覺을 통해 느끼게 된다는 점에서 시극의 수행성은 시간의
흐름에 따른 존재의 변이를 전제조건으로 한다.[207] 일종의 '문지방
Liminalität경험'이 수행성을 갖는 시극의 궁극적 목적이다. 시극은 '무대를
연상하고 무대의 형편과 배우의 과백科白을 연상하는 각본'으로서의 위치
와 자격을 가져야 한다는 점에서, 문장을 연락聯絡하는 데 관심을 갖는 '읽

---

206 Marie Therese Loughlin, "Poetic Drama", The Univ. of Western Ontario(Canada),
    MA, pp.1~4.
207 에리카 피셔-리히테, 『수행성의 미학』, 34~35면.

는 각본'과는 근본적으로 다르다.

낭영장르에서는 소리, 리듬, 운율, 목소리성톤·음색 같은 질료들이 언어에 보다 깊숙이 개입하는데 그 때 기표와 기의 사이의 관계에 대한 변화가 일어난다. 이들 음악적, 음성적 질료들은 언어 기호의 '의미'를 압도하거나 오히려 그것에 우선한다. 이들은 언어의 '의미'로 곧장 넘어가지 않으며 물질 그 자체로 끝나지도 않고 오직 관객의 지각의 변화를 일으키는 데 고유한 영향력을 행사한다.[208] 시극은 그러니까 소설적 각본이나 시적 각본과도 다르며, '무대'에서 수행성을 기본조건으로 현전하는 장르이니 만큼 시극을 '과도기 양식', 미완성된 양식의 존재성을 갖는 것으로 평가하는 것은 불합리하고 부적절하다.

'무대의 지식과 무대의 경험이 없는 조선의 현실'에서 현전하기 불리한 양식이라 말하는 것이 보다 설득력이 있다 하겠다. 이 문제에 자각적이었던 인물은 현철인데, 그는 '시극' 장르에 대해 '무대를 연상하는 각본이 참된 것'이라 표명한 바 있다. 현재성과 수행성을 기본으로 하는 시극양식의 장르성, 존재성을 인식한 발언이다.

> 한 가지는 무대를 연상하는 각본脚本… 무대의 형편과 배우의 과백科白을 연상하고 읽는 각본脚本과 또 한 가지는 문장을 연락聯絡하는 각본脚本. 읽기에만 자미滋味스럽게 저작한 각본입니다. 그 가치를 말하면 물론 무대를 연상하는 각본이 참 각본입니다. 그러나 무대를 연상하는 각본은 무대의 지식과 무대의 경험이 업는 이는 좀 자미滋味업슬 뿐만 아니라 딸아서 읽기가 문구상文句上 연락聯絡이

---

208 위의 책, 29면.

빈구석이 잇는 것 갓기도 합니다. 그러치마는 무대를 연상치 아니한 각본은 각본적 가치도 적을 뿐만 아니라 소설과 가튼 각본입니다. 즉 소설적 각본이지 무대적 각본은 아닙니다. 진정한 걸작의 각본은 무대를 떠나서 그 힘이 적고 무대는 각본을 떠나서 그 생명이 업습니다. 아즉도 무대를 구경하지 못한 조선 독자는 이 말이 막연할 줄 압니다. 우리는 2천만 민중의 문화를 위하야 하루라도 급히 우리 조선에서 무대가 실현되도록 노력하지 아니하면 아니 될 줄 압니다.[209]

'조선에서 무대가 실현될 것'을 요구한 현철의 '시극'의 갈망은 '조선에서 처음으로 창작시극을 시도한'[210] 박종화에게도 나타난다. '문지방 경험'을 통한 자기인식과 사회·정치적 현실에 대한 자각을 용이하게 한다는 점에서 '시극'의 존재성이 부각된 것이다. 박종화의 의도는 시극 「죽음보다 앞흐다」에 내재돼 있다고 판단되는데, 이는 '상징주의시'의 범주보다 더 넓고 간곡한 양식에의 도전이 그에게 요구되었음을 의미하며, 그의 창작욕을 고무시킨 것이 시양식이 아닌 다른 층위의 것이었음을 설명해 준다. 행위자와 관객이 '수행의 공동체'로서 기능하는 시극에서 보다 유용하고 설득력있는 계몽적 의도가 실현될 수 있다고 믿었을 것이다.

시극poetic drama의 시학적 관점 및 장르적 규정

'시극poetic drama'에 대한 접근은 여전히 추상적이고 관념적이다. 가령, "포에틱 드라마는 형식과 내용에서 시적이고 극적인 연극play이다. 행위는 운문으로 연출되며 우리가 최고의 시적인 것으로 생각하는 미와 이상이

---

209 현철, 『개벽』 9, 1921.3.
210 윤병로, 『박종화의 삶과 문학』, 서울신문사, 1993, 73면.

표현되기 때문이다"[211]와 같은 규정을 떠올릴 수 있다. 그런데 이 같은 규정으로는 '시극'이라는 장르 자체의 특성을 해명하는 데 거의 실패한다. '시적'이라는 말은 모호하며 '운문으로 연출된다'는 맥락은 '운'이 사라진 현대시에서 더이상 구체성을 띠지 못하며 '최고의 미와 이상'이라는 맥락 역시 추상적이다. 적어도 이 '시극'이란 개념은 '무대'가 전제된 장르이니 만큼 무엇인가 물질적이고 가시적이며 물리적인 언어 기표 내의 고유성 에 기반해 이를 언급할 수밖에 없고, 그러니 '시극'을 단순히 '운문으로 회칠한 것'을 지칭할 수는 없을 듯하다. '본질적이고 거부할 수 없는 작가 의 사상이 내재된 운문', '인간 삶의 본질을 드러내는 운문'[212]이라는 개 념을 포함한다면, '시극'이라는 장르가 갖는 보다 심층적이고 본질적인 차원의 특성을 논할 수 있을지 모른다. '형태와 내용에서 시적'이라는 규 정이 중요하지 않은 것은 아니다. 이는 오히려 보다 적극적으로 강조될 필 요가 있다. '시적이지 않으면' 철학, 담화, 소설 등의 양식들과 구분하기 어려울 것이며, 따라서 굳이 시극이라는 장르적 옷을 입을 이유를 찾기 어 렵기 때문이다. 일단 형태상으로 '시적인 것' 그러니까 스크라이빙 차원 에서 시형식을 갖추는 것은 중요하다. 'poetic'의 개념이 "드라마의 언어 가 산술적으로 리듬화되어야 한다는 것"『프린스턴시학사전』에 있다면, 이 때 '리듬'은 '미터운율로 일반화되고 페이지에서 별개의 선으로 재현'됨으로 써 가시화된다. 낭영체, 노래체는 리듬으로 재현되는데 그것의 문자화에 있어 핵심이 단구 및 개행이라는 사실과 통한다.

　서양의 poetic drama, dramatic poetry, dramatic poem, verse drama

---

211 Marie Therese Loughlin, "Poetic Drama".
212 Ibid.

등을 우리말로 번역하는 과정에서 '시극' 혹은 '극시'를 둘러싼 장르양식 개념의 혼란이 온 듯하다.[213] 『프린스턴 시학사전』에서 'poetic drama'는 'dramatic poetry'와 함께 쓰이는데, 이 같은 용어의 상호교환은 시극의 기원을 그리스 비극에 두는 전통이나 전통적인 장르 및 양식 분류법을 생각하면 큰 무리가 없다. 더욱이 '시극'과 '극시' 간의 혼란은 서구 문화예술사적인 문맥이 제거된 채 우리말 번역어상의 문제 때문일 듯하다. 프린스턴 시학사전은 'poetic drama'항이 아니라 'dramatic poetry'항에서 이 개념을 다루고 있는데,[214] 'verse novel'과 'narrative poetry' 역시 이 둘을 동일 개념항으로 다루는 이유와 같은 맥락에서 그러하다. 기원이나 어원상으로 우리말 번역상의 '시극'과 '극시' 역시 각 개념에 있어 유의미한 차이를 갖기 어렵다. 따라서 'poetic drama' 혹은 'dramatic poetry'와 굳이 구분할 수 있는 것은 오히려 운문극'verse drama'일 듯한데, 이는 아리스토텔레스의『시학Poetics』에서 '시적인 것'의 개념을 '언어적인 것'으로 일관되게 사용한 역사적인 기원과 연결되어 있는 것처럼 보인다. 이 때 '시적인 것'의 의미는 장르적으로 소설이든 희곡이든 그것들이 '언어예술' 곧 '시예술'이라는 맥락으로 쓰이는 데는 의문의 여지가 없다. 단지 소설에서는 언어가 서사에, 드라마에서는 언어가 플롯이나 인물, 사상에 종속되어 있다는 점이 순수 시장르와는 차이가 있다.

그런데 문제는 시, 소설, 드라마 이들 양식 사이에 간혹 접점 문제가 발생한다는 것인데, 대표적인 경우가 바로 'dramatic poetry' 같은 장르에

---

213 정문영, 「T.S. 엘리엇의 운문극 다시보기─『비서』와 『원로정치인』」, 『영미문학 페미니즘』, 2000.
214 'poetic drama'와 'dramatic poetry'는 이 논고에서 동일한 개념으로 쓴다. 한글 표기에서도 동일한 원칙을 견지한다.

서이다. '시'와 '드라마' 간의 접점에서 생성되는 양식문제가 이 때 대두된다. 이 'dramatic poetry'라는 개념은, 공연예술과 시예술 간의, 공연행위와 쓰기 간의, 몸짓언어와 순수 언어 사이의 모순성에서 기원하고 또 혼선을 빚는다는 점에서 본질적으로 논쟁의 여지가 있는 비평적 카테고리에 속한다.[215] 그런데 시극 장르는 레제드라마와도 다르고 드라마틱포엠과도 다르다. 드라마틱포엠은 대사가 운문이라는 것 때문에 '포엠'이라는 타이틀이 부쳐진 것으로, 비록 읽히거나 듣기 위한 의도로 창작된 것이기는 하지만 행위는 없다는 점에서 '드라마'에 접근하기는 어렵다. 드라마 형식을 다소 갖추고 스토리가 진전되기는 하지만 '드라마'가 되기에는 실상 부족한 점이 있는데, 행위는 암시될 뿐이며 상상된 인물을 통한 상황의 지속에 오직 관심을 두는 장르인 까닭이다. 행위가 공연예술의 형태로 수행되지는 않는다는 뜻이며 극의 초점인 수행성을 갖지 않는다는 것이다. 고전적인 장르 가운데 '발라드' 역시 이 같은 방식으로 드라마를 자체의 장르안으로 포함시켰다고 한다. '드라마틱포엠'은 극화, 무대화를 전제한다는 점에서, 실제 공연을 염두에 두지 않은 '독물'로서의 장르적 특성을 갖는 '크로젯드라마레제드라마'와는 다르다. 그렇다고 해도 후자는 드라마가 진행되는 과정에서 인물의 행위가 여전히 중요한데, 그 점에서 '운문'에 강조점이 주어지는 '드라마틱포엠'과는 차이가 있다. 결론적으로 '포에틱드라마'는 '레제드라마'나 '드라마틱포엠'과는 분명하게 구별된다.

콘Cohn은 서구 비평가들이 'dramatic poetry'를 세 가지 측면에서 해석해왔다고 말한다.[216] ① 한 장면a scene을 암시하는 서정시나 짧은 시,

---

215 *The Princeton Encyclopedia of Poetry and Poetics*, fourth edition, Princeton : Princeton Univ. Press, 2012, p.376.

② 형용사 '시적인 것', 즉 'poetic'을 안정적으로 구현할 것, ③ 드라마의 언어가 산술적으로 리듬화되어야 하며 그 리듬은 보통 '미터운율'로 일반화되고 페이지에서 별개의 선으로 재현되어야 한다는 것 등이다. 리듬의 정형적 단위를 표식하는 단구, 개행 등의 가시적 물리적 형태가 시양식을 산문양식과 구분하는 중요한 기준이기 때문이다.

그런데 이와 같은 해석은 'verse drama'와 'dramatic poetry'와의 차이를 설명하지 못한다고 콘은 말한다. 하나의 장면을 재현한다고 해서 그것이 '극적인dramatic' 미메시스를 구현하지는 않는다는 점에서 ①은 문제성이 있다는 것이다. 서정시 가운데 극적인 개인의 전망으로 쓰인 것도 있다는 점에서 극적인 장면이 시극의 요소를 충족시킬 수는 없다. '극'은 '대사scripted language'뿐 아니라 '공연행위performance'가 포함되어 있는 문화적 생산물의 양태이다. 로버트 브리우닝의 「나의 전백작부인」이나, 엘리엇의 「프루프록의 연가」 같은 시에서 대사scripted lan.는 수사적인 것이며 그것은 실제적으로 구체화된 미메시스를 구현하지는 않는다. ③은 '운문극verse drama'과의 차이를 무화시킨다는 문제가 있다. 운문극은 극의 한 부류로 자리매김되기는 하지만 운문극에서 언어는 극적 행위보다는 '운문verse'의 사용실현에 더 강조점을 둔다. 시극dramatic poetry과 운문극이 형식상 유사하다고 해도 본질적으로 '공연행위'의 차원에서 두 장르는 차이를 보일 수밖에 없는데, '시극'에서 시적poetic 장치는 극의 행위나 공연과정 자체의 과정과 연결되어 있다는 점에서 단지 운문의 형태로 대사를 전달하는 운문극과는 차이가 있다.

---

216 *The Princeton Encyclopedia of Poetry and Poetics*, pp.376~377.

그런데 엘리엇은, 이론가들과는 달리, 오히려 극시와 운문극의 차이를 그다지 인식하지 않은 듯하다.[217] 다만 '산문극'과, 이 두 장르 '운문극', '극시'를 구분하고자 한 것은 확인되는데, 엘리엇은 산문극이 실제 공연 시 추상적인 수준에 머문다면 운문극은 강력하고 흥미로운 것 이상을 줄 수 있다고 썼다.[218] 운문의 리듬이 충동과 열정을 가속화함으로써 무대 위의 인물과 객석의 관객들을 '수행의 공동체'로서 보다 강력하게 묶어준다고 믿었기 때문일 것이다.

그렇다면, 'dramatic poetry'에 대해 보다 진전된 관점이 필요할 듯하다. 드라마에서 가장 중요한 것은 공연의 수행이며 배우들의 행위이다. 극적 재현모사, 미메시스은 말로 구성되는 것이기보다는 행위현실의 실재의 모방인 '행동deed'으로 구성된다. '드라마틱포이트리'에서 말들은 연극의 다른 재현기구의 작업과의 관계를 통해 규정된다. 사건의 일시적 구조, 플롯상에서 행위의 실천, 인물의 투사 또는 에토스ethos 등과 배경음악, 무대장치 등의 디자인이 연결될 때 이것들은 언어시로 전달되지 않고 구체적으로, 물리적으로, 행위로 재연된다. 그러니까 드라마틱포이트리에서 말들은 미메시스적인 장치들과의 관계를 통해서 주로 규정된다는 것이다. 연극적 행위를 통해서만이 말들이 실현된다는 점에서 시극의 말이 비록 운문이라도 해도 시 그 자체를 사용했다는 데 강조점이 주어진 것이 아니라 행위, 행동, 사건 등과 관련되고 따라서 그것은 연극적인 말이자 연극적인 행위가 되는 것이다. 시극은 운문극과는 달리 분명하게 '공연행위'라는

---

217 *The Princeton Encyclopedia of Poetry and Poetics*, p.379.
218 T.S. Eliot, "The Need for Poetic Drama", *The Listener*, 16, nov. 25, 1936, p.994. cited by Loyola, Sister Mary, "T. S. Eliot's verse drama", MA thseis, University of Saskatchewan, pp.1~5.

미메시스적 수행과정을 필요로 한다. 헤겔은, 시극은 시적으로 완벽성을 기하기보다는 그런 윤곽을 제시하는 방향으로 말이 수행되고 서사 자체도 지엽적인 일보다는 명료하고 생동감있게 전개되는 특징이 있다[219]고 말한다.

'시극'은 일종의 무대공연이 전제된 각본으로서의 성격을 그 자체로 내재한 개념이라는 뜻인데, 희곡–각본–연극drama의 관계와 대비해 극시–각본–시극드라마의 관계항들을 병렬적으로 설정할 수 있다. '시극'은 기본적으로 연행과 수행의 실천적 활동을 잠재적으로 내재하고 있고 무대 설정이나 관객청자의 소통을 중심에 둔 장르다. '시극'이 '산문극희곡'과 차별되는 경계선은 '시적인 것'으로 규정되는 언어의 '상징성', '리듬' 같은 추상적인 개념을 통한 것이 아니다. 베케트의 「고도를 기다리며」가 주는 시적 상징성은 그 어떤 '시극'이 가지는 언어적 밀도에 비해서도 우월한 위치를 점유하고 있다. 오히려 오랫동안 서구 문예이론가들이 주장해왔던 형태적인 안정성, 그러니까 지면상 노래로서의 잠재성을 포유하는 '운율'의 배단법적 표상이 오히려 시극으로서의 특징을 보다 구체적이고 실질적으로 증거한다. 이는 '시극'의 기원이 그리스적인 축제, 비극의 탄생 과정과 밀접하게 연결되어 있으며 시극이 공연행위를 통해서만이 현실화, 실재화된다는 의미를 포함한다. 극장무대이 없다면 시극은 본질적으로 존재하지 않는다. 행위무대에서 연행되지 않는다면 아무리 시적이고 상징적인 언어로 쓰인 시극극본이라 할지라도 그것은 '시극'일 수 없다. 읽히는 시로서의 '드라마틱포엠'과 '시극극시'을 구분하고자 했던 의도가 이것이

---

219 호토 편, 김미애 역, 『헤겔의 음악미학』, 느낌이있는책, 2014, 174면.

다. 극장을 매개로 총체적인 언어예술을 꿈꾸었던 바그너의 음악극악극의 기원은 그리스의 비극이며 이는 시극의 재탄생과 밀접하게 연결된다.[220] 궁극적으로 '시극'이란 일종의 음악극으로의 잠재적 가능성을 열어두고 있는 장르이며, 현재적인 의미에서 '노래시가'에 기반한 공연예술인 뮤지컬이나 오페라와 동일 지층에서 논의될 수 있다.

엘리엇의 관점

시는 전통적이고 역사적으로 드라마와 그것의 공연performance에 큰 영향을 끼쳤다. 관객에게 즐거움을 주는 언어적 행위로서 '시적인 것'의 극에 대한 개입을 굳이 언급하지 않더라도 드라마는 공식적으로 끈질기게 창의적인 언어시적인 언어와의 고집스런 관계를 유지해왔다. 아리스토텔레스시대 비극과 희극이 운문의 시적 형태를 아우르고자 했던, 그 역사적 사실에서부터, 심지어 산문으로 쓰인 드라마조차 시적 언어의 언어적 풍부함을 유지하고자 했다. 라신느, 꼬르네이유 등의 극작가를 배출한 프랑스 등에서도 시와 무대는 분리될 수 없었다. 무대에서 즐거움을 선사하는 중요한 기제가 시였다는 것이다. 셰익스피어는 '드라마틱포이트리'를 선취한 인물로 기록될 것인데, 그 전통이 당대에 널리 계승되지는 않았던 것 같다. 셰익스피어 시대에 영국 시인들은 무대의 즐거움을 주는 운문을 창작하는 데 어려움에 부딪히게 되고, 이후 셰익스피어가 선취한 시극의 전통은 후일 엘리엇에 와서 극적으로 계승된다. "Sweeney Agonistest"를 필두로 "Muder in the Cathadrel" 등 7편의 주목할 만한 시극을 남겼을

---

220 김혜중, 「보들레르의 음악비평을 통해서 본 바그너 음악극의 신화적 세계」, 『불어불문학』 91, 2012.가을, 550~551면.

정도로 엘리엇은 시인 - 관객 - 무대라는 이 세 가지 층위의 커뮤니케이션 문제에 적극적인 관심을 가졌다.[221] 엘리엇은 이렇게 말한다.

> 연극The stage은 문자예술literary art이 견지하던 모든 것들을 잃었다. 많은 시극이 즐거움을 상실한 채 읽히고 또 읽기 위해 쓰여졌다. 18세기까지 시극이 몇 천재적인 작가들에 의해 쓰였으나 이후 운문의 전통은 새롭게 산문이 진화시킨 상식, 이성 같은 것을 강조하는 방향으로 구축되었다. 이 전통이란 기실 논리적 쟁론과 위트있는 재담 수준의 것으로 그것은 산문의 전통에 더 적절한 것이었다.[222]

엘리엇은 최고의 문자예술을 무대 위에서 구현함으로써 인간 정신의 위대한 가능성을 증명하고 관객들에게 시극의 즐거움을 되돌려주고자 했다. 관객이 현실에서 경험한 것을 극장 안으로 끌어들이고 관객이 극장을 떠날 때 그것을 돌려주어야 한다고 그는 썼다.[223] 엘리엇의 '시극'의 관점은 공연행위라는 문화적 과정에 기반하고 있다. 엘리엇은 시인이 행할 수 있는 최고의 창작행위를 '극시'에 두었다. 시양식은 드라마를 위한 자연스럽고 완벽한 매체이며 가장 위대한 드라마는 바로 시극'the greatest drama is poetic drama'이라 규정한 바 있다.[224] '시'의 궁극적 목표가 '드라마'에 있기는 하지만 드라마 역시 시에서 그 정신적이고 광활한the spirit and splendor

---

221 Sister Mary Loyola, "T. S. Eliot's verse drama," MA rhesis, Univ. of Saskatchwan, pp.3~4.
222 Ibid.
223 김재화, 『T.S. 엘리엇 시극론』, 동인, 2010, 53면('엘리엇' 논의는 이 책을 참조했다).
224 위의 책, 50면.

778   한국 근대시와 말·문자·노래의 프랙탈

빛을 드러낼 수 있다고 보았다. 인간의 운명과 갈등, 영혼의 번뇌, 인간의 죄와 기독교적 구원 같은 형이상학적 문제를 다루는 데 시극이 적합한 양식이며 시인과 관객 모두에게 당대가 갖지 못한 어떤 것들을 풍족하게 채워준다는 것이다. 따라서 시극에서 사실적인 기법은 불필요하며 따라서 산문적인 세부 모사 역시 중요하지 않다.

시가 드라마로 이행하는 것은 자연스럽고 완전한 과정이며 시인들은 즉각적이고 충동적인 경험을 보편적이고 영구적인 경험으로 전환하기 위해 궁극적으로 무대를 갈망한다고 주장했다.[225] 이에 따른다면, '4대양식'을 불문율로 규정하고 그 완전성에 이르지 못한 양식은 '과도기양식'이라 규정하는 관습을 시극에 적용하는 것은 불완전하고 불합리하다. 초창시대의 '시극'을 '과도기 양식'이라 규정하는 방식의 근거도 실제 존재하기 어렵다. 드라마에 대한 열정은 보편적이고 전통적이며 드라마는 모든 문학적 매체 중에서 가장 상징적이라는 것이다. 드라마가 삶의 비평criticism of life이라고 불리는 이유인데, 드라마가 되기 위해서는 'criticism'이 '비판censure'보다 더 많은 것, 'life'가 '관습manner'보다 더 많은 것을 의미하는 것이어야 한다는 점은 다시 강조될 필요가 있다.[226] 포에틱드라마드라마틱포이트리가 서정적인 시나 서사적인 시보다 더 오랜 숙고의 시간을 필요로 하는 이유이다.

'드라마틱포이트리'는 더 많은 연구주제를 제기하는데, '시극'에서의 '시적인 것poetic'의 개념과 가치를 질문할 차례이다. 드라마를 만드는 데 있어 '쓰기'의 기능과 관계, '말'을 넘어서 확장되는 'poésis'의 형태화 등

---

225 Sister Mary Loyola, op. cit., p.2.
226 Marie Therese Loughlin, op.cit., pp.1~4.

의 문제가 그것인데, 이는 오스틴의 '공연적 스피치performative speech'라는 논제를 상기시킨다. '공연적 스피치'란 '대사언어'를 가리키는데 이 때 그 말들이 '스스로 말하는 것say'을 넘어서 '잘 하는 것do things well'을 기대하는 '말대사'의 맥락을 띤다. 그것은 드라마를 규정하는 데 있어 '쓰기'가 '공연행위performance'와 만나는 문제성있는 접점을 지적한 것이다.

> The aspirations of many of England's greatest poets seem to indicate that there is more than a little to be said for the theory that the poet, as he perfects his art, tend to move from the lyric to the epic and thence to the dramatic, the most genuinely creative of genres. If poetry is language raised to its highest power and drama is that form of representation which allows greatest concentration of effect, the fusion of the two should substantiate Eliot's claim that "the greatest drama is poetic drama".[227]

'말을 넘어선 말'의 가능성은 엘리엇이 '시극이 일상어의 리듬으로 사회의 일면을 드러내는 장르'라는 언급에서 유추된다. 현대의 정신적 황폐와 소외를 말하기 위해 그는 등장인물들의 짧은 대사, 맥락이 끊기는 단어들의 나열, 단절되는 대화 등을 효과적으로 사용한다. 「반석The Rock」에서는 의성어, 의태어를 반복함으로써 공포와 불안을 효과적으로 표현한다. 일상의 구어가 시대의 감성과 사상을 표현하는 데 적절한 것으로 보고, 관객이 현실에서 경험한 것을 극장 안으로 끌어들이고 관객이 극장을 떠날

---

227 김재화, 앞의 책에서 재인용, 50면.

때 그것을 돌려주어야 한다고 본 것이다.[228] 왜 굳이 드라마는 시적인 말로부터 기원하는 말의 확장적 표지를 갖춰야 하며, 또 리듬있는 일상어, 산말이어야 하는가가 핵심이다.

시극을 설명하는 데 있어 또 하나의 형식적 표지는 '코러스'이다. 음악이 의미와 긴밀한 연관성이 있다는 것은 굳이 시극의 차원이 아니더라도 운문적 표지를 통해서도 충분히 확인된다. 그러나 시극에서는 보다 실질적으로 노래성의 효과를 관객에게 부여하는데, 집단적이고 축제적이면서 관능성과 장엄성의 결말을 이끄는 오페라 양식에서의 코러스의 기능[229]과 다르지 않다. 작가의 사상이나 메시지를 전달하거나 등장인물의 행위를 감정에 반영하는 틀로써 '코러스'가 사용되기도 한다.[230] 「반석 The Rock」은 런던지구 45개 교회 설립을 위한 기금모금을 목적으로 위촉받은 작품이며, 여기서 '코러스'는 교회건립의 중요성을 해설, 설득하는 대변자 역할을 한다. 「대성당의 살해 Murder in the Cathdral」에서는 주인공 베켓의 내면적 갈등을 캔터베리 여인들의 합창을 통해 표현하는 방법으로 쓰였다. 코러스는 말의 아름다움이나 속도의 빠르기에 따라 극적 흐름의 새로운 추진력이 생겨난다. 그러니까 무대예술로서 공연행위에서의 노래성을 직접화한다는 점에서 시극은 산문극과는 다른 것이다.[231]

초창시대 시극의 개념과 그 수용

이제 본격적으로 초창시대 시극의 존재론에 대해 말하고자 한다. 한 연

---

228 김재화, 앞의 책, 48~53면.
229 알랭 바디우, 김성호 역, 『바그너는 위험한가』, 북인더갭, 2012, 128면.
230 김재화, 앞의 책, 113면.
231 김재화, 위의 책, 104~109면.

구에 의하면, 박종화의 시극 「죽음보다 압흐다」가 발표된 1923년 이후 1927년까지 시극이 8~9편 정도 발표되었는데, 말하자면 '시극'이 일종의 유행을 이루었다는 것이다.[232] '시극'과 '극시' 간의 술어적개념의 차이를 지적하는 것은 그다지 실효성이 없는데, 그것은 그 기원을 가진 서구 문학사상 계보학적으로 이어지는 것이니 만큼 이 용어를 둘러싼 혼란[233]이나, 특히 번역 차원의 용어 선택의 혼돈은 큰 의미는 없다고 본다. 다만 우리말 언어관습의 차원에서 나타나는 차이는 존재한다. '시극'은 희곡과 마찬가지로 극을 전제한 것으로 극무대예술, 공연행위에 무게중심이 가 있는 개념임에 반해 '극시'는 시장르의 하위적 개념으로 '시'에 무게중심이 주어진 것으로 보인다. 다만 『프린스턴 시학사전』의 정의에 따른다면, '시극'이나 '극시'는 동일한 개념으로 쓸 수 있을 것이다. 이광수를 거쳐 안서에 이르기까지 '극시'는 시양식의 하위장르로 인식된 것임이 확인된다.

안서는 시의 종류를 크게 서정시가와 서사시가로 나누고 전자에 순정한 서정시가와 서사적 서정시가를, 후자에 사시史詩와 극시를 포함시켰다. 서정시가에는 민요, 시가, 시조 같은 단형 서정시를, 서사적 서정시가에는 사실시소설재료와 타령시를 넣었다. 사시에는 『실낙원』을, 극시에는 『파우스트』를 예로 들었다. 일정한 규율에 따라 개인의 감정을 입체적으로 표현하는 주관적 장르를 그는 큰 범위의 서정시가에 포함시켰다. 소설류나 희곡류처럼 객관적 사실을 묘사한 장르들을 시양식 안으로 끌어들인 것은, 어떤 관점이라는 것이 순전히 객관적이거나 혹은 순전히 주관적일 수가 없다는 원론적인 규준에 따른 것인데, 담론이나 논설적인 글과는 다른

---

232 이상호, 「한국 시극의 발생과 초창기 작품 양상 연구」, 『한국언어문화』 54, 2014, 221면.
233 이상호, 『한국시극사 연구』, 국학자료원, 2016, 2장 참조.

문학적 창작 행위의 산물을 포괄적인 맥락의 '서정시가'에 귀속시킨 것이다. 그렇다고는 해도 시가장르들에 본질적으로 일관된 것은 그것이 '운문'이라는 역사적 사실이며 그것은 삭제될 수 없다. 이 때 '운문'은 '영어로 말하면 'prose'와 대별되는 의미에서 'verse'이다. 일정한 운율에 따라 말이 배치되는 장르들을 그는 큰 범주의 시양식 안으로 귀속시킨다. 규칙적인 규율에 얽매인 운문형식으로부터의 일탈이 상징주의시로부터 시작되었다면 그것은 개성적, 개인적 감정과 리듬의 표출이라는 점에서 상징주의자들의 업적은 '희생된 선구자'로서의 업적에 필적할 만한 것이다.[234]

1920년대 발표된 시극의 '노래성' 문제는 근대시 양식의 '노래성시가성'을 확인하는 것뿐 아니라 특히 산문극희곡과 차별되는 핵심적 요소라는 데 그 중요성이 있다. '극시' 장르를 설정하면서 안서는 특별히 극장이나 무대예술로서의 잠재적 가능성을 굳이 염두에 둔 것으로 보이지는 않는다. 현실적으로 극장과 무대와 관객의, 시극의 핵심요소들이 결핍된 시대의 환경과 무관하지 않을 것이다. 하지만 적어도 1920년대 문학담당자들에게 '시가'란 산문언어와의 차별성으로부터 그 독립성을 견지하는 양식이며 따라서 '시극'이란 '운율적' 특성을 보유하는 시(가) 장르의 하나로 인식된 것으로 보인다. 안서는 '시극'에 관심을 갖고 또 실제로 「신편 홍길동전」을 창작하게 되는데,[235] 무의미하고 난해한 고어와 사어의 정률시律詩로 퇴행하고 있다[236]고 평가되기도 하지만, 7.5 음절수에 기반한 정형양식의 틀을 완고하게 지키면서 그가 줄곧 실천했던 한글문장체 시가양

---

234 위의 책.

235 김억, 「신편 홍길동전」, 『매일신보』, 1935.5.22~9.18. 112회 연재. 심춘, 「「신편홍길동전」 주해」.

236 임화, 「담천하의 시단 1년」, 『신동아』, 1935.12.

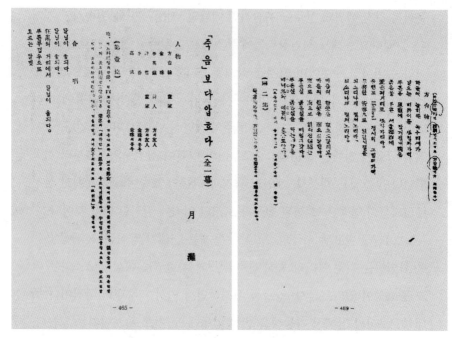

월탄의 「죽음보다 압흐다」의 '합창' 부분과, '가장 음악적인 해조', '참다운 조자' 등의 '음악적(시극)'으로서의 지시부호가 표식되어 있는 부분. (『백조』3, 1923.9)

식의 창안과 동일한 관점에서 실천된 것이다.

시극은 시적 언어의 구사, 운율의 효과, 코러스의 기능을 통해 예술의 효과를 누린다.[237] 셋을 '노래성'이라 요약할 수 있다. '노래'의 가능성은 '극장'의 가능성이며 '노래'는 무대예술로서의 수행성, 시극의 실재화를 기표한다. 극의 언어는 구술언어대사의 형식을 갖추어야 하고 시극이니 그것이 '운문'이어야 함은 재언급할 필요가 없다. 이 때 '운문'을 가능하게 하는 것이 조선어 구어, 속어, 일상어이다. 임화는 이것만이 '시적 언어의 새로운 창조적 가능성'을 가진 말이라 쓴다.[238] 그러니까 '조선어 구어일상어'라는

---

237 김재화, 『T.S. 엘리엇 시극론』, 111면.

것은 중요한 표지인데, 이는 언문일치체의 표식이자 근대시(가) 양식의 정립과 관련된다는 것, 조선어구어한글문장체 시가의 가능성과 연관된다는 것 등에서 문학사적인 중요성을 갖는다. 고전이라는 것은 그저 읽어지는 것이 아니라 읽어질지라도 이해에 이르기 위해서는 암송이 되도록 학습해야 하는 것이니 구미대학 문과에서 고전시극류를 암송하도록 강요한다는 것이 정지용의 주장[239]이다. 적어도 시극이 단순히 '레제드라마'로 존재하기 위해 쓰인 것은 아니니 극장을 향한 근대문인들이 열망을 굳이 언급하지 않더라도 조선어 구어의 실천적 수행이라는 관점에서 '시극'이 재평가될 필요가 있다. 적어도, 김동인, 이광수, 김억, 주요한, 임화, 정지용 등이 조선어 구어의 실천적 수행의 문제의식에서 스스로 자유롭지 않았다.

시극의 '문자로써 노래하기'의 실재

박종화의 「죽음보다 압흐다」『백조』, 1923.9를 비롯, 초창시대 '시극' 형식의 텍스트들을 스크라이빙 차원에서 확인하기로 하는데, 박종화의 시극은 현재까지는 서지상으로 '시극'이 표기된 '최초의 창작 작품'으로 평가된다. 1막 5장으로 짜여져 있으며 등장인물이 소개되고 무대가 설정됨으로써 '극'으로서의 장르적 특성을 갖추었다. 시극과 산문극을 가르는 형식적 기준은 무엇보다 판식상, 스크라이빙 차원의 문제이다. 시극의 형식적 조건은 수행적인 차원에서 확인되는 것인데, 극중 인물들의 발화가 낭영체의 말로 수행되기 때문에 산문극의 발화와는 차이가 있다. 인판의 스크라이빙은 독백이든, 대사든, '노래하듯이' 언어행위가 수행되어야 한다

---

238 임화, 「담천하의 시단 1년」.
239 정지용, 「조선시의 반성」, 김학동 편, 『전집』 2(산문), 268면.

는 점을 지시 기호로 분명하게 지시하고 있다. 글문자로써 말노래하는 방식으로, 물처럼 부드럽게 흘러가는 말의 어조와 어향을 살려 부르는 악보에서의 'arioso', 'cantabile'의 기표방식과 다르지 않다.

「죽음보다 압흐다」의 무대는 흥미롭게도 세 처녀의 '코러스합창'로 시작의 문이 열린다. 지문과 대사가 있는 것은 산문극과 차이가 없으나 '합창'과 '독창'이 지시되어 있어 시극이 가지는 특징을 잘 살려두었다. 대화 혹은 독백체

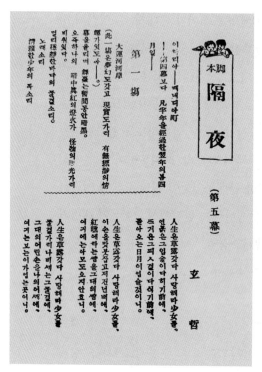

「격야」(개벽 8호, 1920.3~1921.3)의 도입 부분 '노래' 표식

적인 대사로 극이 진행되며 대신 등장인물들의 행위는 그다지 두드러지지 않다. 행위는 '방태한 찬웃음을', '방方을 향向처하야'처럼 간략하게 제시될 뿐이다. '노래'라고 분명히 명기되어 있지만 이것이 실제 곡조를 염두에 둔 노래아리아를 지시한 것인지 레치타티보 수준의 독백체의 노래를 지시한 것인지, 아니면 낭영체노래체의 말을 수행한다는 뜻인지는 분명하지 않다. 실제 연행될 때 따로 악보譜가 붙을 수는 있을 것이다. 대사, 독백, 코러스 등이 다 노래체 양식의 특성을 가진 말임을 스크라이빙 차원에서 확인할 수 있는데, 그것들은 적어도 레치타티보 수준의 낭영체 노래로 연행될 수는 있을 것이다. '가장 음악적인 해조譜調된 목소리로 방태한方台輪이가 노래

한다', '방태한, 가장 참다운 조지調字로 금주를 향하야' 같은 지문은 특별히 그 장면에 알맞은 '노래'의 분위기와 곡조를 지시하고 있다. '해조를 띤 목소리노래'는 물질적 질료이다. 노래는 언어로부터 출발하나 언어의 기호성을 넘어 확장됨으로써 관객들의 지각의 변화를 불러일으킨다.[240] 이것이 연행양식이자 수행성 장르인 시극의 현재성이자 존재성이다.

합창 및 독백체 노래는 다음 사진에서 확인할 수 있다.

금주가 생각에 잠겨있는 장면으로 시작되는 3장에서 이 대목은 금주의 독백체로 노래될 것이다.

'노래'가 어떻게 연행, 수행되었는가는, 박종화의 이 시극보다 앞서 발표된 현철의 각본 「격야隔夜」[241]에서 확인된다. 「격야」『개벽』 8, 1920.3.19~1921.3는 투르게네프의 「그 전날밤」을 일본 예술좌에서 낭만적이고 몽환적인 곡으로 번역한 것을 저본으로 삼았다. 내용은 일단 두고, 이 각본에서 인상적인 '노래' 부분을 표식한 것을 우선적으로 살펴보고자 한다. 이 노래는 실제 작곡가의 곡이 덧붙여져 '노래'로 수행되었음이 확인된다.[242] 일본어 원문에서의 구성이나 스크라이빙 차원의 활자 배치 방법과는 차이가 있는데, 노래로 연행되는 부분과 일반 대사 및 지문 부분에서의 차이가 확인된다.

현철은 '역보譯補'[243]를 통해 작중 '노래' 장면을 다음과 같이 설명하고 있다.

---

240 에리카 피셔 리히테, 『수행성의 미학』, 34~35면.

241 윤민주, 「현철의 번역회곡 연구-「隔夜」와 「하믈레트」를 중심으로」, 『어문학』 106, 2009.12; 손성준 외, 「각본 격야(隔夜)」 번역의 시공간적 맥락」, 『국제어문』 67, 2015.12 참조.

242 구스야마가 붙인 일본어판 서문에는, "이 각본의 제5막을 위해, 특히 「곤도라의 노래」를 만늘어순 吉井勇 씨의 후의에 감사한다"는 기록이 있다고 한다. 손성준 외, 「「가본 격야(隔夜)」 번역의 시공간적 맥락」, 『국제어문』 67, 2015.12, 337면 참조.

243 '譯補'에 대해서는, 손성준 외, 「「각본 격야(隔夜)」 번역의 시공간적 맥락」.

－필자筆者로브터 독자讀者에게－

　개벽제이호開闢第二號에는 이 각본제이막脚本第二幕까지 맛칠 작정이더니 불행
이 그때 병마에 걸여 여의如意히 예정대로 대지 못한 것은 미안한 일이 자못 만
습니다. 제삼호第三號에는 제이막第二幕 일장一場까지 맛치랴고 함이다. 그리고 제
일막第一幕에 잇는 노래『로오레라이』는 곡조曲調와 가문歌文이 세계에 일홈난 것
임니다. 그 노래의 보표譜表를 이번 호에 등재登載합니다. 그 노래의 출처를 잠간
말슴하겟슴니다. －여러분 중에도 아시느니는 아시는 것과 가티 독일국래인하
변獨逸國萊因河邊에 예로브터 전해 오는 전설傳說이 잇음이다.『로오레라이』은 동
국同國 센트 코-아 정町 근처에 잇는 단애斷崖의 일홈이 올시다. 자고自古로 독일獨
逸 시인詩人이 이 전설을 시詩로 올여 소리한 이가 한둘이 안이 것만은 그 중에도
하이네의 시詩가 가장 유명하고 곡조曲調는 후리-드릿히질헤룸의 것이 제일 좃
타고 함니다. (차간此間에 의례히 곡조曲調가 삽입할 터인대 인쇄상 부득이한 사
정의 유有하야 삽입치 못하엿 사오니 독자는 서량恕諒하시요.)[244]

　박종화의 시극과 비슷한 시기에 발표된 강성주의 시극「불타는 처녀의
어린가슴」『신문예』 2호, 1924.3을 확인하기로 한다. 등장인물과 배경이 제시되
고 무대가 설정되어 있으며 등장인물의 표정과 자세도 자세하게 기술해 둔
것이 무대를 통해 말을 수행하는 시극의 특성을 잘 살려둔 텍스트라 하겠
다. 박종화의 시극과 발표 시기는 비슷하나 박종화의 것에 비해 보다 진전
된 '음악극'의 형식을 띠고 있다는 점이 주목된다. 독창, 합창, 대창 등의
다양한 노래 형식을 도입하고 있다. 등장인물들은 예외없이 '노래를 부르

---

244 玄哲(譯補),「脚本 隔夜」,『개벽』3, 1920.8.

며' 등장한다. 막을 여는 것은 '처녀處女'의 노래이다. '숙'의 노래는 '독창'으로 표기되었다. 노래가 끝난 뒤 숙은 독백적 '하소연'을 한다. 지문은 "이렇게 노래를 부르다가, 그대로 잔디우에, 업드러지며, 늣기는 목소래로 하소연한다"라 기술되어 있다. '하소연'의 말은 당연히 노래체이다. 연이어 '영묵樂默', '복주福珠'가 등장하는데 역시 노래를 부른다. 대창對唱 형식은 '노래 주고받기'인데 그것이 끝나자 둘은 다시 합창을 한다. 연이어 숙의 노래가 이어진다. 숙, 영묵, 복주 이 세 형제의 대사 역시 노래체이다. 한익漢翊의 등장 역시 노래가 매개된다. 강석주의 이 작품은 박종화의 시극에 비해서 '노래성'이 강한 만큼 인물들의 행위는 크게 약화되어 있고, 따라서 행위를 지시하는 지문도 박종화의 그것에 비해 소략하다. 음악극의 형태로 연행되는 각본에 가깝다.

시극의 악상기호樂想記號 – 말과 노래, 말의 노래

시와 노래가 결합되어 있던 전통 시가양식에 비해, 새로운 곡조를 붙이기가 어려웠을 뿐 아니라 실상은 붙일 수 없었던 조선어구어한글문장체 시의 실존 앞에서 육당이 결국 시조로 되돌아가는 과정은 논리적으로도 설명된다. 육당의 이 같은 고민을 문학사가인 임화는 '장차 노래로 불려질 가능성'이라는 개념으로 정리하게 되는데, 그것은 가능성을 유예함으로써 결코 완성되지 않는 '미완성의 노래'로서의 조선어구어한글문장체 시가양식의 미래를 내다본다. 초창시대 시와 노래곡조 간의 실재적 관계성을 회복한 예가 없지는 않은데, 그것은 근대적 개념의 분과적 예술개념을 도입함으로써 비로소 가능해진다. 시와 음악의 분리와 전문화를 통해 다시 그것을 결합하는 방식이다. 잡지 『음악과 시』가 그것이다. 프롤레타리아 사상, 이념을 대중적으로 선전, 계몽하고 실천으로 이끌기 위해 문예가 강력한 연행성을 띠게 된 사정과 무관하지 않다.

이 잡지의 목적의식은 "태초에 운율있었느니라"[245]에 결정적으로 담겨 있는데, 그것은 "태초에 말이 있었느니라"라고 선언한 안서의 선언을 상기시킨다. 음악적인 것과 시적인 것 가운데 어떤 항이 선행하는가에 따른 관점의 차이가 아니라면 이 양자간 말과 노래에 대한 근본적인 시각은 다르지 않다. 안서의 인식 범주는 주로 '작시법', '시론' 등에서 확인되는데 반해, 이 잡지의 인식 범주는 「악보樂譜의읽는법」편집부, 「노래란 것」엄흥섭, 「음악과 대중」신고송, 「음악운동의 임무와 실제」旅人草, 「최근동요평最近童謠評」에 있고 따라서 '곡보曲譜'란에 시와 악보가 동시에 실리고, '단편요극短篇謠劇', '시인소식', '악인樂人소식' 등의 '난'이 마련된 것이 일반 문예잡지와의 차이라 하겠다.

'곡보曲譜', '시8편', '민요3편', '단편요극短篇謠劇'의 장르별 분류에서 시와 노래 간의 관계, 말을 기사화記寫化하는 원칙을 확인할 수 있다. '곡보'는 노래로 실제 불려질 수 있도록, 악보를 같이 실었는데 전통시가의 노래수행성과 다를 바 없는 특징을 보여준다. 다만 '시詞'의 기사記寫는 분명하게 노래체 양식의 단구, 배단법을 따르고 있다는 점을 지적할 수 있다. 초창시대 시가의 이념이 정형시체에 근거를 두고 있었음을 반증한다. '민요' 역시 '노래체'의 단구, 배단법을 준수하고 있다는 점에서 '곡보'를 병렬하지 않는다면 시가양식과 다를 바 없다. 「벼짜는노래」는 3.3.5 2행과 3(4).3(4).4 2행으로 된 4행시체인데, 후렴구는 3.3.4 2행으로 마지막에

---

245 편집부, 「운율이란 무엇인가」, 『음악과 시』, 1930.8, 46면.

한 번만 표식되어 있다. 노래체 시가의 표식은 '음악'의 흐름과 연계되는 것으로 문자시의 그것과 근본적으로 다르다. 후렴구를 반복적으로 기재하지는 않는다는 것이다. 시간의 선조적인 흐름을 그대로 전사하는 문학의 '쓰기記述'가 공간적인 질서를 그대로 따르는 반면, 노래의 '쓰기'는 노래의 흐름시간을 공간에 생략·축약함으로써, 시간적 질서와 공간적 질서가 병렬적으로 대응되지 않는다. '곡보'의 존재여부가 결국 근대적 개념의 문학과 음악을 가르는 외형적 기준점이기는 하지만, 본질적으로 '시간'과 '공간'을 다루는 관점의 차이가 문학과 음악을 가르는 기준점이다. '노래의 문자화'에 있어 중요한 원칙은 문자의 그것, 즉 맞춤법, 표기법이기보다는 노래 자체의 원칙과 질서를 따른다는 것이 중요하다. 문자화 없이 그 현전을 지탱하기 어려운 근대시가가 노래를 잃고 자유시문자시화되는 것은 운명적이고 필연적이다.

'시 8편'은 노래성연행성이 소멸되지 않은 양식으로 보이는데 인물 혹은 행위가 있는 서사적인 양식단편서사시이거나 일종의 '운문극' 혹은 '시극'과 마찬가지로 대중 앞에서 소리내서 연행하는 양식인 듯하다. 이주홍의 「새벽」, 권환의 「머리를 땅까지 숙일 때까지」, 김형호의 「그러게 네가 뭐라 하든가」는 단편서사시에 가깝고, 「바다의 女人」은 등장인물의 대사가 있는 '운문극'에 가까우며, 김창술의 「앗을 데로 앗으라」 역시 일정한 리듬으로 연행할 때 강력한 효과가 발휘되는 양식이다. '시 8편' 가운데 특히 박아지의 「농장에서」는 오히려 서정적인 창작양식으로서의 신문(시)이자 비정형체인 '산문시'의 개념에 적합한 양식으로, 실제로도 '산문시'라 명기돼 있다. 손풍산의 「소낙비」는 오히려 정형시체에 가까운 양식인네 2행을 한 단위구로 3구를 한 연으로 한 2연짜리 시 혹은 2행을 한 연으로 한 6연짜리

「당신은벌서니젓소」의 노래 표식.
육당의 노래체 양식과 다르지 않다.

시다. 잡지명을 '프롤레타리아 음악과 시'라고 하려했던 원래 잡지 창간의 의도를 고려한다면, 여기 실린 시들은 근본적으로 연행을 목적으로 한 낭영시 혹은 시극적 양식, 운문극의 양식에 속한다고 할 수 있다. 적어도 음악양식이거나 아니면 음악적 음조나 리듬을 버리지 않은 레치타티보 층위의 낭영성을 띤 시가양식에 귀속된다 하겠다. 프로시의 근본적인 양식성은 운문극, 단편서사극, 시극 등에 가깝게 접근하는 양식인 것이다.

박아지의 「당신은벌서니젓소」는 5.4의 엄격한 글자수를 맞춘 노래양식謠의 '단편요극短篇謠劇'이다. '프롤레타리아 음악과 시'를 주로 싣고자 했던 이 잡지의 창간이념에 비추어 기억양식이자 연행양식인 '노래체 요극'은 잡지의 의도를 충실히 반영하고 있다. 박종화의 「죽음보다 압흐다」와 같은 연행양식의 특성을 잘 살렸는데 단편요극인 만큼 전체적으로 간략하고 밀도있게 구성되어 있다. 시편 말미에 '막전일경幕全一景'이라 표기해둔 것으로 보아 이 한 편이 전편인 듯하다.

연행과정에서는 글자구 단위로 노래되지 않으므로 이 단구, 배단법은 노래양식을 표식하는 수단이다. 전체 '1景'으로 된 단막 시극으로 '景', '총각', '처녀'의 세 개의 다른 목소리가 요구되는데, 풍경'景'조차 말하는 주체가 된다는 점에서 통일된 화자의 내면 독백체의 양식적 특성을 갖는 전통 서정양식과는 차이가 있다 하겠다. 실제 연행과정에서는 판소리마냥 한 명의 창자가 목소리나 어조나 창법을 달리해서 이 세 배역을 담당할 가능성이 있으며, 민요의 연행처럼 각각의 역할을 정해 배창配唱하는 방식으로 연행할 수도 있다. 서정적 자아가 통일되게 자신의 목소리로 단일한 서정세계를 노래하는 서정시의 양식으로는 설명되지 않은 양식이다. 여러 자아의 다중적 목소리가 오케스트라이제이션되는 것이 이 요극의 양식적 특성이다.

'농부의 아들'인 '총각'과 '부자집딸'인 처녀의 계급 차이로 인한 '혼사장애'가 주요 갈등이지만, '단편'이니만큼 서사의 전개에 치중하기보다는 인물들 간의 대사對話를 통해 각 인물의 서정을 드러내고 각각의 내면고백을 들려주는 것에 강조점이 있다. 각 인물이 토로하는 고통이나 슬픔이 주된 내용이다. 판소리의 연행에 비춘다면, '경'은 사설처럼 연행될 것이며, '하염없이 달만 치어다 보며', '야속하다는 듯이 손을 쩨치고 도라서며' 같은 행위를 지시하는 지문은 연행時 창자의 '발림'으로 해결될 것이다. 양식상 근본적으로 '시극'과 다르지 않으나 한 장면場을 배경으로 하나의 갈등화제을 제시한다는 점에서 시극 혹은 판소리의 압축판이라 할 수도 있다. '단편요극'은 시극에 비해서는 인물이 소략하고 행위나 서사적 전개가 뚜렷하지 않다는 점에서 '극'보다 '謠'에 강조점이 주어진 양식이며, 서사적 전개보다는 낭영체의 노래성에 집중한다는 점에서 단편서사시보다는 판소리의 연행방식과 유사하다. 어찌되었든 시극, 단편요극, 단편서사시, 라디오시[246] 등이 공통적으로 지향하는 것은 시의 연행성와 발화성이다. 즉 일종의 '무대'를 지향한다는 점에서 단순히 '문자시'로서의 정체성을 지키는 시의 존재성과는 분명한 차이가 있다.

서정시의 말의 음악을 향한 '과장된 소박성'

독일 낭만파 가곡은 주로 짧은 서정시를 노랫말로 삼았는데, 헤겔은 '짧고 단순한 말에서 오는 깊은 서정성'을 '과장된 소박성'이란 말로 요약했다.

> 서정시는 감정이 풍부하게 들어있는 작은 시들이 노랫말로 좋다. 단순하고 단어수가 적고 감정이 깊으며 어떤 정취가 마음을 꿰뚫으면서 영혼이 풍부하게 표현되거나 경쾌하고 유머가 있는 서정시는 작곡에 적합하다.[247]

'단곡', '4행시체', '소곡' 등을 언급하면서 안서는 이를 '심플리시티 simplicity가 떠도는 서정성'이라 하고 '단순성 속에 다사롭고도 아릿아릿한 무드가 숨어있다'고 언급[248]했거니와 안서의 말과 헤겔의 말이 분명하게 겹쳐진다. 단어수가 적다는 것은 일종의 겹침, 반복이 있다는 것이며 낭영할 때 청자를 향한 말의 정확성과 전달력을 강화한다는 뜻이기도 하다. 낭자와 청자 간의 교감, 소통, 공감 가운데 정취가 흘러넘나들게 되며 리듬을 타고 흐르듯 이 몸에서 저 몸으로 말의 소리선율가 흘러갈 것인데, 이는 '마음의 흐름'이라는 '운율'의 근본적인 관념에도 단곡양식은 부합한다. 이 때, '태초에 운율이 있었느니라한스 비유로'[249]나, '음악이 없다면 삶은 오

---

246 주영섭, 「카니발」, 『조광』, 1938.5; 조영복, 『넘다 보다 듣다 읽다』, 서울대 출판문화원, 234면; 주영섭과 이상의 관계는, 정철훈, 『문학사상』, 2016.12.

247 호토 편, 『헤겔의 음악미학』, 177면.

248 안서, 「서문 대신에」, 『잃허진 진주』, 평문관, 1924.

249 『음악과 시』 창간호, 1930.8, 55면.

류이다니체'의 말이 강한 메아리로 반향하는데, 짧고 단순한 시들은 낭영성을 잘 살릴 수 있다는 점에서 시가양식의 본질에 적확하고 미묘하게 잘 달라붙어 있다. 이 단곡의 양식들은, '단순하고 저급한 것'일 수 없고 또 '문자시' 관념을 배반하는 양식임을 저 스스로 반증하고 있는 것이다. 단곡이면서 민요조인 소월시의 단순성[250]은 말하자면 '과장된 소박성'이며, 소박하고 민속적 순수성이 있지만 실제는 치밀하게 계산된 것이 아닐 수 없다. 안서가 '검은 낙망'이라 규정한 소월시의 핵심은 '영혼을 관통하는 서정성'에 대응된다. 슈베르트, 슈만, 브람스 등의 계보를 잇는 독일 낭만파풍의 가곡에 깃든 노랫말의 서정성을 생각한다면, 소월시가 노래의 가사노랫말로 널리 활용되고 불려왔다는 점이 설명될 수 있을지 모르겠다. 이른바 '민요조 서정시'라는 장르를 근대 들어 새롭게 설정할 수 있었다면, 단곡풍의 민요조가 순수서정성을 만나 이루어낸 새로운 노랫말로서의 가능성 때문이다. 근대인의 감정에 스며든 이 '영혼을 꿰뚫는 듯한 서정성'은 소월시의 노래시가로성의 가능성이 아닐 수 없고 그것은 우리말 구어의 자연스런 문장체로부터 기인한다.

'노랫말', 이른바 '가사'로서 적절한 시의 말에 대해 헤겔은 시적으로는 완벽성을 기하기보다는 윤곽을 제시하는 방향으로, 극적으로는 지엽적인 일로 뒤엉키지않은 방향으로 나아가야한다고 말했다. 너무 심오하거나 너무 단순해서도 안되며 '중간 정도로 진정성이 있는 시'가 노랫말로 적합한 시, '훌륭한 시'라는 것이다.[251] 노래나 낭영체로 연행되는 '무대' 위

---

250 '단순성'에 대해서는 당대에도 논의된 관점이다. 甓耆, 「단순화라는 것」, 『조선문난』 창간호, 1924.10.
251 호토 편, 『헤겔의 음악미학』, 172~177면.

의 양식으로서 시극은 명료하고 생동감있는 전개를 필요로 하는데, 헤겔의 정의를 다시 빌어올 수 있다. 모티프는 단순하되 풍부한 상징성을 띠며 인물들의 성격, 인물들 간의 갈등이나 알력이 유연하게 드러나면서도 풍부한 내용을 담을 수 있어야 할 것이다. 노랫말에서 채워지지 않은 부분은 음악이 그것을 보충할 것이다. 오페라 〈마술피리〉의 대본이 문학적으로는 빈약해도 오페라의 대본으로 훌륭한 것은 그것이 밤의 왕국, 여왕, 태양의 왕국, 신비롭고, 신성한 지혜, 사랑, 시련, 구원, 선, 악 같은 인간 세계의 순수하고 보편적인 욕망과 적당하게 교훈적인 내용이 유유하게 서로 겹쳐 흐르기 때문인데 설사 '문학성'의 결핍이 있다해도 모차르트의 따뜻하고 환상적인 음악이 그것을 충분히 감쇄시켜줄 수 있다는 것이다.

낭영체 시가이든, 시극이든, 핵심은 시양식 자체의 완결성과 순수성에 강박적으로 달라붙지 않는다는 점이며, 그것 자체로 문학적 가치를 결정하는 문자문예양식의 특성을 온전하게 보전하지 않는다는 점이다. 철학적이고 심오한 쉴러의 서정시가 노랫말로서 적당하지 않고 소프클레스와 아이킬로스의 비극의 디테일한 시적 완벽성이 음악적 유희를 제한하는 것에서 확인되듯,[252] 시적인 것과 음악적인 것 간에는 이질성이 분명 존재한다. 이 말은 초창시대 시가양식의 근본적인 문제를 해소하지 않은 채 근대시사를 쓸 수 없고 또 근대시사를 해석, 평가할 수 없다는 말을 반증한다. 낭영체 시가는 적어도 노래음악성에 반쯤은 걸쳐있는 양식이니만큼 말의 '의미'에도 집중하지 않고, 문자양식문자시의 닫힌 완벽성과 고정성에도 환원되지 않는다. 초창시대 단곡소곡, 김영랑과 박용철의 4행체 시들, 시

---

252 위의 책, 172~173면.

극, 요극, 라디오극 등의 장르에 대한 이해 역시 이 문제로부터 자유로울 수 없다. 초창시대 시가양식 텍스트를 문자성의 양식으로, 의미와 해석의 자료로 환원하는 논리도 마찬가지로 문제성을 띤다. 태초에 운율이 있었던 그것만큼 초창시대 시가가 있었다고 말해야 한다. 이것이 진실이다. 시극도 시가도 노래체이자 낭영체의 양식으로서 낯설거나 이질적이지 않게, 오래 견뎌왔던 전통양식에 기대어 혹은 서구의 시가양식과 마찬가지로 혼종양식의 상태로 그렇게 초창시대를 살았다.

5. 조선어의 음악, 발화를 위한 음성단체의 조직

말하기와 노래하기

"문자는 분절된 목소리이며 소리는 문자로 환원할 수 있고, 또 그 역으로, 목소리의 요소로서 목소리 안에 문자가 이미 내재돼 있다"는 믿음은 '표음문자 문화의 인류'가 갖는 환상일 뿐이다.[253] 인간의 소리는 분절될 수 없다는 과학적 증명이 오히려 음운론과 음성학의 탄생을 촉발시켰다는 것은 역설적인데, 음운론, 촘스키의 일반문법론, 레비스트로스의 구조론은 소리와 언어가 분리된 이후 언어에 관한 지식을 무의식에 가두게 되면서 대두한 논리적 귀결이다. 문자와 목소리의 연결관계를 해체한 것이 서구에서도 후대적인 것일 만큼 언어와 목소리를 분리하는 것은 상상조차 되지 않았다. 시와 노래가 분리되지 않은 것 역시 이 환상이 지속된 것

---

253 조르조 아감벤, 조효원 역, 『유아기의 역사』, 새물결, 2010, 110~113면.

만큼이나 오래된 것이다. 시인의 말은 시인의 발화 행위를 통해 현전하게 된다. 시가 낭영되고 음영되고 노래되는 것은 문자와 언어를 분리하지 않은 그 역사만큼이나 오랜 전통이자 관습이 아닐 수 없다. 그럼에도 '근대'는 왜 새삼 이 '분리'를 기어코 완수하고자 하는가.

시는 '쓰기'라기보다는 '말하기'와 '노래하기'이다. 시에 말의 음성성과 시인의 목소리가 내재돼 있다는 믿음은 근대 들어서서도 사라지지 않는다. 말소리, 발성, 말솜씨에 민감하게 반응하는 이상을 사로잡은 것은 서도 여인들의 말소리였고, 김영랑의 귀향은 그가 남도 여인들의 두런거리는 일상의 말에서 남도방언의 에로티즘을 발견하는 순간 완성된다. 1930년대 정지용의 '언어 미감을' 평가하는 담론은 정지용의 '말'을 문제삼은 것이었다. 이른바 '1930년대 언어 감각의 탁월성', '우리말의 맛깔스런 묘미' 같은 것들은 '문자시'의 범주로 환원되지 않으며 환원될 수도 없다. 백석의 방언이 '문자시'로 고정되는 순간 활력을 잃는다는 것은 정주지역 방언으로 능숙하게 처리된 시어들의 배치에서 이미 입증된다. 백석의 이야기시가 '의미'보다는 말의 질서배치'와 '음성성'에 있음을 그만큼 잘 알려주는 경우도 없다.

이들 시인들은 시를 쓰기보다는 말하고 노래하고 있다. 정지용의 '말아 다락같은 말아'를 이상이 찬탄해 마지 않은 것은 이 말, 소리내어 읽을 때 살아나는 말의 음성성이며 리듬이며 여운이다. 근대 시인들의 언어적 감수성이란 우리말의 구어적 감수성과 그것의 발성이 바탕이 된 것이라는 점에서 말을 문자화하면서도 최소한의 문자의 권위만을 인정하고자 했던 초창시대 문인들의 시가양식의 이념을 계승한 것이다.

조선가요협회와 시인들

1930년대 중반기의 문단적 움직임은 굳이 1935년 카프 해체 이후 팔봉, 회월, 백철 등의 '전향'에만 국한된 것은 아니었다. '프로문사'의 전향에 빗대어, '전향'이 문인들의 문학적 위치 변화 혹은 경향 변화를 지칭하는 용어로도 사용되었던 것 같은데, 예컨대 '소설가'에서 '야담작가'로 '전향'한 김동인, '주산가'에서 '문학인'으로 전향하는 주요한 등을 가리키는 용어로도 쓰였던 것이다.[254] 이에 빗대어 말한다면 안서는 '시'에서 '유행가'로 '전향'한 것이 된다.

안서의 가요에 대한 관심은 1929년 2월 22일 결성된 '조선가요협회'와도 깊은 관련이 있고, 1935년 결성된 '조선음성학회'와도 무관하지 않다. '조선가요협회'는 안서를 비롯, 춘원, 요한, 소월, 수주, 노산, 석송, 석영, 무애, 팔양, 파인 등의 문인들과, 김영환, 안기영, 윤극영, 정순철, 김형준 등의 작곡가, 음악가 들이 함께 결성한 모임이라는 것이 핵심이다. 구시대의 노래, 타령 등을 퇴폐적이라 배격하고 대신 새로운 서양 음조와 작법에 기반한 노래를 만들고자 했던 것으로 보이는데, 초창시대 '곡없이 존재하는' 신(체)시의 존재론적 근거를 세우는 일이 시에 노래를 붙이는 일이었던 것과 비교된다 하겠다. 임화가 말한, '노래가 붙여질 가능성'으로서의 시가의 존재성이 이로써 실현되는 과정이라 볼 수도 있다.

안서의 시가기획은 한편으로는 음성학회의 조직을 통한 우리말의 성리적聲理的 특성에 대한 학문적 축적, 다른 한편으로는 시의 노래화의 실천으로 나아간다. 특히 후자가 주목되는데, 시가 더이상 '시가'가 아니고 '문자시

---

254 「평양문인좌담회」, 『백광』, 1937.1.

화'되는 과정에서 '시의 노래화'란 초창시대부터 그가 꿈꾼 근대 조선어 시가의 궁극적 목표의 최소한의 방어기제로 작동했을 것이다. 대중가요에 대한 안서의 관심은 '시가'에서 '가요'로의 이동이기보다는 시가에 살고 시가로 죽고 싶었던 그의 일관된 이념이 뉴미디어의 등장에 따라 확장된 것에 다름 아니다. 여기에 춘원, 안서, 파인 등 우리말 시가의 형식 미학에 초창부터 관심을 기울였던 시인들이 가세하고 있다. 시조시인으로 이름을 알린 이은상이 가세하고 있는 것도 흥미롭다.

우리말의 소리성, 음악성, 음성성에 관심을 기울인 시인들은 정인섭, 박용철, 김영랑 등이었고 이들이 '해외문학파'에서 출발해 대개 '시문학파 동인'으로 그 계보를 이어간다고 평가되지만 실상 이 관점에서 근대시사상 결정적인 공헌자는 박용철이다. 박용철의 '조선말 외여지기'의 철학이 핵심으로 작동한다는 뜻이다. 외국문학시을 번역하는 과정에서 얻어진 언어학적 관심, 외국어와 우리말의 차이에 대한 인식, 우리말 고유의 교착어적 특성에 대한 이해, 언어의 음조미, 조선말의 리듬에 대한 관심 등이 함께 작용한 결과이다. 언어의 랑그적 특성과 그것의 파롤적 실현이 인쇄 리터러시에 있다는 점을 간파한 용아는 미디어출판 제작자이자 잡지 발행인으로서 『정지용시집』1935, 『영랑시집』 등을 간행하기에 이른다. 그가 몰입했던 시들이 대체로 4행시체의 단순하고 소박한 형식에 우리말 음악성이 충만한 문장체를 견지했다는 사실은 강조할 필요가 있다. '4행시체'를 '승화체' '정금미옥체'라 이름붙여 둔 것이 그들 박용철, 정지용, 김영랑 등의 궁극적 관심사를 집약해 보여준다.

한시, 시조의 음악성에 대한 관심을 지속적으료 표출했던 박용철은 비소리의 리듬음악을 시로 만들거나,[255] 시집이나 잡지의 제호를 정하면서 지극히 말의 음성적인 측면에 주목한다. 김영랑의 시집명을 두고 "옥향노玉香爐라면 더 좋을 듯하지만 음音이나 빠"[256]라고 한 언급을 주목할 수 있겠다. 이헌구의 다음과 같은 언급도 주목할 수 있다.

다년多年 한글식 철자법綴字法에 대하여 이의異議를 품고 이때까지의 세 문예지 개문예지開文藝誌를 발음식發音式 기호記號로해오든 것이 지용시집芝溶詩集 발행發行하면서부터 이 의견意見 일변一變하였는데 거기에는 철자법綴字法을 싸고도는 분쟁紛爭에 대한 불미不美에서 직접直接 그리된 원인原因도 있었다.[257]

외국문학을 전공했던 근대 문인들의 번역작업의 중요성은 '번역' 그자체 보다는 오히려 모어로 느끼는 외국시의 포에지와 호흡이다. 정인섭은 이하윤의 영시 번역시집 『실향失香의 화원花園』을 두고 이렇게 평가한다.

원래 역시라고 하는 것은 다른 산문역보다는 어려운 것으로서, 언어미는 음성과 형상의 특별한 구속을 받는 만큼 실로 다른 언어로 번역한다는 것은 곤란한 것이다. 그의 역은 어학적 입장과 예술적 입장의 두가지가 잘 조화되어 있어 역을 읽어보면 창작시 같은 자유로운 호흡과 「포에지」의 향기를 느낄 수 있다. 그리고 원작품과 대략 대조해보아도 그다지 틀림이 없을 뿐 아니라 어떤 곳에는 도리어 원시原詩의 초점을 더 날카롭게 하기 위해서 효과적인 수법을 응용했으니, 낱말의 토의 활용은 신비한 지경에 들어갔다고 할 수 있다. 특히 놀라운

---

255 박용철, 『전집』 2, 342면.
256 위의 책, 345면.
257 이헌구의 회고, 「저자약력」, 박용철, 『전집』 2, 17면.

제3부 | 양식과 인간   801

것은 원작자의 리듬을 살렸다는 것이다. 따라서 유령작의 청산에 대하여 '실향의 화원'은 많은 쟁화제가 될 것이며, 재래로 일역日譯으로 참고하던 한국 민중이나 시인들이 이 책을 통해서 모어母語로써 감격을 느끼는 효과를 얻을 줄 생각한다.[258]

"창작시 같은 자유로운 호흡과 「포에지」의 향기"는 우리말 구어체문의 자연스런 읽기의 리듬이 아니라면 확보되기 어려운 것인데, 이는 무엇보다 영문장체를 우리말구어문장체화하는 것, 우리말 시를 쓰는 것처럼 시를 번역해야 한다는 뜻이다. 번역이 의미의 전달어학적 입장에 그친다면 산문역과 다를 바 없다. 번역시는 원시의 의미보다는 번역된 언어도착지 언어, 모어의 리듬과 자유로운 호흡음악을 살리는 것이 중요하며 따라서 '포에지'의 향기의 궁극적 원천은 언어구어체 모어에 있다. 정인섭이 「시조영역론」에서 제시한 원칙, 즉 시조를 영시로 번역하는 과정에서 시조의 율격, 행과 연의 조직 등을 영어로 섬세하게 번역, 이행해야한다는 것과 동일한 지층에서 이해된다.[259] 즉, '의미'보다 단구, 배열, 조직 등의 시의 양식적 고유성에 민감하게 반응하고 있는 것이다.

『대한현대시영역대조집』이 이룬 성과는 단순히 '한국시의 영어번역의 선취성'에 있지 않다. 한국어와 외국어의 랑그적 차이에서 오는 이질성을 어떻게 극복하고자 했는가는 이 영역시집에서 중요하게 평가되어야 할 대목이다. 정인섭은 우리말 원시의 정형시체 형식, 음조미, 행수, 구조 등을

---

258 정인섭, 「한국시단의 재출발」, 『비소리 바람소리』, 정음사, 1968, 59~61면.

259 홍경표, 「정인섭의 한국시 영어번역─『대한 현대시 영역대조집』을 중심으로」, 『한국말글학』 23, 2006.12.

세심하게 살피고 이것을 영시로 옮기면서 그 과정에서 한국어 시는 가능하지 않은 두운, 각운 등의 운율과 정형적 구조를 최대한 되살려두고자 했을 것이다.

축음기의 사회문화적 효과

조선가요협회든 조선음성학회든 이 단체 들의 성립은 축음기의 사회문화적 효과의 인식과도 무관하지 않다. 뉴미디어의 확장성과 재생가능성은 일회적인 현장성에 기반한 소리양식의 한계를 뚫고 소리노래양식의 무한한 확장성과 그 가능성을 약속하고 있었다. 1930년대 문을 연『삼천리』의 '레코드 광고'는 일종의 계몽적 메니페스토에 가깝다. 『삼천리』에 실린 '사회민중의 기상을 진흥식힐 우수한 축음기와 음보音譜'의 광고는 다음과 같다.

우리들은 멸망滅亡하여가는 자者의 일절一切의 노래를 구축驅逐하고 가장 웅건雄建한 기상氣像과 정조情調 속에서 신춘新春부터 사라갑시다 그리함에는 조혼 노래를 듣는 것이 상책上策이외다 본사本社 대리부代理部에서는 압흐로 장차 웅건雄建한 레코-드를 만히 제작製作하여 강호江湖에 펴려 하는 바 위선爲先 갑싸고 우수優秀한 외국外國의 음보音譜와 염가廉價의 축음기蓄音機를 사시기를 권고勸告하나이다.[260]

멸망하여가는 자의 노래가 아닌 웅건한 기상과 정조가 있는 조혼 노래로 살아가야 한다는 계몽적 맥락을 띤 광고이다. 노래로써 새로운 세계로

---

260 「광고」, 『삼천리』, 1931.3.

넘어가는 '문지방'을 만들겠다는 것이 핵심이다. "학교, 유치원, 청년회 등 모든 집단에서 조혼노래를 부르자"는 구호 아래 축음기와 레코드 판매를 삼천리사에서 대행한 것이다. 축음기 가격은 45원에서부터 가격대가 형성되어 있고, 독일국가 〈라인의 기적〉, 프랑스 국가 〈마르세이유〉전호에 가사가 실림 등의 외국노래 음반과 〈춘향가〉, 〈영변가〉, 〈소상팔경〉, 〈박연폭포〉 같은 국내노래 음반이 판매되었다.

또 다른 광고는 시인들, 작곡가들, 성악가들이 한패가 되어 만든 '조선가요협회朝鮮歌謠協會'에서 발간한 시대적 민요, 속요 음반에 관련된 것이다.

> 석송石松, 이광수, 박팔양, 이은상, 안서, 요한 들의 근대시인과 김영환, 정순철, 안기영 등 제작곡가 성악가들이 어울넛서 조직한 조선가요협회朝鮮歌謠協會도 신춘新春부터는 새로운 시대적時代的 민요民謠, 속요俗謠 등을 만히 만들어서 널리 펴리라 하니 마음 든든한 일이요 각各 여학교女學校 코러쓰-단團에서도 새 긔운이 쌔치는 조혼 노래를 불너 만 사람의 귀를 살지게 하리라고 선성을 지름이 큰 즉 아무튼 금춘악단今春樂團은 백화난만百花爛漫이라고 할까—. [261]

안기영은 춘원, 요한, 안서 등 문인들의 시에 '조선의 정서를 살린 곡'을 부쳐 '노래에 주린 이 땅'의 민중들에게 새로운 노래를 선사했다. 춘원의 〈새나라로〉, 〈살아지이다〉, 주요한의 〈어머니와 아들〉, 〈붓그러움〉, 김안서의 〈만월대〉, 〈복숭아꽃〉, 〈밀밧〉, 이은상의 〈마의태자〉, 〈금강귀로〉, 김동환의 〈뱃사공의 안해〉, 이 외에도 권중환의 〈꽃밧〉, 남궁랑南宮娘

---

261 「신춘악단, 은, 파렛트」, 『삼천리』, 1931.3.

의 〈영감님〉 등이 안기영의 곡에 실려 '노래'가 되었다. '신간 안기영 작곡집' 광고[262]가 이를 확인해 주는데, 초창시대 곡조가 생략된 채 '언젠가 불리워질 가능성'으로 존재했던 육당의 시가창가가 이 시대 이르러 그 현존의 가능성을 확인하게 된 것이다. 평조, 계면조 등의 전통적인 곡조로는 지탱하기 힘든 초창시대 조선어 구어체 시가는 서양작곡법을 익힌 근대 음악가들에게서 그 존재의 빛을 찾게 되었다. 그것은 우리말 시가 소리로 존재하고 음악으로 그 현전성을 실현할 수 있는 계기로 작동하며 더욱이 '축음기'의 사회문화적 효과가 이 노래의 '문지방 경험'을 가속화한다.[263]

안서로부터 1930년대 음성학회까지

이 공통된 관심의 결말이 자연스럽게 '조선음성학회'로 수렴되는 것은 전혀 이상하거나 예외적인 길이 아닌 것이다.

우리 언어학자가 세계학회에 가서 문화조선의 한모를 널리 인상주고 온 일에 대해서는 어째서 그다지도 냉담했을까? 지금 생각하면 그런 일에도 좀 더 흥분해도 좋았을 것같다.[264]

조선음성학회는 1935년 4월 24일 중앙기독교회관에서 김억, 양주동, 정인섭, 김상용, 이하윤 등의 문인들과, 김윤경, 방종현, 손경수, 이극로,

---

262 「광고」, 『삼천리』, 1931.7.
263 '축음기'의 사회·문화적 효과에 대해서 다음 논의를 참조하라. 조영복, 「문자에서 사운드로, 사운드에서 이미지로 - '철인간' 이상과 '축음기 효과(phonograph effects)'」, 『어문연구』 184, 2019.12.
264 김기림, 「수방설신」, 『전집』 5, 316면.

이희승, 김선택, 최현배 등의 국어학자, 이헌구, 조용만, 함대훈, 홍기문, 서항석 등 언론인 들이 주축이 돼 설립한 단체로 정인섭, 김상용, 이하윤 등이 간사로 임무를 맡았지만 실제는 정인섭이 가장 핵심적인 역할을 담당했다.

첫 사업은 '오케─교육레코드' 제작, 취입한 것으로 아동들을 위한 조선어의 정확한 발음과 독법을 지도할 목적으로 1집 12매를 제작해 1935년 제9회 한글기념일에 시청회試聽會를 거쳐 12월 5일 공표하였다. 정인섭이 자료 선택 및 음성 지도, 심의선이 독법지도, 이종태가 작곡, 음악지도를 맡았다. 같은 해 7월 22일부터 26일까지 런던에서 개최된 국제음성학회 제2회 대회에 김선기가 참석해 「조선어음의 만국음성기호표기」, 「실험음성학으로 본 조선어의 악센트」를 발표했으며, 1936년 8월 27일 코펜하겐에서 열린 세계언어학회에 정인섭이 참가해 「조선어문과 구미어문과의 비교」를 발표했다.[265]

정인섭은 방언의 중요성, 신조어의 창안 같은 우리말 어휘문제에 관심을 가졌고 외국어와 우리말의 음성학적 차이를 비교해 '외래어표기법통일안'의 구체적인 안을 마련하기도 했는데 조선어학회활동이나 한글 로마자 표기법의 기틀을 마련한 것 등이 음성학자로서의 그의 관심에서 비롯된 것이다.[266] 정인섭의 기록에는 안서의 이념이 겹쳐있는 듯보인다.

말 가운데 표시된 아름다운 운율 그리고 거기서 들려오는 음조의 묘미 그것

---

265 조용만·송민호·박병채, 『일제하의 문화운동사』, 현암사, 1982, 462면.
266 1930년 한글학회 회원, 1935년 한국음성학회 조직, 해방 후 런던대 음성학 전공, 1965년 뉴욕 주립대 실험음성학 연구.

을 듣고 느끼고 읽고 보고 그래서 혹은 웃기도 하고 울기도 하며 (…중략…) 거기에 국어의 가치와 그에 대한 의식 또는 무의식적 애착이 있다.[267]

'말 가운데 표시된 운율, 음조미' 같은 구절은 우리말의 구어적 특성과 표음문자인 한글의 고유성을 지적한 것인데, 이는 이하윤의 영시 번역시집 『실향失香의 화원花園』을 평가하면서 '모어로써 느끼는 호흡과 포에지'라고 특기했던 문구와 거의 일치한다. 정인섭은 색동회 회원으로 잡지 『어린이』1923.5.1 창간의 필진으로 참여하며, 1929년 최현배의 권유로 '조선어학회'에 가입한다. 기본적으로 이 같은 활동은 우리말의 음성, 언어학적 교육의 일환이었을 것이다.

조선의 교육에도 새로운 과정이 자꾸 늘어서 동화도 가르치고 창가도 가르치고 하게 되었습니다. 그러나 그것을 가지고도 안 되겠어서 이마적에는 동화다 동요다 무어다 하고 예술 방면의 교육에 힘을 더 써오게 된 것입니다.[268]

그는 『오디세우스』1926.4를 소개하면서 서사의 노래가 갖는 가치를 이렇게 말했다.

이 세상에서 맨 처음 노래를 지어 한 사람은 「희랍」 나라 사람이었습니다. 아름다운 「희랍문명」은 영원히 잊을 수 없는 귀여운 보배입니다. 그들의 노래는 그들의 이야기였으며 그들의 이야기는 그들의 노래였습니다. 아름다운 그들의

267 정인섭, 「한글사용에 대한 외국문학견지의 고찰」, 『해외문학』 2, 1927.7.
268 『어린이-세계아동예술전람회기념 특집호』, 1928.10.20.

노래 구슬같은 그들의 이야기는 어른이나 아이나 한가지로 듣기 좋아합니다. 그 중에도 「호머」라는 시성詩聖은 「일리어드 오디세우스」라는 유명한 이야기 노래를 지었습니다. 여러분이 점점 자라나서 그 나라 글을 읽게 될 때에 많은 도움이 될 것이요, 어린 때에 듣고 일어나는 기억이 꿈속의 거문고 소리처럼 고요히 여러분의 귀를 땡땡! 울릴 것입니다.[269]

노래, 이야기, 말의 삼위일치성이 핵심이다. '노래'가 현재의 상황을 인식하는 강력한 수행적 도구로서, 또 존재변이의 중요한 매개로서 작동하는 것임을 정인섭은 암시한다. 1930년대 '애란열풍'은 우리의 식민지 상황과 연관이 없을 수 없지만 정인섭의 「애란문단방문기」가 보여주는 것은 모국어의 음성성에 관한 그의 관심이다. 낭독의 중요성과 표준발음의 통일성에 대한 관심은 음성학회의 조직과 참여의 동기를 설명해준다.

생도들은 소학생인데도 불구하고 잘 알어들으면서 대답도 곳잘하고 지명하면 이러서서 낭독도 훌륭하게 한다. 교과서를 조사해보니 교육국 편찬으로 되어있는데 그 속에는 독일의 『그림 동화童話』도 있으며 간혹 「스티븐손」의 동요童謠도 섞여있으나 특이한 늣낌을 주는 것은 애란愛蘭 전설이 많이 들어있었다. 그런데 아동들의 발음은 역시 표준발음에 통일되어 있는데 영란英蘭?의 지방어 쓰든 사람들에 비해서 훨씬 정확하게 들린다. 역시 교육의 힘이라고 생각했다. (…중략…) 그리고 얼마전까지는 과목에 없든 애란어愛蘭語를 다시 배게 되었는데 가정에서는 부모님들이 임이 그 상어上語를 잊어서 모르는 관계상, 시골 농부

---

269 정인섭, 『어린이-동화특집호』, 제4권 10호, 1926.11.

들을 가정교사로 데려다가 가르치게 하는 일이 많다는 말을 교실서 나오면서
교장校長이 말을 한다.[270]

아동예술교육의 중요성을 '주지주의에 대한 반동', 곧 문자지식교육에
대한 반동에서 찾는 경우도 있겠지만 그것들은 기본적으로 음성학 교육,
우리말의 음성언어적 습득과 훈련에 대한 교육의 중요성을 인식한 데 따
른 것이다. 정인섭이 축음기, 발성영화, 라디오 매체 등의 기술미디어를
음성언어 교육에 활용한 것은 모국어의 '소리', '성리聲理'에 대한 중요성
의 인식과 무관하지 않다.

축음기蓄音機로 말하면, 소리가 훨씬 육성肉聲에 가깝고 정확正確하게 들리며,
특特히 시간時間의 제한制限을 받지 않고 얼마든지 자유自由롭게 반복反復할수 있
는 것입니다. 그러므로 현금現今 선진사회先進社會의 학교學校에서나 가정家庭에서
는 이것을 많이 사용使用하게 되며, 내외內外 국어國語를 물론勿論하고 어학語學의
음성音聲 방면方面에 있어서 축음기蓄音機의 운용運用을 더욱 중요시重要視하게 되
었습니다. 이 점點을 레코오드의 제작자製作者나 취입자吹入者는 물론勿論, 교사教
師와 학부형學父兄 그리고 학습자學習者까지라도 다 가치 자각自覺해야 될 줄 압니
다. 그리하야 이번에 축음기蓄音機로 어문교육語文教育과 중대重大 시험試驗을 하게
되었으니, 이번에 조선朝鮮 최초最初로 된 조선어교육朝鮮語教育 레코오드가 이것
입니다. 대내적對內的 으로는 어문語文의 통일統一과 아동兒童의 정서교육情緒教育과
가정家庭의 취미趣味를 제공提供하게 되고, 대외적對外的으로는 외국인外國人의 조

---

270 정인섭, 「애란문단방문기」, 『삼천리문학』 1, 1938.1.

선어朝鮮語 학습學習 또는 조선어문朝鮮語文 연구硏究의 좁은 자료資料를 제공提供하게 되는 것입니다.[271]

정인섭은 한글의 특성을 이해하고 이를 자신의 시에 적용한다. 그는 한글문장에서의 조사, 어미, 구두점 등의 문제를 외국 시에 빗대어 설명한다. 두 번째 시집 『별같이 구름같이』의 편집에 그는 한글의 특성과 관련 다음과 같은 원칙을 적용했다는 것이다.

> 한글은 체언에는 대부분 토가 붙어있고, 용언에는 어미가 따라있기 때문에 구미 각국의 시와 같은 구두점이 없어도 능히 문맥을 분간할 수 있고, 또 한글에서는 지나친 서양식 구두점을 치면 모처럼 이어져가는 시상이 오히려 토막으로 분단되는 결점이 있다. 그래서 이 시집에서는 일체로 구두점을 생략했다. 그리고 재래로 시집을 꾸미는 데 있어서 시행을 세로만 쓰는 버릇을 나는 가로쓰기로 하여, 한글 자체의 특징과 세계적인 현상을 도모했다.[272]

전반적으로 한글문장체의 특성을 시의 양식적 특성으로부터 구하고 있다는 점이 주목된다. 말이 문자화되었을 때 구두점, 조사가 시상의 지속과 연결에 어떤 난제를 던지는지 설명하고, 한글의 문자체계와 '쓰기'의 특성이 세로쓰기보다 가로쓰기에 특화될 수밖에 없음을 정인섭은 고민한다. 이는 결국 시양식의 스크라이빙 문제, 단구, 배단, 종결체 문제라는 점에서 안서의 문제의식을 공유한 것이 된다.

---

271 정인섭, 「언어교육과 蓄音機」, 『한글』 29, 1935.12.
272 정인섭, 「머리말」, 『별같이 구름같이』, 세종문화사, 1975.

제4부

마무리

근대시와 '조선어구어한글문장체'라는 통화通貨

숲은 나무를 보지 못하고 또 그 반대도 마찬가지이듯, '그들'은 너무 가까이 있었고, 우리는 그들로부터 너무나 멀리 떠나왔다. 우리의 해석학적 지평이 초창시대 근대시의 시간을 완벽하게 통어하고 그들 근대 시가담 당층의 의식을 투명하게 재구해 낼 수 있으리라 기대하지만 결코 그것은 현실화되기 어렵다.

근대시의 주체는 문자가 아니라 언어조선어 구어이자 그 리듬이며 그것을 감각하는 몸이다. 문자적 표식은 그것이 노래임을 재증명하는 것일 따름이다. 음악노래의 효과는 오직 음악에 의해서만 그리고 음악을 통해서만 측량될 수 있고, 음악적 힘의 등가물은 오직 음악적 통화通貨로만 주어질 수 있다.[1] 음악과 같은 조선어구어한글문장체가 근대시의 통화이며 그것의 '쓰기'조차 그것에 기댄다. '쓰기'란 시의 활자화와 배치, 즉 스크라이빙 혹은 기사법을 일컫는데, 그것은 일차적으로 구두 낭영의 중요성을 나타내는 표지이지만 그것이 곧 규칙적인 음성법칙에 종속된다는 뜻이기보다는 내면의 감각기관을 통한 총체적 이해를 충족시켜야 한다는 맥락을 갖는다.[2] 단순한 성악이기보다는 협주곡오케스트라이제이션을 지향한다는 것이 조선어구어한글문장체 근대시가가 전통 시가양식에 비해 차이나는 점이다.

근대시는 문자로 실현되지만 그것이 '문자시poetry as the Letters'의 속성을 드러내기 위한 것이 아니라 몸의 리듬에 따라 그것이 낭영되고 노래되어야 한다는 것을 지시하기 위한 것에 가깝다. 말의 문자화, 노래의 활자

---

1 지젝 & 돌라르, 『오페라의 두 번째 죽음』, 32면.
2 옥파비오 파스, 『활과 리라』, 109~100면.

화란 그런 것이다. '정형체(시)'의 실재성은 글자수음절운에 있지 않고 목소리로 리듬을 수행하는 순간 구체화된다. 낭영자의 호흡의 규칙에 따라 리듬이 수행되는 것이니만큼 음보율이든 글자운이든 그것을 규율하는 것은 연행, 수행의 차원이다. 곡조가 주어지거나 언어 자체에 이미 강약, 악센트의 규율이 주어져 있을 경우, 즉 한시, 시조 등 전통 시가양식의 경우, 그리고 영시나 불란서시 등 근대 수입되기 시작한 서구 시양식의 경우, 심각하게 노래수행성을 고민할 이유가 없었다. 그런데 근대 들어 처음으로 우리말구어체 시의 언문쓰기화, 한글문장체화를 앞에 두고 근대 시담 당층들뿐 아니라 대중독자들로서는 '쓰기'의 규칙도, '읽기낭영'의 규범도 약속된 바 없었기에 따라서 근대 시가양식에 대한 전반적인 혼란과 갈등은 불가피했다.

표식상 시양식이자 노래양식임을 완고하게 드러낼 수 있는 방법은 인쇄리터러시의 차원, 기사법의 차원. 스크라이빙 차원이다. 궁극적으로 '스크라이빙'은 노래의 규칙성과 시가양식 고유의 관성의 규율을 지시하는 데 바쳐진다. 초심자들로서는 그것을 '베껴쓰기' 차원에서 수행하면 그만이다. 노래체시의 운행은 리듬의 성좌를 따라 간다. 조선어 구어의 음악을 가장 날카롭고 예리하게 구현하기 위한 길을 모색하는 것이 근대시 기획의 본질이었을 것이다.

'스크라이빙'은 반복과 지속의 표식이다. 리듬은 시의 노래를 몸이 기억하고 그것을 지속시킬 수 있게 하는 시적 언어수행의 핵심적인 장치다. 시행詩行은 리듬의 단위를 가늠하게 하는 척도가 된다. 그것은 우리 몸이 시의 리듬을 어떻게 연주하고 반복하고 변형할지를 알려주는 근본적인 표식기호이기도 하다. 스크라이빙의 표식에 따라 몸은 연주하고 휴지하고 반복한다. 그러니 시는 묵독의 양식이 아닌 낭영이자 노래 양식인 것이다.

리듬은 몸이 기억하는 것이지 머리가 추론하는 것은 아니다. 그런 점에서 운율론, 리듬론, 정형시론, 자유시론, 산문시론을 근대성 담론으로 확정하고자 하는 것은 환원론적인 결론에 이를 가능성이 있다. 근대가 시작되는 어떤 지점에서 확연하게 이것이 '근대적 리듬'이니 여기에 맞춰 근대적으로 시양식이 반응해야한다고 인지될 수 있었을지 의문인 것이다. 오랫동안 전승, 계승, 지속되어왔던 몸의 기억으로 리듬이 발현되고 또 변형되었을 것이다. 3.4, 4.4의 조에 맞춰진 말의 리듬은 지속되었고 7.5의 리듬을 어떻게 살려낼 것인가가 최남선의 고민이었다. 핵심은 새로운 리듬을 살려내기 위한 우리말의 모험이다. 그것이 최남선의 한글시체실험의 처음이자 끝이다. '과도기 양식'이란 개념은 조선어구어한글문장체 시가의 근대시사 구도에서는 생존하기 힘들다.

문장부호는 문자를 움직이게 하면서 저자의 목소리를 현동화한다는 점에서 시가양식에서는 특히 중요한 문자기호이자 목소리기호라 할 것이다. 정서의 움직임과 여흥이 이 문장부호에 있다. 시인은 단구, 개행을 통해 자신의 글이 노래양식임을 표식하고 문장부호를 찍어 목소리를 문자 가운데 살아있게 한다. 감탄부호, 느낌표, 말줄임표 등은 오직 현재형으로서만 의미가 있다.[3] 먼 과거의 기록일지라도 문장부호는 시인의 목소리를 미래로 순간이동시키면서 현동화하는데 그래서 시는 묵독하기보다는 낭영하고 노래로 불려져야 한다.

시가의 이상은 초창시대 최남선, 김억 등으로부터 정지용, 김영랑, 백

---

3 하인츠 슐라퍼, 『니체의 문체』, 40~41면.

석, 이상에 이르기까지 하나의 중요한 계보학적 지위를 갖는다. 그것은 전통 시가양식에 이어지면서 한편으로는 그 전통으로부터 벗어나는 하나의 거대한 기획 가운데 있다. 임화의 '조선어의 구어의 언어적 음률적 개척'이라는 시사적 결론 역시 그것에 기대고 있다. 정형성과 단순성은 시를 제약하고 감정을 단순화 하는 원인原因이 아니다. 어쩌면 모든 시의 은유는 몇 가지로 단순화된다는 보르헤스의 말이 이 경우 진실을 증명할 수 있을지 모른다. 그 정형체의 틀 속에서, 그 단순성 속에서, 시인은 말하고 노래하고 은유하고 암시한다.

동서양 공히 '4행시체'의 오랜 전통과 지속은 시가양식의 생명력을 보전해 왔다. '4행시체'의 노래를 앞에 두고 '精金美玉의 純粹'[4]라 이름붙인 정지용과, 그 일파인 김영랑, 박용철이 '승화체'라 이름붙인 그 목적의식을 우리는 쉽게 수긍할 수 있다. 단순성과 정형성과 축약성을 넘어서서 사변화하고 논변화 하고 설명화 하는 길에 이 정형이라는 틀로부터의 자유가 요구되었을 것이고 교착어이자 음성언어인 우리말의 고유성 그 자체가 이미 자유시체로서의 우리 시의 길을 재촉한 동력이 되었던 것이다. '자유시'는 언어조선어 이전, 시가양식 이전에 존재할 수 없었다는 뜻이다. 그러니까 근대시의 기획이 서구 상징주의시의 모방으로, 그것을 모방하고자 하는 모방자의 의지로 움직여나간 것은 아니었다는 뜻이다. '우리말', '우리문자'의 '어문생활의 자유'가 무제한으로 주어진 해방 이후 안서의 근대시 기획은 오히려 더 나아갈 수 없었다. 여기까지, '우리말구어한글문장체의 노래'라는 근대시 기획은 여기까지가 그의 몫이었고 또 초

---

4 정지용, 「시와 감상」, 『여성』, 1938.8.

창시대 근대시담당층의 공적 또한 여기서 일단 멈추어야 했다.

전통과 근대를 잇는 항은 바로 말의 음악, 노래로서의 시이며 그 핵심은 조선어구어한글문장체의 시와 그것의 문자화'쓰기'이다. 이것만큼 근대시사를 관통하는 항목은 기대하기 어렵다. 말을 질서화 하고 배열하고 조직하고 현동화 하는 방식이 이 '조선어 구어의 음악'을 결정짓는다. 일제시대 시인들의 임무는 우리말의 음악, 조선어 구어의 음악을 찾는 데 맞춰지는데, 그것이 근대시의 '통화'이기 때문이다. 근대시의 '프랙탈적 층위'는 이 같은 조선어구어한글문장체 시의 반복과 지속의 결과이다. 말을 정형체화하는 것, 시를 노래체화 하는 것은 망각에 저항하고 말을 영원히 살아있게 하는 것이다.[5] 실천적 수행성을 갖는 이 '노래의 길The Song Lines'에서 근대시가 군이 이탈할 이유를 찾기는 어렵다. 조선어구어한글문장체의 음악노래과 그것의 '쓰기(화)'가 근대시 기획의 핵심임을 망각할 수 없는 이유이다.

---

5   하인츠 슐라퍼, 『니체의 문제』, 66면.

용어·개념어 정리

다음은, 이 저서에 쓰인 핵심 용어 및 개념을 간단하게 정리한 것이다.

초창시대

개화기, 근대이행기, 애국계몽기 등으로 지칭되었던 것인데, 김동인, 주요한, 김억, 박영희 등 당대 문인들이 주로 쓴 '초창시대'로 통일하고자 한다. 조선어구어한글문장체 시양식, 근대시 양식을 고안하고 기획하고 고민했던 당대성을 살린 것이다. 그간 쓰였던 이 시기를 지칭하는 용어들은 '시간시기'과 '가치'가 결합된 것이 특징인데, '개화기', '근대이행기'는 전통양식의 가치를 부정하는 측면이, '애국계몽기'는 이 시기의 '가치'를 선험적으로 절대화 하는 측면이 있다.

조선말

조선어. 국어, 속어, 언문, 우리말 등과 혼용해서 쓴다. 실재 텍스트상에서 조선말주요한, 국어김동인, 속어이태준, 언문김억 등의 용어가 확인된다.

조선어구어한글문장체

이 저서의 핵심 테제이다. 근대시의 근본적이고 핵심적인 조건이며 '근대성'의 아프리오리 a priori한 인자로 본다. 단순한 '조선어'가 아닌 당대 일상적으로 쓰는 구어(일상어, 산말)를 한글문장체로 쓰는 것이 근대문학의 에크리튀르이다. '조선어구어한글문장체'란 말을 문자화 하는 규범, 노래를 문자화 하는 시가규범의 전제조건이자 전통 시가양식으로부터 근대 시가양식을 차별짓는 핵심 조건이다. '언문일치체' 개념의 다기성과 모호성을 제거하기 위한 개념이기도 하다. 조선어 구어, 구어 문장체, 한글 문장체 등으로 표기되어도 이들 사이에 근본적인 개념 차이는 없다.

스크라이빙scribing

'Scribal Culture'에서 차용했다. 근대시의 양식적 실존은 '문자화' 즉 '쓰기'에 있었으나 초창시대는 '문자'보다 '말언어'을 우선시하는 관점이 지배적이었다. 이 때 '쓰기'는 '한글 문장체화' 및 인쇄리터러시를 통한 '인판화印版化'를 지칭한다. 전자는 인간의 '쓰기'의 기술을 의미하고 후자는 기계적 '쓰기'의 기술을 의미하는데 두 경우 다 '쓰기'를 일종의 '기술'로 본다는 점에서 '말하기'와는 차별된다. '스크라이빙scribing'은 문자행위 및 쓰기 écriture의 기술뿐 아니라, 기술의 결과물리적 텍스트, 기술적 효과 등 '쓰기' 전반의 물리적 외관, 구체적 형식까지 포괄적으로 지칭하는 개념으로 쓴다. 초창시대 '시작詩作'은 신문 ·잡지 판면의 '실재'를 '베껴쓰기'하는 차원에서 적극적으로 실현된다는 맥락이 포함돼 있다.

인쇄리터러시print literacy

근대시가의 '문자화'는 근본적으로 인쇄기술이 매개된 것이다. 인쇄기술의 '쓰기'와 관련된 문자성, 문해성을 가리킨다. 최남선, 김억, 박용철 등은 조선어 문학의 인쇄리터러시를 고민했던 잡지 발행인이자 인쇄인으로서의 정체성을 가지고 있었다. 인쇄된 문자활자의 '새김판식, 인판화'을 통해 근대시가가 인지된다는 차원에서 근대시가는 인쇄문자문화에 속하며 따라서 'scribal cuiture'를 '필사문화'보다는 '인쇄문자문화'라 변용, 번역할 수 있다.

기사법記寫法

사진픽듯 시양식을 베껴쓰기 하기, 분명하게 시가時價(음절운)를 문자화 하기, 단구, 개행, 문장부호, 띄어쓰기 등의 물리적 표식하기 등을 포함한다. 시양식을 산문양식과 일차적으로 구분되게 하는 대중적 표식법이기도 하다. 본문에서 '표식', '기사', '전사' 등의 술어는 대체로 물리적 실재, 인판상의 외형을 가리킬 때 사용된다.

문자시|poetry as the letters

문자성을 기반으로 존재하는 시의 양식성을 가리킨다. 낭영시, 시가, 노래체시, 정형체시 등의 상대적 개념으로 쓴다. 이 책의 기본적 입론인 '시가노래체시, 정형체시'로서의 근대시에 대응되는 양식개념을 갖는다. '낭영'은 '시영', '시창', '시음', '독송', '낭음' 등과 차이없이 쓰이지만, '낭송'과는 구분되는데, 따라서 '낭영시'는 '낭송시'와 다른 것이다. 문자시를 낭송하는 경우 '낭송시'라 지칭할 수 있는데, 이 때도 '문자시'의 속성이 소멸되는 것은 아니다.

수행성|performance

연행성, 공연성 등과 동일 개념으로 쓴다. 시의 낭영 및 노래화, 즉 목소리를 통한 시의 실현을 의미한다. 시의 시각적 존재성보다 청각적 존재성이 우선시되며, 수행자는 시의 '의미성'보다 시의 '음악성'에 집중한다. 리듬, 음향, 음악성, 음조미 등의 전제조건이다.

프랙탈|fractal

'노래' 혹은 '시가'로서의 시양식의 무한반복적 회귀원환회귀를 맥락화 하고 우리말 시사의 통사론적 구도를 설정하기 위한 개념이다. 전통 시가양식과 근대 시가양식을 잇는 매개항이 '노래'인데, 이는 곡조 및 낭영적 음악성이 포함된 노래, 노래체의 말, 중간적인 말을 포함한다. 우리말의 표음주의적 특성이 우리말구어한글문장체 시의 리듬노래성과 양식을 결정짓는다. '노래의 프랙탈적 회귀'가 우리말 시의 연속성이자 생명성이다. 우리시의 기원근원을 보는 관점, 즉 전통 단절론과 서구시의 이식모방론, 노래체시와 문자시, 전근대성과 근대성 등의 항목 간의 단절 및 이항대립적 관점을 해소하는 중요한 틀이다.

참고문헌

신문, 잡지 자료

『태극학보』, 『독립신문』, 『태서문예신보』, 『동아일보』, 『조선일보』, 『중외일보』, 『매일신보』, 『조선중앙일보』, 『태서문예신보』, 『만선일보』, 『서울신문』, 『시대일보』, 『경향신문』

『소년』, 『청춘』, 『학지광』, 『창조』, 『폐허』, 『백조』, 『장미촌』, 『영대』, 『금성』, 『조선지광』, 『조선문단』, 『삼광』, 『대조』, 『개벽』, 『한글』, 『조선』, 『신조선』, 『청년』, 『신청년』, 『신문예』, 『동광』

『문장』, 『인문평론』, 『시와 소설』, 『음악과 시』, 『신민』, 『신동아』, 『신흥영화』, 『풍림』, 『민성』, 『비판』, 『백광』, 『박문』, 『신세기』, 『사해공론』, 『비평문학』, 『삼천리』, 『삼천리문학』, 『여성』, 『조광』, 『조선문학』, 『춘추』, 『조선춘추』, 『태양』, 『신천지』, 『문학』, 『시문학』, 『문예월간』, 『학등』

전집류

오영식 외편, 『김광균 문학전집』, 소명출판, 2014.

김학동 편, 『김기림 전집』, 심설당, 1988.

홍정선 편, 『김기진 전집』, 문학과지성사, 1988.

『김동인 전집』, 홍자출판사, 1968.

이영준 편, 『김수영 전집』, 민음사, 2018.

김학동 편, 『김영랑』, 문학세계사, 2000.

권영민 편, 『김환태 전집』, 문학사상사, 1988.

이동희·노상래 편, 『박영희 전집』, 영남대 출판부, 1997.

『박용철 전집』, 현대사, 1982.

수주변영로기념사업회 편, 『변영로 전집』, 한국문화사, 1989.

박경수 편, 『안서 김억 전집』, 한국문화사, 1981.

김재용 편, 『오장환 전집』, 실천문학사, 2002.

고려대 아시아문세인구소 편, 『옥당 처남선 전집』, 동방문화사, 2008.

송기한 편, 『윤곤강 전집』, 다운샘, 2005.

『이광수 전집』, 삼중당, 1966.

장만영전집간행위원회,『장만영 전집』, 국학자료원, 2014.

김주현 편,『정본 이상 문학전집』, 소명출판, 2009.

김학동 편,『정지용 전집』, 민음사, 1995.

권영민 편,『정지용 전집』, 민음사, 2016.

_____ 편,『정지용시 126편 다시 읽기』, 민음사, 2004.

이동순 편,『조벽암 詩전집』, 소명출판, 2004.

_____,『조운 문학 전집』, 소명출판, 2018.

임화문학예술전집간행위원회,『임화문학예술전집』, 소명출판, 2009.

권영민 편,『한용운 전집』, 태학사, 2011.

노작문학기념사업회,『홍사용 전집』, 뿌리와 날개, 2000.

단행본

김용운,『국악개론』, 음악세계, 2018.

김용직,『한국근대시사』, 학연사, 1986.

김윤식,『임화와 신남철』, 역락, 2011.

_____,『김동인 연구』, 민음사. 1987.

김재화,『T.S 엘리엇 시극론』, 동인, 2010.

김주현 편,『그리운 그이름, 이상』, 지식산업사, 2004.

김학동,『개화기 시가연구』, 새문사, 2010,

_____,『황석우 평전』, 서강대 출판부, 2016.

김혜정,『판소리의 음악론』, 민속원, 2009.

박용구,『20세기 예술의 세계』, 지식산업사, 2001.

박종화,『역사는 흐르는데 청산은 말이 없네』, 삼경출판사, 1979.

성기옥,「한시작법과 중국어 낭송』, 한국학술정보, 2015.

심경호,『한시의 세계』, 문학동네, 2014.

_____,『한국한문기초학사』3, 태학사, 2013.

오희숙,『철학 속의 음악』, 심설당, 1980.

윤범모,『백년을 그리다』, 김병기 구술, 한겨레출판, 2018.

윤병로,『박종화의 삶과 문학』, 서울신문사, 1993.

이상호,『한국시극사연구』, 국학자료원, 2016.

이태준, 『문장강화』, 창비, 1991.

정인섭, 『별같이 구름같이』, 세종문화사, 1975.

조동일, 『한국문학통사』, 지식산업사, 1984.

조영복, 『시의 황혼-1940년, 누가 시를 보았는가?』, 한국문화사, 2020.

_____, 『넘다 보다 듣다읽다-1930년대 문학의 '경계넘기'와 '개방성'의 시학』, 서울
　　　대출판문화원, 2013.

_____, 『1920년대 초기시의 이념과 미학』, 소명출판, 2004.

조용만, 『울밑에 핀 봉선화야』, 범양사출판부, 1985.

_____ 외, 『일제하의 문화운동사』, 현암사, 1982.

조지훈, 『詩의 原理』, 신구문화사, 1959.

하영휘 편저, 『옛편지 낱말사전』, 돌베개, 2013.

번역서 및 외국서

가와다 준조, 이은미 역, 『소리와 의미의 에크리튀르-말, 언어, 글의 삼각측량』, 논형,
　　　2006.

주광잠, 정상홍 역, 『詩論』, 동문선, 1991.

코모리 요이치, 정선태 역, 『일본어의 근대』, 소명출판, 2003.

사이토 마레시, 황호덕 외역, 『근대어의 탄생과 한문』, 현실문화, 2010.

Adorno, T.W., 이정하 역, 『말러, 음악적 인상학』, 책세상, 2004.

_____, 홍승용 역, 『미학이론』, 문학과지성사, 1985.

_____, 문병호 외역, 『신음악의 철학』, 세창출판사, 2012.

Agamben, Giorgio, 김상운 역, 『세속화 예찬』, 난장, 2010.

Badiou, Alain, 이종영 역, 『조건들』, 새물결, 2007.

_____, 김성호 역, 『바그너는 위험한가』, 북인더갭, 2012.

_____, 서용순 외역, 『베케트에 대하여』, 민음사, 2013.

_____, 정태순 역, 『비미학』, 이학사, 2010.

Barber, Charles, 김병화 역, 『지휘자가 사랑한 지휘자 카를로스 클라이버』, 포노, 2014.

Bergson, Henri, 최화 역, 『의식에 직접 주어진 것들에 대한 시론』, 아카넷, 2001.

Bogue, Ronald, 사공일 역, 『들뢰즈의 음악, 회화, 그리고 일반예술』, 동문선, 2006.

Borges, J.L., 박거용 역, 『보르헤스, 문학을 말하다』, 르네상스, 2003.

Bourdieu, Pierre, 하태환 역, 『예술의 규칙』, 동문선, 2002.

Burke, Edmund, 김혜련 역, 『숭고와 미의 근원을 찾아서 – 쾌와 고통에 대한 미학적 탐구』, 한길사, 2010.

Deleuze, Gilles, 신범순·조영복 역, 『니체, 철학의 주사위』, 인간사랑, 1993.

Fischer, S.Roser, 박수철 역, 『문자의 역사』, 21세기 북스, 2010.

Hauser, Arnolt, 『문학과 예술의 사회사』, 창비, 1985.

Hegel, G.W. Friedrich, 김미애 역, 『헤겔의 음악미학』, 호토 편, 느낌이 있는 책, 2014.

Horkheimer & Adorno, 김유동 역, 『계몽의 변증법』, 문예출판사, 1995.

Katz, Mark, 허진 역, 『소리를 잡아라』, 마티, 2006.

Kayser, Wolfgang, 김윤섭 역, 『언어예술작품론』, 시인사, 1988.

Kierkegaard, Søren, 임춘갑 역, 『이것이냐 저것이냐』, 치우, 2012.

Lefebvre, Henri, 정기현 역, 『리듬 분석』, 갈무리, 2013.

Leman, Christian, 김희상 역, 『음악의 탄생』, 마고북스, 2012.

Levi-Strauss, Claude, 고봉만 외역, 『보다 듣다 읽다』, 이매진, 2005.

Lichte, Erika Fischer, 김정숙 역, 『수행성의 미학』, 문학과지성사, 2017.

Liebert, Georges, 이세진 역, 『니체와 음악』, 북노마드, 2016.

McLuhan, H.M., 박정규 역, 『미디어의 이해』, 커뮤니케이션북스, 2001.

Nancy, J.L., 김예령 역, 『숭고에 대하여』, 문학과지성사, 2012.

Nancy& Lacoue-Labarthe, 김석 역, 『문자라는 증서』, 문학과지성사, 2011.

Nietzsche, F.W., 최승자 역, 『짜라투스트라는 이렇게 말했다』, 청하, 1984.

_____, 박찬국 역, 『아침놀』, 책세상, 2004.

_____, 최문규 역, 『바이로이트의 리하르트 바그너, 유고』, 책세상, 2005.

_____, 이진우 역, 『비극의 탄생, 반시대적 고찰』, 책세상, 2005.

_____, 백승영 역, 『바그너의 경우, 우상의 황혼』, 책세상, 2002.

Ong, W.J., 임명진 역, 『구술문화와 문자문화』, 문예출판사, 1995.

Paz, Octavio, 김홍근 외역, 『활과 리라』, 솔, 2001.

Said, Edward, 장호연 역, 『말년의 양식에 관하여』, 마티, 2012.

_____, 장영준 역, 『평행과 역설』, 생각의 나무, 2003.

Schlaffer, Heinz, 변학수 역, 『니체의 문체』, 책세상, 2013.

Schneider, Michel, 김남주 역, 『슈만, 내면의 풍경』, 그 책, 2017.

Stravinsky, Igor, 이세진 역, 『음악의 시학』, 민음사, 2015.

Valery, Paul, 김진하 역, 『말라르메를 만나다』, 문학과지성사, 2007.

Zizek & Dolar, 이성민 역, 『오페라의 두 번째 죽음』, 민음사, 2010.

Adam Piette, *Remembering and the Sound of Words: Mallarme, Proust, Joyce, Beckett*, Oxford University Press, USA, 1996.

Kittler, Friedrich A., *Gramophone, Film, Typewriter*, Geoffrey Winthrop-young & Michael Wutz, Stanford Univ. Press, 1999.

Patteson, Thomas, *Technology and Modernism*, Oakland, California : Univ. of California Press, 2016.

The Princeton Encyclopedia of Poetry and Poetics, fourth edition, Princeton : Princeton Univ. Press, 2012.

＊ 그 외 논문 자료 및 인터넷상의 참조자료 등은 본문 각주로 대신함.

용어 및 인명 찾아보기

작품 및 서지 찾아보기